# UNA MUJER DIFÍCIL

colección andanzas

# Libros de John Irving
# en Tusquets Editores

# JOHN IRVING
# UNA MUJER DIFÍCIL

Traducción de Jordi Fibla

TUSQUETS
EDITORES

Título original: *A widow for one year*

1.ª edición: mayo 1999
2.ª edición: mayo 1999
3.ª edición: junio 1999

© de la traducción: Jordi Fibla, 1999
Diseño de la colección: Guillemot-Navares
Reservados todos los derechos de esta edición para
Tusquets Editores, S.A. - Cesare Cantù, 8 - 08023 Barcelona
ISBN: 84-8310-095-9
Depósito legal: B. 27.456-1999
Fotocomposición: Foinsa - Passatge Gaiolà, 13-15 - 08013 Barcelona
Impreso sobre papel Offset-F Crudo de Papelera del Leizarán, S.A. - Guipúzcoa
Liberdúplex, S.L. - Constitución, 19 - 08014 Barcelona
Impreso en España

# Índice

## I. Verano de 1958

## II. Otoño de 1990

## III. Otoño de 1995

Para Janet,
una historia de amor

... en cuanto a esta damita, lo mejor que puedo desearle es una pequeña desgracia.

William Makepeace Thackeray

## AGRADECIMIENTOS

Agradezco mis numerosas visitas a Amsterdam durante los cuatro años que he dedicado a escribir esta novela, y estoy especialmente en deuda con el paciente y generoso brigadier Joep de Groot, del Segundo Distrito Policial, sin cuyos consejos no habría podido escribirla. Debo agradecer también la ayuda que me prestó Margot Álvarez, ex miembro de De Rode Draad, una organización que defiende los derechos de las prostitutas en Amsterdam. Deseo dar las gracias en especial a Robbert Ammerlaan, mi editor holandés, por el tiempo y los cuidados que dedicó al manuscrito. Con respecto a las partes del libro cuya acción transcurre en Amsterdam, he contraído una deuda impagable con estos tres amsterdameses. El mérito de todo aquello en que haya acertado les corresponde a ellos, y, en caso de que haya errores, soy yo el único responsable.

En cuanto a la amplia parte de esta novela que no transcurre en Amsterdam, he confiado en la experiencia de Anna von Planta en Ginebra, de Anne Freyer en París, de Ruth Geiger en Zurich, de Harvey Loomis en Sagaponack y de Alison Gordon en Toronto. También debo mencionar la atención a los detalles de que han hecho gala tres destacados ayudantes: Lewis Robinson, Dana Wagner y Chloe Bland. Lewis, Dana y Chloe sólo merecen elogios por la meticulosidad irreprochable de su trabajo.

Finalmente, una curiosidad que merece la pena mencionar: el capítulo titulado «La colchoneta hinchable roja y azul» se publicó previamente, en una forma ligeramente distinta y en alemán, en el *Süddeutsche Zeitung*, el 27 de julio de 1994, con el título de *«Die blaurote Luftmatratze»*.

# I
## Verano de 1958

## La pantalla de lámpara inadecuada

Una noche, cuando Ruth Cole tenía cuatro años y dormía en la litera inferior, le despertaron los sonidos que produce la actividad amorosa, procedentes del dormitorio de sus padres. Era un sonido del todo nuevo para ella. Ruth había estado recientemente enferma, con una gripe intestinal, y cuando oyó por primera vez a su madre haciendo el amor pensó que estaba vomitando.

No era un asunto tan sencillo, pues sus padres no sólo no dormían en diferentes habitaciones, sino que, aquel verano, incluso tenían casas independientes, aunque Ruth no había visto todavía la otra casa. Sus padres se alternaban por las noches en la vivienda familiar para estar con la pequeña. Habían alquilado cerca de allí una casa donde la madre o el padre de Ruth se alojaban cuando no estaban con ella. Era uno de esos arreglos ridículos que hacen las parejas cuando se separan pero todavía no van a divorciarse, cuando aún imaginan que es posible compartir los hijos y las propiedades con más generosidad que recriminación.

Cuando el sonido desconocido la despertó, al principio no estaba segura de si era su madre o su padre quien vomitaba. Entonces, pese a lo extraña que era para ella la perturbación, Ruth reconoció aquel punto de melancolía e histeria reprimida a menudo perceptible en la voz de su madre. Y recordó también que esa noche le tocaba a su madre quedarse con ella.

El baño principal separaba la habitación de Ruth del cuarto de matrimonio. La niña de cuatro años cruzó descalza el baño y tomó una toalla. (Cuando estuvo enferma con gripe intestinal, su padre le recomendó que vomitara en una toalla.) «¡Pobre mamá!», se dijo Ruth mientras le llevaba la toalla.

A la tenue luz de la luna, y a la luz todavía más tenue y errática de la luz piloto que el padre de Ruth había instalado en el baño, la niña vio las caras pálidas de sus hermanos muertos en las fotografías que colgaban de la pared. Había fotos de sus hermanos mayores por toda la casa, en todas las paredes. Aunque los dos chicos murieron en la adolescencia, antes de que Ruth naciera, incluso antes de que la concibieran, Ruth tenía la sensación de conocer a aquellos jóvenes desaparecidos mucho mejor de lo que conocía a sus padres.

El alto, moreno y de rostro anguloso era Thomas. Incluso a la edad de Ruth, cuando sólo contaba cuatro años, Thomas tenía una apostura de primer galán, una combinación de serenidad y aspecto de matón que, en su adolescencia, le daba la aparente confianza propia de un hombre mucho mayor. (Thomas había sido el conductor del coche aquel fatídico día.)

El menor y de expresión insegura era Timothy. Incluso en su adolescencia tenía el rostro aniñado y daba la impresión de que algo acababa de asustarle. En muchas de las fotos, Timothy parecía captado en un momento de indecisión, como si se mostrara reacio a imitar una proeza de dificultad increíble que Thomas hubiera dominado con aparente facilidad. (Al final fue algo tan básico como conducir un coche lo que Thomas no logró dominar suficientemente.)

Cuando Ruth Cole entró en el dormitorio principal, vio a un joven desnudo que montaba a su madre por detrás. De rodillas sobre la cama, sujetaba los pechos de la mujer y copulaba con ella como un perro, pero no fue ni la violencia ni la repugnancia del acto sexual lo que hizo gritar a Ruth. La pequeña no sabía que estaba presenciando un acto sexual, y tampoco la actividad del joven y su madre le parecía del todo desagradable. De hecho, a Ruth le alivió comprobar que su madre no estaba vomitando.

Y tampoco fue la desnudez del joven lo que la hizo gritar. Había visto a sus padres desnudos, pues la desnudez no se ocultaba entre los Cole. El joven fue la causa de su grito, porque estaba segura de que era uno de sus hermanos muertos. Tanto se parecía a Thomas, el confiado, que Ruth Cole creyó ver un fantasma.

El grito de una criatura de cuatro años es muy agudo. A Ruth le asombró la celeridad con que el joven amante de su madre se apartaba de ella. En efecto, se separó de la mujer y de la cama con tal mezcla de pánico y vigor que pareció como si algo le impulsara, casi como si una bala de cañón le hubiera desalojado. Cayó sobre la mesilla de noche y, tratando de ocultar su desnudez, agarró la pantalla de la lámpara rota que había sobre la mesilla. De ese modo parecía un fantasma menos amenazante de lo que Ruth había creído al principio. Además, ahora, al verlo de cerca, la pequeña lo reconoció. Era el chico que se alojaba en la habitación de los invitados, la más alejada; el chico que conducía el coche de su padre, que trabajaba para él, como le había asegurado su madre. Aquel muchacho había llevado en coche a la playa a Ruth y su niñera una o dos veces.

Ese verano, Ruth tuvo tres niñeras, y cada una de ellas había comentado la palidez del chico, pero la madre de Ruth le había dicho que hay personas a las que no les gusta el sol. La niña nunca había visto antes al joven desnudo, por supuesto, pero estaba segura de que se llamaba Eddie y de que no era un fantasma. Sin embargo, Ruth volvió a gritar.

Su madre, todavía a gatas sobre la cama, no parecía en absoluto sorprendida, algo muy propio de ella, y se limitaba a contemplar a su hija con una expresión de desaliento que rozaba la desesperación. Antes de que Ruth pudiera gritar por tercera vez, su madre le dijo:

—No grites, cariño. Sólo somos Eddie y yo. Anda, vuelve a la cama.

Ruth Cole hizo lo que le pedían, y pasó de nuevo ante aquellas fotografías, que ahora parecían más fantasmales que el amante de su madre, aquel fantasma caído. Mientras Eddie seguía tratando de taparse con la pantalla de la lámpara, no había reparado en que, como estaba abierta por ambos extremos, ofrecía a Ruth una visión sin obstáculos de su pene menguante.

A los cuatro años, Ruth era demasiado pequeña para recordar a Eddie o su pene con mucho detalle, pero él sí la recordaría. Treinta y seis años después, cuando él tuviera cincuenta y dos y Ruth cuarenta, aquel joven malhadado se enamoraría de Ruth Cole. Sin embargo, ni siquiera entonces lamentaría haberse tirado a la madre de Ruth. Tal sería, por desgracia, el problema de Eddie. Pero ésta es la historia de Ruth.

Ruth Cole llegó a ser escritora no porque sus padres hubieran esperado que su tercer hijo fuese varón. Un origen más probable de la imaginación que poseía era que creció en una casa donde las fotografías de sus hermanos muertos eran una presencia más palpable que cualquier «presencia» que pudiera detectar en su madre o en su padre, y después de que la madre los abandonara, a ella y a su padre (y se llevara consigo casi todas las fotos de sus hijos perdidos), a Ruth le intrigaría el motivo de que su padre dejara los ganchos en las paredes desnudas. Aquellos ganchos, unas alcayatas especiales para colgar cuadros, figuraban entre los motivos por los que se hizo escritora. Después de marcharse su madre, durante muchos años Ruth intentaría recordar qué foto concreta colgaba de cada gancho. Y al no poder recordar satisfactoriamente las fotos verdaderas de sus hermanos fallecidos, Ruth empezó a inventar aquellos momentos de sus breves vidas, captados por las imágenes, a los que ella no había asistido. Que Thomas y Timothy muriesen antes de nacer ella también formaba parte del motivo por el que Ruth Cole se convirtió en escritora. Desde el más temprano de sus recuerdos, se vio obligada a imaginarlos.

Fue uno de esos accidentes de automóvil con víctimas adolescentes cuya investigación posterior reveló que los dos jóvenes habían sido «buenos chicos» y ninguno de los dos estaba bebido. Lo peor de todo, para interminable tormento de sus padres, fue que la coincidencia de que Thomas y Timothy estuvieran en el coche al mismo tiempo y en aquel lugar concreto era el resultado de una pelea entre sus padres perfectamente evitable. Los pobres padres revivirían los trágicos resultados de su trivial discusión durante el resto de sus vidas.

Más adelante Ruth se enteraría de que la concibieron en un acto bienintencionado pero sin pasión. Los padres se equivocaron incluso al imaginar que los chicos eran sustituibles, y ni siquiera se detuvieron a considerar que el bebé que arrastraría la carga de sus expectativas imposibles podría ser una niña.

Que Ruth Cole llegara a ser de mayor esa combinación excepcional de novelista respetada y autora de best-séllers de alcance internacional no es tan notable como el hecho de que se hiciera mayor. Aquellos guapos muchachos de las fotografías habían robado casi todo el afecto de su madre. Sin embargo, que su madre la rechazara fue más soportable para Ruth que crecer a la sombra de la frialdad que existía entre sus padres.

Ted Cole, autor e ilustrador de libros infantiles que tenían mucho éxito, era un hombre apuesto, más ducho en escribir y dibujar para los niños que en cumplir con las responsabilidades cotidianas de la paternidad. Y hasta que Ruth tuvo cuatro años bien cumplidos, aunque Ted Cole no siempre estaba borracho, a menudo bebía demasiado. También es cierto que, si bien no era un mujeriego empedernido, en ninguna época de su vida dejó de ser por completo un mujeriego, lo cual lo volvía, ciertamente, menos digno de confianza para las mujeres que para los niños.

Ted acabó escribiendo para los niños por defecto. Su primera obra fue una novela para adultos muy alabada y de indiscutible calidad literaria. No merece la pena mencionar las dos novelas que siguieron, excepto para decir que nadie, y menos aún el editor de Ted Cole, dejó traslucir el menor interés por una cuarta novela, que el autor nunca escribió. En cambio, Ted escribió su primer libro para niños. Se titulaba *El ratón que se arrastra entre las paredes*, y estuvo en un tris de no ser publicado. A primera vista, parecía uno de esos libros infantiles que tienen un dudoso atractivo para los padres y que siguen siendo memorables para los niños sólo porque éstos recuerdan haberse asustado. Por lo menos, Thomas y Timothy se asustaron cuando Ted les contó el relato por primera vez. Cuando se lo contó a Ruth, *El ratón que se arrastra entre las paredes* ya había asustado a unos nueve o diez millones de niños de todo el mundo y en más de treinta idiomas.

Al igual que sus hermanos muertos, Ruth creció escuchando los relatos de su padre. Cuando los leyó por primera vez en un libro, le parecieron una violación de su intimidad, pues había imaginado que su padre había creado aquellos relatos sólo para ella. Más adelante se preguntaría si sus hermanos experimentaron también la sensación de que su intimidad había sido violada.

En cuanto a la madre de Ruth, Marion Cole, era una mujer guapa. También era una buena madre, al menos hasta que nació Ruth. Y hasta que murieron sus queridos hijos fue una esposa leal y fiel... a pesar de las innumerables infidelidades de su marido. Pero tras el accidente que se llevó a los muchachos, Marion se convirtió en una mujer diferente, distante y fría. Debido a la aparente indiferencia de Marion hacia su hija, a Ruth le resultó relativamente sencillo rechazarla. Le habría sido más difícil reconocer los defectos de su padre; tardaría mucho más en llegar a este reconocimiento, y por entonces sería demasiado tarde para que se volviera por completo contra él. Ted la encantaba, Ted encantaba a todo el mundo, hasta cierta edad. En cambio, Marion jamás encantó a nadie. La pobre Marion nunca intentó encantar a nadie, ni siquiera a su única hija. Y, sin embargo, era posible querer a Marion Cole.

Y es en este punto donde Eddie, el desafortunado muchacho que se tapó con la pantalla inadecuada, hace su entrada en el relato. Él quería a Marion, nunca dejaría de quererla. Naturalmente, si hubiera sabido desde el principio que iba a enamorarse de Ruth, podría habérselo pensado dos veces antes de enamorarse de su madre. Pero, aun así, probablemente no hubiera podido. Eddie no pudo evitarlo.

## Un empleo de verano

Se llamaba Edward O'Hare. En el verano de 1958 acababa de cumplir dieciséis años, y la posesión del permiso de conducir había sido un requisito previo para optar a su primer empleo de verano. Pero Eddie O'Hare no sabía que convertirse en el amante de Marion Cole sería su verdadero trabajo veraniego. Ted Cole le había contratado concretamente por esa razón, y las consecuencias se prolongarían durante toda la vida de Eddie.

El muchacho había oído hablar de la tragedia sufrida por la familia Cole, pero, como le sucede a la mayoría de los adolescentes, prestaba escasa atención a las conversaciones de los adultos. Había finalizado el segundo curso en el centro Phillips de Exeter, donde su padre era profesor de inglés, y consiguió el trabajo gracias a la relación con el centro escolar. El padre de Eddie estaba totalmente convencido de que las relaciones con personas que habían pasado por Exeter eran muy eficaces. El señor O'Hare, quien primero se graduó en el centro y luego entró a formar parte del profesorado, nunca se iba de vacaciones sin su ejemplar bien manoseado del *Directorio de Exeter*. A su modo de ver, los ex alumnos del centro eran los portaestandartes de una responsabilidad incesante... Los exonianos, como se conocía a los ex alumnos de Exeter, confiaban unos en otros y se hacían mutuos favores siempre que podían.

Desde el punto de vista de la institución, los Cole habían sido generosos con Exeter. En la época en que perecieron sus malogrados hijos, éstos eran alumnos del centro, donde gozaban de éxito y popularidad. A pesar de su aflicción, o probablemente debido a ella, Ted y Marion Cole habían financiado un ciclo anual de conferencias sobre literatura inglesa, la asignatura preferida de Thomas y Timothy. «Minty» O'Hare, como le conocían innumerables alumnos de Exeter, era adicto en exceso a los caramelos de menta, que chupaba con suma delectación mientras recitaba sus pasajes favoritos de las obras que había asignado para su estudio. Y suya había sido la idea de organizar las llamadas «Conferencias Thomas y Timothy Cole».

Y cuando Eddie puso en conocimiento de su padre que el trabajo veraniego que más le gustaría realizar era el de ayudante de un escritor (el joven de dieciséis años llevaba un diario desde hacía tiempo y recientemente había escrito algunos relatos breves), el señor O'Hare no dudó en consultar su *Directorio de Exeter*. Desde luego, entre los numerosos ex alumnos del centro había muchos más autores que Ted Cole (Thomas y Timothy habían ido a Exeter porque Ted era ex alumno), pero Minty O'Hare, quien sólo cuatro años antes había logrado persuadir a Ted Cole de que donara 82.000 dólares a la institución, sabía que Ted era un contacto fácil.

—No tiene que pagarle nada —le dijo Minty a Ted por teléfono—. El chico podría mecanografiarle los textos, ocuparse de la correspondencia, hacerle recados..., lo que usted quiera. Se trata, sobre todo, de adquirir experiencia. En fin, si mi hijo cree que quiere ser escritor, debería ver cómo trabaja un profesional.

Ted se mostró evasivo pero cortés por teléfono. Además, estaba bebido. Tenía un apodo particular para Minty O'Hare: le llamaba «Chinchoso». Y, en efecto, era característico del Chinchoso O'Hare que a la menor ocasión señalara las fotos en las que aparecía Eddie en el anuario de Exeter correspondiente a 1957.

Durante los primeros años que siguieron a la muerte de Thomas y Timothy Cole, Marion solicitó los anuarios de Exeter. De haber vivido, Thomas se hubiera graduado en el curso de 1954, y Timothy, en el de 1956. Pero cada año, incluso cuando quedaron atrás las que habrían sido sus graduaciones, los anuarios seguían llegando, por cortesía de Minty O'Hare, quien continuaba enviándolos de un modo automático, pues suponía que así ahorraba a Marion el sufrimiento adicional de solicitarlos. Marion seguía examinándolos fielmente, y, cuando lo hacía, le sorprendían una y otra vez los muchachos que tenían algún parecido con Thomas o Timothy, aunque, tras el nacimiento de Ruth, dejó de indicar a su marido tales parecidos.

En las páginas del anuario de 1957, Eddie O'Hare aparece en la fotografía de la Sociedad Juvenil de Debates, sentado en primera fila. Viste pantalones de franela gris oscuro, chaqueta de *tweed* y la corbata rayada del centro, y el chico habría pasado desapercibido de no ser por la impresionante sinceridad de su expresión y por la seriedad que anidaba en sus ojos grandes y oscuros, como si esperase alguna pesadumbre en el futuro.

En la foto, Eddie era dos años menor que Thomas y tenía la misma edad que Timothy cuando los hermanos murieron. Sin embargo, Eddie se parecía más a Thomas que a Timothy. En la foto del Club Excursionista, donde Eddie aparecía con la piel más clara y daba la impresión de tener más confianza en sí mismo que la mayoría de los demás chicos poseedores de lo que Ted Cole supuso que era un interés permanente por el excursionismo, su parecido con Thomas era aún más acusado. Eddie sólo aparecía otras dos veces en el anuario de Exeter correspondiente a 1957: en las fotos de los equipos titulares de cross y marcha atlética. La delgadez de Eddie sugería que el muchacho corría más por nerviosismo que por cualquier placer aparente, y que correr era tal vez su único interés atlético.

Con fingida despreocupación, Ted Cole mostró a su esposa las fotos del joven Edward O'Hare.

—Este chico se parece mucho a Thomas, ¿verdad? —le preguntó.

Marion ya había visto las fotografías, pues había examinado con detenimiento todas las fotos de todos los anuarios de Exeter.

—Sí, un poco —replicó—. ¿Por qué? ¿Quién es?

—Quiere un empleo de verano.

—¿Con nosotros?

—Bueno, conmigo —respondió Ted—. Quiere ser escritor.

—Pero ¿qué haría contigo? —inquirió Marion.

—Supongo que se trata sobre todo de la experiencia. Si cree que quiere ser escritor, debería ver cómo trabaja uno.

Marion, que siempre había aspirado a ser escritora, sabía que su marido no trabajaba demasiado.

—Pero ¿qué haría exactamente ese chico?

—Hum...

Ted tenía la costumbre de dejar las frases y los pensamientos inacabados, incompletos. Eso formaba parte tanto expresa como inconsciente de su vaguedad.

Cuando telefoneó a Minty O'Hare para decirle que aceptaba la propuesta, lo primero que le preguntó fue si Eddie tenía el permiso de conducir. Ted había sido condenado por segunda vez, bajo la acusación de conducir bebido, y le habían retirado el permiso durante el verano de 1958. Confiaba en que el verano fuese una buena época para iniciar la llamada «separación a prueba» de su esposa, pero si pretendía alquilar una casa en el vecindario y, además, seguir compartiendo con Marion la casa familiar, así como a la pequeña Ruth, alguien debía conducir el coche.

—¡Pues claro que tiene el permiso! —respondió Minty, y así quedó sellado el destino del muchacho.

De esta manera, la pregunta de Marion sobre lo que Eddie O'Hare haría exactamente quedó en el aire con la vaguedad con que Ted Cole solía dejar las cosas en el aire. También dejó a Marion, como ocurría a menudo, sentada con el anuario de Exeter abierto sobre el regazo. No pudo evitar observar que Marion, al parecer, consideraba que la fotografía más cautivadora de todas era aquella en la que Eddie iba vestido con el equipo de atletismo. La uña larga y rosada del dedo índice de Marion, en un gesto inconsciente pero muy concentrado, reseguía el contorno de los hombros desnudos de Eddie. Ted tuvo que preguntarse si no sería él más consciente que la pobre Marion de la creciente obsesión de su esposa por los chicos que se parecían a Thomas o a Timothy. Al fin y al cabo, su mujer aún no se había acostado con ninguno de esos chicos.

Eddie sería el único con el que se acostaría.

## Un ruido como el de alguien
## que no quiere hacer ruido

Eddie O'Hare prestaba poca atención a lo que se decía en Exeter sobre la manera en que los Cole hacían frente a la trágica pérdida de sus hijos. Incluso cinco años después de lo ocurrido, esas conversaciones eran la comidilla de las cenas a las que Minty O'Hare y su mujer, siempre hambrienta de chismorreos, invitaban a sus colegas del centro. La madre de Eddie se llamaba Dorothy, pero todo el mundo, salvo el padre de Eddie, que se abstenía de usar apodos, la llamaba «Dot».

Eddie no era un experto en chismorreos, pero sí un alumno aceptable, y se había preparado para aquel empleo veraniego como ayudante de escritor con unos deberes que, a su modo de ver, eran más esenciales para dicha tarea que memorizar los relatos de la tragedia extraídos de los medios de comunicación.

Si bien Eddie no se había enterado de que el matrimonio Cole había tenido otro hijo, la noticia no les pasó desapercibida a Minty y Dot O'Hare. Sabían que Ted Cole era ex alumno de Exeter (1931), y que sus dos hijos estudiaban en el centro cuando les sobrevino la muerte, y ello bastaba para proporcionar a todos los miembros de la familia Cole una perdurable relación con Exeter. Además, Ted Cole era un exoniano famoso, y a los señores O'Hare, aunque no a Eddie, la fama les impresionaba sobremanera.

Que Ted Cole figurase entre los autores de cuentos infantiles más conocidos de Norteamérica explicaba que la prensa hubiera mostrado un interés especial por la tragedia. ¿Cómo se enfrenta un renombrado autor e ilustrador de libros infantiles a la muerte de sus propios hijos? Y a unas informaciones de naturaleza tan personal siempre les acompaña el chismorreo. Entre las familias del profesorado de Exeter, posiblemente Eddie O'Hare era el único que no prestaba mucha atención al chismorreo. Desde luego, era el único miembro de la comunidad de Exeter que había leído todo cuanto Ted Cole había publicado.

En su mayoría, los miembros de la generación de Eddie (y de media generación anterior a la suya) habían leído *El ratón que se arrastra entre las paredes,* o lo que era más probable, otras personas se lo habían leído antes de que pudiesen leerlo. Y la mayoría de los profesores, y de los alumnos de Exeter, también habían leído otros libros infantiles de Ted Cole. Pero, ciertamente, nadie más en Exeter había leído las tres novelas de Ted. En primer lugar, estaban agotadas, y, además, no eran muy buenas. No obstante, como fiel exoniano, Ted Cole había donado a la biblioteca de Exeter un ejemplar de la primera edición de cada uno de sus libros, así como el original, manuscrito, de cuanto había escrito.

Eddie podría haberse enterado de más cosas por los rumores y el chismorreo (cuando menos, en el sentido de que podrían haberle ayudado a prepararse para su empleo veraniego), pero las ansias de lectura del muchacho evidenciaban la seriedad con que se preparaba para ser ayudante de escritor. Y el hecho era que ignoraba que Ted Cole se estaba convirtiendo ya en un ex escritor.

Lo cierto es que Ted sentía una atracción crónica hacia las mujeres jóvenes. Marion sólo tenía diecisiete años y ya estaba embarazada de Thomas cuando Ted se casó con ella. Por entonces Ted tenía veintitrés. El problema, conforme Marion se hacía mayor y aunque siempre fuese seis años más joven que Ted, estribaba en que el interés de Ted por las mujeres más jóvenes persistía.

La nostalgia de la inocencia que perdura en la mente de un hombre adulto era un tema del que Eddie O'Hare, a sus dieciséis años, sólo tenía conocimiento por las novelas..., y los libros embarazosamente autobiográficos de Ted Cole no eran ni lo primero ni lo mejor que Eddie había leído sobre el particular. No obstante, la valoración crítica que Eddie hacía de la escritura de Ted Cole no disminuía los anhelos del muchacho por convertirse en su ayudante. No dudaba de que podría aprender un arte o un oficio de alguien que no llegaba a la maestría. Al fin y al cabo, en Exeter, Eddie había aprendido mucho de una considerable variedad de maestros, que eran en su mayoría excelentes. Sólo unos pocos profesores de Exeter eran tan aburridos en clase como Minty O'Hare. Incluso su hijo percibía que Minty hubiera destacado por su mediocridad en una mala escuela, y no digamos ya en Exeter.

Dado que Eddie O'Hare había crecido en el recinto y en el entorno casi constante de una buena escuela, sabía que es posible aprender mucho de los adultos que trabajan con ahínco y siguen ciertas normas. Pero ignoraba que Ted Cole había dejado de trabajar con ahínco, y que el resto de las discutibles «normas» de Ted empezaban a peligrar a causa del insoportable fracaso de su matrimonio con Marion, todo ello combinado con aquellas muertes inaceptables.

Para Eddie, los libros infantiles de Cole tenían más interés intelectual, psicológico e incluso emocional que las novelas. Los relatos aleccionadores para niños se le ocurrían a Ted con naturalidad, y era capaz de imaginar y expresar los temores de los pequeños. Si Thomas y Timothy hubieran llegado a la edad adulta, sin duda su padre les habría decepcionado. Y sólo cuando llegara a la edad adulta, Ruth se sentiría decepcionada con Ted, pues de niña le adoraba.

A los dieciséis años, Eddie O'Hare se hallaba en algún punto entre la infancia y la edad adulta. En opinión de Eddie, no había mejor comienzo para un relato que la primera frase de *El ratón que se arrastra entre las paredes:* «Tom se despertó, pero Tim no». Ruth Cole envidiaría siempre esa frase, a pesar de que sería mejor escritora que su padre, en todos los aspectos, y jamás olvidaría la primera vez que la oyó, mucho antes de que supiera que era la primera frase de un libro famoso.

Ocurrió aquel mismo verano de 1958, cuando Ruth tenía cuatro años, poco antes de que Eddie se instalara en su casa. Esta vez no fue el ruido que producen dos personas al hacer el amor lo que la despertó, sino un ruido que había oído en sueños y que recordó al despertar. En el sueño de Ruth, su cama sufría sacudidas, pero al despertar vio que era ella quien temblaba, y por lo tanto la cama también parecía temblar. Y por unos instantes, incluso cuando Ruth estaba despierta del todo, el ruido procedente del sueño persistía. Entonces, bruscamente, se quedó quieta. Era un ruido como el de alguien que quiere pasar desapercibido.

—¡Papá! —susurró Ruth.

Había recordado que esa noche le tocaba a su padre quedarse con ella, pero le llamó en voz tan baja que ni siquiera ella misma se oyó. Además, Ted Cole dormía como un tronco. Como les sucede a la mayoría de los grandes bebedores, más que dormirse se caía redondo, por lo menos hasta las cuatro o las cinco de la madrugada; entonces se despertaba y ya no podía volver a conciliar el sueño.

Ruth bajó de la cama, cruzó de puntillas el baño y entró en el dormitorio principal, donde su padre estaba acostado. Desprendía un olor a whisky o a ginebra, un olor tan intenso como el de un coche que huele a aceite de motor y gasolina en un garaje cerrado.

—¡Papá! —volvió a llamarle—. He tenido un sueño. He oído un ruido.

—¿Qué clase de ruido era, Ruthie? —le preguntó su padre. No se había movido, pero estaba despierto.

—Ha entrado en la casa —dijo Ruth.

—¿Qué es lo que ha entrado? ¿El ruido?

—Está en la casa, pero intenta estarse quieto —le explicó Ruth.

—Entonces vamos a buscarlo —dijo su padre—. Un ruido que intenta estarse quieto. Tengo que ver eso.

La tomó en brazos y recorrió el largo pasillo del piso superior, de cuyas paredes colgaban más fotografías de Thomas y Timothy que en cualquier otra parte de la casa, y, cuando Ted encendió las luces, los hermanos muertos de Ruth parecieron rogarle a la niña que les dispensara toda su atención, como una hilera de príncipes que solicitaran el favor de una princesa.

—¿Dónde estás, ruido? —preguntó Ted.

—Mira en las habitaciones de los invitados —le pidió Ruth.

Su padre la llevó al extremo del pasillo, donde había tres dormitorios y dos baños para los invitados..., cada uno con más fotos. Encendieron todas las luces, miraron en los armarios y detrás de las cortinas de las duchas.

—¡Sal, ruido! —ordenó Ted.

—¡Sal, ruido! —repitió Ruth.

—Tal vez esté abajo —sugirió su padre.

—No, estaba arriba con nosotros —le dijo Ruth.

—Entonces creo que se ha ido —concluyó Ted—. ¿Qué clase de ruido era?

—Era como el ruido de alguien que no quiere hacer ruido —le explicó Ruth.

Él la depositó en una de las camas para los invitados, y tomó de la mesilla de noche un bloc y un bolígrafo. Le gustaba tanto lo que la niña había dicho que debía anotarlo. Pero no llevaba puesto el pijama y, por lo tanto, carecía de bolsillos para guardar la hoja de papel, de modo que sostuvo la hoja entre los dientes cuando tomó de nuevo a Ruth en brazos. Ella, como de costumbre, sólo mostró un interés pasajero por la desnudez de su padre.

—Tu pene es gracioso —le dijo.

—Sí, mi pene es gracioso —convino su padre.

Era lo que siempre le decía. Esta vez, con la hoja de papel entre los dientes, la naturalidad de esa observación parecía todavía más natural.

—¿Adónde ha ido el ruido? —le preguntó Ruth.

Su padre la llevaba a través de los dormitorios y baños de los invitados, apagando las luces al pasar, pero en uno de los baños se detuvo tan en seco que Ruth imaginó que Thomas o Timothy, o tal vez los dos, habían alargado la mano desde una de las fotografías para agarrar a Ted.

—Voy a contarte un cuento sobre un ruido —le dijo su padre, y, al hablar, la hoja de papel que sostenía entre los dientes se ondulaba.

Entonces, con la niña todavía en los brazos, se sentó en el borde de la bañera.

En la fotografía que le había llamado la atención, Thomas tenía cuatro años, exactamente la edad que tenía Ruth ahora. Todos aparecían en poses desgarbadas: Thomas, sentado en un gran sofá con un confuso diseño floral en la tapicería, y Timothy, con dos años, a quien parecía inundar el exceso botánico del sofá, y que permanecía a la fuerza en el regazo de Ted. La foto debía de datar de 1940, dos años antes de que naciera Eddie O'Hare.

—Una noche, cuando Thomas tenía tu edad, Ruthie... —le contó su padre—, y Timothy aún estaba en pañales..., Thomas oyó un ruido.

Ruth siempre recordaría a su padre en el acto de quitarse la hoja de papel de la boca.

—¿Los dos se despertaron? —le preguntó Ruth, mirando la fotografía.

Y eso fue lo que puso en movimiento el viejo y memorable relato. Ted Cole se lo sabía de memoria desde la primera línea.

—«Tom se despertó, pero Tim no.»

Ruth se estremeció en los brazos de su padre. Incluso de mayor, convertida ya en una novelista de éxito, Ruth Cole no podría oír o pronunciar esas palabras sin estremecerse.

—«Tom se despertó, pero Tim no. Era noche cerrada. "¿Has oído eso?", le preguntó Tom a su hermano, pero Tim sólo tenía dos años e, incluso cuando estaba despierto, no hablaba mucho.

»Tom despertó a su padre y le preguntó: "¿Has oído ese ruido?".

»"¿Qué clase de ruido?", preguntó su padre.

»"Era como el de un monstruo sin brazos ni piernas, pero que intenta moverse", dijo Tom.

»"¿Cómo puede moverse sin brazos ni piernas?"

»"Pues se arrastra", dijo Tom. "Se desliza sobre su pelaje."

»"¡Ah!, ¿pero tiene pelaje?", preguntó el padre.

»"Avanza apoyándose en los dientes."

»"¡También tiene dientes!", exclamó el padre.

»"Ya te lo he dicho... ¡Es un monstruo!", insistió Tom.

»"Pero ¿cómo era exactamente el ruido que te ha despertado?", le preguntó su padre.

»"Era un ruido como si..., como si uno de los vestidos que tiene mamá en el armario estuviera vivo de repente y tratara de bajar del colgador", dijo Tom.»

Durante el resto de su vida, Ruth Cole tendría miedo de los armarios. No podría dormirse en una habitación si la puerta del armario estaba abierta. No le gustaba ver los vestidos allí colgados. No le gustaban los vestidos, y punto. De niña jamás abría la puerta de un armario si la habitación estaba a oscuras, por temor a que un vestido tirase de ella y la arrastrara dentro del armario.

—«"Volvamos a tu habitación y escuchemos el ruido", dijo el padre de Tom.

»Y allí estaba Tim, que seguía dormido y aún no había oído ningún ruido. Era un ruido como si alguien quitara los clavos de las tablas, en el suelo, debajo de la cama. Era un ruido como el de un perro que intentara abrir una puerta: tenía la boca húmeda, y por lo tanto no podía agarrar bien el pomo, pero no dejaba de intentarlo, y Tom pensó que al final el perro entraría. Era un ruido como el de un fantasma en el desván, que dejara caer al suelo los cacahuetes que había robado en la cocina.»

Y al llegar ahí, la primera vez que escuchó el cuento, Ruth interrumpió a su padre para preguntarle qué era un desván.

—Es una habitación grande encima de los dormitorios —le dijo.

La existencia incomprensible de semejante habitación la llenó de espanto. La casa donde Ruth creció carecía de desván.

—«¡Ahí está otra vez el ruido!", susurró Tom a su padre. "¿Lo has oído?"

»Esta vez Tim también se despertó. Era un ruido como el de algo atrapado dentro de la cabecera de la cama. Se estaba comiendo el material para salir de allí, roía la madera.»

Ruth interrumpió a su padre de nuevo. Su litera no tenía cabecera, y no sabía lo que significaba «roía». Su padre se lo explicó.

—«A Tom le parecía que el sonido era claramente el de un monstruo sin brazos ni piernas que arrastraba su espeso y húmedo pelaje.

»"¡Es un monstruo!", exclamó.

»"Es un ratón que se arrastra entre las paredes", dijo su padre.

»Tim lanzó un grito. No sabía qué era un ratón, y le asustaba la idea de un ser con pelaje espeso y húmedo, sin brazos ni piernas, arrastrándose entre las paredes. Además, ¿cómo algo así podía meterse entre las paredes?

»Pero Tom le preguntó a su padre si de veras sólo era un ratón.

»El padre golpeó la pared con la mano y oyeron cómo el ratón se escabullía.

»"Si vuelve", les dijo a Tom y a Tim, "sólo tenéis que golpear la pared."

»"¡Un ratón que se arrastra entre las paredes!", exclamó Tom. "¡No era más que eso!"

»Se durmió enseguida, y su padre regresó a la cama y también se durmió, pero Tim se pasó toda la noche en vela, porque no sabía lo que era un ratón y quería estar despierto cuando la criatura que se arrastraba entre las paredes volviera a arrastrarse. Cada vez que creía oír al ratón moviéndose entre las paredes, Tim golpeaba la pared con la mano y el ratón se escabullía, arrastrando su espeso y húmedo pelaje, sin patas delanteras ni traseras.

—Y éste... —le dijo Ted a Ruth, porque terminaba todos sus relatos de la misma manera.

—Y éste es el final del cuento —concluyó la pequeña.

Cuando su padre se levantó del borde de la bañera, Ruth oyó el crujido de sus rodillas. Apagó la luz del baño de invitados, donde Eddie O'Hare no tardaría en pasar una absurda cantidad de tiempo, dándose largas duchas hasta que se terminaba el agua caliente o haciendo alguna otra cosa propia de los adolescentes.

El padre de Ruth apagó las luces del largo pasillo, donde las fotografías de Thomas y Timothy se sucedían en una hilera perfecta. A Ruth, sobre todo aquel verano en que ella tenía cuatro años, le parecía que abundaban las fotografías de sus dos hermanos a la edad de cuatro años. Más adelante especularía con la posibilidad de que su madre hubiera preferido los niños de cuatro años a los de cualquier otra edad, y se preguntaría si ésa fue la razón de que su madre la abandonara al final del verano, precisamente cuando ella tenía cuatro años.

Después de que su padre la acostara en la litera, Ruth le preguntó:

—¿Hay ratones en esta casa?

—No, Ruthie, no hay nada que se arrastre entre nuestras paredes —respondió él.

Pero la niña permaneció despierta después de que su padre le diera las buenas noches con un beso, y aunque el ruido que la había seguido desde su sueño no la siguió, o por lo menos no lo hizo esa misma noche, Ruth sabía ya que algo se arrastraba entre las paredes de la casa. Sus hermanos muertos no limitaban su residencia a aquellas fotografías. Se movían de un lado a otro, y era posible detectar en numerosos detalles su presencia fantasmal.

Aquella misma noche, antes incluso de oír el tecleo de la máquina de escribir, Ruth supo que su padre seguía despierto y que no volvería a acostarse. Primero le oyó mientras se cepillaba los dientes, luego le oyó vestirse, el breve ruidito metálico de la cremallera al cerrarse, el taconeo de los zapatos.

—¿Papá? —le llamó.

—Dime, Ruthie.

—Quiero agua.

En realidad no quería agua, pero le intrigaba el que su padre siempre dejara correr el agua hasta que salía fría. Su madre le servía el agua que empezaba a salir del grifo; estaba caliente y sabía como el interior de la cañería.

«No bebas mucho o tendrás que hacer pipí», le decía el padre, pero la madre dejaba que bebiera cuanto le apeteciera, y a veces ni siquiera la miraba beber.

—Háblame de Thomas y Timothy —le dijo Ruth a su padre al tiempo que le devolvía el vaso.

Ted suspiró. En los últimos seis meses Ruth había mostrado un interés inagotable por el tema de la muerte, y no era difícil adivinar el motivo. Gracias a las fotografías, Ruth sabía distinguir a Thomas de Timothy desde los tres años. Sólo sus fotos de cuando eran pequeños la confundían alguna vez. Y sus padres le habían contado las circunstancias que rodeaban a cada imagen: si mamá o papá habían tomado esta foto, si Thomas o Timothy habían llorado. Pero que los chicos estuvieran muertos era un concepto que Ruth trataba de comprender desde hacía poco.

—Dime —repitió a su padre—. ¿Están muertos?

—Sí, Ruthie.

—¿Y muertos significa que están deshechos? —inquirió Ruth.

—Bueno..., sí, sus cuerpos están deshechos —respondió Ted.

—¿Y están debajo de la tierra?

—Sí, sus cuerpos están bajo tierra.

—¿Pero no se han ido del todo?

—Pues... no, mientras nosotros los recordemos —dijo su padre—. No se han ido de nuestros corazones ni de nuestras mentes.

—¿Es como si estuvieran dentro de nosotros?

—Algo así.

Ésa fue toda la explicación que le dio su padre, pero era una respuesta más amplia que cualquiera de las de su madre, la cual jamás pronunciaba la palabra «muerto». Y ni Ted ni Marion Cole eran religiosos. Aportar los detalles necesarios para el concepto del cielo no era una opción en su caso, aunque cada uno de ellos, en otras conversaciones con Ruth sobre el mismo tema, se habían referido misteriosamente al firmamento y las estrellas, dando a entender que algo de los muchachos vivía en algún lugar que no era bajo el suelo en el que estaban sus cuerpos deshechos.

—Entonces... —dijo Ruth— dime qué es un muerto.

—Escúchame, Ruthie...

—Vale.

—Cuando miras a Thomas y Timothy en las fotografías, ¿recuerdas las explicaciones de lo que estaban haciendo? —le preguntó su padre—. Quiero decir en las fotos. ¿Recuerdas lo que estaban haciendo en las fotos?

—Sí —respondió Ruth, aunque no estaba segura de recordar lo que hacían en cada una de ellas.

—Bueno, pues... Thomas y Timothy están vivos en tu imaginación —le dijo su padre—. Cuando alguien se muere, cuando su cuerpo se ha deshecho, eso sólo significa que ya no podemos verlo. El cuerpo ha desaparecido.

—Está debajo de la tierra —le corrigió Ruth.

—No podemos ver más a Thomas y Timothy —insistió su padre—, pero no han abandonado nuestras mentes. Cuando pensamos en ellos, los vemos ahí.

—Sólo se han ido de este mundo —dijo Ruth. (En general, repetía lo que había oído antes)—. ¿Están en otro mundo?

—Sí, Ruthie.

—¿Voy a morirme? —preguntó la niña de cuatro años—. ¿Estaré toda deshecha?

—¡No hasta dentro de mucho, muchísimo tiempo! —respondió su padre—. Yo estaré deshecho antes que tú, e incluso yo tardaré muchísimo tiempo en deshacerme.

—¿Muchísimo tiempo? —repitió la niña.

—Te lo prometo, Ruthie.

—De acuerdo —dijo Ruth.

Tenían esta clase de conversaciones casi a diario. Ruth mantenía conversaciones similares con su madre, pero eran más breves. En cierta ocasión, cuando Ruth le comentó a su padre que pensar en Thomas y Timothy ponía triste a su madre, Ted admitió que también a él le ponía triste.

—Pero mamá está más triste —añadió Ruth.

—Bueno..., sí —admitió Ted.

Y así Ruth permaneció despierta en la casa con «algo» que se arrastraba entre las paredes, algo más grande que un ratón, y escuchaba el único sonido que siempre la consolaba y, al mismo tiempo, le hacía sentirse melancólica. Esto sucedía antes incluso de que conociera el significado de la palabra «melancólica». Ese sonido era el tecleo de una máquina de escribir, el sonido que se produce al escribir una historia. Cuando fuese novelista, Ruth jamás utilizaría el ordenador; o escribiría a mano, o con una máquina que produjera el ruido más anticuado de todas las máquinas de escribir que pudiera encontrar.

Entonces, aquella noche de verano de 1958, no sabía que su padre había dado comienzo al que sería su relato favorito. Trabajaría en él durante todo el verano, y sería la única obra en la que le «ayudaría» Eddie O'Hare, el asistente de Ted Cole que no tardaría en llegar. Y aunque ninguno de los libros infantiles de Ted Cole alcanzaría jamás el éxito comercial o el renombre internacional de *El ratón que se arrastra entre las paredes,* el libro que Ted comenzó aquella noche era el que más le gustaba a Ruth. Se titulaba, naturalmente, *Un ruido como el de alguien que no quiere hacer ruido,* y para Ruth siempre sería especial, porque ella lo había inspirado.

## Madres infelices

Los libros de relatos infantiles que escribía Ted Cole no podían clasificarse con respecto a la edad del público al que iban destinados. *El ratón que se arrastra entre las paredes* se anunciaba como un libro para leerlo en voz alta a niños de edades comprendidas entre cuatro y seis años; el relato tuvo éxito en esa franja del mercado, al igual que las obras posteriores de Ted. Pero, por ejemplo, a menudo chicos de doce años volvían a sentirse atraídos por los relatos de Ted Cole. Estos lectores más sutiles escribían con frecuencia al autor y le contaban que, antes de descubrir los niveles de significado más profundo de sus libros, le habían considerado un escritor para niños. Tales cartas, que revelaban toda una gama de competencia e incompetencia en estilo y ortografía, llegaron a convertirse casi por completo en el papel que cubría las paredes del cuarto de trabajo de Ted.

Él lo llamaba su «cuarto de trabajo», y más adelante Ruth se preguntaría si esto no definía la opinión que su padre tenía de sí mismo, y más agudamente de lo que ella lo había percibido de pequeña. Nunca llamaron «estudio» a la habitación, porque hacía mucho tiempo que su padre había dejado de considerar sus libros como obras de arte; sin embargo, «cuarto de trabajo» era una expresión más pretenciosa que «despacho», nombre que tampoco le daban jamás, porque su padre parecía enorgullecerse en extremo de su creatividad. Le afectaba la creencia ampliamente difundida de que sus libros no eran más que un negocio. Más adelante Ruth comprendería que su padre valoraba más su habilidad para dibujar que su escritura, aunque nadie hubiera dicho que *El ratón que se arrastra entre las paredes* o los demás libros de Ted Cole tuvieron éxito o se distinguieron gracias a las ilustraciones.

En comparación con el hechizo que tenían los relatos –que siempre daban miedo, eran breves y estaban escritos con lucidez–, las ilustraciones eran rudimentarias y, según opinaban todos los editores, demasiado escasas. No obstante, el público de Ted, aquellos millones de niños de edades comprendidas entre cuatro y catorce años, y a veces algo mayores, por no mencionar los millones de jóvenes madres que eran las principales compradoras de los libros de Ted Cole, jamás se quejaron. Aquellos lectores nunca podrían haber adivinado que el padre de Ruth se pasaba mucho más tiempo dibujando que escribiendo y que había cientos de dibujos por cada ilustración que aparecía en sus libros. En cuanto a los relatos por los que era famoso..., en fin, Ruth estaba acostumbrada a oír el tecleo de la máquina de escribir sólo por la noche.

No nos olvidemos del pobre Eddie O'Hare. Una mañana veraniega, en junio de 1958, se hallaba cerca de los muelles de la avenida Pequod de New London, Connecticut, esperando el transbordador que le transportaría a Orient Point, en Long Island. Eddie pensaba en su trabajo como ayudante de un escritor, sin sospechar que la escritura sería mínima. (Eddie nunca había pensado en la posibilidad de dedicarse a las artes gráficas.)

Se decía de Ted Cole que había abandonado sus estudios en Harvard para matricularse en una escuela de arte no muy prestigiosa. En realidad, era una escuela de diseño en la que estudiaban sobre todo alumnos de talento mediocre y modestas ambiciones en las artes comerciales. Ted nunca quiso probar suerte con el grabado o la litografía, y prefirió dedicarse al dibujo. Solía decir que la oscuridad era su color favorito.

Ruth siempre relacionaría el aspecto físico de su padre con los lápices y las gomas de borrar. Tenía manchas negras y grises en las manos, y las migas de la goma de borrar nunca faltaban en sus prendas de vestir. Pero las marcas de identificación más permanentes de Ted, incluso cuando acababa de bañarse y se había cambiado de ropa, eran los dedos manchados de tinta. Su elección de la tinta cambiaba de un libro a otro. «¿Es éste un libro negro o marrón, papá?», le preguntaba Ruth.

*El ratón que se arrastra entre las paredes* era un libro negro: los dibujos originales habían sido trazados con tinta china, el negro favorito de Ted. *Un ruido como el de alguien que no quiere hacer ruido* sería un libro marrón, y esto fue la causa del olor imperante durante el verano de 1958, pues el marrón favorito de Ted era el de la tinta fresca de calamar, el cual, aunque más negro que marrón, tiene una tonalidad sepia y, en ciertas condiciones, huele a pescado.

Los experimentos de Ted con la tinta fresca de calamar crearon una nueva tensión en su ya tensa relación con Marion, quien tuvo que aprender a evitar los tarros de cristal ennegrecidos en el frigorífico; estaban también en el congelador, peligrosamente cerca de las bandejas del hielo. (Más adelante, ese mismo verano, Ted intentó preservar la tinta en las bandejas del hielo, con resultados cómicos aunque inquietantes.)

Y una de las primeras responsabilidades de Eddie O'Hare, no en calidad de ayudante de un escritor, sino en calidad de chófer designado por Ted Cole, sería efectuar el viaje de ida y vuelta a Montauk, un trayecto que duraba tres cuartos de hora, pues sólo en la pescadería de Montauk tenían tinta de calamar para el famoso autor e ilustrador de libros infantiles. (La mujer del pescadero, cuando éste no podía oírla, le decía a Eddie que ella era «la mayor admiradora» de Ted.)

El cuarto de trabajo del padre de Ruth era la única habitación de la casa donde ni una sola fotografía de Thomas o Timothy adornaba las paredes. Ruth se preguntaba si tal vez su padre no podía trabajar o pensar si veía ante él a sus hijos fallecidos.

Y a menos que el padre estuviera en su cuarto de trabajo, era la única habitación de la casa en la que Ruth no tenía permitida la entrada. ¿Había allí algo que podía dañarla? ¿Había acaso un buen número de herramientas afiladas? Lo que sí había eran innumerables plumillas que una niña pequeña podría tragarse, aunque Ruth no era una chiquilla que se metiera objetos extraños en la boca. Pero al margen de los peligros que contuviera el cuarto de trabajo de su padre, si es que realmente los había, no hacía falta imponer a la niña de cuatro años ninguna restricción física: el olor de la tinta de calamar bastaba para mantenerla alejada de allí.

Marion nunca osaba acercarse al cuarto de trabajo de Ted, pero Ruth cumpliría los veinte años antes de comprender que era algo más que la tinta de calamar lo que repelía a su madre. Marion no quería encontrarse con las modelos de Ted, no quería ni verlas..., ni siquiera a los niños, pues éstos nunca acudían para posar sin sus madres. Sólo después de que los niños hubieran posado media docena de veces o más, sus madres iban a posar solas. De niña, Ruth nunca preguntó por qué aparecían tan pocos dibujos de las madres con sus hijos en cualquiera de los libros de su padre. Desde luego, puesto que sus libros eran para niños, nunca había en ellos ningún desnudo, aunque Ted dibujaba muchos. Había, literalmente, centenares de dibujos en los que las jóvenes madres aparecían desnudas.

Con respecto a los desnudos, su padre decía: «Es un requisito, Ruthie, un ejercicio fundamental para todo dibujante». Igual que los paisajes, suponía ella al principio, aunque Ted dibujaba pocos paisajes. Ruth pensaba que la relativa falta de interés que mostraba su padre hacia los paisajes se debía quizás a la uniformidad y al carácter extremadamente llano de la zona, que semejaba una superficie asfaltada que avanzara hacia el mar, o lo que le parecía a ella la uniformidad y el carácter tan llano del mismo mar, por no mencionar la enorme y con frecuencia apagada extensión del cielo.

A su padre parecía interesarle tan poco el paisaje que, más adelante, a Ruth le sorprendió que se quejara de las casas nuevas, esas «monstruosidades arquitectónicas», como él las llamaba. Sin previo aviso, las casas nuevas se alzaban como intrusas en la llanura de los patatales que en otro tiempo habían sido el paisaje principal de los Cole.

—Un edificio de fealdad tan experimental como ése no tiene ninguna justificación —afirmaba Ted durante la cena a quienquiera que le quisiera oír—. No estamos en guerra, no hay necesidad de construir un edificio que disuada a los paracaidistas.

Pero la queja de su padre se volvía trillada; la arquitectura de las casas de los veraneantes en aquella parte del mundo llamada los Hamptons no tenía, ni para Ruth ni para su padre, un interés comparable al de los desnudos, más inmutables.

¿Por qué jóvenes casadas? ¿Por qué todas aquellas jóvenes madres? Cuando Ruth iba a la universidad, formulaba a su padre preguntas más directas que en cualquier otra época de su vida. Fue también por entonces, en el periodo universitario, cuando se le ocurrió por primera vez un pensamiento turbador. ¿Quiénes, si no, serían sus modelos o, planteado de un modo más crudo, sus amantes? ¿Con quién se veía continuamente? Por supuesto, las madres jóvenes eran las que le reconocían y le abordaban.

—¿Señor Cole? Sí, le conozco... ¡Es usted Ted Cole! Sólo quería decirle, porque mi hija es demasiado tímida, que es usted su autor favorito. Ha escrito el libro que más le gusta...

Y entonces la mamá empujaba hacia delante a la niña reacia (o al niño azorado) para que estrechara la mano de Ted. Si a éste le atraía la madre, le sugería que posara para él junto con la niña, tal vez para el próximo libro. (Más adelante abordaría la cuestión de que la madre posara sola y desnuda.)

—Pero normalmente son mujeres casadas, papá —le decía Ruth.

—Sí... Supongo que por eso son tan infelices, Ruthie.

—Si te importaran tus desnudos, quiero decir los dibujos, buscarías modelos profesionales —seguía Ruth—. Pero supongo que siempre te han interesado más las mujeres en sí que tus desnudos.

—A un padre le resulta difícil explicar estas cosas, Ruthie, pero... si la desnudez, me refiero a la sensación de desnudez, es lo que debe transmitir un desnudo, no hay ninguna desnudez comparable a lo que uno siente cuando está desnudo ante alguien por primera vez.

—¡Pues están aviadas las modelos profesionales! —replicaba Ruth—. Por Dios, papá, ¿es necesario que hagas eso?

Pero él sabía, por supuesto, que ni los desnudos ni tampoco los retratos de las madres con sus hijos le interesaban lo suficiente para conservarlos. No los vendía en privado ni los daba a su galería. Cuando la relación sentimental terminaba, cosa que solía suceder muy rápidamente, Ted Cole regalaba los dibujos acumulados a la joven madre en cuestión. Y Ruth solía preguntarse: si las jóvenes madres eran, en general, tan infelices en su matrimonio, o simplemente infelices, ¿acaso el regalo artístico las hacía, por lo menos momentáneamente, más felices? Pero su padre nunca llamaba «arte» a lo que hacía ni se refería a sí mismo como un artista. Tampoco se consideraba un escritor.

—Divierto a los niños, Ruthie, eso es todo —solía decir.

—Y te conviertes en amante de sus madres —añadía Ruth.

Incluso en un restaurante, cuando el camarero o la camarera le miraban sin querer los dedos manchados de tinta, Ted nunca les decía «Soy un artista» o «Soy autor e ilustrador de libros infantiles», sino «Trabajo con tinta» o, si el camarero o la camarera le miraban los dedos con expresión reprobatoria, «Trabajo con calamares».

En su adolescencia, y sólo una o dos veces en sus años de universitaria excesivamente crítica, Ruth asistió a conferencias de escritores con su padre, que era el único autor de libros infantiles entre los narradores y poetas que pretendían ser más serios. A Ruth le divertía que estos últimos, quienes proyectaban un aura mucho más literaria que el aura —esa pinta descuidada y esos dedos manchados de tinta— que envolvía a su padre, no sólo envidiaran la popularidad de los libros de Ted. A aquellos tipos que rezumaban literatura también les irritaba observar lo modesto que era Ted Cole... ¡Y con qué testarudez parecía ser modesto!

—Empezaste tu carrera escribiendo novelas, ¿no es cierto? —le preguntaban los más maliciosos.

—Sí, pero eran unas novelas horribles —respondía jovialmente el padre de Ruth—. Fue un milagro que a tantos críticos les gustara la primera. Y resulta asombroso que tuviera que escribir tres para darme cuenta de que no era escritor. Lo único que hago es divertir a los niños. Y me gusta dibujar.

Mostraba los dedos como prueba, y siempre sonreía. ¡Qué sonrisa la suya!

Cierta vez Ruth le comentó a su compañera de habitación en la universidad (que también había sido su compañera en el internado):

—Te juro que podías oír las bragas de las mujeres deslizándose hasta caer al suelo.

Durante una conferencia de escritores, Ruth se enfrentó por primera vez al hecho de que su padre se acostara con una chica que era incluso más joven que ella, también estudiante universitaria.

—Pensé que me darías tu aprobación, Ruthie —le dijo Ted.

Cuando Ruth le criticaba, su padre adoptaba a menudo un tono quejumbroso, como si ella fuese el padre y él el hijo, y así era en cierto sentido.

—¿Mi aprobación, papá? —replicó ella, enojada—. ¿Seduces a una chica más joven que yo y esperas que lo apruebe?

—Pero, Ruthie, no está casada —contestó su padre—. No es la madre de nadie. Pensé que no te parecería mal.

Finalmente, la novelista Ruth Cole llegaría a describir la clase de trabajo de su padre como «madres infelices..., ése es su campo».

Pero ¿por qué razón Ted no habría de reconocer a una madre desdichada cuando la viera? Al fin y al cabo, por lo menos durante los cinco primeros años que siguieron a la muerte de sus hijos, Ted vivió con la madre más infeliz de todas.

## Marion espera

Orient Point, el extremo de la horquilla al norte de Long Island, parece lo que es: el final de una isla, el lugar donde la tierra termina. La vegetación, atrofiada por la sal y doblada por el viento, es escasa.

La arena es gruesa y está salpicada de conchas y piedras. Aquel día de junio de 1958, cuando Marion Cole aguardaba el transbordador de New London que traería a Eddie O'Hare desde el otro lado del canal de Long Island, la marea estaba baja y Marion observó con indiferencia que los pilotes del muelle estaban mojados allí donde la marea baja los había dejado expuestos, mientras que por encima de la línea que señalaba la marea alta estaban secos. Una bandada de gaviotas, que se habían cernido sobre el muelle formando un ruidoso coro, cambiaron de dirección y sobrevolaron la superficie del agua, que estaba encrespada y que, bajo un sol anómalo, mudaba constantemente de color, pasando del gris pizarra a un verde azulado y de nuevo a gris. Aún no había señales del transbordador.

Cerca del muelle había menos de una docena de coches aparcados. Debido a que el sol desaparecía a ratos tras las nubes, y al viento que soplaba del nordeste, la mayoría de los conductores esperaban dentro de sus coches. Al principio Marion se había quedado junto al suyo, apoyada en el guardabarros trasero, pero luego se sentó en él, con su ejemplar del anuario de Exeter correspondiente a 1958 abierto sobre el capó. Fue allí, en Orient Point, sobre el capó de su coche, donde Marion contempló largamente por primera vez las fotografías más recientes de Eddie O'Hare.

Marion detestaba llegar tarde, e invariablemente tenía en poca estima a quienes se retrasaban. Había aparcado el coche en cabeza de la hilera donde la gente esperaba al transbordador. Había otra hilera de coches más larga en el aparcamiento, donde también se encontraban quienes esperaban el transbordador para regresar a New London, pero Marion no reparó en ellos. No solía mirar a la gente cuando estaba en público, algo que sucedía muy pocas veces.

Todo el mundo la miraba. No podían evitarlo. Por entonces, Marion Cole tenía treinta y nueve años, aunque aparentaba veintinueve o incluso algunos menos. Cuando se sentó en el guardabarros del coche e intentó impedir que las turbulentas ráfagas del nordeste agitaran las páginas del anuario, vestía una falda holgada, de un color beige anodino, que le ocultaba casi por completo las piernas largas y bien torneadas, pero no podría decirse que le sentara de una manera anodina, no, le sentaba perfectamente. Llevaba una camiseta de media manga demasiado grande, metida por debajo de la falda, y, sobre la camiseta, una rebeca de ese color rosa desvaído que tiene el interior de ciertas conchas marinas, un rosa más corriente en una costa tropical que en la menos exótica ribera de Long Island.

La brisa arreciaba, y Marion se ciñó la rebeca sin abrochársela. La camiseta era holgada, pero la había apretado contra el cuerpo rodeándose con un brazo por debajo de los senos. Era evidente que tenía la cintura alargada, que los pechos eran grandes y colgantes, pero bien formados y de aspecto natural. En cuanto a la ondulante cabellera que le llegaba a los hombros, el sol que aparecía y se ocultaba hacía que su color cambiara desde el ámbar al rubio como la miel, y su piel ligeramente bronceada era luminosa. Casi carecía de defectos.

No obstante, al mirarla más de cerca, había algo en uno de sus ojos que llamaba la atención. Tenía el rostro en forma de almendra, lo mismo que los ojos, que eran de un azul oscuro, pero en el iris del ojo derecho había una mancha hexagonal de color amarillo muy brillante. Era como si una lasca de diamante o un trocito de hielo le hubiera entrado en el ojo y ahora reflejara permanentemente el sol. Bajo cierta luz, o desde ángulos impredecibles, esa mancha amarilla hacía que el ojo derecho pasara del azul al verde. No menos desconcertante era su boca perfecta. Sin embargo su sonrisa, cuando sonreía, era triste. Durante los últimos cinco años, pocas personas la habían visto sonreír.

Mientras buscaba en el anuario de Exeter las fotografías más recientes de Eddie O'Hare, Marion frunció el ceño. Un año atrás, Eddie había pertenecido al Club Excursionista, pero ahora no figuraba allí. Y si el año anterior le había gustado la Sociedad Juvenil de Debates, este año no era miembro de ella, ni tampoco había progresado hasta pertenecer a aquel círculo de elite formado por seis muchachos que constituían el Equipo de Debate Académico. ¿Acaso había abandonado tanto las excursiones como los debates?, se preguntó Marion. (A sus hijos tampoco les habían interesado los clubes.)

Pero entonces encontró al muchacho entre un grupo de chicos que parecían petulantes y pagados de sí mismos, mientras que él tenía un aire reservado. Eran los redactores titulares y principales colaboradores de *El Péndulo*, la revista literaria de Exeter. Eddie estaba en un extremo de la hilera central, como si hubiera llegado tarde para la foto y, fingiendo una elegante falta de interés, se hubiera colocado ante la cámara en el último instante. Mientras algunos de sus compañeros posaban, mostrando ex profeso sus perfiles a la cámara, Eddie miraba de frente y con fijeza. Al igual que en las fotos del anuario de 1957, su alarmante seriedad y su hermosa cara le hacían parecer mayor de lo que era.

En cuanto al aspecto «literario», la camisa oscura y la corbata más oscura todavía eran los únicos elementos visibles. La camisa era de las que normalmente se llevan con corbata. (Marion recordaba que Thomas había tenido ese aspecto, al contrario que Timothy, más joven o más convencional.) Pensar en cuál sería el contenido de *El Péndulo* deprimía a Marion: poemas indescifrables y relatos centrados en la llegada a la mayoría de edad, penosamente autobiográficos, versiones pseudoartísticas de la socorrida redacción titulada «Lo que he hecho en mis vacaciones de verano». Marion opinaba que los chicos de esa edad deberían dedicarse exclusivamente a los deportes. (Thomas y Timothy no habían hecho otra cosa.)

De repente, el tiempo desabrido, con nubes y viento, le hizo estremecer, o tal vez sintió frío por otras razones. Cerró el anuario escolar de 1958, subió al coche y volvió a abrirlo, apoyándolo en el volante. Los hombres que repararon en Marion mientras subía al coche no pudieron evitar fijarse en sus caderas.

Con respecto a los deportes, Eddie O'Hare seguía corriendo y nada más. Allí estaba, más musculoso al cabo de un año, en las fotografías de los equipos escolares de cross y marcha atlética. Marion se preguntó por qué corría. (A sus hijos les gustaba el fútbol y el hockey, y en primavera Thomas jugaba a lacrosse y Timothy al tenis. Ninguno de los dos quiso practicar el deporte favorito de su padre: el único deporte de Ted era el squash.)

Si Eddie O'Hare no había pasado de la categoría cadete a la juvenil, tanto en cross como en marcha atlética, debía de ser porque no era ni muy rápido ni muy resistente. Pero al margen de la rapidez o la resistencia con que Eddie corriera, una vez más, y sin que Marion fuese siquiera consciente de ello, los hombros desnudos del muchacho llamaron su atención, y los contorneó con el dedo índice. El esmalte de uñas era de un rosa mate, a juego con el color de los labios, un rosa entreverado de plata. En el verano de 1958, tal vez Marion Cole fuese una de las mujeres más hermosas que existían.

Y lo cierto era que, al recorrer la línea de los hombros desnudos de Eddie, no la movía ningún interés sexual consciente. Por aquel entonces, que su escrutinio compulsivo de jóvenes de la edad de Eddie pudiera llegar a ser sexual era tan sólo una premonición de su marido. Si Ted confiaba en su instinto sexual, Marion estaba muy insegura del suyo.

Muchas esposas fieles toleran e incluso aceptan las dolorosas traiciones de un marido muy dado a galanteos. Marion, por su parte, aguantaba a Ted porque se daba cuenta de la nula importancia que sus muchas amantes tenían para él. Si hubiera tenido solamente una amante, alguien que ejerciera sobre él un hechizo perpetuo, Marion podría haber llegado al convencimiento de que debía abandonarle. Pero Ted nunca era ofensivo y, sobre todo después de la muerte de

Thomas y Timothy, mostraba una constante ternura hacia ella. Al fin y al cabo, nadie salvo Ted podría haber comprendido y respetado su eterna aflicción.

Pero ahora había una desigualdad horrible entre ella y Ted. Como había observado incluso Ruth, la pequeña de cuatro años, su madre estaba más triste que su padre. Marion tampoco podía confiar en que compensaría otra desigualdad, la de que, como padre, Ted era mejor para Ruth que ella como madre. ¡Y, en cambio, para sus hijos desaparecidos ella siempre había sido superior! Últimamente casi detestaba a Ted porque encajaba su dolor mejor de lo que ella podía encajar el suyo. Lo que Marion sólo podía conjeturar era que Ted quizá la detestaba por la superioridad de su tristeza.

Marion creía que había sido un error tener a Ruth. En cada fase de su crecimiento, la niña era un doloroso recordatorio de las fases correspondientes de Thomas y Timothy. Los Cole nunca habían necesitado niñeras para sus hijos, y Marion les había prodigado unos cuidados maternales absolutos. En cambio, las niñeras de Ruth se habían sucedido sin cesar, pues aunque Ted demostraba una mayor disposición que Marion para cuidar de la criatura, era bastante torpe en la realización de las necesarias tareas cotidianas. Por incapaz que fuese Marion de realizarlas, por lo menos sabía en qué consistían y que alguien responsable debía encargarse de ellas.

Hacia el verano de 1958, Marion se había convertido en la principal desdicha de su marido. Cinco años después de que fallecieran Thomas y Timothy, Marion creía que ella causaba a Ted más aflicción que la muerte de sus hijos. También albergaba el temor de que no siempre fuese capaz de reprimir el amor hacia su hija, y pensaba que, si se permitía amar a Ruth, no sabía qué haría si algún día le sucedía algo a la niña. Estaba segura de que no podría soportar la pérdida de otro hijo.

Recientemente Ted le había dicho a Marion que quería «intentar la separación» durante el verano, tan sólo para comprobar si, viviendo separados, ambos podrían ser más felices. Durante algunos años, mucho antes de que fallecieran sus queridos hijos, Marion se había preguntado si debía divorciarse de Ted. ¡Y ahora era éste quien quería divorciarse! De haberse divorciado cuando Thomas y Timothy vivían, no hubiera cabido la menor duda acerca de cuál de ellos se hubiese quedado con los niños: eran los hijos de Marion, se habrían decantado por ella. Ted nunca hubiera podido rebatir una verdad tan evidente.

Pero ahora... Marion no sabía qué hacer. Había ocasiones en que ni siquiera soportaba hablar con Ruth. Era comprensible que la niña quisiera a su padre.

¿De modo que ése era el trato?, se preguntaba Marion. Él acaparaba lo que quedaba: la casa, a la que ella amaba pero cuya posesión no deseaba, y Ruth, a quien ella no podía, o no quería, permitirse amar. Ella se llevaría a sus chicos. Ted podría quedarse con el recuerdo de Thomas y Timothy. (Marion había decidido que ella se quedaría con todas las fotografías.)

El pitido de la sirena del transbordador la sobresaltó. El dedo índice, que había seguido contorneando los hombros desnudos de Eddie O'Hare, presionó demasiado la página del anuario y se le rompió la uña. Unas gotitas de sangre brotaron de la piel rasguñada. Marion contempló el surco que su uña había dejado en el hombro de Eddie. Un poco de sangre había manchado la página, pero ella se humedió el dedo con la lengua y la eliminó. Sólo entonces recordó que Ted había contratado a Eddie a condición de que el chico tuviera el permiso de conducir, y que el empleo veraniego de Eddie se había convenido antes de que Ted le hubiera dicho que quería «intentar la separación».

La sirena del transbordador retumbó de nuevo. Era un sonido tan intenso que anunciaba a Marion lo que ahora era evidente: ¡Ted sabía desde hacía cierto tiempo que iba a abandonarla! Pero, cosa que la sorprendía a ella misma, la conciencia de ese engaño de su marido no la encolerizaba. Ni siquiera estaba segura de sentir el suficiente odio hacia él como para indicar que alguna vez le había amado. ¿Se había detenido todo, o había cambiado para ella, cuando Thomas y Timothy murieron? Hasta entonces había supuesto que Ted, a su manera, todavía la amaba. Sin embargo, era él quien iniciaba la separación.

Cuando abrió la portezuela y bajó para examinar más de cerca a los pasajeros que desembarcaban del transbordador, era una mujer tan triste como lo había sido ininterrumpidamente durante los últimos cinco años, pero su mente estaba más clara que nunca. Le diría a Ted que se marchara, incluso le permitiría que lo hiciera con su hija. Mejor, los abandonaría a los dos antes de que Ted tuviera ocasión de abandonarla. Mientras se encaminaba al muelle, iba diciéndose: «Todo menos las fotografías». Para alguien que acababa de llegar a aquellas trascendentales conclusiones, su paso evidenciaba una firmeza fuera de lugar. Para quienes la veían, su serenidad era innegable.

El conductor del primer coche que salió del transbordador era un necio. Le asombró tanto la belleza de la mujer que caminaba hacia él que se desvió de la calzada y acabó en la pedregosa arena de la playa. Su vehículo permanecería allí atascado durante más de una hora, pero aunque comprendía lo apurado de su situación, no podía dejar de mirar a Marion; era superior a sus fuerzas. Ella no reparó en el incidente y siguió avanzando despacio.

Durante el resto de su vida, Eddie O'Hare creería en el destino. Al fin y al cabo, en cuanto puso los pies en tierra, allí estaba Marion.

## Eddie está aburrido... y también caliente

Pobre Eddie O'Hare. Estar en público con su padre le hacía sentirse siempre profundamente humillado, y aquella vez no era una excepción: el largo viaje hasta los muelles del transbordador en New London y la espera, que pareció todavía más larga, en compañía de su padre, hasta que llegó el transbordador de Orient Point. En Exeter, los hábitos de Minty O'Hare eran tan conocidos como los caramelos de menta que chupaba para refrescarse la boca. Eddie había aprendido a aceptar que tanto los alumnos como los profesores huyeran sin disimulo de su padre. La capacidad del señor O'Hare para aburrir al público, a cualquier público, era notoria. Su soporífera manera de enseñar era célebre en las aulas. Los alumnos a los que el señor O'Hare había hecho dormir eran legión.

El método que tenía Minty para aburrir no era, digámoslo así, florido: consistía en la machaconería. Leía en voz alta los pasajes que consideraba más importantes de la tarea asignada el día anterior, cuando presumiblemente la materia estaba aún fresca en las mentes de los alumnos. Sin embargo, la frescura de sus mentes se iba marchitando a medida que avanzaba la clase, pues Minty siempre localizaba muchos pasajes importantes, que leía con gran sentimiento y entre numerosas pausas realizadas a fin de causar efecto. Las pausas más largas eran necesarias para que pudiera chupar sus caramelos de menta. No había demasiados comentarios tras la incesante repetición de aquellos pasajes excesivamente familiares, en parte porque nadie podía discutir la importancia evidente de cada pasaje. Lo único que uno podía poner en tela de juicio era la necesidad de leerlos en voz alta. Fuera del aula, el método de Minty para enseñar lengua y literatura inglesas era un tema de discusión tan frecuente que, a menudo, a Eddie O'Hare le parecía que realmente hubiera soportado las clases de su padre, aunque nunca lo había hecho.

Eddie sufría en otro lugar. Se sentía agradecido porque, ya desde pequeño, había comido casi siempre en el comedor de la escuela, primero en una mesa de profesores con otra familia del profesorado y, más adelante, con sus compañeros de clase. Así pues, las vacaciones escolares eran las únicas ocasiones en las que la familia O'Hare comía en casa. Las cenas con asistencia de invitados, que Dot O'Hare organizaba con regularidad (aunque eran pocos los matrimonios a los que daba su renuente aprobación), eran algo muy distinto. A Eddie no le aburrían esas cenas porque sus padres restringían la presencia del muchacho en ellas a una aparición más breve y de cortesía.

Pero en las cenas familiares, durante las vacaciones, Eddie se veía expuesto a un opresivo fenómeno: el matrimonio perfecto de sus padres, quienes no se aburrían mutuamente por la sencilla razón de que no se escuchaban. Lo que había entre ellos era una tierna cortesía; la mamá permitía que el papá se explayara a placer, y entonces le tocaba el turno a ella, casi siempre para hablar de un tema que no guardaba relación con lo que había dicho su marido. La conversación de los señores O'Hare era una obra maestra de incongruencias. Como Eddie no intervenía, podía distraerse tratando de adivinar si algo de lo que decía su madre o su padre sería recordado por el otro.

Un ejemplo pertinente era una velada transcurrida en el hogar de Exeter poco antes de que el muchacho partiera hacia Orient Point. El curso escolar había terminado, los ensayos para la ceremonia de entrega de diplomas habían finalizado recientemente y Minty O'Hare filosofaba sobre lo que él llamaba la indolencia que habían mostrado los alumnos durante el último trimestre.

—Ya sé que están pensando en las vacaciones de verano —dijo Minty tal vez por centésima vez—. Comprendo que la vuelta del tiempo cálido es de por sí una invitación a la pereza, pero no a una holgazanería tan desmesurada como la que he visto esta primavera.

El padre de Eddie decía lo mismo cada primavera, y esas manifestaciones producían en el muchacho un profundo letargo. Cierta vez se preguntó si el único deporte que le interesaba, correr, no obedecería sino a un intento de huir de la voz paterna, la cual tenía las modulaciones predecibles e incesantes de una sierra circular en un almacén de madera.

Minty aún no había terminado (el padre de Eddie nunca parecía haber terminado), pero por lo menos se había detenido para respirar o tomar un bocado, cuando la madre empezó a hablar.

—Como si no bastara con que, durante todo el invierno, hayamos tenido que soportar que la señora Havelock prefiera no llevar sostenes —dijo Dot O'Hare—, ahora que ha vuelto el buen tiempo debemos padecer las consecuencias de su negativa a depilarse los sobacos. ¡Y sigue sin llevar sostenes! ¡Ahora no lleva sostenes y tiene los sobacos peludos!

La señora Havelock era la joven esposa de un nuevo profesor del centro y, como tal, al menos para Eddie y la mayoría de los chicos de Exeter, era más interesante que las demás señoras de los profesores. Y el hecho de que la señora Havelock no usara sostén constituía, para los chicos, un punto a su favor. Aunque no era una mujer bonita, sino más bien rechoncha y feúcha, la oscilación de sus senos grandes y juveniles hacía que la tuvieran en gran aprecio tanto los estudiantes como no pocos miembros del profesorado que jamás habrían osado confesar su atracción. En aquellos días de 1958 anteriores a la época *hippie*, que la señora Havelock no llevara sujetador era algo poco frecuente y digno de mención. Los chicos la llamaban entre ellos la Pechugona, y mostraban hacia el señor Havelock, a quien envidiaban profundamente, un respeto mucho mayor que el que profesaban a cualquier otra persona. A Eddie, que gozaba al ver los pechos oscilantes de la señora Havelock como el que más, le turbaba la cruel desaprobación de su madre.

Y ahora el vello en las axilas... Eddie tenía que admitir que eso había ocasionado una consternación considerable entre los alumnos menos experimentados. En aquel entonces había muchachos en Exeter que o desconocían, al parecer, que a las mujeres les salía vello en las axilas, o estaban demasiado turbados para pensar en los motivos por los que cualquier mujer no se depilaba las axilas. Sin embargo, para Eddie, los sobacos peludos de la señora Havelock constituían una prueba más de la ilimitada capacidad de la mujer para proporcionar placer. Enfundada en un vestido veraniego sin mangas, la señora Havelock dejaba que sus pechos oscilaran al caminar y, además, mostraba el vello de las axilas. Desde que empezó el buen tiempo, no pocos de los chicos, además de llamarla Pechugona, la llamaban también Peluda. Con uno u otro nombre, a Eddie le bastaba pensar en ella para tener una erección.

—Cuando menos te lo esperes, verás como deja de depilarse las piernas —añadió la madre de Eddie.

Esa idea, ciertamente, hacía titubear a Eddie, aunque decidió reservar su juicio hasta comprobar por sí mismo si ese aditamento capilar en las piernas de la señora Havelock podía complacerle.

Puesto que el señor Havelock era colega de Minty en el departamento de lengua y literatura inglesas, Dot O'Hare opinaba que su marido debería hablarle sobre la molesta impropiedad del estilo «bohemio» de su mujer en una escuela sólo para chicos. Pero Minty, aunque podía ser un latoso de campeonato, tenía el suficiente comedimiento para no inmiscuirse en la manera de vestir o en la depilación (o su carencia) de la esposa de otro hombre.

—La señora Havelock es europea, mi querida Dorothy —se limitó a decir Minty.

—¡No sé qué quieres decir con eso! —respondió la madre de Eddie, pero su padre ya había vuelto, con tanta naturalidad como si no le hubieran interrumpido, al tema de la indolencia estudiantil en primavera.

Eddie opinaba, aunque jamás lo hubiera expresado, que sólo los pechos oscilantes y los sobacos peludos de la señora Havelock podrían aliviarle alguna vez de la indolencia que sentía, y que no era la primavera lo que le volvía indolente, sino las conversaciones interminables e inconexas de sus padres, que dejaban una auténtica estela de pereza, un rastro de sopor.

A veces, los compañeros de clase de Eddie le preguntaban:

—Oye, ¿cuál es el verdadero nombre de tu padre?

Sólo conocían al señor O'Hare por el apodo de Minty o, cuando hablaban con él, como el señor O'Hare.

—Joe —respondía Eddie—. Joseph E. O'Hare.

La E era la inicial de Edward, el único nombre por el que su padre le llamaba.

—No te puse Edward porque quisiera llamarte Eddie —le decía a cada tanto su progenitor.

Pero todos los demás, su madre incluida, le llamaban Eddie. Y Eddie confiaba en que algún día le llamarían sencillamente Ed.

Durante la última cena familiar antes de que Eddie partiera hacia su primer empleo veraniego, trató de intervenir en la interminable cháchara incongruente de sus padres, pero fue inútil.

—Hoy me he encontrado con el señor Bennett en el gimnasio —les dijo Eddie.

El señor Bennett había sido el profesor de inglés de Eddie el curso anterior, y el muchacho le tenía en gran estima. Su curso incluía algunos de los mejores libros que había leído jamás.

—Supongo que le veremos los sobacos en la playa durante todo el verano —comentó la madre de Eddie, y anunció—: Me temo que no podré evitar decirle algo.

—La verdad es que jugué un poco a squash con el señor Bennett —siguió diciendo Eddie—. Le dije que siempre había querido probarlo, y él se molestó en jugar conmigo durante un rato. Me gustó más de lo que imaginaba.

Además de su cometido en el departamento de inglés, el señor Bennett era el entrenador de squash, una tarea en la que tenía mucho éxito. Golpear una pelota de squash fue una especie de revelación para Eddie O'Hare.

—Creo que unas vacaciones navideñas más breves y una pausa primaveral más larga podría ser la solución —dijo su padre—. Sé que el curso escolar es muy largo, pero debería existir una manera de lograr que los chicos vuelvan en primavera con un poco más de brío, más deseos de trabajar.

—He estado pensando en que el próximo invierno podría escoger el squash como deporte —anunció Eddie—. En otoño, seguiría con el cross, y en primavera podría volver a la marcha atlética...

Por un momento pareció que la palabra «primavera» había llamado la atención de su padre, pero era sólo la indolencia de la primavera lo que mantenía el interés de Minty.

—A lo mejor, si se depila le sale un sarpullido —especuló la madre de Eddie—. Vamos, a mí me ocurre en ocasiones, pero eso no es ninguna excusa.

Más tarde, Eddie fregó los platos mientras sus padres seguían charlando. Poco antes de acostarse, oyó que la madre preguntaba al padre:

—¿Qué ha dicho del squash? Sí, algo acerca del squash.

—¿Qué ha dicho quién?

—¡Eddie! —replicó su madre—. Eddie ha dicho algo sobre el squash y el señor Bennett.

—Es el entrenador de squash —le dijo Minty.

—¡Eso ya lo sé, Joe!

—¿Cuál es tu pregunta, mi querida Dorothy?

—¿Qué ha dicho Eddie acerca del squash? —repitió Dot.

—Bueno, ¿qué ha dicho?

—La verdad, Joe, es que a veces me pregunto si escuchas alguna vez.

—Soy todo oídos, mi querida Dorothy —le dijo el viejo pelmazo.

Entonces los dos se echaron a reír. Seguían riéndose mientras Eddie realizaba con desgana los actos de rutina antes de acostarse. De repente se sintió tan cansado (tan indolente, supuso) que no hubiera podido hacer el esfuerzo de explicar a sus padres lo que les había querido decir. Si el de sus padres era un buen matrimonio, y parecía serlo en todos los aspectos, Eddie imaginaba que un mal matrimonio podría ser muy recomendable. Estaba a punto de poner a prueba esa teoría, y de una manera mucho más ardua de lo que pudiera pensar.

## La puerta en el suelo

Camino de New London, trayecto que había sido objeto de un tedioso exceso de planificación (al igual que Marion, salieron demasiado temprano hacia el embarcadero del transbordador), el padre de Eddie se extravió en las proximidades de Providence.

—¿Es un error del piloto o del copiloto? —preguntó Minty en tono jovial.

Era un error de ambos. El padre de Eddie hablaba tanto que no había prestado suficiente atención a la carretera. Eddie, que era el «copiloto», había hecho tales esfuerzos por mantenerse despierto que se había olvidado de consultar el mapa.

—Menos mal que hemos salido temprano —añadió su padre.

Se detuvieron en una estación de servicio, donde Joe O'Hare intentó rebajarse para trabar conversación con un miembro de la clase trabajadora.

—Bueno, vaya situación difícil la nuestra, ¿no cree usted? —dijo el señor O'Hare al empleado de la gasolinera, el cual le pareció a Eddie un poco retrasado—. Aquí tiene a un par de exonianos perdidos en busca del transbordador de New London a Orient Point.

Eddie se moría un poco cada vez que oía a su padre hablar con desconocidos. (¿Quién, salvo un exoniano, sabía lo que era un exoniano?) Como si sufriera un coma pasajero, el empleado de la gasolinera contemplaba una mancha aceitosa en el suelo, un poco a la derecha del zapato derecho de Minty.

—Están ustedes en Rhode Island —fue todo lo que pudo decir el pobre hombre.

—¿Podría indicarnos la dirección hacia New London? —le preguntó Eddie.

Cuando estuvieron de nuevo en marcha, Minty obsequió a Eddie con unas observaciones sobre la taciturnidad intrínseca, que tan a menudo era el resultado de una enseñanza media deficiente.

—El entorpecimiento de la mente es una cosa terrible, Edward —le advirtió su padre.

Llegaron a New London con tanta antelación que Eddie hubiera podido tomar el transbordador anterior.

—¡Pero entonces tendrás que esperar completamente solo en Orient Point! —señaló Minty.

Al fin y al cabo, los Cole esperaban que Eddie llegara en el transbordador siguiente. Cuando el muchacho comprendió hasta qué punto habría preferido esperar solo en Orient Point, el transbordador anterior ya había zarpado.

—Es el primer viaje en barco de mi hijo —le dijo Minty a la mujer de brazos enormes que le vendió a Eddie el pasaje—. No es el *Queen Elizabeth* ni el *Queen Mary*, no se trata de un crucero de siete días. No parte de Southampton, como en Inglaterra, o de Cherburgo, como en Francia. ¡Pero, sobre todo a los dieciséis años, una pequeña travesía marítima hasta Orient Point es suficiente!

La rolliza mujer sonreía con indulgencia. Aunque no esbozaba una amplia sonrisa, se veía que le faltaban varios dientes.

Luego, en el muelle, el padre de Eddie filosofó sobre el tema de los excesos dietéticos, que a menudo son el resultado de una escolarización secundaria deficiente. Durante el breve trayecto desde Exeter, ¡se habían encontrado con muchas personas que habrían sido más felices, más delgadas, o ambas cosas a la vez, si hubieran tenido la buena suerte de asistir a su escuela!

De cuando en cuando, de improviso, el padre de Eddie rompía el hilo de su discurso para darle consejos sobre el trabajo veraniego.

—No tienes que ponerte nervioso sólo porque sea un hombre famoso —dijo el señor O'Hare sin que viniera a cuento—. No es precisamente una gran figura literaria. Debes aprender lo que puedas, observar sus hábitos de trabajo, ver si su locura tiene un método, esa clase de cosas.

A medida que el transbordador de Eddie se aproximaba, era Minty quien de repente se mostraba inquieto por el trabajo de su hijo.

Los primeros vehículos que iban a subir a bordo eran los camiones, y el primero de la fila iba cargado de almejas frescas... o vacío y de camino hacia el lugar donde lo cargarían de almejas. Sea como fuere, no olía precisamente a almejas frescas, y su conductor —que se fumaba un cigarrillo, apoyado en la rejilla del radiador sembrada de moscas muertas, mientras el transbordador atracaba— fue la siguiente víctima de la conversación espontánea de Joe O'Hare.

—Mi chico va a iniciar su primer trabajo —le informó Minty, mientras Eddie se moría un poco más.

—¿Ah, sí? —replicó el conductor del camión.

—Va a ser ayudante de un escritor —le dijo el padre de Eddie—. No estamos muy seguros de lo que eso puede significar, desde luego, pero sin duda será algo más exigente que afilar lápices, cambiar la cinta de la máquina de escribir y buscar en el diccionario esas palabras difíciles que ni siquiera el mismo escritor sabe cómo se escriben. Lo considero una experiencia de aprendizaje, al margen de lo que al final resulte ser.

—Buena suerte, chico —le dijo el camionero, súbitamente contento con su trabajo.

En el último momento, poco antes de que Eddie subiera al transbordador, su padre fue corriendo al coche y regresó también a la carrera.

—¡Casi se me olvida! —gritó, tendiendo a Eddie un grueso sobre rodeado por una goma elástica y un paquete del tamaño y la blandura de una hogaza de pan.

El paquete estaba envuelto en papel de regalo, pero algo lo había aplastado en el asiento trasero del coche, y ahora el obsequio parecía abandonado, algo que nadie desearía.

—Es para la nena —le dijo Minty—. Tu madre y yo hemos pensado en ella.

—¿Qué nena? —preguntó Eddie.

Se puso el regalo y el sobre bajo la barbilla, apretándolos contra el pecho, porque la pesada bolsa de lona y una maleta más pequeña y ligera requerían ambas manos. Así cargado, y tambaleándose un poco, subió a bordo.

—¡Los Cole tienen una niña, creo que de cuatro años! —gritó Minty. Se oía el traqueteo de las cadenas, el resoplido de las máquinas del barco, los pitidos intermitentes de la sirena. Otras personas se despedían a gritos—. ¡Tienen una nueva hija para sustituir a los chicos que se murieron!

Esta última frase llamó la atención incluso del conductor del camión marisquero, quien ya había aparcado su vehículo a bordo y ahora estaba apoyado en la barandilla de la cubierta superior.

—Ah —dijo Eddie—. ¡Adiós!

—¡Te quiero, Edward! —gritó su padre.

Entonces Minty O'Hare se echó a llorar. Eddie nunca había visto llorar a su padre, pero aquella era la primera vez que se iba de casa. Lo más probable era que su madre también hubiera llorado, pero Eddie no se había dado cuenta.

—¡Ten cuidado! —exclamó su padre, emocionado. Ahora todos los pasajeros apoyados en la barandilla de la cubierta superior les miraban−. ¡Cuídala! −gritó Minty.

−¿A quién? −gritó Eddie a su vez.

−¡A ella! ¡Me refiero a la señora Cole!

−¿Por qué? −replicó Eddie. Se estaban alejando, el muelle quedaba atrás, y la sirena del transbordador era ensordecedora.

−¡Tengo entendido que no lo ha superado! −vociferó Minty−. ¡Es una zombi!

«¡Estupendo! ¡A estas alturas se le ocurre decirme eso!», pensó Eddie, pero se limitó a agitar el brazo. Ignoraba que la llamada zombi le estaría esperando en Orient Point, pues aún no sabía que al señor Cole le habían retirado el carné de conducir. A Eddie le había enojado que su padre no le hubiera permitido conducir durante el trayecto a New London, aduciendo que el tráfico con el que se encontrarían era «diferente del de Exeter». Eddie veía aún a su padre en la orilla de Connecticut, cada vez más alejada. Minty se había dado la vuelta y tenía la cabeza entre las manos. Estaba llorando.

¿Qué significaba eso de que la señora Cole era una zombi? Eddie había esperado que fuese como su madre, o como las numerosas esposas de los profesores, en absoluto memorables, en las que se compendiaba casi todo lo que sabía acerca de las mujeres. Con un poco de suerte, tal vez la señora Cole tuviera algo de lo que Dot O'Hare llamaba «carácter bohemio», aunque Eddie no se atrevía a esperar encontrarse con una mujer que, con sólo verla, causara un placer como el que la señora Havelock proporcionaba.

En 1958, los sobacos peludos y los pechos oscilantes de la señora Havelock eran lo único que ocupaba la mente de Eddie O'Hare cuando pensaba en mujeres. En cuanto a las chicas de su edad, no había tenido éxito con ellas, y además le aterraban. Como era hijo de un profesor, las escasas chicas con las que había salido eran de la población de Exeter, a las que conocía de la época en que iba a la escuela media elemental. Ahora aquellas muchachas habían crecido y, en general, se mostraban cautas con los chicos del pueblo que iban al centro Phillips. Era comprensible que esperasen ser tratadas con aires de superioridad.

Los fines de semana, cuando había baile en Exeter, las chicas que no eran del pueblo le parecían a Eddie inabordables. Llegaban en trenes y autobuses, a menudo de otros centros o de ciudades como Boston y Nueva York. Vestían mucho mejor y parecían más femeninas que la mayoría de las esposas de profesores, con excepción de la señora Havelock.

Antes de abandonar Exeter, Eddie había hojeado las páginas del anuario de 1953 en busca de las fotos de Thomas y Timothy Cole. Aquél era el último anuario en el que aparecían. Lo que vio allí le intimidó mucho. Aquellos chicos no habían pertenecido a un solo club, sino que Thomas figuraba en los equipos juveniles de fútbol y hockey, y Timothy, a poca distancia de su hermano, aparecía en las fotos de los equipos cadetes de fútbol y hockey. El hecho de que supieran dar puntapiés al balón y patinar no era lo que había intimidado a Eddie, sino la gran cantidad de instantáneas, a lo largo del anuario, en las que aparecían los muchachos: estaban en las numerosas fotografías reveladoras que contiene un anuario, en todas las fotos en que los alumnos evidencian que se están divirtiendo. Thomas y Timothy siempre daban la impresión de que se lo pasaban en grande. Eddie se dio cuenta de que habían sido felices.

Luchando con un montón de chicos en el «cuarto de las colillas» de la residencia (el salón de fumadores), haciendo el payaso con unas muletas, posando con palas quitanieves o jugando a las cartas, Thomas a menudo con un cigarrillo colgando de la comisura de su bonita boca. Y en el baile de fin de semana que organizaba la escuela, los hermanos Cole aparecían al lado de las chicas más guapas. En una foto, Timothy no bailaba sino que abrazaba a su pareja; en otra, Thomas besaba a una chica: estaban al aire libre, un día frío, con nieve, ambos con abrigos de pelo de camello, y Thomas atraía hacia sí a la chica tirando de la bufanda que ella llevaba alrededor del cuello. ¡Aquellos muchachos habían sido muy populares! (Y entonces se habían muerto.)

El transbordador pasó ante lo que parecía un astillero; algunas embarcaciones estaban en un dique seco y otras flotaban en el agua. Mientras el buque se alejaba de tierra, dejó atrás uno o dos faros. Mar adentro disminuyeron los veleros. El día había sido cálido y calinoso en tierra, incluso a primera hora de la mañana, cuando Eddie salió de Exeter, pero, en el mar, el viento del nordeste era frío y las nubes dejaban ver el sol y lo ocultaban a intervalos.

En la cubierta superior, todavía cargado con la pesada bolsa de lona y la maleta más pequeña y ligera, por no mencionar el regalo para la niña ya estropeado, Eddie reorganizó el equipaje. El envoltorio del regalo se estropearía aún más cuando lo metiera en el fondo de la bolsa, pero por lo menos no tendría que llevarlo bajo el mentón. Además, debía abrigarse los pies: se había puesto los zapatos sin calcetines, y ahora tenía los pies fríos. También sacó una sudadera para ponérsela sobre la camisa. Sólo entonces, aquel primer día fuera de la escuela, se dio cuenta de que tanto la camiseta como la sudadera llevaban estampado el nombre de «Exeter». Azorado por lo que le parecía una publicidad desvergonzada de su reverenciado centro docente, Eddie se puso la sudadera del revés. Ahora comprendía por qué algunos alumnos mayores tenían la costumbre de llevar las sudaderas del revés. La comprensión recién adquirida de esa distinguida moda le indicó que estaba preparado para encontrarse con el llamado mundo real, siempre que existiera realmente un mundo real donde lo mejor que podrían hacer los exonianos sería dejar atrás sus experiencias de Exeter (o volverlas del revés).

El hecho de llevar tejanos, en vez de los pantalones caqui que su madre le había aconsejado, pues los consideraba más «apropiados», le infundía ánimos. No obstante, aunque Ted Cole había escrito a Minty diciéndole que no hacía falta que el chico llevara consigo chaqueta y corbata, pues el trabajo veraniego de Eddie no requería lo que Ted llama el «uniforme de Exeter», su padre había insistido en que llevara un par de camisas de vestir, corbatas y lo que Minty llamaba una chaqueta deportiva «para todo uso».

Al abrir la bolsa para guardar el regalo, Eddie reparó en el grueso sobre que su padre le había dado sin ninguna explicación, algo extraño de por sí, pues su padre solía explicárselo todo. El sobre tenía estampada en relieve la dirección del centro Phillips de Exeter y el apellido O'Hare escrito con la pulcra caligrafía de su padre. Contenía los nombres y direcciones de todos los exonianos que vivían en los Hamptons. Ésa era la idea que tenía el señor O'Hare de lo que significaba estar preparado para una emergencia: ¡uno siempre podía solicitar ayuda a un ex alumno de Exeter! A Eddie le bastó dar un vistazo para cerciorarse de que no conocía a ninguna de aquellas personas. Había seis nombres con direcciones de Southampton, la mayoría ex alumnos que se habían graduado en los años treinta y cuarenta. Un viejo, que se había graduado en el curso de 1919, sin duda estaba jubilado y probablemente era demasiado anciano para recordar que había estudiado en Exeter. (En realidad, el hombre sólo tenía cincuenta y siete años.)

Había otros tres o cuatro exonianos en East Hampton, sólo un par en Bridgehampton y Sag Harbor, y uno o dos más en Amagansett, Water Mill y Sagaponack... Eddie sabía que los Cole vivían en esta última localidad. Estaba pasmado. ¿Acaso su padre no le conocía? A Eddie jamás se le habría ocurrido recurrir a aquellos desconocidos aunque se encontrara en el mayor apuro. ¡Exonianos!, estuvo a punto de exclamar.

Eddie conocía a muchas familias de profesores en Exeter. En su mayoría, y pese a que nunca daban por sentadas las cualidades del centro, no exageraban más allá de lo razonable lo que significaba ser exoniano. Parecía muy injusto que, de improviso, su padre le provocara la sensación de que odiaba a Exeter. En realidad, el muchacho sabía que era afortunado por estudiar en aquella escuela. Dudaba de que hubiera podido cumplir con los requisitos de ingreso en el centro de no haber sido hijo de un profesor, y se sentía bastante bien adaptado entre sus compañeros..., todo lo adaptado que puede estar, en una escuela masculina, cualquier chico indiferente a los deportes. Y además, dado el terror que le inspiraban a Eddie las chicas de su edad, le satisfacía estudiar en una escuela masculina.

Por ejemplo, cuando se masturbaba hacía uso cuidadoso de las toallas, que luego lavaba y colgaba en su lugar en el baño familiar. Tampoco arrugaba jamás las páginas de los catálogos de venta por correo de su madre, catálogos cuyos diversos modelos de ropa interior femenina le proporcionaban todo el estímulo visual que necesitaba. (Las imágenes que más le excitaban eran las de mujeres maduras con faja.) Sin los catálogos, también se había masturbado briosamente en la oscuridad: le parecía notar en la punta de la lengua el sabor salobre de las velludas axilas de la señora Havelock, y las mullidas y ondulantes almohadas en las que descansaba la cabeza y le inducían al sueño eran los pesados senos de la mujer, con quien soñaba a menudo. (Sin duda la señora Havelock había prestado ese valioso servicio a innumerables exonianos que pasaron por la escuela cuando ella estaba en la flor de la vida.)

Pero ¿en qué sentido era la señora Cole una zombi? Eddie miraba al conductor del camión de almejas, quien se estaba comiendo un bocadillo de frankfurt regado con cerveza. Aunque el chico tenía hambre, pues no había comido nada desde el desayuno, debido a la ligera oscilación lateral del barco y al olor del combustible no le apetecía ingerir ningún alimento o bebida. De vez en cuando, la cubierta se estremecía y todo el barco se balanceaba, y a ello se añadía la circunstancia de que Eddie estaba sentado de cara al viento que acarreaba el humo de la chimenea. Empezó a marearse un poco. Se sintió mejor al deambular por la cubierta, y la mejoría fue definitiva cuando encontró un cubo de basura y aprovechó la ocasión para arrojar allí el sobre que le había dado su padre con los nombres y direcciones de todos los exonianos que vivían en los Hamptons.

Entonces Eddie hizo algo que le llevó a sentirse sólo un poco avergonzado de sí mismo. Se dirigió al conductor del camión de almejas, que estaba sentado, haciendo una digestión penosa, y con un aplomo notable le pidió excusas por el comportamiento de su padre. El camionero reprimió un eructo.

—No te lo tomes a pecho, chico —le dijo el hombre—. Todos tenemos padres.

—Claro —replicó Eddie.

—Además, lo más probable es que esté preocupado por ti —filosofó el camionero—. Como no soy ayudante de escritor, eso no me parece nada fácil. No acabo de entender qué es lo que tienes que hacer.

—Yo tampoco —le confesó Eddie.

—¿Quieres cerveza? —le ofreció el camionero, pero Eddie rehusó cortésmente. Ahora que se sentía mejor, no quería volver a marearse.

Para Eddie no había ninguna mujer ni muchacha que llamara la atención en la cubierta superior, pero al parecer el camionero no compartía su opinión, pues se puso a pasear por el barco mirando a todas las mujeres y muchachas sin excepción. Dos chicas que habían subido al transbordador en coche no paraban de hablar de sus cosas, y a pesar de que sólo tenían uno o dos años más que Eddie, o quizá su misma edad, era evidente que le consideraban demasiado joven para ellas. Eddie las miró una sola vez.

Una pareja europea se acercó a Eddie para pedirle en un inglés con fuerte acento extranjero que les hiciera una foto en la popa. Le dijeron que estaban en luna de miel. Eddie les complació encantado, y sólo después se le ocurrió pensar que, como la mujer era europea, tal vez no tendría los sobacos depilados. Pero llevaba una chaqueta de manga larga. El muchacho tampoco había podido discernir si llevaba sostén.

Regresó al lado de la pesada bolsa de lona y la maleta más pequeña. Ésta sólo contenía las camisas de vestir, las corbatas y la chaqueta «para todo uso». Pesaba muy poco, pero su madre le había dicho que de esa manera las prendas «buenas», como ella las llamaba, llegarían a su destino sin arrugas. (Su madre le había hecho la maleta.) En la bolsa de lona estaba todo lo demás, las prendas que él quería llevar, sus cuadernos de notas y algunos libros que el señor Bennett, que era con mucho su profesor de inglés preferido, le había recomendado.

Eddie no había incluido en su equipaje las obras completas de Ted Cole. Las había leído y, por lo tanto, ¿qué necesidad tenía de cargar con ellas? Las únicas excepciones eran el ejemplar de *El ratón que se arrastra entre las paredes* que poseía la familia O'Hare (el padre de Eddie había insistido en que le pidiera al señor Cole que se lo firmara) y el título que, entre los libros infantiles de Ted, era su favorito. Al igual que Ruth, Eddie tenía una obra favorita que no era la del famoso ratón. La preferida de Eddie se titulaba *La puerta en el suelo,* un texto que le asustaba de veras. No había examinado con suficiente atención la fecha de publicación para darse cuenta de que *La puerta en el suelo* era el primer libro que Ted Cole había publicado tras la muerte de sus hijos. Sólo él sabía hasta qué punto le había resultado penoso escribir ese libro, y desde luego reflejaba un poco el horror que Ted vivía en aquellos días.

Si el editor de Ted no se hubiera compadecido de él por lo que les había sucedido a sus hijos, es posible que hubiera rechazado el libro. La postura negativa de los críticos fue casi unánime, pero el libro se vendió tan bien como los demás libros de Ted, cuya popularidad parecía imparable. La misma Dot O'Hare había comentado que leer aquel libro en voz alta a cualquier niño sería un acto de indecencia que bordearía el maltrato, pero a Eddie le encantó *La puerta en el suelo,* relato hasta tal punto reprensible que llegó a convertirse en una especie de obra de culto en los campus universitarios.

Durante la travesía, Eddie echó un vistazo a *El ratón que se arrastra entre las paredes.* Lo había leído tantas veces que no volvió a leer una sola palabra y se limitó a mirar las ilustraciones, las cuales le gustaban más que a la mayoría de los críticos. Lo mejor que éstos decían de ellas era que «realzaban» el texto o que no eran «inoportunas». Los comentarios solían ser negativos, aunque no demasiado. (Por ejemplo: «Aunque las ilustraciones no restan valor al relato, le añaden poca cosa. Uno se queda esperando que la próxima vez sean mejores».) Sin embargo, a Eddie le gustaban.

El monstruo imaginario se arrastraba entre las paredes. Allí estaba, sin patas delanteras ni traseras, impulsándose con los dientes, avanzando sobre su pelaje. Mejor todavía era la ilustración del espeluznante vestido en el armario de mamá, el vestido que cobraba vida e intentaba bajar del colgador. Era un vestido por cuya parte inferior sobresalía un solo pie, descalzo, mientras que de una manga salía, contorsionándose, una mano con su muñeca. Lo más turbador de todo era que el contorno de un solo seno parecía hinchar el vestido, como si una mujer (o sólo algunos de sus miembros) se estuviera formando en el interior del vestido.

No había el dibujo consolador de un ratón auténtico entre las paredes. La última ilustración mostraba al más pequeño de los dos chicos despierto en la cama y asustado por el ruido que se aproximaba.

El chico golpea la pared con la manita, para que el ratón se escabulla, pero el animal no sólo no lo hace sino que es desproporcionadamente enorme, no sólo mayor que los dos chicos juntos, sino mayor que la cabecera de la cama, mayor que la cama entera, incluida la cabecera.

En cuanto al libro de Ted Cole que Eddie prefería, lo sacó de la bolsa de lona y volvió a leerlo antes de que el transbordador atracara. El relato *La puerta en el suelo* nunca sería uno de los favoritos de Ruth. Su padre no se lo había contado, y habrían de transcurrir unos años antes de que la niña fuese lo bastante mayor para leerlo por sí misma. Y entonces lo detestaría.

Había una ilustración sin ningún disimulo, pero efectuada con buen gusto, de un bebé aún no nacido en el útero de su madre. El relato empezaba así:

«Érase un niño que no sabía si deseaba nacer. Su mamá tampoco sabía si deseaba que naciera.

»El motivo era que vivían en una choza, en el bosque de una isla situada en medio de un lago, y no había nadie más a su alrededor. Y, en el suelo de la choza, había una puerta.

»Al niño le asustaba lo que había bajo la puerta en el suelo, y a su mamá también le asustaba. Una vez, mucho tiempo atrás, otros niños habían visitado la choza, en Navidad, pero esos niños abrieron la puerta del suelo, desaparecieron en la cavidad que había debajo de la choza y todos sus regalos desaparecieron con ellos.

»En cierta ocasión, la mamá intentó buscar a los niños, pero cuando abrió la puerta que había en el suelo, oyó un ruido tan espantoso que el cabello se le volvió completamente blanco, como el de un fantasma. Y notó un olor tan terrible que la piel se le arrugó como la de una uva pasa. Tuvo que transcurrir un año entero antes de que la piel de la mamá volviera a estar suave y las canas desaparecieran. Y, al abrir la puerta del suelo, la mamá también había visto cosas horribles que no quería volver a ver jamás, como, por ejemplo, una serpiente capaz de volverse tan pequeña como para poder deslizarse por la ranura entre la puerta y el suelo, incluso cuando la puerta estaba cerrada, y después volverse de nuevo tan grande que podría llevar la choza sobre el lomo, como si la serpiente fuese un caracol gigante y la choza su concha». (Esa ilustración le había provocado una pesadilla a Eddie O'Hare, ¡no cuando era niño, sino a los dieciséis años!)

«Las demás cosas que había debajo de esa puerta eran tan horribles que uno sólo podía imaginarlas.» (Había también una ilustración indescriptible de aquellas cosas horribles.)

«Y por eso la mamá se preguntaba si quería tener un hijito en una cabaña que estaba en el bosque de una isla en medio de un lago, y sin nadie más a su alrededor, pero especialmente por todo lo que podría haber bajo la puerta del suelo. Entonces se dijo: "¿Por qué no? ¡Le diré que no abra la puerta que hay en el suelo!".

»Bueno, decir eso es fácil para una mamá, pero ¿y el pequeño? Éste aún no sabía si quería nacer en un mundo donde había una puerta en el suelo y nadie más alrededor. No obstante, también había ciertas cosas hermosas en el bosque, en la isla y en el lago.» (Aquí había una ilustración de un búho y de los patos que nadaban hacia la orilla de la isla, y en las aguas tranquilas del lago un par de somorgujos se hacían carantoñas.)

«"¿Por qué no aventurarse?", pensó el niño. Y entonces nació y fue muy feliz. Su mamá también volvía a ser feliz, aunque decía a su pequeño por lo menos una vez al día: "¡No se te ocurra abrir nunca, jamás de los jamases, la puerta en el suelo!". Pero él, naturalmente, sólo era un chiquillo. Si tú fueses ese niño, ¿no querrías abrir aquella puerta en el suelo?»

Y ése, se dijo Eddie O'Hare, era el fin del relato, sin darse cuenta de que, en el relato auténtico, el niño era una niñita. Se llamaba Ruth y su mamá no era feliz. Había en el suelo otra clase de puerta de la que Eddie no tenía noticia todavía.

El transbordador dejó atrás Plum Gut. Ahora Orient Point estaba claramente a la vista.

Eddie contempló las fotos de Ted Cole en las sobrecubiertas de sus libros. La foto del autor en *La puerta en el suelo* era más reciente que la de *El ratón que se arrastra entre las paredes*. En las dos el señor Cole le pareció a Eddie un hombre apuesto, y el muchacho de dieciséis años se dijo que, a la avanzada edad de cuarenta y cinco, un hombre aún podía conmover los corazones y las mentes de las señoras. Sin duda un hombre como aquél destacaría entre cualquier multitud en Orient Point. Eddie no sabía que debería haber esperado encontrarse con Marion.

Una vez el transbordador atracó en el muelle, desde la atalaya de la cubierta Eddie examinó a las personas allí reunidas, un grupo en absoluto impresionante. No había ningún hombre identificable por las elegantes fotos de las sobrecubiertas. «¡Se ha olvidado de mí!», pensó Eddie, y por alguna razón la ausencia le hizo pensar con rencor en su padre: ¡para eso servía ser oxoniense!

Sin embargo, desde cubierta, Eddie vio a una guapa mujer que saludaba agitando el brazo a alguno de los pasajeros que estaban a bordo, y supuso que el destinatario de su saludo debía de ser un hombre. La mujer era tan espléndida que a Eddie le costaba seguir buscando a Ted. Su mirada volvía constantemente a ella: con aquella agitación del brazo, era como si la mujer estuviera conjurando una tormenta. (Por el rabillo del ojo Eddie vio que un conductor se desviaba de la rampa al desembarcar y que el vehículo quedaba detenido en la arena pedregosa de la playa.)

Eddie fue uno de los últimos en desembarcar; llevaba la pesada bolsa de lona en una mano y la maleta más pequeña y ligera en la otra. Le asombraba ver que una mujer de belleza tan extraordinaria siguiera exactamente donde estaba cuando reparó en ella, y continuaba agitando el brazo. Se encontraba delante de él, y parecía saludarle. Eddie temió tropezar con ella. Estaba lo bastante cerca como para poder tocarla, percibía su olor, un olor exquisito, y de repente ella le tendió la mano y le tomó la maleta más pequeña y ligera.

—Hola, Eddie —le dijo.

Si él se moría un poco cada vez que su padre hablaba con desconocidos, ahora supo lo que significaba realmente morir: se había quedado sin aliento, no podía hablar.

—Creía que no ibas a verme nunca —le dijo la hermosa mujer.

Desde aquel instante, él no dejaría de verla jamás, la vería sin cesar en su mente, la vería cuando cerrase los ojos e intentara dormir. La mujer siempre estaría allí.

—¿La señora Cole? —logró susurrar.

—Llámame Marion —dijo ella.

Eddie no pudo pronunciar su nombre. Cargado con la pesada bolsa, caminó tras ella en dirección al coche. ¿Qué más daba que llevara sujetador? De todos modos, él había reparado en sus pechos. Y el fino suéter de manga larga le impedía comprobar si se depilaba las axilas. ¿Qué importaba eso? El áspero vello de los sobacos de la señora Havelock, que tanto le había atraído, por no mencionar sus tetas caídas, habían retrocedido al pasado lejano. Sólo se sentía un tanto azorado porque una persona tan corriente como la señora Havelock hubiera estimulado su deseo.

Cuando llegaron al coche, un Mercedes-Benz que tenía el color rojo polvoriento de un tomate sin lavar, Marion le ofreció las llaves.

—Sabes conducir, ¿verdad? —le dijo. Eddie aún no podía hablar—. Conozco a los chicos de tu edad y sé que os gusta conducir siempre que tenéis oportunidad, ¿no es cierto?

—Sí, señora.

—Marion —repitió ella.

—Esperaba al señor Cole —le explicó Eddie.

—Llámale Ted.

Ésas no eran las reglas de Exeter. En la escuela, y por extensión en su familia, puesto que la atmósfera de la escuela le había rodeado desde su infancia, era preciso tratar a todo el mundo de «señor» y «señora». Allí lo correcto era decir el señor Fulano y la señora Mengano. Aquí le pedían que dijera simplemente Ted y Marion. Era otro mundo, desde luego.

Cuando se acomodó en el asiento del conductor, comprobó que el acelerador, el freno y el embrague se encontraban a la distancia perfecta, lo cual corroboraba que Marion y él tenían la misma estatura. Sin embargo, la emoción de este descubrimiento quedó moderada de inmediato por la conciencia de su gran erección: el pene, ostensiblemente enhiesto, rozaba la parte inferior del volante. Y entonces el conductor del camión de almejas pasó lentamente por su lado y, naturalmente, también se fijó en Marion.

—¡Buen trabajo si lo consigues, muchacho! —le gritó.

Cuando Eddie hizo girar la llave de encendido, el Mercedes respondió con un ronroneo. Miró disimuladamente a Marion y vio que ella le estaba observando de una manera que le era tan desconocida como su coche.

—No sé adónde vamos —le confesó.

—Tú conduce —le dijo Marion—. Ya te daré todas las instrucciones que necesites.


## Una máquina masturbadora

Durante el primer mes de aquel verano, Ruth y el ayudante del escritor apenas se vieron. No se encontraban en la cocina de la casa, sobre todo porque Eddie nunca comía allí. Y aunque la niña de cuatro años y el ayudante de escritor dormían bajo el mismo techo, las horas en que uno y otra se retiraban eran muy distintas y sus dormitorios estaban a considerable distancia. Por la mañana, Ruth ya había tomado el desayuno, con su madre o con su padre, antes de que Eddie se levantara. Cuando el muchacho estaba despierto del todo, había llegado la primera de las tres niñeras de la pequeña, y Marion ya había llevado a la niñera y a Ruth a la playa. Si hacía mal tiempo, Ruth y la niñera jugaban en el cuarto de la niña, o en la sala de estar de la gran casa, que prácticamente no se usaba.

Lo grande que era la casa asombró de inmediato a Eddie O'Hare. Éste había pasado parte de su infancia en un piso pequeño, en la residencia de Exeter, y luego había vivido en una de las casas destinadas a los profesores, que no era mucho mayor que el piso. Pero el hecho de que Ted y Marion estuvieran separados, que nunca durmieran en la misma casa, era una rareza de mucha mayor magnitud (y causa de especulación) para Eddie que el tamaño de la casa. También para Ruth la separación de sus padres había supuesto un cambio nuevo y misterioso. A la pequeña no le resultaba más fácil que a Eddie adaptarse a esa singularidad.

Al margen de las implicaciones que tuviera la separación para Ruth y para Eddie de cara al futuro, el primer mes de aquel verano se caracterizó por la confusión. Cuando Ted se quedaba a dormir en la casa alquilada, a la mañana siguiente Eddie tenía que ir a buscarle con el coche. A Ted le gustaba estar en su cuarto de trabajo no más tarde de las diez de la mañana, por lo que a Eddie le daba tiempo de hacer un alto en el camino y pasar por la tienda de artículos generales de Sagaponack, donde había una estafeta de correos. Allí Eddie recogía el correo y compraba café y bollos para los dos. Cuando era Marion quien pasaba la noche en la casa alquilada, Eddie recogía el correo, pero desayunaba solo, pues Ted ya lo había hecho anteriormente con Ruth. Y Marion conducía su propio coche. Cuando no hacía recados, como sucedía a menudo, Eddie dedicaba gran parte de la jornada a trabajar en la casa alquilada.

Este trabajo, que no era en absoluto exigente, abarcaba desde responder a algunas de las cartas que enviaban los admiradores de Ted hasta mecanografiar de nuevo versiones retocadas a mano del brevísimo relato *Un ruido como el de alguien que no quiere hacer ruido*. Por lo menos una vez a la semana, Ted añadía o borraba una frase. También añadía y borraba comas, sustituía puntos y comas por guiones para después volver a los puntos y comas. (Eddie opinaba que Ted estaba atravesando una crisis de puntuación.) En el mejor de los casos, escribía a máquina un nuevo y desordenado párrafo (Ted era un pésimo mecanógrafo) y al instante lo revisaba y lo dejaba lleno de confusos garabatos. En el peor de los casos, el mismo párrafo quedaba eliminado por completo a la noche siguiente.

Eddie no abría ni leía el correo de Ted, y la mayor parte de las cartas que mecanografiaba eran las respuestas de Ted a los niños que le escribían. El autor respondía personalmente a las madres. Eddie nunca vio lo que las madres escribían a Ted, o lo que éste les contestaba. (Cuando Ruth oía el tecleo de su padre por la noche, sólo por la noche, lo que oía, con más frecuencia que la escritura de un nuevo libro para niños, era la de una carta dirigida a una joven madre.)

Los acuerdos a los que llegan las parejas para no perder las maneras en su viaje hacia el divorcio suelen ser más complicados cuando la máxima prioridad declarada es la de proteger a un hijo. A pesar de que Ruth, a sus cuatro años, había sido testigo de que un muchacho de dieciséis montaba a su madre por detrás, sus padres nunca se hablaban a gritos ni se manifestaban odio, como tampoco el padre o la madre le hablaba a Ruth mal del otro. En este aspecto de su matrimonio destrozado, Ted y Marion eran modelos de buen comportamiento. No importaba que los acuerdos relativos a la casa alquilada fuesen tan sórdidos como la deplorable vivienda. Ruth nunca tuvo que vivir en aquella casa.

En la jerga inmobiliaria que imperaba en los Hamptons en 1958, era una vivienda de las llamadas «casa vagón». En realidad se trataba de un apartamento sin ventilación, de un solo dormitorio, construido a toda prisa y amueblado de una manera económica, encima de un garaje de dos plazas. Estaba situada en Bridge Lane, en la localidad de Bridgehampton, apenas a tres kilómetros de la casa que los Cole tenían en Parsonage Lane de Sagaponack, y de noche era un lugar que permitía que Ted y Marion durmieran a suficiente distancia el uno del otro. Durante el día, allí trabajaba el ayudante del escritor.

La cocina de la casa vagón nunca se usaba para cocinar. En la mesa de la cocina (la vivienda carecía de comedor) se amontonaba el correo sin responder o las cartas a las que el autor estaba dando respuesta. De día, le servía a Eddie como mesa de trabajo y, cuando se quedaba allí por la noche, Ted utilizaba la máquina de escribir. Todo lo que había en la cocina era un amplio surtido de bebidas alcohólicas, café y té. En la sala de estar, una simple extensión de la cocina, había un televisor y un sofá, en el que Ted daba cabezadas mientras miraba un partido de béisbol. Nunca encendía el televisor a menos que retransmitieran un partido de béisbol o un combate de boxeo. Marion, si tenía dificultades para dormir, miraba las películas de la última sesión.

El armario del dormitorio sólo contenía unas pocas prendas de

Ted y Marion para casos de emergencia. La habitación nunca estaba lo bastante a oscuras, pues tenía una claraboya, sin cortina, por la que a menudo se filtraba agua. Tanto para evitar la luz como las goteras, Marion cubría la claraboya con una toalla que fijaba con chinchetas, pero cuando Ted estaba allí quitaba la toalla. Sin la luz que entraba por la claraboya, no habría sabido cuándo era hora de levantarse. No había ningún reloj, y a menudo Ted se acostaba sin saber dónde había dejado su reloj de pulsera.

La misma señora de la limpieza que se ocupaba de la casa familiar acudía a la casa vagón, pero sólo para pasar el aspirador y cambiar las sábanas. Tal vez debido a que la casa vagón estaba cerca del puente, donde pescaban los cangrejeros, normalmente utilizando como cebo trozos de pollo crudo, en el apartamento flotaba un olor permanente a volatería y salmuera. Y debido a que el propietario usaba el garaje para sus coches, Ted, Marion y Eddie comentaban que el olor del aceite lubricante y la gasolina saturaba el aire permanentemente.

Si algo mejoraba el lugar, aunque sólo fuese ligeramente, eran las pocas fotografías de Thomas y Timothy que Marion había llevado allí. Procedían del dormitorio de invitados que ocupaba Eddie en la casa de los Cole, así como del baño de invitados adjunto, que también estaba a disposición del muchacho. (Eddie no podía saber que los pocos ganchos que había en las paredes desnudas eran un anuncio de los muchos ganchos para colgar cuadros que no tardarían en quedar a la vista. Tampoco podía haber predicho que durante muchos años le obsesionaría la imagen del empapelado visiblemente más oscuro donde las fotos de los chicos muertos habían colgado antes de que las quitaran.)

Todavía quedaban algunas fotografías de Thomas y Timothy en el dormitorio y el baño para invitados que utilizaba Eddie, y con frecuencia las miraba. Una de ellas, en la que aparecía Marion, era la que le llamaba más la atención. En la foto, que había sido tomada con luz matinal en una habitación de hotel en París, Marion se hallaba tendida en una cama anticuada con colchón de plumas; estaba despeinada y parecía soñolienta y feliz. Al lado de su cabeza, sobre la almohada, había un pie infantil descalzo y sólo una vista parcial de la pierna del niño, en pijama, que desaparecía bajo las ropas de cama. Lejos, en el otro extremo de la cama, había otro pie descalzo que, lógicamente, pertenecía a un segundo niño, no sólo dada la considerable distancia entre los pies descalzos, sino también porque el pijama que cubría la segunda pierna era diferente.

Eddie no podía saber que la habitación de hotel estaba en París y pertenecía al otrora encantador Hôtel du Quai Voltaire, donde los

Cole se alojaron cuando Ted promocionaba la traducción francesa de *El ratón que se arrastra entre las paredes*. Sin embargo, Eddie reconoció que había algo extranjero, probablemente europeo, en la cama y los demás muebles. También supuso que los pies descalzos pertenecían a Thomas y Timothy, y que era Ted quien había hecho la fotografía.

Allí estaban los hombros desnudos de Marion (sólo se veían los delgados tirantes de la combinación o la camisola) y uno de sus brazos. Una vista parcial de las axilas sugería que Marion las llevaba pulcramente depiladas. En aquella fotografía Marion debía de ser doce años más joven, todavía veinteañera. Eddie no la veía ahora muy distinta, aunque le parecía menos feliz que entonces. Tal vez el efecto de la luz matinal, que incidía oblicuamente en las almohadas, daba a su cabello un tono más rubio.

Como todas las demás fotografías de Thomas y de Timothy, era una ampliación de veinte por veinticinco centímetros, rodeada por un paspartú y enmarcada en cristal. Eddie descolgaba la fotografía de la pared y la apoyaba en el sillón que había junto a la cama, de manera que Marion estuviera frente a él mientras permanecía tendido en la cama y se masturbaba. Para reforzar la ilusión de que la mujer le dirigía a él su sonrisa, Eddie sólo tenía que apartar de su mente los pies descalzos de los niños. La mejor manera de lograrlo era eliminarlos también de su vista, para lo cual bastaban dos trocitos de papel fijados al cristal con cinta adhesiva.

Esta actividad se había convertido en su ritual nocturno cuando, una noche, le interrumpieron. Apenas empezaba a cascársela, oyó unos golpes en la puerta del dormitorio, que carecía de cerradura, seguidos por la voz de Ted.

—¿Estás despierto, Eddie? He visto luz. ¿Puedo entrar?

Como es comprensible, Eddie se sobresaltó. Se puso a toda prisa el bañador todavía mojado y muy pegajoso que había puesto a secar en un brazo del sillón cercano a la cama, corrió al lavabo con la fotografía, y la colgó ladeada en su lugar, en la pared del baño.

—¡Ya voy! —gritó.

Sólo al abrir la puerta recordó los dos trozos de papel, todavía fijados al cristal, que ocultaban los pies de Thomas y Timothy. Y había dejado la puerta del baño abierta. Era demasiado tarde para hacer nada al respecto. Ted, con Ruth en brazos, estaba en el umbral de la habitación de invitados.

—Ruth ha tenido un sueño —dijo el padre de la niña—. ¿No es cierto, Ruthie?

—Sí —respondió la niña—. No era muy bonito.

—Quería estar segura de que una de las fotografías está todavía aquí —explicó Ted—. Sé que no es una de las que su mamá llevó a la otra casa.

—Ah —dijo Eddie, con la sensación de que la niña le atravesaba con la mirada.

—Cada foto tiene una historia —le dijo Ted a Eddie—, y Ruth conoce todas las historias, ¿verdad, Ruthie?

—Sí —repitió la niña—. ¡Ahí está! —exclamó, señalando la foto que colgaba encima de la mesilla de noche, cerca de la sábana arrugada.

El sillón, que Eddie había aproximado más a la cama para sus fines, no estaba donde debería estar, y Ted, con Ruth en brazos, tuvo que dar un rodeo para mirar más de cerca la foto.

En aquella foto, Timothy, que se había hecho unos rasguños en una rodilla, estaba sentado en el mármol de una gran cocina. Thomas, mostrando un interés clínico por la herida de su hermano, estaba a su lado, con un rollo de gasa en una mano y un carrete de esparadrapo en la otra, jugando a que era el médico que curaba la rodilla ensangrentada. Por entonces Timothy tal vez tenía un año más que Ruth, y Thomas unos siete años.

—Le sangra la rodilla, pero ¿se pondrá bien? —preguntó Ruth a su padre.

—Se pondrá bien, sólo necesita una venda —respondió Ted.

—¿Sin puntos ni aguja? —inquirió la niña.

—No, Ruthie, sólo una venda.

—Sólo está un poco herido, pero no se va a morir, ¿verdad?

—Así es, Ruthie.

—Sólo hay un poco de sangre —observó Ruth.

—Hoy Ruth se ha hecho un corte —le explicó Ted a Eddie, y le mostró una tirita en el talón de la niña—. Pisó una concha en la playa. Y esta noche ha tenido una pesadilla...

Ruth, satisfecha con el relato de la rodilla herida y con aquella fotografía, miraba ahora por encima del hombro de su padre. Le había llamado la atención algo del baño.

—¿Dónde están los pies? —preguntó la pequeña.

—¿Qué pies, Ruthie?

Eddie ya se estaba moviendo para impedirles ver el cuarto de baño.

—¿Qué has hecho? —preguntó Ruth a Eddie—. ¿Qué les ha pasado a los pies?

—¿De qué estás hablando, Ruthie? —inquirió Ted. Estaba bebido, pero, aun así, se mantenía en pie con un equilibrio razonable.

Ruth señaló a Eddie.

—¡Los pies! —dijo malhumorada.

—¡No seas grosera, Ruthie!

—¿Señalar es ser grosera? —preguntó la niña.

—Ya sabes que sí —replicó su padre—. Siento haberte molestado, Eddie. Tenemos la costumbre de enseñarle las fotos a Ruth cuando quiere verlas. Pero, como no queremos molestarte cuando estás a solas..., últimamente las ha visto poco.

—Puedes venir a ver las fotos siempre que quieras —le dijo Eddie a la pequeña, que seguía mirándole con el ceño fruncido.

Estaban en el pasillo, fuera del dormitorio de Eddie, cuando Ted dijo:

—Dale las buenas noches a Eddie, ¿de acuerdo, Ruthie?

—¿Dónde están los pies? —repitió Ruth sin dejar de mirar a Eddie fijamente—. ¿Qué les has hecho?

Padre e hija se alejaron por el pasillo, y el padre decía:

—Me has sorprendido, Ruthie. No sueles ser grosera.

—No soy grosera —replicó Ruth, irritada.

—Bueno... —fue todo lo que Eddie oyó decir a Ted.

Como es natural, una vez que se marcharon, Eddie se apresuró a ir al baño y despegar los trozos de papel que cubrían los pies de los chicos muertos. Luego, con un paño humedecido, restregó el cristal hasta hacer que desapareciera todo rastro de la cinta adhesiva.

Durante el primer mes de aquel verano, Eddie O'Hare sería una máquina masturbadora, pero nunca más descolgaría la fotografía de Marion de la pared del baño, ni tampoco volvería a ocultar los pies de Thomas y de Timothy. A partir de entonces se masturbó casi cada mañana en la casa vagón, donde creía que no le interrumpirían o le sorprenderían haciendo aquello.

Una de las mañanas después de que Marion pasara allí la noche, Eddie descubrió con deleite que el aroma de la mujer estaba todavía en las almohadas de la cama deshecha. En otras ocasiones, el tacto y el olor de alguna de sus prendas de vestir bastaban para excitarle. Marion guardaba en el armario una combinación o un camisón, y en un cajón estaban sus sostenes y bragas. Eddie confiaba en que dejara la rebeca de cachemira rosa en el armario, la que llevaba cuando la vio por primera vez. A menudo la veía en sueños con aquella rebeca. Pero en el pequeño apartamento no había ventiladores, tampoco corrientes de aire que aliviaran el calor sofocante del lugar. Mientras que la casa de los Cole en Sagaponack solía estar fresca y ventilada incluso cuando más apretaba el calor, la casa alquilada en Bridgehampton era claustrofóbica y parecía un horno. Eddie no tenía motivos para esperar que Marion necesitara utilizar allí alguna vez la rebeca de cachemira rosa.

A pesar de los viajes en coche a Montauk para adquirir la hedionda tinta de calamar, la jornada de trabajo del ayudante de escritor era bastante cómoda, de nueve de la mañana a cinco de la tarde, y Ted Cole le pagaba cincuenta dólares semanales. Eddie presentaba los recibos de la gasolina para el coche de Ted, que no era tan divertido de conducir, ni mucho menos, como el Mercedes de Marion. El Chevy modelo 1957 de Ted era blanco y negro, lo cual tal vez reflejaba la estrecha gama de intereses del artista gráfico.

Por las noches, alrededor de las cinco o las seis, Eddie solía ir a la playa a bañarse, o a correr, cosa que hacía pocas veces. En ocasiones los surfistas estaban pescando: hacían que sus tablas se deslizaran a lo largo de la playa y perseguían los bancos de peces. Empujados a la orilla por el gran pez artificial, los pececillos se agitaban en la arena compacta y mojada, y esto también explicaba el escaso interés que tenía Eddie en correr por allí.

Cada tarde, con permiso de Ted, Eddie iba en coche a East Hampton o a Southampton para ver una película o comerse una hamburguesa. Pagaba las películas y todo lo que comía con el salario que Ted le pagaba, y todavía ahorraba más de veinte dólares a la semana. Una tarde, en un cine de Southampton, vio a Marion.

Estaba sola entre el público y llevaba la rebeca de cachemira rosa. Aquella noche no le tocaba dormir en la casa vagón, por lo que no era probable que la rebeca de cachemira acabara en el armario del sórdido apartamento encima del garaje. No obstante, tras haber visto a Marion sola, Eddie buscaría su coche en Southampton y en East Hampton. Aunque localizó el vehículo una o dos veces, nunca volvió a ver a Marion en un cine.

La mujer salía de casa casi todas las noches. No solía comer con Ruth y nunca cocinaba para ella misma. Eddie suponía que si Marion salía a cenar, iba a restaurantes mejores que los que él frecuentaba. También sabía que si empezaba a buscarla en los buenos restaurantes, sus cincuenta dólares semanales no le durarían mucho.

¿Y cómo pasaba Ted las noches? Estaba claro que no podía conducir. Tenía una bicicleta en la casa alquilada, pero Eddie nunca le había visto montarla. Sin embargo, una noche en que Marion no estaba en la casa, sonó el teléfono y respondió la niñera que acudía por las noches. Llamaba el camarero de un bar restaurante de Bridgehampton, donde, según dijo el hombre, el señor Cole cenaba y bebía casi todas las noches. Esa noche en particular, el señor Cole no se mantenía muy firme en su bicicleta cuando se marchó. El camarero llamaba para manifestar su esperanza de que el señor Cole hubiera llegado a casa sano y salvo.

Eddie se dirigió a Bridgehampton y recorrió el trayecto que probablemente Ted había seguido para ir a la casa alquilada. En efecto, allí estaba Ted, pedaleando por Ocean Road; luego, cuando los faros de Eddie le iluminaron, se desvió a la cuneta de la carretera. Eddie frenó y le preguntó si quería que le llevara. A Ted le quedaba menos de un kilómetro por recorrer.

—¡Ya tengo un vehículo! —replicó Ted, y le indicó con un movimiento del brazo que siguiera adelante.

Y una mañana, después de que Ted pasara la noche en la casa vagón, Eddie notó el olor de otra mujer en las almohadas del dormitorio, mucho más fuerte que el aroma de Marion. ¡De modo que tenía otra mujer!, se dijo Eddie, todavía desconocedor de la pauta que seguía Ted con las madres jóvenes. (La joven madre del momento acudía a posar tres veces por semana, al principio con su hijo, un niño pequeño, pero luego sola.)

En cuanto a los motivos por los que él y Marion se habían separado, lo único que Ted le había dicho a Eddie era que lamentaba mucho la coincidencia de su trabajo con «unos momentos tan tristes en un largo matrimonio». Aunque de estas palabras se desprendía que tales momentos tristes podrían quedar atrás, cuanto más constataba el muchacho la distancia que mantenían Ted y Marion, tanto más se convencía de que el matrimonio estaba acabado. Además, Ted se había limitado a decir que el matrimonio había sido «largo», no había mencionado que alguna vez hubiera sido bueno o dichoso.

Sin embargo, aunque sólo fuese en las numerosas fotografías de Thomas y Timothy, Eddie veía que algo sí había sido bueno y dichoso, y que los Cole se habían llevado bien en otro tiempo. Había fotos de cenas con otras familias, matrimonios con hijos. Thomas y Timothy también habían celebrado fiestas de cumpleaños con otros niños. Aunque Marion y Ted aparecían pocas veces en las fotografías y los dos chicos (aunque sólo fuesen sus pies) eran el tema principal de cada foto, había suficientes pruebas de que Ted y Marion habían sido felices en el pasado, aunque eso no quería decir necesariamente que lo hubieran sido como pareja. Aun cuando su matrimonio nunca hubiera sido bueno, Ted y Marion lo habían pasado muy bien con sus hijos.

Eddie O'Hare no recordaba que él se lo hubiera pasado tan bien como se veía, abundantemente representado, en aquellas fotografías. Pero se preguntaba qué les habría ocurrido a los amigos de Ted y Marion. Con excepción de las niñeras y las modelos (o la modelo), nunca les visitaba nadie.

Si Ruth Cole, a sus cuatro años de edad, ya comprendía que Thomas y Timothy habitaban ahora en otro mundo, por lo que a Eddie concernía aquellos chicos también habían pertenecido a otro mundo. Habían sido amados.

Todo lo que Ruth estaba aprendiendo, lo aprendía de sus niñeras. Éstas, desde luego, no habían impresionado a Eddie. La primera era una chica del pueblo que tenía un novio con aspecto de matón, también del pueblo..., o así lo suponía Eddie desde su perspectiva exoniana. El novio era un vigilante de la playa dotado de la impermeabilidad al aburrimiento que debe poseer todo muchacho salvavidas. Cada mañana, el matón acompañaba a la niñera a casa de los Cole y, si por casualidad veía a Eddie, lo miraba ceñudo. Aquélla era la niñera que siempre llevaba a Ruth a la playa, donde el vigilante se dedicaba a broncearse.

Durante el primer mes del verano, Marion, que solía llevar a la niñera y a Ruth a la playa y luego iba a recogerlas, le pidió a Eddie que realizara esa tarea un par de veces. En una de esas ocasiones, la niñera y él no cruzaron una sola palabra, y Ruth avergonzó a Eddie al preguntarle de nuevo: «¿Dónde están los pies?».

La niñera que acudía por la tarde era una universitaria que conducía su propio coche. Se llamaba Alice, y se consideraba demasiado superior a Eddie para dirigirle la palabra, excepto para comentarle que en cierta ocasión conoció a una persona que había ido a Exeter. Naturalmente, esa persona se había graduado en el centro antes de que Eddie hubiera iniciado sus estudios, y Alice sólo conocía su nombre, que tanto podía ser Chickie como Chuckie.

—Probablemente es un apodo —le dijo estúpidamente Eddie.

Alice suspiró y le dirigió una mirada de conmiseración. Eddie temió haber heredado la tendencia de su padre a decir cosas obvias y que no tardaran en darle espontáneamente un apodo como Minty, del que no podría desprenderse durante el resto de su vida.

La niñera universitaria también tenía un trabajo veraniego en un restaurante de los Hamptons, pero Eddie nunca comía allí. Además, era bonita, por lo que Eddie nunca podía mirarla sin sentirse avergonzado.

La niñera que acudía por las noches era una mujer casada cuyo marido trabajaba de día. A veces llevaba a sus dos hijos, que eran mayores que Ruth pero jugaban respetuosamente con los innumerables juguetes de la pequeña, sobre todo muñecas y casas de muñecas a las que Ruth no hacía ningún caso. Ella prefería dibujar o escuchar cuentos. En la habitación donde jugaba tenía un caballete de pintor profesional, con las patas serradas. Ruth sólo sentía apego por una muñeca sin cabeza.

De las tres niñeras, la del turno de noche era la única que se mostraba amistosa con Eddie, pero éste salía todas las noches, y cuando estaba en casa tendía a quedarse en su habitación. El cuarto y el baño para los invitados se hallaba en un extremo del largo pasillo que había en el piso superior. Cuando Eddie quería poner unas letras a sus padres o escribir en sus cuadernos de notas, casi siempre se quedaba allí solo. En las cartas que escribía a su familia no mencionaba que Ted y Marion pasaban el verano separados, y menos aún que se masturbaba regularmente, estimulado por el aroma de Marion y mientras sostenía alguna prenda seductora de la mujer.

La mañana en que Marion sorprendió a Eddie mientras se masturbaba, el muchacho había dispuesto sobre la cama una verdadera reproducción textil de la mujer: una blusa veraniega color melocotón de una tela fina y liviana, adecuada para la sofocante casa vagón, y sostenes de un color a juego. Eddie había dejado la blusa desabrochada. El sostén, colocado más o menos donde uno esperaría que hubiera un sostén, estaba parcialmente expuesto, pero con una parte cubierta por la blusa, como si Marion se estuviera desvistiendo y hubiese llegado a esa etapa. Esto daba a sus ropas un aire de pasión, o por lo menos de apresuramiento. Las bragas, también de color melocotón, estaban debidamente colocadas (la cintura arriba y la entrepierna abajo) y a correcta distancia del sostén, es decir, como si Marion llevara realmente puestos el sostén y las bragas. Eddie, que estaba desnudo, y que siempre se masturbaba restregándose el pene con la mano izquierda contra la parte interior del muslo derecho, tenía apoyada la cara contra la blusa desabrochada y el sostén. Con la mano derecha acariciaba la inimaginable suavidad sedosa de las bragas de Marion.

A Marion le bastó una fracción de segundo para darse cuenta de que Eddie estaba desnudo y para reconocer lo que estaba haciendo (¡y con qué ayudas visuales y táctiles!), pero cuando Eddie la vio por primera vez, ella ni entraba ni salía de la habitación. Estaba inmóvil como una aparición, algo en lo que sin duda Eddie confió que fuese. Además, no era exactamente Marion, sino más bien su reflejo en el espejo del dormitorio lo que Eddie vio primero. Marion, que podía ver la imagen de Eddie en el espejo y al muchacho real, tenía la singular oportunidad de ver a dos Eddie masturbándose a la vez.

Ella abandonó el umbral con tanta rapidez como había aparecido. Eddie, que aún no había eyaculado, no sólo supo que ella le había visto, sino también que, en un instante, lo había comprendido todo.

—Lo siento, Eddie —le dijo Marion desde la cocina mientras él se apresuraba a recoger las prendas femeninas—. Debería haber llamado.

Una vez vestido, siguió sin atreverse a salir del dormitorio. Esperaba a medias oír las pisadas de la mujer bajando las escaleras que conducían al garaje o, de una manera más misericordiosa, oír el ronroneo del Mercedes al alejarse. Pero ella le estaba esperando. Y como él no había oído sus pasos al subir desde el garaje, dedujo que ella debía de haberle oído gemir de placer.

—Yo he tenido la culpa, Eddie —le decía Marion—. No estoy enfadada, sólo me siento turbada.

—Yo también —musitó él desde el dormitorio.

—No pasa nada, es natural —dijo ella—. Sé que los chicos de tu edad... —Su voz se desvaneció.

Cuando por fin Eddie se atrevió a ir a su encuentro, Marion estaba sentada en el sofá.

—Ven aquí... ¡Mírame por lo menos! —le pidió, pero él permaneció inmóvil, mirándose los pies—. Es cómico, Eddie. Digamos que es cómico y dejémoslo así.

—Es cómico —dijo él, abatido.

—¡Ven aquí, Eddie! —le ordenó Marion.

Él se acercó arrastrando los pies, con la mirada todavía baja.

—¡Siéntate! —Pero lo único que el muchacho pudo hacer fue colocarse rígidamente en el otro extremo del sofá, lejos de ella—. No, aquí. —Dio unas palmadas al sofá, entre los dos.

El chico no podía moverse.

—Eddie, Eddie..., sé que los chicos de tu edad... —repitió—. Es lo que hacéis los chicos de tu edad, ¿no? ¿Puedes imaginarte sin hacer eso?

—No —susurró él, y empezó a llorar. No podía contenerse.

—¡Oh, no llores! —le pidió Marion. Ahora ella nunca lloraba; era como si se le hubieran agotado las lágrimas.

Entonces Marion se sentó tan cerca de él que Eddie notó que el asiento del sofá se hundía y se encontró apoyado contra ella. No dejaba de llorar mientras la mujer hablaba y hablaba.

—Escúchame, Eddie, por favor. Creía que una de las mujeres de Ted se ponía mi ropa, porque a veces las prendas están arrugadas o en perchas que no son las suyas. Pero eras tú, y eras amable de veras..., ¡incluso doblabas mi ropa interior! O intentabas hacerlo. Yo nunca doblo mis bragas y sostenes. Sabía que no era Ted quien los tocaba —añadió al ver que Eddie seguía llorando—. Mira, Eddie, esto me halaga, ¡te lo digo de veras! Éste no es el mejor verano... Me alegra saber que alguien piensa en mí. —Hizo una pausa y, de repente, pareció más azorada que Eddie—. Bueno, no quiero decir que estuvieras pensando en mí —se apresuró a añadir—. Eso sería bastante presuntuoso por mi parte, ¿verdad? Tal vez era sólo mi ropa, pero aun así me siento halagada. Probablemente tienes muchas chicas en las que pensar...

—¡Pienso en ti! —le reveló Eddie—. Sólo en ti.

—Entonces no estés turbado —le dijo Marion—. ¡Has hecho feliz a una señora mayor!

—¡No eres una señora mayor! —exclamó él.

—Cada vez me haces más feliz, Eddie.

Marion se levantó con rapidez, como si se dispusiera a marcharse. Finalmente él se atrevió a mirarla. Al ver su expresión, ella le advirtió:

—Ten cuidado con lo que sientes por mí, Eddie. Lo digo en serio, sé prudente.

—Te quiero —le dijo el muchacho con valentía.

Marion se sentó a su lado, de un modo tan apremiante que parecía que Eddie se hubiera echado a llorar de nuevo.

—No me quieras, Eddie —le dijo, con más seriedad de la que él había esperado—. Piensa sólo en mis prendas de vestir. Las ropas no pueden hacerte daño. —Se inclinó más hacia él, pero sin coquetería, y añadió—: Dime, ¿hay algo que te guste especialmente, quiero decir algo que suelo ponerme? —Él la miró de tal manera que la mujer repitió—: Piensa sólo en mis ropas, Eddie.

—Lo que llevabas cuando te conocí —le dijo el muchacho.

—Vaya, pues no creo recordar...

—Un suéter rosa, con botones delante.

—¡Esa rebeca vieja! —exclamó Marion, a punto de echarse a reír.

Eddie se dio cuenta de que nunca había oído su risa. La mujer le absorbía por completo. Si al principio no había sido capaz de mirarla, ahora no podía dejar de hacerlo.

—Bueno, si eso es lo que te gusta —dijo Marion—, ¡tal vez te daré una sorpresa!

Marion volvió a levantarse con rapidez. Ahora el chico tenía ganas de llorar porque veía que la mujer iba a marcharse. Antes de bajar la escalera, Marion le dijo en un tono más firme:

—No te lo tomes tan en serio, Eddie. Hazme caso.

—Te quiero —repitió él.

—No debes quererme —le recordó Marion.

Ni que decir tiene que el muchacho estuvo aturdido el resto del día.

Una noche, poco después del incidente, Eddie regresó de ver una película en Southampton y se encontró a Marion en su dormitorio. La niñera de la noche se había ido a su casa. Eddie supo al instante, lleno de pesar, que Marion no había ido allí para seducirle. Empezó a hablarle de algunas fotografías que colgaban de las paredes del dormitorio y del baño. Le dijo que sentía molestarle pero, por respeto a su intimidad, no quería entrar en su habitación y mirar las fotos cuando él estuviera allí. Pero había estado pensando en una de las fotos en particular, aunque no le dijo cuál era, y se había quedado a contemplarla un poco más tiempo del que se había propuesto.

Cuando Marion le deseó buenas noches y se marchó, Eddie se sintió más desgraciado de lo que creía humanamente posible. Pero, poco antes de acostarse, observó que ella había doblado sus ropas desordenadas. También había quitado una toalla del lugar donde él solía dejarla, en la barra de la cortina de la ducha, y la había devuelto pulcramente a su lugar en el toallero. Por último, aunque era lo más evidente, Eddie observó que su cama estaba hecha. Él nunca la hacía, como tampoco Marion hacía nunca la suya, por lo menos en la casa alquilada.

Dos días después, tras depositar el correo sobre la mesa de la cocina en la casa vagón, Eddie preparó café. Dejó la cafetera en el fogón y entró en el dormitorio. Al principio creyó ver a Marion en la cama, pero sólo era su rebeca de cachemira rosa. (¡Sólo!) La había dejado desabrochada y con las largas mangas colocadas detrás, como si una mujer invisible vestida con la rebeca hubiera juntado las manos invisibles detrás de la invisible cabeza. La parte delantera, desabrochada, dejaba ver un sostén. Era una exhibición más seductora que cualquiera de los arreglos que Eddie realizaba con la ropa de Marion. El sostén era blanco, lo mismo que las bragas, y ella los había colocado exactamente donde a Eddie le gustaba.

# Venid acá...

En aquel verano de 1958, la joven madre de movimientos furtivos con la que Ted Cole se relacionaba en aquellos momentos, la señora Vaughn, era menuda, morena, con un aire salvaje. Durante un mes, Eddie sólo la vio en los dibujos de Ted, y únicamente los dibujos en los que posaba con su hijo, quien también era menudo, moreno y con un aire salvaje, lo cual sugería a Eddie que los dos podían sentirse inclinados a morder a la gente. Los rasgos de duende de la señora Vaughn y su corte de pelo demasiado juvenil no podían ocultar que había algo violento o por lo menos inestable en el temperamento de la joven madre. Y su hijo parecía a punto de escupir y sisear como un gato acorralado. Tal vez no le gustaba posar.

Cuando la señora Vaughn acudió a posar sola por primera vez, los movimientos que realizó, desde su coche hasta la casa de los Cole y de vuelta al coche, eran especialmente sigilosos. Sobresaltada por el menor ruido, lanzaba miradas en todas las direcciones, como un animal que prevé un ataque. La señora Vaughn buscaba a Marion, por supuesto, pero Eddie, que aún no sabía que la señora Vaughn posaba desnuda, y menos aún que su fuerte olor era el que tanto él como Marion habían detectado en las almohadas de la casa vagón, llegó a la conclusión errónea de que aquella mujer menuda estaba nerviosa hasta el desquiciamiento.

Por otro lado, los pensamientos de Eddie estaban demasiado centrados en Marion como para prestar mucha atención a la señora Vaughn. Aunque Marion no había repetido la travesura de crear aquella réplica de sí misma tan atractivamente dispuesta sobre la cama de la casa alquilada, las manipulaciones a las que Eddie sometía a la rebeca de cachemira rosa, impregnada del delicioso aroma de Marion, seguían satisfaciendo al muchacho de dieciséis años; en verdad, nunca se había sentido tan satisfecho.

Eddie O'Hare vivía en una especie de paraíso masturbatorio. Debió haberse quedado allí, debió tomarlo como residencia permanente. Como no tardaría en descubrir, poseer más de lo que ya tenía con respecto a Marion no le parecería suficiente. Pero Marion controlaba la relación. Si iba a ocurrir algo más entre ellos, sólo ocurriría cuando ella tomara la iniciativa.

Empezaron a salir juntos a cenar. Ella le llevaba y se ponía al volante, sin preguntar al muchacho si quería conducir. Era sorprendente, pero Eddie se sentía agradecido hacia su padre por haber insistido en que añadiera al equipaje unas camisas de vestir, corbatas y la chaqueta deportiva «para todo uso». Pero cuando Marion le vio vestido con su tradicional uniforme de Exeter, le dijo que podía prescindir de la corbata y la chaqueta, pues no las necesitaba para ir adonde iban. El restaurante, en East Hampton, era menos lujoso de lo que Eddie había esperado, y era evidente que los camareros estaban acostumbrados a ver allí a Marion. Le sirvieron las tres copas de vino que tomó sin que tuviera que pedírselo.

Eddie desconocía hasta entonces que fuese tan habladora.

—Ya estaba embarazada de Thomas cuando me casé con Ted —le contó—. Sólo tenía un año más de los que tienes tú ahora. —(La diferencia de sus edades era un tema recurrente en ella)—. Cuando naciste, yo tenía veintitrés. Cuando tengas mi edad, yo tendré sesenta y dos —siguió diciendo, y en dos ocasiones se refirió al regalo que le había hecho, la rebeca de cachemira rosa—. ¿Te gustó mi sorpresita? —le preguntó.

—¡Muchísimo! —balbució él.

Marion se apresuró a cambiar de tema y le dijo que en realidad Ted no había abandonado Harvard. Le pidieron que tomara una excedencia temporal.

—Por «incumplimiento», creo que lo llamaban —dijo Marion.

En la nota biográfica que aparecía en las sobrecubiertas de sus libros, siempre se afirmaba que Ted Cole había abandonado Harvard. Al parecer, esa verdad a medias le complacía, pues daba a entender que había sido lo bastante listo para ingresar en Harvard y lo bastante original para que no le interesara terminar los estudios.

—Pero lo cierto es que era perezoso —reveló Marion—. Nunca quiso esforzarse demasiado. —Tras una pausa, le preguntó a Eddie—: ¿Qué tal te va el trabajo?

—No hay mucho que hacer —le confesó el muchacho.

—Me extrañaría que lo hubiera —replicó ella—. Ted te contrató porque necesitaba un conductor.

Marion no había finalizado la enseñanza media cuando conoció a Ted y quedó embarazada. Pero en el transcurso de los años, cuando Thomas y Timothy estaban creciendo, aprobó un examen equivalente al bachillerato superior, y fue completando cursos a tiempo parcial en diversos campus universitarios de Nueva Inglaterra. Tardó diez años en graduarse por la Universidad de New Hampshire, en 1952, sólo un año antes de que sus hijos se mataran. Estudió sobre todo cursos de literatura e historia, muchos más de los necesarios para obtener un título universitario. Su renuencia a seguir los otros cursos requeridos retrasó la licenciatura.

—Al final sólo quería tener un título universitario porque Ted no lo tenía —le dijo a Eddie.

Thomas y Timothy se enorgullecieron de su graduación.

—Me estaba preparando para dedicarme a escribir cuando murieron —le informó Marion—. Aquello acabó con mis aspiraciones.

—¿Eras escritora? —le preguntó Eddie—. ¿Por qué lo dejaste?

Ella le dijo que no podía encontrar inspiración en sus pensamientos más profundos cuando en lo único que pensaba era en la muerte de los chicos; no podía permitirse imaginar libremente, porque su imaginación la llevaba de una manera inevitable a Thomas y Timothy.

—Y pensar que me gustaba estar a solas con mis pensamientos... —le dijo a Eddie, y añadió que dudaba de que a Ted le hubiera gustado alguna vez estar a solas con los suyos—. Por eso sus relatos son tan cortos y para niños, por eso no hace más que dibujar.

Eddie, sin darse cuenta de lo harto que estaba de las hamburguesas, devoró una copiosa cena.

—¡Ni siquiera el amor puede frenar el apetito de un chico de dieciséis años! —observó Marion.

Eddie se ruborizó. No tenía que haberle dicho cuánto la quería. Seguro que a ella no le había gustado.

Y entonces Marion le contó que cuando colocó para él sobre la cama la rebeca de cachemira rosa y, sobre todo, mientras elegía el sujetador y las bragas y los depositaba en sus lugares respectivos («para el acto imaginado», como ella le dijo), se había dado cuenta de que aquél era su primer impulso creativo desde la muerte de sus hijos, y también que había sido su primer y único momento de lo que ella llamaba «diversión pura». La supuesta pureza de esa diversión era discutible, pero Eddie nunca habría puesto en tela de juicio la sinceridad de las intenciones de Marion, y sólo hería levemente sus sentimientos que lo que para él era amor, para ella no pasara de «diversión». Incluso a los dieciséis años, debería haber comprendido mejor la advertencia que ella estaba haciéndole.

Cuando Marion conoció a Ted, éste le dijo que «recientemente» había abandonado los estudios en Harvard y estaba escribiendo una novela. En realidad, habían pasado cuatro años desde su salida de Harvard, y estaba siguiendo unos cursos en una escuela artística de Boston. Siempre había sabido dibujar, y en ese campo se consideraba un «autodidacta». (Los cursos en la escuela de arte no eran tan interesantes para él como las modelos.)

Durante su primer año de matrimonio, Ted trabajó para un litógrafo, una tarea que detestó de inmediato.

—Ted habría detestado cualquier trabajo —comentó Marion.

No le gustaba la litografía ni el grabado, y le dijo a su mujer que ni el cobre ni la piedra eran sus materiales preferidos.

Ted Cole publicó su primera novela en 1937, cuando Thomas tenía un año de edad y Marion todavía no estaba embarazada de Timothy. Las críticas fueron en general favorables, y las ventas estuvieron bastante por encima de la media para ser una primera novela. Ted y Marion decidieron tener un segundo hijo. Las críticas de la segunda novela, publicada en 1939, un año después de que Timothy naciera, no fueron ni favorables ni numerosas. Del segundo libro sólo se vendieron la mitad de ejemplares que del primero. La tercera novela de Ted, que se publicó en 1941, «un año antes de que nacieras», le recordó Marion a Eddie, apenas recibió críticas, y las pocas que tuvo fueron desfavorables. Las ventas fueron tan bajas que el editor de Ted se negó a darle las cifras definitivas. Y entonces, en 1942, cuando Thomas y Timothy tenían seis y cuatro años respectivamente, apareció *El ratón que se arrastra entre las paredes*. La guerra retrasaría las numerosas traducciones extranjeras, pero antes de que éstas llegaran estuvo claro que Ted Cole nunca más tendría que odiar un trabajo o escribir otra novela.

—Dime —preguntó Marion a Eddie—, ¿no te da escalofríos saber que tú y *El ratón que se arrastra entre las paredes* nacisteis el mismo año?

—Sí, es verdad —admitió el muchacho.

Pero ¿por qué habían pasado por tantas ciudades universitarias? Los Cole habían vivido a lo largo y ancho de Nueva Inglaterra.

Desde el punto de vista del comportamiento, la vida sexual de Ted era desordenada. Ted le había dicho a Marion que las poblaciones universitarias eran los mejores lugares para educar a los hijos, pues la calidad de las escuelas locales era por lo general elevada, mientras que las actividades culturales y los acontecimientos deportivos en el campus eran estímulos para la comunidad. Además, Marion podría continuar su formación. Y en el aspecto social, añadió Ted, las familias de los profesores serían una buena compañía. Al principio Marion no reparó en la cantidad de madres jóvenes que figuraban entre aquellas esposas de profesores.

Aunque Ted evitaba cualquier cosa que se pareciera a un auténtico trabajo en la universidad (aparte de que no estaba cualificado para desempeñar ninguno), cada semestre daba una conferencia sobre el arte de escribir y dibujar para niños. A menudo esas conferencias estaban patrocinadas conjuntamente por el departamento de bellas artes y el de lengua y literatura inglesas. Ted era siempre el primero en afirmar que, en su humilde opinión, el proceso de creación de un libro infantil no era un arte, y prefería llamarlo un oficio.

Pero Marion observó que el verdadero «oficio» de Ted era su descubrimiento y seducción sistemáticos de las jóvenes madres más bonitas y más desdichadas entre las esposas de los profesores. De vez en cuando, una estudiante también caía en las redes de Ted, pero las madres jóvenes constituían una presa más vulnerable.

No es infrecuente que las aventuras amorosas terminen de mala manera, y como los matrimonios de las más desdichadas de aquellas esposas de profesores ya eran frágiles de por sí, no resultaba sorprendente que muchas parejas se separasen definitivamente a causa de las aventuras románticas de Ted.

—Y por eso siempre estábamos cambiando de residencia —le dijo Marion a Eddie.

En las poblaciones universitarias encontraban con facilidad casas en alquiler. Siempre había profesores en excedencia y la tasa de divorcios era relativamente alta. El único hogar que los Cole habitaron durante un periodo de tiempo considerable fue una granja en New Hampshire; iban allí para pasar las vacaciones escolares, para ir a esquiar y durante uno o dos meses en verano. La casa pertenecía desde tiempo inmemorial a la familia de Marion.

Cuando los chicos murieron, Ted sugirió marcharse de Nueva Inglaterra y dejar atrás cuanto les recordaba aquella región. El extremo oriental de Long Island era principalmente un centro veraniego y un retiro finisemanal para los neoyorquinos. A Marion le aliviaría no seguir viendo a sus viejos amigos.

—Un nuevo lugar, un nuevo hijo, una nueva vida —le dijo ella a Eddie—. Por lo menos ésa era la idea.

A Marion no le sorprendía que las aventuras amorosas de Ted no hubieran disminuido desde que abandonó aquellas pequeñas ciudades universitarias de Nueva Inglaterra. A decir verdad, el número de sus infidelidades había ido en aumento, aunque no conllevaban ninguna pasión apreciable. Ted era adicto a las aventuras amorosas. Marion había hecho una apuesta consigo misma: la adicción de su marido a las seducciones, ¿sería más fuerte o más débil que su adicción al alcohol? (Apostó a que podría abandonar más fácilmente el alcohol.)

Marion explicó a Eddie que, en el caso de Ted, la seducción previa siempre duraba más que la aventura. Primero hacía los retratos convencionales, normalmente de la madre con su hijo, luego la madre posaba sola y, finalmente, lo hacía desnuda. Los desnudos revelaban una progresión determinada de antemano: inocencia, recato, degradación, vergüenza.

—¡La señora Vaughn! —exclamó Eddie, interrumpiéndola, al recordar las maneras sigilosas de aquella mujer menuda.

—La señora Vaughn está experimentando ahora la fase de degradación —le dijo Marion.

Eddie pensó que, a pesar de lo pequeña que era, la señora en cuestión dejaba un fuerte olor en las almohadas. Pensó también que sería imprudente, incluso lascivo, expresarle a Marion su opinión sobre el olor de la señora Vaughn.

—Pero has vivido con él durante muchos años —observó el muchacho, entristecido—. ¿Por qué no le has abandonado?

—Los chicos le querían —le explicó Marion—, y yo los quería a ellos. Había planeado abandonarle después de que mis hijos finalizaran la enseñanza media, cuando se marcharan de casa, tal vez después de que acabaran los estudios universitarios —añadió con menos firmeza.

Eddie superó la tristeza que sentía por ella y dio buena cuenta de un postre enorme.

—Eso es lo que me gusta de vosotros, los jóvenes —le dijo Marion—. Pase lo que pase, vais a lo vuestro.

Permitió que Eddie condujera el coche de regreso a casa. Bajó la ventanilla y cerró los ojos. La brisa nocturna le agitaba el cabello.

—Es agradable que la lleven a una —le dijo a Eddie—. Ted siempre bebía demasiado, y yo conducía siempre. Bueno..., casi siempre. —Esto último lo dijo en un susurro.

Entonces volvió la espalda a Eddie. Quizá lloraba, porque movía los hombros de una manera espasmódica, pero no emitía sonido alguno. Cuando llegaron a la casa de Sagaponack, o el viento le había secado las lágrimas o no había llorado en absoluto. Eddie, que en cierta ocasión había llorado delante de ella, sabía que Marion desaprobaba el llanto.

Una vez en la casa, tras despedir a la niñera de la noche, Marion se sirvió una cuarta copa de vino de una botella abierta que sacó del frigorífico. Pidió a Eddie que la acompañara cuando fue a comprobar si Ruth dormía, y por el camino le susurró que, a pesar de que las apariencias demostraban lo contrario, en otro tiempo había sido una buena madre.

—Pero no seré una mala madre para Ruth —añadió, todavía en un susurro—. Preferiría no ser una madre para ella antes que una mala madre.

Eddie no comprendió entonces que Marion ya sabía que iba a dejar a su hija con Ted. (Y Marion, por su parte, no comprendía que Ted había contratado a Eddie no sólo porque necesitaba un conductor.)

La luz piloto del baño principal iluminaba tan débilmente el cuarto de Ruth que costaba distinguir las fotografías de Thomas y Timothy, pero Marion insistió en que Eddie las mirase. Quería contarle lo que los chicos estaban haciendo en cada una de las fotos, y por qué razón ella había seleccionado ésas en concreto para la habitación de Ruth. Entonces Marion precedió a Eddie al baño principal, donde la luz piloto iluminaba las fotos con un poco más de claridad. Allí Eddie pudo discernir un tema acuático, que Marion consideraba adecuado para el baño: un día festivo en Tortola y otro en Anguilla, una excursión veraniega al estanque de New Hampshire, y los dos hermanos, cuando eran más pequeños que Ruth, juntos en una bañera. Tim estaba llorando, pero Tom no.

—Le había entrado jabón en los ojos —susurró Marion.

Entraron entonces en el dormitorio principal, donde Eddie no había estado hasta entonces y tampoco había visto las fotografías, en torno a cada una de las cuales Marion trenzaba un relato. Recorrieron así toda la casa, de una habitación a otra, de una foto a otra, hasta que Eddie comprendió por qué Ruth se había alterado tanto al ver los trocitos de papel que cubrían los pies descalzos de Thomas y Timothy. Ruth debía de haber realizado aquel viaje al pasado en muchas, muchísimas ocasiones, probablemente tanto en brazos de su padre como de su madre, y para la pequeña los relatos de las fotografías eran sin duda tan importantes como las mismas fotografías. Tal vez incluso más importantes. Ruth estaba creciendo no sólo con la presencia abrumadora de sus hermanos muertos, sino también con la importancia sin par de su ausencia.

Las imágenes eran los relatos, y viceversa. Alterar las fotografías, como lo había hecho Eddie, era tan impensable como cambiar el pasado. El pasado, que era donde vivían los hermanos muertos de Ruth, no era susceptible de revisión. Eddie se juró que intentaría resarcir a la pequeña, le aseguraría que cuanto le habían dicho acerca de sus hermanos muertos era inmutable. En un mundo inseguro, con un futuro incierto, por lo menos la niña podía confiar en ello. ¿O no era así?

Al cabo de más de una hora, Marion dio por finalizado el recorrido de la casa en el dormitorio de Eddie y, finalmente, en el baño para los invitados que el muchacho utilizaba. Que la última de las fotografías que inspiraron el relato de Marion fuese aquella en la que ella estaba en la cama con los dos pies descalzos de sus hijos entrañaba un fatalismo muy pertinente.

—Me encanta esta foto tuya —logró decirle Eddie por fin, sin atreverse a añadir que se había masturbado estimulado por la imagen de los hombros desnudos de Marion y su sonrisa.

Como si lo hiciera por primera vez, Marion se examinó lentamente en la foto tomada hacía ya doce años.

—Aquí tenía veintisiete —le dijo, y el paso del tiempo, y la melancolía que ello le producía, le afloraron a los ojos.

Tenía en la mano la quinta copa de vino, y la apuró de una manera mecánica. Entonces le dio la copa vacía a Eddie. Éste se quedó de pie allí, en el baño para los invitados, inmóvil durante un cuarto de hora después de que Marion se hubiera ido.

A la mañana siguiente, en la casa vagón, Eddie había iniciado la colocación de la rebeca de cachemira rosa sobre la cama, junto con una camisola de seda de color lila y unas bragas a juego, cuando oyó el ruido exagerado de las pisadas de Marion en las escaleras que partían del garaje. No llamó a la puerta del apartamento, sino que la aporreó. Esta vez no iba a sorprender a Eddie haciendo aquello. El muchacho aún no se había desvestido para tenderse al lado de las ropas. No obstante, se quedó un momento indeciso y ya no tuvo tiempo de retirar las prendas de Marion. Había estado pensando en lo desacertado de elegir los colores rosa y lila. Sin embargo, los colores de las prendas no eran nunca lo que le incitaba. Le había atraído el encaje que adornaba la cintura de las bragas y el espléndido escote de la camisola. Eddie estaba todavía inquieto por su decisión cuando Marion golpeó la puerta por segunda vez, y el muchacho dejó las prendas sobre la cama y fue a abrir.

—Espero no molestarte —le dijo ella con una sonrisa.

Llevaba gafas de sol, y se las quitó al entrar en el apartamento. Eddie percibió por primera vez su edad cuando vio las patas de gallo junto a los ojos. Tal vez Marion había bebido demasiado la noche anterior. Cinco copas de cualquier bebida alcohólica eran demasiadas para ella.

Eddie se sorprendió al ver que la mujer se dirigía directamente a la primera de las pocas fotografías de Thomas y Timothy que había llevado a la casa alquilada, y le explicó por qué había elegido precisamente esas fotos. En ellas los chicos tenían más o menos la edad de Eddie, lo cual significaba que habían sido tomadas poco antes de su muerte. Marion le explicó que había pensado que tal vez Eddie encontrara familiares las fotografías de sus coetáneos, incluso acogedoras, en unas circunstancias que probablemente no tendrían nada de familiares y acogedoras. Mucho antes de que Eddie llegara, se había preocupado por él; sabía que iba a tener muy poco que hacer, dudaba de que se lo pasara bien, y había previsto que el muchacho de dieciséis años carecería de vida social alguna.

—Excepto a las niñeras más jóvenes de Ruth, ¿a quién ibas a ver? —le preguntó—. A menos que fueras muy sociable. Thomas lo era, Timothy no, era más bien introvertido, como tú. Aunque físicamente te pareces más a Thomas, creo que tienes un carácter más parecido al de Timothy.

—Ah —dijo Eddie. ¡Le pasmaba que Marion hubiera pensado en él antes de su llegada!

Siguieron mirando las fotografías. Era como si la casa alquilada fuese una habitación secreta situada en el pasillo del ala de invitados, y Eddie y Marion no hubieran terminado juntos la velada, sino que se hubieran limitado a pasar a otra habitación, donde había otras fotos. En la cocina fueron de un lado a otro, Marion hablando por los codos, y regresaron al dormitorio, donde ella siguió hablando y señalando la única fotografía de Thomas y Timothy que colgaba sobre la cabecera de la cama.

Eddie reconoció sin dificultad un hito muy familiar del campus de Exeter. Los jóvenes fallecidos posaban ante la puerta del edificio principal, donde, bajo el frontón triangular encima de la puerta, había una inscripción latina. Cinceladas en el mármol blanco, que resaltaba en el gran edificio de ladrillo y la doble puerta verde oscuro, figuraban estas palabras humillantes:

HVC VENITE PVERI
VT VIRI SITIS

(Naturalmente, la U de HUC, PUERI y UT estaba tallada como una V.) Allí estaban Thomas y Timothy con chaqueta y corbata, el año en que murieron. A los diecisiete años, Thomas parecía casi un hombre, mientras que Timothy, a los quince, tenía un aspecto mucho más infantil. La puerta ante la que posaban era el fondo fotográfico que elegían con mayor frecuencia los orgullosos padres de innumerables exonianos. Eddie se preguntó cuántos cuerpos y mentes sin formar habían cruzado aquella puerta, bajo una invitación tan severa e imponente.

## VENID ACÁ, MUCHACHOS,
### Y SED HOMBRES

Pero eso no les había sucedido a Thomas y Timothy. Eddie se dio cuenta de que Marion había interrumpido su explicación de la fotografía al ver la rebeca de cachemira rosa que, junto con la camisola lila y las bragas a juego, estaba sobre la cama.

—¡Cielo santo! —exclamó Marion—. ¡Rosa con lila jamás!

—No pensaba en los colores —admitió Eddie—. Me gustaba el... encaje.

Pero sus ojos le traicionaban. Miraba el escote de la camisola y no recordaba la palabra francesa que se usaba en inglés para nombrarlo finamente.

—¿El *décolletage?* —sugirió Marion.

—Sí, eso es —susurró Eddie.

Marion alzó los ojos por encima de la cama y miró de nuevo la imagen de sus hijos felices: *Huc venite pueri* (venid acá, muchachos) *ut viri sitis* (y sed hombres). Eddie había tenido dificultades en el segundo curso de latín, y le esperaba un tercer curso de la lengua muerta. Pensó en la vieja broma que circulaba por Exeter sobre una versión más apropiada de aquella inscripción. («Venid acá, muchachos, y hastiaros.»)

Mientras contemplaba la fotografía de sus chicos en el umbral de la virilidad, Marion le dijo a Eddie:

—Ni siquiera sé si hicieron el amor antes de morir.

Eddie, que recordaba la imagen de Thomas besando a una chica en el anuario de 1953, suponía que por lo menos él lo había hecho.

—Tal vez Thomas lo hizo —añadió Marion—. Era tan... popular. Pero Timothy seguro que no, era demasiado tímido y sólo tenía quince años... —Miró de nuevo la cama, donde la combinación de rosa y lila con la ropa interior le había llamado antes la atención—. ¿Y tú, Eddie, has hecho el amor? —le preguntó a bocajarro.

—No, claro que no —respondió Eddie.

Ella le dirigió una sonrisa compasiva. El muchacho procuró no parecer tan desdichado y poco atractivo como estaba convencido de que lo era.

—Si una chica muriese antes de haber hecho el amor, podría decirse que ha sido afortunada —siguió diciendo Marion—, pero un muchacho... Dios mío, eso es todo lo que queréis, ¿no es cierto? Los chicos y los hombres —añadió—, ¿no es cierto? ¿No es eso todo lo que queréis?

—Sí —dijo Eddie en tono desesperado.

Marion tomó de la cama la camisola color lila de escote increíble. También tomó las bragas a juego, pero empujó la rebeca de cachemira rosa al borde de la cama.

—Hace calor —le dijo a Eddie—. Espero que me perdones si no me pongo la rebeca.

El muchacho permaneció allí inmóvil, el corazón latiéndole con fuerza en el pecho, mientras ella empezaba a desabrocharse la blusa.

—Cierra los ojos, Eddie —tuvo que decirle.

Con los ojos cerrados, él temió desmayarse. Oscilaba de un lado a otro, eso era todo lo que podía hacer para no mover los pies.

—Muy bien —oyó que ella le decía. Estaba tendida en la cama, con la camisola y las bragas—. Ahora me toca a mí cerrar los ojos.

Eddie se desvistió torpemente, sin que pudiera dejar de mirarla. Cuando ella notó su peso sobre la cama, a su lado, se volvió para mirarle. Cuando se miraron a los ojos, Eddie sintió una punzada. La mirada de Marion reflejaba más sentimiento maternal del que él se había atrevido a esperar en ella.

No la tocó, pero cuando empezó a tocarse él mismo ella le aferró la nuca y le atrajo el rostro hacia los senos, allí donde él ni siquiera se había atrevido a mirar. Con la otra mano le tomó la mano derecha y la aplicó con firmeza donde había visto que él ponía su mano la primera vez, en la entrepierna de sus bragas. Él notó que se derramaba en la palma de su mano izquierda, con tal rapidez y fuerza que se contrajo contra el cuerpo de la mujer, y ella se sorprendió tanto que también reaccionó contrayéndose.

—¡Vaya, eso sí que es rapidez! —exclamó.

Manteniendo la palma ahuecada delante de sí, Eddie corrió al baño para no manchar nada.

Una vez se hubo lavado, regresó al dormitorio, donde encontró a Marion todavía tendida de costado, casi exactamente como él la había dejado. Titubeó antes de tenderse a su lado, pero ella, sin moverse en la cama ni mirarle, le dijo:

—Vuelve aquí.

Permanecieron tendidos, mirándose a los ojos durante un tiempo que a Eddie le pareció interminable, o por lo menos él no quería que aquel momento finalizara jamás. Durante toda la vida consideraría ese momento como un ejemplo de lo que era el amor. No se trataba de querer algo más, ni de esperar que alguien superase lo que ellos acababan de realizar, sino de sentirse sencillamente tan... completo. Nadie podía merecer una sensación mejor.

—¿Sabes latín? —le susurró Marion.

—Sí.

Ella miró hacia arriba, por encima de la cama, para indicar la fotografía de aquel paso importante por el que sus hijos no habían navegado.

—Dímelo en latín —susurró Marion.

—*Huc venite pueri...* —empezó a decir Eddie, también susurrando.

—«Venid acá, muchachos...» —tradujo Marion quedamente.

—... *ut viri sitis* —concluyó Eddie. Observó que Marion le había tomado la mano para colocarla de nuevo en la entrepierna de sus bragas.

—«... y sed hombres» —susurró Marion. Una vez más le tomó de la nuca y le atrajo la cara hacia los senos—. Pero todavía no has hecho el amor, ¿verdad? —le preguntó—. Quiero decir que no lo has hecho de verdad.

Con la cara en los senos fragantes, Eddie cerró los ojos.

—No, de verdad no —admitió, preocupado, porque no quería dar la impresión de que se estaba quejando—. Pero soy feliz, muy feliz —añadió—. Me siento completo.

—Yo te enseñaré qué es eso —le dijo Marion.

## El peón

En cuanto a capacidad sexual, un joven de dieciséis años es capaz de repetir sus proezas un número asombroso de veces en un periodo de tiempo que Marion, a sus treinta y nueve, consideraba notablemente breve.

—¡Dios mío! —exclamaba ante la perpetua y casi constante evidencia de las erecciones de Eddie—. ¿No necesitas tiempo para... recuperarte?

Pero Eddie no necesitaba recuperación. Paradójicamente, se satisfacía con facilidad y al mismo tiempo era insaciable.

Marion era más feliz de lo que recordaba haber sido en cualquier etapa desde la muerte de sus hijos. Por un lado, estaba fatigada y dormía más profundamente de lo que lo había hecho en muchos años, y por otro lado no se molestaba en ocultarle su nueva vida a Ted.

—No se atreverá a venirme con quejas —le dijo a Eddie, el cual temía, sin embargo, que Ted sí pudiera irle con quejas a él.

Era comprensible que el pobre Eddie estuviera nervioso por las evidentes huellas de su emocionante aventura. Por ejemplo, cada vez que el acto amoroso dejaba señales en las sábanas de la casa vagón, era Eddie quien se mostraba partidario de hacer la colada para evitar que Ted viera las manchas reveladoras. Pero Marion siempre decía: «Dejémosle en la duda de si soy yo o la señora Vaughn». (Cuando había manchas en las sábanas del dormitorio principal de la casa de los Cole, donde la señora Vaughn no podía haber sido la causante, Marion decía, de un modo más pertinente: «Dejémosle en la duda».)

En cuanto a la señora Vaughn, tanto si conocía como si no el vigor con que Marion y Eddie se ejercitaban en la cama, su relación con Ted, más discreta, había cambiado. Si antes, cuando iba a posar como modelo y cuando regresaba a su coche, era la encarnación del carácter sigiloso por sus movimientos vacilantes y rápidos en el sendero de acceso a la casa, ahora se enfrentaba a cada nueva oportunidad de posar con la resignación de un perro apaleado. Y cuando la señora Vaughn abandonaba el cuarto de trabajo de Ted y volvía a su coche, se tambaleaba con un descuido indicador de que su orgullo era irrecuperable, como si la pose que aquel día había adoptado para el dibujante la hubiera derrotado. Era evidente que la señora Vaughn había pasado de la fase de degradación, como Marion la había llamado, a la fase final de la vergüenza.

Ted nunca había visitado a la señora Vaughn en su finca de verano de Southampton más de tres veces a la semana, pero ahora las visitas eran menos frecuentes y de duración notablemente más breve. Eddie lo sabía porque siempre era él quien conducía el coche de Ted. El señor Vaughn pasaba los días laborables en Nueva York. Ted era el hombre más feliz de los Hamptons durante los meses de verano, cuando tantas madres jóvenes estaban allí sin sus maridos, los cuales trabajaban lejos. Ted prefería las madres jóvenes procedentes de Manhattan a las que residían en Sagaponack todo el año. Las veraneantes pasaban en Long Island el tiempo suficiente..., «el lapso de tiempo perfecto para una de las aventuras de Ted», había informado Marion a Eddie.

Estas palabras inquietaron al muchacho, pues le llevaron a preguntarse cuál creería ella que era «el lapso de tiempo perfecto» para su aventura con él. No se atrevía a preguntárselo.

En el caso de Ted, las jóvenes madres que estaban disponibles fuera de la temporada veraniega resultaban problemáticas a la hora de la ruptura. No todas ellas seguían siendo tan amistosas, una vez terminado ese «lapso de tiempo», como ocurrió con la esposa del pescadero de Montauk, a quien hasta entonces Eddie sólo había conocido como el fiel proveedor de tinta de calamar para Ted. A finales del verano, la señora Vaughn estaría de regreso en Manhattan, donde podría desmoronarse a unos ciento sesenta kilómetros de distancia de Ted. Que la residencia de los Vaughn estuviera en el Gin Lane de Southampton resultaba irónico, dado lo mucho que a Ted le gustaba la ginebra y los vecindarios elegantes.

—Nunca tengo que esperar —observó Eddie—. Normalmente, cuando es la hora de recogerle, camina por el arcén de la carretera. Pero no sé qué debe de hacer ella con su hijo.

—Probablemente lo envía a clases de tenis —replicó Marion.

Pero, desde hacía algún tiempo, las citas de Ted con la señora Vaughn no duraban más de una hora.

—Y la semana pasada sólo le llevé una vez —informó Eddie a Marion.

—Casi ha terminado con ella —comentó Marion—. Siempre lo noto.

Eddie suponía que la señora Vaughn vivía en una mansión, aunque la finca, que se hallaba en el lado de Gin Lane que da al océano, estaba rodeada por unos altos setos que no permitían ver nada. Las piedras perfectas, del tamaño de un guisante, que cubrían el sendero de acceso, acababan de ser rastrilladas. Ted siempre le pedía a Eddie que le dejara en la entrada del sendero. Tal vez le gustaba andar por aquella costosa grava, camino de las tareas que le aguardaban.

Comparado con Ted, Eddie O'Hare no era más que un bisoño en los asuntos del amor, un absoluto principiante, pero había aprendido enseguida que la espera excitada era casi igual a la emoción de hacer el amor. Marion sospechaba que, en el caso de Ted, éste disfrutaba más de la espera. Cuando Eddie estaba en brazos de Marion, esa posibilidad era inimaginable para el muchacho.

Cada mañana hacían el amor en la casa vagón. Cuando le tocaba a Marion pasar la noche allí, Eddie se quedaba con ella hasta el amanecer. No les importaba que el Chevrolet y el Mercedes estuvieran aparcados en el sendero, a la vista de cualquiera, como tampoco les importaba que los vieran cenando juntos cada noche en el mismo restaurante de East Hampton. Marion no ocultaba el placer que le producía ver comer a Eddie. También le gustaba tocarle la cara, las manos o el cabello, sin que le preocupara que la estuvieran mirando. Incluso iba con él a la peluquería para decirle al barbero cuánto debía cortarle el cabello o cuándo debía dejar de cortar. Ella le lavaba la ropa, y en agosto empezó a comprarle prendas de vestir.

Y había ocasiones en que la expresión de Eddie mientras dormía se parecía tanto a alguna de Thomas o de Timothy que Marion de repente le despertaba y le hacía ir, aún medio dormido, al lugar donde colgaba la fotografía en cuestión, sólo para mostrarle cómo le había visto. Y es que ¿quién puede describir el aspecto capaz de evocar a los seres amados? ¿Quién puede prever el fruncimiento de ceño, la sonrisa o el mechón de cabello desviado que establece una rápida e innegable relación con el pasado? ¿Quién puede calcular el poder de asociación, siempre más intenso en los momentos de amor y en los recuerdos de muerte?

Marion no podía evitarlo. Con cada acto que realizaba para Eddie, pensaba en todo lo que había hecho por Thomas y Timothy. También prestaba atención a los placeres de los que, según ella imaginaba, sus hijos perdidos nunca habían disfrutado. Aunque fuese brevemente, Eddie O'Hare había hecho revivir a sus hijos muertos.

Aunque a Marion no le importaba que Ted estuviera enterado de su relación con Eddie, le sorprendía que no le hubiera dicho nada, pues sin duda lo sabía. El escritor se mostraba con Eddie tan afable como siempre y, últimamente, también pasaban más tiempo juntos.

Un día Ted, con una gran carpeta de dibujos bajo el brazo, pidió a Eddie que le llevara en coche a Nueva York. Usaron el Mercedes de Marion para el viaje de ciento sesenta kilómetros. Ted dio instrucciones al muchacho para llegar a su galería de arte, que estaba en Thompson cerca de la esquina de Broome, o en Broome cerca de la esquina de Thompson, Eddie no se acordaba. Tras entregar los dibujos, Ted y Eddie comieron en un restaurante donde el escritor llevó cierta vez a Thomas y a Timothy. Le dijo que a los chicos les había gustado. A Eddie también le gustó, aunque se sintió incómodo cuando Ted le dijo, durante el viaje de regreso a Sagaponack, que le estaba agradecido por ser tan buen amigo de Marion. Ésta había sido muy desdichada, y era estupendo verla sonreír de nuevo.

—¿Dijo eso? —preguntó Marion a Eddie.

—Exactamente.

—Qué raro —observó ella—. Más bien esperaba que dijera algo sarcástico.

Pero Eddie no había percibido nada «sarcástico» en las palabras de Ted. Era cierto que hizo una referencia al estado físico del muchacho, pero Eddie no podía saber si la observación de Ted había insinuado o no que conocía los ejercicios atléticos que practicaba con Marion día y noche.

En su cuarto de trabajo, al lado del teléfono, Ted tenía una lista con media docena de nombres y números de teléfono, correspondientes a sus adversarios regulares en los partidos de squash, los cuales, le dijo Marion a Eddie, eran sus únicos amigos. Una tarde, cuando uno de los adversarios regulares de Ted canceló un partido, Ted le pidió a Eddie que jugara con él. El muchacho le había expresado anteriormente su recién adquirido interés por el squash, pero también le confesó que su habilidad estaba por debajo de la de un principiante.

Habían restaurado el granero contiguo a la casa de los Cole. En el desván, sobre el recinto que servía de garaje de dos plazas, habían construido una pista de squash casi de medidas reglamentarias, siguiendo las especificaciones de Ted. Éste decía que una ordenanza municipal le había impedido elevar el tejado del granero, por lo que el techo de la pista de squash era más bajo de lo reglamentario, y las ventanas de gablete que daban al océano eran la causa de que una pared de la pista tuviera forma irregular y ofreciera notablemente menos superficie de juego que la pared opuesta. La forma y las dimensiones peculiares de la pista doméstica daban a Ted una clara ventaja.

En realidad, no existía ninguna ordenanza municipal que impidiera a Ted elevar el tejado. Sin embargo, había ahorrado una considerable cantidad de dinero, y la excentricidad de una pista que respondiera a sus propias especificaciones le había satisfecho. Los jugadores de squash de la localidad consideraban que Ted era invencible en su curioso granero, mal ventilado y donde hacía un calor espantoso en los meses de verano, mientras que en invierno, como el establo carecía de calefacción, a menudo hacía un frío insoportable en la pista y la pelota rebotaba poco más que una piedra.

Con ocasión del único partido que jugaron, Ted advirtió a Eddie sobre las peculiaridades de la pista. Para él, la pista en el granero presentaba las mismas dificultades que cualquier otra pista de squash. Ted le hizo correr de un extremo al otro. El mismo Ted se colocó en la T central de la pista. Nunca tenía que desviarse más de medio paso en cualquier dirección. Eddie, sudoroso y sin aliento, no pudo marcar un solo punto, pero Ted ni siquiera estaba acalorado.

—Me parece que esta noche dormirás como un tronco, Eddie —le dijo Ted cuando finalizaron los cinco partidos que jugaron—. En fin, a lo mejor necesitas recuperar sueño.

Dicho esto, le dio un golpecito en las nalgas con la raqueta. Podría haber sido o no «sarcástico», como informó Eddie a Marion, la cual ya no sabía cómo interpretar la conducta de su marido.

Ruth era un problema más apremiante para Marion. En el verano de 1958, los hábitos de sueño de la pequeña rozaban lo extravagante. A menudo dormía durante toda la noche tan profundamente que por la mañana estaba exactamente en la misma posición en la que se había dormido y todavía arropada como si no se hubiera movido. Pero otras noches «no dejaba de dar vueltas en la cama. Se tendía de costado en la litera inferior hasta que metía los pies debajo de la ancha barandilla protectora, y entonces se despertaba y pedía ayuda a gritos. Lo peor era que, a veces, los pies atrapados se convertían en un elemento de la pesadilla que estaba teniendo. La niña se despertaba convencida de que un monstruo la había atacado y la tenía entre sus garras aterradoras. En esas ocasiones Ruth no sólo gritaba para que la libraran de la barandilla, sino que también era preciso llevarla al dormitorio principal, donde volvía a dormirse, sollozando, en la cama de sus padres, al lado de Marion o de Ted.

Cuando Ted intentó eliminar la barandilla protectora, Ruth se cayó de la litera. Por suerte había una alfombra y la caída no tuvo consecuencias. Pero cierta vez, desorientada, la niña salió al pasillo. Y con barandilla protectora o sin ella, lo cierto era que Ruth tenía pesadillas. En una palabra, Eddie y Marion no podían contar con que sus encuentros sexuales se desarrollaran sin interrupciones, no podían confiar en que Ruth durmiera durante toda la noche. La niña podía despertarse gritando o aparecer silenciosamente junto a la cama de su madre, por lo que era arriesgado que Eddie y Marion hicieran el amor en el dormitorio principal, o que Eddie llegara al séptimo cielo en brazos de Marion y se quedara allí dormido. Y cuando hacían el amor en la habitación de Eddie, que se encontraba a considerable distancia del dormitorio de Ruth, Marion se preocupaba porque quizá no oiría las llamadas o el llanto de la niña, o porque ésta pudiera entrar en el dormitorio principal y asustarse al no encontrar allí a su madre.

Así pues, cuando estaban acostados en la habitación de Eddie, se turnaban para salir al pasillo y prestar atención por si Ruth decía algo. Y cuando yacían en la cama de Marion, las leves pisadas infantiles en el suelo del baño obligaban a Eddie a levantarse a toda prisa de la cama. Cierta vez permaneció tendido en el suelo, desnudo, durante media hora, hasta que Ruth por fin se quedó dormida al lado de su madre. Entonces Eddie cruzó la habitación a gatas. Poco antes de abrir la puerta y encaminarse de puntillas a su propia habitación, Marion le susurró: «Buenas noches, Eddie». Al parecer, Ruth sólo estaba dormida a medias, pues la niña (con voz soñolienta) rápidamente secundó a su madre: «Buenas noches, Eddie».

Después de ese incidente, era inevitable que una noche ni Eddie ni Marion oyeran el ruido de los piececillos que se aproximaban. Así pues, la noche en que Ruth apareció con una toalla en el dormitorio de su madre, porque la niña estaba convencida de que, a juzgar por el ruido que producía, su madre estaba vomitando, Marion no se sorprendió. Y como el muchacho la había montado por detrás y le sostenía los pechos con las manos, Marion tenía poco margen de maniobra. Lo único que hizo fue dejar de gemir.

Eddie, en cambio, reaccionó a la aparición súbita de Ruth de una manera sorprendentemente acrobática pero desafortunada. Se retiró de Marion con tal brusquedad que ella se sintió a la vez vacía y abandonada, pero siguió moviendo las caderas. Eddie, que voló una corta distancia hacia atrás, sólo quedó suspendido un instante en el aire. No logró esquivar la lámpara de la mesilla de noche, y tanto él como la lámpara rota cayeron en la alfombra, donde el esfuerzo espontáneo pero inútil del chico por ocultar sus partes íntimas con una pantalla de lámpara abierta por el extremo aportó a Marion por lo menos un instante de comicidad pasajera.

A pesar de los gritos de su hija, Marion comprendió que el dramatismo de este episodio tendría unos efectos más duraderos para Eddie que para Ruth. Impulsada por esta convicción, Marion le dijo a su hija con aparente sangre fría:

—No grites, cariño. Sólo somos Eddie y yo. Anda, vuelve a la cama.

Eddie se sorprendió al ver que la niña hacía obedientemente lo que le pedían. Cuando el muchacho estuvo de nuevo en la cama al lado de Marion, ésta le susurró, como si hablara consigo misma:

—Bueno, no ha estado tan mal, ¿verdad? Ahora podemos dejar de preocuparnos por eso.

Pero entonces se dio la vuelta, de espaldas a Eddie y, aunque sus hombros se estremecían ligeramente, no lloraba, o lloraba sólo por dentro. Sin embargo, Marion no respondió a las caricias ni a las palabras tiernas de Eddie, y él supo que lo mejor sería dejarla en paz.

El episodio suscitó la primera reacción clarificadora de Ted. Con una hipocresía impávida, Ted eligió el momento en que Eddie le llevaba en coche a Southampton para visitar a la señora Vaughn.

—Doy por sentado que ha sido un error de Marion —le dijo—, pero es indudable que permitir que Ruth os viera juntos ha sido un error de los dos.

El muchacho no abrió la boca.

—No te estoy amenazando, Eddie —añadió Ted—, pero debo decirte que tal vez te llamen a declarar como testigo.

—¿Declarar como testigo?

—En caso de que haya una disputa por la custodia de la niña, sobre cuál de los dos es más adecuado para cuidar de ella —replicó Ted—. Yo nunca dejaría que una criatura me viera con otra mujer, mientras que Marion no ha hecho nada para evitar que Ruth viera... lo que vio. Y si te llamaran a declarar como testigo de lo sucedido, confío en que no mentirás ante un tribunal. —Pero Eddie seguía sin decir nada—. Según parece, se trataba de una penetración desde atrás... Ojo, no es que tenga nada personal contra ésa ni contra ninguna otra postura —se apresuró a decir—, pero imagino que hacerlo como los perros debe de parecerle a una chiquilla especialmente... animal.

Por un instante Eddie supuso que Marion se lo había dicho a Ted. Pero después se dio cuenta, con aprensión, de que Ted había estado hablando con Ruth.

Marion llegó a la conclusión de que Ted debía de haber hablado con Ruth desde el principio: ¿los había visto juntos? Y en caso afirmativo, ¿juntos de qué manera? De repente, todo lo que Marion había malentendido estaba claro.

—¡Por eso quiso que trabajaras para él! —exclamó.

Supuso que Marion tomaría a Eddie como amante, y que el muchacho no podría resistirse. Pero aunque Ted creía conocer bien a Marion, lo cierto era que no la conocía lo bastante bien para comprender que ella nunca se pelearía con él por la custodia de Ruth. Marion era consciente de que había perdido a la niña. Ella nunca había querido a Ruth.

Ahora Marion se sentía insultada porque Ted la tenía en tan poca estima que no se daba cuenta de que ella jamás afirmaría, ni siquiera durante una conversación pasajera, y no digamos ante un tribunal de justicia, que Ruth estaría mejor con su madre que con su falaz e irresponsable padre. Porque incluso Ted podría cuidar de la niña mejor que ella, o así lo creía Marion.

—Voy a decirte lo que vamos a hacer, Eddie —le dijo Marion al muchacho—. No te preocupes. Ted no te hará declarar como testigo de nada, no va a haber ningún juicio. Conozco mucho mejor a Ted de lo que él me conoce a mí.

Durante tres días que parecieron interminables, no pudieron hacer el amor porque Marion tenía una infección y el acto sexual le resultaba doloroso. De todos modos, yacía al lado de Eddie, cuya cabeza sostenía contra sus pechos mientras él se masturbaba a sus anchas.

Marion bromeó con él preguntándole si masturbarse junto a ella no le gustaba tanto como hacerle el amor o incluso más. Cuando Eddie lo negó, Marion siguió bromeando. Dudaba sinceramente de que las mujeres que conocería en un futuro se mostraran tan comprensivas con su preferencia como lo era ella, y le aseguró que lo encontraba bastante agradable.

Pero Eddie protestó: no podía imaginar que alguna vez le interesaran otras mujeres.

—Otras mujeres se interesarán por ti —le dijo ella—. Y puede que no estén lo bastante seguras de sí mismas para permitir que te masturbes en vez de exigirte que les hagas el amor. Sólo te lo advierto como amiga. Las chicas de tu edad se sentirían abandonadas si hicieras eso.

—Nunca me interesarán las chicas de mi edad —replicó Eddie, con ese tono apesadumbrado que a Marion tanto le atraía.

Y aunque ella bromeara con él de ese modo, sería cierto. Jamás le interesaría una mujer de su edad, lo cual no era necesariamente un perjuicio causado por Marion.

—Tienes que confiar en mí, Eddie —le dijo—. No debes temer a Ted. Sé exactamente lo que vamos a hacer.

—De acuerdo.

Yacía con la cara pegada contra sus pechos; sabía que su relación con ella iba a terminar, era inevitable que acabara. Faltaba menos de un mes para que regresara a Exeter, y ni siquiera un muchacho de dieciséis años podía imaginar que mantendría su relación con una querida de treinta y nueve bajo las reglas estrictas del internado.

—Ted cree que eres su peón, Eddie —le dijo Marion—. Pero eres mi peón, no el de Ted.

—De acuerdo —replicó el chico.

Pero Eddie O'Hare aún no comprendía hasta qué punto desempeñaba realmente el papel de peón en la discordia culminante de una guerra conyugal que duraba veintidós años.

## El ojo derecho de Ruth

Para ser un peón, Eddie se planteaba muchas preguntas. Cuando Marion se recuperó de su infección lo suficiente para poder hacer de nuevo el amor, Eddie le preguntó qué clase de «infección» había tenido.

—Ha sido una infección de la vejiga —le dijo ella.

Aún obedecía al instinto maternal, más de lo que ella creía, y le ahorró la noticia —que tal vez le perturbaría— de que la infección había sido el resultado de sus repetidas atenciones sexuales.

Acababan de hacer el amor en la posición preferida de Marion. Le gustaba sentarse sobre Eddie, «montarle», como ella decía, porque gozaba viéndole la cara. No se trataba tan sólo de que las expresiones de Eddie la obsesionaran agradablemente por sus incesantes asociaciones con Thomas y Timothy, sino también de que Marion había empezado a despedirse del muchacho, lo cual le estaba afectando más íntimamente de lo que había creído posible.

Ella sabía, desde luego, hasta qué punto le afectaba, y se sentía preocupada. Pero al mirarle, o al hacer el amor con él, sobre todo al mirarle mientras hacía el amor con él, Marion imaginaba que podía ver la terminación de su vida sexual, que había sido tan ardiente, aunque breve.

No le había dicho a Eddie que, antes de él, no había hecho el amor con nadie excepto con Ted. Tampoco le había dicho que, desde la muerte de sus hijos, sólo hicieron el amor una vez, y que en esa ocasión, por iniciativa de Ted, lo hicieron con la única finalidad de que ella se quedara embarazada. (Marion no deseaba quedarse embarazada, pero se sentía demasiado abatida para oponer resistencia.) Y desde el nacimiento de Ruth, Marion no había tenido tentaciones de hacer el amor. Con Eddie, lo que había empezado como amabilidad por parte de Marion hacia un muchacho tímido, en el que veía reflejados tantos aspectos de sus hijos, se había convertido en una relación profundamente gratificante para ella. Pero si a Marion le había sorprendido la excitación y la gratificación que Eddie le había proporcionado, eso no la había persuadido de que alterase sus planes.

No sólo abandonaba a Ted y a Ruth, sino que, al despedirse de Eddie O'Hare, también se despedía de toda clase de vida sexual. ¡Allí estaba ella, despidiéndose del sexo cuando, por primera vez, a los treinta y nueve años, el sexo le parecía placentero!

Si Marion y Eddie tenían la misma estatura en el verano de 1958, Marion era consciente de que pesaba más que él. Eddie era penosamente delgado. Cuando ella estaba encima, presionando al muchacho, Marion tenía la sensación de que todo su peso y su fuerza se concentraban en las caderas. Cuando Eddie la penetraba por detrás, a veces Marion tenía la sensación de que era ella quien le estaba penetrando a él, porque el movimiento de sus caderas era el único movimiento entre ellos: Eddie no era lo bastante fuerte como para levantarla, separándola de él. En un momento dado, Marion no sólo sentía que estaba penetrando en el cuerpo del chico, sino que estaba bastante segura de que lo había paralizado.

Cuando, por la manera en que Eddie retenía el aliento, ella comprendía que su amante estaba a punto de correrse, se apoyaba en el pecho del muchacho y, sujetándole con fuerza por los hombros, le hacía girar y situarse encima de ella, porque no soportaba ver la transformación de su semblante cuando experimentaba el orgasmo. Había en aquella expresión algo muy parecido a la espera del dolor. Marion apenas podía soportar oírle gemir, y él gemía cada vez. Era el gemido de un niño que llora en estado de duermevela antes de dormirse profundamente. Ese instante brevísimo y repetido, en toda su relación con Eddie, era lo único que le hacía dudar un poco a Marion. Cuando el muchacho emitía aquel sonido infantil, ella se sentía culpable.

Luego Eddie yació de costado, con la cara hundida en los senos de Marion, y ella deslizó los dedos entre su cabello. Incluso entonces no pudo refrenar una observación crítica sobre el corte de pelo de Eddie, y tomó nota mentalmente para decirle al barbero, la próxima vez, que no se lo cortara tanto en la parte posterior. Entonces revisó su nota mental. El verano estaba terminando y no habría una «próxima vez».

En aquel momento Eddie le hizo la segunda pregunta de la noche.

—Háblame del accidente —le pidió—. ¿Sabes cómo ocurrió? ¿Alguien tuvo la culpa?

Un segundo antes había notado contra su sien las palpitaciones del corazón de la mujer, que latía a través del seno, pero ahora le pareció como si el corazón de Marion se hubiera detenido. Cuando alzó la cabeza para mirarle el rostro, ella ya le estaba dando la espalda. Esta vez ni siquiera se estremecieron ligerísimamente sus hombros. Tenía la columna vertebral recta, la espalda rígida, los hombros cuadrados. Eddie rodeó la cama, se arrodilló a su lado y la miró a los ojos, que estaban abiertos pero con la mirada perdida. Sus labios, carnosos y separados cuando dormía, ahora estaban cerrados y formaban una línea.

—Perdona —susurró Eddie—. Nunca te lo volveré a preguntar.

Pero Marion permaneció como estaba, su cara transformada en una máscara, el cuerpo petrificado.

—¡Mami! —gritó Ruth, pero Marion no la oyó, ni siquiera parpadeó.

Eddie se quedó inmóvil, esperando oír las pisadas de la niña en el baño. Pero la pequeña seguía en su cama.

—¿Mami? —repitió Ruth en un tono más vacilante.

Había un deje de preocupación en su voz. Eddie, desnudo, fue de puntillas al baño. Se rodeó la cintura con una toalla, una elección mejor que la pantalla de una lámpara. Entonces, con el mayor sigilo posible, empezó a retirarse en dirección al pasillo.

—¿Eddie? —preguntó la niña en un susurro.

—Sí —respondió Eddie, resignado.

Se ciñó la toalla, cruzó el baño y entró en el cuarto de la niña. Pensó que ver a Marion la habría asustado más de lo que ya estaba, es decir, ver a su madre en el estado de aspecto catatónico que acababa de adquirir.

Ruth estaba sentada en la cama, sin moverse, cuando Eddie entró en su cuarto.

—¿Dónde está mamá? —le preguntó.

—Está dormida —mintió Eddie.

—Ah —dijo la niña. Miró la toalla enrollada alrededor de la cintura de Eddie—. ¿Te has bañado?

—Sí —mintió él de nuevo.

—Ah —volvió a decir Ruth—. ¿Pero en qué he soñado?

—¿En qué has soñado? —repitió Eddie estúpidamente—. Pues no lo sé. No he tenido tu sueño. ¿En qué has soñado?

—¡Dímelo! —le exigió la niña.

—Pero es tu sueño —señaló Eddie.

—Ah —dijo la pequeña una vez más.

—¿Quieres beber agua? —le preguntó Eddie.

—Vale —respondió Ruth. Esperó mientras él dejó correr el agua hasta que salió fría y le llevó un vaso. Al devolverle el vaso, le preguntó—: ¿Dónde están los pies?

—En la fotografía, donde siempre han estado —le dijo Eddie.

—Pero ¿qué les pasó?

—No les pasó nada —le aseguró Eddie—. ¿Quieres verlos?

—Sí —replicó la niña. Tendió los brazos, esperando que él la llevara, y Eddie la levantó de la cama.

Juntos recorrieron el pasillo sin encender la luz. Ambos eran conscientes de la variedad infinita de expresiones en los rostros de los muchachos muertos, cuyas fotografías, misericordiosamente, estaban en la penumbra. En el extremo del pasillo, la luz de la habitación de Eddie brillaba como un faro. Eddie llevó a Ruth al baño, donde, sin hablar, contemplaron la imagen de Marion en el Hôtel du Quai Voltaire.

—Era por la mañana, temprano —le informó Ruth—. Mami acababa de despertarse. Thomas y Timothy se habían metido bajo las sábanas. Papi hizo la foto, en Francia.

—Sí, en París —dijo Eddie. (Marion le había dicho que el hotel estaba junto al Sena. Había sido la primera vez que Marion visitaba París, la única vez que los chicos estuvieron allí.)

Ruth señaló el mayor de los pies descalzos.

—Es Thomas —dijo. Entonces señaló el pie más pequeño y esperó a que Eddie hablara.

—Timothy —supuso Eddie.

—Sí. Pero ¿qué les hiciste a los pies?

—¿Yo? Nada —mintió Eddie.

—Parecía papel, trocitos de papel —le dijo Ruth.

La niña registró el baño con la mirada y le pidió a Eddie que la dejara en el suelo para que pudiera echar un vistazo al interior de la papelera. Pero la señora de la limpieza había aseado la habitación muchas veces desde que Eddie quitara los trozos de papel. Finalmente Ruth tendió los brazos a Eddie y éste volvió a alzarla.

—Espero que no vuelva a pasar —le dijo la pequeña.

—Tal vez no pasó —le sugirió Eddie—. A lo mejor fue un sueño.

—No —replicó la niña.

—Supongo que es un misterio —dijo Eddie.

—No. Era papel..., dos trozos.

Miraba la fotografía con el ceño fruncido, como retándola a cambiar. Años después, a Eddie O'Hare no le sorprendería que, como novelista, Ruth Cole cultivara el realismo.

—¿No quieres volver a la cama? —le preguntó finalmente a la pequeña.

—Sí —respondió Ruth—, pero trae la foto.

Recorrieron el pasillo a oscuras, que ahora parecía aún más oscuro, pues la tenue luz procedente del baño principal sólo arrojaba una débil luminosidad por la puerta abierta del cuarto de Ruth. Eddie llevaba a la niña contra el pecho, en un solo brazo, y le pesaba. En la otra mano tenía la fotografía.

Acostó de nuevo a Ruth y colocó sobre la cómoda la foto de Marion en París. Aunque la tenía delante, la niña se quejó de que estaba demasiado lejos y no la veía bien. Eddie acabó por apoyar la foto contra el escabel, próximo a la cabecera de la litera de Ruth. La pequeña se quedó satisfecha y volvió a dormirse.

Antes de regresar a su habitación, Eddie miró de nuevo a Marion. Tenía los ojos cerrados, los labios entreabiertos mientras dormía, y había desaparecido de su cuerpo aquella aterradora rigidez. Sólo una sábana le cubría las caderas, y la parte superior de su cuerpo estaba desnuda. De esa manera parecía un poco menos abandonada.

Eddie estaba tan cansado que se tendió en la cama y se quedó dormido con la toalla alrededor de la cintura. Por la mañana le despertó la voz de Marion que le llamaba a gritos, al tiempo que oía el lloro histérico de Ruth. Echó a correr por el pasillo, todavía con la toalla puesta, y encontró a Marion y Ruth inclinadas sobre el lavabo del baño, que estaba manchado de sangre. Había sangre por todas partes, en el pijama de la niña, en la cara, en el cabello, y procedía de un solo corte profundo en el dedo índice derecho de Ruth. La yema de la primera falange del dedo estaba cortada hasta el hueso, un corte perfectamente recto y muy delgado.

—Dice que ha sido un cristal —le explicó Marion a Eddie—, pero no hay ningún fragmento de cristal en el corte. ¿Qué cristal, cariño? —preguntó a Ruth.

—¡La foto, la foto! —gritó la niña.

Al esforzarse por ocultar la fotografía debajo de la litera, Ruth debía de haber golpeado el marco contra el escabel o contra una barra de la litera. El cristal que cubría la foto estaba hecho añicos. La foto no había sufrido daño alguno, aunque el paspartú estaba manchado de sangre.

—¿Qué he hecho? —preguntaba la pequeña.

Eddie la sostuvo mientras su madre la vestía, y entonces Marion la tomó en brazos durante el tiempo que Eddie tardó en vestirse.

Ruth había dejado de llorar y ahora estaba más preocupada por la fotografía que por el dedo herido. Recogieron la foto, que estaba todavía con el paspartú manchado de sangre, la sacaron del marco roto, y se la llevaron porque Ruth quería tener la foto consigo en el hospital. Marion intentó prepararla para que no se asustara cuando le dieran los puntos, y lo más probable era que le pusieran por lo menos una inyección. En realidad fueron dos, la inyección de lidocaína antes de darle los puntos y luego la vacuna contra el tétanos. A pesar de su profundidad, el corte era tan limpio y delgado que Marion estaba segura de que no requeriría más de dos o tres puntos ni dejaría una cicatriz visible.

—¿Qué es una cicatriz? —preguntó la niña—. ¿Voy a morirme?

—No, no vas a morirte, cariño —le aseguró su madre.

Entonces la conversación giró en torno al arreglo de la fotografía. Cuando salieran del hospital, llevarían la foto a una tienda de marcos de Southampton y la dejarían allí para que le pusieran un marco nuevo. Ruth se echó a llorar una vez más, porque no quería dejar la foto en la tienda. Eddie le explicó que necesitaban un paspartú, un marco y un cristal nuevos.

—¿Qué es un paspartú? —preguntó la niña.

Cuando Marion mostró a Ruth el paspartú manchado de sangre, pero no la fotografía, Ruth quiso saber por qué la mancha de sangre no era roja. La sangre se había secado y vuelto marrón.

—¿Me volveré marrón? —preguntó Ruth—. ¿Voy a morirme?

—No, cariño, no te morirás, te lo prometo —le decía Marion una y otra vez.

Como es natural, Ruth gritó cuando le pusieron las inyecciones y le dieron los puntos, que sólo fueron dos. El médico se sorprendió al ver la perfecta línea recta del corte. La yema del dedo índice estaba cortada con precisión por la mitad. Un médico no habría podido cortar intencionadamente por el centro exacto de un dedo tan pequeño, ni siquiera con un bisturí.

Después de dejar la fotografía en la tienda de marcos, Ruth permaneció sentada y tranquila en el regazo de su madre. Eddie conducía de regreso a Sagaponack, con los ojos entornados porque le deslumbraba el sol matinal. Marion bajó el parasol del lado del pasajero, pero Ruth era tan bajita que el sol le daba directamente en la cara y le hacía volverse hacia su madre. De repente Marion empezó a mirar con fijeza los ojos de su hija, el derecho en particular.

—¿Qué ocurre? —le preguntó Eddie—. ¿Tiene algo en el ojo?

—No es nada —respondió Marion.

La niña se acurrucó contra su madre, quien protegió la cara de Ruth interponiendo la mano entre ella y el sol.

Extenuada después de tanto lloro, Ruth se quedó dormida antes de llegar a Sagaponack.

—¿Qué has visto? —le preguntó Eddie a Marion, que volvía a tener la mirada notablemente perdida (no tanto como la noche anterior, cuando Eddie le preguntó por el accidente que habían sufrido sus hijos)—. Dímelo.

Marion mencionó el defecto en el iris del ojo derecho, aquel hexágono amarillo que Eddie había admirado con frecuencia. Más de una vez le había dicho que le encantaba la manchita amarilla en su ojo, la manera en que, bajo cierta luz o visto desde ángulos impredecibles, su ojo derecho podía pasar del azul al verde.

Aunque los ojos de Ruth eran castaños, lo que Marion había visto en el iris de su ojo derecho era exactamente la misma forma hexagonal de color amarillo brillante. Cuando la niña parpadeó a causa del sol, el hexágono amarillo había revelado su capacidad de volver ámbar el color castaño del ojo derecho de Ruth.

Marion siguió abrazando a la niña dormida contra su pecho. Con una mano, seguía protegiéndole la cara del sol. Eddie nunca le había visto manifestar semejante grado de afecto físico a Ruth.

—Tu ojo es muy... distinguido —le dijo el muchacho—. Es como una marca de nacimiento, sólo que más misteriosa...

—¡La pobre niña! —le interrumpió Marion—. ¡No quiero que sea como yo!

## La ruptura con la señora Vaughn

Durante los cinco o seis días siguientes, antes de que le quitaran los puntos, Ruth no fue a la playa. La molestia de mantener el corte seco irritaba a las niñeras. Eddie detectó un creciente mal humor en el trato entre Ted y Marion. Siempre se habían evitado, pero ahora ya ni se hablaban, ni siquiera se miraban. Cuando uno quería quejarse del otro, se valía de Eddie. Por ejemplo, Ted consideraba a Marion responsable de la herida de Ruth, aunque Eddie le había dicho repetidas veces que era él quien le había permitido a la niña quedarse con la foto.

—No se trata de eso —le dijo Ted—. En primer lugar, tú no deberías haber ido a la habitación de Ruth. Ésa es tarea de su madre.

—Ya te he dicho que Marion dormía —mintió Eddie.

—Lo dudo —replicó Ted—. Dudo de que «dormir» sea la palabra precisa para indicar el estado de Marion. Supongo que, más bien, estaba colocada.

Eddie no estaba seguro de lo que Ted quería decir.

—No estaba borracha, si te refieres a eso.

—No he dicho que estuviera borracha..., nunca se emborracha —replicó Ted—. He dicho que estaba colocada. ¿No era así?

Eddie no supo qué decirle. Luego se lo comentó a Marion.

—¿Le has dicho el motivo? —preguntó al muchacho—. ¿Le has dicho lo que me preguntaste?

Eddie se sintió confuso.

—No, claro que no —respondió.

—¡Díselo! —exclamó Marion.

Así pues, Eddie le contó a Ted lo que había sucedido cuando le preguntó a Marion por el accidente.

—Supongo que yo soy el culpable de que... se colocara —le explicó Eddie—. Te he dicho una y otra vez que la culpa ha sido sólo mía.

—No, la culpa ha sido de Marion —insistió Ted.

—Bueno, ¿y a quién le importa de quién sea la culpa? —le preguntó Marion a Eddie.

—A mí me importa. Yo le permití a Ruth que se quedara con la fotografía —contestó Eddie.

—Esto no tiene que ver con la fotografía, no digas tonterías —le dijo Marion al muchacho—. No tiene nada que ver contigo, Eddie.

Eddie O'Hare comprendió que Marion tenía razón, y fue un mazazo para él. Aquélla iba a ser la relación más importante de su vida, y sin embargo lo que ocurría entre Ted y Marion no tenía nada que ver con él.

Entretanto, Ruth preguntaba a diario por la fotografía pendiente de devolución. Cada día llamaban a la tienda de marcos de Southampton, pero colocar un paspartú y enmarcar una sola foto de veinte por veinticinco no era una tarea prioritaria en la época de mayor actividad en la tienda.

La pequeña quería saber si el nuevo paspartú tendría una mancha de sangre. (No, no la tendría.) ¿Serían el nuevo marco y el nuevo cristal exactamente iguales que el marco y el cristal anteriores? (Serían muy parecidos.)

Y cada día y cada noche, Ruth recorría con las niñeras, con sus padres o con Eddie la galería de fotografías que colgaban de las paredes de la casa de los Cole. ¿Se cortaría con el cristal si tocaba tal foto? Y esa otra, que también tenía un cristal, ¿se rompería si la dejaba caer? ¿El cristal siempre se rompía? Y si el cristal te podía cortar, ¿por qué querías tenerlo en tu casa?

Pero, entre unas y otras preguntas de Ruth, el ecuador del mes de agosto había quedado atrás, y ahora hacía bastante más fresco por las noches. Incluso en la casa vagón se dormía cómodamente. Una noche ene que Eddie y Marion durmieron allí, Marion se olvidó de cubrir la claraboya con la toalla, y a primera hora de la mañana los despertó una bandada de gansos que volaban bajo.

—¿Ya vais al sur? —les preguntó Marion. Y durante el resto del día no habló con Eddie ni con Ruth.

Ted llevó a cabo una revisión radical de *Un ruido como el de alguien que no quiere hacer ruido*, y durante casi toda una semana presentó a Eddie un borrador escrito totalmente de nuevo cada mañana. El muchacho volvía a mecanografiar el manuscrito el mismo día, y a la mañana siguiente Ted recibía su nuevo texto. Apenas Eddie había empezado a sentirse como un verdadero ayudante de escritor cuando aquella actividad de reescritura se interrumpió. Eddie no veía *Un ruido como el de alguien que no quiere hacer ruido* hasta que se publicara. Aunque sería el libro preferido de Ruth entre todos los de su padre, nunca sería uno de los favoritos de Eddie. Había leído demasiadas versiones para apreciar el texto definitivo.

Y un día, poco antes de que a Ruth le quitaran los puntos, llegó con el correo un grueso sobre para Eddie enviado por su padre. Contenía los nombres y direcciones de cada exoniano que vivía en los Hamptons. De hecho, era la misma lista de nombres y direcciones que Eddie había tirado en el transbordador cuando cruzaba el canal de Long Island. Alguien había encontrado el sobre con el membrete en relieve del centro Phillips de Exeter, con la dirección del remitente y el nombre del señor O'Hare pulcramente escritos a mano, un portero, o un miembro de la tripulación del transbordador, o alguien que husmeaba entre la basura. Quienquiera que fuese el idiota, había devuelto la lista a Minty O'Hare.

«Deberías haberme escrito diciéndome que lo habías perdido», le escribió su padre. «Yo habría copiado los nombres y direcciones y te los habría facilitado de nuevo. Por suerte alguien reconoció su valor. Un notable acto de solidaridad humana, y más en una época de nuestra historia en que los actos solidarios son cada vez menos frecuentes. ¡Fuera quien fuese, hombre o mujer, ni siquiera pidió que le reembolsara el franqueo! Debe de haber sido por el nombre de Exeter, que figuraba en el sobre. Siempre he dicho que no se puede apreciar lo suficiente la influencia del buen nombre de la escuela...» Minty había añadido un nombre y una dirección: sin saber cómo, en la lista original había omitido a un exoniano que vivía en la cercana Wainscott.

Aquél fue también un periodo de irritación para Ted. Ruth decía que los puntos le provocaban pesadillas, y las tenía sobre todo cuando a Ted le tocaba el turno de quedarse con ella. Una noche la niña no dejaba de llorar y llamar a su madre. Sólo su mami y, lo que exasperaba todavía más a Ted, Eddie podían consolarla. Ted se vio obligado a telefonear a la casa vagón y pedirles que regresaran. Entonces Eddie tuvo que llevar a Ted hasta la casa vagón, donde el muchacho imaginaba que las huellas de su cuerpo y el de Marion todavía serían visibles en la cama; tal vez, incluso estarían calientes.

Cuando Eddie volvió a la casa de los Cole, todas las luces del piso superior estaban encendidas. Ruth sólo podía tranquilizarse si la llevaban de foto en foto. Eddie se ofreció voluntario para completar la gira con guía a fin de que Marion pudiera volver a la cama, pero ésta parecía pasárselo bien. En realidad, Marion era consciente de que probablemente aquél iba a ser su último recorrido por la historia fotográfica de sus hijos muertos con la pequeña en brazos, y prolongaba la explicación que acompañaba a cada imagen. Eddie se quedó dormido en su habitación, pero con la puerta del pasillo abierta. Durante un rato le llegaron las voces de Ruth y de Marion.

Madre e hija estaban en la habitación de invitados situada en el medio, y por la pregunta de la niña Eddie conjeturó que miraban la foto en la que Timothy, cubierto de barro, lloraba.

—¿Pero qué le ha pasado a Timothy? —preguntó Ruth, aunque conocía la respuesta tan bien como Marion. Por entonces, hasta Eddie conocía las historias de todas las fotos.

—Thomas le ha empujado a un charco —respondió Marion.

—¿Qué edad tiene Timothy ahí, en el barro? —quiso saber Ruth.

—Tiene tu edad, cielo —le dijo su madre—. Sólo tenía cuatro años...

Eddie también conocía la foto siguiente: Thomas, vestido con el equipo de hockey, tras un partido en la pista de Exeter. Está en pie, rodeando a su madre con un brazo, como si ella se hubiera mostrado fría durante todo el partido; pero también parece orgullosa en extremo por estar ahí, al lado de su hijo, que la rodea con el brazo. Aunque se ha quitado los patines y posa, absurdamente, con el uniforme de hockey y unas zapatillas de baloncesto que tienen los cordones desatados, Thomas es más alto que Marion. Lo que a Ruth le gustaba de la fotografía era que Thomas sonreía de oreja a oreja, sosteniendo un disco de hockey entre los dientes.

Poco antes de quedarse dormido, Eddie oyó que Ruth preguntaba a su madre:

—¿Qué edad tiene Thomas con esa cosa en la boca?

—Tiene la edad de Eddie —le oyó decir el muchacho—. Sólo tenía dieciséis años...

El teléfono sonó hacia las siete de la mañana. Cuando Marion respondió, todavía estaba en la cama. El silencio le indicó que se trataba de la señora Vaughn.

—Está en la otra casa —dijo Marion, y colgó el aparato.

Durante el desayuno Marion le dijo a Eddie:

—Voy a hacerte una apuesta: Ted va a romper con ella antes de que le quiten los puntos a Ruth.

—¿Pero no se los quitan el viernes? —le preguntó Eddie. Sólo faltaban dos días para el viernes.

—Te apuesto a que rompe con ella hoy mismo —replicó Marion— o que por lo menos lo intenta. Si ella le pone pegas, es posible que tarde otro par de días.

En efecto, la señora Vaughn iba a poner pegas y Ted, que probablemente las preveía, trató de romper con la señora Vaughn enviando a Eddie para que lo hiciera por él.

—¿Qué dices que he de hacer? —le preguntó el muchacho.

Estaban junto a la mesa más grande del cuarto de trabajo de Ted, donde éste había reunido un rimero de unos cien dibujos de la señora Vaughn. A Ted le costaba un poco cerrar la abultada carpeta. Era la más grande que había tenido, con sus iniciales, T.T.C. (Theodore Thomas Cole), grabadas en oro sobre el cuero marrón.

—Le darás estos dibujos, pero no la carpeta, ¿de acuerdo? Quiero que me devuelvas la carpeta.

Eddie sabía, por Marion, que ésta le había regalado aquella carpeta.

—Pero ¿no irás hoy a casa de la señora Vaughn? —le preguntó Eddie—. ¿No te está esperando?

—Dile que no voy a ir, pero que deseo que se quede con los dibujos —respondió Ted.

—Me preguntará cuándo vas a ir —observó Eddie.

—Dile que no lo sabes. Limítate a darle los dibujos y habla lo menos posible.

A Eddie le faltó tiempo para contarle a Marion lo que Ted le había encargado.

—Te envía para romper con ella... ¡Qué cobarde! —comentó Marion, tocándole el cabello de aquella manera tan maternal. Él estaba seguro de que iba a decirle algo sobre la insatisfacción perpetua que le producía su corte de pelo, pero le dijo—: Será mejor que vayas temprano, cuando todavía se esté vistiendo. Así no será tan fácil que sienta la tentación de invitarte a entrar y te evitarás un bombardeo de preguntas. Lo mejor que podrías hacer es tocar el timbre y limitarte a darle los dibujos. Procura que no te haga pasar y cierre la puerta..., créeme. Y ándate con cuidado, esa mujer podría albergar intenciones asesinas.

Eddie O'Hare tenía presentes estas advertencias cuando llegó temprano a la dirección de Gin Lane. A la entrada del sendero de acceso cubierto de costosa gravilla, se detuvo junto al impresionante seto de aligustres para sacar de la carpeta de cuero los cien dibujos de la señora Vaughn. Temía encontrarse en la incómoda situación de darle los dibujos a la mujer y quitarle la carpeta mientras la menuda y morena mujer le miraba hecha una fiera. Pero Eddie había calculado mal la fuerza del viento. Dejó la carpeta en el portaequipajes del Chevrolet y depositó los dibujos en el asiento trasero, donde el viento los revolvió y dejó en un montón desordenado. Eddie tuvo que cerrar las portezuelas y ventanillas del Chevy para poder colocar bien los dibujos en el asiento trasero, y entonces no pudo evitar echarles un vistazo.

Estaban primero los retratos de la señora Vaughn con su hijo, el chiquillo de expresión enojada. Las bocas pequeñas y muy apretadas de la madre y el hijo le parecieron a Eddie un rasgo genético poco afortunado. Cuando madre e hijo posaban sentados el uno al lado del otro, tanto la señora Vaughn como su hijo tenían una mirada penetrante e impaciente, con los puños cerrados y colocados rígidamente sobre los muslos. En los dibujos en que el pequeño estaba sentado en el regazo de su madre, parecía a punto de emprenderla a arañazos y patadas para librarse de ella, a menos que la mujer, que también parecía a punto de hacer algo drástico, decidiera impulsivamente estrangularlo primero. Había casi una treintena de estos retratos, cada uno de los cuales transmitía una sensación de descontento crónico y tensión creciente.

Entonces dio comienzo la serie de dibujos en los que la señora Vaughn estaba sola, al principio vestida del todo, pero muy sola, y Eddie se compadeció al instante de ella. Si lo que primero había observado Eddie era el carácter esquivo y sigiloso de la mujer, que había cedido el paso a la sumisión, la cual, a su vez, la había conducido a la desesperación, lo que al muchacho se le había pasado por alto era la profunda desdicha de la señora Vaughn. Ted Cole había captado ese rasgo incluso antes de que la mujer empezara a quitarse la ropa.

Los desnudos presentaban una triste secuencia. Al principio los puños seguían cerrados sobre los tensos muslos y la señora Vaughn estaba sentada de perfil. A menudo uno de los hombros le ocultaba los senos. Cuando por fin estaba de cara al artista, su destructor, se rodeaba con los brazos para ocultar los pechos y juntaba las rodillas. La entrepierna estaba oculta casi por completo y el vello púbico, cuando era visible, consistía sólo en unas tenues líneas.

Entonces Eddie gimió en el coche cerrado. Los desnudos posteriores de la señora Vaughn tenían tan poco disimulo como las fotografías más crudas de un cadáver. Los brazos le pendían fláccidos a los costados, como si se le hubieran dislocado brutalmente los hombros tras una caída violenta. No llevaba sostén y los pechos le colgaban. El pezón de uno de los senos parecía mayor, más oscuro y más caído que el otro. Tenía las rodillas separadas, como si hubiera perdido toda sensación en las piernas o como si se hubiera roto la pelvis. Para ser tan menuda, el ombligo era demasiado grande y el vello púbico demasiado abundante. Los labios de la vagina estaban entreabiertos y laxos. El último de los desnudos era la primera imagen pornográfica que Eddie veía, aunque el muchacho no acababa de comprender qué era lo pornográfico de aquellos dibujos. Se sintió angustiado y lamentó profundamente haber visto tales imágenes, que reducían a la señora Vaughn al orificio que tenía en el centro. Aquellas imágenes degradaban a la mujer todavía más que el fuerte olor que había dejado en las almohadas de la casa alquilada.

Por el sendero de acceso a la mansión de los Vaughn, el crujido de las piedrecillas perfectas bajo los neumáticos del Chevy evocaba la rotura de los huesos de pequeños animales. Al pasar ante el surtidor que se alzaba en el centro del sendero circular, vio moverse una cortina en el piso superior. Cuando tocó el timbre, estuvo en un tris de que se le cayeran los dibujos, y sólo pudo evitarlo sujetándolos con ambos brazos contra el pecho. Le pareció que esperaba una eternidad a que le abriera la mujer menuda y morena.

Marion había estado en lo cierto. La señora Vaughn no había terminado de vestirse, o tal vez no había completado la fase exacta de desnudez que quizá preparaba para atraer a Ted. Tenía el cabello húmedo y lacio, y el labio superior parecía despellejado. En una comisura de la boca, como la sonrisa sin completar de un payaso, había un resto de la crema depilatoria, que había tratado de eliminar con excesiva rapidez. La señora Vaughn también se había apresurado al elegir la bata, pues apareció en el umbral enfundada en un albornoz blanco que parecía una enorme y fea toalla. Probablemente era de su marido, porque le llegaba hasta los delgados tobillos y uno de los bordes rozaba el umbral de la puerta. Iba descalza. El esmalte de uñas del dedo gordo derecho le había manchado el empeine de tal manera que parecía como si se hubiera cortado el pie y estuviera sangrando.

—¿Qué quieres? —le preguntó la señora Vaughn, la cual miró entonces el coche de Ted. Antes de que Eddie pudiera responderle, le preguntó—: ¿Dónde está? ¿No ha venido? ¿Qué ocurre?

—No ha podido venir —le informó Eddie—, pero quería que usted tuviera... esto.

Debido al fuerte viento, no se atrevía a darle los dibujos y seguía apretándolos desmañadamente contra el pecho.

—¿No ha podido venir? —repitió ella—. ¿Qué significa eso?

—No lo sé —mintió Eddie—, pero aquí están estos dibujos... ¿Puedo dejarlos en alguna parte?

—¿Qué dibujos? Ah..., ¡los dibujos! ¡Ah! —exclamó la señora Vaughn, como si alguien le hubiera golpeado en el estómago.

Dio un paso atrás, tropezó con la larga bata blanca y a punto estuvo de caer. Eddie, sintiéndose como su verdugo, la siguió al interior de la casa. En el suelo de mármol pulimentado se reflejaba la araña de luces que colgaba del techo. A considerable distancia, a través de un par de puertas dobles abiertas, se veía una segunda araña colgada sobre la mesa del comedor. La casa parecía un museo. El distante comedor era tan grande como un salón de banquetes. Eddie tuvo la sensación de que recorría más o menos un kilómetro antes de llegar a la mesa, en la que dejó los dibujos, y al volverse vio que la señora Vaughn le había seguido tan de cerca y silenciosamente como si fuese su sombra. Cuando la mujer vio el primer dibujo, en el que aparecía ella con su hijo, se quedó boquiabierta.

—¡Me los da! —exclamó—. ¿No los quiere?

—No lo sé —dijo Eddie, sintiéndose muy incómodo.

La señora Vaughn hojeó rápidamente los dibujos hasta que llegó al primer desnudo. Entonces dio la vuelta al rimero y tomó el último dibujo de la parte inferior, que ahora era la superior. Eddie empezó a retirarse. Sabía cuál era el último dibujo.

—¡Ah! —exclamó la señora Vaughn, como si la hubieran golpeado de nuevo—. Pero ¿cuándo va a venir? El viernes, ¿no es cierto? El viernes tengo el día entero para verle... Él sabe que tengo todo el día. ¡Lo sabe!

Eddie intentó marcharse y oyó las pisadas de los pies descalzos de la mujer en el suelo de mármol: corría tras él.

—¡Espera! —le gritó—. ¿Vendrá el viernes?

—No lo sé —repitió Eddie, retrocediendo hacia la puerta. El viento parecía tratar de mantenerle en el interior.

—¡Sí, claro que lo sabes! —gritó la señora Vaughn—. ¡Dímelo!

La mujer le siguió afuera, pero el viento casi la derribó. La bata se abrió y ella se apresuró a cubrirse. Eddie siempre conservaría aquella imagen de la señora Vaughn, como para recordarse a sí mismo cuál era la peor clase de desnudez, el atisbo totalmente indeseado de los senos fláccidos de la mujer y su oscuro triángulo de enmarañado vello púbico.

—¡Espera! —volvió a gritarle, pero las agudas piedrecillas del sendero le impidieron seguirle hasta el coche. Se agachó, cogió un puñado de grava y se lo arrojó a Eddie. La mayor parte de las piedras alcanzaron al Chevy.

—¿Te ha enseñado esos dibujos? —le gritó—. ¿Los has mirado? Los has mirado, ¿no es cierto, puñetero?

—No —mintió Eddie.

Cuando la señora Vaughn se inclinaba para coger otro puñado de piedrecillas, una ráfaga de viento le hizo perder el equilibrio. La puerta, a sus espaldas, se cerró con un ruido como el de un escopetazo.

—Dios mío —le dijo a Eddie—. ¡Me he quedado fuera y sin llave!

—¿No hay ninguna otra puerta que no esté cerrada con llave? —le preguntó. Sin duda, una mansión como aquella tenía una docena de puertas.

—Creí que era Ted quien venía, y a él le gusta que todas las puertas estén cerradas —respondió la señora Vaughn.

—¿No tiene una llave en alguna parte para casos de emergencia? —inquirió Eddie.

—He enviado al jardinero a casa, porque a Ted no le gusta que esté por aquí. El jardinero tiene una llave para casos de emergencia.

—¿No puede llamar al jardinero?

—¿Con qué teléfono? —gritó la señora Vaughn—. Tendrás que entrar de alguna manera.

—¿Yo? —dijo el muchacho, perplejo.

—Bueno, sabes cómo hacerlo, ¿no? —replicó la mujer—. ¡Yo no tengo ni idea! —añadió en tono quejumbroso.

No había ninguna ventana abierta debido al aire acondicionado, que los Vaughn usaban para proteger su colección de arte. En la parte trasera había unas puertas vidrieras que daban al jardín, pero la señora Vaughn advirtió a Eddie que el vidrio tenía un grosor especial y estaba entreverado con una tela metálica que lo hacía casi irrompible. El muchacho ató una piedra en su camiseta, golpeó con ella la puerta y por fin rompió el vidrio, pero aun así necesitó una herramienta del jardinero para desgarrar una extensión suficiente de tela metálica a fin de introducir la mano y abrir la puerta desde el interior. La piedra, que era la pieza central del estanque para pájaros en el jardín, había ensuciado la camiseta de Eddie, y además el cristal roto la había cortado. El muchacho decidió abandonar la camiseta junto con la piedra en el montón de cristales rotos, al lado de la puerta ya abierta.

Pero la señora Vaughn, que iba descalza, insistió en que Eddie la tomara en brazos para entrarla en la casa a través de la puerta vidriera, pues no quería correr el riesgo de cortarse los pies con los cristales rotos. Eddie, con el torso desnudo, la tomó en brazos, poniendo cuidado para no tocarle ninguna parte desprotegida por la bata. Parecía ingrávida, como si apenas pesara más que Ruth. Pero cuando la tuvo en sus brazos, incluso durante un momento tan breve, le invadió el intenso olor de la mujer, un olor difícil de definir. Eddie no habría podido decir a qué olía, pero el olor le provocaba arcadas. Cuando la dejó en el suelo, ella percibió una repulsión indisimulada.

—Parece como si te repugnara —le dijo—. ¿Cómo te atreves..., cómo te atreves a detestarme?

Eddie se encontraba en una habitación desconocida. No sabía cómo ir a la sala con la gran araña de luces junto a la entrada, y cuando se volvió para mirar la puerta vidriera que daba al jardín, vio un laberinto de puertas abiertas, entre las que no distinguía la puerta por la que acababa de entrar.

—¿Por dónde salgo? —le preguntó a la señora Vaughn.

—¿Cómo te atreves a detestarme? —repitió ella—. Tú mismo llevas una vida despreciable, ¿no es cierto?

—Por favor, señora..., quiero volver a casa —le dijo Eddie.

Tras haber pronunciado estas palabras, se dio cuenta de que lo decía en serio y que se refería a Exeter, New Hampshire, y no a Sagaponack. Eddie quería irse a su auténtica casa. Era una debilidad que acarrearía durante el resto de su vida: siempre se sentiría inclinado a llorar ante mujeres mayores, como una vez lloró ante Marion, como ahora empezaba a llorar ante la señora Vaughn.

Sin decir palabra, ella le tomó de la muñeca y le condujo a través del museo que era su casa hasta la estancia de la araña de luces, donde estaba la entrada. Su mano pequeña y fría le pareció la pata de un pájaro, como si un loro minúsculo o un periquito tirase de él. Cuando abrió la puerta y le hizo salir de un empujón, el viento cerró bruscamente varias puertas en el interior de la casa, y al volverse para decirle adiós, vio el súbito remolino de los terribles dibujos de Ted: el viento los había barrido de la mesa del comedor.

Eddie no podía hablar, como tampoco la señora Vaughn. Cuando ésta oyó el ruido de los dibujos que revoloteaban a sus espaldas, se volvió con rapidez, como aprestándose para un ataque, enfundada en la enorme bata blanca. En efecto, antes de que el viento volviera a cerrar la puerta principal, como un segundo escopetazo, la señora Vaughn estaba a punto de ser atacada. Sin duda comprobaría en aquellos dibujos hasta qué punto había permitido que la asaltaran.

—¿Dices que te tiró piedras? —le preguntó Marion a Eddie.

—Eran piedrecillas y la mayor parte alcanzaron al coche —admitió Eddie.

—¿Y te pidió que la llevaras en brazos?

—Estaba descalza —volvió a explicarle Eddie—. ¡Todo estaba lleno de cristales rotos!

—¿Y dejaste allí tu camiseta? ¿Por qué?

—Estaba hecha un asco..., era sólo una camiseta.

En cuanto a Ted, su conversación sobre el particular fue un poco diferente.

—¿Qué quería decir con eso de que el viernes tenía «todo el día»? —inquirió Ted—. ¿Acaso espera que me pase el día entero con ella?

—No lo sé —respondió el muchacho.

—¿Por qué creía que habías mirado los dibujos? ¿Hiciste eso, los miraste?

—No —mintió Eddie.

—¡Qué coño!, claro que los miraste —comentó Ted.

—La vi desnuda —dijo Eddie.

—¡No me digas! ¿Se te desnudó?

—Lo hizo sin querer —admitió Eddie—, pero la vi desnuda. Fue el viento, le abrió la bata.

—Cielo santo... —dijo Ted.

—Se quedó fuera de la casa, sin poder entrar, por tu culpa. El viento cerró la puerta. Dijo que querías que todas las puertas estuvieran cerradas y que el jardinero no anduviera por allí.

—¿Te dijo eso?

—Tuve que entrar a la fuerza en la casa —se quejó Eddie—. Rompí las puertas vidrieras con una piedra del estanque de los pájaros. Tuve que llevarla en brazos porque el suelo estaba lleno de cristales rotos. Tuve que dejar allí mi camiseta.

—¿A quién le importa tu camiseta? —gritó Ted—. ¡El viernes no puedo pasarme el día entero con ella! El viernes por la mañana me llevarás a su casa, pero tendrás que pasar a recogerme al cabo de tres cuartos de hora..., menos, ¡al cabo de media hora! No podría pasar tres cuartos de hora con esa loca.

—Tendrás que confiar en mí, Eddie —le dijo Marion—. Voy a decirte lo que vamos a hacer.

—De acuerdo —respondió Eddie. No podía quitarse de la mente el peor de los dibujos. Quería hablarle a Marion del olor que despedía la señora Vaughn, pero no podía describirlo.

—El viernes por la mañana le llevarás a casa de la señora Vaughn, ¿no?

—¡Sí! Estará allí media hora.

—No, no estará allí media hora —replicó Marion—. Le dejarás allí y no volverás a buscarle. Sin coche, tardará casi todo el día en regresar a casa. Te apuesto lo que quieras a que la señora Vaughn no se ofrecerá para traerle en el suyo.

—Pero ¿qué hará Ted? —le preguntó Eddie.

—No debes temerle —le recordó Marion—. ¿Qué hará? Probablemente pensará que su único conocido en Southampton es el doctor Leonardis, con quien suele jugar al squash. Tardará media hora o tres cuartos en ir a pie hasta el consultorio del doctor Leonardis. ¿Y qué hará entonces? Tendrá que esperar durante todo el día, hasta que los pacientes del médico se hayan ido a casa, antes de que el médico pueda traerle aquí..., a menos que Ted conozca a alguno de los pacientes o a alguien que casualmente vaya en dirección a Sagaponack.

—Ted va a subirse por las paredes —le advirtió el muchacho.

—Tienes que confiar en mí, Eddie.

—Vale.

—Después de llevar a Ted a casa de la señora Vaughn, volverás aquí en busca de Ruth —siguió diciéndole Marion—. Entonces la llevarás al médico para que le quite los puntos. A continuación quiero que la lleves a la playa. Que se bañe para celebrar que le han quitado los puntos.

—Perdona —le interrumpió Eddie—, pero ¿por qué no la lleva a la playa una de las niñeras?

—El viernes no habrá ninguna niñera —le informó Marion—. Necesito todo el día, o todas las horas del día que puedas conseguirme, para estar aquí sola.

—Bueno —dijo Eddie, pero por primera vez notó que no confiaba del todo en Marion. Al fin y al cabo, él era su peón, y ese día ya había pasado la clase de jornada que puede pasar un peón—. Miré los dibujos de la señora Vaughn —le confesó a Marion.

—Qué barbaridad —dijo ella.

El muchacho no quería llorar de nuevo, pero permitió que ella le atrajera la cabeza hacia sus senos y que la retuviera allí mientras él se esforzaba por contarle lo que sentía.

—En esos dibujos no sólo estaba desnuda —empezó a decir.

—Lo sé —le susurró Marion, y le besó en lo alto de la cabeza.

—No sólo estaba desnuda —insistió Eddie—. Era como si pudieras ver todo aquello a lo que ha estado sometida. Parecía como si la hubieran torturado o algo por el estilo.

—Lo sé —dijo Marion—. No sabes cuánto lo siento...

—Y además el viento le abrió la bata y la vi —balbució Eddie—. Sólo la vi desnuda un instante, pero fue como si ya lo supiera todo de ella. —Entonces comprendió a qué olía la señora Vaughn—. Y cuando tuve que llevarla en brazos noté su olor, como el de las almohadas, pero más fuerte. Me dieron arcadas.

—¿A qué olía? —le preguntó Marion.

—Era un olor a algo muerto.

—Pobre señora Vaughn —dijo Marion.

## ¿Por qué asustarse a las diez de la mañana?

El viernes, poco antes de las ocho de la mañana, hora en que Eddie recogió a Ted en la casa vagón para llevarlo a Southampton, a ese encuentro con la señora Vaughn que, según el escritor, sólo había de durar media hora, el muchacho estaba muy nervioso, y no sólo porque temía que Ted iba a estar más tiempo del que esperaba con la mujer. Marion había trazado una especie de guión de la jornada de Eddie, y éste tenía mucho que recordar.

Cuando hicieron un alto en la tienda de artículos generales de Sagaponack para tomar café, Eddie lo sabía todo acerca del camión de mudanzas aparcado allí y en cuya cabina dos hombres robustos tomaban café y leían la prensa de la mañana. Cuando Eddie regresara de casa de la señora Vaughn y llevara a Ruth al médico, Marion sabría dónde encontrar a los empleados de mudanzas. Éstos, al igual que Eddie, habían recibido instrucciones: debían esperar en la tienda hasta que Marion fuese a buscarlos. Ted, Ruth y las niñeras, cuyos servicios habían sido cancelados aquel día, no verían a los empleados de mudanzas.

Cuando Ted llegara de Southampton, los transportistas (y todo lo que Marion quería llevarse consigo) se habrían ido. Marion también habría desaparecido. Se lo había advertido previamente a Eddie, y éste debía explicárselo a Ted. Tal era el guión que el muchacho ensayaba una y otra vez camino de Southampton.

—Pero ¿quién va a explicárselo a Ruth? —le había preguntado Eddie, y entonces vio en la expresión de Marion aquel aura de distanciamiento que viera en ella cuando se interesó por el accidente.

Era evidente que Marion no había incluido en su guión la parte en la que alguien se lo explicaba todo a Ruth.

—Cuando Ted te pregunte adónde he ido, le dices que no lo sabes —le instruyó Marion.

—Pero ¿adónde vas? —inquirió Eddie.

—No lo sabes —repitió Marion—. Si Ted te pide con insistencia una respuesta más satisfactoria, a eso o a cualquier otra cosa, limítate a decirle que tendrá noticias de mi abogado. Él se lo dirá todo.

—Ah, estupendo —dijo Eddie.

—Y si te pega, pégale también. Por cierto, no te dará un puñetazo..., una bofetada como máximo, pero tú arréale con el puño. Dale un puñetazo en la nariz. Si le golpeas en la nariz se detendrá.

Pero ¿qué haría con Ruth? Los planes con respecto a la niña eran vagos. Si Ted empezaba a gritar, ¿hasta qué punto debería oírle Ruth? Si había una pelea, ¿hasta qué punto debería presenciarla la niña? Si las niñeras habían sido despedidas, Ruth tendría que quedarse o con Ted, o con Eddie, o con ambos. Lo más probable sería que estuviera trastornada.

—Si necesitas ayuda para cuidar de Ruth, puedes llamar a Alice —le sugirió Marion—. Le he dicho a Alice que tú o Ted podríais llamarla. Incluso le he dicho que llame a casa a media tarde, por si la necesitáis.

Alice era la niñera de la tarde, la guapa universitaria que tenía su propio coche. Eddie le recordó a Marion que, de todas las niñeras, aquélla era la que menos le gustaba.

—Será mejor que cambies un poco de idea —replicó Marion—. Si Ted te manda a paseo, y no veo por qué no habría de hacerlo, necesitarás que te lleven a Orient Point para tomar el transbordador. Ted tiene prohibido conducir, ya lo sabes... Claro que, aunque pudiera, no creo que quisiera llevarte.

—Ted me mandará a paseo y tendré que pedirle a Alice que me lleve —resumió Eddie.

Marion se limitó a darle un beso.

Por fin llegó el momento. Cuando Eddie se detuvo en el sendero de acceso a la casa de la señora Vaughn, en Gin Lane, Ted le dijo:

—Espérame aquí, porque no voy a aguantar media hora con esa mujer. Tal vez veinte minutos como mucho. Quizá diez...

—Me voy y vuelvo —mintió Eddie.

—Vuelve dentro de un cuarto de hora —dijo Ted.

Entonces reparó en las largas tiras de su habitual papel de dibujo. El viento hacía revolotear los fragmentos de sus dibujos, que habían sido hechos pedazos. La imponente barrera de aligustres había impedido que la mayor parte de los fragmentos llegaran a la calle, pero los setos estaban cubiertos de banderolas ondeantes y tiras de papel, como si los revoltosos invitados a un banquete de bodas hubieran sembrado de confeti improvisado la finca de los Vaughn.

Mientras Ted avanzaba a paso lento y agobiado, Eddie bajó del coche para observar. Incluso siguió a Ted un corto trecho. El patio estaba lleno de trozos de papel con dibujos de Ted, y el surtidor estaba obturado por un amasijo de papel. El agua de la pila tenía un color marrón grisáceo, una tonalidad sepia.

—La tinta de calamar... —dijo Ted en voz alta.

Eddie, caminando hacia atrás, retrocedía ya hacia el coche. Había visto al jardinero encaramado a una escalera de mano, retirando papeles del seto. El hombre los había mirado a los dos con el ceño fruncido, pero Ted no había reparado ni en el jardinero ni en la escalera. La tinta de calamar que ensuciaba el agua del surtidor le había atraído por completo la atención.

—Dios mío... —musitó mientras Eddie se marchaba.

En comparación con Ted, el jardinero vestía mejor. Ted siempre vestía con descuido, en general prendas arrugadas: tejanos, una camiseta de media manga metida bajo el pantalón y (aquella mañana de viernes algo fría) una camisa de franela sin abrochar que aleteaba al viento. Además, no se había afeitado, pues quería dar la peor impresión posible a la señora Vaughn. (Ted y sus dibujos ya habían causado la peor impresión posible al jardinero.)

—¡Que sean cinco minutos! —le gritó Ted a Eddie. En vista de la larga jornada que tenía por delante, poco importaba que Eddie no le hubiera oído.

En Sagaponack, Marion había metido en una bolsa una toalla grande de playa para Ruth, la cual llevaba ya el bañador bajo los pantalones cortos y la camiseta. La bolsa contenía además toallas corrientes y dos mudas, incluidos unos pantalones largos y una sudadera.

—Puedes llevarla a almorzar donde te parezca —le dijo Marion a Eddie—. Recuerda que sólo come emparedados de queso a la plancha con patatas fritas.

—Y ketchup —puntualizó Ruth.

Marion intentó darle a Eddie un billete de diez dólares para la comida.

—Tengo dinero —replicó el muchacho, pero cuando éste se volvió para acomodar a Ruth en el Chevy, Marion le metió el billete en el bolsillo trasero derecho de los tejanos, y él recordó lo que había sentido la primera vez que ella le atrajo tirando de la cintura de sus pantalones, la sensación de los nudillos femeninos contra el vientre desnudo. Entonces le quitó la presilla del pantalón y le bajó la cremallera de la bragueta, un gesto que Eddie recordaría durante cinco o diez años cada vez que se desvistiera.

—Cariño —le dijo Marion a Ruth—, recuerda que no debes llorar cuando el médico te quite los puntos. Te prometo que no te hará ningún daño.

—¿Puedo quedarme los puntos? —le preguntó la niña.

—Supongo que sí... —replicó Marion.

—Claro que puedes quedártelos —le aseguró Eddie.

—Hasta la vista, Eddie —dijo Marion.

Vestía pantalones cortos y zapatillas de tenis, aunque no jugaba al tenis, y una holgada camisa de franela que era de Ted y le iba demasiado grande. No llevaba sostén. Aquella mañana, a primera hora, cuando Eddie se marchaba para recoger a Ted en la casa vagón, Marion le había tomado la mano para aplicarla sobre su pecho desnudo. Pero cuando el muchacho intentó besarla, ella retrocedió. La sensación de su pecho permaneció en la mano derecha de Eddie, y ahí seguiría durante diez o quince años.

—Háblame de los puntos —le pidió Ruth a Eddie mientras él giraba a la izquierda.

—No los notarás mucho cuando el doctor te los quite —dijo Eddie.

—¿Por qué no?

Antes de tomar el siguiente giro, a la derecha, el muchacho tuvo el último atisbo de Marion por el retrovisor. Marion estaba al volante del Mercedes. Eddie sabía que ella no iba a girar a la derecha, pues el lugar donde la esperaban los empleados de mudanzas estaba en línea recta. El sol de la mañana, que brillaba intensamente por el lado del conductor, iluminaba el lado izquierdo del rostro de Marion. El cristal de la ventanilla estaba bajado, y Eddie vio que el viento le hacía ondear el cabello. Poco antes de que él girase, Marion saludó a Eddie y a Ruth agitando la mano, como si todavía se propusiera estar allí cuando regresaran.

—¿Por qué no me dolerá cuando me quiten los puntos? —volvió a preguntarle la niña.

—Porque la herida está curada, la piel ha vuelto a crecer —le dijo Eddie.

Marion había desaparecido de la vista, y el muchacho se preguntaba si todo había terminado. «Hasta la vista, Eddie.» ¿Habían sido ésas sus últimas palabras? «Supongo que sí...» era lo último que le había dicho a su hija. Eddie no podía creer que la despedida hubiese sido tan brusca: la ventanilla abierta del Mercedes, el cabello de Marion ondeando al viento, el brazo que la mujer agitaba fuera de la ventanilla. Y la luz del sol le iluminaba sólo media cara; el resto no se veía. Eddie O'Hare no podía saber que ni Ruth ni él verían de nuevo a Marion hasta pasados treinta y siete años. Pero, durante ese largo tiempo, Eddie se haría cruces de la aparente indiferencia de su partida.

¿Cómo había podido hacerlo?, se preguntaría Eddie, el mismo interrogante que un día Ruth se plantearía acerca de su madre.

Le extrajeron los dos puntos con tal rapidez que Ruth no tuvo tiempo de llorar. La pequeña estaba más interesada en los puntos que en la cicatriz casi perfecta. La tenue línea blanca sólo estaba algo descolorida por los restos de yodo o cualquiera que fuese el antiséptico, el cual había dejado una mancha pardoamarillenta. El médico le dijo que ahora podía volver a mojarse el dedo y que con el primer baño que se diera la mancha desaparecería. Pero a Ruth le interesaba más que no sufrieran ningún daño los dos puntos, cada uno de ellos cortado por la mitad y metidos en un sobre junto con la costra, ésta cerca del extremo anudado de uno de los cuatro trocitos de hilo.

—Quiero enseñarle a mamá los puntos y la costra —dijo Ruth.

—Primero vayamos a la playa —sugirió Eddie.

—Primero vamos a enseñarle la costra y luego los puntos —replicó Ruth.

—Ya veremos... —empezó a decirle Eddie.

Pensó que el consultorio del médico en Southampton no estaba a más de quince minutos a pie desde la mansión de la señora Vaughn en Gin Lane. Eran las diez menos cuarto de la mañana. Si Ted seguía allí, ya llevaba más de una hora con la señora Vaughn. Lo más probable era que Ted no estuviera con la señora Vaughn, pero tal vez había recordado que a Ruth le quitaban los puntos aquella mañana y quizá sabía dónde estaba el consultorio del médico.

—Vamos a la playa —le dijo Eddie a la pequeña—. Démonos prisa.

—Primero la costra, luego los puntos y después a la playa —replicó la niña.

—Hablemos de todo eso en el coche —sugirió Eddie.

Pero no hay manera de efectuar una negociación directa con una

118

criatura de cuatro años. Aunque no toda negociación tiene que ser difícil, pocas son las que no requieren una considerable cantidad de tiempo.

—¿Nos hemos olvidado de la foto? —le preguntó Ruth.

—¿La foto? —replicó Eddie—. ¿Qué foto?

—¡Los pies! —exclamó Ruth.

—Ah, pues... la foto no está lista.

—¡Eso está muy mal! —exclamó la niña—. Mis puntos están listos, mi corte está curado.

—Sí —convino Eddie.

Creyó ver en eso una manera de desviar la atención de la pequeña; de este modo se olvidaría de que quería mostrar la costra y los puntos a su madre antes de ir a la playa.

—Mira, iremos a la tienda y les diremos que nos den la foto —sugirió Eddie.

—La foto arreglada —precisó Ruth.

—¡Buena idea! —exclamó Eddie.

El muchacho se dijo que a Ted no se le ocurriría ir a la tienda de marcos, por lo que era un lugar casi tan seguro como la playa. Pensó que primero debía hablar mucho de la foto, para que Ruth se olvidara de que quería enseñarle a Marion la costra y los puntos. (Mientras la niña miraba a un perro que se estaba rascando en el aparcamiento, Eddie metió en la guantera la costra y los preciados puntos.) Pero la tienda de marcos no era tan segura como Eddie había supuesto.

Ted no se había acordado de que a Ruth le quitaban los puntos aquella mañana. La señora Vaughn no le había dado tiempo para acordarse de nada. Aún no habían transcurrido cinco minutos desde su llegada a la casa cuando la mujer le perseguía por el patio y por Gin Lane, armada con un cuchillo de sierra para cortar pan, mientras le gritaba que era «la encarnación de la perversidad». (Ted recordaba vagamente que ése era el título de un cuadro terrible que figuraba en la colección de arte de los Vaughn.)

El jardinero, que había observado la aproximación del «artista», como le llamaba despectivamente, a la mansión de los Vaughn, también fue testigo de la retirada de Ted por el patio, en cuyo surtidor de agua turbia el artista estuvo a punto de caer, a causa de los implacables tajos y cuchilladas que la señora Vaughn daba al aire. Ted corrió por el sendero de acceso y salió a la calle perseguido por su encolerizada ex modelo.

El jardinero, temeroso de que uno de ellos se abalanzara de cabeza contra la escalera de mano, que medía cuatro metros, se aferró precariamente a lo alto del seto de aligustres y desde esa altura observó que Ted Cole corría más que la señora Vaughn, la cual abandonó la persecución a escasa distancia del cruce de Gin Lane y Wyandanch. Cerca del cruce había otra alta barrera de aligustres y, desde la perspectiva elevada pero distante del jardinero, Ted desapareció en los setos o giró hacia el norte, por Wyandanch Lane, sin mirar atrás ni una sola vez. La señora Vaughn, todavía hecha un basilisco y llamando una y otra vez al artista «la encarnación de la perversidad», regresó al sendero de acceso a su casa. De una manera espontánea, que al jardinero le parecía involuntaria, seguía cortando y acuchillando el aire con el cuchillo de sierra.

Sobre la finca de los Vaughn y en Gin Lane se hizo un profundo silencio. Ted, metido en la espesura de aligustres, apenas podía moverse para consultar su reloj. El laberinto de aligustres tenía tal densidad que ni siquiera un Jack Russell terrier podría haber penetrado en el seto; pero allí se había metido Ted, que estaba ahora lleno de arañazos y tenía las manos y la cara ensangrentadas. Sin embargo, se había librado del cuchillo de cortar pan y, por el momento, de la señora Vaughn. Pero ¿dónde estaba Eddie? Ted esperó entre los aligustres a que apareciera el familiar Chevy modelo 1957.

El jardinero, que había iniciado la tarea de recoger los dibujos hechos trizas de su patrona y del hijo de ésta una hora o más antes de que Ted apareciera, hacía rato que había dejado de mirar los restos de los dibujos, pues incluso lo que revelaban los fragmentos era demasiado turbador. Ya conocía los ojos y la boca pequeña de su patrona, así como el resto de sus tensas facciones, ya conocía sus manos y la tensión tan poco natural de sus hombros. El jardinero hubiese preferido imaginar los senos y la vagina de la señora Vaughn. Lo que había visto de su desnudez en los dibujos destrozados no era en absoluto invitador. Además, había trabajado con mucha rapidez, pues aunque comprendía bien por qué la señora Vaughn habría querido eliminar los dibujos, no concebía qué clase de locura se había apoderado de ella para destrozar las imágenes pornográficas de sí misma en medio de un vendaval y con todas las puertas abiertas. En el lado de la casa que daba al mar, los trozos de papel se habían detenido en la barrera de rosales, pero algunas vistas parciales de la señora Vaughn y su hijo se habían desplazado por el sendero y ahora revoloteaban en la playa.

Al jardinero no le hacía mucha gracia el hijo de la señora Vaughn.

Era un chiquillo altivo que una vez se hizo pis en el estanque para pájaros y luego lo había negado. Pero el jardinero era un fiel empleado de la familia Vaughn desde antes de que naciera el mocoso, y además sentía cierta responsabilidad hacia el vecindario. El jardinero no sabía de nadie a quien pudieran agradarle incluso aquellas vistas parciales de las partes íntimas de la señora Vaughn. No obstante, la fascinación por averiguar lo que había sido del artista (a saber, ¿estaba escondido en un seto vecino o había escapado hacia Southampton?) puso fin al brioso ritmo con que trabajaba para limpiar el estropicio.

A las nueve y media de la mañana, cuando Eddie O'Hare llevaba ya una hora de retraso, Ted Cole salió gateando del seto de aligustres en Gin Lane y caminó con cautela, pasando ante el sendero de acceso a la finca de los Vaughn, para darle a Eddie una oportunidad de verle, por si el chico, por alguna razón, le había estado esperando en el extremo oeste de Gin Lane que se cruza con la calle South Main.

En opinión del jardinero, ese movimiento fue imprudente e incluso temerario. Desde lo alto de la torrecilla que había en el tercer piso de la mansión de los Vaughn, la señora podía ver el seto. Si la mujer agraviada estaba en la torrecilla, abarcaría desde allí una vista general de Gin Lane.

Lo cierto es que la señora Vaughn debía de estar en aquella atalaya, porque apenas unos segundos después de que Ted pasara ante el sendero de acceso y empezara a apretar el paso a lo largo de Gin Lane, el jardinero se alarmó al oír el rugido del coche de la dama. Era un Lincoln de un negro reluciente, y salió del garaje a tal velocidad que patinó sobre las piedras del patio y a punto estuvo de estrellarse contra el surtidor de agua turbia. En el último momento, la señora Vaughn intentó evitar el surtidor y giró el volante demasiado cerca del seto. El Lincoln derribó la escalera de mano y dejó al apurado jardinero agarrado a lo alto del seto.

—¡Corra! —le gritó el hombre a Ted.

Que Ted viviera para ver otro día se debió sin duda al ejercicio regular y riguroso que hacía en esa pista de squash que le daba una ventaja injusta. A pesar de sus cuarenta y cinco años, Ted corría como un gamo. Saltó por encima de varios rosales sin aminorar la velocidad y cruzó corriendo un césped, ante un hombre que estaba limpiando una piscina y que se quedó mirándole embobado y en silencio. Luego le persiguió un perro, por suerte pequeño y más bien cobarde. Ted desprendió un bañador femenino de un tendedero, azotó con la prenda el morro del asustadizo animal y éste se alejó con el rabo entre las patas. Como es natural, varios jardineros, sirvientas y amas de casa gritaron al intruso, pero éste, sin inmutarse, saltó tres vallas y escaló un muro de piedra bastante alto. Sólo pisoteó dos parterres de flores, y no vio que el Lincoln de la señora Vaughn rebasaba la esquina de Gin Lane y enfilaba la calle South Main, donde, en el acaloramiento de la persecución, derribó una señal de tráfico. Sin embargo, entre los listones de una valla de madera en Toylsome Lane, Ted vio que el Lincoln, negro como un coche funerario, avanzaba paralelo a él mientras atravesaba dos extensiones de césped, un huerto lleno de árboles frutales y algo que parecía un jardín japonés, donde se metió en un estanque con peces de colores y se mojó los zapatos y los tejanos hasta las rodillas.

Ted dio la vuelta hacia Toylsome. Se atrevió a cruzar esa calle, vio el parpadeo de las luces de freno del Lincoln negro y temió que la señora Vaughn le hubiera visto por el espejo retrovisor y se detuviera para volver atrás, hacia Toylsome. Pero la mujer no le había localizado y Ted la perdió de vista. Llegó a la población de Southampton en un estado bastante lamentable, pero avanzó con audacia por la calle South Main, llena de tiendas y grandes almacenes. Si no hubiera estado tan concentrado en la búsqueda del Lincoln negro, quizás habría visto su propio Chevrolet modelo 1957, estacionado junto a la tienda de marcos en South Main, pero Ted pasó junto a su coche sin reconocerlo y cruzó la calle en diagonal para entrar en una librería.

Como es natural, en todas las librerías conocían a Ted, pero éste visitaba con regularidad aquel local, donde firmaba rutinariamente los ejemplares de sus obras que hubiera en existencia. El dueño de la librería y sus empleados no estaban acostumbrados a ver al señor Cole tan sucio como se presentó ante ellos aquel viernes por la mañana, pero le habían visto sin afeitar y a menudo vestido más como un estudiante universitario o un trabajador que a la moda, cualquiera que ésta fuese, seguida por los autores de best-séllers e ilustradores de libros infantiles.

La sangre era el principal elemento que prestaba un aire de novedad al aspecto de Ted. Su cara llena de arañazos y ensangrentada, así como la sangre, más sucia, en el dorso de las manos, con las que se había abierto paso a través de un seto centenario, indicaban un accidente o violencia para el sorprendido librero cuyo apellido, curiosamente, era Mendelssohn. No tenía ninguna relación con el compositor alemán, y a aquel Mendelssohn o le gustaba demasiado su apellido, o le desagradaba tanto su nombre de pila que nunca lo revelaba. (En cierta ocasión, cuando Ted le preguntó por su nombre, Mendelssohn se limitó a decirle: «Félix no es».)

Aquel viernes, ya fuese por la agitación que le producía ver la sangre de Ted, ya por el hecho de que los tejanos del escritor goteaban en el suelo de la librería (y los zapatos de Ted arrojaban agua en varias direcciones cada vez que su portador daba un paso), Mendelssohn agarró a Ted por los sucios faldones de la camisa de franela desabrochada y por fuera de los pantalones y exclamó en voz demasiado alta: «¡Ted Cole!».

—Sí, soy Ted Cole —admitió Ted—. Buenos días, Mendelssohn.

—¡Es Ted Cole, no hay ninguna duda! —insistió el librero.

—Perdóneme por sangrar así —le dijo Ted con calma.

—¡No diga eso, por favor, no hay nada que perdonar! —exclamó Mendelssohn.

Entonces se volvió hacia una atónita dependienta, que estaba de pie cerca de ellos, con una expresión de temor reverencial y de horror en el rostro. Mendelssohn le pidió que trajera una silla al señor Cole.

—¿No ves que está sangrando? —apremió el librero a la joven.

Pero Ted le preguntó si primero podía ir al lavabo, y añadió en tono solemne que había sufrido un accidente. Entonces se encerró en un pequeño aseo. Examinó en el espejo los daños sufridos, mientras componía, como sólo un escritor puede hacerlo, un relato de incomparable sencillez sobre la clase de «accidente» que acababa de sufrir. Vio que una rama del maligno seto le había arañado un ojo, dejándoselo lagrimeando. Un rasguño más profundo era el origen de la sangre que le brotaba de la frente. Otro rasguño que sangraba menos pero parecía más difícil de curar le recorría toda una mejilla. Se lavó las manos. Los cortes le escocían, pero la sangre casi había dejado de brotar en los dorsos de las manos. Se quitó la camisa de franela y se ató alrededor de la cintura las mangas cubiertas de barro, una de las cuales también se había empapado en el estanque.

Ted aprovechó aquel momento para admirar su cintura. A los cuarenta y cinco años aún podía llevar unos tejanos y una camiseta metida por debajo del pantalón y enorgullecerse del efecto de conjunto. Pero la camiseta era blanca y las manchas dejadas por la hierba (se había caído por lo menos en los céspedes de dos casas) en el hombro izquierdo y en el pecho no mejoraban precisamente su aspecto. Los tejanos, empapados por debajo de las rodillas, seguían goteando en los zapatos llenos de agua.

Tan sereno como podía estarlo en aquellas circunstancias, Ted salió del lavabo, y Mendelssohn a secas, quien ya había dispuesto una silla para el autor que les visitaba, se apresuró a saludarle efusivamente una vez más. Acercaron la silla a una mesa, sobre la que esperaban unas docenas de ejemplares de las obras de Ted Cole para que las firmara.

Pero Ted manifestó su deseo de hacer un par de llamadas telefónicas. Llamó primero a la casa vagón para averiguar si Eddie estaba allí, y no obtuvo respuesta. Tampoco le respondió nadie cuando telefoneó a su casa: Marion no iba a ponerse al aparato aquel día tan bien ensayado. ¿Habría tenido Eddie un accidente de tráfico? Por la mañana la conducción del muchacho había sido más bien errática. Ted llegó a la conclusión de que sin duda Marion le había reblandecido al chico los sesos.

Al margen de lo bien que Marion hubiera ensayado la jornada, se había equivocado al pensar que el único recurso de Ted para volver a casa sería caminar hasta el consultorio de su contrincante en el juego de squash y esperar a que el doctor Leonardis, o uno de sus pacientes, le llevara a Sagaponack. El consultorio de Dave Leonardis estaba en el extremo de Southampton, junto a la carretera de Montauk, mientras que la librería no sólo estaba más cercana a la mansión de la señora Vaughn, sino que era un lugar más adecuado para que alguien rescatara a Ted Cole. Éste casi podría haber entrado en cualquier librería del mundo y pedir que le llevaran a casa.

Eso fue lo que hizo apenas se sentó a la mesa para firmar sus libros.

—La verdad es que necesitaría que alguien me llevara a casa —dijo el famoso autor.

—¡Faltaría más! —exclamó Mendelssohn—. ¡Naturalmente, no hay ningún problema! Vive usted en Sagaponack, ¿no es cierto? ¡Yo mismo le llevaré! Bueno..., tendré que llamar a mi mujer. Puede que esté comprando, pero no tardará en volver. Mi coche está en el taller, ¿sabe?

—Confío en que no sea el mismo taller que se ocupó de mi coche —dijo Ted a aquel entusiasta—. Acabo de recogerlo y se han olvidado de fijarle la columna de dirección. Era como esos dibujos animados que todos hemos visto: tenía el volante en las manos, pero no estaba fijado a las ruedas. Giré a un lado y el coche fue por el otro y se salió de la carretera. Por suerte lo único que había allí era un seto enorme. Al salir por la ventanilla, las ramas me hicieron varios rasguños, y para colmo caí en un estanque.

Ahora le escuchaban con atención. Mendelssohn, que estaba ya al lado del teléfono, pospuso la llamada a su esposa. Y la dependienta que al principio se había quedado pasmada ahora sonreía. Ted consideraba que aquella mujer pertenecía a un tipo que, en general, no le atraía, pero si ella se ofrecía para llevarle a casa, quizá surgiera algo...

Probablemente hacía poco que había terminado los estudios universitarios. Sin maquillaje ni bronceado y con el cabello lacio, era una precursora del estilo que se impondría la década siguiente. No era bonita, tenía unas facciones insulsas, pero su palidez representaba una especie de franqueza sexual para Ted, quien reconocía que parte del aspecto austero de la joven reflejaba su apertura a unas experiencias a las que tal vez ella llamara «creativas». Era la clase de joven a la que es posible seducir intelectualmente. (Cabía la posibilidad de que el aspecto de Ted en aquellos momentos, especialmente desaliñado, constituyera un factor positivo para ella.) Y las relaciones sexuales, dado que la mujer era todavía lo bastante joven para considerarlas novedosas, eran sin duda un campo de experiencia al que ella podría denominar «auténtico»..., sobre todo tratándose de un escritor famoso.

Lamentablemente, la dependienta no tenía coche.

—Voy en bicicleta —le dijo a Ted—. De lo contrario le llevaría a su casa.

Ted pensó que era una lástima, pero luego se dijo que en realidad no le gustaba la discrepancia entre la delgadez del labio inferior de la joven y el grosor exagerado del labio superior.

Mendelssohn empezó a sentirse inquieto porque su esposa seguía de compras. La llamaba una y otra vez, y aseguraba a Ted que no tardaría en volver. Un muchacho con un indescriptible defecto del habla, el otro miembro del personal que estaba en la librería aquel viernes por la mañana, le pidió disculpas porque había prestado su coche a un amigo para ir a la playa.

Ted permaneció allí sentado, firmando ejemplares lentamente. Sólo eran las diez. Si Marion hubiera sabido lo cerca que se encontraba Ted y la facilidad con que podría lograr que alguien le llevara a casa, tal vez hubiera sido presa del pánico. Si Eddie O'Hare hubiera sabido que Ted estaba firmando ejemplares al otro lado de la calle, casi frente a la tienda de marcos (donde Eddie insistía en que la fotografía «de los pies» tenía que estar enmarcada para que Ruth se la llevara ese día a casa sin más dilación), también podría haberse asustado mucho.

En cambio, no había ninguna razón para que Ted se asustara. Ignoraba que su mujer le estaba abandonando y todavía imaginaba que era él quien la abandonaba. Por otro lado, al no andar por las calles no corría peligro inmediato (el de que la señora Vaughn diera con él). E incluso si la esposa de Mendelssohn jamás regresaba de sus compras, sin duda en cuestión de minutos entraría en la librería algún fiel lector de Ted Cole. Probablemente sería una mujer, y Ted compraría uno de sus propios libros firmados para regalárselo, y ella le llevaría a casa en su coche. Y si era guapa, y etcétera, etcétera..., ¿quién sabía lo que podría surgir? ¿Por qué asustarse a las diez de la mañana? Así pensaba Ted.

No tenía la menor idea.

## De cómo el ayudante de escritor se hizo escritor

Entretanto, en la cercana tienda de marcos, Eddie O'Hare se hacía oír. Al principio era inconsciente del poderoso cambio operado en su interior, y creía que sólo estaba enfadado. Tenía motivos para estarlo. La dependienta que le atendía no le dispensaba un trato cortés. No era mucho mayor que él, pero dejaba traslucir con demasiada brusquedad que un chico de dieciséis años y una niña de cuatro, que pedían el enmarcado de una sola foto de veinte por veinticinco, no ocupaban un lugar muy alto en la lista de los acomodados mecenas southamptonianos de las artes a los que la tienda de marcos quería servir.

Eddie pidió ver al encargado, pero la dependienta volvió a mostrarse descortés y repitió que la fotografía no estaba lista.

—Te aconsejo que la próxima vez telefonees antes de venir —le dijo a Eddie.

—¿Quieres ver mis puntos? —le preguntó Ruth a la dependienta—. También tengo una costra.

Era evidente que la dependienta, en realidad todavía una niña, no tenía hijos. Hizo caso omiso de Ruth, lo cual aumentó la cólera de Eddie.

—Enséñale tu cicatriz, Ruth —le dijo a la pequeña.

—Mira... —empezó a decir la dependienta.

—No, mira tú —la interrumpió Eddie, todavía sin comprender que se estaba haciendo oír. Nunca había hablado a nadie de aquella manera. Ahora, de repente, no podía detenerse, y siguió diciendo—: Estoy dispuesto a tener paciencia con alguien que es descortés conmigo, pero no voy a consentir que lo sea con una criatura. Si aquí no hay un encargado, debe de haber alguien, quien sea, la persona que hace el trabajo, por ejemplo. Quiero decir que debe de haber una trastienda donde se colocan los paspartús y se ponen los marcos, ¿no? Tiene que haber alguien más aparte de ti. No voy a marcharme sin la fotografía y no quiero hablar contigo.

Ruth miraba a Eddie.

—¿Te has enfadado con ella? —le preguntó.

—Sí, me he enfadado con ella.

Se sentía inseguro de sí mismo, pero la dependienta nunca habría adivinado que Eddie O'Hare era un joven lleno de dudas. Para ella era la confianza personificada. Causaba una impresión aterradora.

Sin decir palabra, la joven entró en la «trastienda» que Eddie había mencionado tan confiadamente. En realidad, eran dos las habitaciones: el despacho de la dueña y lo que Ted habría llamado un taller. Allí estaban tanto la dueña, una señora perteneciente a la buena sociedad de Southampton y divorciada, llamada Penny Pierce, como el chico que se pasaba el día entero poniendo marcos.

La desagradable dependienta transmitió su impresión de que Eddie, a pesar de las apariencias, «daba miedo». Aunque Penny Pierce sabía quién era Ted Cole, y recordaba vívidamente a Marion por lo guapa que era, desconocía por completo a Eddie O'Hare. Supuso que la pequeña era la niña desdichada que tuvieron Ted y Marion para compensar la pérdida de sus dos hijos. La señora Pierce también recordaba muy bien a los chicos. ¿Quién podría olvidar aquella racha de buena suerte que experimentó la tienda? Hubo centenares de fotografías que enmarcar, y Marion no había elegido marcos baratos. Penny Pierce recordaba que la factura ascendió a miles de dólares. Desde luego, deberían haberse apresurado a enmarcar la foto y probablemente, se dijo ahora la señora Pierce, deberían haberlo hecho de balde.

Pero ¿quién se creía que era aquel adolescente? ¿Quién era él para decir que no iba a marcharse sin la fotografía?

—Da miedo —repitió la estúpida dependienta.

El abogado que se hizo cargo de su divorcio le había enseñado a Penny Pierce una cosa: no hay que dejar que hable una persona encolerizada, sino hacer que se exprese por escrito. Aplicó esta política al negocio de los marcos, que su ex marido le había comprado como parte del acuerdo de divorcio.

Antes de que la señora Pierce se enfrentara a Eddie, pidió al operario del taller que interrumpiera lo que estaba haciendo y enmarcara de inmediato la fotografía de Marion en el Hôtel du Quai Voltaire. Habían transcurrido unos cinco años desde la última vez que Penny Pierce viera aquella foto. La señora Pierce recordaba que Marion les llevó todas las instantáneas y que algunos de los negativos estaban rayados. Cuando los chicos vivían, nadie se había preocupado demasiado de las viejas fotografías. Penny Pierce suponía que, después de su muerte, Marion había considerado casi todas las instantáneas en las que aparecían ellos dignas de ser ampliadas y enmarcadas, tanto si los negativos estaban rayados como si no.

Puesto que estaba informada del accidente, la señora Pierce no había podido abstenerse de examinar con atención todas las fotografías. «¡Ah!, es ésta», dijo al ver la foto de Marion en la cama con los pies de los chicos. Lo que siempre había llamado la atención de Penny Pierce con respecto a aquella fotografía era la evidente felicidad de Marion, además de su belleza incomparable. Y ahora la belleza de Marion seguía inmutable, mientras que su felicidad había desaparecido. Esta característica de Marion asombraba siempre a las demás mujeres. Aunque ni la belleza ni la felicidad habían abandonado por completo a Penny Pierce, ésta tenía la sensación de que no las había conocido jamás en el grado en que lo había hecho Marion.

La señora Pierce tomó unas cuartillas de su mesa antes de dirigirse a Eddie.

—Comprendo tu enfado y lo siento mucho —le dijo afablemente al guapo adolescente, el cual parecía incapaz de asustar a nadie. («Tengo que encontrar un personal más adecuado», pensó Penny Pierce mientras seguía hablando al tiempo que subestimaba el aspecto físico de Eddie. Cuanto más lo miraba, más le parecía que era demasiado mono para considerarlo un joven bien parecido)—. Cuando mis clientes se enfadan, les pido que pongan sus quejas por escrito..., si no te importa —añadió la señora Pierce, de nuevo con afabilidad.

El muchacho vio que la mujer le ofrecía papel y una pluma.

—Trabajo para el señor Cole —le dijo—. Soy ayudante de escritor.

—Entonces no te importará escribir, ¿verdad? —replicó la señora Pierce.

Eddie tomó la pluma. La dueña le sonrió de una manera alentadora. No era ni bella ni rebosaba felicidad, pero no carecía de atractivo y tenía buen corazón. Eddie comprendió que, en efecto, no le importaría escribir. Aquélla era exactamente la invitación que necesitaba, lo que quería su voz, atrapada durante mucho tiempo en su interior. Quería escribir. Al fin y al cabo, por eso había buscado aquel empleo. Y lo que había obtenido, en vez de escribir, era a Marion. Ahora que la estaba perdiendo, encontraba lo que había buscado antes de que empezara el verano.

Y Ted no le había enseñado nada. Lo que Eddie O'Hare había aprendido de Ted Cole, lo había aprendido leyéndole. Todo lo que cualquier escritor aprende de otro se reduce a unas pocas frases. De *El ratón que se arrastra entre las paredes*, Eddie había aprendido algo de sólo dos frases. La primera decía: «Tom se despertó, pero Tim no», y la segunda: «Era un ruido como si uno de los vestidos que tiene mamá en el armario estuviera vivo de repente y tratara de bajar del colgador».

Si, debido a esa frase, Ruth Cole pensaría de un modo diferente acerca de los armarios y los vestidos durante el resto de su vida, Eddie O'Hare, por su parte, oiría el ruido de aquel vestido que cobraba vida y bajaba del colgador tan claramente como cualquier sonido que hubiera oído jamás. En sueños veía el movimiento de aquel vestido escurridizo en la semioscuridad del armario.

Y de *La puerta en el suelo* había otra primera frase que no estaba nada mal: «Había un niño que no sabía si quería nacer». Después del verano de 1958, Eddie O'Hare comprendería por fin cómo se sentía ese niño. Y estaba aquella otra frase: «Su mamá tampoco sabía si quería que naciera». Sólo después de haber conocido a Marion, Eddie comprendió cómo se sentía aquella mamá.

Aquel viernes, en la tienda de marcos de Southampton, Eddie O'Hare comprendió una de esas cosas que le cambian a uno la vida: si el ayudante de escritor se había convertido en escritor, era Marion quien le había dado la voz. Si cuando había estado entre sus brazos, en su cama, dentro de ella, sintió por primera vez que era casi un hombre, perderla era lo que le proporcionaba algo que decir. La idea de vivir sin Marion era lo que le daba a Eddie O'Hare la autoridad para escribir.

«¿Tiene usted en su mente una imagen de Marion Cole?», escribió Eddie. «Quiero decir si, mentalmente, puede ver con exactitud su aspecto.» Eddie mostró estas dos frases a Penny Pierce.

—Sí, claro..., es muy guapa —dijo la dueña.

Eddie asintió. Entonces siguió escribiendo: «Muy bien. Aunque soy el ayudante del señor Cole, este verano me he acostado con la señora Cole. Calculo que Marion y yo hemos hecho el amor unas sesenta veces».

—¿Sesenta? —dijo la señora Pierce. Había salido de detrás del mostrador a fin de poder leer por encima del hombro de Eddie lo que éste escribía.

«Lo hemos hecho durante seis, casi siete semanas, y normalmente lo hacíamos dos veces al día..., a menudo más de dos veces. Pero hubo una época en la que tuvo una infección y no pudimos hacerlo, y si tiene usted en cuenta la regla...»

—Comprendo... Así pues, unas sesenta veces —dijo Penny Pierce—. Continúa.

«Bien», escribió Eddie. «Mientras Marion y yo hemos sido amantes, el señor Cole, Ted de nombre, ha tenido una querida. La verdad es que era su modelo. ¿Conoce a la señora Vaughn?»

—¿Los Vaughn de Gin Lane? Tienen una magnífica... colección —dijo la dueña de la tienda de marcos. (¡Ese encargo, el de enmarcar los cuadros de los Vaughn, sí que le habría gustado!)

«Exacto, ésa es la señora Vaughn», escribió Eddie. «Tiene un hijo, un niño pequeño.»

—Sí, sí, ¡lo sé! —dijo la señora Pierce—. Sigue, por favor.

«De acuerdo. Esta mañana, Ted, es decir, el señor Cole, ha roto con la señora Vaughn. Imagino que el final de su relación no ha sido muy agradable. La señora Vaughn parecía habérselo tomado muy a pecho. Y, entretanto, Marion está haciendo las maletas..., se marcha. Ted no sabe que se marcha, pero ésa es la verdad. Y Ruth..., ésta es Ruth. Tiene cuatro años.»

—Sí, sí —asintió Penny Pierce.

«Ruth tampoco sabe que su madre se marcha», escribió Eddie. «Tanto Ruth como su padre volverán a su casa en Sagaponack y comprobarán que Marion se ha ido. Y también todas las fotografías, todas esas fotos que usted enmarcó, todas excepto la que usted tiene aquí, en la tienda.»

—Sí, sí... Dios mío, ¿qué dices? —dijo la señora Pierce.

Ruth la miró con el ceño fruncido y la mujer sonrió a la niña.

Eddie siguió escribiendo:

«Marion se lleva las fotos. Cuando Ruth vuelva a casa, la madre y las fotos habrán desaparecido. Sus hermanos muertos y su madre se habrán marchado. Y lo bueno de esas fotos es que cada una de ellas cuenta una historia. Hay cientos de historias, y Ruth se las sabe todas de memoria».

—¿Qué quieres que haga? —exclamó la señora Pierce.

—Sólo la fotografía de la madre de Ruth —replicó Eddie—. Está en una habitación de hotel, en París...

—Sí, conozco la foto —dijo Penny Pierce—. ¡Claro que puedes llevártela!

—Pues eso es todo —concluyó Eddie, y escribió: «He pensado que probablemente esta noche la niña necesitará algo que poner al lado de su cama. No habrá ninguna otra foto, ninguna de esas imágenes a las que se ha acostumbrado. He pensado que si tuviera una de su madre, en especial...»

—Pero no es una buena foto de los chicos —le interrumpió la señora Pierce—, sólo se ven los pies...

—Sí, lo sé. A Ruth le gustan sobre todo los pies.

—¿Están listos los pies? —inquirió la niña.

—Sí que lo están, cielo —le dijo solícita Penny Pierce.

—¿Quiere ver mis puntos? —preguntó la niña a la dueña de la tienda—. ¿Y... mi costra?

—El sobre está en el coche, Ruth, en la guantera —le explicó Eddie.

—Ah —dijo Ruth—. ¿Qué es la guantera?

—Iré a comprobar si la fotografía está preparada —anunció Penny Pierce—. Casi está lista, estoy segura.

La mujer recogió nerviosamente las hojas que estaban encima del mostrador, aunque Eddie seguía con la pluma en la mano. Antes de que se alejara, el muchacho la tomó del brazo.

—Perdone —le dijo, dándole la pluma—. Esto es suyo, pero ¿sería tan amable de darme lo que he escrito?

—¡Sí, claro! —respondió la dueña, y le entregó los papeles, incluso las hojas en blanco.

—¿Qué has hecho? —le preguntó Ruth a Eddie.

—Le he contado un cuento a la señora —le explicó el muchacho.

—Cuéntamelo —le pidió la niña.

—En el coche te contaré otro cuento —le prometió Eddie—. Después de que nos dé la foto de tu mamá.

—¡Y los pies! —insistió la pequeña.

—Sí, los pies también.

—¿Qué cuento vas a contarme? —le preguntó Ruth.

—No lo sé —admitió el muchacho.

Tendría que inventarse uno, pero, sorprendentemente, eso no le preocupaba lo más mínimo. Algo se le ocurriría, estaba seguro. Tampoco le preocupaba ya lo que tendría que decirle a Ted. Le diría todo lo que Marion le había pedido que le dijera... y cualquier otra cosa que le pasara por la cabeza. Creía poder hacerlo, tenía la autoridad necesaria para ello.

Penny Pierce también lo sabía. Cuando salió de la trastienda, llevaba consigo algo más que la foto enmarcada. Aunque la señora Pierce no se había cambiado de ropa, de alguna manera había sufrido una transformación, tenía un aire distinto... No era tan sólo un aroma fresco (un nuevo perfume), sino un cambio de actitud que la hacía casi atractiva. Para Eddie, estaba casi seductora. Hasta entonces no había reparado en ella como mujer.

Se había soltado el cabello, que antes llevaba recogido, y también había introducido ciertos cambios en su maquillaje. A Eddie no le resultó difícil descubrir qué era exactamente lo que la señora Pierce se había hecho. Tenía los ojos más oscuros y perfilados. El rojo de labios también era más oscuro, y su rostro, si no más juvenil, tenía más color. Se había desabrochado la chaqueta del traje y subido un poco las mangas, y los dos botones superiores de la blusa también estaban desabrochados. (Antes sólo lo había estado el botón de arriba.)

Al agacharse para mostrar a Ruth la fotografía, la señora Pierce reveló un espacio entre los senos que Eddie nunca habría imaginado. Al levantarse, le susurró al muchacho:

—No voy a cobrarte nada por este trabajo, naturalmente.

Eddie asintió, sonriente, pero Penny Pierce no había terminado con él. Le indicó una hoja de papel. Tenía una pregunta que hacerle, por escrito, porque era una pregunta que la señora Pierce nunca habría formulado de viva voz delante de la niña.

«¿También te abandona a ti la señora Cole?», había escrito Penny Pierce.

—Sí —le dijo Eddie.

La mujer le dio un pequeño apretón consolador en la muñeca.

—Lo siento —susurró.

Eddie no supo qué decirle.

—¿Se ha ido toda la sangre? —preguntó Ruth. Para la pequeña era un milagro que la fotografía estuviera tan completamente restaurada. Como resultado del accidente, ella misma tenía una cicatriz.

—Sí, querida... ¡Está como nueva! —le dijo la señora Pierce—. Oye, muchacho —añadió la dueña, mientras Eddie tomaba a Ruth de la mano—, si alguna vez te interesa un trabajo...

Puesto que Eddie tenía la fotografía en una mano y sujetaba la mano de Ruth con la otra, no le quedaba ninguna mano libre para tomar la tarjeta de visita que le tendía Penny Pierce. Ésta, con un movimiento que le recordó a Eddie la ocasión en que Marion le puso el billete de diez dólares en el bolsillo posterior derecho, insertó diestramente la tarjeta en el bolsillo delantero izquierdo de los tejanos del muchacho.

—Tal vez el próximo verano, o el otro... Siempre necesito ayuda en verano —le dijo la dueña.

Una vez más, Eddie no supo qué decir y, una vez más, asintió sonriente. La tienda de marcos era un sitio elegante. La sala de exhibición estaba decorada con gusto y contenía ejemplos de marcos a medida. La sección de pósters, siempre concurrida en verano, presen-

taba una colección de carteles de películas de los años treinta: Greta
Garbo en el papel de Ana Karenina, Margaret Sullavan como la mujer que muere y se convierte en un fantasma al final de *Los tres cama-
radas*... Los anuncios de licores y vino también constituían un tema
popular en los pósters: había una mujer de aspecto peligroso que tomaba un Campari con sifón, y un hombre tan apuesto como Ted
Cole, un cóctel con la cantidad y la marca correctas de vermú.

Cinzano, estuvo a punto de decir Eddie en voz alta. Trataba de
imaginar cómo sería trabajar allí. Tardaría más de año y medio en comprender que Penny Pierce le había ofrecido algo más que un trabajo.
Su recién descubierta «autoridad» era tan nueva para él que el muchacho aún no había aquilatado la extensión de su poder.

## Algo casi bíblico

Entretanto, en la librería, Ted Cole realizaba primores caligráficos
ante la mesa donde estampaba sus autógrafos. Su escritura era perfecta. Su firma lenta y como tallada con escoplo era hermosa de veras.
Tratándose de un autor cuyos libros eran tan breves y que escribía tan
poco, su autógrafo constituía un acto de amor. (Marion le dijo cierta
vez a Eddie que la firma de Ted era «un acto de egolatría».) Para los
libreros que a menudo se quejaban de que las firmas de los autores
eran embrollados garabatos, tan indescifrables como las recetas de los
médicos, Ted Cole era el rey de los firmantes de autógrafos. No había nada precipitado en su firma, ni siquiera cuando firmaba cheques.
La letra cursiva parecía más bastardilla de imprenta que escritura manual.

Ted se quejó de las plumas al librero. Mendelssohn tuvo que ir de
un lado a otro de la tienda en busca de la pluma perfecta. Tenía que
ser una estilográfica, con la plumilla adecuada, y la tinta necesariamente negra o con la tonalidad roja apropiada. («Más parecida a la
sangre que a un coche de bomberos», explicó Ted al librero.) En cuanto al azul, para el escritor era una abominación en cualquiera de sus
tonalidades.

Así pues, Eddie O'Hare tuvo suerte. Mientras Eddie tomaba a
Ruth de la mano y se encaminaba con ella al Chevy, Ted se tomó su
tiempo. Sabía que cada buscador de autógrafos que se acercara a la
mesa donde él estaba firmando era una posibilidad de ir en coche a

casa, pero Ted era quisquilloso y no quería ser el pasajero de cualquier persona.

Por ejemplo, Mendelssohn le presentó a una mujer que vivía en Wainscott. La señora Hickenlooper le dijo que estaría encantada de llevarle a su casa en Sagaponack, pues no se desviaría mucho de su camino. Pero tenía que hacer algunas compras más en Southampton. Tardaría poco más de una hora, y después pasaría a recogerle por la librería. Ted le dijo que no se molestara y que estaba seguro de que antes de una hora alguien más se ofrecería a llevarle.

—Si no es ninguna molestia, de veras —replicó la señora Hickenlooper.

«¡Para mí sí que lo es!», pensó Ted, y se despidió afablemente de la mujer, la cual se marchó con un ejemplar de *El ratón que se arrastra entre las paredes* cuidadosamente dedicado a sus cinco hijos. A juicio de Ted, la señora Hickenlooper debería haber adquirido cinco libros, pero cumplió con su deber firmando el único ejemplar y encajando los cinco nombres de la progenie de los Hickenlooper en una sola y atestada página.

—Todos mis hijos han crecido —le dijo la señora—, pero usted les encantaba cuando eran pequeños.

Ted se limitó a sonreír. La señora Hickenlooper rondaba la cincuentena y tenía las caderas de una mula. Poseía un aire de solidez campesina. Era jardinera, o lo parecía. Llevaba una ancha falda de dril y tenía las rodillas enrojecidas y manchadas de tierra. «¡No puedes arrancar bien los hierbajos sin arrodillarte!», Ted había acertado a oír que la señora le decía a otro hombre en el local. Al parecer era un colega jardinero, y los dos compraban libros de jardinería.

Ted era desconsiderado al menospreciar a los jardineros. Al fin y al cabo, debía la vida al jardinero de la señora Vaughn, pues si aquel hombre valeroso no le hubiera aconsejado que echara a correr, tal vez Ted no habría podido evitar que el Lincoln negro le arrollara. Sin embargo, la señora Hickenlooper no era la conductora que Ted Cole buscaba para que le llevara a casa.

Entonces reparó en una candidata más prometedora. Una joven de aspecto reservado, que debía de tener por lo menos la edad legal para conducir, titubeaba antes de acercarse a la mesa donde el autor firmaba sus libros. Estaba observando al famoso escritor e ilustrador con esa combinación característica de timidez y vivacidad que Ted atribuía a las muchachas a punto de acceder a unas cualidades más femeninas. Dentro de unos pocos años, el titubeo que ahora mostraba se habría transformado en cálculo e incluso en astucia. Y lo que ahora era juguetón, incluso atrevido, no tardaría en estar mejor refrenado. La chica tendría como mínimo diecisiete años, pero no había cumplido los veinte, y se mostraba al mismo tiempo vivaracha y desmañada, insegura de sí misma, pero también deseosa de ponerse a prueba. Era un poco torpe, pero no le faltaba audacia. Ted pensaba que probablemente era virgen. Por lo menos era muy inexperta, de eso estaba seguro.

—Hola —le dijo Ted.

La guapa joven que era casi una mujer se sorprendió tanto ante la inesperada atención que le dedicaba Ted que no pudo abrir la boca. Su semblante adquirió una intensa tonalidad roja, a medio camino entre el rojo de la sangre y el de un coche de bomberos. Su amiga, una chica muchísimo menos atractiva, con un aspecto engañosamente estúpido, se deshizo en bufidos y risitas. Ted no había observado que la joven bonita estaba en compañía de una amiga fea. Cuando uno se encuentra con una joven interesante sexualmente vulnerable, siempre tiene que enfrentarse a una compañera estúpida y poco atractiva.

Pero la presencia de la amiga no arredró a Ted, e incluso la consideró un reto intrigante. Si su presencia señalaba la imposibilidad de ir a la cama aquel mismo día, la seducción potencial de la joven guapa no era menos tentadora para él. Como Marion le dijera a Eddie, no era tanto el acto sexual en sí mismo como la perspectiva de realizarlo lo que excitaba a Ted. El impulso de hacerlo no era tan intenso como la espera ilusionada.

—Hola —respondió por fin la joven guapa.

Su fea amiga, que tenía forma de pera, no pudo contenerse y azoró a su compañera al decir:

—¡Usted ha sido el tema de su trabajo sobre literatura inglesa para el examen de primer curso!

—¡Calla, Effie! —replicó la joven guapa.

Era universitaria, se dijo Ted. Supuso que le encantaba *La puerta en el suelo*.

—¿Cómo se titulaba tu trabajo? —le preguntó Ted.

—«Análisis de los símbolos atávicos de temor en *La puerta en el suelo*» —respondió la joven guapa, claramente avergonzada—. Verá, el niño no está seguro de que quiera nacer y la madre no está segura de que quiera tenerlo. Eso es muy tribal. Las tribus primitivas tienen esos temores. Y los mitos y cuentos de hadas de las tribus primitivas están llenos de imágenes como puertas mágicas, desapariciones de niños y personas tan asustadas que el pelo se les vuelve blanco de la noche a la mañana. En los mitos y cuentos de hadas aparecen muchos animales que pueden cambiar repentinamente de tamaño, como la serpiente, la serpiente también es muy tribal, desde luego...

—Desde luego —convino Ted—. ¿Qué extensión tenía ese trabajo?

—Doce páginas —le informó la muchacha—, sin contar las notas al pie y la bibliografía.

Sin contar las ilustraciones, tan sólo páginas manuscritas, mecanografiadas a doble espacio... *La puerta en el suelo* sólo tenía página y media, pero lo habían publicado como si fuese todo un libro, y a los estudiantes universitarios se les permitía escribir trabajos sobre la obrita. Menuda broma, se decía Ted.

Le gustaban los labios de la joven, su boca redonda y pequeña. Y tenía los pechos grandes, casi en demasía. Al cabo de pocos años tendría que controlar su peso, pero de momento la abundancia de sus carnes era atractiva y aún conservaba la cintura. A Ted le gustaba evaluar a las mujeres por su tipo físico. En la mayoría de los casos se creía capacitado para imaginar con exactitud lo que haría el tiempo con sus cuerpos. Aquella muchacha tendría un solo hijo y perdería la línea. También correría el riesgo de que las caderas se impusieran al resto del cuerpo, mientras que ahora su voluptuosidad estaba contenida, aunque a duras penas. Ted pensaba que, cuando tuviera treinta años, habría adquirido la misma forma de pera que su amiga, pero se limitó a preguntarle cómo se llamaba.

—Glorie, sin *y* griega final, sino con *ie* —respondió la guapa joven—. Y ésta es Effie.

«Yo te enseñaré algo atávico, Glorie», pensaba Ted. ¿No emparejaban a menudo en las tribus primitivas a muchachas de dieciocho años con hombres de cuarenta y cinco? «Yo te enseñaré algo tribal», siguió pensando, pero le dijo:

—¿No tenéis coche, por casualidad? Por increíble que parezca, necesito que alguien me lleve.


Por increíble que parezca, la señora Vaughn, tras perder de vista a Ted, había dirigido irracionalmente su considerable cólera hacia el valiente pero indefenso jardinero. Aparcó el coche, con el motor en marcha y mirando hacia fuera, a la entrada del sendero de acceso: el morro negro del reluciente capó del Lincoln con su rejilla plateada apuntaba hacia Gin Lane. La mujer permaneció sentada al volante durante media hora, hasta que al coche se le terminó el combustible, esperando que el Chevy modelo 1957 blanco y negro virase hacia Gin Lane desde Wyandanch Lane o desde la calle South Main. Creía que

Ted no andaría lejos, pues, al igual que Ted, aún suponía que el amante de Marion («el chico guapo», como le consideraba la señora Vaughn) seguía siendo el chófer del escritor. Por ello la mujer puso la radio del coche y esperó.

La música sonaba en el interior del Lincoln negro; su volumen y la fuerte vibración que las notas bajas imprimían a los altavoces casi ocultaron a la señora Vaughn el hecho de que el vehículo se había quedado sin gasolina. Si el coche no se hubiera estremecido tan bruscamente en aquel momento, la mujer podría haber seguido esperando sentada al volante hasta la tarde, cuando trajeran a su hijo de regreso de su clase de tenis.

El agotamiento del combustible tal vez tuvo un efecto más importante, el de evitar al jardinero de la señora Vaughn una muerte cruel. El pobre hombre, que se había quedado sin escalera de mano, seguía atrapado en el inclemente seto de aligustres, donde el monóxido de carbono expelido por el tubo de escape del Lincoln primero le había mareado y luego había estado a punto de matarle. Se hallaba aturdido, pero consciente de que estaba medio muerto, cuando el motor se detuvo y una brisa fresca le reanimó.

Durante un intento anterior de bajar del alto seto, el tacón de la bota derecha se había trabado entre las ramas retorcidas, el jardinero había perdido el equilibrio y caído de cabeza en la espesura, con lo cual la bota se trabó todavía más en el interior del tenaz seto. El hombre se torció dolorosamente el tobillo y, colgado por el tacón en el seto enmarañado, se había estirado un músculo abdominal cuando trataba de desatarse la bota.

Eduardo Gómez, menudo y de origen hispano, con una barriga apropiadamente discreta, no estaba acostumbrado a realizar flexiones en un seto y colgado de un pie. Sus botas de caña le llegaban por encima del tobillo, y aunque el hombre hizo lo posible por enderezarse el tiempo suficiente para desatarse los cordones, no pudo soportar el dolor de la posición ni siquiera el tiempo imprescindible para aflojarlos. No había manera de quitarse la bota.

Entretanto, debido al volumen y a las vibrantes notas bajas de la radio del coche, la señora Vaughn no podía oír las llamadas de auxilio de Eduardo. El jardinero, penosamente suspendido, consciente de los gases que despedía el coche y que se iban acumulando en el seto denso y al parecer sin ventilación, estaba convencido de que el aligustre sería su tumba. Eduardo Gómez sería víctima de la lujuria ajena y de la proverbial «mujer desdeñada» por otro hombre. Al jardinero moribundo tampoco se le ocultaba la ironía de que los destrozados dibujos pornográficos de su patrona le hubieran conducido a aquella posición en el seto asesino. Si al Lincoln no se le hubiera terminado la gasolina, el jardinero podría haber sido la primera víctima mortal de Southampton ocasionada por la pornografía, pero mientras el monóxido de carbono le adormecía, Eduardo pensaba que sin duda no sería la última. Cruzó por su mente envenenada la idea de que Ted Cole merecía morir de aquella manera, pero no un inocente jardinero.

En opinión de la señora Vaughn, su jardinero no era inocente. Antes le había oído gritar: «¡Corra!». ¡Al advertir a Ted, Eduardo la había traicionado! Si el infortunado que colgaba del seto hubiera mantenido la boca cerrada, Ted no habría dispuesto de aquellos valiosos segundos adicionales. Pero Ted salió pitando antes de que el Lincoln negro irrumpiera en Gin Lane. La señora Vaughn estaba segura de que le habría aplastado de la misma manera incontrovertible en que había derribado la señal de tráfico en la esquina de la calle South Main. ¡Por culpa de su desleal jardinero, Ted Cole había huido!

Así pues, cuando el Lincoln se quedó sin combustible y la señora Vaughn bajó del coche, primero cerrando bruscamente la portezuela y volviéndola a abrir porque se había dejado la radio encendida, oyó los gritos debilitados de Eduardo y su corazón se endureció al instante contra él. Pisoteó las piedrecillas del patio, estuvo a punto de tropezar con la escalera caída y contempló al traidor, el cual estaba ridículamente suspendido por un pie en medio del seto. A la señora Vaughn le irritó todavía más ver que Eduardo aún no había recogido los trozos de papel con aquellos dibujos reveladores. Además, el odio que sentía hacia el jardinero se fundaba en algo totalmente ilógico: sin duda el hombre había visto su terrible desnudez en los dibujos. (¿Cómo no iba a verla?) Odiaba a Eduardo Gómez como odiaba a Eddie O'Hare, quien también la había visto... sin ropa.

—Por favor, señora —le rogó Eduardo—. Si alza usted la escalera, si consigo aferrarme a ella, es posible que pueda bajar.

—¡Tú! —le gritó la señora Vaughn. Cogió un puñado de piedrecillas y las arrojó al seto. El jardinero cerró los ojos, pero el aligustre era tan tupido que no le alcanzó ninguna de las piedras—. ¡Le avisaste, enano repugnante! —Le arrojó otro puñado de grava, que fue igualmente inocuo. La imposibilidad de alcanzar al jardinero inmóvil y suspendido cabeza abajo la enfurecía más—. ¡Me has traicionado!

—Si le hubiera matado, habría ido usted a la cárcel —le dijo Eduardo, tratando de hacerla entrar en razón.

Pero la mujer se alejaba de él contoneándose, e incluso en su lamentable posición cabeza abajo el jardinero pudo ver que regresaba a la casa. Sus pasitos decididos, el culo pequeño y prieto... El jardinero sabía, antes de que ella llegara a la puerta, que iba a cerrarla de un portazo. Eduardo trabajaba desde hacía tiempo para ella y sabía que la dama tendía a las rabietas y era una veterana en dar portazos, como si el estrépito al cerrar bruscamente una puerta la consolara por su pequeña talla. El jardinero temía a las mujeres menudas, y siempre había imaginado que cedían a una cólera desproporcionada con relación a su tamaño. Su esposa era corpulenta y tenía una suavidad consoladora. Era una mujer afable, de talante generoso e indulgente.

—¡Limpia este desastre y luego lárgate! —le gritó la señora Vaughn a Eduardo, el cual pendía del seto totalmente inmóvil, como paralizado por la incredulidad—. ¡Hoy es tu último día en esta casa! ¡Estás despedido!

—¡Pero no puedo bajar! —le dijo él quedamente, sabiendo incluso antes de hablar que la puerta se cerraría con violencia mientras hablara.

A pesar del tirón muscular en el abdomen, Eduardo halló las fuerzas necesarias para superar su dolor. Sin duda le ayudó la sensación de que había sido tratado injustamente, pues logró realizar otra flexión, enderezarse y mantener la dolorosa postura el tiempo suficiente para desatarse la bota. Liberó el pie atrapado y cayó de cabeza a través del centro del seto, agitando brazos y piernas. Afortunadamente aterrizó a gatas entre las raíces y salió arrastrándose al patio, escupiendo ramitas y hojas.

Eduardo aún sentía náuseas, estaba mareado y de vez en cuando se quedaba aletargado a causa de los gases emitidos por el Lincoln. Además, una rama le había hecho un corte en el labio superior. Intentó andar con normalidad, pero no tardó en ponerse de nuevo a gatas y, en esta postura animaloide, se aproximó al surtidor obturado y sumergió la cabeza en el agua, haciendo caso omiso de la tinta de calamar. El agua estaba turbia y olía a pescado, y cuando el jardinero alzó la cabeza de la fuente y se escurrió el agua del cabello, tenía las manos y la cara de color sepia. Eduardo sintió deseos de vomitar mientras subía por la escalera de mano para recuperar su bota.

Entonces el aturdido jardinero renqueó sin objeto por el patio. Puesto que le habían despedido, ¿para qué iba a recoger los fragmentos de pornografía, tal como la señora Vaughn le había exigido? No veía por qué razón habría de realizar cualquier tarea para una mujer que no sólo le había despedido sino que también le había dejado abandonado a su suerte, sin que le importara que se muriese. No obstante, cuando decidió marcharse, se dio cuenta de que el Lincoln sin combustible obstruía el sendero. La camioneta de Eduardo, que siempre estaba aparcada fuera de la vista (detrás del cobertizo de las herramientas, el garaje y la dependencia auxiliar del jardín), no podría pasar por el lado del seto mientras el Lincoln bloqueara el camino. El jardinero tuvo que trasegar con un sifón gasolina de la máquina cortacésped a fin de poner en marcha el Lincoln y devolver el coche abandonado al garaje. Pero, por desgracia, esta actividad no le pasó desapercibida a la señora Vaughn.

La mujer se enfrentó a Eduardo en el patio, donde sólo el surtidor los separaba. La pileta de agua sucia era ahora tan desagradable como un estanque para pájaros en el que se hubiera ahogado un centenar de murciélagos. La señora Vaughn sostenía algo, un cheque, y el sufrido jardinero la miró cautelosamente. Renqueaba de costado, procurando que el surtidor estuviera siempre entre ellos, mientras la mujer empezaba a rodear el agua ennegrecida para ir a su encuentro.

—¿No quieres esto? —le preguntó la maligna mujercilla—. ¡Es tu última paga!

Eduardo se detuvo. Si iba a pagarle, tal vez se quedaría a recoger los jirones de pornografía. Al fin y al cabo, el mantenimiento de la finca de los Vaughn había sido su principal fuente de ingresos durante muchos años. El jardinero era un hombre orgulloso y aquella zorra en miniatura le había humillado. No obstante, pensó que si el cheque que le ofrecía era el de la última paga que recibiría de ella, la cantidad sería considerable.

Con la mano extendida, Eduardo rodeó cautamente la fuente sucia y se aproximó a la señora Vaughn, la cual le permitió que lo hiciera. Había llegado casi ante ella, cuando la mujer hizo varios dobleces en el cheque y, cuando tuvo la forma aproximada de un barco, lo arrojó al agua turbia. El cheque cayó en la nauseabunda pileta. Eduardo se vio obligado a vadearla para recoger el cheque, cosa que hizo con nerviosismo.

—¡Vete a tomar por el saco! —le gritó la señora Vaughn.

Nada más sacar el cheque del agua, Eduardo vio que la tinta se había corrido y no podía leer la cantidad ni la apretada firma de la señora Vaughn. Y antes de que pudiera salir del agua que hedía a pescado, supo, sin necesidad de mirar la altiva figura que se alejaba, que iba a dar otro portazo. El jardinero despedido secó el cheque nulo apretándolo contra los pantalones y se lo guardó en la cartera. No sabía por qué se molestaba.

Eduardo dejó la escalera de mano en su lugar habitual, apoyada en la dependencia auxiliar del jardín. Vio un rastrillo que se había propuesto reparar, se preguntó por un momento qué debería hacer con él y lo dejó sobre la mesa de trabajo en el cobertizo de las herramientas. No le quedaba más que irse a casa, y se dirigía ya, renqueando lentamente, hacia su camioneta, cuando de repente vio las tres grandes bolsas para hojarasca que ya había llenado con los fragmentos de los dibujos rotos. Había calculado que los jirones restantes, cuando los hubiera recogido todos, podrían llenar otras dos bolsas.

Eduardo Gómez tomó la primera de las tres bolsas llenas y la vació sobre el césped. El viento hizo revolotear enseguida algunos pedazos de papel, pero el jardinero no estuvo satisfecho con los resultados y se puso a pisotear el montón de papel y a darle puntapiés, como un niño a un montón de hojas. Los largos jirones volaron por el jardín y cubrieron el estanque para pájaros. Los rosales plantados en el fondo del jardín, allí donde arrancaba el sendero que conducía a la playa, eran un imán para los pedazos de papel, los cuales se adherían a todo lo que tocaban como los adornos a un árbol navideño.

Cojeando, el jardinero se dirigió al patio con las dos últimas bolsas llenas de papel. Vació la primera en el surtidor, donde la masa de los dibujos hechos trizas absorbió el agua ennegrecida como una esponja gigantesca e inamovible. La última bolsa, que por casualidad incluía algunas de las mejores, aunque muy destrozadas, vistas de la entrepierna de la señora Vaughn, no plantearon reto alguno a la restante creatividad de Eduardo. El inspirado hombre renqueó en círculos alrededor del patio mientras sostenía la bolsa abierta por encima de la cabeza. Era como una cometa que se negara a volar, pero los innumerables trocitos de pornografía emprendieron realmente el vuelo: subieron a lo alto del seto, de donde el heroico jardinero los había retirado antes, y también se alzaron por encima del aligustre. Como si quisiera recompensar a Eduardo Gómez por su valor, una fuerte brisa marina hizo volar vistas parciales de los senos y la vulva de la señora Vaughn hacia ambos extremos de Gin Lane.

Más tarde, la policía de Southampton tuvo noticia de que dos chicos que iban en bicicleta habían tenido un atisbo alarmante de la anatomía de la señora Vaughn, nada menos que en First Neck Lane, lo cual era un testimonio de la fuerza del viento, que había transportado aquel primer plano del pezón de la dama y su aréola irregularmente alargada hasta la otra orilla del lago Agawam. (Los muchachos, que eran hermanos, llevaron a casa el fragmento de dibujo pornográfico, sus padres descubrieron la obscenidad y llamaron a la policía.)

El lago Agawam, no mucho mayor que un estanque, separaba Gin Lane de First Neck Lane, donde, en el mismo momento en que Eduardo soltaba los restos de los dibujos de Ted Cole, el artista trataba de seducir a una chica de unos dieciocho años con unos pocos kilos de más. Glorie había llevado a Ted a su casa para presentárselo a su madre, sobre todo porque la joven no tenía coche propio y necesitaba el permiso materno para utilizar el vehículo de la familia.

El trayecto desde la librería hasta la casa de Glorie, que estaba en First Neck Lane, no era largo, pero el sutil cortejo de la universitaria que emprendió Ted había sido interrumpido varias veces por las insultantes preguntas que le hacía la patética y peroide amiga de Glorie. Effie no estaba tan entusiasmada, ni mucho menos, con *La puerta en el suelo;* la chica que cargaba con la tragedia de su fealdad no había escrito su trabajo de examen trimestral sobre el atavismo percibido en los símbolos de temor de Ted Cole. A pesar de su inmisericorde fealdad, Effie estaba mucho más libre de mojigangas que Glorie.

Y también estaba mucho más libre de mojigangas que Ted. Effie era una chica perspicaz y, durante el corto paseo, experimentó un creciente y juicioso desagrado hacia el famoso autor. Además, detectaba los esfuerzos de seducción que ocultaban la conducta de Ted. Si Glorie también se percataba de ellos, ofrecía escasa resistencia.

Ted se sorprendió a sí mismo al constatar un interés inesperado, de índole sexual, por la madre de Glorie. Si ésta era demasiado joven e inexperta para su gusto habitual (y estaba a un paso de ser gordita), la mamá de Glorie era mayor que Marion y la clase de mujer en la que Ted generalmente no se fijaba.

La delgadez de la señora Mountsier era notable, y se debía a la incapacidad de comer ocasionada por la muerte reciente y totalmente imprevista de su marido. Con toda claridad era una viuda que no sólo había amado profundamente a su marido, sino también (y eso era evidente incluso para Ted) una viuda que todavía se encontraba en las etapas perceptibles de la aflicción. En una palabra, no era una mujer a la que cualquiera pudiese seducir, pero Ted Cole no era cualquiera y no podía reprimir la impredecible atracción que sentía hacia ella.

Glorie debía de haber heredado las formas curvilíneas de una abuela o incluso una pariente más lejana. La señora Mountsier era una belleza clásica pero espectral, con cierta tendencia a hacer suyo el estilo inimitable de Marion. Mientras que la aflicción perpetua de Marion había alejado a Ted de su mujer, la majestuosa tristeza de la señora

Mountsier le excitaba. Pero no por ello disminuía la atracción que sentía hacia su hija: ¡de repente las quería a las dos! A la mayoría de los hombres, semejante situación les habría planteado un dilema, pero Ted Cole sólo pensaba en las posibilidades. «¡Qué posibilidad!», se decía, mientras permitía que la señora Mountsier le preparase un bocadillo (al fin y al cabo, era casi la hora del almuerzo) y cedía a la insistencia de Glorie para meter en la secadora sus tejanos azules y los zapatos empapados.

—Se secarán en quince o veinte minutos —le prometió la joven. (Tardarían por lo menos media hora en secarse, pero ¿qué prisa había?)

Mientras comía, Ted llevaba un albornoz que perteneció al difunto señor Mountsier. La viuda le había indicado el baño, para que se cambiara, y le había ofrecido el albornoz de su marido con un gesto de tristeza especialmente atractivo.

Hasta entonces Ted nunca había tratado de seducir a una viuda, por no mencionar a una madre y a su hija. Se había pasado el verano dibujando a la señora Vaughn, y durante largo tiempo había descuidado las ilustraciones para *Un ruido como el de alguien que no quiere hacer ruido;* ni siquiera había empezado a plantearse cómo deberían ser esas ilustraciones. Sin embargo, en aquella cómoda casa de First Neck Lane, había pasado por su mente un retrato de madre e hija notablemente prometedor, y supo que debía intentarlo.

La señora Mountsier no probó bocado. La delgadez de su rostro, que parecía frágil y quebradizo a la luz del mediodía, daba a entender que, como mucho, su apetito era intermitente, o que tenía cierta dificultad para retener el alimento. Se había empolvado delicadamente los semicírculos oscuros bajo los ojos. Al igual que Marion, la señora Mountsier sólo podía dormir durante breves periodos, cuando estaba totalmente exhausta. Ted observó que el pulgar izquierdo de la mujer no podía dejar en paz la alianza matrimonial, aunque ella no se daba cuenta de la constancia con que la tocaba.

Cuando Glorie reparó en aquel toqueteo obsesivo de la alianza, tomó la mano de su madre y se la estrechó. La señora Mountsier dirigió a su hija una mirada que era de agradecimiento y disculpa a la par. La simpatía fluyó entre ellas como una carta deslizada por debajo de una puerta. (Para el primero de los dibujos, Ted haría que posaran de modo que la hija sostuviera la mano de la madre.)

—Qué espléndida coincidencia —empezó a decirles—. Estoy buscando dos personas apropiadas que posen como modelos para un retrato de madre e hija; es para mi próximo libro.

143

—¿Se trata de otro libro para niños? —inquirió la señora Mountsier.

—Sí, desde luego —respondió Ted—, pero no creo que ninguno de mis libros sea realmente para niños. En primer lugar, las madres han de comprarlos y, en general, son las madres las primeras que los leen en voz alta. Los niños suelen oírlos antes de que puedan leerlos. Y cuando los niños son adultos, a menudo vuelven a leer mis libros.

—¡Eso es lo que me ocurrió a mí! —exclamó Glorie.

Effie, que estaba enfurruñada, puso los ojos en blanco.

Todo el mundo, excepto Effie, estaba satisfecho. La señora Mountsier había recibido la confirmación de que las madres son lo primero. Glorie había sido felicitada por no ser ya una niña, y el famoso autor había reconocido que era adulta.

—¿Qué clase de dibujos se propone hacer? —le preguntó la señora Mountsier.

—Verá, al principio me gustaría dibujarlas a usted y a su hija juntas —respondió Ted—. De esa manera, cuando las dibuje a cada una por separado, la presencia de la que falte estará..., bueno, estará ahí de alguna manera.

—¡Qué bien! ¿Quieres hacerlo, mamá? —preguntó Glorie. (Effie puso de nuevo los ojos en blanco, pero Ted nunca prestaba mucha atención a una mujer sin atractivo.)

—No lo sé. ¿Cuánto tiempo necesitaría? —quiso saber la señora Mountsier—. ¿O a cuál de las dos desearía dibujar primero? Quiero decir por separado, después de que nos hubiera dibujado juntas.

Espoleado por el deseo, Ted comprendió que la viuda había sufrido demasiado y estaba deshecha.

—¿Cuándo tienes que volver a la universidad? —le preguntó Ted a Glorie.

—Creo que el 5 de septiembre —respondió Glorie.

—El 3 de septiembre —le corrigió Effie—. Y vas a pasar el Día del Trabajo conmigo en Maine —añadió.

—Entonces dibujaría primero a Glorie —le dijo Ted a la señora Mountsier—. Primero las dos juntas, luego Glorie sola, y después, cuando Glorie haya vuelto a la universidad, usted sola.

—Pues no sé... —dijo la señora Mountsier.

—¡Vamos, mamá! —exclamó Glorie—. ¡Será divertido!

—Bueno...

Era el famoso e imperecedero «bueno» de Ted.

—Bueno... ¿qué? —preguntó Effie bruscamente.

—Quiero decir que no es necesario que se decidan ahora mismo

—dijo Ted a la señora Mountsier, y entonces se dirigió a Gloria—: Piénsenlo.

Se dio cuenta de que Glorie ya lo estaba pensando. De las dos mujeres, Glorie sería la fácil. Y entonces... ¡qué otoño e invierno gratamente largos podrían esperarle! Imaginó la seducción, muchísimo más lenta, de la apenada señora Mountsier: podría requerir meses, incluso un año.

Fue una cuestión de tacto permitir que madre e hija le llevaran a Sagaponack. La señora Mountsier se ofreció a hacerlo. Entonces se dio cuenta de que había herido los sentimientos de su hija, que a Glorie le ilusionaba de veras llevar en coche al famoso autor e ilustrador.

—Pues entonces ve tú, Glorie —dijo la mujer—. No me había dado cuenta de que te apetecía tanto.

Ted pensó en lo contraproducente que era que madre e hija se pelearan.

—Puede que parezca egoísta —dijo, dirigiendo a Effie una sonrisa encantadora—, pero sería un honor para mí que todas me acompañaran a casa.

Aunque su encanto no surtía efecto en Effie, madre e hija se reconciliaron al instante, de momento.

Ted también representó el papel de pacificador cuando hubo que decidir si conducía la señora Mountsier o Glorie.

—Personalmente, creo que los jóvenes de tu edad conducís mejor que vuestros padres —dijo sonriente a Glorie—. Por otro lado —ofreció su sonrisa a la señora Mountsier—, la gente como nosotros somos insoportables conductores desde los asientos traseros—. Se volvió hacia Glorie—. Deja conducir a tu madre. Es la única manera de evitar que conduzca desde el asiento trasero.

Aunque Ted había parecido indiferente a Effie cada vez que la chica ponía los ojos en blanco, esta vez se adelantó a ella: se volvió hacia la nada agraciada joven y puso los ojos en blanco, sólo para mostrarle que no se le escapaba nada.

Para cualquiera que los hubiese visto, estaban sentados en el coche como una familia razonablemente normal. La señora Mountsier iba al volante y el célebre personaje, que había sido castigado por conducir en estado de embriaguez, ocupaba el asiento del pasajero. Detrás iban las hijas. La que tenía la desgracia de ser fea estaba, naturalmente, malhumorada y se mostraba reservada. Sin duda era lógico, porque la que parecía su hermana era bonita en comparación. Effie iba sentaba detrás de Ted y le lanzaba miradas furibundas al cogote. Glorie se inclinaba hacia delante, ocupando el espacio entre los dos asientos delanteros del Saab verde oscuro de la señora Mountsier. Al volver la cabeza para admirar el sorprendente perfil de la viuda, Ted podía ver también a la hija vivaracha aunque no exactamente hermosa.

La señora Mountsier era una buena conductora y nunca apartaba los ojos de la carretera. La hija no podía apartar los ojos de Ted. Para ser un día que comenzó con tan mal pie, ¡había que ver las oportunidades que se le habían presentado! Ted consultó su reloj y se sorprendió al ver que tan sólo acababa de empezar la tarde. Estaría en casa antes de las dos, y dispondría de mucho tiempo para enseñar a madre e hija su cuarto de trabajo cuando aún había buena luz. Ted había llegado a la conclusión de que no se puede juzgar un día por su comienzo cuando la señora Mountsier pasó ante el lago Agawam y giró por Dune Road para entrar en Gin Lane. Ted había estado tan absorto en la comparación visual entre madre e hija que no se había fijado en la ruta.

—Ah, va usted por aquí... —susurró.

—¿Por qué susurra? —le preguntó Effie.

En Gin Lane, la señora Mountsier se vio obligada a reducir la marcha y el coche avanzó lentamente. La calle estaba cubierta de papeles, que también colgaban de los setos. Mientras el coche avanzaba, los pedazos de papel revoloteaban a su alrededor. Uno de ellos se adhirió al parabrisas. La señora Mountsier estuvo a punto de frenar.

—¡No pare! —le pidió Ted—. ¡Bastará con el limpiaparabrisas!

—Para que después hablen de los que conducen desde el asiento trasero... —observó Effie.

Pero, para alivio de Ted, los limpiaparabrisas funcionaron y el ofensivo trozo de papel salió volando. (Ted había visto por un instante lo que sin duda era una axila de la señora Vaughn. Pertenecía a una de las series más comprometedoras, en la que ella estaba tendida boca arriba con las manos cruzadas en la nuca.)

—¿Qué es todo esto? —preguntó Glorie.

—Supongo que la basura de alguien —replicó su madre.

—Sí —dijo Ted—. Un perro debe de haber esparcido la basura.

—Qué estropicio —observó Effie.

—Deberían multar al que lo haya hecho, sea quien sea —dijo la señora Mountsier.

—Sí —convino Ted—. Aunque el culpable haya sido un perro, ¡que lo multen!

Todos se rieron, excepto Effie.

Cuando se acercaban al extremo de Gin Lane, una nube de jirones de papel revoloteó alrededor del coche en marcha. Era como si los dibujos rasgados que mostraban la humillación sufrida por la señora Vaughn no quisieran soltar a Ted. Pero doblaron la esquina y la carretera apareció despejada. Ted sintió una oleada de satisfacción, pero se guardó mucho de expresarla. Entonces ocurrió algo poco frecuente en él: se sumió en un momento de reflexión. Era algo casi bíblico. Tras su inmerecida liberación de la señora Vaughn y en la estimulante compañía de la señora Mountsier y su hija, el pensamiento que dominaba la mente de Ted Cole se repetía como una letanía: la lujuria engendra lujuria y ésta más lujuria y más lujuria... una y otra vez. Eso era lo emocionante.

## La autoridad de la palabra escrita

Ruth no olvidaría jamás la historia que Eddie le contó en el coche. Cuando la olvidaba momentáneamente, sólo tenía que mirarse la delgada cicatriz en el dedo índice derecho, que nunca desaparecería, para recordarla. (Cuando Ruth llegase a los cuarenta, la cicatriz sería tan minúscula que sólo podrían verla ella y alguien que ya conociera su existencia y la buscara.)

—Érase una vez una niñita... —empezó a contarle Eddie.

—¿Cómo se llamaba? —preguntó Ruth.

—Ruth —respondió Eddie.

—Sí —accedió la niña—. Sigue.

—Ruth se cortó un dedo con un cristal roto —prosiguió Eddie— y el dedo no paraba de sangrar. Había mucha más sangre de la que Ruth creía posible que hubiera en el dedo, y pensó que debía de salir de todas partes, de su cuerpo entero.

—Muy bien —dijo Ruth.

—Pero cuando fue al hospital, sólo necesitó dos inyecciones y dos puntos.

—Tres agujas —le recordó Ruth mientras contaba los puntos.

—Ah, sí —convino Eddie—. Pero Ruth era muy valiente y no le importó que, durante casi una semana, no pudiera nadar en el mar y ni siquiera pudiera mojarse el dedo cuando se bañaba.

—¿Por qué no me importaba? —le preguntó Ruth.

—Bueno, tal vez te importaba un poco —admitió Eddie—. Pero no te quejabas.

147

—¿Era valiente? —inquirió la pequeña.

—Eras..., eres valiente —respondió Eddie.

—¿Qué significa ser valiente?

—Significa que no lloras.

—Lloré un poco —señaló Ruth.

—Llorar un poco es normal —dijo Eddie—. Ser valiente significa que aceptas lo que te sucede, que intentas sacarle el mejor partido.

—Háblame más del corte —le pidió la niña.

—Cuando el médico te quitó los puntos, la cicatriz era fina y blanca, una línea perfectamente recta. Durante toda tu vida, si alguna vez necesitas sentirte valiente, sólo tienes que mirarte la cicatriz.

Ruth contempló la línea que surcaba la yema del dedo.

—¿Estará siempre ahí? —le preguntó a Eddie.

—Siempre. Te crecerá la mano, y también el dedo, pero la cicatriz tendrá siempre el mismo tamaño. Cuando seas adulta, la cicatriz parecerá más pequeña, pero eso será porque el resto de tu cuerpo habrá crecido... Pero la cicatriz nunca cambiará. No será tan visible, y eso significa que cada vez resultará más difícil verla. Necesitarás buena luz para enseñársela a la gente, y dirás: «¿Veis mi cicatriz?». Tendrán que mirar muy de cerca para poder verla. En cambio, tú siempre podrás verla, porque sabrás dónde mirar. Y, por supuesto, siempre aparecerá en la huella dactilar.

—¿Qué es la huella dactilar? —inquirió Ruth.

—Es difícil explicar eso en el coche —dijo Eddie.

Cuando llegaron a la playa, Ruth se lo preguntó de nuevo, pero incluso en la arena mojada los dedos de Ruth eran demasiado pequeños para dejar huellas claras, o quizá la arena era demasiado gruesa. Mientras la niña jugaba en la orilla, el antiséptico pardo amarillento desapareció por completo, pero ahí seguía la cicatriz, una línea blanca brillante en el dedo. Por fin, cuando estuvieron en el restaurante, la niña pudo ver lo que era una huella dactilar.

Allí, en el mismo plato que contenía el emparedado de queso a la plancha y las patatas fritas, Eddie vertió un chorrito de ketchup que se expandió hasta formar un charco en el plato. Sumergió el dedo índice de la mano derecha de Ruth en el ketchup y apretó suavemente el dedo sobre una servilleta de papel. Al lado de la huella del dedo índice derecho, Eddie imprimió una segunda huella, esta vez usando el dedo índice de la mano izquierda de Ruth. Pidió a la niña que mirase la servilleta a través del vaso de agua, el cual aumentó las huellas dactilares, de tal manera que Ruth pudo ver las líneas onduladas y desiguales. Y allí estaba, como lo estaría mientras Ruth viviera, la línea perfectamente vertical en un dedo índice derecho. Vista a través del vaso de agua, la línea tenía casi el doble del tamaño que la cicatriz real.

—Éstas son tus huellas dactilares —le dijo Eddie—. Nadie tendrá jamás unas huellas como las tuyas.

—¿Y mi cicatriz siempre estará ahí? —le preguntó Ruth de nuevo.

—Siempre tendrás la cicatriz —le aseguró Eddie.

Después de comer en Bridgehampton, Ruth quiso quedarse la servilleta con sus huellas dactilares. Eddie la metió en el sobre que ya contenía los puntos y la costra. Vio que ésta se había encogido: tenía la cuarta parte del tamaño de una mariquita, pero su color bermejo era similar, con manchas negras.

A las dos y cuarto de aquel viernes, Eddie O'Hare enfiló el Parsonage Lane de Sagaponack. Cuando aún se hallaba a cierta distancia de la casa de los Cole, se sintió aliviado al comprobar que el camión de mudanzas y el Mercedes de Marion no estaban a la vista. Sin embargo, un coche que no conocía, un Saab verde oscuro, estaba aparcado en el sendero. Mientras Eddie reducía al máximo la marcha del Chevy, Ted, el empedernido mujeriego, se despedía de las tres mujeres que ocupaban el Saab.

Ted ya había mostrado su cuarto de trabajo a sus futuras modelos, la señora Mountsier y su hija Glorie. Effie no había querido bajar del coche. La pobre chica estaba adelantada a su tiempo: era una joven íntegra, perceptiva e inteligente atrapada en un cuerpo que la mayoría de los hombres habrían ignorado o menospreciado. De las tres mujeres que viajaban en el Saab verde oscuro aquel viernes por la tarde, Effie era la única con la sagacidad necesaria para ver que Ted Cole era tan engañoso como un condón agujereado.

Por un instante, tiempo en que su corazón dejó de latir, Eddie pensó que la conductora del Saab era Marion, pero al entrar en el sendero de acceso a la casa vio que la señora Mountsier no se parecía tanto a Marion como había creído. Por un brevísimo instante, Eddie había confiado en que Marion hubiera cambiado de opinión y hubiera decidido que no les abandonaba a Ruth ni a él. Pero la señora Mountsier no era Marion, como tampoco la hija de la dama, Glorie, se parecía a Alice, la guapa niñera universitaria a la que Eddie desdeñaba. (También había concluido precipitadamente que Glorie era Alice.) Ahora se daba cuenta de que tan sólo se trataba de un grupo de mujeres que habían acompañado a Ted a casa. El muchacho se preguntó por cuál de ellas se habría interesado Ted. Desde luego, no podía ser por la que permanecía en el asiento trasero.

En cuanto el Saab verde oscuro se puso en marcha y se alejó por el sendero, Eddie comprendió enseguida, a juzgar por la expresión inocente y tan sólo algo perpleja de Ted, que éste no estaba al corriente de la marcha de Marion.

—¡Papá! ¡Papá! —exclamó Ruth—. ¿Quieres ver mis puntos? Hay cuatro trozos. Y tengo una costra. ¡Enséñale la costra a papá! —le pidió la niña a Eddie, quien le tendió el sobre a Ted—. Éstas son mis huellas dactilares —le explicó la niña a su padre, el cual miraba fijamente la servilleta de papel manchada de ketchup.

—Cuidado, no vaya a ser que el viento se lleve la costra —le advirtió Eddie a Ted.

La costra era tan pequeña que Ted le echó un vistazo sin sacarla del sobre.

—Es bonito de veras, Ruthie —dijo el padre de la niña—. Así que... ¿habéis ido al médico para que le quitara los puntos? —preguntó a Eddie.

—Y luego fuimos a la playa y comimos —le explicó Ruth a su padre—. Comí un bocadillo de queso y patatas fritas con ketchup. Y Eddie me enseñó mis huellas dactilares. Voy a tener siempre la cicatriz.

—Eso está muy bien, Ruthie.

Ted observaba a Eddie mientras el muchacho sacaba del Chevy la bolsa con las cosas de la playa. Encima estaban las páginas con el membrete de la tienda de Southampton, el relato del verano de 1958, que Eddie había escrito para Penny Pierce. Al ver aquellas hojas, Eddie tuvo una idea. Fue al capó del Chevy y sacó la fotografía, enmarcada de nuevo, de Marion en París. Ahora Ted observaba cada movimiento de Eddie con creciente inquietud.

—Veo que por fin la fotografía estaba lista —observó Ted.

—¡Volvemos a tener los pies, papá! —exclamó Ruth—. La foto está arreglada.

Ted tomó a su hija en brazos y la besó en la frente.

—Tienes arena en el pelo, y hay que lavarlo para eliminar el agua de mar. Necesitas un baño, Ruthie.

—¡Pero sin champú! —gritó la niña.

—No, cariño, también te hace falta champú.

—¡No quiero champú, me hace llorar!

—Bueno... —Ted se interrumpió, como de costumbre. No podía desviar la vista de Eddie, y le dijo—: Esta mañana te he esperado un buen rato. ¿Dónde estabas?

Eddie le dio las páginas que había escrito para Penny Pierce.

—La dueña de la tienda de marcos me pidió que escribiera esto —replicó Eddie—. Quería que le explicara por escrito por qué no estaba dispuesto a irme de la tienda sin la fotografía.

Ted no tomó las páginas, sino que dejó a Ruth en el suelo y miró en dirección a la casa.

—¿Dónde está Alice? —preguntó a Eddie—. ¿No es Alice la que viene por las tardes? ¿Dónde está la niñera? ¿Y dónde está Marion?

—Voy a bañar a Ruth —respondió Eddie, y le tendió de nuevo las hojas a Ted—. Será mejor que leas esto —le dijo.

—Respóndeme, Eddie.

—Primero lee esto —insistió Eddie.

Tomó a Ruth en brazos, se colgó la bolsa playera del hombro y se encaminó a la casa. Sostenía a Ruth con un brazo y en la otra mano llevaba la foto de Marion con los pies de sus hijos.

—No has bañado nunca a Ruth —le gritó Ted, airado—. ¡No sabes bañarla!

—No, pero me imagino cómo se hace. Ruth ya me lo dirá. Lee eso —repitió Eddie.

—De acuerdo, de acuerdo —dijo Ted, y empezó a leer en voz alta—: «¿Tiene usted en la mente una imagen de Marion Cole?» ¡Eh! ¿Qué es esto?

—Es lo único bueno que he escrito durante todo el verano —respondió Eddie, y entró con Ruth en la casa.

Una vez dentro, Eddie se preguntó cómo podría bañar a Ruth, en cualquiera de los varios baños con que contaba la casa, sin que la pequeña reparase en que las fotografías de sus hermanos muertos habían desaparecido.

Sonó el teléfono, y Eddie confió en que fuese Alice. Todavía con Ruth en brazos, respondió en la cocina, donde antes sólo había tres o cuatro fotos de Thomas y Timothy. Confiaba en que Ruth no se diese cuenta de su desaparición. Debido a la insistencia del teléfono, Eddie había recorrido a toda prisa el pasillo de la planta baja con Ruth en brazos. Tal vez la chiquilla no se había fijado en los rectángulos, más oscuros, de papel no descolorido. En las paredes también destacaban los ganchos para colgar cuadros, pues Marion no se había molestado en retirarlos.

Era Alice, en efecto, y Eddie le pidió que acudiera cuanto antes. Entonces colocó a Ruth a horcajadas sobre sus hombros y, sujetándola bien, subió corriendo las escaleras.

—¡Es una carrera hacia la bañera! —le dijo Eddie—. ¿Qué bañera quieres? ¿La de tus papis, la mía, otra...?

—¡Tu bañera! —gritó Ruth.

Llegó al largo pasillo del piso superior, donde le sorprendió ver la intensidad con que resaltaban los ganchos en las paredes. Unos eran negros, otros dorados y plateados. La fealdad de todos ellos era evidente. Daba la impresión de que la casa estaba infestada de escarabajos metálicos.

—¿Has visto eso? —le preguntó Ruth.

Pero Eddie, corriendo todavía, la llevó a su dormitorio en el extremo del pasillo y al baño, donde colgó la fotografía de Marion en el Hôtel du Quai Voltaire, exactamente en el mismo lugar donde estaba a comienzos del verano.

Eddie abrió el grifo de la bañera mientras ayudaba a Ruth a desvestirse, una operación difícil, porque la pequeña seguía mirando las paredes del baño mientras el muchacho le quitaba la camiseta. Salvo por la foto de Marion en París, las paredes estaban desnudas. Las demás fotografías habían desaparecido. Los ganchos de los que habían pendido parecían más numerosos de lo que eran. Eddie tenía la sensación de que aquellos ganchos correteaban por las paredes.

—¿Dónde están las otras fotos? —preguntó Ruth mientras Eddie la introducía en la bañera, aún medio vacía.

—A lo mejor tu mamá las ha cambiado de sitio —respondió Eddie—. Mírate..., ¡tienes arena en los dedos de los pies, en el pelo y hasta en las orejas!

—También tengo arena en la rajita —observó Ruth—. Siempre me pasa.

—Ah, sí... —dijo Eddie—. Es un buen momento para bañarte, claro que sí.

—Sin champú —insistió Ruth.

—Pero tienes arena en el pelo.

La bañera tenía un accesorio europeo, una ducha de teléfono con la que Eddie empezó a mojar a la niña mientras ella chillaba.

—¡Sin champú!

—Sólo un poco de champú —le dijo Eddie—. Anda, cierra los ojos.

—¡También me entra en los oídos! —gritó la pequeña.

—Creía que eras valiente. ¿No lo eres?

En cuanto Eddie terminó con el champú, Ruth dejó de llorar, y el muchacho permitió que jugara con la ducha de teléfono hasta que le dejó empapado.

—¿Adónde se ha llevado mamá las fotos? —inquirió Ruth.

—No lo sé —admitió Eddie. (Aquella noche, incluso antes de que oscureciera, esa respuesta se habría convertido en un estribillo.)

—¿También ha quitado las fotos de los pasillos?

—Sí, Ruth.

—¿Por qué?

—No lo sé —repitió él.

Ruth señaló las paredes del baño.

—Pero mamá no ha quitado esas cosas —observó—. ¿Cómo se llaman?

—Se llaman ganchos para colgar cuadros —dijo Eddie.

—¿Por qué no los ha quitado?

—No lo sé —respondió Eddie, una vez más.

Al vaciarse el agua de la bañera, donde la niña estaba de pie, la bañera apareció llena de arena. Ruth se echó a temblar en cuanto Eddie la depositó en la alfombrilla de baño.

Mientras la secaba, Eddie se preguntó cómo le desenredaría el cabello, que era muy largo y estaba lleno de nudos. Se distrajo tratando de recordar, palabra por palabra, lo que había escrito para Penny Pierce. También intentó imaginar cuál sería la reacción de Ted al leer ciertas frases, por ejemplo: «Calculo que Marion y yo hemos hecho el amor unas sesenta veces». Y después de esa frase había otras: «Cuando Ruth vuelva a casa, la madre y las fotos habrán desaparecido. Sus hermanos muertos y su madre se habrán marchado».

Al recordar su conclusión, palabra por palabra, Eddie se preguntó si Ted apreciaría el eufemismo: «He pensado que probablemente esta noche la niña necesitará algo que poner al lado de su cama», había escrito Eddie. «No habrá ninguna otra foto, ninguna de esas imágenes a las que se ha acostumbrado. He pensado que si tuviera una de su madre, en especial...»

Eddie ya había envuelto a Ruth en una toalla antes de que viera a Ted en el umbral del baño. En un intercambio sin palabras, Eddie alzó a la niña y se la tendió a su padre, mientras Ted le devolvía al muchacho las páginas que había escrito.

—¡Papi! ¡Papi! —exclamó Ruth—. ¡Mamá ha cambiado de sitio todas las fotos! Pero no los... ¿cómo se llaman? —preguntó a Eddie.

—Los ganchos para colgar cuadros.

—Eso —dijo Ruth—. ¿Por qué lo ha hecho? —preguntó la niña a su padre.

—No lo sé, Ruthie.

—Voy a darme una ducha rápida —le dijo Eddie a Ted.

—Sí, que sea rápida —replicó Ted, y salió con su hija al pasillo.

—Mira todos los... ¿cómo se llaman?

—Ganchos para colgar cuadros, Ruthie.

Sólo después de ducharse, Eddie observó que Ted y Ruth habían retirado de la pared del baño la fotografía de Marion. Debían de haberla llevado al cuarto de Ruth. Al muchacho le fascinaba constatar que lo que había puesto por escrito se estaba haciendo realidad. Quería estar a solas con Ted, decirle todo lo que Marion le había pedido que dijera y cuanto él pudiera añadir. Quería dañar a Ted con el mayor número de verdades posible. Pero al mismo tiempo deseaba mentirle a Ruth. Durante treinta y siete años desearía mentirle, decirle cualquier cosa que la hiciera sentirse mejor.

Una vez vestido, Eddie metió las páginas que había escrito en su bolsa de lona. No tardaría en marcharse y quería estar seguro de que llevaba aquel texto consigo. Pero le sorprendió descubrir que la bolsa no estaba vacía: en el fondo se hallaba la rebeca de cachemira rosa de Marion, y también la camisola de color lila y las bragas a juego, a pesar de su observación de que el lila y el rosa no era una combinación acertada. Marion sabía que el escote y el encaje era lo que atraía a Eddie.

El muchacho revolvió el contenido de la bolsa, confiando en encontrar más cosas, tal vez una carta de Marion para él, pero lo que encontró le sorprendió tanto como el descubrimiento de las prendas femeninas. Era el aplastado regalo en forma de hogaza de pan que su padre le había dado cuando subió al transbordador con destino a Long Island. Era el regalo para Ruth, con el envoltorio mucho más arrugado, pues se había pasado todo el verano en la bolsa de lona. Eddie creyó que no era el momento de dárselo a Ruth, fuera lo que fuese.

De repente se le ocurrió otro uso de las páginas que había escrito para Penny Pierce y había mostrado a Ted. Cuando llegara Alice, aquellas páginas serían útiles para ponerla al corriente. Sin duda la niñera necesitaba estar informada, por lo menos si iba a mostrarse sensible a lo que Ruth sentiría. Eddie dobló las páginas y se las guardó en un bolsillo trasero del pantalón. Los tejanos estaban un poco húmedos, debido a que se los había puesto sobre el bañador mojado cuando se marchó con Ruth de la playa. El billete de diez dólares que le había dado Marion también estaba un poco húmedo, así como la tarjeta de visita que le diera Penny Pierce con su número de teléfono particular anotado a mano. Guardó ambas cosas en la bolsa de lona, pues tenían ya la categoría de recuerdos del verano de 1958. Empezaba a comprender que aquel verano constituía una divisoria en su vida, y que era un legado que Ruth llevaría consigo durante tanto tiempo como llevara la cicatriz.

Pensó en lo desventurada que era la niña, sin darse cuenta de que esa desventura también trazaba una divisoria. A los dieciséis años, Eddie O'Hare había dejado de ser un adolescente, en el sentido de que ya no estaba absorto en sí mismo, sino que le preocupaba otra persona. Se prometió que durante el resto del día y aquella noche haría lo que hizo y diría lo que dijo por Ruth. Fue al dormitorio de la niña, donde Ted ya había colgado la fotografía de Marion con los pies de sus hijos de uno de las numerosos ganchos en las desnudas paredes del cuarto.

—¡Mira, Eddie! —exclamó la niña, señalando la foto de su madre.

—Ya veo —le dijo Eddie—. Ahí queda muy bien.

Oyeron la voz de una mujer que llamaba desde el pie de la escalera.

—¡Hola! ¿Hay alguien?

—¡Mami! —gritó Ruth.

—¿Marion? —inquirió Ted.

—Es Alice —les dijo Eddie.

El muchacho detuvo a la niñera cuando ésta se hallaba a mitad de la escalera.

—Ocurre algo de lo que tienes que estar informada, Alice —dijo a la universitaria, tendiéndole las hojas—. Será mejor que leas esto.

Ah, la autoridad de la palabra escrita...

## Una niña sin madre

Una criatura de cuatro años tiene una comprensión limitada del tiempo. Desde el punto de vista de Ruth, sólo era evidente que faltaban su madre y las fotografías de sus hermanos muertos. Pronto se le ocurriría preguntar cuándo iban a volver su madre y las fotos.

La ausencia de Marion daba una sensación de permanencia, hasta para una pequeña de cuatro años. Incluso la luz del atardecer, tan duradera en la costa, parecía prolongarse más de lo habitual aquella tarde de viernes, como si nunca fuera a hacerse de noche. Y la presencia de los ganchos, por no mencionar aquellos rectángulos más oscuros que resaltaban en el empapelado desvaído, contribuía a dar la impresión de que las fotografías habían desaparecido para siempre.

Habría sido mejor que Marion hubiera dejado las paredes completamente desnudas, pues los ganchos eran como un mapa de una ciudad querida pero destruida. Al fin y al cabo, las fotografías de Thomas y Timothy eran los principales relatos en la vida de Ruth, hasta que *El ratón que se arrastra entre las paredes* se sumó a ellos. Tampoco podía servirle a Ruth de consuelo la única y tan insatisfactoria respuesta a sus numerosas preguntas.

La pregunta de «¿Cuándo volverá mamá?» no obtenía una respuesta mejor que el estribillo «No lo sé», que Ruth había oído repetir a su padre, a Eddie y, más recientemente, a la escandalizada niñera, la cual, tras haber leído las páginas de Eddie, no pudo recuperar la confianza que antes caracterizaba su personalidad y repetía las patéticas palabras «no lo sé» en un susurro apenas audible.

La pequeña seguía haciendo preguntas. ¿Dónde estaban ahora las fotos? ¿Se había roto algún cristal? ¿Cuándo volvería mamá?

Dada la limitada comprensión que Ruth tenía del tiempo, ¿qué respuestas la habrían consolado? Tal vez «mañana» habría servido, pero sólo hasta que hubiera transcurrido el día siguiente. Luego Marion seguiría ausente. En cuanto a la semana o al mes siguientes, para la pequeña sería lo mismo que si le dijeran el año próximo. Contarle la verdad no la habría consolado y, además, tampoco la hubiera comprendido. La madre de Ruth no iba a regresar, no lo haría hasta pasados treinta y siete años.

—Supongo que Marion no piensa volver —le dijo Ted a Eddie cuando por fin estuvieron solos.

—Eso es lo que ella dice —replicó Eddie.

Estaban en el cuarto de trabajo de Ted, donde éste ya se había servido algo de beber. También había telefoneado al doctor Leonardis y cancelado el partido de squash. («Hoy no puedo jugar, Dave..., mi mujer me ha dejado.») Eddie se sintió impulsado a decirle que Marion había tenido la certeza de que el doctor Leonardis le llevaría a casa desde Southampton. Cuando Ted replicó que había ido a la librería, Eddie experimentó su primera y única experiencia religiosa.

Durante siete años, casi ocho (mientras cursara los estudios superiores, pero ya no en la escuela para graduados universitarios), Eddie O'Hare sentiría una religiosidad discreta pero sincera, porque creía que Dios o algún poder celestial tenía que haber impedido que Ted viera el Chevy, que estaba aparcado en diagonal frente a la librería, durante todo el rato en que él y Ruth estuvieron en la tienda de marcos de Penny Pierce tratando de recuperar la fotografía. (Si eso no era un milagro, ¿qué era?)

—Bueno, ¿dónde está? —le preguntó Ted, haciendo tintinear los cubitos de hielo de su bebida.

—No lo sé —repondió Eddie.

—¡No me mientas! —gritó Ted y, sin detenerse siquiera a dejar el vaso, abofeteó al muchacho con la mano libre.

Eddie hizo lo que Marion le había indicado. Cerró el puño, titubeando, porque nunca había pegado a nadie, y entonces golpeó a Ted en la nariz.

—¡Coño! —gritó Ted. Dio varias vueltas, derramando la bebida, y se aplicó el vaso frío a la nariz—. Te he pegado con la mano abierta, con la palma, y tú me das un puñetazo en la nariz. ¡No te jode!

—Marion dijo que eso te calmaría —observó Eddie.

—Marion lo dijo, ¿eh? ¿Y qué más dijo?

—Trato de decírtelo. Dijo que no es necesario que recuerdes nada de lo que digo, porque su abogado te lo dirá todo otra vez.

—¡Si cree que tiene la más mínima posibilidad de conseguir la custodia de Ruth, está aviada! —gritó Ted.

—No espera conseguir la custodia de Ruth —le explicó Eddie—. No se propone intentarlo.

—¿Te ha dicho eso?

—Me ha dicho todo lo que te estoy diciendo —replicó Eddie.

—¿Qué clase de madre es ésa que ni siquiera trata de conseguir la custodia de su hija? —gritó Ted.

—Eso no me lo ha dicho —admitió Eddie.

—Por Dios... —empezó a decir Ted.

—Hay otra cosa sobre la custodia —le interrumpió Eddie—. Tienes que controlar la bebida. No debe haber otra condena por conducción en estado de embriaguez. Si vuelve a ocurrir eso, podrías perder la custodia de Ruth. Marion quiere estar segura de que Ruth no corre peligro si va en coche contigo...

—¿Quién es ella para decir que yo puedo ser un peligro para Ruth? —gritó Ted.

—Estoy seguro de que el abogado te lo explicará —dijo Eddie—. Sólo te digo lo que Marion me ha dicho.

—Después del verano que ha pasado contigo, ¿quién escuchará a Marion? —inquirió Ted.

—Me advirtió que dirías eso y me aseguró que conoce a no pocas señoras Vaughn que estarían dispuestas a testificar si fuese necesario. Pero no espera obtener la custodia de Ruth. Sólo te digo que debes tener cuidado con la bebida.

—Muy bien, muy bien —dijo Ted, apurando el vaso—. Pero, joder, ¿por qué tenía que llevarse todas las fotografías? Están los negativos, podía habérselos llevado y sacar sus propias fotos.

157

—También se ha llevado los negativos —le informó Eddie.

—¡No puede ser! —gritó Ted.

Salió de su cuarto de trabajo, seguido por el muchacho. Los negativos habían estado, con las instantáneas originales, metidos en un centenar de sobres, más o menos, todos ellos en el escritorio de tapa rodadera que ocupaba un hueco entre la cocina y el comedor. Era el escritorio ante el que se sentaba Marion cuando extendía los cheques para pagar facturas. Ahora Ted y Eddie constataron que incluso el escritorio había desaparecido.

—Me había olvidado de eso —admitió Eddie —. Dijo que era su escritorio, el único mueble que quería.

—¡El maldito escritorio me importa una mierda! —gritó Ted—. Pero no puede llevarse las fotografías y los negativos. ¡También eran mis hijos!

—Marion dijo que dirías eso —replicó Eddie—. Dijo que tú querías quedarte con Ruth y ella no. Ahora tienes a Ruth y ella tiene a los chicos.

—Deberíamos haber repartido las fotos entre los dos, por el amor de Dios. ¿Y qué pasa con Ruth? ¿No debería quedarse ella con la mitad de las fotos?

—Marion no planteó esa posibilidad —confesó Eddie—. Sin duda el abogado te dará todas las explicaciones precisas.

—Marion no llegará tan lejos —dijo Ted—. Incluso el coche está a mi nombre..., los dos coches lo están.

—El abogado te dirá dónde está el Mercedes —le informó Eddie—. Marion le enviará las llaves al abogado y él te dirá dónde está aparcado el coche. Dijo que ella no lo necesitaba.

—Pero bien necesitará dinero —observó Ted en un tono malévolo—. ¿De dónde lo sacará?

—Dijo que el abogado te hablará de sus necesidades económicas.

—¡Joder! —exclamó Ted.

—De todos modos teníais intención de divorciaros, ¿no?

—¿Esa pregunta es tuya o de Marion?

—Mía —admitió Eddie.

—Cíñete a lo que Marion te ha pedido que dijeras.

—No me pidió que fuese a buscar esa fotografía —le dijo el muchacho—. Eso ha sido idea de Ruth y mía. Ruth lo pensó primero.

—Pues ha sido una buena idea —admitió Ted.

—Pensé en Ruth —le dijo Eddie.

—Lo sé, y te lo agradezco.

Entonces se quedaron en silencio unos instantes. Les llegaba la voz de Ruth, que acosaba sin cesar a la niñera. En aquellos momentos Alice parecía más próxima al desmoronamiento que Ruth.

—¿Y ésta, qué? ¡Cuéntamela! —exigía la pequeña.

Ted y Eddie sabían que Ruth debía de haber señalado uno de los ganchos. La chiquilla quería que la niñera le contara la historia evocada por la fotografía desaparecida. Por supuesto, Alice no recordaba cuál de las fotografías había colgado del gancho que Ruth señalaba. En cualquier caso, Alice desconocía las explicaciones que correspondían a la mayoría de las fotos.

—¡Cuéntamela! —insistió Ruth—. Háblame de ésta.

—Lo siento, Ruth, pero no sé esa historia —replicó Alice.

—Ahí está Thomas con el sombrero alto —le dijo Ruth, malhumorada, a la niñera—. Timothy trata de alcanzar el sombrero de Thomas, pero no puede porque Thomas está encima de una pelota.

—Ah, ya me acuerdo —dijo Alice.

Eddie se preguntó durante cuánto tiempo Ruth lo recordaría. Vio que Ted se estaba sirviendo otro vaso.

—Timothy dio una patada a la pelota y Thomas se cayó —siguió explicando Ruth—. Thomas se enfadó y empezaron a pelearse. Thomas ganaba todas las peleas porque Timothy era más pequeño.

—¿Salía la pelea en la fotografía? —le preguntó Alice.

Eddie sabía que la pregunta era errónea.

—¡No, tonta! —gritó Ruth—. ¡La pelea fue después de hacer la foto!

—Ah —dijo Alice—, perdona.

—¿Quieres un trago? —preguntó Ted a Eddie.

—No. Deberíamos ir a la casa vagón y ver si Marion ha dejado algo allí.

—Buena idea —dijo Ted—. Tú conduces.

Al principio no encontraron nada en la deprimente casa alquilada. Marion se había llevado las pocas prendas de vestir que guardaba allí, aunque Eddie sabía, y apreciaría durante toda su vida, lo que había hecho con la rebeca de cachemira rosa, la camisola de color lila y las bragas a juego. De las pocas fotografías que Marion llevó aquel verano a la casa vagón, habían desaparecido todas menos una. Sólo había dejado la foto de los chicos muertos que colgaba sobre la cabecera de la cama: Thomas y Timothy en la entrada del edificio principal del instituto, en el umbral de la virilidad, durante su último año en Exeter.

HVC VENITE PVERI
VT VIRI SITIS

«Venid acá, muchachos...», había traducido Marion, en un susurro, «... y sed hombres.»

Era la fotografía que señalaba el lugar donde se había producido la iniciación sexual de Eddie. Había un trocito de papel fijado al cristal con cinta adhesiva. La caligrafía de Marion era inequívoca.

«Para Eddie»

—¿Cómo que para ti? —gritó Ted. Arrancó la nota fijada al cristal y eliminó con una uña el resto de cinta adhesiva—. No, Eddie, esto no es para ti. Se trata de mis hijos. ¡Es la única foto que me queda de ellos!

Eddie no discutió. Podía recordar perfectamente las palabras latinas sin necesidad de la foto. Tenía que estudiar dos años más en Exeter, y a menudo pasaría por aquel portal y bajo aquella inscripción. Tampoco le hacía falta una foto de Thomas y Timothy, no era a ellos a quienes necesitaba recordar. Recordaría a Marion sin necesidad de sus hijos. La había conocido sin ellos, aunque tenía que admitir que los chicos muertos siempre habían estado presentes en su relación.

—La foto es tuya, claro —dijo Eddie.

—Faltaría más —replicó Ted—. ¿Cómo se le ha pasado por la cabeza la idea de dártela?

—No lo sé —mintió Eddie.

En un solo día, las palabras «no lo sé» se habían convertido en la respuesta de todo el mundo a todas las cosas.


Así pues, la fotografía de Thomas y Timothy en la entrada de Exeter acabó en manos de Ted. Los chicos muertos estaban allí mejor representados que en la vista parcial (a saber, sus pies) que ahora pendía en el dormitorio de Ruth. Ted pondría la foto de los muchachos en el dormitorio principal, colgado de uno de los numerosos ganchos disponibles que cubrían las paredes.

Cuando Ted y Eddie abandonaron el destartalado pisito encima del garaje, Eddie se llevó consigo sus pocas pertenencias, pues deseaba hacer el equipaje. Esperaba que Ted le pidiera que se marchara, y su patrono no tardó en hacerlo: se lo dijo en el coche, cuando regresaban a la casa de Parsonage Lane.

—¿Qué es mañana? ¿Sábado? —inquirió.

—Sí, sábado.

—Quiero que te marches mañana. El domingo a más tardar.

—De acuerdo —dijo Eddie—. Sólo necesito que alguien me lleve al transbordador.

—Alice puede llevarte.

Eddie decidió que no sería prudente decirle a Ted que Marion ya había pensado que Alice sería la persona más adecuada para trasladarle a Orient Point.

Cuando llegaron a la casa, Ruth, cansada después de tanto llorar, se había dormido. No había querido cenar, y ahora Alice lloraba quedamente en el piso de arriba. Para ser universitaria, la niñera parecía muy afectada por la situación. Eddie no sentía demasiada simpatía hacia ella, y la consideraba una esnob que se había apresurado a imponer su pretendida superioridad sobre él. (Para el muchacho, la única superioridad de Alice estribaba en que era unos años mayor que él.)

Ted ayudó a Alice a bajar las escaleras y le dio un pañuelo limpio para que se sonara.

—Lamento haberte dado esta desagradable sorpresa, Alice —le dijo, pero la niñera no se consolaba.

—Mi padre abandonó a mi madre cuando yo era pequeña —dijo Alice, sorbiendo el aire por la nariz—. Así que renuncio. Eso es todo..., renuncio. Y tú también deberías tener la decencia de renunciar —añadió, dirigiéndose a Eddie.

—En mi caso es un poco tarde para renunciar, Alice —replicó Eddie—. Me han despedido.

—Desconocía esos aires de superioridad, Alice —le dijo Ted a la joven.

—Alice se ha mostrado arrogante conmigo durante todo el verano —comentó Eddie.

A Eddie no le gustaba ese aspecto del cambio que se producía en su interior. Junto con la autoridad, con el hallazgo de su propia voz, también había desarrollado un gusto por una clase de crueldad de la que antes había sido incapaz.

—Soy moralmente superior a ti, Eddie, de eso no tengo duda —le dijo la niñera.

—Moralmente superior... —repitió Ted—. ¡Menudo concepto! ¿Te sientes alguna vez «moralmente superior», Eddie?

—Sí, sólo con respecto a ti —replicó el muchacho.

—¿Te das cuenta, Alice? —inquirió Ted—. ¡Todo el mundo se siente moralmente superior con respecto a alguien!

Eddie no se había dado cuenta de que Ted ya estaba bebido.

Con lágrimas en los ojos, Alice subió a su coche. Eddie y Ted la contemplaron mientras se alejaba.

—Allá va la que debía llevarme al transbordador —señaló Eddie.

—De todos modos, quiero que te marches mañana —le dijo Ted.

—Muy bien, pero no puedo ir andando a Orient Point. Y tú no puedes llevarme.

—Eres un chico listo, ya encontrarás a alguien que te lleve.

—Tú eres el que tiene talento para conseguir que te lleven —replicó Eddie.

Podrían pasarse toda la noche zahiriéndose, y ni siquiera había oscurecido todavía. Era demasiado temprano para que Ruth se hubiera dormido. Ted, preocupado, se preguntó en voz alta si debía despertarla e intentar convencerla de que cenara algo. Pero cuando entró de puntillas en el cuarto de Ruth, la niña estaba trabajando ante su caballete. O se había despertado, o había engañado a Alice haciéndole creer que dormía.

Ruth dibujaba muy bien para su corta edad. Aún no se podía saber si esto era una señal de su talento o el efecto más modesto de la influencia paterna, pues Ted le había enseñado a dibujar ciertas cosas, sobre todo rostros. Era evidente que Ruth sabía dibujar un rostro. En realidad, sólo dibujaba caras. (De adulta no dibujaría nada en absoluto.)

Ahora la niña trazaba un dibujo desacostumbrado, con figuras a base de trazos rectos, de la variedad torpe y amorfa que dibujan los niños pequeños sin dotes artísticas. Había tres de aquellas figuras mal dibujadas, sin rostro y con óvalos como melones por cabeza. Encima de ellas, o tal vez detrás, pues la perspectiva no estaba clara, surgían varios montículos que parecían montañas. Pero Ruth era una niña de los patatales y el océano. Donde ella había crecido, todo era llano.

—¿Eso son montañas, Ruthie? —le preguntó Ted.

—¡No! —gritó la niña.

Ruth quiso que también Eddie se acercara a su dibujo, y Ted llamó al muchacho.

—¿Eso son montañas? —le preguntó Eddie al ver el dibujo.

—¡No! ¡No! ¡No! —gritó Ruth.

—No grites, Ruthie, cariño. —Ted señaló las figuras lineales sin rostro—. ¿Quiénes son, Ruthie?

—Personas *moridas* —respondió Ruth.

—¿Quieres decir que son personas muertas, Ruthie?

—Sí, personas *moridas* —repitió la niña.

—Ya veo..., son esqueletos —dijo su padre.

—¿Dónde están sus caras? —preguntó Eddie a la pequeña.

—Las personas *moridas* no tienen cara —respondió Ruth.

—¿Por qué no, cariño? —inquirió Ted.

—Porque las entierran —dijo Ruth—. Están debajo de la tierra.

Ted señaló los montículos que no eran montañas.

—Entonces esto es la tierra, ¿no?

—Sí. Las personas *moridas* están debajo. —Señaló la figura del centro, con la cabeza de melón—: Ésta es mamá.

—Pero mamá no ha muerto, cielo —le dijo Ted—. Mamá no es una persona *morida*.

—Y éste es Thomas y éste Timothy —siguió diciendo Ruth, señalando los otros esqueletos.

—Mamá no está muerta, Ruth, sólo se ha ido.

—Ésa es mamá —repitió Ruth, señalando de nuevo el esqueleto del centro.

—¿Qué te parece un emparedado de queso a la plancha con patatas fritas? —preguntó Eddie a la pequeña.

—Y ketchup —añadió Ruth.

—Buena idea, Eddie —dijo Ted al muchacho.

Las patatas fritas estaban congeladas, tuvieron que calentar previamente el horno y Ted estaba demasiado bebido para encontrar la sandwichera. No obstante, con la ayuda del ketchup, los tres lograron dar cuenta de aquella deplorable comida. Mientras oía cómo la niña y su padre subían la escalera, describiéndose mutuamente las fotografías desaparecidas, Eddie pensaba que, dadas las circunstancias, la cena había sido civilizada. A veces Ted se inventaba, o por lo menos describía, una fotografía que Eddie no recordaba haber visto, pero a Ruth no parecía importarle. La pequeña también inventó una o dos fotos.

Un día, cuando no pudiera recordar muchas de las fotos, lo inventaría casi todo. Y Eddie, mucho después de que hubiera olvidado casi todas las fotografías, también las inventaría. Sólo Marion no tendría necesidad de inventarse a Thomas y a Timothy. Ruth, por supuesto, pronto aprendería a inventarse también a su madre.

Mientras Eddie hacía el equipaje, Ruth y Ted hablaban sin cesar de las fotos, reales e imaginadas, y aquella cháchara impedía al muchacho concentrarse en su problema inmediato: ¿quién le llevaría a Orient Point para tomar el transbordador? Entonces dio con la lista de todos los exonianos vivos que residían en los Hamptons. El incorporado más recientemente a la lista, un tal Percy S. Wilmot, graduado en 1946, vivía en la cercana localidad de Wainscott.

Eddie debía de tener la edad de Ruth cuando el señor Wilmot se graduó en Exeter, pero era posible que aquel caballero recordara al padre de Eddie. ¡Sin duda todo exoniano por lo menos había oído hablar de Minty O'Hare! Pero ¿valdría la relación con Exeter un viaje a Orient Point? Eddie lo dudaba. No obstante, se dijo que al menos sería instructivo telefonear a Percy Wilmot, aunque sólo fuese para fastidiar a su padre, por el gustazo de decirle a Minty: «Mira, llamé a todos los exonianos vivos en los Hamptons, rogándoles que me llevaran al transbordador, ¡y todos se negaron!».

Pero cuando Eddie bajó a la cocina para llamar por teléfono, vio en el reloj de pared que era casi medianoche. Sería más prudente llamar al señor Wilmot por la mañana. Sin embargo, a pesar de lo tarde que era, no vaciló en llamar a sus padres. Eddie sólo podía sostener una breve conversación con su padre si éste estaba medio dormido. El muchacho deseaba que la conversación fuese breve, porque Minty se excitaba con facilidad incluso cuando estaba medio dormido.

—Todo va bien, papá —le dijo Eddie—. No, no pasa nada. Sólo quería que mañana tú o mamá estéis cerca del teléfono, por si llamo. Si consigo que me lleven al transbordador, llamaré antes de salir.

—¿Te han despedido? —le preguntó Minty. Eddie oyó que susurraba a su madre: «Es Edward. ¡Creo que lo han despedido!».

—No, no me han despedido —mintió Eddie—. He terminado el trabajo.

Naturalmente, Minty no se conformó con esa explicación, e insistió en que no había imaginado que uno pudiera «terminar» aquella clase de trabajo. Minty también calculó que, para desplazarse a New London desde Exeter, necesitaría media hora más de lo que necesitaría Eddie para ir a Orient Point desde Sagaponack y embarcar en el transbordador con destino a New London.

—Entonces te esperaré en New London, papá.

Como conocía a Minty, Eddie sabía también que, incluso avisándole con tan poca antelación, su padre le estaría esperando en el muelle de New London. Le acompañaría su madre: ella sería esta vez la «copiloto».

Tras la llamada telefónica, Eddie salió al jardín. Necesitaba librarse de los murmullos procedentes del piso superior, donde Ted y Ruth todavía recitaban las historias suscitadas por las fotos desaparecidas, tanto las que se sabían de memoria como las que imaginaban. En el fresco jardín, con la cacofonía de los grillos y las ranas arborícolas, unida al fragor distante del oleaje, las voces de padre e hija se perdieron.

Eddie había acertado a oír una sola discusión entre Ted y Marion, y ocurrió en aquel jardín espacioso pero descuidado. Marion lo llamaba un «jardín en gestación», pero sería más exacto decir que era un jardín inmovilizado por el desacuerdo y la indecisión. Ted había querido instalar una piscina. Marion se opuso, diciendo que ofrecerle una piscina a Ruth sería mimarla demasiado, o que se ahogaría en ella.

—No le ocurrirá tal cosa, con todas las niñeras que la cuidan... —argumentó Ted, lo cual Marion interpretó como otra severa crítica de su valía maternal.

Ted también había querido instalar una ducha al aire libre, próxima a la pista de squash en el granero transformado y, al mismo tiempo, lo bastante cerca de la piscina, a fin de que los niños, al volver de la playa, pudieran quitarse la arena antes de meterse en la piscina.

—¿Qué niños? —le preguntó Marion.

—Por no decir antes de entrar en la casa —añadió Ted.

Detestaba que hubiera arena en la casa. Ted jamás iba a la playa, excepto en invierno, después de las tormentas. Le gustaba ver lo que quedaba en la orilla después de las tormentas, y a veces se llevaba a casa algunos de aquellos objetos para dibujarlos. (Madera de acarreo de formas peculiares, el caparazón de un cangrejo bayoneta, una cometa con la cara como una máscara de Halloween y la cola con púas, una gaviota muerta.)

Marion sólo iba a la playa si Ruth quería ir y era sábado o domingo, o si, por alguna razón, no había ninguna niñera para cuidar de la niña. A Marion no le gustaba demasiado el sol, y en la playa se cubría con una camisa de manga larga. Se ponía una gorra de béisbol y gafas de sol, de modo que nadie sabía nunca quién era, y se sentaba para contemplar a Ruth mientras ésta jugaba en la orilla. Cierta vez le dijo a Eddie que, cuando estaba en la playa, no era tanto una madre como una niñera; es más, que se interesaba menos por la niña que una buena niñera.

Ted había querido que la ducha al aire libre tuviera varias alcachofas, de modo que tanto él como su contrincante en el juego de squash pudieran ducharse a la vez, «como en un vestuario», había dicho. «O para que todos los niños puedan ducharse juntos.»

—¿Qué niños? —repitió Marion.

—Bueno, pues Ruth y su niñera —replicó Ted.

El césped del descuidado jardín cedió el paso a un campo abandonado lleno de altas hierbas y margaritas. Ted creía que hacía falta más césped y alguna clase de barrera para que los vecinos no le vieran a uno cuando se bañaba en la piscina.

—¿Qué vecinos? —le preguntó Marion.

–Algún día habrá muchos más vecinos –respondió Ted, y en eso tenía razón.

Pero ella había querido un tipo distinto de jardín. Le gustaba el campo de altas hierbas y margaritas, y no le habría desagradado que hubiera más flores silvestres. Le gustaba el aspecto de un jardín asilvestrado, y tal vez un emparrado, pero dejando que las enredaderas se extendieran sin ninguna cortapisa. Y debería haber menos césped, no más, y más flores, pero no flores remilgadas.

–Remilgadas... –dijo Ted despectivamente.

–Las piscinas son remilgadas –afirmó Marion–, y si hay más césped, parecerá un campo atlético. ¿Para qué necesitamos un campo atlético? ¿Es que Ruth va a lanzar una pelota o a darle puntapiés con todo un equipo?

–¿Querrías más césped si los chicos vivieran? –le dijo Ted–. A ellos les gustaba jugar a la pelota.

Así había terminado la discusión. El jardín se quedó como estaba. Si no era exactamente un «jardín en gestación», por lo menos era un jardín sin terminar.

En la oscuridad, mientras escuchaba a los grillos, las ranas arborícolas y la percusión distante del oleaje, Eddie imaginaba en qué acabaría convirtiéndose el jardín. Oyó el tintineo de los cubitos de hielo en el vaso antes de ver a Ted y antes de que éste le viera.

La planta baja de la casa estaba a oscuras. Sólo había luz en el corredor del piso de arriba, en la habitación de invitados, donde Eddie la había dejado encendida, y en el dormitorio principal, donde la lámpara de la mesilla de noche iluminaba débilmente la estancia para tranquilizar a Ruth. Eddie se hacía cruces de cómo Ted había podido prepararse otra bebida en la oscuridad.

–¿Duerme Ruth? –le preguntó Eddie.

–Sí, por fin –dijo Ted–. La pobre niña.

Siguió agitando el vaso con los cubitos de hielo y tomando sorbos. Por tercera vez le ofreció un trago a Eddie, y éste lo rechazó.

–Por lo menos tómate una cerveza, hombre –dijo Ted–. Dios mío..., mira este jardín.

Eddie decidió tomarse una cerveza. Era la primera vez que lo hacía. Sus padres, en ocasiones especiales, cenaban con vino, y permitían al muchacho que bebiera con ellos. A Eddie nunca le había gustado el vino.

La cerveza estaba fresca, pero tenía un sabor amargo, y Eddie no se la terminó. No obstante, acercarse al frigorífico para buscarla y volver, dejando encendida la luz de la cocina, había interrumpido la corriente de pensamientos de Ted, quien se había olvidado del jardín y volvía a centrarse en Marion.

—No puedo creer que no quiera la custodia de su hija.

—No sé si se trata de eso —dijo Eddie—. No es que no quiera a Ruth. Lo que pasa es que Marion no quiere ser una mala madre..., cree que hará mal papel.

—¿Qué clase de madre abandona a su hija? —preguntó Ted al muchacho—. ¡Eso sí que es hacer mal papel!

—Cierta vez me dijo que quería ser escritora —observó Eddie.

—Marion es escritora, pero no practica —comentó Ted.

Marion le había dicho a Eddie que no podía recurrir a sus pensamientos más íntimos cuando en lo único que pensaba era en la muerte de sus chicos.

—Creo que Marion todavía quiere ser escritora —le dijo Eddie con cautela—, pero la muerte de los chicos es su único tema. Quiero decir que es el único tema que se le ocurre y no puede escribir sobre eso.

—A ver si te sigo, Eddie —replicó Ted—. Veamos... Marion se lleva todas las fotos de los chicos a su alcance, junto con todos los negativos, y se marcha para ser escritora, porque la muerte de los chicos es el único tema que se le ocurre, pero no puede escribir sobre eso. Sí..., tiene mucho sentido, ¿verdad?

—No lo sé. —Toda teoría sobre Marion presentaba siempre algún fallo, una brecha en lo que cualquiera sabía o decía de ella—. No la conozco lo suficiente para juzgarla.

—Voy a decirte una cosa, Eddie. Tampoco yo la conozco lo suficiente para juzgarla.

Eddie podía creerlo, pero no estaba dispuesto a permitir que Ted se sintiera virtuoso.

—No olvides que es a ti a quien abandona realmente —señaló Eddie—. Supongo que ella te conocía muy bien.

—¿Quieres decir lo bastante bien para juzgarme? ¡Sí, claro! —convino Ted. Ya había tomado más de la mitad de su bebida. Chupaba los cubitos de hielo, los escupía en el vaso y entonces bebía un poco más—. Pero también te abandona a ti, ¿no es cierto, Eddie? —le preguntó al muchacho—. No esperarás que te llame para tener una cita, ¿verdad?

—No, no espero tener noticias de ella —admitió Eddie.

—Bueno..., yo tampoco —dijo Ted. Escupió varios cubitos en el vaso—. Uf, esto sabe fatal.

—¿Tienes dibujos de Marion? —le preguntó Eddie de improviso—. ¿La has dibujado alguna vez?

—Hace mucho tiempo. ¿Quieres verlos?

Incluso en la semioscuridad, pues la única luz en el jardín procedía de las ventanas de la cocina, Eddie percibió la renuencia de Ted.

—Claro —le dijo, y siguió a Ted al interior de la casa.

Encendieron la luz del vestíbulo y entraron en el cuarto de trabajo de Ted. El brillo de las lámparas fluorescentes del techo era muy intenso tras la oscuridad del jardín.

Había, en conjunto, menos de una docena de dibujos de Marion. Al principio Eddie creyó que, debido a la luz, los dibujos parecían poco naturales.

—Éstos son los únicos que conservo —replicó Ted, poniéndose a la defensiva—. A Marion nunca le gustó posar.

También era evidente que Marion no quiso desvestirse, pues entre los dibujos no había ningún desnudo, o por lo menos Ted no conservaba ninguno. Marion aparecía sentada con Thomas y Timothy, y debía de ser muy joven, porque los niños eran muy pequeños, pero para Eddie la belleza de Marion era atemporal. Aparte de su encanto, lo que Ted había captado realmente era su retraimiento. Sobre todo cuando estaba sentada a solas, parecía distante, incluso fría.

Entonces Eddie comprendió cuál era la diferencia entre los dibujos de Marion y los demás dibujos de Ted, en particular los de la señora Vaughn. Los primeros no reflejaban la inquieta lujuria del artista. A pesar de lo antiguos que eran los dibujos de Marion, Ted ya no sentía ningún deseo por ella. Por eso Marion no parecía ella misma..., o al menos no se lo parecía a Eddie, que sentía por Marion un deseo ilimitado.

—Si quieres uno, puedes quedártelo —le ofreció Ted.

El muchacho no quería ninguno de aquellos dibujos, pues no representaban a la Marion que él conocía.

—Creo que Ruth debería quedárselos —respondió.

—Buena idea. Estás lleno de buenas ideas, Eddie.

Ambos repararon en el color de la bebida de Ted. El contenido del vaso, casi vacío, tenía un tono tan sepia como el del agua del surtidor de la señora Vaughn. En la cocina, a oscuras, Ted se había equivocado de bandeja y había añadido al whisky con agua cubitos de tinta de calamar, que se habían semifundido en el vaso. Los labios, la lengua e incluso los dientes de Ted tenían un color pardo negruzco.

A Marion le hubiera gustado la escena: Ted de rodillas ante la taza del váter. Desde el cuarto de trabajo, donde seguía mirando los dibujos, el muchacho oyó cómo vomitaba.

—Mierda... —decía Ted, entre arcadas—. No voy a tomar más cosas fuertes. De ahora en adelante sólo beberé vino y cerveza.

A Eddie le extrañó que no mencionara la tinta de calamar. Había sido eso y no el whisky lo que le había provocado náuseas.

Poco le importaba a Eddie que Ted cumpliera o no su promesa, Sin embargo, tanto si lo hacía de una manera consciente como si no, prescindir del licor fuerte estaba en consonancia con la advertencia de Marion sobre la bebida. Ted Cole no volvería a perder temporalmente el permiso de conducir por dar positivo en la prueba de alcoholemia. No siempre conducía sin haber probado una sola gota de alcohol, pero por lo menos nunca bebía cuando llevaba a Ruth en coche.

Lamentablemente, la moderación en la bebida no hacía más que exacerbar su faceta donjuanesca, cuyos efectos a largo plazo serían más arriesgados para él que la bebida.

En aquella ocasión, la escena parecía el final adecuado de una jornada larga y exasperante: Ted Cole de rodillas, vomitando en el váter. Eddie deseó las buenas noches a Ted en un tono de superioridad. Por descontado, Ted no pudo responderle debido a la violencia de su vómito.

El muchacho fue a comprobar cómo estaba Ruth, sin pensar que aquel breve atisbo de la niña, que dormía apaciblemente, sería el último durante más de treinta años. No podía saber que se marcharía antes de que Ruth se despertara.

Supuso que, por la mañana, le daría a Ruth el regalo de sus padres y un beso de despedida. Pero Eddie suponía demasiadas cosas. A pesar de su experiencia con Marion, todavía era un chico de dieciséis años que subestimaba la crudeza emotiva del momento, pues, a fin de cuentas, él no había conocido hasta entonces tales momentos. Y, desde el umbral del dormitorio de Ruth, mientras la veía dormir, a Eddie le resultaba fácil especular con que todo saldría bien.

Pocas cosas parecen menos afectadas por el mundo real que una criatura dormida.

## La pierna

Sucedió el penúltimo sábado de agosto de 1958. Hacia las tres de la madrugada, la dirección del viento cambió de sudoeste a nordeste y, en la oscuridad de su habitación, Eddie O'Hare dejó de oír el ruido del oleaje. Sólo un viento del sur podía transmitir el rugido del mar hasta Parsonage Lane. La frialdad del aire indicó a Eddie que era un viento del nordeste. Aunque parecía apropiado que en su última noche en Long Island tuviera la sensación de que era otoño, el muchacho no pudo despertarse del todo para levantarse de la cama y cerrar las ventanas del dormitorio. Se limitó a arrebujarse en la sábana y, exhalando sobre las manos frías y ahuecadas, intentó volver a dormirse profundamente.

Al cabo de unos instantes soñó que Marion aún dormía a su lado, pero que se levantaba de la cama para cerrar las ventanas. Eddie extendió el brazo, esperando encontrar el lugar cálido que sin duda Marion acababa de dejar, pero la cama estaba fría. Entonces, tras oír el cierre de las ventanas, oyó que las cortinas también se cerraban. Eddie nunca corría las cortinas y solía convencer a Marion de que las dejara abiertas. Le gustaba ver a Marion dormida a la tenue luminosidad que precede al amanecer.

Incluso en plena noche –y las tres de la madrugada lo es– había una débil luz en el dormitorio de Eddie, y por lo menos los contornos del apretado mobiliario se veían en la semioscuridad. La lámpara con el pie en forma de S que estaba sobre la mesilla de noche arrojaba una leve sombra sobre la cabecera de la cama. Y la puerta del cuarto, que permanecía siempre entreabierta (de modo que Marion pudiera oír a Ruth si ésta la llamaba), estaba bordeada por una luminosidad gris oscuro. Aquélla era toda la luz que podía penetrar por la puerta, aunque sólo fuese la luz difusa procedente de la luz piloto del baño principal. Incluso esa luz llegaba al cuarto de Eddie, porque también la puerta del dormitorio de Ruth estaba siempre abierta.

Pero aquella noche alguien había cerrado las ventanas y las cortinas, y cuando Eddie abrió los ojos se encontró inmerso en una oscuridad absoluta y antinatural, porque alguien había cerrado la puerta de su dormitorio. Retuvo el aliento y percibió el rumor de una respiración.

Muchos jóvenes de la edad de Eddie sólo ven la persistencia de la oscuridad, y adondequiera que dirigen la mirada sólo ven penumbra. Eddie O'Hare, cuyas expectativas eran más esperanzadas, tendía a buscar la persistencia de la luz. En la oscuridad total de su dormitorio, lo primero que se le ocurrió a Eddie fue que Marion había vuelto a su lado.

–¿Marion? –susurró el muchacho.

–Hombre, hay que reconocer que eres optimista –le dijo Ted Cole–. Creía que nunca ibas a despertarte.

Su voz, en la oscuridad circundante, procedía de todas partes y de ninguna en particular. Eddie se irguió en la cama y tanteó en busca de la lámpara sobre la mesilla de noche, pero no estaba acostumbrado a no verla y no daba con ella.

—Deja estar la luz, Eddie —le dijo Ted—. Esta historia es mejor en la oscuridad.

—¿Qué historia? —inquirió Eddie.

—Sé que quieres escucharla —le dijo Ted—. Me dijiste que le habías pedido a Marion que te la contara, pero ella no podía hacerlo. Le basta con pensar en ella para quedarse inmóvil como una piedra. Supongo que recuerdas que la dejaste petrificada con sólo pedirle que te la contara, ¿no es cierto, Eddie?

—Sí, lo recuerdo —respondió el muchacho. De modo que ésa era la historia. Ted quería contarle el accidente.

Eddie hubiera deseado que Marion le contara lo ocurrido. Pero ¿qué habría podido decir el muchacho? Desde luego, necesitaba oírlo, aunque fuese de labios de Ted.

—Bueno, cuéntame —le dijo, fingiendo la mayor indiferencia posible.

Eddie no podía ver dónde estaba Ted, ni si se hallaba de pie o sentado, pero no importaba, porque la voz de Ted, cuando narraba cualquiera de sus relatos, quedaba muy realzada por la atmósfera general de oscuridad.

Desde el punto de vista estilístico, la historia del accidente de Thomas y Timothy tenía mucho en común con *El ratón que se arrastra entre las paredes* y *La puerta en el suelo*, por no mencionar los numerosos borradores que Eddie había transcrito fielmente de *Un ruido como el de alguien que no quiere hacer ruido*. En otras palabras, era un relato con el sello inconfundible de Ted Cole, y a ese respecto la versión de Marion nunca podría haber igualado a la de Ted.

En primer lugar, y Eddie lo vio enseguida con claridad, Ted había trabajado el relato. A Marion le hubiera resultado insoportable prestar tanta atención a los detalles de las muertes de sus hijos como lo había hecho Ted. En segundo lugar, Marion habría contado lo sucedido sin recursos literarios, con la mayor sencillez posible. En cambio, el principal recurso que utilizaba Ted en la narración carecía de naturalidad, incluso era artificial, pero es posible que, sin él, Ted no hubiera sido capaz de contar la historia.

Como en la mayor parte de los relatos de Ted Cole, el recurso principal también era inteligente. Al relatar el accidente de Thomas y Timothy, Ted hablaba en tercera persona, lo cual le permitía distanciarse considerablemente de sí mismo y del relato. «Ted» no era más que un personaje de apoyo en un relato con personajes más importantes.

Si Marion hubiera contado la historia, habría estado tan cerca de ella que, al relatarla, habría caído en la locura final, una locura mucho mayor que la locura, cualquiera que fuese, que le había impulsado a abandonar a su único vástago vivo.

—Bueno, las cosas sucedieron así —empezó a contar Ted—. Thomas tenía permiso de conducir, pero Timothy no. Tommy tenía diecisiete años, y llevaba todo un año conduciendo. Timmy tenía quince, y hacía muy poco que su padre había empezado a darle lecciones de conducción. Ted opinaba que Timothy, que estaba aprendiendo, ya era un alumno más atento de lo que Thomas había sido jamás. No es que Thomas fuese un mal conductor. Estaba atento y tenía confianza, sus reflejos eran excelentes; y era lo bastante cínico como para prever lo que iban a hacer los malos conductores, aun antes de que esos mismos conductores supieran qué iban a hacer. Ted le había dicho que ésa era la clave, y Thomas lo creía: siempre has de suponer que todos los demás conductores son malos.

»Había un aspecto especialmente importante de la conducción en el que Ted creía que su hijo menor, Timothy, superaba, aunque sólo fuese en potencia, a Thomas. Timothy siempre había sido más paciente que Thomas. Por ejemplo, Timmy tenía la paciencia de mirar siempre el espejo retrovisor, mientras que Tommy descuidaba hacerlo de la manera regular y automática con que Ted consideraba que debía hacerlo un conductor. Y con frecuencia en los giros a la izquierda se pone a prueba la paciencia de un conductor de una manera muy concreta, a saber, cuando te paras y esperas para girar a la izquierda en un carril con tráfico que viene hacia ti, jamás debes girar las ruedas a la izquierda antes del giro que te dispones a hacer. Nunca debes hacer eso..., ¡nunca!

»En fin —siguió diciendo Ted—, Thomas era uno de esos jóvenes impacientes que a menudo giran las ruedas a la izquierda mientras aguardan para virar en esa dirección, aunque su padre, su madre y hasta su hermano menor le habían pedido repetidas veces que no moviera las ruedas hasta que realizara el giro. ¿Sabes por qué, Eddie?

—Para evitar que, si tienes detrás un vehículo, no te empuje al carril con tráfico que viene en tu dirección —respondió Eddie—. Si estás en tu propio carril, el que viene por detrás te hará avanzar simplemente adelante en línea recta.

—¿Quién te ha enseñado a conducir, Eddie? —le preguntó Ted.

—Mi padre.

—¡Bien por él! Dile que ha hecho un buen trabajo.

—De acuerdo —dijo Eddie en la oscuridad—. Sigue...

—Bien, ¿dónde estábamos? La verdad es que estábamos en el Oeste. Era una de esas vacaciones para esquiar que la gente del Este se toma en primavera, cuando en el Este no puedes tener ninguna confianza en la posibilidad de practicar eso que se llama esquí de primavera. Si quieres estar seguro de que habrá nieve en marzo o en abril, es mejor que vayas al Oeste. Así que allí estaban los habitantes del Este desplazados, que no se sentían a sus anchas en el Oeste. Y no eran tan sólo unas vacaciones primaverales de Exeter, sino la pausa primaveral de innumerables escuelas y universidades, por lo que había muchos visitantes de otros lugares que no estaban familiarizados ni con las montañas ni con las carreteras. Y muchos de esos esquiadores no conducían sus propios coches, sino coches alquilados, por ejemplo. La familia Cole había alquilado un coche.

—Comprendo —dijo Eddie, seguro de que Ted se tomaba su tiempo a propósito antes de llegar a lo que había sucedido, probablemente porque quería que Eddie previera el accidente casi tanto como quería que lo viera.

—Bien; nos habíamos pasado el día esquiando, bajo una nevada constante, una nieve húmeda y pesada. Uno o dos grados más de temperatura y habría llovido en vez de nevar. Ted y Marion no eran unos esquiadores tan empecinados e insaciables como sus hijos. Thomas y Timothy, con diecisete y quince años respectivamente, daban ciento y raya a sus padres, quienes por entonces tenían cuarenta y treinta y cuatro y a menudo terminaban la jornada en las pistas antes que ellos. Aquel día, en particular, Ted y Marion se habían retirado al bar de la estación de esquí, donde esperaron mucho tiempo, según les pareció, a que Thomas y Timothy bajaran una última pista..., y otra última después de ésa. Ya sabes cómo son los chicos, no se cansan de esquiar, así que la mamá y el papá esperaron...

—Comprendo, estabais borrachos —dijo Eddie.

—Ése fue un elemento más de algo que sería trivial..., me refiero a la discusión que tendrían Ted y Marion. Marion decía que Ted estaba borracho, aunque él no lo creía así. Y Marion, aunque no estaba borracha, aquella tarde había bebido más de lo que tenía por costumbre. Cuando Thomas y Timothy se reunieron con sus padres en el bar, ambos comprendieron que ni su padre ni su madre se encontraban en la mejor forma para conducir el coche alquilado. Además, Thomas tenía permiso de conducir y no había bebido. Estaba claro cuál de ellos debía ponerse al volante.

—Así que Thomas conducía —le interrumpió Eddie.

—Y, como eran hermanos, Timothy ocupó el asiento delantero. En cuanto a los padres, se sentaron allí donde un día acaban la mayoría de los padres: en el asiento trasero. En cuanto a Ted y Marion, siguieron haciendo lo que muchos padres hacen sin cesar: siguieron discutiendo, aunque la discusión seguía siendo irremisiblemente trivial. Por ejemplo, Ted había limpiado de nieve el parabrisas, pero no la luneta trasera, y Marion insistía en que debería haberlo hecho. Ted replicaba diciendo que en cuanto el coche estuviera caliente y en marcha, la nieve se desprendería. Y aunque resultó ser así (la nieve se desprendió de la luneta trasera cuando ni siquiera habían adquirido la velocidad normal en la carretera), Marion y Ted siguieron discutiendo. Sólo cambiaba el tema, la trivialidad permanecía.

»Era aquélla una de esas poblaciones que viven del esquí; el pueblo en sí es más bien poca cosa. La calle principal es en realidad una carretera de tres carriles, cuyo carril central está diseñado para girar a la izquierda, aunque no pocos idiotas confunden un carril para girar con un carril de circulación, lo comprendes, ¿verdad? Detesto las calzadas de tres carriles, Eddie, ¿tú no?

Eddie se negó a responderle. Aquél era un clásico relato de Ted Cole: uno siempre ve aquello que debería temer, lo ve venir, cada vez más cerca. El problema es que nunca ve *todo* lo que viene.

—En fin —siguió diciendo Ted—, lo cierto es que Thomas estaba haciendo un buen trabajo, si tenemos en cuenta las condiciones adversas. Todavía nevaba, y ahora además estaba oscuro..., todo resultaba desconocido. Ted y Marion empezaron a pelearse acerca de cuál sería la mejor ruta para regresar al hotel. Era una estupidez, porque todo el pueblo estaba a un lado u otro de la carretera de tres carriles, y la carretera era en realidad una sucesión de hoteles, moteles, estaciones de servicio, restaurantes y bares, alineados a ambos lados de la carretera; sólo era necesario saber a qué lado de la calzada se dirigía uno. Y Thomas lo sabía. Sería un giro a la izquierda, al margen de cómo lo hiciera. Como conductor, no le ayudaba nada que sus padres estuvieran decididos a elegir exactamente el punto donde debía girar. Por ejemplo, podía girar a la izquierda en el mismo hotel (Ted aprobaba este enfoque directo), o podía pasar ante el hotel y seguir hasta el siguiente semáforo. Allí, cuando la luz estuviera en verde, podría dar media vuelta, y entonces se aproximaría al hotel por la derecha. Marion opinaba que dar media vuelta en el semáforo era más seguro que virar a la izquierda en el carril para girar, donde no había semáforo.

—¡Vale! ¡Vale! —gritó Eddie en la oscuridad—. ¡Ya lo veo!

–¡No, no lo ves! –gritó Ted a su vez–. ¡No puedes verlo hasta que haya terminado! ¿O prefieres que no siga?

–No, sigue, por favor –respondió Eddie.

–Así pues, Thomas pasa al carril central, un carril para girar, no un carril de circulación, y enciende el intermitente sin saber que las dos luces traseras están cubiertas de nieve húmeda y pegajosa, pues su padre no las ha limpiado, como tampoco ha limpiado la luneta trasera. Nadie situado detrás del coche de Thomas puede ver el intermitente que indica hacia dónde va a girar, ni siquiera las luces de posición o las de freno. El coche no es visible, o sólo lo es en el último segundo, para cualquiera que se aproxime por detrás.

»Entretanto, Marion dijo: "No gires aquí, Tommy... Es más seguro ahí adelante, en el semáforo".

»"¿Quieres que dé media vuelta y que le pongan una multa, Marion?", preguntó Ted a su mujer.

»"No me importa que le pongan una multa, Ted, es más seguro girar en el semáforo", respondió Marion.

»"¡Basta ya!", exclamó Thomas. "No quiero que me multen, mamá", añadió el muchacho.

»"De acuerdo, entonces gira aquí", le dijo Marion.

»"Será mejor que lo hagas enseguida, Tommy, no te quedes aquí", terció Ted.

»"Una estupenda manera de conducir desde el asiento trasero", comentó Timothy. Entonces Timmy vio que su hermano había girado las ruedas a la izquierda mientras esperaba todavía para virar. "Has girado las ruedas demasiado pronto", le dijo Tim.

»"¡Es porque he pensado que iba a girar y después he pensado que no, capullo!", dijo Thomas.

»"Tommy, por favor, no llames capullo a tu hermano", pidió Marion a su hijo.

»"Por lo menos no lo hagas delante de tu madre", añadió Ted.

»"No, Ted, eso no es lo que quiero decir", dijo Marion a su marido. "Quiero decir que no debe llamar capullo a su hermano, y punto."

»"¿Oyes eso, capullo?", preguntó Timothy a su hermano.

»"Timmy, por favor...", dijo Marion.

»"Puedes virar después de que pase esa máquina quitanieves", señaló Ted a su hijo.

»"Papá, por favor, conduzco yo", replicó el muchacho.

»Pero de repente el interior del coche se inundó de luz: eran los faros del coche que avanzaba hacia ellos por detrás, una de aquellas furgonetas llamadas «rubias» cargada de estudiantes de Nueva Jersey.

Era la primera vez que viajaban a Colorado. Es concebible que, en Nueva Jersey, no haya ninguna diferencia entre los carriles que sirven para girar y los de circulación.

»En cualquier caso, los estudiantes creyeron que pasaban. Hasta el último instante no vieron el coche que esperaba para girar a la izquierda delante de ellos... en cuanto pasara la quitanieves que avanzaba por la otra dirección. Así pues, el coche de Thomas fue embestido por detrás y, como Thomas ya había girado las ruedas, el vehículo penetró en el carril del tráfico que venía en dirección contraria, que en este caso consistía en una máquina quitanieves muy grande que circulaba a unos setenta kilómetros por hora. Más tarde los estudiantes dijeron que su rubia debía de ir a unos ochenta por hora.

—Dios mío... —dijo Eddie.

—La máquina quitanieves partió el coche casi perfectamente por la mitad —siguió diciendo Ted—. A Thomas lo mató la columna de dirección del coche, le aplastó el pecho. Murió en el acto. Y Ted estuvo atrapado durante unos veinte minutos en el asiento trasero, directamente detrás de Thomas. Ted no podía ver a Thomas, pero sabía que estaba muerto porque Marion sí podía verle y, aunque no pronunció ni una sola vez la palabra "muerto", repetía continuamente a su marido: "Oh, Ted..., Tommy se ha ido. Tommy se ha ido. ¿Puedes ver a Timmy? Timmy no se ha ido también, ¿verdad? ¿Puedes ver si se ha ido?".

»Como Marion permaneció atrapada durante más de media hora en el asiento trasero, detrás de Timothy, no podía ver al chico, que estaba exactamente delante de ella. Sin embargo, Ted podía ver muy bien a su hijo menor, que había quedado inconsciente cuando la cabeza chocó con el parabrisas. Sin embargo, Timothy todavía vivió algún tiempo. Ted le veía respirar, pero lo que no podía ver era que la máquina quitanieves, al partir el coche por la mitad, también había cortado la pierna izquierda de Timmy por el muslo. Llegó una ambulancia, y mientras el equipo de rescate luchaba para extraerlos del coche siniestrado, que había quedado como un acordeón entre la máquina quitanieves y la rubia, Timothy Cole se desangró por la arteria femoral sajada y murió.

»Durante aquel rato, que le parecieron veinte minutos pero quizá fueron menos de cinco, Ted vio morir a su hijo. Como extrajeron a Ted unos diez minutos antes de que el equipo de rescate pudiera liberar a Marion (él sólo se había roto varias costillas y, por lo demás, estaba ileso), vio que los enfermeros retiraban el cuerpo de Timmy (pero no su pierna izquierda) del coche. La pierna cortada del muchacho seguía trabada entre la máquina quitanieves y el asiento delantero cuando el equipo de rescate por fin pudo extraer a Marion del compartimiento trasero del coche. Sabía que Thomas había muerto, pero sólo que a su Timothy le habían sacado del coche destrozado, y confiaba en que lo llevasen al hospital. Por eso seguía preguntando a Ted: "Timmy no se ha ido, ¿verdad? ¿Puedes ver si se ha ido?".

»Pero Ted no tenía valor para responder a esa pregunta y no dijo nada, ni entonces ni más adelante. Pidió a un miembro del equipo de rescate que cubriera la pierna de Timmy con una lona, para que Marion no pudiera verla. Y cuando Marion estuvo a salvo fuera del coche (de pie, e incluso cojeando de un lado a otro, aunque luego supo que se había roto un tobillo), Ted intentó decirle que su hijo pequeño, lo mismo que el mayor, había muerto, pero no podía articular palabra. Antes de que pudiera decir nada, Marion vio el zapato de Timmy. No podía saber, no podía imaginar que el zapato de su hijo todavía calzaba el pie. Creía que no era más que el zapato, así que dijo: "Oh, Ted, mira, necesitará el zapato". Y sin que nadie la detuviera, se acercó cojeando al amasijo de hierros y se agachó para recoger el zapato.

»Ted quiso impedírselo, naturalmente, pero le ocurría como cuando se dice de alguien que se ha vuelto de piedra: en aquel momento se sentía absolutamente paralizado. Así permitió que su mujer descubriera que el zapato de su hijo estaba unido a una pierna. Entonces Marion empezó a comprender que Timothy también se había ido. Y éste —concluyó Cole, a su manera— es el final de la historia.

—Vete de aquí —le dijo Eddie—. Ésta es mi habitación, por lo menos durante una noche más.

—Casi es de día —replicó Ted, y descorrió una cortina para que Ted pudiera ver la incipiente luminosidad.

—Vete de aquí —repitió Eddie.

—No creas que nos conoces a mí o a Marion —dijo Ted—. No nos conoces, y a ella la conoces aún menos.

—De acuerdo, de acuerdo —dijo Eddie.

Vio que la puerta del dormitorio estaba abierta. Desde el largo pasillo llegaba la familiar luz gris oscuro.

—Marion no me dijo nada hasta después de que Ruth naciera —siguió diciendo Ted—. Quiero decir que, hasta entonces, no había dicho una sola palabra sobre el accidente. Pero un día, después de que Ruth naciera, Marion entró en mi cuarto de trabajo..., nunca se acercaba ahí, ¿sabes?..., y me dijo: «¿Cómo pudiste dejar que viera la pierna de Timmy? ¿Cómo pudiste?». Tuve que decirle que había sido físicamente incapaz de moverme, que estaba paralizado, convertido en piedra. Pero todo lo que ella fijo fue: «¿Cómo pudiste?». Y nunca volvimos a hablar de ello. Lo intenté, pero ella no respondía nunca.

—Vete de aquí, por favor —le pidió Eddie.

—Nos veremos por la mañana, Eddie —dijo Ted al salir.

La única cortina que Ted había descorrido apenas dejaba entrar en la habitación algo de aquella luminosidad previa al amanecer para que Eddie pudiera ver la hora. Sólo vio que el reloj de pulsera, la muñeca, la mano y el brazo tenían el color cerúleo, gris plateado, de un cadáver. Giró la mano, pero no percibió ninguna diferencia en la tonalidad gris. La palma y el dorso de la mano eran del mismo color. Incluso su piel, las almohadas y las sábanas arrugadas eran de aquel color uniformemente gris. Yació despierto, esperando que la luz se afirmara e intensificara. Contempló el cielo a través de la ventana, y vio que la oscuridad se desvanecía lentamente. Poco antes de que saliera el sol, el cielo había adquirido el color de un moratón una semana después de recibir el golpe.

Eddie sabía que Marion debía de haber contemplado infinidad de veces aquella luz que precedía al alba. Probablemente la estaba viendo en aquel momento, pues sin duda no habría podido dormir, dondequiera que se encontrara. Y ahora Eddie comprendía lo que Marion veía siempre que estaba despierta: la nieve blanda que se fundía sobre la carretera mojada y negra, que también podría tener franjas de luz reflejada, los incitadores letreros de neón, que prometían cobijo (con diversiones), alimento y bebida, los faros que pasaban constantemente, los coches que avanzaban con tanta lentitud porque todo el mundo tenía que mirar el accidente, la luz azul giratoria de los coches de la policía, las parpadeantes luces amarillas del camión grúa y también las destellantes luces rojas de la ambulancia. ¡Y no obstante, incluso en medio de aquel desastre, Marion había visto el zapato!

Siempre recordaría haber dicho: «Oh, Ted, mira, necesitará el zapato», y que fue cojeando al vehículo siniestrado y se agachó.

Eddie se preguntó qué clase de zapato sería. La falta de detalles le impedía ver la pierna con precisión. Posiblemente una bota para después de esquiar. Tal vez era una vieja zapatilla de deporte, algo que a Timothy no le importaba que se mojara. Pero el no saber el tipo de zapato o de bota, fuera lo que fuese, le impedía a Eddie verlo, y no verlo le impedía ver la pierna. Ni siquiera podía imaginar la pierna.

Afortunado Eddie. Marion no tenía tanta suerte. Siempre recordaría el zapato empapado en sangre. El detalle exacto del zapato siempre le haría recordar la pierna.

## Trabajando para el señor Cole

Como no sabía qué clase de zapato era, Eddie se quedó dormido sin proponérselo. Cuando despertó, el sol estaba bajo y brillaba en la única ventana con la cortina descorrida. El cielo era de un azul nítido, sin nubes. Eddie abrió una ventana para comprobar el frío que hacía (sin duda haría frío durante la travesía en el transbordador, eso si lograba que alguien le llevara hasta Orient Point) y allí, en el sendero de acceso, vio una camioneta de caja descubierta, un vehículo desconocido por completo. En la caja de la camioneta había un tractor-cortacésped y otro cortacésped manual, junto con rastrillos, palas, azadas y un surtido de cabezales de riego. Había también una larga manguera bien enrollada.

Ted Cole segaba personalmente el césped y sólo lo regaba cuando creía que la hierba lo necesitaba o cuando encontraba tiempo para hacerlo. Puesto que el jardín no estaba terminado, como resultado del distanciamiento entre Ted y Marion, no era un jardín que mereciera la atención de un jardinero a dedicación plena. No obstante, el hombre de la camioneta sí parecía un jardinero a dedicación plena.

Eddie se vistió y bajó a la cocina. Allí, desde una de las ventanas, pudo ver mejor al conductor de la camioneta. Ted, que sorprendentemente ya estaba despierto y había preparado café, miraba por una ventana al misterioso jardinero, que para él no era ningún misterio.

—Es Eduardo —susurró Ted a Eddie—. ¿A qué habrá venido?

Eddie reconoció entonces al jardinero de la señora Vaughn, aunque sólo le había visto una vez, y brevemente, cuando Eduardo Gómez le frunció el ceño desde lo alto de la escalera de mano. Allá arriba, el hombre trágicamente maltratado se dedicaba a retirar pedazos de dibujos pornográficos del seto de los Vaughn.

—Tal vez la señora Vaugh le ha contratado para matarte —especuló Eddie.

—¡No, Eduardo no! —replicó Ted—. Pero ¿la ves a ella en alguna parte? No está en la cabina ni detrás.

—A lo mejor está tendida debajo de la camioneta —sugirió Eddie.

—Hablo en serio, hombre.

—Yo también.

Ambos tenían motivos para creer que la señora Vaughn era capaz de asesinar, pero Eduardo Gómez parecía estar solo, sentado al volante de su camioneta. Ted y Eddie vieron el vapor que salía del termo de Eduardo cuando se sirvió una taza de café. El jardinero aguardaba cortésmente hasta que tuviera alguna indicación de que los habitantes de la casa se habían despertado.

—¿Por qué no vas a enterarte de lo que quiere? —le preguntó Ted a Eddie.

—Yo no voy —respondió el muchacho—. Me has despedido..., ¿no es cierto?

—Joder... Por lo menos acompáñame.

—Será mejor que me quede al lado del teléfono —replicó Eddie—. Si tiene un arma y te pega un tiro, llamaré a la policía.

Pero Eduardo Gómez iba desarmado. La única arma del jardinero era un trozo de papel de aspecto inocuo, que sacó de la cartera y mostró a Ted. Era el cheque borroso, ilegible, que la señora Vaughn había lanzado al agua del surtidor.

—Ha dicho que es el cheque de mi última paga —le explicó Eduardo a Ted.

—¿Le ha despedido?

—Sí, porque le advertí a usted que le perseguía con el coche —dijo Eduardo.

—Ah —musitó Ted, sin desviar la vista del cheque nulo—. Ni siquiera se puede leer. Podría estar en blanco.

Tras su aventura en el surtidor, el cheque estaba cubierto por una pátina de tinta de calamar desvaída.

—No era mi único trabajo —le explicó el jardinero—, pero sí el más importante, mi principal fuente de ingresos.

—Ah —repitió Ted, y tendió a Eduardo el cheque color sepia, que el jardinero devolvió con gesto solemne a su cartera—. A ver si le entiendo bien, Eduardo. Usted cree que me salvó la vida y que eso le ha costado su empleo.

—No es que lo crea, es que le salvé la vida y eso me ha costado el empleo.

La vanidad de Ted, que se extendía a la ligereza de sus pies, le impulsaba a creer que, aunque la señora Vaughn le hubiera sorprendido cuando estaba inmóvil, podría haber reaccionado y corrido más que su Lincoln. No obstante, Ted nunca habría discutido el hecho de que el jardinero se había comportado con valentía.

—¿De cuánto dinero exactamente estamos hablando? —le preguntó Ted.

—No quiero su dinero, no he venido aquí en busca de limosna

—respondió Eduardo—. Confiaba en que tuviera algún trabajo para mí.

—¿Quiere usted trabajo? —inquirió Ted.

—Sólo si tiene alguno para mí —replicó Eduardo.

El jardinero contemplaba con desesperación el jardín casi abandonado. Ni siquiera el césped desigual mostraba señales de cuidado profesional. Necesitaba fertilizante, por no mencionar la evidente falta de riego. Y no había arbustos con flores ni plantas perennes ni anuales, o por lo menos Eduardo no veía ninguna. Cierta vez la señora Vaughn le había dicho a Eduardo que Ted Cole era rico y famoso, y ahora el jardinero pensaba que aquel hombre no invertía dinero en adornos vegetales.

—No parece que tenga algún trabajo para mí —le dijo a Ted.

—Espere un momento. Le enseñaré dónde quiero poner una piscina y algunas cosas más.

Desde la ventana de la cocina, Eddie los vio caminar alrededor de la casa. El muchacho no percibió nada amenazante en su conversación y supuso que podía reunirse con ellos sin ningún temor.

—Quiero una piscina sencilla, rectangular, no es necesario que sea de tamaño olímpico —le decía Ted a Eduardo—. Sólo necesito que tenga una parte honda y otra de menor profundidad, con escalones. Y sin trampolín. Los trampolines son peligrosos para los niños. Tengo una niña de cuatro años.

—Yo tengo una nieta de cuatro años, y estoy de acuerdo con usted —convino Eduardo—. No construyo piscinas, pero conozco a quienes lo hacen. Puedo ocuparme del mantenimiento, desde luego, pasar el aspirador y mantener las sustancias químicas en equilibrio, ya sabe, de manera que no se enturbie el agua o la piel no se le vuelva verde o lo que sea.

—Lo que usted diga —dijo Ted—. Puede ocuparse de ello. Lo único que no quiero es un trampolín. Y puede plantar algo alrededor de la piscina, para que los vecinos y los transeúntes no nos estén mirando siempre.

—Le recomiendo un escalón, bueno, tres escalones —propuso Eduardo—. Y encima de los escalones, para afirmar el suelo, le sugiero unos olivos silvestres. Aquí arraigan bien, y las hojas son bonitas, de un verde plateado. Tienen unas flores amarillas fragantes y un fruto parecido a la aceituna. También se les llama acebuches.

—Usted mismo, lo dejo en sus manos. Y luego está la cuestión del perímetro de la finca. Creo que ésta nunca ha tenido un límite visible.

—Siempre podemos plantar un seto de aligustres —replicó Eduardo Gómez. El hombrecillo pareció estremecerse un poco al pensar en el seto del que había colgado, agonizando a causa de los gases de escape. Sin embargo, podía obrar maravillas con el seto de aligustres. El de la señora Vaughn había crecido bajo sus cuidados una media de cuarenta y cinco centímetros al año—. Sólo tiene que abonarlo, regarlo y, sobre todo, podarlo —añadió el jardinero.

—Claro, pues entonces que sea aligustre —convino Ted—. Me gustan los setos.

—A mí también —mintió Eduardo.

—Y quiero más césped —dijo Ted—, quiero librarme de las estúpidas margaritas y las hierbas altas. Apuesto a que hay garrapatas en esas hierbas altas.

—Seguro que las hay —convino Eduardo.

—Quiero un césped como el de un campo de deportes —manifestó Ted con vehemencia.

—¿Lo quiere con líneas pintadas? —inquirió el jardinero.

—¡No, no! Quiero decir que el tamaño del césped debe ser el de un campo de deportes.

—Ah —dijo Eduardo—. La extensión de césped es muy amplia. Hay mucho que segar, una gran cantidad de cabezales de riego...

—¿Qué tal la carpintería? —preguntó Ted al jardinero.

—¿Qué tal?

—Quiero decir si puede hacer usted trabajos de carpintería. He pensado en poner una ducha al aire libre, con varias alcachofas. La carpintería será mínima.

—Claro que puedo hacer eso —le dijo Eduardo—. No me dedico a la fontanería, pero conozco a uno que...

—Lo que usted diga —repitió Ted—. Lo dejo en sus manos. ¿Y qué me dice de su esposa? —añadió.

—¿Qué quiere saber?

—Si trabaja. ¿A qué se dedica?

—Pues ella hace la comida, a veces cuida de nuestra nieta y de los hijos de otras personas. Se ocupa de la limpieza en algunas casas...

—A lo mejor le gustaría limpiar ésta —le dijo Ted—. Podría cocinar para mí y cuidar de mi hija de cuatro años. Es una niña muy simpática. Se llama Ruth.

—Claro, se lo preguntaré. Apuesto a que aceptará.

Eddie estaba seguro de que Marion se habría sentido desolada de haber sido testigo de aquellas transacciones. Hacía menos de veinticuatro horas que se había ido, pero su marido ya la había sustituido, por lo menos mentalmente. Había contratado a un jardinero, carpintero, vigilante implícito y factótum, ¡y la esposa de Eduardo pronto cocinaría y cuidaría de Ruth!

—¿Cómo se llama su mujer? —preguntó Ted a Eduardo.

—Conchita.

Conchita acabaría cocinando para Ted y Ruth. No sólo llegaría a ser la principal niñera de Ruth, sino que cuando Ted emprendiera un viaje, Conchita y Eduardo se trasladarían a la casa de Parsonage Lane y cuidarían de Ruth como si fuesen sus padres. Y la nieta de los Gómez, María, que tenía la misma edad que la hija de Ted, sería con frecuencia su compañera de juegos durante los años de crecimiento de Ruth.

Su despido por parte de la señora Vaughn sólo tendría unos resultados felices y prósperos para Eduardo. Pronto su principal fuente de ingresos procedería de Ted Cole, quien también aportaría el ingreso principal de Conchita. Como patrono, Ted se revelaría más agradable y digno de confianza que como hombre, aunque no hubiera sido así en el caso de Eddie O'Hare.

—Bueno, ¿cuándo puede empezar? —preguntó Ted a Eduardo aquella mañana sabatina de agosto de 1958.

—Cuando usted quiera —respondió el jardinero.

—Bien, Eduardo, puede empezar hoy mismo —dijo Ted y, sin mirar a Eddie, que estaba de pie junto a ellos en el jardín, añadió—: Puede empezar llevando a este chico a Orient Point para que tome el transbordador.

—Claro, así lo haré. —Eduardo hizo una cortés inclinación de cabeza a Ted, el cual le correspondió con el mismo gesto.

—Puedes marcharte de inmediato, Eddie —dijo Ted al muchacho—. Quiero decir antes del desayuno.

—Me parece muy bien —replicó Eddie—. Iré a buscar mis cosas.

Y así fue como Eddie O'Hare se marchó sin despedirse de Ruth. Tuvo que irse cuando la niña todavía estaba dormida. Eddie apenas se tomó el tiempo imprescindible para telefonear a su casa. Había despertado a sus padres de madrugada, y ahora volvió a despertarlos, antes de las siete de la mañana.

—Si llego primero a New London, te esperaré en el muelle —le dijo a su padre—. Conduce con prudencia.

—¡Estaré allí! —exclamó Minty, jadeante—. ¡Estaré cuando atraque el transbordador! ¡Los dos estaremos, Edward!

Eddie estuvo a punto de meter en la bolsa la lista de todos los exonianos vivos que residían en los Hamptons, pero rompió cada una de las hojas en largas tiras, hizo con ellas una bola y la arrojó a la papelera de la habitación de invitados. Después de que Eddie se hubiera ido, Ted fisgaría en la habitación, descubriría la lista y la confundiría con cartas de amor. Se tomaría el minucioso trabajo de recomponer la lista hasta percatarse que ni Eddie ni Marion podían haberse escrito semejantes «cartas de amor».

El muchacho ya había guardado el ejemplar de *El ratón que se arrastra entre las paredes* propiedad de la familia O'Hare. Era el ejemplar que Minty deseaba que le firmara el señor Cole, pero, dadas las circunstancias, Eddie no podía pedir su firma al famoso autor e ilustrador. Birló una de las estilográficas de Ted, con la clase de plumín que a éste le gustaba para firmar autógrafos. Supuso que, una vez a bordo, tendría tiempo para imitar lo mejor posible la meticulosa caligrafía de Ted Cole. Confiaba en que sus padres jamás notarían la diferencia.

Poco había que decir a guisa de despedida, formal o informal.

—Bueno —le dijo Ted. Hizo una pausa y concluyó—: Eres un buen conductor, Eddie.

Le tendió la mano y Eddie aceptó el apretón. Cautamente le ofreció con la mano izquierda el regalo para Ruth, en forma de hogaza y con el envoltorio deteriorado. ¿Qué iba a hacer con él, sino dárselo a Ted?

—Para Ruth, pero no sé qué es —le dijo—. Un regalo de mis padres. Ha estado en mi bolsa todo el verano.

Percibió el desagrado con que Ted examinaba el arrugado papel de envolver, que estaba prácticamente abierto. El regalo pedía a gritos que lo abrieran, aunque sólo fuera para liberarlo de su espantoso envoltorio. Ciertamente, Eddie sentía curiosidad por ver qué era, aunque también sospechaba que se azoraría al verlo. Comprendió que Ted también quería verlo.

—¿Lo abro o dejo que lo haga Ruth? —le preguntó Ted.

—Ábrelo tú mismo —respondió el muchacho.

Ted abrió el envoltorio y mostró el contenido: era ropa, una pequeña camiseta de media manga. ¿Qué interés puede tener por la ropa una pequeña de cuatro años? Si Ruth hubiera abierto el regalo se habría llevado una decepción, porque no era un juguete ni un libro. Además, la camiseta ya era demasiado pequeña para la niña. El verano siguiente, cuando volviera la época de usar camisetas, aquella prenda le quedaría muy corta.

Ted desplegó por completo la camiseta para que Eddie la viera. El tema de Exeter no debería haber sorprendido al muchacho, pero éste, por primera vez en dieciséis años, acababa de pasar casi tres meses en un mundo donde la escuela no era el único tema de conversación. Eddie leyó la inscripción en rojo oscuro sobre fondo gris que iba de un lado a otro de la pechera: EXETER 197...

Ted también mostró a Eddie la nota adjunta de Minty. Éste había escrito: «No es probable que la institución admita jamás chicas, por lo menos mientras nosotros vivamos, pero he pensado que, como camarada exoniano, usted apreciaría la posibilidad de que su hija estudiara en Exeter. ¡Con mi agradecimiento por haberle proporcionado a mi hijo su primer trabajo!». Firmaba la nota «Joe O'Hare, 1936». Eddie pensó en la ironía de que 1936, el año en que su padre se graduó por Exeter, fuese también el año en que Ted y Marion contrajeron matrimonio.

Pero la realidad sería aún más irónica, porque Ruth Cole podría asistir a Exeter pese a la creencia de Minty, y muchos otros profesores de la escuela, de que la coeducación en el viejo centro docente sería imposible. Lo cierto es que, el 27 de febrero de 1970, la junta de administración anunció que en otoño de aquel año Exeter admitiría alumnas. Entonces Ruth se marcharía de Long Island para incorporarse al venerable internado de New Hampshire. Tenía dieciséis años. A los diecinueve se graduaría por Exeter, en el curso de 1973.

Ese año, la madre de Eddie, Dot O'Hare, enviaría a su hijo una carta diciéndole que la hija de su antiguo patrono se había graduado por el centro, junto con otras cuarenta y seis chicas, que eran las compañeras de clase de doscientos treinta y nueve muchachos. Dot admitía que la cifra de alumnas podría incluso ser más baja, puesto que había contado a varios de los muchachos como chicas, tantos eran los que llevaban el pelo largo.

Es cierto que, durante el curso de 1973, se demostró que estaba de moda el pelo largo entre los chicos. El cabello largo y lacio con raya en el medio era también un estilo preferido por las jóvenes, y en aquella época Ruth no sería una excepción. Iría a la universidad con la cabellera larga y lacia, dividida en el centro, antes de que llegara a decidir por sí misma cómo quería llevar el cabello y se lo cortara, como siempre lo había deseado, según sus propias palabras, y no sólo para fastidiar a su padre.

En el verano de 1973, cuando Eddie O'Hare pasara una breve temporada en casa, visitando a sus padres, sólo prestaría una atención pasajera al anuario del curso en que se graduó Ruth y que Minty se empeñó en mostrarle.

—Creo que tiene el aspecto de su madre —le dijo a Eddie, aunque Minty no podía saberlo porque no conocía a Marion. Tal vez había visto una foto de ella en un periódico o una revista, más o menos por la época en que los chicos murieron, pero de todos modos esas palabras llamaron la atención de Eddie.

Al ver el retrato de Ruth en su graduación, Eddie opinó que se parecía más a Ted. No era sólo el cabello oscuro, sino también la cara cuadrada, los ojos muy separados, la boca pequeña, la mandíbula grande. Ruth era atractiva, desde luego, pero no una gran belleza; era agraciada de una manera casi masculina.

Y reforzaba esta impresión de Ruth, que por entonces tenía diecinueve años, el aspecto atlético que mostraba en la fotografía del equipo universitario de squash. Hasta el año siguiente no habría en Exeter un equipo femenino de squash. En 1973, a Ruth se le permitió jugar en el equipo masculino, donde ocupaba el tercer puesto. En la foto del equipo, Ruth podría haber sido fácilmente confundida con uno de los chicos.

La única otra fotografía de Ruth Cole que aparecía en el anuario de 1973 de Exeter era un retrato de grupo de las chicas de su residencia, llamada Bancroft Hall. Ruth sonreía serenamente en el centro del grupo y parecía satisfecha pero reservada.

Esa superficial visión de Ruth en las fotos del anuario de Exeter permitiría a Eddie seguir considerándola como «la pobre chica» a la que vio por última vez dormida en el verano de 1958. Pasarían veintidós años desde ese verano hasta que Ruth Cole publicara su primera novela, a los veintiséis. Eddie O'Hare tendría treinta y ocho cuando la leyera. Sólo entonces reconocería la posibilidad de que la joven hubiera heredado más aspectos de Marion que de Ted. Y Ruth tendría cuarenta y uno antes de que Eddie comprendiera que en Ruth había más de sí misma que de Ted o de Marion.

Pero ¿cómo podría Eddie O'Hare haber predicho tales cosas a partir de una camiseta que, en el verano de 1958, ya era demasiado pequeña para Ruth? En aquel momento Eddie, como Marion, sólo quería marcharse, y le esperaban para partir. El muchacho subió a la cabina de la camioneta al lado de Eduardo Gómez. Mientras el jardinero hacía marcha atrás en el sendero, Eddie consideraba si debía despedirse o no de Ted, que permanecía de pie al lado del sendero. Decidió que si Ted agitaba la mano primero, le devolvería el saludo. Le pareció que Ted estaba a punto de agitar la pequeña camiseta, pero Ted estaba a punto de hacer algo más llamativo.

Antes de que Eduardo pudiera salir del sendero de acceso a la casa, Ted echó a correr y detuvo la camioneta. Aunque el aire matutino era fresco, Eddie, que llevaba la sudadera de Exeter puesta del revés, había apoyado el codo en la ventanilla abierta, y Ted se lo iba apretando mientras le hablaba.

—Acerca de Marion..., hay otra cosa que deberías saber —dijo al muchacho—. Incluso antes del accidente, era una mujer difícil. Quiero decir que, de no haber habido un accidente, Marion habría seguido siendo difícil. ¿Comprendes lo que te estoy diciendo, Eddie?

Ted no dejaba de presionarle el codo, pero Eddie no podía moverse ni hablar. «Detiene la camioneta para decirme que Marion es "una mujer difícil"», se decía. Incluso a un muchacho de su edad esa manifestación le parecía insincera, mejor dicho, falsa por completo. Era una expresión estrictamente masculina, lo que los hombres que se creían corteses decían de sus ex esposas. Era lo que decía un hombre de una mujer inalcanzable para él, o que de alguna manera se había hecho inaccesible. Era lo que un hombre decía de una mujer cuando quería decir otra cosa, cualquier otra cosa. Y cuando un hombre dice eso, siempre lo hace en un tono desdeñoso, ¿no es cierto? Pero a Eddie no se le ocurría nada que decir.

—Me olvidaba de algo, una última cosa —le dijo Ted al muchacho—. Acerca del zapato... —Si Eddie hubiera podido moverse, se habría tapado los oídos con las manos, pero estaba paralizado, era como una estatua de sal. Era comprensible que Marion se hubiera vuelto de piedra a la mera mención del accidente—. Era una zapatilla de baloncesto —siguió diciendo Ted—, de esas que llegan más arriba del tobillo.

Eso era todo lo que Ted tenía que decir.

Cuando la camioneta pasó por Sag Harbor, Eduardo dijo:

—Aquí vivo yo. Podría vender mi casa por un montón de dinero. Pero tal como están las cosas, no podría comprar otra casa, por lo menos en esta zona.

Eddie asintió y sonrió al jardinero, pero no podía hablar. El aire frío le atería el codo, que aún sobresalía por la ventanilla; sin embargo, no podía mover el brazo.

Tomaron el primer transbordador pequeño hasta la isla Shelter, la atravesaron y tomaron el otro transbordador de pequeño calado en el extremo norte de la isla, hasta Greenport. (Años después, Ruth siempre consideraría esos pequeños transbordadores como el primer paso de su alejamiento del hogar, para volver a Exeter.)

Una vez en Greenport, Eduardo Gómez le dijo a Eddie O'Hare:

—Con lo que sacaría por mi casa en Sag Harbor, podría comprarme aquí una casa estupenda. Pero nadie se gana muy bien la vida como jardinero en Greenport.

—No, supongo que no —articuló Eddie, aunque se notaba algo raro en la lengua, y su propia voz le parecía extraña.

En Orient Point, el transbordador aún no estaba a la vista. En el agua azul oscuro se formaba una infinidad de cabrillas. Como era sábado, numerosos pasajeros que regresarían el mismo día aguardaban la llegada del barco. Muchos de ellos, que ni siquiera estaban motorizados, iban de compras a New London. Era un pasaje distinto al de aquel día de junio en que Eddie desembarcó en Orient Point y Marion estaba allí para recibirle. («Hola, Eddie», le dijo. «Creía que nunca ibas a verme.» ¡Como si él pudiera haber dejado de verla!)

—Bueno, hasta la vista —le dijo Eddie al jardinero—. Gracias por traerme.

—Si no te importa que te lo pregunte —replicó sinceramente el jardinero—, ¿qué tal es trabajar para el señor Cole?

## Adiós a Long Island

Era tal el frío y el viento en la cubierta superior del transbordador que cruzaba el canal que Eddie buscó abrigo a sotavento del puente de mando. Allí, a resguardo del viento, imitó una y otra vez la firma de Ted Cole en uno de sus cuadernos. Las mayúsculas T y C eran fáciles, pues Ted las escribía como letras de imprenta de tipo abastonado, pero las minúsculas se las traían. Ted trazaba unas minúsculas pequeñas y perfectamente oblicuas, equivalentes a una cursiva de tipo Baskerville. Al cabo de veintitantos intentos en el cuaderno, Eddie seguía viendo su propia caligrafía en las imitaciones más espontáneas de la firma de Ted, y temía que sus padres, que conocían muy bien la caligrafía de su hijo, sospecharan el fraude.

Estaba tan concentrado que no reparó en la presencia del mismo conductor de un transporte de marisco que cruzó el canal con él aquel fatídico día de junio. El camionero, que hacía a diario, excepto los domingos, el trayecto entre Orient Point y New London (y el regreso), reconoció a Eddie y se sentó a su lado en el banco. El hombre no pudo dejar de observar que Eddie estaba absorto en el acto de perfeccionar lo que parecía una firma. Recordó que le habían contratado para hacer algo raro, que habían hablado brevemente de lo que podría hacer con exactitud un ayudante de escritor, y supuso que la tarea de escribir una y otra vez aquel nombre tan corto debía de formar parte de la peculiar actividad del muchacho.

—¿Cómo va, chico? —le preguntó el camionero—. Pareces muy ocupado.

Como futuro novelista, aunque nunca de gran éxito, Eddie O'Hare tenía el suficiente instinto para percibir el fin de una situación, y se alegró de volver a ver al camionero. Le explicó la tarea que tenía entre manos: se había «olvidado» de pedirle su autógrafo a Ted Cole y no quería decepcionar a sus padres.

—Déjame intentarlo —se ofreció el camionero.

Así pues, resguardados junto al puente de mando en la cubierta superior azotada por el viento, el conductor de un transporte de marisco hizo una imitación impecable de la firma del autor famoso. Tras sólo media docena de intentos en el cuaderno, el camionero estuvo preparado para firmar el libro y Eddie permitió al entusiasmado hombre que autografiara el ejemplar de *El ratón que se arrastra entre las paredes* que poseía la familia O'Hare. Cómodamente protegidos del viento, el hombre y el adolescente admiraron los resultados. Eddie, agradecido, ofreció al camionero la pluma estilográfica de Ted Cole.

—Debes de estar de broma —dijo el camionero.

—Quédatela, te la doy —replicó Eddie—. La verdad es que no la quiero.

No quería la pluma, en efecto, y el jubiloso camionero se la guardó en el bolsillo interior del sucio anorak. El hombre olía a salchichas de frankfurt y cerveza, pero también, sobre todo cuando no soplaba el viento, a almejas. Le ofreció a Eddie una cerveza, que el muchacho rechazó, y entonces le preguntó si «el ayudante de escritor» regresaría a Long Island el próximo verano.

Eddie no creía que lo hiciera, pero en realidad nunca abandonaría del todo Long Island, sobre todo mentalmente, y aunque pasaría el siguiente verano en su casa de Exeter, donde trabajaría para el centro docente como asesor en la oficina de admisiones —sería el guía que mostraba la escuela a los posibles exonianos y sus padres—, regresaría a Long Island el verano siguiente.

En 1960, el año de su graduación en Exeter, Eddie se sintió impulsado a buscar un trabajo veraniego fuera de casa. Este deseo, combinado con el hecho cada vez más evidente de que le atraían las mujeres mayores que él (una atracción correspondida por ellas), le llevarían a recordar la tarjeta de visita de Penny Pierce, que había conservado. Sólo cuando estaba a punto de graduarse, cerca de año y medio después de que Penny Pierce le ofreciera trabajo en la tienda de marcos de Southampton, comprendió que la mujer tal vez le había ofrecido algo más que un empleo.

El graduado por Exeter escribiría a la divorciada de Southampton con una franqueza cautivadora. («¡Hola! Puede que no me recuerde. Fui ayudante de Ted Cole. Un día estuve en su tienda y usted me ofreció trabajo. ¿Recuerda que fui, aunque brevemente, el amante de Marion Cole?»)

Penny Pierce no se anduvo con rodeos al responderle. («¿Cómo? ¿Que si me acuerdo de ti? ¿Quién podría olvidarse de esas sesenta veces en..., cuántas fueron..., seis o siete semanas? Si lo que deseas es un trabajo durante el verano, es tuyo.»)

Además del empleo en la tienda de marcos, Eddie, naturalmente, sería el amante de la señora Pierce. A comienzos del verano de 1960, Eddie se alojaría en una habitación para invitados en casa de la señora Pierce, una finca recién adquirida en First Neck Lane, hasta que él encontrase un alojamiento adecuado. Pero se hicieron amantes antes de que encontrara ese alojamiento; en realidad, antes de que él hubiese empezado a buscarlo. A Penny Pierce le alegró tener la compañía de Eddie en la casa grande y vacía, necesitada de alguna decoración interior que la animara.

Sin embargo, haría falta algo más que nuevo papel pintado y tapicería para eliminar la atmósfera de tragedia que flotaba en la casa. No hacía mucho una viuda, una tal señora Mountsier, se había suicidado en la finca, y su hija única, todavía universitaria, de quien se decía que estaba enemistada con su madre cuando ésta murió, se apresuró a venderla.

Eddie nunca sabría que la señora Mountsier era la misma mujer a la que había confundido con Marion en el sendero de acceso a la casa de los Cole, por no mencionar el papel que Ted había desempeñado en la desdichada historia de madre e hija.

En el verano de 1960, Eddie no tendría ningún contacto con Ted ni tampoco vería a Ruth. Sin embargo, vería algunas fotografías de la niña, que Eduardo Gómez llevó a la tienda de Penny Pierce para que las enmarcaran. Penny informó a Eddie que, en los dos años transcurridos desde que Marion se llevó las fotos de los hermanos muertos de Ruth, sólo habían llevado a la tienda unas pocas fotografías para enmarcar.

Todas esas fotos eran de Ruth y, al igual que la media docena de fotos que Eddie vio en el verano de 1960, en todas aparecía en una pose poco natural. Carecían de la mágica sinceridad de aquellos centenares de fotografías de Thomas y Timothy. Ruth era una niña seria y cejijunta que miraba a la cámara con suspicacia. Cuando había sido posible arrancarle una sonrisa, le faltaba espontaneidad.

Ruth había crecido en los dos años transcurridos. A menudo llevaba recogido el cabello en trenzas, ahora más oscuro y largo. Penny Pierce le decía a Eddie que las trenzas eran obra de manos expertas y que también se notaba cierto cuidado en las cintas anudadas en el extremo de cada trenza. (Conchita Gómez era la responsable de las trenzas y las cintas.)

—Es mona —dijo de Ruth la señora Pierce—, pero me temo que nunca llegará a tener el aspecto de su madre, ni muchísimo menos.

Después de hacer el amor con Marion unas sesenta veces, según sus cálculos, en el verano de 1958, Eddie O'Hare no volvería a tener relaciones sexuales hasta casi dos años después. En el último año de Exeter asistiría a un curso de literatura inglesa, en la modalidad de escritura creativa, y sería en esa clase, bajo la dirección del señor Havelock, donde Eddie empezaría a escribir sobre la iniciación sexual de un joven en brazos de una mujer mayor que él. Anteriormente, su único esfuerzo por utilizar sus experiencias durante el verano de 1958 como material narrativo se concretó en un relato breve, que le salió demasiado largo, basado en la desastrosa entrega de los dibujos que Ted Cole había hecho de la señora Vaughn.

En el relato de Eddie, no son dibujos, sino poemas pornográficos. El personaje del ayudante de escritor se parece mucho a Eddie, es una desventurada víctima de la furibunda señora Vaughn, y ésta apenas sufre variación alguna, con excepción de su nombre, que es el de señora Wilmot (el único que Eddie recordaba de la lista de todos los exonianos vivos residentes en los Hamptons). Como es natural, la señora Wilmot tiene un simpático jardinero de origen hispano, y al noble jardinero le corresponde la tarea de recoger los fragmentos de poemas pornográficos de los setos circundantes y del pequeño surtidor en el sendero de acceso circular.

El personaje del poeta tiene pocas cosas en común con Ted. El poeta es ciego, y ésa es la razón principal de que necesite un ayudante de escritor, por no mencionar la necesidad de un chófer. En el relato de Eddie, el poeta es soltero y el fin de su relación con el personaje llamado señora Wilmot, a quien y sobre quien había escrito sus poemas escandalosos, lo causa la esposa. El poeta ciego es un personaje entrañable, cuya inquietante situación consiste en que es seducido y abandonado repetidamente por mujeres feas.

Como mensajero del poeta, cuyo amor por la malvada señora Wilmot es trágicamente inmutable, el maltratado ayudante de escritor realiza un esfuerzo heroico que le cuesta su empleo. Le dice al poeta ciego lo espantosa que es en realidad la señora Wilmot, y aunque esta descripción enfurece tanto al poeta que despide al joven, la verdad que encierra lo libera por fin de la atracción autodestructiva que siente hacia las mujeres como la señora Wilmot. (El tema de la fealdad no está bien trabajado, incluso muestra cierta torpeza, pues aunque Eddie se refería a la fealdad interior, lo que le resulta evidente e indecoroso al lector es la fealdad externa de la señora Wilmot.)

Era una narración francamente malísima, pero en tanto que muestra de lo prometedor que era Eddie como escritor, causó la suficiente impresión en el señor Havelock para admitir a Eddie en el curso de escritura creativa, y fue ahí, en esa clase de jóvenes aspirantes a escritores, donde empezó a fluir aquel tema, el más interesante de Eddie: el del joven que se relaciona con una mujer madura.

Por supuesto, Eddie era demasiado tímido para mostrar sus primeros esfuerzos a la clase. Había entregado los relatos, de una manera confidencial, al señor Havelock, quien sólo se los mostró a su esposa. Ésta era aquella mujer cuya pilosidad axilar y ausencia de sujetador fueron los elementos que utilizó Eddie en su primera fase de satisfacción masturbatoria. La señora Havelock se interesaría vivamente por la manera en que Eddie desarrollaba el tema del joven y la mujer madura.

Es comprensible que, para la señora Havelock, este tema fuese más interesante que el estilo de Eddie. Al fin y al cabo, la señora Havelock era una treintañera sin hijos que constituía el único objeto visible de deseo en una comunidad cerrada de casi ochocientos adolescentes. Aunque nunca se había sentido sexualmente tentada por ninguno de ellos, no había dejado de observar que excitaba la libido de los chicos. La mera posibilidad de semejante relación le repugnaba. Estaba felizmente casada y convencida por completo de que los chicos eran..., bueno, nada más que chicos. En consecuencia, la misma naturaleza de una relación sexual entre un muchacho de dieciséis años y una mujer de treinta y nueve, relación que describían una y otra vez los relatos de Eddie, atrajeron poderosamente la curiosidad de la señora Havelock. Ésta era alemana de nacimiento y conoció a su marido durante un intercambio de estudiantes extranjeros en Escocia (el señor Havelock era inglés). Ahora estaba atrapada en uno de los internados masculinos de elite en Estados Unidos, y se sentía continuamente perpleja y deprimida.

A pesar de la opinión que tenía la madre de Eddie sobre el carácter «bohemio» de la señora Havelock, ésta no hacía nada ex profeso para resultar sexualmente atractiva a los muchachos. Como una buena esposa, procuraba estar lo más atractiva posible para su marido. Era el señor Havelock quien prefería que ella no llevara sostén y quien rogaba a su esposa que no se depilara los sobacos: por encima de todo, le atraía la naturalidad. La señora Havelock se consideraba a sí misma poco atractiva y le consternaba su evidente efecto sobre aquellos muchachos rijosos, pues sabía que utilizaban su imagen para cascársela con abandono.

Anna Havelock, Rainer de soltera, no podía salir de su apartamento en la residencia sin que varios muchachos que se habían quedado rezagados en el vestíbulo se sonrojaran, o tropezaran con puertas o paredes, porque no podían quitarle los ojos de encima. Le era imposible servir café y pastas a los estudiantes asesorados por su marido, o a los alumnos de escritura creativa, sin que éstos se quedaran mudos, hasta tal punto les impresionaba la mujer. Ella, muy juiciosamente, detestaba esa situación y rogaba a su marido que volvieran a Gran Bretaña o a Alemania, donde sabía por experiencia que podría vivir sin sentirse el blanco de una infinidad de miradas lujuriosas. Pero a su marido, Arthur Havelock, le encantaba la vida en Exeter, donde era un profesor enérgico que gustaba mucho a los alumnos y a sus colegas del profesorado.

Tal era el matrimonio básicamente bueno, sin puntos de fricción, al que Eddie O'Hare aportó los turbadores relatos de su enredo sexual con Marion Cole. Por supuesto, Eddie había introducido los cambios necesarios para ocultar que los personajes eran él mismo y Marion. El personaje de Eddie no era el ayudante de un famoso autor e ilustrador de libros infantiles. (Puesto que Minty O'Hare había comentado e idealizado hasta hacerse insoportable el primer trabajo veraniego de su hijo, todo el mundo en el departamento de literatura inglesa de Exeter estaba al corriente de que Eddie había trabajado unos meses para Ted Cole.)

En los relatos de Eddie, el muchacho trabajaba en una tienda de marcos de Southampton y el personaje de Marion estaba inspirado en el recuerdo borroso que Eddie conservaba de Penny Pierce. Puesto que Eddie no recordaba el aspecto que tenía la mujer, su descripción física era una combinación imprecisa del hermoso rostro de Marion y el cuerpo maduro y algo corpulento de Penny Pierce, que no tenía punto de comparación con el de Marion.

Al igual que la señora Pierce, el personaje de Marion en los relatos de Eddie estaba cómodamente divorciada. Por su parte, el personaje de Eddie gozaba de los frutos silvestres de su iniciación sexual. Sesenta veces en menos de un verano era una cifra sorprendente para los señores Havelock. El personaje de Eddie también se beneficiaba de la generosa pensión alimenticia acordada en el proceso de divorcio de Penny Pierce, pues, en los relatos de Eddie, el muchacho de dieciséis años vivía en la espléndida casa que la propietaria de la tienda de marcos poseía en Southampton, una lujosa finca que tenía un asombroso parecido con la mansión de la señora Vaughn en Gin Lane.

Mientras que la señora Havelock estaba fascinada y muy desconcertada por la autenticidad de las escenas sexuales en los relatos de Eddie, a su marido, como buen profesor que era, le interesaba más la calidad de la escritura de Eddie, y le comentó algo que el muchacho ya sabía: que ciertos aspectos de sus relatos parecían más auténticos que otros. El detallismo sexual, la sombría presciencia que tenía el joven protagonista de que el verano llegaría a su final y al mismo tiempo terminaría su aventura amorosa con una mujer que lo significaba todo para él (mientras cree que él significa mucho menos para la mujer), y la expectativa implacable del sexo, que es casi tan emocionante como el mismo acto..., bien, esos elementos parecían auténticos en los relatos de Eddie. (El muchacho sabía no sólo que lo parecían, sino que lo eran.)

Pero otros detalles eran menos convincentes. En la descripción del poeta ciego, por ejemplo, el personaje no estaba desarrollado por completo; los poemas pornográficos no eran ni creíbles como poemas ni lo bastante gráficos como pornografía, mientras que la descripción de la cólera del personaje basado en la señora Vaughn, de su reacción contra la pornografía y contra el desventurado ayudante de escritor que le entrega los poemas..., sí, ése era un buen material, y tenía un timbre de veracidad (porque, como Eddie sabía, era verídico).

Eddie había inventado al poeta ciego y los poemas pornográficos, había inventado la descripción física del personaje de Marion, que era aquella mezcla poco convincente del personaje de Marion y Penny Pierce. Tanto el señor como la señora Havelock decían que el personaje de Marion era confuso, que no podían «verla».

Cuando la fuente de su escritura era autobiográfica, Eddie podía escribir con autoridad y verosimilitud, pero cuando trataba de imaginar (inventar, crear) no lo lograba tan bien como cuando se inspiraba en sus recuerdos. ¡Grave limitación para un literato! (En aquel entonces, cuando era todavía un estudiante de Exeter, Eddie no sabía hasta qué punto era eso grave.)

Finalmente, Eddie sólo alcanzaría una pequeña reputación literaria y se convertiría en un escritor poco conocido pero respetado. Nunca provocaría el impacto sobre la psique norteamericana que llegaría a producir Ruth Cole, nunca poseería el dominio del lenguaje de Ruth ni se acercaría a la magnitud y complejidad de los personajes y argumentos de ésta, por no mencionar su fuerza narrativa.

Pero, de todos modos, Eddie se ganaría la vida como novelista. No se le puede negar su existencia como escritor tan sólo porque nunca sería, como Chesterton escribió de Dickens, «una llama de puro genio que brota en un hombre sin cultura, sin tradición, sin la ayuda de las religiones y filosofías históricas o de las grandes escuelas extranjeras».

No, eso no podría decirse de Eddie O'Hare (como también sería excesivamente generoso hacer extensiva a Ruth Cole la alabanza de Chesterton), pero por lo menos las obras de Eddie se publicarían.

La cuestión es que Eddie escribió unas anodinas novelas autobiográficas, todas ellas variaciones de un tema trillado; y a pesar del cuidado con que escribía, a pesar del lúcido estilo de su prosa, de la exactitud con que reflejaba la época y el lugar, de lo creíbles que eran sus personajes, los cuales mantenían sus características a lo largo de la obra, sus novelas carecían de imaginación o, cuando se esforzaba por dar rienda suelta a su imaginación, carecían de credibilidad.

Aunque su primera novela obtuvo críticas en general favorables, no se libraba de esos escollos ocultos que el buen profesor de Eddie, el señor Havelock, le había indicado en la primera oportunidad que tuvo. La novela, titulada *Un trabajo de verano,* era básicamente otra versión de los relatos que Eddie escribía en Exeter. (Su publicación, en 1973, tuvo lugar casi al mismo tiempo que la graduación de Ruth Cole en el centro que antes era sólo para varones.)

En *Un trabajo de verano,* el poeta es sordo en vez de ciego, y su necesidad de un ayudante se aproxima más a la situación de Ted cuando necesitó contratar a Eddie, porque el poeta sordo es bebedor. Pero si bien la relación entre el muchacho y el hombre maduro es convincente, los poemas no son creíbles (Eddie nunca supo escribir poesía) y su contenido supuestamente pornográfico no es lo bastante crudo y agresivo como para calificarlo de pornografía. La colérica amante del poeta sordo y borracho, el personaje de la señora Vaughn, que sigue llamándose señora Wilmot, es un hábil retrato de una fealdad intensificada, pero la sufrida esposa del poeta, el personaje de Marion, no es convincente. No tiene los rasgos de Marion ni los de Penny Pierce.

Eddie intentó presentarla como una mujer mayor que él, muy etérea pero prototípica, y resulta demasiado vaga para ser creíble como la amante del ayudante de escritor. La motivación de la mujer tampoco está bien planteada, y el lector no comprende qué ve en el chico de dieciséis años. Eddie dejó fuera de *Un trabajo de verano* a los hijos perdidos. No menciona en ningún momento a los chicos muertos, y tampoco aparece un personaje inspirado en Ruth.

A Ted Cole le divirtió la lectura de *Un trabajo de verano*. El célebre cuentista pagado de sí mismo la consideró una obra menor, pero también agradeció a Eddie, que por entonces tenía treinta y un años, que hubiera alterado la realidad al escribir su primera novela. Ruth ya tenía suficiente edad y su padre le había contado los amores de su madre y Eddie O'Hare. También ella se sintió agradecida a Eddie por no haberla incluido en su narración. Ruth tampoco reparó en que el personaje de Marion no se parecía a su madre, ni siquiera remotamente. Sólo sabía que su madre continuaba en paradero desconocido.

Aquel día de agosto de 1958, cuando cruzó el canal de Long Island con el conductor del camión de marisco, Eddie O'Hare no tenía ningún telescopio con el que pudiera contemplar el futuro. No preveía que se convertiría en un novelista escasamente alabado y poco conocido. No obstante, Eddie siempre contaría con un núcleo de lectores reducido pero fiel. A veces le deprimiría que sus admiradores fuesen sobre todo mujeres maduras y, aunque con menor frecuencia, hombres más jóvenes. Sin embargo, sus escritos revelaban un esfuerzo literario, y Eddie nunca se encontraría sin trabajo. Se ganaría modestamente la vida enseñando en una universidad, tarea que desempeñó de una manera honorable aunque no tenía una aptitud especial ni demasiada distinción. Sus alumnos y sus colegas de facultad le respetarían, pero jamás sería uno de esos profesores idolatrados.

Cuando el conductor del camión le preguntó: «Si no vas a ser ayudante de escritor, ¿a qué vas a dedicarte?», Eddie no vaciló en responder a aquel hombre tan franco y que despedía un olor a pescado tan poco grato: «Voy a ser escritor».

Sin duda el muchacho no podría haber imaginado la aflicción que causaría en ocasiones. Iba a herir a los Havelock sin proponérselo, por no mencionar a Penny Pierce, a quien sólo había querido herir un poco. ¡Y los Havelock habían sido tan amables con él!... A la señora Havelock le gustaba Eddie, en parte porque percibía que el muchacho había superado la lujuria que en otro tiempo ella le provocaba. Se daba cuenta de que estaba encaprichado de otra, y no pasó mucho tiempo antes de que se lo preguntara directamente. Los Havelock sabían que Eddie no era un escritor lo bastante bueno como para haber imaginado aquellas escenas sexuales tan explícitas entre un joven y una mujer madura. Demasiados detalles eran exactos.

Y así los señores Havelock fueron las personas a quien Eddie confesó su aventura amorosa con Marion, que se prolongó durante seis o siete semanas. También les contó los aspectos terribles, las partes sobre las que no se había atrevido a escribir. Al principio, la señora Havelock reaccionó diciendo que Marion prácticamente le había violado, que era culpable de un delito, el de haberse aprovechado de un menor de edad. Pero Eddie persuadió a la mujer de que las cosas no habían sido así.

Como solía sucederle con las mujeres mayores que él, a Eddie le resultaba fácil y consolador llorar delante de la señora Havelock, cuyas velludas axilas y senos libres de sujetador todavía le recordaban la excitación que le producían en el pasado. Como si se tratara de una ex novia, la señora Havelock sólo le excitaba de vez en cuando y no en demasía. Pero era evidente que, en su presencia cálida y maternal, aún podía experimentar un ramalazo de lujuria.

Así pues, era una lástima que escribiera sobre ella como lo hizo. Si a veces la segunda novela es como una inflamación, en el caso de Eddie su «segundanovelitis» fue más intensa de lo habitual. La segunda novela de Eddie fue la peor de las que escribió y, tras el éxito relativo de *Un trabajo de verano*, esa segunda obra señalaría el punto más bajo en la carrera del novelista. Después, su reputación literaria mejoraría ligeramente y mantendría un rumbo constante y poco distinguido.

Parece seguro que Eddie tuvo demasiado presente la obra teatral de Robert Anderson *Té y simpatía*, de la que más tarde se hizo una película, con Deborah Kerr en el papel de la mujer madura, y que indudablemente causó en Eddie O'Hare una impresión duradera. En la comunidad de Exeter conocían especialmente bien *Té y simpatía* porque Robert Anderson era un exoniano, graduado en 1935. Todo esto contribuyó a poner a la señora Havelock en un brete cuando Eddie publicó su segunda novela, *Café y bollos*.

En esa segunda novela, un alumno de Exeter sufre frecuentes desvanecimientos en presencia de la esposa de su profesor favorito de inglés. La esposa, cuyos senos colgantes, sin sujetador, y sus axilas siempre sin depilar la identifican inequívocamente como la señora Havelock, ruega a su marido que se la lleve de la escuela. Se siente humillada por ser el objeto de deseo de tantos chicos, y además siente lástima de ese alumno a quien su involuntario atractivo sexual ha destrozado por completo.

Esto era demasiado explícito, como más adelante Minty O'Hare le diría a su hijo. Incluso Dot O'Hare se apiadaría al ver el semblante afligido de Anna Havelock tras la publicación de *Café y bollos*. Eddie, en su ingenuidad, había pensado que el libro sería una especie de homenaje a *Té y simpatía*... y a los Havelock, que tanto le habían ayudado. Pero, en la novela, el personaje de la señora Havelock se acuesta con el adolescente prendado de ella, pues éste es el único medio de que dispone para convencer a su insensible marido y lograr que la aparte de la atmósfera masturbatoria de la escuela. (Que Eddie considerase su libro nada menos que un homenaje a los Havelock resulta francamente desconcertante.)

En cuanto a la señora Havelock, la publicación de *Café y bollos* tuvo un efecto largamente deseado: su marido decidió regresar a Gran Bretaña, tal como ella le había pedido que hiciera. Arthur Havelock acabó enseñando en una localidad de Escocia, el país donde conoció a Anna. Pero si el resultado de la segunda novela de Eddie tuvo, sin habérselo propuesto, un final feliz para los Havelock, lo cierto es que éstos nunca le dieron las gracias por haber escrito aquel libro comprometedor. No sólo no le dieron las gracias, sino que no volvieron a dirigirle la palabra.

Quizá la única persona a la que gustó *Café y bollos* fue alguien que se hizo pasar por Robert Anderson, graduado en 1935. El pretendido autor de *Té y simpatía* envió a Eddie una elegante carta en la que le decía que había comprendido el homenaje y la comedia que el joven escritor se había propuesto escribir. (En los paréntesis que seguían al nombre de Robert Anderson, el impostor había escrito: «¡Sólo es una broma!», cosa que hundió a Eddie.)

Aquel sábado, cuando se hallaba en la cubierta superior del transbordador que cruzaba el canal en compañía del camionero, Eddie estaba taciturno. Era como si pudiera prever no sólo su aventura veraniega con Penny Pierce, sino también la carta rencorosa que le escribió tras haber leído *Un trabajo de verano*. A Penny no le gustó el personaje de Marion en esa novela..., porque, naturalmente, ella lo veía como el personaje de Penny.

A decir verdad, Eddie O'Hare decepcionaría a la señora Pierce mucho antes de que ésta leyera la novela. En el verano de 1960, se acostaría con Eddie durante tres meses. Dispondría casi del doble de tiempo que Marion para dormir con él, y sin embargo el muchacho no haría sesenta veces, ni mucho menos, el amor con la señora Pierce.

—¿Sabes de qué me acuerdo, muchacho? —le decía el camionero. Para asegurarse de que su interlocutor le escuchaba, extendió la mano con la botella de cerveza más allá de la pared protectora del puente. El viento hizo que la botella sonara como una bocina.

—No, ¿de qué te acuerdas?

—De aquella mujer que estaba contigo, la del suéter rosa. Te recogió en aquel bonito y pequeño Mercedes. No eras su ayudante, ¿verdad?

Eddie tardó un poco en responder.

—No, trabajé para su marido. El escritor era él.

—¡Vaya, ése sí que es un tipo con suerte! —exclamó el camionero—. Pero, compréndeme, yo sólo miro a las mujeres, no me meto en líos. Hace casi treinta y cinco años que me casé... con mi novia del instituto. Supongo que somos felices. No es una gran belleza, pero es mi mujer. Es como las almejas.

—¿Perdona?

—La mujer, las almejas..., quiero decir que quizá no sea la elección más emocionante, pero funciona —le explicó el camionero—. Quería tener mi negocio de transporte, por lo menos mi propio camión. No quería trabajar para otros. Antes transportaba cosas muy diversas, pero era complicado. Cuando vi que podía arreglármelas sólo con las almejas, resultó más fácil. Podríamos decir que acabé cayendo en las almejas.

—Comprendo —dijo Eddie.

La esposa, las almejas..., el futuro novelista pensó que era una analogía retorcida, al margen de cómo se expresara. Y sería injusto afirmar que el escritor Eddie O'Hare vendría a ser el equivalente literario del camionero. No era tan malo como para decir que «acabó cayendo en las almejas».

El camionero volvió a extender la botella más allá de la pared del puente. La botella, ya vacía, emitió un sonido más grave que el de antes. El transbordador aminoró la velocidad mientras se aproximaba al embarcadero.

Eddie y el camionero recorrieron la cubierta superior en dirección a proa, de cara al viento. En el muelle, los padres del muchacho agitaban los brazos como locos. Su obediente hijo les devolvió el saludo. Tanto Minty como Dot tenían lágrimas en los ojos, se abrazaban y enjugaban mutuamente los rostros humedecidos, como si Eddie regresara sano y salvo de la guerra. En vez de experimentar su turbación habitual, o incluso de sentirse un tanto avergonzado por la conducta histérica de sus padres, Eddie comprendió cuánto los quería y lo afortunado que era al tener la clase de padres que Ruth Cole jamás conocería.

Entonces comenzó el habitual estrépito de las cadenas que bajaban la pasarela de desembarco. Los estibadores se hablaban a gritos por encima del jaleo.

Eddie contempló el puerto y las aguas agitadas del canal de Long Island con la seguridad de que los veía por última vez. No podía imaginar que, un día, cruzar el canal en el transbordador le sería tan familiar como cruzar el umbral del edificio principal del centro docente, bajo aquella inscripción latina que le invitaba a ir allá y convertirse en hombre.

—¡Edward! —exclamaba su padre—. ¡Cariño!

La madre de Eddie lloraba tanto que era incapaz de hablar. Al muchacho le bastó con mirarles para saber que jamás podría contarles lo que le había sucedido. Si hubiera tenido un poder de premonición mayor del que poseía, tal vez en aquel mismo momento habría reconocido sus limitaciones como literato: jamás sería un buen mentiroso. No sólo no podría contar a sus padres la verdad de su relación con Ted, Marion y Ruth, sino que tampoco podría inventarse una mentira satisfactoria.

Eddie mentiría sobre todo por omisión, limitándose a decir que había pasado un verano triste porque el señor Cole y su mujer estaban embarcados en los preliminares del divorcio. Luego Marion había dejado a Ted con la niñita, y eso era todo. Una oportunidad de mentir más estimulante se presentó cuando la madre de Eddie descubrió la rebeca rosa de Marion colgada en el armario de su hijo.

La mentira de Eddie era más espontánea y convincente que la mayor parte de lo que imaginaba imperfectamente en sus novelas. Le dijo a su madre que cierta vez, yendo de compras con la señora Cole, ésta señaló el suéter en una boutique de East Hampton y le dijo que siempre había deseado aquella prenda y había confiado en que su marido se la comprara. Con estas palabras, y puesto que ella y su marido estaban en trámites de divorcio, la señora Cole le dio a entender que había una buena razón para que su marido se ahorrara el dinero.

Eddie regresó a la tienda y compró la cara prenda, ¡pero la señora Cole se marchó (abandonando el matrimonio, la casa, a su hija, todo) antes de que Eddie hubiera tenido ocasión de dársela! El muchacho dijo a su madre que quería quedarse con la rebeca por si un día se encontraba de nuevo con Marion.

Dot O'Hare se sintió orgullosa del amable gesto de su hijo. De vez en cuando azoraba a Eddie al mostrar la rebeca rosa a sus amigos del profesorado, pues a Dot le parecía perfecto utilizar lo considerado que había sido Eddie con la desdichada señora Cole como tema de conversación durante una cena. Más adelante, la mentira de Eddie sería como un tiro salido por la culata. En el verano de 1960, mientras Eddie mantenía relaciones con Penny Pierce y no cumplía con el requisito de las sesenta veces, Dot O'Hare conoció a la esposa de un profesor de Exeter a quien la rebeca de Marion le sentaba de maravilla. Cuando Eddie regresó a casa desde Long Island por segunda vez, su madre había regalado la rebeca de cachemira rosa.

Fue una suerte para él que su madre no encontrara nunca la camisola lila y las bragas a juego, que Eddie tenía escondidas en un cajón junto con los suspensorios para practicar atletismo y los pantalones cortos con los que jugaba al squash. Es dudoso que Dot O'Hare hubiera felicitado a su hijo por ser tan «considerado» al comprarle a la señora Cole unas prendas interiores tan insinuantes.


Aquel sábado de agosto de 1958, en el muelle de New London, Minty percibió en la firmeza del abrazo de Eddie algo que le persuadió de que podía darle las llaves del coche. No hubo ninguna mención de que el tráfico que les esperaba era «distinto del tráfico de Exeter». Minty carecía de motivos de preocupación, pues veía que Eddie había madurado. («¡Cómo ha crecido, Joe!», susurró Dot a su marido.)

Minty había aparcado el coche a cierta distancia del muelle, cerca de la estación de ferrocarril. Tras una pequeña discusión entre Minty y Dot, sobre cuál de ellos se sentaría al lado del muchacho como «copiloto» durante el largo trayecto hasta su casa, los padres de Eddie se acomodaron en el vehículo con tanta confianza como si fuesen niños. Era indudable que Eddie manejaba el timón.

Sólo cuando abandonaban el aparcamiento de la estación de ferrocarril, Eddie reparó en el Mercedes rojo tomate de Marion, estacionado a escasa distancia del andén. Probablemente ya había enviado las llaves por correo a su abogado, quien repetiría a Ted la lista de exigencias de Marion.

Así pues, quizá no se había ido a Nueva York. Esta posibilidad no supuso para Eddie más que una ligera sorpresa. Y si Marion había dejado su coche en la estación de ferrocarril de New London, ello no significaba necesariamente que hubiese regresado a Nueva Inglaterra, sino que podría haberse encaminado al norte. (Tal vez a Montreal. Eddie sabía que Marion hablaba francés.)

Pero ¿en qué pensaba ahora aquella mujer?, se preguntó Eddie a propósito de Marion, y lo mismo se preguntaría durante treinta y siete años. ¿Qué estaba haciendo? ¿Adónde había ido?

# II
## Otoño de 1990

## Eddie a los cuarenta y ocho años

Un lluvioso atardecer de septiembre, Eddie O'Hare estaba de pie, muy erguido, ante el mostrador del bar del Club Atlético de Nueva York. Tenía cuarenta y ocho años, y en el cabello antes castaño oscuro se veían muchas hebras de un gris plateado. Como trataba de leer de pie, un mechón de pelo le caía una y otra vez sobre un ojo. Se lo echaba hacia atrás, utilizando los largos dedos a modo de peine. Nunca llevaba un peine encima, y su cabello, crespo y siempre como si acabara de lavárselo, tenía un aspecto desordenado. En realidad, era el único detalle desordenado de su persona.

Eddie era alto y delgado, y tanto si estaba sentado como de pie, cuadraba los hombros de un modo nada natural y mantenía el cuerpo demasiado derecho, tenso, casi como si estuviera en posición de firmes. Padecía de dolor crónico en la zona lumbar. Acababa de perder tres juegos de squash con un hombrecillo calvo llamado Jimmy. Nunca se acordaba de su apellido. Jimmy estaba jubilado (se rumoreaba que era setentón) y pasaba todas las tardes en el Club Atlético de Nueva York, esperando la ocasión de hacer algún partido con jugadores más jóvenes cuyos contrincantes les habían dejado plantados.

Eddie tenía una Coca-Cola Light en la mano, la única bebida que tomaba, y se refrescaba tras la derrota. No era la primera vez que Jimmy le vencía y, por descontado, no eran pocas las que le habían dejado plantado. Eddie tenía unos pocos amigos íntimos en Nueva York, pero ninguno de ellos jugaba a squash. Se había hecho socio del club hacía sólo tres años, en 1987, tras la publicación de su cuarta novela, titulada *Sesenta veces*. Pese a las críticas favorables, aunque tibias, el tema de la novela no le gustó al único miembro del Comité de Admisiones que la leyó. Otro miembro del comité le informó de que en realidad le habían aceptado por su apellido, no por sus obras. (Había habido muchos y renombrados O'Hare en la historia del Club

Atlético de Nueva York, aunque ninguno estaba emparentado con Eddie.)

No obstante, a pesar del carácter selectivo del club y de la escasa cordialidad que encontraba en él, a Eddie le gustaba contarse entre sus miembros. Era un lugar barato donde alojarse cada vez que iba a la ciudad. Desde hacía casi diez años, desde la publicación de su tercera novela, *Adiós a Long Island*, Eddie iba a la ciudad con bastante frecuencia, aunque sólo fuese por una o dos noches. En 1981 compró su primera y única casa, en Bridgehampton, a unos cinco minutos en coche de la casa de Ted Cole en Sagaponack. Durante los nueve años que llevaba como residente y contribuyente en el condado de Suffolk, Eddie no había pasado ni una sola vez ante la casa de Ted en Parsonage Lane.

La casa de Eddie estaba en Maple Lane, tan cerca de la estación de ferrocarril de Bridgehampton que podía ir andando a tomar el tren, cosa que hacía raras veces. Detestaba los trenes; éstos pasaban tan cerca de su casa que a veces tenía la sensación de que vivía en un tren. Y aunque la agente inmobiliaria había admitido que el emplazamiento de la casa dejaba algo que desear, el precio era aceptable y en verano Eddie siempre la alquilaba. Los Hamptons no le hacían ninguna gracia durante los meses de julio y agosto, y conseguía una cantidad de dinero exorbitante por alquilar su modestísima casa durante esos meses alocados.

Gracias a los derechos de autor y los alquileres veraniegos, Eddie sólo necesitaba enseñar un semestre del curso académico. Así, en uno u otro colegio mayor o universidad, era un perpetuo escritor visitante que permanecía allí una temporada. También estaba condenado a asistir a diversas lecturas dadas por escritores, y cada verano tenía que encontrar una vivienda de alquiler más barata que lo que cobraba por su casa en los Hamptons. Sin embargo, Eddie nunca se quejaba de sus circunstancias. En el círculo de los escritores docentes era muy estimado. Podían confiar en que no se acostaría con las alumnas, por lo menos con las más jóvenes.

Fiel a lo que le dijera a Marion treinta años atrás, Eddie O'Hare nunca se había acostado con una mujer de su edad... o más joven que él. Aunque muchas de las alumnas matriculadas en escritura creativa que asistían a las lecturas de escritores eran mujeres mayores (divorciadas y viudas que se habían dedicado a la escritura como una forma de terapia), nadie consideraba a esas mujeres inocentes o necesitadas de protección contra las inclinaciones sexuales de los profesores. Además, en el caso de Eddie, siempre eran las mujeres mayores quienes tomaban la iniciativa. Su reputación le precedía.

Habida cuenta de todas estas circunstancias, Eddie era un hombre que se creaba muy pocos enemigos. Sólo estaban en su contra las mujeres mayores que se tomaban a mal lo que había escrito acerca de ellas. Sin embargo, se equivocaban al tomarse de una manera tan personal a los personajes femeninos de Eddie, quien se había limitado a utilizar sus cuerpos, su cabello, sus gestos y sus expresiones. Y el amor imperecedero que cada uno de los jóvenes sentía hacia las mujeres maduras que aparecían en las novelas de Eddie era siempre una versión del amor que el escritor sintiera por Marion. Desde entonces no había experimentado semejante amor por ninguna de las mujeres mayores que él que había conocido.

Como novelista, tan sólo había tomado prestados las ubicaciones de los pisitos y la sensación al tacto de las prendas de aquellas mujeres. En ocasiones se servía de la tapicería de los sofás que había en sus salas de estar..., y cierta vez describió el rosal que estaba dibujado en las sábanas y fundas de almohada de una bibliotecaria solitaria, pero no a la bibliotecaria en persona. (Esto no es del todo cierto, porque había tomado prestado el lunar que tenía en el seno izquierdo.)

Y si las pocas mujeres maduras que veían remedos de sí mismas en una u otra de sus cuatro novelas se habían convertido en enemigas, también había conseguido la amistad perdurable de muchas mujeres maduras, con varias de las cuales se había acostado alguna vez. En cierta ocasión, una mujer le dijo a Eddie que sospechaba de cualquier hombre que siguiera siendo amigo de sus ex amantes, pues eso significaba que nunca había sido un gran amante, o que no era más que un buen chico. Pero hacía mucho tiempo que Eddie O'Hare se había resignado a ser «tan sólo un buen chico». Innumerables mujeres le habían dicho que no abundaban los buenos chicos, y que ser así era su mayor encanto.

Eddie volvió a apartarse el mechón del ojo derecho. Se miró en el espejo del bar, sumido en la penumbra de la tarde lluviosa, y en el semblante que vio reflejado reconoció a un hombre alto y de aspecto fatigado que en aquel momento tenía muy poca confianza en sí mismo. Volvió a fijar su atención en las páginas que estaban sobre el mostrador y tomó un sorbo de Coca-Cola Light. Era un texto de casi veinte páginas mecanografiadas que Eddie había llenado de correcciones en rojo, con una pluma a la que llamaba «la favorita del maestro». En lo alto de la primera página también había anotado las puntuaciones del partido de squash con Jimmy: 15-9, 15-5. 15-3. Cada vez que Jimmy marcaba un tanto, Eddie siempre se imaginaba que había perdido contra Ted Cole. Calculaba que ahora Ted tendría cerca de ochenta años, más o menos la edad de Jimmy.

Si Eddie no había pasado nunca ante la casa de Ted en los nueve años que llevaba viviendo en Bridgehampton, no había sido por casualidad. Vivir en el Maple Lane de Bridgehampton y no girar ni una sola vez por el Parsonage Lane de Sagaponack requería una previsión constante. Pero a Eddie le sorprendía no haberse encontrado jamás con Ted en un cóctel o en el supermercado de Bridgehampton. Debería haber supuesto que Conchita Gómez, ahora también setentona, se encargaba de hacer la compra a Ted. Éste jamás iba de tiendas.

Con respecto a los cócteles, Eddie y Ted eran de generaciones diferentes y asistían a distintas clases de fiestas. Además, aunque los libros infantiles de Ted Cole aún tenían muchos lectores, la fama del escritor, quien contaba ahora setenta y siete años, era cada vez menor, por lo menos en los Hamptons. A Eddie le encantaba pensar que la celebridad de Ted no era nada comparada con la de su hija.

Pero si la fama de Ted Cole se estaba desvaneciendo, su destreza en el squash, sobre todo cuando jugaba con ventaja en su granero, era tanta como la de Jimmy. A pesar de sus años, en el otoño de 1990 Ted hubiera vencido tan fácilmente a Eddie como le venciera en el verano de 1958. Desde luego, Eddie era un jugador malísimo. Torpe y lento, nunca preveía la dirección del lanzamiento de su contrario. Tardaba en llegar a la pelota, eso cuando lo lograba, y por lo tanto tenía que golpearla demasiado rápido. Tampoco la volea alta de Eddie, que era su mejor saque, le hubiera servido de nada en el granero de Ted, donde el techo estaba a menos de cinco metros del suelo.

Ruth, una jugadora lo bastante buena para haber quedado la tercera en los campeonatos escolares de Exeter, aún no había derrotado a su padre en aquella irritante pista doméstica. También en su caso la volea alta era su mejor servicio. En el otoño de 1990, Ruth tenía treinta y seis años, y cuando visitaba la casa de Sagaponack lo hacía con la única intención de vencer a su padre antes de que se muriese. Pero, incluso a los setenta y siete años, Ted Cole no mostraba el menor indicio de hallarse próximo a la muerte.

En el exterior del Club Atlético de Nueva York, en la esquina de Central Park South y la Séptima Avenida, la lluvia azotaba la marquesina color crema del club. De haber sabido cuántos socios ya hacían cola bajo la marquesina, esperando su turno para tomar un taxi, Eddie habría salido del bar mucho antes y ocupado su lugar al final de la cola. Pero siguió releyendo y revisando su texto, demasiado largo y confuso, sin pensar que debía preocuparse menos por la preparación de su discurso que por la posibilidad cada vez mayor de llegar tarde al lugar donde debía pronunciarlo.

El club, situado en la esquina de la Calle 59 con la Séptima Avenida, estaba demasiado lejos del centro de la YMHA sito en la Calle 92 (a la altura de Lexington) para ir a pie, sobre todo bajo la lluvia, pues no tenía impermeable ni paraguas. Y debería haber sabido el efecto que ejerce la lluvia sobre la disponibilidad de taxis en Nueva York, en especial cuando empieza a oscurecer. Pero Eddie estaba demasiado absorto en los defectos de su discurso. Siempre le habían afligido unas tendencias derrotistas, y ahora preferiría no haber accedido a pronunciar el dichoso discurso.

«¿Quién soy yo para presentar a Ruth Cole?», se preguntó abatido.

Fue el barman quien evitó que Eddie se perdiera por completo el temido acontecimiento.

—¿Otra Coca-Cola, señor O'Hare? —le preguntó.

Eddie consultó su reloj. Si en aquel momento Marion hubiera estado en el bar observando la expresión de Eddie, habría percibido un atisbo de la desventura de un muchacho de dieciséis años en el rostro de su ex amante.

Eran las siete y veinte, y dentro de diez minutos esperaban a Eddie en la YMHA. El trayecto en taxi entre Lexington y la Calle 92 requeriría por lo menos diez minutos, siempre que Eddie tomara un taxi nada más salir del club. Sin embargo, tropezó con una cola de socios contrariados que aguardaban para tomar un taxi. En la marquesina color crema, del emblema rojo como la sangre del Club Atlético de Nueva York, un pie alado, se desprendían gotas de lluvia.

Eddie metió los libros y el texto de su discurso en su abultada cartera marrón. Si esperaba para tomar un taxi, llegaría tarde. Iba a quedar empapado, pero incluso antes de que empezara a llover, el atuendo de Eddie tenía algo del desaliño característico de un profesor. A pesar de que el Club Atlético exigía el uso de chaqueta y corbata y a pesar de que Eddie, por su edad y sus antecedentes, debería haberse sentido cómodo con chaqueta y corbata (al fin y al cabo, era un exoniano), el portero del club siempre le miraba las ropas como si violaran las normas.

Sin un plan preconcebido, Eddie corrió a lo largo de Central Park South bajo la lluvia, que había arreciado y ahora era un aguacero. Al aproximarse primero al Saint Moritz y luego al Plaza, deseó vagamente descubrir una hilera de taxis esperando en el bordillo a los clientes del hotel, pero lo que encontró fue dos hileras de decididos clientes de hotel a la espera de taxis.

Eddie entró en el Plaza, se dirigió a recepción y pidió que le cambiaran un billete de diez dólares en monedas. Si disponía del importe exacto, podría tomar un autobús hasta la Avenida Madison. Pero antes de que pudiera musitar lo que quería, la recepcionista le preguntó si era cliente del hotel. A veces, de una manera espontánea, Eddie era capaz de mentir, pero casi nunca lo lograba cuando quería hacerlo.

—No, no soy cliente —admitió—. Sólo necesito cambio para el autobús.

La mujer sacudió la cabeza.

—Si no es cliente, me llamarían al orden —le dijo.

Eddie tuvo que correr por la Quinta Avenida antes de poder cruzar en la Calle 62. Siguió corriendo por Madison hasta que encontró una cafetería donde entró a comprar una Coca-Cola Light, sólo para obtener cambio. Dejó la bebida al lado de la caja registradora, junto con una propina de generosidad desproporcionada, pero la cajera la consideró insuficiente. A su modo de ver, el cliente la había cargado con una Coca-Cola Light de la que debía deshacerse, una tarea indigna de ella, irrealizable o ambas cosas.

—¡Lo último que necesito es esta molestia! —le gritó la cajera. Sin duda le irritaba tener que dar más cambio del habitual.

Eddie aguardó bajo la lluvia el autobús con destino a la avenida Madison. Ya estaba empapado, y pasaban cinco minutos de la hora convenida. Eran las siete y treinta y cinco y el acto empezaría a las ocho. Los organizadores de la lectura de Ruth Cole en la YMHA habían querido que Eddie y Ruth se encontraran unos minutos antes entre bastidores, a fin de tener un poco de tiempo para relajarse, «para conocerse mutuamente». Nadie, y por supuesto ni Eddie ni Ruth, había dicho «para reanudar su trato». (¿Cómo reanuda uno su trato con una niña de cuatro años cuando ésta tiene treinta y seis?)

Las demás personas que esperaban el autobús tuvieron la precaución de apartarse del bordillo, pero Eddie no se movió. Antes de detenerse, el vehículo le salpicó de cintura para arriba con el agua sucia de la alcantarilla, llena a rebosar. Ahora no sólo estaba mojado sino también sucio, y el agua turbia incluso había empapado el fondo de la cartera.

Llevaba en ella un ejemplar firmado de *Sesenta veces* para dárselo a Ruth, aunque se había publicado tres años antes; si Ruth se había sentido inclinada a leerlo, ya lo habría hecho. Eddie había imaginado a menudo las observaciones que haría Ted Cole a su hija sobre el tema de *Sesenta veces*. «Ilusiones», habría comentado, o «Pura imaginación... Tu madre apenas conocía a ese tipo.» Lo que Ted había dicho realmente a su hija era más interesante, y del todo cierto con respecto a Eddie. Ted le dijo a su hija:

—Ese pobre chico nunca superó la impresión de tirarse a tu madre.

—Ya no es un chico, papá —replicó Ruth—. Si yo estoy en la treintena, él tiene cuarenta y tantos, ¿no?

—Sigue siendo un chico, Ruthie —insistió Ted—. Eddie siempre será un chico.

Lo cierto era que, cuando subió al autobús, la fatiga y la angustia acumuladas le daban el aspecto de un adolescente de cuarenta y ocho años. El conductor estaba molesto con él porque Eddie no sabía cuál era la tarifa exacta, y aunque tenía un bolsillo lleno de calderilla, sus pantalones estaban tan mojados que se vio obligado a sacar las monedas una a una. Los pasajeros que estaban detrás de él, la mayoría de ellos aún bajo la lluvia, también se impacientaban.

Entonces, cuando intentaba extraer el agua que había entrado en la cartera, Eddie vertió el líquido amarronado sobre el zapato de un anciano que no hablaba inglés. No comprendía lo que aquel pasajero le estaba diciendo, ni siquiera sabía en qué idioma le hablaba. También era difícil oír en el interior del autobús, e imposible distinguir lo que decía el conductor de vez en cuando: ¿los nombres de las calles que cruzaban?, ¿las paradas ante las que pasaban de largo o se detenían si algún pasajero lo solicitaba?

La razón de que Eddie no pudiera oír era un joven de raza negra que ocupaba un asiento junto al pasillo y llevaba una voluminosa radiocasete portátil en el regazo. Una canción ruidosa y obscena vibraba en el autobús, y la única letra reconocible era una frase repetida, algo así como: «¡No distinguirías la verdad, hombre, aunque se te sentase en la cara!».

—Perdona —le dijo Eddie al joven—. ¿Te importaría bajar un poco el volumen? No oigo lo que dice el conductor.

El joven le dirigió una sonrisa encantadora y replicó:

—¡No oigo lo que dices, tío, esta caja hace un ruido de cojones!

Algunos pasajeros más cercanos, ya fuese por nerviosismo o por verdadera apreciación, se rieron. Eddie se inclinó por encima de una corpulenta mujer negra que iba sentada, y desempañó con la mano el vidrio de la ventanilla. Tal vez podría ver los próximos cruces. Pero la abultada cartera se le deslizó del hombro (la correa estaba tan mojada como la ropa de Eddie) y cayó sobre la cara de la mujer.

La cartera mojada desprendió las gafas de la pasajera, la cual tuvo la suerte de detenerlas en el regazo, pero la mujer las agarró con demasiada fuerza y uno de los cristales saltó de la montura. Miró a Eddie cegata y con una expresión demencial producto de muchos pesares y decepciones.

—Por qué me molesta, ¿eh?, ¿quiere decírmelo? —le preguntó.

La vibrante canción acerca de la verdad sentada sobre la cara de alguien cesó al instante. El joven sentado junto al pasillo se levantó, apretando la caja resonante y ahora silenciosa contra el pecho, como si fuese un canto rodado.

—Es mi mamá —dijo el muchacho. Era de corta estatura, la cabeza sólo llegaba al nudo de la corbata de Eddie, y sus hombros tenían el doble de anchura y grosor que los de Eddie—. ¿Por qué molesta a mi mamá? —inquirió el fornido joven.

Desde que Eddie había salido del Club Atlético de Nueva York, era la cuarta vez que oía quejarse a alguien de que le molestaban. Por eso nunca había querido vivir en Nueva York.

—Sólo trataba de ver mi parada —dijo Eddie—, donde tengo que bajar.

—Ésta es tu parada —replicó el joven de aspecto brutal, y apretó el botón de parada. El autobús frenó y Eddie perdió el equilibrio. Una vez más, la pesada cartera se le deslizó del hombro, pero esta vez no alcanzó a nadie, porque Eddie la aferró con ambas manos—. Aquí es donde te bajas —dijo el chico achaparrado. Su madre y varios pasajeros asintieron.

Qué se le va a hacer, pensó Eddie mientras bajaba del autobús. Tal vez estaba casi en la Calle 92. (En realidad, era la 81.) Oyó que alguien le gritaba: «¡Vete con viento fresco!», antes de que el autobús se alejara.

Poco después, Eddie corrió a lo largo de la Calle 89, cruzó al lado este de Park Avenue y allí descubrió un taxi libre. Sin caer en la cuenta de que ahora sólo estaba a tres manzanas y un cruce de su destino, llamó al taxi, subió y le dijo al conductor dónde debía ir.

—¿La esquina de la 92 con Lex? —objetó el taxista—. Hombre, debería ir a pie... ¡Ya está mojado!

—Pero llego tarde —replicó Eddie sin convicción.

—Todo el mundo llega tarde —dijo el taxista.

La tarifa de la carrera era demasiado pequeña. Eddie intentó compensarle dándole todo el cambio que llevaba encima.

—¡Jolín! —exclamó el taxista—. ¿Qué voy a hacer con todo esto?

Por lo menos no había pronunciado la palabra «molestia», pensó Eddie mientras se metía las monedas en el bolsillo de la chaqueta. Todos los billetes que llevaba en la cartera estaban mojados. Al taxista tampoco le hacían ninguna gracia.

—Lo que le pasa a usted es peor que llegar tarde y chorreando agua... ¡Vaya molestia de tío!

—Gracias —le dijo Eddie. (En uno de sus momentos más filosóficos, Minty O'Hare había dicho a su hijo que nunca desdeñara un cumplido, pues tal vez no recibiría tantos.)

Así pues, empapado y con los zapatos cubiertos de barro, Eddie O'Hare se acercó a una joven que recogía las entradas en el atestado vestíbulo de la YMHA, en la Calle 92.

—Vengo a la lectura —le dijo Eddie—. Ya sé que llego un poco tarde...

—¿Y su entrada? —inquirió la muchacha—. Las localidades están agotadas desde hace semanas.

¡Agotadas! Pocas veces había visto Eddie que se agotaran las localidades en el Salón de Conciertos Kaufman. Allí había oído a varios autores famosos, e incluso había presentado a un par de ellos. Naturalmente, cuando él daba una lectura en aquel local, nunca lo hacía solo. Sólo escritores muy conocidos, como Ruth Cole, leían solos. La última vez que Eddie leyó allí, denominaron al acto «Velada sobre Novelas de Costumbres» (¿o tal vez fue «Velada sobre Novelas de Costumbres Cómicas»?). Lo único que Eddie recordaba era que los otros dos novelistas que leyeron con él habían sido más divertidos.

—Mire... —le dijo Eddie a la chica que recogía las entradas—. No necesito entrada porque soy el presentador.

Buscó en la cartera empapada en busca del ejemplar de *Sesenta veces* dedicado a Ruth. Quería enseñar a la chica su foto en la contraportada, para demostrarle que era realmente quien decía ser.

—¿Que es usted quién? —preguntó la joven. Entonces vio el libro mojado que le tendía.

Sesenta veces
*Novela*
Ed O'Hare

(Eddie consiguió que le llamaran Ed sólo en sus libros. Su padre seguía llamándole Edward y, aparte de él, todo el mundo le llamaba Eddie. Incluso le complacía que se refiriesen a él simplemente como Ed O'Hare en las críticas no demasiado buenas que recibía.)

–Soy el presentador –repitió Eddie a la muchacha que tomaba las entradas–. Soy Ed O'Hare.

–¡Dios mío! –exclamó la joven–. ¿Es usted Eddie O'Hare? Le están esperando desde hace mucho rato. Llega muy tarde.

–Lo siento... –empezó a decir él, pero la joven ya le hacía avanzar entre la multitud.

«¡Agotadas!», pensaba Eddie. ¡Qué muchedumbre se había reunido allí, y qué jóvenes eran! La mayoría de ellos parecían estudiantes universitarios. No era el público habitual en la YMHA, aunque Eddie empezó a ver que también habían acudido representantes de ese público. Para Eddie, la «gente habitual» era una multitud, de aficiones literarias y aspecto serio, que ya antes de la lectura fruncía el ceño previendo lo que iba a escuchar. No era la clase de público que le gustaba a Eddie: faltaban aquellas viejecitas de aspecto frágil que siempre iban solas o con una amiga muy desventurada, a juzgar por su expresión, y aquellos hombres más jóvenes que siempre le parecían a Eddie demasiado guapos, con una apostura poco viril. (Así era precisamente cómo se veía a sí mismo.)

Se preguntó qué diablos estaba haciendo allí. ¿Por qué había aceptado presentar a Ruth Cole? ¿Por qué se lo habían pedido? Ansiaba desesperadamente poder dar respuesta a estos interrogantes. ¿Había sido idea de Ruth?

En el espacio entre bastidores del salón de conciertos hacía tal bochorno que Eddie no distinguía entre el sudor y la humedad de sus ropas, por no mencionar los restos del agua embarrada.

–Hay un lavabo frente al camerino –le decía la joven–, por si desea... asearse.

«Estoy hecho un desastre y no tengo nada interesante que decir», concluyó Eddie. Durante años había imaginado el momento en que se encontraría de nuevo con Ruth, pero la diferencia con la realidad no podía ser mayor. Imaginaba un encuentro más privado, tal vez una comida o una cena. Y Ruth, por lo menos alguna vez, también debía de haber imaginado el encuentro con él. Al fin y al cabo, Ted habría hablado a su hija de Marion y de las circunstancias de aquel verano de 1958. Era impensable que Ted no lo hubiera hecho. Por supuesto, Eddie habría sido un personaje del relato, si no el malo principal.

¿Y no era justo prever que Eddie y Ruth tendrían mucho de qué hablar, aun cuando su principal interés común fuese Marion? Después de todo, ambos escribían novelas, aunque entre sus obras respectivas había una diferencia abismal. Ruth era una superestrella y Eddie era... ¿Qué diablos era?, se planteó, y llegó a la conclusión de que, comparado con Ruth Cole, no era nadie. Tal vez ésa sería la manera más apropiada de iniciar su presentación.

No obstante, cuando le invitaron a presentarla, Eddie creyó fervientemente que tenía la mejor de las razones para aceptar la invitación. Durante seis años había abrigado un secreto que deseaba compartir con Ruth. Durante seis años, había conservado las pruebas. Ahora, aquella noche de perros, tenía consigo las pruebas en aquella abultada cartera. ¿Qué importaba que las pruebas se hubieran mojado un poco?

La cartera contenía un segundo libro, y Eddie creía que su importancia era mucho mayor para Ruth que el ejemplar dedicado de *Sesenta veces*. Seis años atrás, cuando Eddie leyó ese otro libro, sintió la tentación de decírselo a Ruth, incluso pensó en la posibilidad de hacerle llegar el volumen de manera anónima. Pero entonces vio una entrevista con la escritora por televisión, y alguna de sus manifestaciones le contuvieron.

Ruth nunca hablaba en profundidad de su padre ni de si tenía intención de escribir alguna vez un libro para niños. Cuando los entrevistadores le preguntaron si su padre le había enseñado a escribir, respondió: «Me enseñó algo sobre el relato breve y a jugar al squash, pero lo de escribir..., no, la verdad es que no me enseñó nada sobre la escritura». Y cuando le preguntaron por su madre (si su madre aún estaba «desaparecida», o si el hecho de ser una niña «abandonada» había influido de alguna manera en ella, como escritora o como mujer), Ruth pareció bastante indiferente a la pregunta.

—Sí, podríamos decir que mi madre sigue «desaparecida», aunque no la busco —respondió—. Si ella me buscara, me habría encontrado. Puesto que es ella quien se marchó, nunca intentaré presionarla. Si quiere encontrarme, no le será difícil dar conmigo.

Y en aquella entrevista televisiva de seis años atrás, tras la cual Eddie renunció a ponerse en contacto con Ruth, el entrevistador se empeñó en buscar una interpretación personal de las novelas de Ruth Cole:

—Pero en sus libros, en todos ellos, no aparece ninguna madre.

—Tampoco aparecen padres —replicó Ruth.

—Sí, pero... —insistió el entrevistador— sus personajes femeninos tienen amigas y novios..., bueno, amantes, pero son personajes femeniños sin ninguna relación con sus madres. Es poco frecuente que conozcamos a sus madres. ¿No le parece que eso es muy insólito?

–No, si una no tiene madre –respondió Ruth.

Eddie supuso que Ruth no quería saber nada de su madre, y por eso no le había entregado la «prueba». Pero cuando recibió la invitación para presentar a Ruth Cole en la YMHA de la Calle 92, Eddie consideró que, naturalmente, Ruth querría saber ciertas cosas de su madre, así que accedió a presentarla. Y ahora llevaba en la empapada cartera el libro que, seis años atrás, había estado a punto de enviarle.

Eddie O'Hare estaba convencido de que lo había escrito Marion.

Eran las ocho de la tarde pasadas. Como un animal grande e inquieto en una jaula, el numeroso e impaciente público que llenaba el salón de conciertos hacía notar su presencia, aunque Eddie ya no podía verlo. La muchacha, tomándole del brazo, le condujo por un pasillo oscuro y mohoso, y subieron una escalera de caracol, más allá de los altos telones que caían tras el escenario en penumbra. Eddie vio a un tramoyista sentado en un taburete. El joven, de aspecto siniestro, miraba fijamente un monitor de televisión. La cámara enfocaba un estrado en el escenario. Eddie se fijó en el vaso de agua y el micrófono, y tomó nota mentalmente de que no debía beber del vaso. El agua era para Ruth, no para su humilde presentador.

Por fin la muchacha hizo entrar a Eddie en el camerino, deslumbrante a causa de las luces de maquillaje reflejadas en los espejos. Mucho tiempo atrás Eddie había ensayado lo que le diría a Ruth cuando se encontraran: «¡Dios mío, cómo has crecido!». Para ser un novelista cómico, no se le daban bien las bromas. Sin embargo, esas palabras danzaban en sus labios cuando preparó la mano derecha, soltando la empapada correa de la cartera que le pendía del hombro, para estrechar la mano de Ruth... Pero no fue ésta quien se le acercó, sino otra persona que no estrechó la mano tendida de Eddie: aquella mujer tan simpática que era una de las organizadoras de los actos en la YMHA y a la que Eddie había visto varias veces. Siempre amistosa y sincera, hacía cuanto estaba en su mano para que Eddie se sintiera cómodo, algo que era imposible. Melissa..., así se llamaba. Besó la húmeda mejilla de Eddie.

–¡Estábamos muy preocupados por usted! –le dijo.

–¡Dios mío, cómo has crecido! –replicó Eddie.

Melissa, que evidentemente no había crecido, se quedó un tanto desconcertada. Pero era tan amable que parecía menos ofendida que preocupada por el bienestar de su invitado, aunque Eddie sintió que estaba a punto de llorar por ella.

Entonces alguien estrechó la mano tendida de Eddie. Era una mano demasiado grande y vigorosa para ser la de Ruth, y el novelista evitó exclamar de nuevo: «¡Dios mío, cómo has crecido!». Era Karl, otra de las buenas personas que dirigían las actividades en el Centro Poético Unterberg. Karl era poeta, un hombre elegante, tan alto como Eddie, hacia quien siempre había mostrado una amabilidad exquisita. (Era Karl quien tenía la amabilidad de solicitar su participación en muchos de los actos que se celebraban en el centro de la Calle 92, incluso algunos, como aquél, de los que Eddie no se consideraba merecedor.)

—Está... lloviendo —le dijo Eddie a Karl.

Debía de haber media docena de personas apretujadas en el camerino y, al oír la observación de Eddie, todos se echaron a reír. Aquél era el típico humor inexpresivo que uno esperaría encontrar en una novela de Ed O'Hare. Pero a Eddie no se le había ocurrido nada más. Siguió estrechando manos y salpicando agua como un perro empapado cuando se sacude.

El editor de textos que se encargaba de las obras de Ruth, una máxima autoridad en la editorial Random House, estaba presente. (La editora de sus dos primeras novelas había fallecido recientemente, y le había sucedido un hombre.) Eddie le había visto tres o cuatro veces, pero no recordaba su nombre. El editor nunca recordaba que ya conocía a Eddie, pero hasta entonces éste no se lo había tomado a pecho.

De las paredes del camerino colgaban fotografías de los autores internacionales más importantes. Eddie se vio rodeado de escritores de talla y renombre mundiales. Reconoció la fotografía de Ruth antes de verla en persona. Su imagen no quedaba fuera de lugar en una pared con varios premios Nobel. (A Eddie nunca se le había ocurrido buscar allí su propia foto; era evidente que no la habría encontrado.)

El nuevo editor de Ruth fue quien prácticamente la empujó para presentarla a Eddie. El profesional de Random House era un hombre campechano, amistoso y enérgico. Puso una manaza sobre el hombro de Ruth y la hizo salir del rincón donde parecía mantenerse a distancia. Ruth no era tímida, como bien sabía Eddie por las numerosas entrevistas que le habían hecho. Pero al verla en persona, y por primera vez adulta, Eddie se percató de que había en Ruth Cole algo expresamente pequeño, como si ella misma hubiera deseado ser pequeña.

En realidad, no era más baja que el agresivo chico que viajaba en el autobús de la avenida Madison. Aunque Ruth tenía la estatura de su padre, que no era precisamente corta para una mujer, no era tan alta como Marion. No obstante, su pequeñez no tenía que ver con la estatura. Al igual que Ted, tenía un cuerpo compacto, atlético. Vestía su habitual camiseta de media manga negra, que permitió a Eddie comprobar al instante que el músculo de su brazo derecho estaba muy desarrollado. Tanto el antebrazo como el bíceps eran visiblemente más voluminosos y más fuertes que los del delgado brazo izquierdo. El squash, como el tenis, producía ese desarrollo.

Un solo vistazo le bastó a Eddie para saber que Ted saldría siempre perdiendo si jugaba con ella, por lo menos en cualquier pista reglamentaria. Eddie no podía haber imaginado lo mucho que Ruth deseaba vencer a su padre, como tampoco habría adivinado que el viejo seguía imponiéndose a su hija, pese a lo atlética que parecía, gracias a las ventajas injustas que le daba la pista de su granero.

—Hola, Ruth, tenía muchas ganas de verte —le dijo Eddie.

—Hola... otra vez —replicó Ruth, estrechándole la mano. Tenía los dedos cortos y cuadrados de su padre.

—Vaya, no sabía que os conocierais —comentó el editor de Random House.

—¿Quieres ir primero al baño? —preguntó Ruth a Eddie. Y una vez más, la manaza del campechano editor se posó sobre un hombro, el de Eddie, con un exceso de familiaridad.

—Sí, sí —dijo el nuevo editor de Ruth—, concedamos un minuto al señor O'Hare para que se arregle un poco.

Cuando estuvo a solas en el baño, Eddie observó hasta qué punto necesitaba «arreglarse un poco». No sólo estaba mojado y sucio, sino que tenía enganchada a la corbata una bolsa de celofán, como la funda de un paquete de cigarrillos; y un envoltorio de chicle, que examinado de cerca reveló tener debajo un chicle bien mascado, se le había adherido a la bragueta. Tenía la chaqueta empapada. Al mirarse en el espejo, Eddie no reconoció sus pezones e intentó desprenderlos de un manotazo, como si también fuesen goma de mascar.

Llegó a la conclusión de que lo mejor que podía hacer era quitarse la chaqueta y la camisa y escurrirlas. También escurrió el agua de la corbata, pero cuando volvió a vestirse, vio las extraordinarias arrugas que se habían formado en la camisa y la corbata, y que la camisa, antes blanca, era ahora de un rosa jaspeado y desvaído. Se miró las manos, manchadas con la tinta roja de la pluma que usaba para hacer correcciones (la llamada favorita del maestro) e, incluso antes de mirar en el interior de la cartera, supo que las correcciones en rojo del texto de su presentación primero se habrían desleído y luego convertido en manchas rosadas sobre las páginas húmedas.

En efecto, cuando examinó las páginas de su presentación, vio que todas las correcciones manuscritas habían desaparecido o vuelto borrosas hasta resultar irreconocibles, y que el texto, ahora sobre un fondo rosa, era notablemente menos claro de lo que había sido. Al fin y al cabo, antes resaltaba en una página limpia y blanca.

El peso del puñado de monedas le torcía la chaqueta. En el baño no había papelera, por lo que, confiando en que aquello fuese la culminación de su insensata conducta durante aquel día, arrojó a la taza toda la calderilla. Después de que tirase de la cadena y el agua se aclarase, comprobó con su resignación habitual que las monedas de veinticinco centavos seguían en el fondo de la taza.

Ruth usó el lavabo después de Eddie. Cuando él la seguía hacia el fondo del escenario, y mientras los demás iban a mezclarse con el público y buscar sus asientos, la escritora le miró por encima del hombro y le dijo:

—Un curioso sitio para convertirlo en pozo de los deseos, ¿verdad?

Eddie tardó unos instantes en comprender que se refería a las monedas que se habían quedado en la taza del lavabo. Ignoraba, naturalmente, si ella sabía que se trataba de su dinero. Entonces Ruth le habló de una manera más directa y sin malicia.

—Espero que cuando termine esto cenemos juntos. Así tendremos ocasión de hablar.

Los latidos del corazón de Eddie se aceleraron. ¿Quería decir que iban a cenar solos? Incluso él sabía que no podía esperar tal cosa. Cenarían con Karl, Melissa y, sin duda, con el campechano nuevo editor de Random House y sus manazas tan proclives a tomarse ciertas familiaridades. De todos modos, tal vez podría estar un momento a solas con ella. De lo contrario, le propondría otro encuentro más íntimo.

Sonreía estúpidamente, pasmado por el atractivo —o lo que algunos considerarían la belleza— del rostro de Ruth, cuyo labio superior era idéntico al de Marion. También los senos, voluminosos y algo colgantes, eran como los de su madre. Sin embargo, sin la alargada cintura de Marion, los senos de Ruth parecían demasiado grandes en comparación con el resto del cuerpo, y tenía las piernas cortas y robustas de su padre.

La camiseta negra que vestía era cara y le sentaba muy bien. Estaba confeccionada con un tejido sedoso, y Eddie supuso que era más suave que el algodón. También los tejanos, de color negro, eran de una calidad superior a los tejanos corrientes. Le había dado su chaqueta al editor, y Eddie vio que era una prenda de cachemira confeccionada a medida, que con la camiseta y los pantalones negros formaba un conjunto de vestir más que deportivo. No quería llevar la chaqueta mientras daba la lectura, y Eddie llegó a la conclusión de que sus admiradores esperaban verla con la camiseta. Y no cabía duda de que era una autora con algo más que simples lectores. Ruth Cole tenía admiradores, y a Eddie le asustaba francamente dirigirse a ellos.

Cuando se dio cuenta de que en aquel momento Karl le estaba presentando, prefirió no escucharle. El tramoyista de aspecto siniestro había ofrecido a Ruth su taburete, pero ella lo rechazó y siguió en pie, balanceándose un poco, como si estuviera a punto de jugar a squash en vez de dar una lectura.

—No estoy muy satisfecho de mi discurso... —le dijo Eddie a Ruth—. La tinta se ha corrido.

Ella se llevó a los labios uno de los índices cortos y cuadrados. Cuando Karl terminó de hablar, Ruth se inclinó hacia Eddie y le susurró al oído:

—Gracias por no haber escrito acerca de mí. Sé que podrías haberlo hecho.

Eddie no pudo articular palabra. Hasta que la oyó susurrar, no se dio cuenta de que Ruth tenía la misma voz de su madre.

Entonces la escritora le empujó hacia el escenario. Como no había escuchado la presentación de Karl, Eddie no sabía que éste y el público, que era el de Ruth Cole, aguardaban su intervención.

Ruth había esperado toda su vida a encontrarse con Eddie. Desde la primera vez que le hablaron de la relación entre Eddie O'Hare y su madre, deseó conocerle. Ahora no soportaba verle dirigirse al escenario, puesto que se alejaba de ella, y prefirió mirarle en el monitor de televisión. Desde la perspectiva del cámara, que era la del público, Eddie no se alejaba, sino que avanzaba hacia el público. «¡Por fin ha venido a mi encuentro!», imaginaba Ruth. «¿Pero qué diablos pudo ver en él mi madre?», se preguntó. ¡Qué hombre tan patético y desventurado! Observó con detenimiento la imagen de Eddie en blanco y negro en la pequeña pantalla del televisor, una imagen simple, primitiva, que le daba un aspecto juvenil. Ruth comprendió que debía de haber sido un chico guapo. Pero, en un hombre, la guapura sólo tiene un atractivo temporal.

Mientras Eddie O'Hare hablaba sobre ella y su escritura, Ruth se distrajo haciéndose una pregunta familiar y turbadora: ¿qué le atraía a ella permanentemente en un hombre?

## Ruth a los treinta y seis años

Ruth pensaba que un hombre ha de tener confianza en sí mismo, pues al fin y al cabo los hombres están hechos para actuar con agresividad. No obstante, su atracción hacia hombres seguros de sí mismos y enérgicos le había llevado a entablar ciertas relaciones discutibles. Ella jamás toleraría la agresión física, y hasta entonces se había librado de cualquier clase de episodio violento, como los que habían vivido algunas de sus amigas. Dado lo poco que le gustaba su instinto con respecto a los hombres, un instinto en el que no tenía ninguna confianza, no dejaba de ser sorprendente que Ruth creyera poder detectar, en la primera cita, la capacidad de un hombre para mostrarse violento con las mujeres.

Era ésa una de las pocas cosas, en el confuso mundo del sexo, de las que Ruth se sentía orgullosa, aunque Hannah Grant, su mejor amiga, le había dicho repetidas veces que simplemente había tenido suerte. («Lo que ocurre es que no has conocido al tipo adecuado..., quiero decir inadecuado», le había dicho Hannah. «Ya verás cuando salgas con él.»)

Ruth opinaba que un hombre debía respetar su independencia. Nunca ocultaba el hecho de que no estaba segura acerca del matrimonio, y más insegura aún con respecto a la maternidad. Sin embargo, los hombres que respetaban su pretendida independencia solían mostrar una falta de compromiso del todo inaceptable. Ruth no estaba dispuesta a tolerar la infidelidad, exigía de inmediato a todo hombre con el que se relacionaba que le fuese fiel. ¿Acaso era tan sólo anticuada?

A menudo Hannah se había burlado de lo que llamaba la «conducta contradictoria» de Ruth. A pesar de que ésta tenía ya treinta y seis años, nunca había vivido con un hombre, y no obstante esperaba que cualquier amigo con el que saliera en ese momento le fuese fiel aunque no vivieran juntos. «No veo nada contradictorio en eso», decía Ruth, pero Hannah pretendía que ella era superior a Ruth en lo concerniente a las relaciones de pareja. Ruth suponía que esa pretensión de su amiga se basaba en que había tenido más relaciones que ella.

Según el criterio de Ruth, e incluso según criterios más liberales que el suyo, Hannah Grant era promiscua. En aquel momento, mientras Ruth aguardaba para leer un capítulo de su nueva novela en la

YMHA de la Calle 92, Hannah también llegaba tarde. Ruth esperaba encontrarse con ella en el camerino, antes del acto, y ahora le preocupaba que su amiga llegara demasiado tarde para ser admitida, aunque le habían reservado un asiento. El retraso era muy propio de Hannah, quien probablemente había conocido a un hombre y estaba hablando con él. (En realidad habría hecho algo más que hablar.)

Ruth dirigió de nuevo su atención a la pequeña pantalla en blanco y negro del monitor de televisión, e intentó concentrarse en lo que decía Eddie O'Hare. La habían presentado en muchas ocasiones, pero aquella era la primera vez que lo hacía el antiguo amante de su madre. Si bien esta circunstancia distinguía a Eddie, su presentación no tenía nada de distinguida.

—Hace diez años... —empezó a decir Eddie, y Ruth bajó la cabeza. Esta vez, cuando el joven tramoyista le ofreció su taburete, lo aceptó. Si Eddie iba a empezar por el principio, ella sabía que lo mejor sería que se sentara.

—*El mismo orfelinato*, la primera novela de Ruth Cole, se publicó en 1980, cuando la autora sólo tenía veintiséis años. Está ambientada en un pueblo de la Nueva Inglaterra rural, famoso porque allí, y desde siempre, los estilos de vida alternativos habían encontrado apoyo. En aquel lugar prosperó una comuna socialista y otra de lesbianas, pero al final ambas se disgregaron. Un colegio universitario con unos criterios de admisión discutibles floreció brevemente, pues se fundó sólo para procurar una prórroga a los jóvenes que no querían ir a la guerra de Vietnam. Una vez finalizada la guerra, el colegio cerró sus puertas. Y a lo largo de los años sesenta y comienzos de los setenta, antes de la sentencia del Tribunal Supremo sobre el caso Roe contra Wade, que legalizó el aborto en 1973, en el pueblo hubo también un pequeño orfelinato. En aquellos años en que la operación era todavía ilegal, se sabía, por lo menos en el pueblo y sus alrededores, que el médico del orfelinato practicaba abortos.

Al llegar aquí, Eddie hizo una pausa. Las luces de la sala proyectaban una luminosidad tan tenue que no veía un solo rostro del numeroso público. Sin pensarlo, tomó un sorbo de agua del vaso de Ruth.

Lo cierto era que Ruth se graduó en Exeter el mismo año en que se dictó la sentencia del caso Roe contra Wade. En su novela, dos alumnas de Exeter quedan embarazadas y las expulsan de la escuela sin identificar al posible padre, pues resulta que las dos tenían el mismo novio. Cierta vez, en una entrevista, la autora de veintiséis años bromeó diciendo que «el título de trabajo» de *El mismo orfelinato* era *El mismo novio*.

Eddie O'Hare, que estaba condenado a ser exclusivamente autobiográfico en sus novelas, no cometió el error de dar por sentado que Ruth Cole escribía sobre sí misma. Desde la primera vez que la leyó, supo que la novelista tenía suficiente imaginación y recursos para no limitarse a su mundo personal. Pero en varias entrevistas Ruth había admitido que tuvo una amiga íntima en Exeter, una muchacha de cuyo novio también ella estuvo perdidamente enamorada. Eddie no sabía que la compañera de cuarto y mejor amiga de Ruth en Exeter fue Hannah Grant, ni tampoco que ésta asistiría a la lectura de Ruth. Hannah había oído leer a su amiga en muchas ocasiones, pero esta lectura era especial para ella porque las dos amigas habían dedicado gran parte del tiempo que pasaban juntas a hablar de Eddie O'Hare, y Hannah ardía en deseos de conocerle.

En cuanto a que las dos amigas se enamoraron «perdidamente» del mismo chico en Exeter, Eddie no podía saber, pero lo suponía correctamente, que Ruth no había tenido relaciones sexuales durante la época escolar. De hecho, y ello no era un logro fácil en los años setenta, Ruth se las ingenió para prescindir del sexo durante sus estudios universitarios. (Hannah, por supuesto, no esperó. Tuvo varias relaciones sexuales en Exeter y su primer aborto antes de graduarse.)

En la novela de Ruth, las chicas de Exeter expulsadas que compartían el novio van a parar al mismo orfelinato del título, adonde las lleva el padre de una de ellas. Una de las jóvenes da a luz en el orfelinato, pero decide quedarse con el bebé, pues no soporta la idea de que lo adopten. La otra joven se somete a un aborto ilegal. El muchacho de Exeter, candidato a padre por partida doble y ahora graduado por el centro docente, se casa con la chica que tiene el bebé. La joven pareja hace un esfuerzo para salvar el matrimonio por el bien del niño, pero fracasan... ¡al cabo de tan sólo dieciocho años! La chica que decidió abortar, ahora una mujer soltera al borde de la cuarentena, vuelve a encontrarse con su ex novio y se casan.

A lo largo de la novela se pone a prueba la amistad entre las dos mujeres de Exeter. La decisión de abortar o entregar el niño para que lo adopten, así como el cambiante clima moral de los tiempos, las perseguirán mientras se hacen mayores. Aunque Ruth retrata a ambas mujeres solidariamente, las feministas pregonaron las opiniones personales de Ruth sobre el aborto (apoyó la postura en pro de la capacidad de elegir). Y a pesar de que era una novela de tintes didácticos, *El mismo orfelinato* recibió buenas críticas y se vertió a más de veinticinco idiomas.

Cierto que un sector de lectores se mostró en desacuerdo. El hecho de que la novela concluya con la amarga disolución de la amistad de las dos mujeres no agradó a todas las feministas. Algunas partidarias de la posibilidad de elegir denunciaron la circunstancia de que la mujer que decide abortar no puede quedar embarazada de su ex novio como «mitología antiabortista», aunque Ruth nunca da a entender que la mujer no puede quedar embarazada a causa de su aborto anterior. «A lo mejor no puede quedar encinta porque ya tiene treinta y ocho años», dijo Ruth en una entrevista, lo cual irritó a varias mujeres que hablaban en defensa de todas las mujeres que rebasan los cuarenta y aún pueden tener hijos.

Era esa clase de novela, y no iba a salir ilesa. La protagonista divorciada de *El mismo orfelinato*, la que da a luz poco después de que la expulsen de Exeter, se ofrece para tener otro hijo y dárselo a su amiga. Será una madre de alquiler... ¡con el esperma de su ex marido! Pero la mujer que no puede concebir rechaza el ofrecimiento y prefiere no tener hijos. En la novela, la motivación de la ex esposa para desempeñar el papel de «madre de alquiler» es sospechosa. No obstante, sorprendentemente, varias madres de alquiler pioneras atacaron el libro porque tergiversaba su situación.

Jamás, ni siquiera en plena juventud, Ruth Cole puso demasiado empeño en defenderse de las críticas. «Miren, es una novela», decía. «Son mis personajes, y hacen lo que yo quiero que hagan.» También se mostraba en desacuerdo con la interpretación más habitual de *El mismo orfelinato*, a saber, que «trataba» del aborto. «Es una novela», repetía Ruth. «No "trata" de nada. Es una buena historia, una demostración de la manera en que las decisiones que toman dos mujeres afectarán al resto de sus vidas. Nuestras decisiones nos afectan, ¿no es cierto?»

Y Ruth se distanció de no pocos de sus lectores más fanáticos al admitir que ella nunca había abortado. Para algunas lectoras que habían abortado, era insultante que Ruth sólo lo hubiera «imaginado». «Desde luego, no me opongo al aborto ni a que cualquiera lo practique», afirmó. «En mi caso, nunca me he visto en la necesidad de hacerlo.»

Como bien sabía Ruth, la «necesidad» de abortar se le presentó a Hannah Grant en otras dos ocasiones. Habían solicitado su admisión en las mismas universidades, sólo las mejores. Como Hannah no fue admitida en ninguna de ellas, fueron a la de Middlebury. Lo que les importaba a ambas, o por lo menos así lo decían, era permanecer juntas, aunque ello significara pasar cuatro años en Vermont.

Cuando miraba hacia atrás, a Ruth le intrigaba por qué Hannah se había empeñado tanto en que estuvieran juntas, ya que se pasaba la mayor parte del tiempo en Middlebury, con un jugador de hockey que usaba dentadura postiza. El jugador la dejó embarazada en dos ocasiones, y cuando rompieron intentó salir con Ruth. Esto provocó el comentario que Ruth le hizo a Hannah a propósito de las «reglas que rigen en las relaciones».

—¿Qué reglas? —replicó Hannah—. Sin duda no hay reglas entre los amigos.

—Las reglas entre los amigos son especialmente necesarias —le explicó Ruth—. Por ejemplo, no salgo con nadie que haya salido contigo, o que se interesó primero por ti.

—¿Y viceversa? —inquirió Hannah.

—Bueno... —(Decir «bueno» era un hábito que Ruth había tomado de su padre.)—. Eso depende de ti.

Que Ruth supiera, Hannah nunca había puesto a prueba la regla. Por su parte, Ruth la había seguido escrupulosamente.

¡Y ahora Hannah llegaba tarde! Mientras Ruth trataba de mirar el monitor de televisión, donde Eddie O'Hare seguía bregando con su presentación, la escritora era consciente de que el tramoyista de aspecto sigiloso no apartaba los ojos de ella. Era la clase de hombre al que Hannah habría calificado de «mono», y sin duda su amiga habría coqueteado con él, pero Ruth no solía coquetear. Además, el tramoyista no era su tipo... en el supuesto de que ella se inclinase por un tipo concreto. (Tenía un tipo, desde luego, y le preocupaba más de lo que quisiera.)

Ruth consultó su reloj. Eddie estaba hablando todavía de su primera novela. Había otras dos por delante, de modo que podrían pasarse allí toda la noche. Así pensaba mientras veía que Eddie volvía a llevarse a los labios su vaso de agua. Se dijo que si estaba resfriado, ella iba a contagiarse.

Se preguntó si debería atraer la atención de Eddie, pero en vez de hacer eso miró al tramoyista, quien le estaba devorando los pechos con los ojos. Si Ruth tuviera que señalar una estupidez propia de casi todos los hombres, era que no parecían saber que una mujer se daba perfecta cuenta cuando un hombre le miraba fijamente los senos.

—Yo no diría que eso es lo que más me molesta de los hombres —le había dicho Hannah, cuyos senos eran más bien pequeños, por lo menos a juicio de su poseedora—. Con unas tetas como las tuyas, ¿qué otra cosa van a mirar los hombres?

No obstante, cuando estaban juntas, los hombres solían mirar primero a Hannah. Era alta, esbelta y rubia, más atractiva que ella, creía Ruth.

—Es sólo mi manera de vestir, llevo una ropa más atractiva —le había dicho Hannah—. Si intentaras vestirte como una mujer, tal vez los hombres se fijarían más en ti.

—Basta con que se fijen en mis tetas —replicó Ruth.

Tal vez se llevaban tan bien como compañeras de habitación, y habían viajado juntas en numerosas ocasiones —lo cual plantea incluso más problemas que ser compañeras de habitación—, porque no querían, o mejor dicho, no podían, vestir de la misma manera.

Haberse criado sin madre no era la causa de que Ruth Cole prefiriese vestir prendas de estilo masculino. De niña cuidó de ella Conchita Gómez, quien la vestía de la manera más convencional y la envió a Exeter con un baúl lleno de faldas y vestiditos que Ruth detestaba.

Le gustaban los tejanos, o los pantalones que se ciñen tan cómodamente como los tejanos. Le gustaban las camisetas de media manga y las camisas de vestir masculinas. Entre sus preferencias no figuraban los jerséis con cuello de cisne, porque era baja y tenía poco cuello, ni tampoco los suéteres demasiado abultados porque le hacían parecer gruesa, pero no era gruesa ni podía decirse que fuera guapa. En cualquier caso, Ruth había puesto a prueba el código indumentario de Exeter y se había decantado por el estilo masculino que, desde entonces, la caracterizaba.

Ahora, por supuesto, sus chaquetas, aunque fuesen masculinas, estaban hechas a medida y se ajustaban a su figura. En las grandes ocasiones, Ruth se ponía un esmóquin femenino, también adaptado a su talle. En su guardarropa no faltaba el tradicional vestido negro, pero Ruth, salvo en los días más calurosos del verano, nunca se ponía un vestido. El sustituto más frecuente del vestido era un traje pantalón azul marino listado, que solía ponerse para ir a cócteles y restaurantes lujosos. También era su uniforme para asistir a los funerales.

Ruth gastaba en ropa una considerable cantidad de dinero, pero siempre eran prendas de la misma clase. Gastaba todavía más en zapatos. Puesto que le gustaba un tacón bajo y sólido, que diera a sus tobillos casi tanta seguridad como cuando se calzaba las zapatillas de squash, también sus zapatos tendían a parecerse.

Ruth permitía a Hannah que le indicara dónde debía ir a cortarse el cabello, pero desoía su consejo de que se lo dejara crecer. Y aparte del brillo de labios y el lápiz de labios incoloro, nunca se pintaba ni maquillaba. Le bastaba con una buena crema hidratante y el champú y el desodorante adecuados. También permitía que Hannah le comprara la ropa interior.

–¡Cielos, no es fácil encontrar tu puñetera talla! –se quejaba Hannah–. ¡Mis dos tetas cabrían en una sola copa de tu sujetador!

Ruth se consideraba demasiado mayor para operarse del pecho, pero de adolescente le había rogado a su padre que se lo permitiera. No era sólo el tamaño, sino el peso de los pechos lo que le molestaba. Le desesperaban sus pezones (y las aréolas que los rodeaban), demasiado bajos y grandes. Su padre se mostró del todo en contra de la intervención y dijo que era absurdo que «mutilara la buena figura que Dios le había dado». (Los senos nunca eran demasiado grandes para Ted Cole.)

«¡Ah, papá, papá, papá!», se dijo Ruth, enojada, mientras la mirada del obseso tramoyista seguía fija en sus senos.

Tuvo la sensación de que Eddie O'Hare la estaba alabando en exceso. Dijo algo sobre su tan conocida afirmación de que no utilizaba elementos autobiográficos en sus obras. Pero Eddie seguía atascado en la primera novela de Ruth Cole. ¡Aquélla era la presentación más larga de una obra literaria que se había hecho jamás! Cuando le tocara el turno, el público estaría profundamente dormido.

Hannah Grant había aconsejado a Ruth que abandonara su actitud despectiva hacia la narración autobiográfica.

–¿Acaso yo no soy autobiográfica? –le preguntó Hannah–. ¡Siempre escribes acerca de mí!

–Puede que tome prestadas cosas de tus experiencias, Hannah –replicó Ruth–. Al fin y al cabo, has tenido más experiencias que yo. Pero te aseguro que no escribo sobre ti. Invento mis personajes y sus historias.

–Me inventas una y otra vez –arguyó Hannah–. Puede que sea tu versión de mí, pero soy yo, siempre yo. Eres más autobiográfica de lo que crees, nena.

Ruth detestaba el uso que su amiga hacía de la palabra «nena».

Hannah era periodista y daba por sentado que todas las novelas eran básicamente autobiográficas. Ruth era novelista, y al examinar sus libros veía lo que había inventado. En cambio, Hannah veía lo que era real, a saber, las variaciones de sí misma. (La verdad, por supuesto, radicaba en el término medio.)

En las novelas de Ruth solía aparecer una mujer aventurera, «el personaje Hannah», decía ésta, y siempre había otra mujer que se cohibía. Según Ruth, era el personaje menos audaz; según Hannah, la misma Ruth.

La audacia de Hannah admiraba y, al mismo tiempo, consternaba a Ruth. Hannah, por su parte, tenía en alta estima a Ruth, lo cual no le impedía criticarla. Hannah respetaba el éxito de su amiga pero reducía su obra a una forma de escritura no creativa. Ruth era muy susceptible a las interpretaciones que hacía su amiga de los personajes novelescos de Ruth y de Hannah.

En la segunda novela de Ruth, *Antes de la caída de Saigón* (1985), los personajes de Ruth y Hannah comparten una habitación en Middlebury durante la guerra de Vietnam. El personaje Hannah, que es la audacia personificada, hace un trato con su novio: se casará con él y tendrá un hijo, de manera que, cuando él se gradúe y expire la prórroga del servicio militar, no tendrá que incorporarse a filas, por estar casado y ser padre. La mujer insiste en que le prometa que, si el matrimonio no va bien, se divorciará de ella... de acuerdo con sus condiciones, que consisten en que ella tendrá la custodia del niño y él pagará su manutención. El problema es que no consigue quedar embarazada.

—¿Cómo te atreves a llamarla «el personaje Hannah»? —preguntaba Ruth a su amiga con frecuencia—. ¡Has pasado por la universidad procurando no quedar preñada pero sin poder evitar quedarte preñada a cada momento!

Pero Hannah decía que la «capacidad de correr riesgos» del personaje era totalmente suya.

En la novela, la mujer que no puede quedarse embarazada (el personaje Hannah) hace un nuevo trato, esta vez con su compañera de habitación (el personaje Ruth). Hannah convence a Ruth para que se acueste con el novio de Hannah y se quede embarazada. El trato consiste en que la compañera de habitación (el personaje Ruth) se case con el novio de Hannah, a fin de lograr que no vaya a Vietnam. Una vez terminada la guerra (o cerrado el periodo de reclutamiento), la obediente compañera de habitación, que es virgen antes de esa terrible experiencia, se divorciará del muchacho, el cual se casará de inmediato con el personaje Hannah y juntos criarán al bebé de la compañera de habitación.

El hecho de que Hannah se atreviera a llamar a la compañera de habitación virgen «el personaje Ruth» irritaba mucho a Ruth, quien no había perdido la virginidad durante sus estudios universitarios, ¡y mucho menos había quedado preñada del novio de Hannah! (Y Hannah Grant era la única amiga de Ruth que sabía cuándo perdió Ruth la virginidad, lo cual era otra historia.) Pero Hannah afirmaba que la «inquietud por la pérdida de su virginidad» de la compañera de habitación era sin duda alguna la de Ruth.

Naturalmente, en la novela, el personaje de Ruth desprecia al novio de su compañera de habitación y está traumatizada por su único encuentro sexual. Por otro lado, el muchacho se enamora de la compañera de habitación de su novia y se niega a divorciarse de ella una vez finalizada la guerra de Vietnam.

La caída de Saigón, en abril de 1975, es el telón de fondo del desenlace de la novela, cuando la compañera de habitación (quien accede a tener el bebé del novio de su amiga) se da cuenta de que no puede renunciar al niño. A pesar del odio que siente hacia el padre del bebé, acepta la custodia conjunta del niño cuando se divorcian. El personaje Hannah, que ha instigado la unión entre su novio y su amiga, pierde al novio y al bebé, por no mencionar la amistad con su ex compañera de habitación.

Se trata de una farsa sexual, pero que tiene amargas consecuencias, y sus toques de comicidad están compensados por las desavenencias entre los personajes, los cuales constituyen un microcosmos que refleja cómo estaba dividido el país a causa de la guerra de Vietnam y, para los jóvenes de la generación de Ruth, por lo que debían hacer respecto al alistamiento. Un crítico dijo de la novela: «Es el peregrino punto de vista de una mujer sobre las artimañas para evitar el reclutamiento».

Hannah le dijo a Ruth que se había acostado con aquel crítico en alguna que otra ocasión, y además conocía su caso particular con respecto a la escapatoria del reclutamiento. El hombre había aducido daños psicológicos por haber tenido relaciones sexuales con su madre. Ésta confirmó la veracidad de tales relaciones. Al fin y al cabo, la idea del embuste había sido de ella. Y como resultado de haberse librado con éxito del servicio militar, y de semejante manera, el hombre acabó por tener relaciones sexuales con su madre.

—Supongo que sabe distinguir un «punto de vista peregrino» cuando se tropieza con uno —comentó Ruth.

A Hannah le irritaba que Ruth no despotricara contra las críticas negativas tan clamorosamente como lo hacía ella. «Las críticas son publicidad gratuita», le gustaba decir a Ruth. «Incluso las malas críticas.»

Ruth había alcanzado talla y renombre internacionales. En los países europeos donde se traducían sus obras, se había creado tal expectación ante su tercera y más reciente novela que se publicaron dos traducciones simultáneamente a las ediciones británica y norteamericana.

Con motivo de su lectura en la YMHA, Ruth estaba pasando el

día en Nueva York. Había concedido varias entrevistas y aceptado cierta publicidad relacionada con la nueva obra. Luego pasaría un día y una noche en Sagaponack, con su padre, antes de partir hacia Alemania y la Feria del Libro de Frankfurt. (Después de Frankfurt y la promoción de la traducción alemana, viajaría a Amsterdam, donde acababa de salir a la luz la traducción holandesa.)

Ruth visitaba muy poco a su padre en Sagaponack, pero esperaba con ilusión la visita inminente. Sin duda jugarían un poco al squash en el granero y discutirían mucho de casi todo. También habría incluso un poco de descanso. Hannah había prometido acompañarla a Sagaponack. Siempre era mejor para Ruth no estar a solas con su padre. Con la presencia de algún amigo, aunque fuese uno de los infrecuentes y mal elegidos amigos de Ruth, era más fácil evitar que la discusión se desmandara.

Pero Hannah coqueteaba con el padre de Ruth, y ésta se enojaba. Ruth sospechaba que Hannah lo hacía precisamente porque ella se enojaba. Y el padre de Ruth, que no conocía otra manera de comportarse con las mujeres, respondía al coqueteo.

En una ocasión Hannah le hizo a Ruth la vulgar observación sobre lo atractivo que era su padre para las mujeres, y fue entonces cuando Ruth replicó: «Podías oír las bragas de las mujeres deslizándose hasta el suelo».

Cuando Hannah vio por primera vez a Ted Cole, le dijo a Ruth:

—¿Qué es ese ruido? ¿Lo oyes?

Ruth no solía captar las bromas, y siempre tendía a creer que le hablaban completamente en serio.

—¿Qué ruido? —respondió Ruth, mirando a su alrededor—. No, no lo oigo.

—Son mis bragas que se deslizan al suelo —le dijo Hannah. Esa frase se había convertido en un código secreto entre ellas.

Cada vez que Hannah presentaba a su amiga uno de los muchos hombres con los que salía, si el hombre le gustaba a Ruth, ésta preguntaba a Hannah: «¿Has oído ese ruido?». Si Ruth no tenía interés por el hombre, como sucedía a menudo, decía: «No oigo nada. ¿Y tú?».

Ruth era reacia a presentar sus amigos a Hannah, porque ésta siempre decía: «¡Vaya ruido! Chico, ¿ha caído algo húmedo al suelo o sólo son imaginaciones mías?». (La humedad era un residuo en el vocabulario sexual de Hannah, que se remontaba a los tiempos de Exeter.) Y, en general, Ruth no solía estar orgullosa de los chicos con los que salía y no deseaba darlos a conocer. Tampoco se relacionaba con ellos el tiempo suficiente para que Hannah tuviera que conocerlos.

Ahora, sin embargo, mientras Ruth estaba sentada en un taburete, soportando las miradas del tramoyista enamorado de sus pechos, así como la penosa presentación de su obra que realizaba Eddie (el pobre estaba atascado en su segunda novela), pensó de nuevo en lo exasperada que se sentía con Hannah porque iba a llegar tarde a la lectura, si es que llegaba a presentarse.

No sólo habían hablado con entusiasmo sobre el próximo encuentro con Eddie O'Hare, sino que Ruth había mostrado un gran interés en que Hannah conociera al hombre con el que salía actualmente. Por una vez sentía la necesidad de saber qué opinaba Hannah. En muchas ocasiones había deseado que ésta se reservara su opinión. Y ahora, cuando la necesitaba, ¿dónde estaba? Sin duda jodiendo como una loca, como diría su amiga, o eso imaginaba Ruth.

Exhaló un profundo suspiro. Era consciente del movimiento de ascenso y descenso de sus pechos, y de que el tramoyista idiota estaba absorto en ese detalle. De no ser porque Eddie seguía hablando monótonamente, hubiera oído el suspiro con que el joven lascivo respondió al suyo. Por puro aburrimiento, Ruth sostuvo la mirada del joven tramoyista hasta que él desvió los ojos. Tenía un atisbo de lo que llegaría a ser una perilla y un bigote que parecía una mancha de hollín. Ruth pensó que si descuidara su depilación, podría tener un bigote más espeso que el de aquel joven.

Suspiró de nuevo, desafiando al lujurioso a que volviera a mirarla, pero el desaliñado joven se sentía de repente avergonzado de su actitud. Así pues, Ruth se concentró en mirarle, pero pronto perdió el interés. Los tejanos del tramoyista tenían un desgarrón en una rodilla, y probablemente eran los que prefería para presentarse en público. Algo que debía de ser restos de comida había dejado una mancha aceitosa en el pecho de su jersey con cuello de cisne marrón oscuro, estirado hasta deformarse. En los codos tenía unos abultamientos del tamaño de pelotas de tenis.

Pero tan pronto como Ruth volvió su atención a la lectura inminente, en el mismo instante en que abrió su nueva novela por el pasaje que había elegido para leer, la descarada mirada del tramoyista se posó una vez más en sus senos. Ruth pensó que el muchacho tenía unos ojos confusos, de mirada viva pero perpleja, un poco como los de un perro, y tendía a una lealtad servil que rozaba la adulación.

Entonces Ruth cambió de idea con respecto al pasaje que había seleccionado para leerlo en público: leería el primer capítulo. Se inclinó hacia delante en el taburete del tramoyista con el libro abierto ante ella, como si fuese un libro de himnos y se dispusiera a cantar, ocultando así los senos a la mirada del joven.

Se sintió aliviada cuando Eddie por fin abordó el tema de su tercera y más reciente novela, «una variación sobre uno de los temas más recurrentes de la señorita Cole, el de las amistades femeninas que se rompen».

«¡Más sofismas absolutos!», se dijo Ruth. Pero había algo de verdad en la tesis de Eddie, y Ruth ya había oído un análisis similar por parte de Hannah. «De modo que esta vez», le había dicho Hannah, «el personaje Ruth y el personaje Hannah empiezan como enemigas y al final se hacen amigas. Es diferente, de acuerdo, pero no tanto.»

En la nueva novela, el personaje Ruth era una viuda reciente, una novelista llamada Jane Dash. Ruth escribía por primera vez acerca de una escritora, con lo que se prestaba a más interpretaciones autobiográficas de esas que tanto detestaba.

El personaje Hannah, que al principio de la novela es enemiga de la señora Dash y al final se convierte en la mejor amiga de la viuda, se llama Eleanor Holt. Las dos mujeres se han detestado durante largo tiempo, y se reconcilian a regañadientes gracias a sus hijos adultos. Los jóvenes, hijo e hija respectivamente, se enamoran y contraen matrimonio.

Jane Dash, la madre del novio, y Eleanor Holt, la de la novia, deben compartir la responsabilidad de educar a sus nietos cuando los padres de los niños mueren en un accidente de aviación. (El viaje iba a ser una segunda luna de miel para la joven pareja, que celebraban el décimo aniversario de su boda.) Cuando se produce el accidente, la señora Dash ya es viuda y nunca volverá a casarse, mientras que Eleanor Holt se ha divorciado por segunda vez.

Era la primera novela de Ruth Cole que tenía un final optimista, aunque no del todo feliz. Pero Jane Dash sigue teniendo una incómoda relación amistosa con Eleanor Holt, debido a los «cambios radicales en el carácter de Eleanor, que habían sido tan corrientes en su pasado». Hannah reconoció sin la menor duda a Eleanor como «el personaje Hannah» y se ofendió al leer esas palabras.

—¿Qué «cambios radicales» has observado en mi carácter? —quiso saber la amiga de Ruth—. Tal vez mi conducta no sea siempre merecedora de aprobación, pero ¿en qué aspectos exactamente mi carácter es ilógico o contradictorio?

—No hay nada en ti que sea «contradictorio», Hannah —replicó Ruth—, y eres mucho más consecuente que yo. No he observado un solo cambio en tu carácter, ni siquiera un pequeño cambio, o un cambio que sería bienvenido, y mucho menos un «cambio radical».

Esta respuesta le pareció a Hannah confusa, y así lo manifestó, pero Ruth se limitó a sugerirle que eso era una prueba, si es que su amiga la necesitaba, de que Eleanor Holt no era el personaje Hannah que ésta creía que era. Así terminó un incómodo empate entre Ruth y Hannah... por lo menos hasta que Ruth la invitó a asistir a la lectura de la novela, y esa invitación se relacionaba menos con la obra, que Hannah ya había leído, que con la emocionante perspectiva de conocer a Eddie O'Hare.

La otra persona ante cuyo conocimiento Hannah había expresado casi idéntica emoción era el hombre con quien Ruth «salía» ahora. En realidad, pertenecía más bien a la categoría de acompañante en potencia, de «candidato a acompañante», como diría Hannah. El hombre que esperaba afianzar su relación con Ruth era el nuevo editor de la escritora, aquella misma persona tan importante de Random House que desagradaba a Eddie por su campechanía y el hecho de que nunca se acordaba de que ya le conocía.

Ruth ya le había dicho a su amiga que aquél era el mejor editor de textos con el que había trabajado hasta entonces. Jamás había conocido a un hombre con quien la comunicación y el entendimiento fuesen tan fluidos. Tenía la sensación de que no había nadie, con la posible excepción de Hannah, que la conociera tan bien. No sólo se distinguía por su franqueza y su vigor, sino que la estimulaba «en todos los buenos sentidos».

—¿Cuáles son los «buenos» sentidos? —le preguntó un día Hannah.

—Cuando le conozcas, lo verás —respondió Ruth—. Es también un caballero.

—Es lo bastante mayor para serlo —comentó Hannah, que había visto una fotografía de aquel hombre—. Quiero decir que pertenece a la generación de la conducta caballerosa. ¿Cuántos años tiene más que tú? ¿Doce? ¿Quince?

—Dieciocho —dijo Ruth en voz baja.

—Es un caballero, desde luego —afirmó Hannah—. ¿Y no tiene hijos? Señor, ¿qué edad tienen? ¡Podrían ser de tu edad!

—Su mujer no quiso tener hijos..., le asustaba tenerlos.

—Más o menos lo que te ocurre a ti, ¿no? —dijo Hannah.

—Allan quería un hijo, pero su esposa no —admitió Ruth.

—Entonces sigue queriendo un hijo —concluyó Hannah.

—Estamos hablando de ello.

—Y supongo que todavía habla con la ex mujer —dijo Hannah en tono burlón—. Confiemos en que la suya sea la última generación de hombres que creen necesario seguir hablando con sus ex esposas. —La sensibilidad periodística de Hannah la llevaba a creer que todo el mundo debía responder a unas pautas de conducta acordes con la edad, la educación, el tipo. Era un razonamiento irritante, pero Ruth se mordió la lengua–. En fin –añadió en tono filosófico–, supongo que el sexo... ¿Ha ido bien?

–Todavía no nos hemos acostado –admitió Ruth.

–¿Quién está esperando?

–Los dos –mintió Ruth.

Allan era paciente. Quien «esperaba» era Ruth. Temía tanto que la relación sexual con él no le gustara que andaba con dilaciones. No quería verse obligada a dejar de considerarle el hombre de su vida.

–¡Pero has dicho que te ha propuesto el matrimonio! –exclamó Hannah–. ¿Quiere casarse contigo y aún no habéis hecho el amor? Ésa no es siquiera una conducta generacional..., ies la conducta de su padre o incluso de su abuelo!

–Quiere que esté convencida de que no soy sólo otra de sus amiguitas.

–¡Todavía no eres una amiguita! –dijo Hannah.

–Creo que es encantador. Está enamorado de mí antes de haberse acostado conmigo. Qué delicadeza, ¿no crees?

–Sí, es diferente –admitió Hannah–. Bueno, ¿y de qué tienes miedo?

–No tengo miedo de nada –mintió Ruth.

–Normalmente no quieres que conozca a tus acompañantes –le recordó Hannah.

–Éste es especial –dijo Ruth.

–Tan especial que no te has acostado con él.

–Puede vencerme en el squash –añadió Ruth débilmente.

–Lo mismo que tu padre, ¿y qué edad tiene?

–Setenta y siete, ya lo sabes.

–¿De veras? –replicó Hannah–. Dios mío, no los aparenta.

–Me refiero a mi padre, no a Allan Albright –dijo Ruth, enojada–. Allan Albright sólo tiene cincuenta y cuatro. Me quiere, desea casarse conmigo, y creo que sería feliz si viviera con él.

–¿Has dicho que le quieres? –inquirió Hannah–. No te he oído decir eso.

–No lo he dicho –admitió Ruth–. No lo sé..., no puedo saberlo –añadió.

–Si no puedes saberlo, entonces no le quieres –dijo Hannah–. Y, si no recuerdo mal, tenía fama de..., bueno, era un mujeriego, ¿no?

–Sí, lo era –replicó Ruth lentamente–. Él mismo me lo dijo, pero en ese aspecto ha cambiado.

—Ya —dijo Hannah—. ¿Crees de veras que los hombres cambian?

—¿Cambiamos nosotras? —preguntó Ruth.

—Quieres cambiar, ¿no es cierto?

—Estoy cansada de los novios granujas —confesó Ruth.

—Desde luego, los eliges malos —comentó Hannah—, pero creía que los elegías porque sabías que eran malos, porque estabas segura de que se irían. A veces incluso antes de que les pidieras que se largaran.

—También tú has elegido algunos novios granujas —dijo Ruth.

—Claro, continuamente —admitió Hannah—. Pero también he elegido otros buenos. Lo que ocurre es que no me duran.

—Creo que Allan me durará.

—Claro que sí —repuso Hannah—. Lo que te preocupa es si tú durarás, ¿no es así?

—Sí —confesó Ruth por fin—. Eso es.

—Quiero conocerle, y te diré si durará. Te lo diré en cuanto le vea.

«¡Y ahora me ha dado plantón!», se dijo Ruth. Cerró bruscamente su ejemplar de la novela y lo sostuvo contra los senos. Tenía ganas de llorar, tan enojada estaba con Hannah, pero vio que su gesto repentino había sobresaltado al lujurioso tramoyista. Ruth se sintió satisfecha al ver su expresión de alarma.

—El público podría oírla —le susurró el taimado joven, con una sonrisa arrogante.

La respuesta de Ruth no fue espontánea. Casi nunca hablaba sin pensar primero lo que iba a decir.

—Por si te intriga —susurró al tramoyista—, son de la talla treinta y cuatro.

—¿Cómo?

Ruth se dijo que era demasiado tonto para entenderla. Además, el público había prorrumpido en resonantes aplausos. Sin oír lo que Eddie había dicho, Ruth comprendió que por fin su presentador había terminado.

Se detuvo en el escenario para estrecharle la mano a Eddie antes de dirigirse al estrado. Eddie, confuso, se metió entre bastidores en vez de ir a ocupar el asiento que tenía reservado en la platea. Una vez allí, se sintió demasiado azorado para dirigirse a su asiento. Miró impotente al hostil tramoyista, quien no estaba dispuesto a ofrecerle su taburete.

Ruth aguardó a que remitieran los aplausos. Tomó el vaso de agua, pero estaba vacío y lo dejó enseguida sobre la mesa. «¡Dios mío, me he bebido su agua!», pensó Eddie.

—Vaya par de melones, ¿eh? —susurró el tramoyista a Eddie, el cual no le respondió nada pero adoptó una expresión de culpabilidad. (No había oído al muchacho, y supuso que le había dicho algo acerca del vaso de agua.)

El tramoyista tenía un pequeño cometido en la realización del acto, pero de repente se sintió más pequeño que de ordinario. Apenas había terminado de hacer su observación sobre los «melones», cuando el frívolo joven captó el significado de lo que la novelista famosa le había susurrado. «¡Usa una talla treinta y cuatro!», comprendió tardíamente el muy necio. Pero ¿por qué se lo había dicho? ¿Acaso le estaba tirando los tejos?

—¿Quieren aumentar un poco la iluminación de la sala, por favor? —pidió Ruth cuando los aplausos cedieron un poco—. Quiero ver la cara de mi editor. Si le veo encogerse, sabré que me he saltado algo... o que se lo ha saltado él.

Este preámbulo fue recibido con risas, como ella había pretendido, aunque ésa no había sido su única finalidad. No necesitaba ver el rostro de Allan Albright, cuya presencia en su mente ya le bastaba. Lo que Ruth quería ver era el asiento vacío al lado de Allan, la plaza reservada para Hannah Grant. En realidad, había dos asientos vacíos al lado de Allan, porque Eddie se había quedado atrapado entre bastidores, pero Ruth sólo reparó en la ausencia de Hannah.

«¡Mal rayo te parta, Hannah!», se dijo Ruth, pero ahora estaba en el escenario, y todo lo que debía hacer era contemplar la página. Su escritura la absorbió por completo. Externamente, la impresión que daba Ruth Cole era la habitual, una impresión de serenidad. Y en cuanto empezara a leer, también se sentiría internamente serena.

Tal vez no sabía qué hacer con respecto a sus novios, sobre todo con respecto al que quería casarse con ella, y tal vez no sabía tratar con su padre, sobre quien tenía unos sentimientos dolorosamente encontrados. Tal vez no sabía si era mejor odiar a su mejor amiga, Hannah, o perdonarla. Pero en lo concerniente a su escritura, Ruth Cole era la confianza y la concentración personificadas.

De hecho, se estaba concentrando tanto en la lectura del primer capítulo, titulado «La colchoneta hinchable roja y azul», que se olvidó de decir al público cómo se titulaba su nueva novela, pero no importaba, porque la mayoría de ellos ya lo sabían. (Más de la mitad del público había leído la novela.)

Los orígenes del primer capítulo eran peculiares. Un periódico alemán, el *Süddeutsche Zeitung*, había pedido a Ruth un relato breve para un suplemento anual dedicado a la narrativa. Ruth no solía escribir relatos breves, y siempre estaba pensando en una novela, aunque no hubiera empezado a escribirla. Pero las normas establecidas por el *Süddeutsche Zeitung* le intrigaron: todos los cuentos publicados en el suplemento se titulaban «La colchoneta hinchable roja y azul», y por lo menos una vez a lo largo del relato debía aparecer una colchoneta hinchable de esos colores. (También sugerían que la colchoneta debía tener suficiente importancia en el relato para merecer su uso como título.)

A Ruth le gustaban las reglas. La mayoría de los escritores se ríen de ellas, pero Ruth también jugaba al squash y tenía afición a los juegos. La diversión para Ruth consistía en saber dónde y cuándo introduciría la colchoneta en el relato. Ya sabía quiénes eran los personajes: Jane Dash, viuda reciente, y la que por entonces era enemiga de la señora Dash, Eleanor Holt.

—Y así —dijo Ruth al público— debo mi primer capítulo a una colchoneta hinchable.

El público se echó a reír. Ahora también se trataba de un juego para ellos.

Eddie O'Hare tuvo la impresión de que incluso aquel tramoyista con pinta de palurdo ardía en deseos de saber qué ocurría con la colchoneta hinchable roja y azul. Era un nuevo testimonio de lo internacional que había llegado a ser la escritora Ruth Cole: ¡el primer capítulo de su nueva novela se había publicado en alemán bajo el título *Die blaurote Luftmatratze,* antes de que ninguno de sus muchos lectores hubiera podido leerlo en inglés!

—Deseo dedicar esta lectura a mi mejor amiga, Hannah Grant —dijo Ruth al público.

Un día Hannah se enteraría de la dedicatoria que no había oído. Sin duda alguien del público se lo diría.

Cuando Ruth empezó a leer el primer capítulo, en la sala se habría podido oír el vuelo de una mosca, como suele decirse.

## La colchoneta hinchable roja y azul

Jane Dash llevaba un solo año de viuda, pero tendía a dejarse arrebatar por un supuesto torrente de recuerdos tan intenso como el que le embargó la mañana en que, al despertar, encontró a su marido muerto en la cama, a su lado. Jane era novelista y no tenía intención de escribir unas memorias. La autobiografía no le interesaba, y menos aún la suya, pero quería mantener bajo control los recuerdos del pasado, como debe hacerlo toda viuda.

Una intromisión muy inoportuna del pasado de la señora Dash era la antigua *hippie* Eleanor Holt, una mujer atraída por las desgracias ajenas. A decir verdad, parecía como si el dolor del prójimo fuese edificante para ella, y las viudas le interesaban de una manera especial. Eleanor era la prueba viviente de la convicción que abrigaba la señora Dash de que la justicia divina no actúa cuando debe. Ni siquiera Plutarco podía convencer a Jane Dash de que Eleanor Holt recibiría alguna vez su justo merecido.

¿Cómo era aquello que escribió Plutarco? Jane creía que rezaba así: «Por qué los dioses son tan lentos en el castigo de los malvados», pero no lo recordaba con exactitud. En cualquier caso, a pesar de los siglos que los separaban, Plutarco debía de haber pensado en Eleanor Holt cuando lo escribió.

El difunto marido de la señora Dash se había referido cierta vez a Eleanor como una mujer sometida a la presión constante de examinarse. (Este juicio le parecía a Jane amable en exceso.) Cuando se casó por primera vez, Eleanor Holt era una de esas mujeres que hacen gala de la felicidad de su matrimonio hasta tal punto que cualquier persona que se hubiera divorciado la odiaba cordialmente. Tras su divorcio, Eleanor se convirtió en una defensora tan ardiente del divorcio que toda persona felizmente casada quería matarla.

No sorprendía a nadie que en los años sesenta hubiera sido socialista y en los setenta feminista. Cuando vivía en Nueva York, pensaba que la vida en los Hamptons, a los que ella llamaba «el campo», sólo era adecuada para pasar algún fin de semana cuando hacía buen tiempo. Vivir en los Hamptons durante todo el año, o ir allí con tiempo desapacible, era propio de palurdos y demás zoquetes.

Cuando abandonó Manhattan para residir durante todo el año en los Hamptons (y con objeto de casarse por segunda vez), manifestó que la vida en la ciudad sólo era adecuada para depredadores sexuales y buscadores de emociones incapaces de conocerse a sí mismos. (Después de vivir muchos años en Bridgehampton, Eleanor seguía considerando rural esa horquilla al sur de Long Island, porque no tenía ninguna experiencia de la auténtica vida campestre. Había asistido a una universidad femenina de Massachusetts, y aunque consideraba esa experiencia totalmente antinatural, no la clasificaba como rural ni urbana.)

Cierta vez Eleanor quemó sus sostenes en público, ante un grupito de personas en un aparcamiento de Grand Union, pero a lo largo de los años ochenta fue una activa republicana en el terreno político, por influencia, al parecer, de su segundo marido. Durante años intentó sin éxito quedarse embarazada, y finalmente concibió a su único hijo gracias al esperma de un donante anónimo. Desde entonces se opuso con firmeza al aborto. Esta actitud podría deberse a la influencia de lo que el difunto marido de la señora Dash llamaba «el esperma misterioso».

En el transcurso de dos décadas, Eleanor Holt completó un ciclo dietético: primero comía de todo, luego se pasó al vegetarianismo estricto y finalmente volvió a comer de todo. Los cambios en la dieta se los impuso confusamente la niña producto de un esperma donado, una niña inquieta. Cuando sólo tenía seis años, la decisión de Eleanor de mostrar la película doméstica del nacimiento de la pequeña estropeó a ésta, y a los demás niños asistentes, su fiesta de cumpleaños.

El hijo único de Jane Dash fue uno de los niños traumatizados en esa fiesta de cumpleaños. El episodio turbó a la señora Dash, quien siempre se había mostrado recatada en presencia de su hijo. A menudo su difunto marido había deambulado desnudo por la casa (dormía sin pijama, etcétera), pero eso no había turbado a Jane, o por lo menos no le había preocupado la impresión que podría causar en su hijo. Al fin y al cabo, ambos eran varones. Sin embargo, Jane siempre se había esforzado al máximo por cubrirse. Entonces su hijo regresó de la fiesta de cumpleaños en casa de los Holt tras haber visto una película, al parecer muy reveladora, de un parto en directo... ¡en la que salía Eleanor Holt expuesta como un libro abierto!

Y en el transcurso de los años, Eleanor volvería a imponer de vez en cuando la película obstétrica a su pobre hija, y no necesariamente por razones educativas, sino más bien por el engreimiento ilimitado de Eleanor Holt: tenía que demostrar cómo había sufrido, por lo menos en el momento de dar a luz.

En cuanto a la hija, se caracterizaba por llevar siempre la contraria, un rasgo de su personalidad que tanto podía ser contraído como innato. Tanto si esto era el resultado de ver una y otra vez las sanguinolentas imágenes de su propio nacimiento como algo inscrito en los genes del «esperma misterioso», lo cierto es que la hija siempre parecía empeñada en poner a su madre en un brete. Y la terquedad de la pobre chica daba alas a Eleanor para achacar a otros posibles orígenes de la inquietud de su hija, porque Eleanor Holt jamás se achacaba a sí misma la culpa de nada.

La señora Dash recordaría siempre la conversión de Eleanor Holt en una activista antipornográfica. La *sex shop,* que se encontraba en las afueras de Riverhead, en Long Island, a considerable distancia de los Hamptons, no era un lugar que atrajera a su puerta a jóvenes, incautos o inocentes lectores. El edificio era bajo, de tablas de chilla, con ventanas pequeñas y tejado plano. En la fachada había un letrero que no tenía nada de ambiguo.

LIBROS Y REVISTAS DE CLASIFICACIÓN X
¡SÓLO PARA ADULTOS!

Cierta vez, Eleanor, con un grupito de mujeres maduras escandalizadas, entró en la tienda. Las mujeres, sofocadas y ruborosas, se apresuraron a retirarse. («¡Los fuertes abusan de los débiles!», dijo Eleanor a un reportero local.) Dirigía el negocio una pareja, ya entrada en años, que anhelaba huir de los tristes inviernos en Long Island. En medio del jaleo que se armó a continuación, lograron, mediante engaños, que un grupo de ciudadanos preocupados (creado por Eleanor) comprara el edificio, pero los ciudadanos preocupados no sólo pagaron demasiado por el viejo cobertizo, sino que se quedaron con... el inventario, como lo llamaba la señora Dash.

Como novelista, y también como parte interesada, Jane Dash se ofreció voluntaria para calcular el valor de las existencias. Con anterioridad había rechazado cortésmente participar en la cruzada de Eleanor contra la pornografía, aduciendo que ella era escritora y se oponía por principio a toda censura. Cuando Eleanor insistió, diciéndole que apelaba a ella «primero como mujer y, en segundo lugar, como escritora», Jane sorprendió con su respuesta no sólo a Eleanor sino a sí misma.

—Primero soy escritora —dijo la señora Dash.

Aceptaron que Jane investigara la pornografía en sus ratos libres. Dejando aparte el «valor» del material, a la señora Dash le decepcionó. Aunque su ordinariez era de esperar, ¡al parecer le había tomado por sorpresa a Eleanor Holt! Sin embargo, la grosería era la norma para mucha gente. La crudeza y los intereses lascivos eran los humores motivadores de toda clase de individuos, y la señora Dash, felizmente, no se relacionaba con ellos. Si bien deseaba que una mayor parte de la población estuviera mejor educada, también creía que, para la mayoría de la gente que había conocido, la educación caía en saco roto.

En la indecorosa colección de la *sex shop,* ahora cerrada para siempre, no figuraban imágenes de actos sexuales con animales o niños. La señora Dash consideraba un tanto tranquilizador que tales depravaciones no hubieran llegado, por lo menos en forma de libro o revista, a un lugar situado tan al este de Manhattan como lo era el condado de Suffolk. En cambio, encontró en abundancia la vulgar exageración del orgasmo femenino, y hombres, siempre con penes de tamaño inverosímil, que mostraban un interés poco convincente por la actividad que estaban realizando. Jane Dash llegó a la conclusión de que la actuación era mala por parte de ambos sexos. Los primeros planos de los innumerables y diversos genitales femeninos eran..., en fin, interesantes desde un punto de vista clínico. Ella no había mirado jamás a otras mujeres con un detallismo tan poco invitador.

Ante la insistencia de que evaluara el material, Jane declaró que el contenido de la tienda era basura sin valor, a menos que los ciudadanos preocupados quisieran reducir sus gastos saldando las existencias que quedaban entre ciertos habitantes del pueblo que sin duda sentirían curiosidad. Pero semejante venta callejera habría convertido en pornógrafos a los ciudadanos preocupados. En consecuencia, se procedió a la quema de los libros y revistas... Una pérdida total.

Una vez más, fiel a su criterio de que era «ante todo, escritora», la señora Dash dijo que no quería participar en la ceremonia de la quema y que ni siquiera la presenciaría. Los periódicos locales se refirieron al pequeño pero triunfante grupo de mujeres que se dedicaron a alimentar la hoguera. Había auténticos bomberos preparados en las inmediaciones, por si las fotografías de los esforzados actos sexuales y los genitales aislados se convertían de repente en llamas propagadoras del fuego.

Transcurrieron seis años sin que en el condado de Suffolk se produjeran más demostraciones públicas en el campo de la moralidad sexual. La hija concebida gracias al esperma donado tenía doce años cuando tomó el consolador de Eleanor Holt (un vibrador accionado a pilas) y lo llevó a la escuela de enseñanza media de Bridgehampton para participar en esa actividad tan poco recomendable de la educación norteamericana conocida como «mostrar y explicar». Una vez más, el hijo de Jane Dash, que había presenciado la película del nacimiento en directo en la fiesta de cumpleaños cuando la niña tenía seis años, tuvo el privilegio de ver aquel breve atisbo de la vida íntima de Eleanor Holt.

Por suerte, la misma niña, que hoy tenía doce años, carecía de pericia para demostrar cómo funcionaba el artilugio, que la asombrada maestra se apresuró a quitarle. Había poco que observar, aparte del sorprendente tamaño del objeto. La señora Dash, que no llegó a verlo, supuso por la descripción de su hijo que el consolador no se había modelado a partir de nada parecido a un auténtico miembro viril. El chico comparó el vibrador a «una especie de misil». También quedó grabado en la memoria del muchacho el sonido que produjo el vibrador cuando lo pusieron en marcha. Aunque no era muy audible, antes de que la maestra le quitara el consolador a la niña y lo pusiera en marcha, aquel sonido sorprendió a cuantos lo oyeron.

—¿Cómo sonaba exactamente? —preguntó Jane a su hijo.

—¡Zzzt! ¡Zzzt! ¡Zzzt! —informó el muchacho.

La señora Dash creyó discernir un deje de advertencia en ese sonido, un sonido vibratorio con una «t» final. La novelista no podía quitárselo de la cabeza.

Y entonces el carácter juguetón del difunto marido de la señora Dash volvió a rondarla. En vida de éste, cada vez que veían a Eleanor Holt, en una cena, en el supermercado o cuando dejaba a su hija en la escuela de enseñanza media, el marido de Jane susurraba «¡Zzzt!» al oído de la ésta. A Jane le parecía que, a su manera ingeniosa, él le estaba diciendo que tuviera cuidado.

Lo que más añoraba la señora Dash era el carácter jovial y el fino sentido del humor de su marido. Incluso la mera visión de Eleanor Holt le recordaba intensamente su viudez y lo que había perdido.

Transcurrieron cinco años más, pero Jane recordaba el episodio del consolador como si hubiera sucedido el día anterior. Lo que impulsó a la señora Dash a hacer ante Eleanor Holt una imitación casi perfecta del sonido producido por su vibrador tenía una motivación doble: el vivo deseo por parte de Jane de gozar una vez más de aquel sentido del humor que había poseído su marido, y la certeza de que, si no se enfrentaba directamente a Eleanor, se sentiría impulsada a escribir sobre ella, lo cual sería peor. Como novelista, la señora Dash desdeñaba escribir sobre personas reales, algo que le parecía un fracaso de la imaginación. A su modo de ver, todo novelista digno de ese nombre debía ser capaz de inventar un personaje más interesante que cualquier persona real. Convertir a Eleanor Holt en un personaje literario, incluso con el propósito de reírse de ella, sería una especie de halago.

Además, la señora Dash no había tomado la decisión de imitar el sonido del vibrador de Eleanor, sino que lo hizo de una manera totalmente accidental. Al contrario de lo que ocurriría en una novela de Jane Dash, no había sido un acto planeado. Sucedió durante la excursión anual de la escuela de enseñanza media, que era una especie de excursión escolar optativa, pues tenía lugar bastante tiempo después de que hubiera finalizado el curso. El propósito era que coincidiese con la llegada del tiempo apropiado para bañarse en la playa, a comienzos del verano. El océano Atlántico era sumamente frío hasta fines de junio. Pero si la escuela esperaba a celebrar la excursión hasta fines de julio, la playa pública estaría saturada de veraneantes que pasaban allí el verano en viviendas de alquiler.

La señora Dash no tenía ninguna intención de bañarse antes de agosto. Nunca nadaba durante las excursiones escolares, ni siquiera lo había hecho en vida de su marido. Y puesto que su hijo había terminado la enseñanza media, la asistencia de éste, en compañía de su madre, a la excursión de aquel año obedecía más bien al deseo de llevar a cabo una reunión de ex alumnos, al tiempo que señalaba la salida más pública de la señora Dash en Bridgehampton desde que enviudara. Algunos se sorprendieron al verla, pero no Eleanor Holt.

—Has hecho muy bien —le dijo Eleanor—. Ya era hora de que salieras de nuevo al mundo.

Eso fue probablemente lo que hizo pensar a la señora Dash. No consideraba la excursión de la escuela como «el mundo», ni tampoco ardía en deseos de que la felicitara Eleanor Holt.

Jane se distrajo contemplando a su hijo: ¡cómo había crecido! Daba gusto verle. Y sus ex compañeros de escuela..., sí, también ellos habían crecido. Incluso la hija antes tan inquieta de Eleanor era una guapa muchacha, relajada y extrovertida, ahora que estudiaba en un internado y no vivía en la misma casa con la espeluznante película de su nacimiento y el misil nuclear para el placer de su madre.

Jane se distrajo también observando a los niños más pequeños. No conocía a muchos de ellos, y algunos de los padres más jóvenes también le eran desconocidos. La maestra que había quitado a la niña el vibrátil consolador fue a sentarse al lado de la señora Dash. Jane no oyó lo que le decía, pues trataba de encontrar la mejor manera de formular su pregunta, si se atrevía a hacerla. («Cuando tomó en su mano esa cosa, ¿con qué intensidad se movía? Quiero decir, ¿era como una batidora, como un robot de cocina, o era... más suave que esos aparatos?») Pero, naturalmente, la señora Dash jamás haría semejante pregunta, y se limitó a sonreír. Finalmente la maestra se alejó.

Al atardecer, los niños más pequeños temblaban de frío. La playa adquirió un color de cáscara de huevo marrón, y la superficie del océano se tornó gris. También había niños ateridos en el aparcamiento, mientras la señora Dash y su hijo colocaban la cesta de la comida, las toallas y las esteras de playa en el maletero de su coche. Habían aparcado al lado del vehículo de Eleanor Holt y su hija. A Jane le sorprendió ver al segundo marido de Eleanor. Era un abogado especializado en divorcios, demasiado litigioso y que no solía asistir a los actos sociales.

Entonces empezó a soplar el viento y los niños más pequeños gimotearon. Un objeto de vivos colores, que parecía una balsa, echó a volar. Se había escapado de las manos de un chiquillo, y aterrizó sobre el techo del vehículo de Eleanor Holt. El abogado de divorcios sacó un brazo por la ventanilla para agarrar el objeto de colores, pero éste echó a volar de nuevo. Jane Dash lo atrapó en el aire.

Era una colchoneta parcialmente deshinchada, roja y azul, y el chiquillo que no había podido retenerla corrió al encuentro de la señora Dash.

—Quería que saliera el aire —explicó el pequeño—. Así no cabe en el coche. Entonces el viento se la llevó.

—Bueno, mira, voy a enseñarte un truco para que no vuelva a pasarte —le dijo la señora Dash.

Jane vio que Eleanor Holt se agachaba e hincaba una rodilla en el suelo para atarse el zapato. Su marido, el litigioso, se había sentado al volante, en una actitud dinámica, y la hija producto del esperma misterioso estaba sola y enfurruñada en el asiento trasero. Sin duda aquella reunión le había hecho volver a los horrores de su infancia.

Jane buscó un guijarro del tamaño apropiado en el aparcamiento. Desenroscó el tapón que cubría la válvula del aire de la colchoneta roja y azul, y fijó el guijarro en la válvula. La piedra empujó hacia abajo la aguja de la válvula y el aire salió con un siseo.

—¿Lo ves? —le dijo la señora Dash al chico, haciéndole una demostración—. Empujas el guijarro así. —El aire surgió de la colchoneta a chorritos entrecortados—. Y... si abrazas con fuerza la colchoneta, así, se desinflará más rápido.

Pero cuando Jane llevó a la práctica lo que decía, el aire hizo matraquear el guijarro contra la válvula. Eleanor oyó el sonido mientras se levantaba.

«¡Zzzt! ¡Zzzt! ¡Zzzt!», dijo la colchoneta hinchable roja y azul. La satisfacción del chiquillo se evidenció en su rostro. Para él era un sonido maravilloso. Pero la expresión de Eleanor Holt traslucía el reconocimiento súbito de que había quedado al descubierto. Su marido, al volante, volvió la cara, como si estuviera en un juicio, en dirección al sonido. Entonces la hija de Eleanor hizo lo mismo. Incluso el hijo de Jane Dash, que había tenido acceso en dos ocasiones a la vida íntima de Eleanor Holt, se volvió al reconocer el emocionante sonido. Eleanor miró fijamente a la señora Dash y luego a la colchoneta, que se desinflaba con rapidez, como una mujer a la que hubieran desnudado ante una muchedumbre.

—Sí, era hora de que saliera de nuevo al mundo —admitió Jane a la otra mujer.

No obstante, sobre el tema del «mundo» (en qué consistía y cuándo era hora de que una viuda entrara de nuevo en él sin problemas), la colchoneta hinchable roja y azul ofrecía una sola palabra de precaución: «¡Zzzzt!».

## Allan a los cincuenta y cuatro años

Ruth había leído en un tono inexpresivo. A una parte del público pareció desconcertarle el «¡Zzzt!» final. A Eddie, que había leído el libro dos veces, le encantaba esa manera de concluir el primer capítulo, pero parte del público contuvo momentáneamente el aplauso, pues no estaban seguros de que el capítulo hubiera terminado. El tramoyista estúpido miraba boquiabierto el monitor de televisión, como si se dispusiera a ofrecer un epílogo, pero no dijo una sola palabra; ni siquiera hizo otro vulgar comentario sobre su incansable apreciación de los «melones» de la famosa novelista.

Fue Allan Albright el primero en aplaudir, incluso antes que Eddie. Como editor de Ruth Cole, Allan conocía bien el «¡Zzzt!» con el que terminaba el primer capítulo. El aplauso que siguió fue generoso, y lo bastante sostenido como para que Ruth pudiera fijarse en el solitario cubito de hielo que estaba en el fondo del vaso de agua. El hielo se había fundido en parte y había suficiente líquido para un solo trago.

El coloquio que siguió fue decepcionante. Eddie lamentó que, tras su entretenida lectura, Ruth tuviera que sufrir el chasco que siempre engendraban las preguntas del público. Y durante todo el coloquio Allan Albright la miró con el ceño fruncido... ¡como si ella pudiera haber hecho algo por elevar la inteligencia de las preguntas! Mientras leía, las expresiones animadas de Allan, sentado entre el público, la habían irritado... ¡como si el papel de éste consistiera en divertirla mientras ella leía!

La primera pregunta fue abiertamente hostil y estableció un tono del que no se librarían las preguntas y respuestas posteriores.

—¿Por qué se repite en sus novelas? —quiso saber un hombre joven—. ¿O acaso lo hace sin intención?

Ruth calculó que el hombre estaría cerca de la treintena. Las luces no eran lo bastante intensas para que ella pudiera distinguir su expresión exacta (estaba sentado casi al fondo de la sala), pero su tono no le había dejado duda a Ruth de que se estaba mofando de ella.

Después de haber escrito tres novelas, Ruth estaba familiarizada con las acusaciones de que sus personajes se «reciclaban» de un libro a otro, que éstos eran su «guiñol de excéntricos» y que los utilizaba en una novela tras otra. La novelista suponía que su nómina de personajes era en verdad bastante limitada, pero, según su experiencia, quienes acusan a un autor de repetición suelen referirse a un detalle que no les ha gustado la primera vez. Al fin y al cabo, incluso en literatura, si a uno le gusta algo, ¿por qué ha de poner objeciones a su repetición?

—Supongo que se refiere al consolador —respondió Ruth al joven que la acusaba. En su segunda novela también aparecía uno de esos artilugios, pero ninguno había asomado la cabeza, por así decirlo, en su primera novela. Sin duda, se decía Ruth, tal ausencia obedecía a un descuido. Prosiguió—: Sé que muchos hombres jóvenes se sienten amenazados por los consoladores, pero no deben preocuparse porque nunca serán sustituidos por completo. —Hizo una pausa para que el público se riera, y entonces añadió—: Y la verdad es que este consolador no es del mismo tipo que el de mi novela anterior. Estos cachivaches no son todos iguales, ¿sabe usted?

—Los consoladores no son las únicas cosas que se repiten en sus obras —comentó el joven.

—Sí, lo sé..., también las «amistades femeninas que fracasan» o perdidas y encontradas de nuevo —observó Ruth, y sólo después de haber hablado se dio cuenta de que había tomado una cita de la tediosa introducción de Eddie O'Hare.

Eddie, entre bastidores, se sintió primero muy complacido, pero luego se preguntó si Ruth se habría burlado de él.

—Los novios que son unos granujas —añadió el joven insistente. (¡Ése sí que era un tema jugoso!)

—El novio de *El mismo orfelinato* es un hombre honrado —recordó Ruth a su lector hostil.

—¡No salen madres! —gritó una señora mayor.

—Ni padres tampoco —replicó secamente Ruth.

Allan Albright apoyaba la cabeza en las manos. Le había advertido que tuviera cuidado con el turno de preguntas, que si no podía dejar de lado una observación hostil o provocadora, si no renunciaba a meterse en camisa de once varas, lo mejor sería prescindir del coloquio. Y que no debía estar «tan dispuesta a devolver el golpe».

—Pero me gusta devolver el golpe —había replicado ella.

—Pues no debes hacerlo la primera vez, ni siquiera la segunda —le advirtió Allan.

Su lema era «sé amable dos veces». Ruth aprobaba esta idea, en principio, pero le resultaba difícil seguir el consejo.

Según Allan, era conveniente hacer caso omiso de las dos primeras groserías. Si alguien te provocaba o era abiertamente hostil por tercera vez, entonces le dabas su merecido. Tal vez este principio era demasiado «caballeroso» para que Ruth se atuviera a él.

La estampa de Allan con la cabeza entre las manos, prueba inequívoca de que estaba en desacuerdo con su actitud, irritó a Ruth. ¿Por qué se sentía tan a menudo inclinada a criticarle? En general, admiraba los hábitos de Allan, por lo menos sus hábitos de trabajo, y no dudaba de que ejercía una buena influencia sobre ella.

Lo que Ruth Cole necesitaba era un editor para su vida más que para sus novelas. (En este punto, incluso Hannah Grant se habría mostrado de acuerdo con ella.)

—¿Más preguntas? —inquirió Ruth.

Había procurado parecer jovial, incluso conciliadora, pero no podía ocultar la animosidad en su voz. No había formulado una invitación al público, sino que había lanzado un desafío.

—¿De dónde saca sus ideas? —preguntó algún alma inocente a la autora.

No veía a su interlocutor; era una voz extrañamente asexuada, perdida en la gran sala. Allan puso los ojos en blanco. Aquello era lo que él llamaba «la pregunta de la compra», la cómoda especulación de que uno compraba los ingredientes para fabricar una novela.

—Mis novelas no se basan en ideas —respondió Ruth—. No tengo ninguna idea. Empiezo con los personajes, lo cual me conduce a los problemas que ellos son propensos a tener, y esto, a su vez, siempre origina un relato.

(Eddie, entre bastidores, tenía la sensación de que debería tomar notas.)

—¿Es cierto que nunca ha tenido un trabajo, un empleo auténtico?

Volvía a ser el joven impertinente, el que le había preguntado por qué se repetía. Ella no le había provocado; aquel hombre volvía a asediarla sin que le hubiera invitado.

Era cierto que Ruth nunca había tenido un empleo «auténtico», pero antes de que pudiera responder a la insinuante pregunta, Allan Albright se levantó de su asiento y, dándose la vuelta, se dirigió al joven descortés que estaba al fondo de la sala.

—¡Ser escritor es un trabajo auténtico, gilipollas! —exclamó.

Ruth sabía que su editor había llevado la cuenta y, según sus cálculos, había sido amable dos veces.

Unos aplausos tibios siguieron al arranque de Allan. Cuando éste se volvió hacia el escenario, de cara a Ruth, le hizo la seña característica, movió el pulgar de la mano derecha a lo ancho de la garganta, como un cuchillo, lo cual significaba: «Vete de ahí».

—Gracias, muchas gracias de nuevo —dijo Ruth al público.

Camino de los bastidores, se detuvo una sola vez, para volverse y saludar al público agitando la mano. La gente aún aplaudía calurosamente.

—¿Cómo es que no firma ejemplares? —gritó el que la había acosado—. ¡Todos los demás escritores lo hacen!

Antes de que ella prosiguiera su camino, Allan se puso en pie de nuevo y se volvió. Ruth ya sabía que Allan haría un corte de mangas a su atormentador. Era muy proclive a hacer ese gesto.

Pensó que Allan le gustaba de veras, y que él se preocupaba mucho por su bienestar, pero no podía negar que también le irritaba.

Cuando estuvieron en el camerino, Allan la irritó una vez más.

—¡No has mencionado ni una sola vez el título del libro!

Eso fue lo primero que le dijo, y ella se preguntó si jamás daba un respiro a su papel de editor.

—Se me olvidó.

—Creía que no ibas a leer el primer capítulo —añadió Allan—. Me dijiste que lo considerabas demasiado cómico y que no era representativo del conjunto de la novela.

—Pues cambié de idea. De repente quise ser cómica.

—No has hecho mondarse a la gente de risa durante el coloquio —le recordó Allan.

—Por lo menos no he llamado «gilipollas» a nadie —dijo Ruth.

—Le concedí a ese tipo sus dos oportunidades —replicó Allan.

Una anciana con una bolsa de la compra llena de libros se había abierto paso hasta los bastidores. Mintió a alguien que había intentado detenerla, diciendo que era la madre de Ruth. También intentó mentir a Eddie, a quien encontró en el umbral del camerino, indeciso, como de costumbre, con medio cuerpo dentro y medio fuera. La anciana con la bolsa de la compra le tomó por un empleado.

—Tengo que ver a Ruth Cole —le dijo la anciana.

Eddie vio los libros en la bolsa.

—Ruth Cole no firma ejemplares —le advirtió—. Nunca lo hace.

—Déjeme pasar, soy su madre —mintió la anciana.

Si alguien no necesitaba examinar con detenimiento a la anciana era precisamente Eddie. Calculó que tenía más o menos la edad actual de Marion, setenta y un años.

—Usted no es la madre de Ruth Cole, señora —le dijo.

Pero Ruth había oído decir a alguien que era su madre, y se apartó de Allan para ir a la puerta del camerino, donde la anciana le tomó la mano.

—He traído estos libros desde Lichtfield para que me los firme —dijo la mujer—. Eso está en Connecticut.

—No debería mentir diciendo que es la madre de alguien —le reconvino Ruth.

—Son para cada uno de mis nietos, ¿sabe?

La bolsa de la compra contenía media docena de ejemplares de las novelas de Ruth, pero antes de que la anciana pudiera empezar a extraerlos, Allan se le acercó y, poniéndole su manaza en el hombro, la empujó suavemente fuera de la estancia.

—Hemos anunciado que Ruth Cole no firma ejemplares —le dijo Allan—. No lo hace, y no hay más que hablar. Lo siento, pero si firmara sus libros, sería injusto con todas las demás personas que desean su autógrafo, ¿no le parece?

La anciana hizo caso omiso y no soltó la mano de Ruth.

—Mis nietos adoran todo lo que usted escribe —insistió—. No le llevará más de dos minutos.

Ruth permanecía inmóvil, como petrificada.

—Por favor —pidió Allan a la anciana, pero ésta, con una celeridad sorprendente, dejó en el suelo la bolsa de los libros y apartó de su hombro la mano de Allan.

—No se atreva a empujarme —le dijo.

—No es mi madre, ¿verdad? —le preguntó Ruth a Eddie.

—No, claro que no.

—Oiga... —dijo la anciana a Ruth—, ¡le estoy pidiendo que firme estos libros para mis nietos! ¡Sus propios libros! Los he comprado...

—Señora, por favor... —insistió Allan.

—¿Quiere decirme qué diablos le ocurre? —preguntó la anciana a Ruth.

—Váyanse a la mierda usted y sus nietos —le dijo Ruth.

La mujer la miró como si la hubiera abofeteado.

—¿Qué me ha dicho?

Tenía un tono imperioso que Hannah habría llamado «generacional», pero que a Ruth le parecía más propio de la riqueza y el privilegio de la desagradable anciana. Sin duda la agresividad de la mujer no se debía tan sólo a su edad.

Ruth sacó una de sus novelas de la bolsa y preguntó a Eddie si tenía algo con que escribir. Él buscó en los bolsillos de su chaqueta húmeda y le ofreció la pluma de tinta roja..., la favorita del maestro.

La novelista se puso a escribir en la primera página del ejemplar de la anciana y repitió en voz alta las palabras mientras las anotaba:

—Váyanse a la mierda usted y sus nietos.

Puso de nuevo el libro en la bolsa y se dispuso a sacar otro (habría escrito lo mismo en todos ellos, sin firmarlos), pero la mujer le arrebató la bolsa.

—¿Cómo se atreve? —le gritó la anciana.

—A la mierda usted y sus nietos —repitió Ruth monótonamente, en el mismo tono que empleaba al leer en voz alta. Y entró en el camerino, diciéndole a Allan, al pasar por su lado—: A la mierda con eso de ser amable dos veces, incluso una sola vez.

Eddie, sabedor de que su presentación había sido demasiado larga y académica, vio la manera de expiar su culpa. Fuera quien fuese aquella mujer, tenía más o menos la edad de Marion, y él no consideraba viejas a las mujeres de la edad de Marion. Eran mayores, por supuesto, pero viejas no, por lo menos en opinión de Eddie.

Había visto un *ex libris* impreso en la portadilla del libro, donde Ruth había escrito la frase insultante para la agresiva abuela: ELIZABETH J. BENTON. Eddie se dirigió a ella.

—Señora Benton...

—¿Qué? —dijo ella—. ¿Quién es usted?

—Ed O'Hare —respondió Eddie, ofreciendo su mano a la mujer—. Ese broche que lleva es admirable.

La señora Benton miró la solapa de su chaqueta color ciruela. El broche era una concha de plata con perlas engastadas. Ella le permitió tocar las perlas.

—Nunca creí que volvería a ver un broche como éste —comentó Eddie.

—Ah... ¿Estaba usted muy unido a su madre? Tuvo que estarlo.

—Sí —mintió Eddie.

Se preguntó por qué no podía hacer lo mismo en sus libros. La procedencia de las mentiras era un misterio, como también lo era el hecho de que no pudiera decirlas cuando lo deseaba. Era como si sólo pudiera esperar y confiar en que una mentira lo bastante adecuada se presentara en el momento oportuno.

Poco después Eddie y la anciana salieron por la puerta de acceso al escenario. En el exterior, bajo la lluvia incesante, se había reunido un grupo pequeño pero decidido de jóvenes que aguardaban para ver de cerca a Ruth Cole y pedirle que les firmara sus ejemplares.

—La autora ya se ha ido —les mintió Eddie—. Ha salido por la puerta principal.

Le asombraba que hubiera sido incapaz de mentir a la recepcionista del hotel Plaza. De haber podido hacerlo, habría dispuesto de cambio para el autobús un poco antes, incluso habría podido tener la buena suerte de tomar un autobús anterior.

La señora Benton, más ducha que Eddie O'Hare en el arte de mentir, disfrutó unos instantes más de la compañía del escritor antes de despedirse de él, dándole las buenas noches en un tono melodioso y sin dejar de agradecerle su «caballerosa conducta».

Eddie se había ofrecido para conseguirles a los nietos de la señora Benton los autógrafos de Ruth Cole. Persuadió a la anciana para que le dejara la bolsa con los libros, incluido el ejemplar que Ruth había «estropeado». (Así lo consideraba la señora Benton.) Eddie sabía que, aunque no pudiera conseguir la firma de Ruth, por lo menos podría proporcionar a la señora Benton una falsificación razonablemente convincente.

Lo cierto era que le había conmovido la audacia de la señora Benton. Aparte de atreverse a decir que era la madre de Ruth, Eddie admiraba la energía con que se había enfrentado a Allan Albright. Los pendientes de amatista que lucía la mujer también revelaban audacia, tal vez en exceso, pues no armonizaban del todo con el color ciruela más apagado del traje chaqueta. Y la gran sortija que le bailaba un poco en el dedo corazón derecho... tal vez en otro tiempo había encajado con precisión en el anular de la misma mano.

También le enternecía la delgadez y esa sensación como de ahuecamiento que producía el cuerpo de la señora Benton, pues era evidente que ella aún se consideraba una mujer más joven. ¿Cómo no iba a considerarse más joven en ocasiones? ¿Cómo Eddie no iba a sentirse conmovido por ella? Y, como les sucede a la mayoría de los escritores, con excepción de Ted Cole, Eddie O'Hare creía que el autógrafo de un autor carecía de importancia. ¿Por qué no iba a hacer lo que estuviera en su mano por la señora Benton?

¿Qué le importaba a la señora Benton que las razones de Ruth Cole para evitar la firma de ejemplares en público estuvieran bien fundadas? Ruth detestaba lo vulnerable que se sentía ante una multitud que deseaba su autógrafo. Siempre había alguien que se quedaba mirándola fijamente, al margen de la cola, en general sin un libro en la mano.

Ruth había dicho públicamente que cuando estuviera en Helsinki, por ejemplo, firmaría ejemplares de la traducción finlandesa, porque no hablaba el finés. En Finlandia, y en muchos otros países extranjeros, no podía hacer más que firmar ejemplares, pero en su propio país prefería leer al público o simplemente hablar con sus lectores, cualquier cosa menos firmar ejemplares. No obstante, en realidad tampoco le gustaba hablar con sus lectores, como había sido penosamente evidente para quienes observaron su agitación durante el desastroso coloquio en la sala de la YMHA. Ruth Cole temía a sus lectores.

Le habían seguido los pasos no pocas veces. En general, quienes acechaban a Ruth eran jóvenes de aspecto inquietante. A veces se trataba de mujeres deseosas de que Ruth escribiera sus vidas. Creían que su sitio estaba en las páginas de una novela de Ruth Cole.

Ruth deseaba ante todo intimidad. Viajaba con frecuencia, no tenía dificultades para escribir en los hoteles o en una variedad de casas y pisos alquilados, rodeada por las fotografías, el mobiliario y las ropas de otras personas, y ni siquiera le incomodaban los animales domésticos ajenos. Ella no tenía más que una sola vivienda, una vieja casa de campo en Vermont, que estaba restaurando sin demasiado entusiasmo. Había comprado la casa sólo porque necesitaba un domicilio fijo al que regresar una y otra vez, y porque casi podía decirse que, junto con la propiedad, iba incluido quien se ocuparía de su mantenimiento. Un hombre infatigable, su mujer y sus hijos vivían en una granja vecina. La pareja parecía tener innumerables hijos. Ruth procuraba tenerlos ocupados con diversas chapuzas y con la tarea más importante: «restaurar» su casa de campo..., una habitación cada vez, y siempre cuando ella estaba de viaje.

Durante los cuatro años pasados en Middlebury, Ruth y Hannah se habían quejado del aislamiento de Vermont, por no mencionar los inviernos, porque ninguna de las dos esquiaba. Ahora a Ruth le encantaba Vermont, incluso en invierno, y le satisfacía tener una casa en el campo. Pero también le gustaba marcharse. Su afición viajera era la respuesta más sencilla que daba a la pregunta de por qué no se había casado y no había querido tener hijos.

Allan Albright era demasiado listo para aceptar la respuesta más sencilla. Habían hablado largo y tendido sobre las razones más complejas de Ruth para rechazar el matrimonio y los hijos. Con excepción de Hannah, Ruth nunca había discutido con nadie sus razones más complejas. En particular, lamentaba no haber hablado nunca de ellas con su padre.

Cuando Eddie regresó al camerino, Ruth le agradeció su presentación y su oportuna intervención para librarla de la señora Benton.

—Parece ser que me las arreglo bien con las señoras de su edad —admitió Eddie, y Ruth observó que lo decía sin asomo de ironía. (También reparó en que Eddie había vuelto con la bolsa de libros de la señora Benton.)

Incluso Allan le felicitó con no poca brusquedad, mostrando su aprobación, a la manera demasiado viril que le caracterizaba, por la determinación con que Eddie se había ocupado de la implacable cazadora de autógrafos.

—¡Bien hecho, O'Hare! —exclamó cordialmente. Era uno de esos hombres francotes que llamaban a los demás hombres por sus apellidos. (Hannah habría dicho de ese hábito que era distintivo de la «generación» de Allan.)

Por fin había dejado de llover. Cuando salieron por la puerta de acceso al escenario, Ruth mostró su agradecimiento a Allan y a Eddie.

—Sé que los dos habéis hecho lo posible para salvarme de mí misma.

—No necesitas que te salven de ti misma, sino de los gilipollas —replicó Allan.

Aunque Ruth no estaba de acuerdo con él en este punto, le sonrió y apretó el brazo. El silencioso Eddie pensaba que era necesario salvarla de sí misma, de los gilipollas y, probablemente, de Allan Albright.

Hablando de gilipollas, había uno esperando a Ruth en la Segunda Avenida, entre la Calle 84 y la 85. Debía de haber conjeturado a qué restaurante irían a cenar, o bien había tenido la astucia de seguir a Karl y Melissa hasta allí. Era el impúdico joven que se había sentado al fondo de la sala de conciertos, el que formuló a la escritora aquellas preguntas hostiles.

—Quiero pedirle disculpas —le dijo a Ruth—. No tenía intención de enojarla. —Por su tono, parecía realmente muy contrito.

—No me he enojado con usted —respondió Ruth, sin decirle del todo la verdad—. Me enfado conmigo misma cada vez que hablo en público. No debería hacerlo.

—Pero ¿por qué? —inquirió el joven.

—Ya le has hecho bastantes preguntas, tío —intervino Allan. Cuando le llamaba a alguien «tío» es que estaba dispuesto a enzarzarse en una pelea.

—Me enfado conmigo misma al descubrirme ante el público —dijo Ruth. Algo cruzó entonces por su mente y añadió de improviso—: Dios mío, usted es periodista, ¿verdad?

—No le gustan los periodistas, ¿eh? —inquirió el joven periodista.

Ruth le dejó en la puerta del restaurante, donde el joven siguió discutiendo con Allan durante un rato que pareció interminable. Eddie se quedó sólo un momento con ellos, antes de entrar en el restaurante y reunirse con Ruth, que se había sentado junto a Karl y Melissa.

—No llegarán a las manos —aseguró a Ruth—. Si fuesen a pelearse, ya lo habrían hecho.

Resultó que el periodista había solicitado una entrevista con Ruth al día siguiente, y se la habían denegado. Al parecer, el departamento de prensa de Random House no le había considerado lo bastante importante, y Ruth siempre ponía un límite a las entrevistas que concedía.

—No estás obligada a conceder ninguna —le había dicho Allan, pero ella cedía a la insistencia de los del departamento de prensa.

Allan tenía mala fama en Random House porque socavaba los esfuerzos del departamento de prensa. Consideraba que un novelista, incluso una autora de novelas de gran éxito como Ruth Cole, debía quedarse en casa y escribir. Lo que los autores con quienes Allan Albrigth trabajaba apreciaban de él era que no los abrumaba con todas las demás expectativas que tienen los de prensa. Se entregaba a sus autores, en ocasiones se desvelaba por sus obras más que ellos mismos. Ruth no tenía la menor duda de que le gustaba ese aspecto concreto de Allan, pero que no temiera criticarla, que no temiera nada, era otro aspecto de Allan que no le satisfacía demasiado.

Mientras Allan estaba todavía en la acera, discutiendo con el joven y agresivo periodista, Ruth se apresuró a firmar los libros que contenía la bolsa de la compra de la señora Benton, incluido el que había «estropeado» y en el que añadió «¡perdón!» entre paréntesis. Entonces

Eddie escondió la bolsa bajo la mesa, porque Ruth le dijo que Allan se sentiría decepcionado con ella por haber dedicado los ejemplares de la arrogante abuela. A juzgar por el tono en que lo dijo, Eddie supuso que Allan tenía un interés más que profesional por su renombrada autora.

Cuando por fin Allan se reunió con ellos en la mesa, Eddie estuvo sobre aviso acerca del otro interés que el editor tenía en ella, tan sobre aviso como lo estaba la misma Ruth.

Durante la corrección y preparación del texto, cuando sostuvieron una acalorada discusión acerca del título, ella no había percibido ninguna inclinación romántica de Allan hacia su persona. El editor se centró estrictamente en su trabajo, mostrándose como un mero profesional. Tampoco reparó entonces en que el desagrado de Allan hacia el título que ella había elegido se había convertido en algo curiosamente personal. El hecho de que ella no aceptara sus sugerencias, que no estuviera dispuesta a considerar siquiera la alternativa que él le proponía, le había afectado de una manera extraña. Era como si le tuviera inquina al título, se refería a él obstinadamente, como un marido enojado podría mencionar una y otra vez un desacuerdo permanente en un matrimonio duradero y, por lo demás, feliz.

Ella había titulado su tercera novela *No apto para menores*. (No lo era, en efecto.) En la novela, es un eslogan utilizado por los piquetes en contra de la pornografía, una invención de la enemiga de la señora Dash (quien acabará siendo su amiga), Eleanor Holt. No obstante, en el transcurso de la novela, la frase llega a significar algo diferente de su intención original. Eleanor Holt y Jane Dash tienen una necesidad mutua de afecto y deben criar a sus nietos huérfanos. En tales circunstancias, se dan cuenta de que deben dejar de lado sus diferencias, pues su prolongada hostilidad tampoco es «apta para menores».

Allan había querido titular la novela *Por el bien de los niños*. (Señaló que las dos adversarias se hacen amigas a la manera de una pareja que soporta un matrimonio desdichado «por el bien de los niños».) Pero Ruth quería conservar la relación antipornográfica que estaba tanto implícita como explícita en el título *No apto para menores*. Le interesaba que el título expresara de un modo contundente su propia opinión acerca de la pornografía..., la opinión de que temía la censura aún más de lo que le desagradaba la pornografía, la cual le desagradaba muchísimo.

En cuanto a proteger a los niños de la pornografía, era una responsabilidad individual; proteger a los niños de todo lo inadecuado para ellos («incluida cualquier novela de Ruth Cole», había dicho ella en varias entrevistas) era cuestión de sentido común, no de censura.

En el fondo, Ruth detestaba discutir con los hombres, porque eso le recordaba el pasado, las discusiones que había tenido con su padre. Si dejaba que su padre se saliera con la suya, él tenía una manera pueril de recordarle que le había asistido la razón. Pero si Ruth ganaba claramente, Ted no lo admitía o se mostraba petulante.

—Siempre pides rúgula —le dijo Allan, refiriéndose a esa clase de lechuga que ahora está tan de moda en los restaurantes de Estados Unidos, pero que hasta hacía poco tiempo nadie conocía.

—La rúgula me gusta, y no la encuentras en todas partes —replicó Ruth.

Al oírles, Eddie tenía la impresión de que llevaban años casados. Deseaba hablarle a Ruth sobre Marion, pero tendría que esperar. Cuando pidió excusas para levantarse de la mesa (diciendo que iba al lavabo, aunque no lo necesitaba), confiaba en que Ruth aprovechara la oportunidad para visitar el lavabo de señoras. Por lo menos podrían intercambiar unas palabras a solas, aunque fuese en un pasillo. Pero Ruth se quedó en la mesa.

—Por Dios —dijo Allan, cuando Eddie estaba ausente—. ¿Por qué ha tenido que ser O'Hare el presentador?

—Me pareció que era el adecuado —mintió Ruth.

Karl les explicó que él y Melissa pedían con frecuencia a Eddie O'Hare que hiciese de presentador, porque era de confianza, dijo Karl, y Melissa añadió que jamás se negaba a presentar a nadie.

Ruth sonrió al escuchar lo que decían de Eddie, pero Allan no parecía estar de acuerdo.

—¿De confianza, decís? ¡Pero si llegó tarde! ¡Parecía que le hubiera atropellado un autobús!

Karl y Melissa convinieron en que había alargado algo más de la cuenta su presentación, pero era la primera vez, que ellos supieran, que hacía semejante cosa.

—¿Por qué quisiste que te presentara? —preguntó Allan a Ruth—. Me dijiste que te gustaba la idea.

De hecho, de Ruth había partido la idea de proponer a Eddie como su presentador.

¿Quién dijo que no existe mejor compañía para una revelación especialmente personal que la compañía de personas que apenas se conocen? (Lo había escrito Ruth, en *El mismo orfelinato.*)

—Bueno... —No se le ocultaba a Ruth que, en este caso, Karl y Melissa eran los que «apenas se conocen»—. Eddie O'Hare fue el amante de mi madre —anunció—. Ocurrió cuando él tenía dieciséis años y ella treinta y nueve. No le había visto desde que yo tenía cuatro años, pero siempre he querido volver a verle. Como podéis imaginar...

Aguardó. Nadie dijo una sola palabra. Ruth sabía lo dolido que iba a sentirse Allan porque no se lo había dicho antes, y porque cuando por fin se lo decía, era delante de Karl y Melissa.

—¿Puedo preguntarte —empezó a decir Allan, con no poca formalidad, tratándose de él— si la mujer mayor que aparece en todas las novelas de O'Hare es tu madre?

—No, según mi padre no lo es —replicó Ruth—, pero creo que Eddie quería de veras a mi madre, y que su amor por ella, una mujer mucho mayor que él, está presente en todas sus novelas.

—Comprendo —dijo Allan. Ya había tomado con los dedos unas hojas de rúgula de su plato de ensalada.

Para ser un caballero, como sin duda lo era, además de neoyorquino a carta cabal, un hombre mundano, los modales de Allan en la mesa eran atroces. Metía la mano en el plato de cualquiera (tampoco tenía pelos en la lengua a la hora de mostrar su desagrado por la comida que le habían servido después de comérsela) y siempre se le quedaban restos de comida entre los dientes.

Ruth le miró, esperando ver un trozo de aquellas grandes hojas de rúgula entre sus caninos demasiado largos. También tenía largas la nariz y la barbilla, pero transmitían una discreta elegancia, contrarrestada por la frente ancha y plana y el cabello castaño oscuro muy corto. A los cincuenta y cuatro años, Allan Albright no mostraba señales de calvicie ni tampoco tenía una sola hebra gris.

Era casi guapo, de no ser por los largos dientes que le daban un aspecto lobuno. Y aunque era esbelto y estaba en buena forma, comía con evidente placer. Ruth le evaluaba y veía con preocupación que de vez en cuando se excediese en la bebida. Ahora, al parecer, siempre le estaba evaluando, y con demasiada frecuencia su valoración era negativa. Pensaba que debía acostarse con él y decidir de una vez lo que habría entre ellos.

Entonces Ruth recordó que Hannah Grant le había dado plantón. Se había propuesto utilizar a Hannah como una excusa para no acostarse con Allan, es decir, que Hannah sería esta vez la excusa de Ruth. Le diría a Allan que ella y Hannah eran tan buenas amigas que siempre se pasaban la noche en vela, hablando por los codos.

Cuando la editorial de Ruth no le pagaba el alojamiento en Nueva York, solía quedarse en el piso de Hannah, del que incluso tenía un juego de llaves.

Ahora, en ausencia de Hannah, Allan le sugeriría que le acompañara a su piso, o le pediría que le enseñara su suite en el hotel Stanhope, costeada por Random House. Allan había sido muy paciente ante la renuencia de Ruth a acostarse con él. Incluso había interpretado que esa reticencia se debía a que ella se tomaba muy en serio su afecto, cosa que era cierta. No se le había ocurrido pensar que la desgana de Ruth obedecía al temor de que tal vez le desagradara acostarse con él, un profundo desagrado que se relacionaba con su hábito de picotear en los platos ajenos y el apresuramiento con que comía.

Lo de menos para ella era su vieja reputación de mujeriego. Allan le había dicho con franqueza que «la mujer ideal» que, al parecer, era Ruth, había cambiado todo eso, y ella no tenía ningún motivo para no creerle. Tampoco le importaba su edad. Estaba en mejor forma que muchos hombres más jóvenes, no aparentaba cincuenta y cuatro años y, en el aspecto intelectual, era estimulante. Cierta vez se habían pasado en vela toda una noche (hacía poco, mientras que las largas veladas de Ruth y Hannah tuvieron lugar mucho tiempo atrás) leyéndose mutuamente sus pasajes favoritos de Graham Greene.

El primer regalo que Allan le hizo a Ruth fue el primer volumen de la biografía de Graham Greene escrita por Norman Sherry. Ruth la empezó a leer con lentitud deliberada, saboreándola, y, al mismo tiempo, temerosa de enterarse de cosas sobre Greene que no le gustarían. Le inquietaba leer biografías de los autores que más le interesaban y prefería desconocer los detalles poco gratos sobre ellos. Hasta entonces Sherry había tratado a Greene en su biografía con el respeto que, según Ruth, el escritor británico merecía. Pero la impaciencia de Allan por la lentitud con que ella leía la biografía superaba a la que le producía su reticencia sexual. (Allan había observado que, a este paso, Norman Sherry publicaría el segundo volumen de *La vida de Graham Greene* antes de que Ruth hubiera terminado de leer el primero.)

Ahora que Hannah estaba ausente, Ruth pensó que podría utilizar a Eddie O'Hare como excusa para no acostarse con Allan aquella noche. Antes de que Eddie regresase del lavabo, le dijo a su editor:

—Después de la cena... espero que no os importe... quisiera tener a Eddie para mí sola. —Karl y Melissa esperaron a que Allan reaccionara, pero Ruth se apresuró a añadir—: No puedo imaginar qué vio en él mi madre, excepto que, a los dieciséis años, sin duda debía de ser un chico guapísimo.

—O'Hare sigue siendo un «chico guapísimo» —gruñó Allan.

«¡Santo cielo!», pensó Ruth. «¡No me digas que va a volverse celoso!»

—Es posible que el interés de mi madre por él fuese mucho menor que el de Eddie por ella —siguió diciendo—. Ni mi padre puede leer las novelas de Eddie sin comentar que debía de haber adorado a mi madre.

—Hasta la saciedad —dijo Allan Albright, quien no podía leer un libro de Eddie O'Hare sin hacer comentarios de esa clase.

—Por favor, Allan, no estés celoso —le pidió Ruth en el mismo tono de voz con que leía al público, con aquella inexpresividad inimitable que todos conocían bien.

Allan pareció dolido, y Ruth se detestó a sí misma. En una sola noche había mandado a la mierda a una abuela junto con sus nietos, y ahora hería al único hombre de su vida con el que había considerado la posibilidad de casarse.

—En fin —dijo Ruth a sus acompañantes—, la oportunidad de estar a solas con Eddie O'Hare me resulta emocionante.

«¡Pobres Karl y Melissa!», se dijo. Pero estaban acostumbrados al talante de los escritores y sin duda habían tenido que soportar conductas más inapropiadas que la suya.

—Es evidente que tu madre no abandonó a tu padre por O'Hare —comentó Allan, en un tono más mesurado que de costumbre.

Intentaba comportarse, demostrando así que era un buen hombre. Ruth se daba cuenta de que su manera de actuar provocaba en él un temor a su mal genio, y volvió a detestarse por ello.

—En eso creo que tienes razón —replicó Ruth, con idéntica cautela—. Pero cualquier mujer habría tenido una causa justa para abandonar a mi padre.

—También te abandonó a ti —observó Allan. (Por supuesto, habían hablado mucho de ello.)

—Eso también es cierto, y es precisamente lo que deseo comentar con Eddie. Mi padre me contó su versión de lo ocurrido, pero él no quiere a mi madre. Quiero que me cuente su versión alguien que la ha querido.

—¿Crees que O'Hare todavía quiere a tu madre? —inquirió Allan.

—Has leído sus libros, ¿no? —respondió Ruth.

—Hasta la saciedad —repitió Allan.

Ruth se dijo que era un esnob terrible, pero a ella le gustaban los esnobs.

Entonces Eddie regresó a la mesa.

—Estábamos hablando de ti, O'Hare —le dijo Allan con desenvoltura. El otro parecía nervioso.

—Les he hablado de ti y de mi madre —explicó Ruth.

Eddie procuró mantener el semblante sereno, aunque la lana húmeda de su chaqueta se le adhería como una mortaja. A la luz de las velas vio el héxagono amarillo que brillaba en el iris del ojo derecho de Ruth. Cuando la llama oscilaba, o cuando ella volvía la cara hacia la luz, el ojo cambiaba de color, pasaba de castaño a ámbar, igual que el mismo hexágono amarillo podía hacer que el ojo derecho de Marion pasara del azul al verde.

—Amo a tu madre —empezó a decir Eddie, sin azorarse.

Sólo tenía que pensar en Marion y enseguida recuperaba la calma, que había perdido en la pista de squash, donde Jimmy le había ganado tres juegos. Y, en efecto, pareció que Eddie recuperaba la calma, algo impensable hasta ese momento.

Allan se quedó perplejo cuando Eddie pidió al camarero ketchup y una servilleta de papel. No era aquél uno de esos restaurantes donde sirven ketchup ni había a mano ninguna servilleta de papel, pero Allan se encargó de solucionarlo. Ésa era una de sus cualidades agradables. Fue a la Segunda Avenida y localizó enseguida un local más barato. Al cabo de cinco minutos estaba de regreso con media docena de servilletas de papel y una botella de ketchup, de cuyo contenido sólo quedaba la cuarta parte.

—Espero que te baste —le dijo a Eddie. Había pagado cinco dólares por la botella de ketchup casi vacía.

—Para mi objetivo, es como si estuviera llena —replicó Eddie.

—Gracias, Allan —terció Ruth, en tono afectuoso. Él, galante, le envió un beso con un soplo.

Eddie vertió ketchup en su plato de la mantequilla. El camarero le observaba con una seria expresión de desagrado.

—Moja el dedo en el ketchup —le pidió a Ruth.

—¿Mi dedo? —se extrañó ella.

—Por favor. Sólo quiero ver hasta qué punto te acuerdas.

—Hasta qué punto me acuerdo... —dijo Ruth. Hundió el dedo en el charquito de ketchup, arrugando la nariz, como una niña.

—Ahora toca la servilleta.

Eddie deslizó la servilleta de papel hacia ella. Ruth titubeó, pero él le tomó la mano y le apretó con suavidad el dedo índice sobre el papel.

Ruth se lamió el resto del ketchup que había quedado en el dedo, mientras Eddie colocaba la servilleta exactamente donde quería, detrás del vaso de agua de Ruth, de manera que el cristal ampliaba las huellas dactilares. Y allí estaba, como lo estaría siempre: la línea perfectamente vertical en el dedo índice derecho. Vista a través del vaso de agua, su tamaño casi duplicaba al de la cicatriz real.

—¿Te acuerdas? —le preguntó Eddie.

Las lágrimas empañaron el hexágono amarillo del ojo derecho de Ruth. No podía hablar.

—Nadie tendrá jamás unas huellas dactilares como las tuyas —prosiguió Eddie, como se lo dijera el día que su madre se marchó.

—¿Y mi cicatriz siempre estará ahí? —le preguntó Ruth, tal como se lo preguntó treinta y dos años atrás, cuando tenía cuatro.

—La cicatriz será siempre parte de ti —le aseguró Eddie, como se lo asegurara entonces.

—Sí —susurró Ruth—. Lo recuerdo. Lo recuerdo casi todo —le dijo mientras las lágrimas se deslizaban por sus mejillas.


Más tarde, a solas en su suite del Stanhope, Ruth recordó que Eddie le había sostenido la mano mientras ella lloraba, así como la estupenda comprensión mostrada por Allan. Sin decir palabra, algo poco frecuente en él, rogó a Karl y a Melissa que le acompañaran y los tres se acomodaron en otra mesa del restaurante. Le pidió con insistencia al *maître* que fuese una mesa alejada, desde donde no pudieran oír a Ruth y ni a Eddie. Ruth no supo cuándo sus amigos abandonaron el local. Finalmente, mientras ella y Eddie debatían la incómoda cuestión de cuál de los dos pagaría la cuenta (Ruth se había tomado una botella entera de vino y Eddie no había probado un solo sorbo), el camarero interrumpió la discusión diciéndoles que Allan ya lo había pagado todo.

Ahora, en la habitación del hotel, Ruth pensó en telefonear a Allan para darle las gracias, pero probablemente estaría dormido. Era casi la una de la madrugada, y charlar con Eddie y escuchar sus palabras, le había estimulado tanto que no quería llevarse una decepción, como podría suceder si hablaba con Allan.

La sensibilidad de su editor le había impresionado, pero el tema de su madre, que Eddie abordó enseguida, pesaba demasiado en su mente. Aunque no necesitaba más bebida, Ruth abrió uno de esos botellines de coñac letal que siempre acechan en los minibares. Se tendió en la cama y, mientras saboreaba el fuerte licor, se preguntó qué iba a anotar en su diario, pues era mucho lo que quería decir.

Ante todo, Eddie le aseguró que su madre le había amado. (¡Podría escribir todo un libro al respecto!) El padre de Ruth había tratado de convencerla de ello durante treinta y dos años nada menos, pero no lo había logrado, debido al cinismo que evidenciaba cuando se hablaba de Marion.

Por supuesto, Ruth estaba enterada de la teoría aquella de que sus hermanos fallecidos habían despojado a su madre de la capacidad de amar a otro hijo. Según otra teoría, Marion había temido amar a Ruth, por si alguna calamidad como la que les sobrevino a sus hijos se abatía sobre ella y perdía a su única hija.

Pero Eddie le habló del momento en que Marion reconoció que Ruth tenía un defecto en un ojo, aquel hexágono amarillo brillante, que ella también tenía en uno de los suyos. Le había dicho que Marion lloró de puro miedo, pues aquella mancha amarilla significaba, a su modo de ver, que Ruth podría ser como ella, algo que su madre no quería.

De repente, el hecho de que Marion hubiera deseado que no hubiese ningún rasgo suyo en su hija representaba más amor del que Ruth podía imaginar.

Comentaron con cuál de sus padres tenía Ruth un mayor parecido. (Cuanto más escuchaba Eddie a Ruth, más rasgos de Marion encontraba en ella.) Esta cuestión le importaba mucho a Ruth, porque, si iba a ser una mala madre, prefería prescindir de la maternidad.

—Eso es justamente lo que decía tu madre —observó Eddie.

—¿Pero existe algo peor que el abandono de una hija? —le preguntó Ruth.

—Eso es lo que dice tu padre, ¿verdad?

Ruth le confesó que su padre era un «depredador sexual», pero que siempre había sido «bueno a medias» como padre. Nunca la había descuidado. Si le odiaba era como mujer, pero en tanto que hija le idolatraba... Por lo menos, siempre estuvo a su lado.

—Si los chicos hubieran vivido, su influencia sobre ellos habría sido terrible —comentó Eddie, y Ruth convino sin dudar en que eso era muy cierto—. Por eso tu madre ya tenía intención de abandonarle, quiero decir antes de que los chicos sufrieran el accidente.

Eso no lo sabía Ruth. Expresó un considerable rencor hacia su padre por haberle escamoteado esa información, pero Eddie le explicó que Ted no podría habérselo dicho por la sencilla razón de que éste ignoraba que Marion fuera capaz de abandonarle.

La conversación había sido tan larga y jugosa que Ruth no podía resolverse a dejar constancia de ella en su diario. Eddie incluso había dicho de su madre que había sido «el comienzo y la cima sexuales» de su vida. (Ruth por lo menos anotó esta frase.)

Y en el taxi, de regreso al Stanhope, con la bolsa de libros de aquella espantosa vieja entre las rodillas, Eddie le dijo:

—Esa «espantosa vieja», como la llamas, tiene más o menos la edad de tu madre. Por lo tanto, no es ninguna «espantosa vieja» para mí.

¡Ruth estaba asombrada de que un hombre de cuarenta y ocho años todavía siguiera enamorado de una mujer que ahora tenía setenta y uno!

—Suponiendo que mi madre viva hasta los noventa y tantos, ¿seguirás siendo un sexagenario enamorado? —le preguntó Ruth.

—Estoy absolutamente seguro de ello —respondió Eddie.

Lo que Ruth Cole también anotó en su diario fue que Eddie O'Hare era la antítesis de su padre. Ahora, a los setenta y siete años, Ted Cole perseguía a mujeres de la edad de Ruth, aunque cada vez tenía menos éxito en su empeño. Lo más corriente era que lo lograra con mujeres próximas a la cincuentena..., ¡mujeres que tenían la edad de Eddie!

Si el padre de Ruth vivía hasta llegar a los noventa, era posible que al final persiguiera mujeres que por lo menos parecieran cercanas a la edad de Ted, ¡es decir, mujeres que «sólo» fueran septuagenarias!

Sonó el teléfono. Ruth no pudo evitar sentirse decepcionada al oír la voz de Allan. Lo había descolgado con la esperanza de que se tratara de Eddie. ¡Tal vez éste había recordado alguna otra cosa y quería decírsela!

—Espero que no estuvieras dormida —le dijo Allan—. Y confío en que estés sola.

—Aquí me tienes, ni dormida ni acompañada —respondió ella.

¿Por qué tenía que estropear la favorable impresión que daba mostrándose celoso?

—¿Qué tal ha ido? —inquirió Allan.

De repente se sintió demasiado cansada para contarle los detalles que, sólo unos momentos antes de la llamada, le emocionaban tanto.

—Ha sido una velada muy especial —respondió Ruth—. Me he formado una imagen mucho más completa de mi madre..., en realidad, de ella y de mí misma —añadió—. Tal vez no debería tener tanto miedo a ser una esposa abominable, y quizá no sería una mala madre.

—Eso ya te lo he dicho —le recordó Allan. ¿Por qué no podía agradecer la posibilidad de que ella estuviera acariciando la idea de lo que él quería?

Fue entonces cuando Ruth supo que tampoco la noche siguiente haría el amor con Allan. ¿Qué sentido tendría acostarse con alguien y luego irse a Europa durante dos, casi tres semanas? (Lo pensó de nuevo y se dijo que tenía tanto sentido como posponer una y otra vez el momento de acostarse con él. No accedería a casarse con Allan sin haber dormido con él primero, por lo menos una vez.)

—Estoy cansadísima, Allan, y hay demasiadas novedades en mi cabeza.

—Te escucho —dijo él.

—No quiero que cenemos juntos mañana... No quiero verte hasta que regrese de Europa.

Esperaba a medias que él tratara de disuadirla, pero Allan permaneció en silencio. Incluso la paciencia que tenía con ella era irritante.

—Todavía te estoy escuchando —dijo Allan, porque ella se había interrumpido.

—Quiero que nos acostemos, tenemos que acostarnos —le aseguró Ruth—, pero no precisamente antes de que me vaya, ni tampoco antes de que vea a mi padre —añadió, aunque sabía que eso estaba fuera de lugar—. Necesito este tiempo de ausencia para pensar en nosotros.

De este modo lo expresó finalmente.

—Comprendo —dijo Allan.

A Ruth le desgarraba el corazón saber que era un buen hombre, y no tener la misma certeza de si era el adecuado para ella. ¿Y de qué manera el «tiempo de ausencia» le ayudaría a determinarlo? Lo que necesitaba, para llegar a saberlo, era pasar más tiempo con Allan. Pero lo único que le dijo fue:

—Sabía que lo comprenderías.

—Te quiero muchísimo —le dijo Allan.

—Lo sé muy bien.

Más tarde, mientras intentaba en vano conciliar el sueño, procuró no pensar en su padre. Aunque Ted Cole había hablado a su hija sobre la relación amorosa de su madre con Eddie O'Hare, no le había explicado que esa aventura fue idea suya. Cuando Eddie le contó que su padre los había puesto en contacto a propósito, Ruth se quedó pasmada. Que su padre hubiera hecho la vista gorda a fin de hacer sentir a Marion que no era una madre adecuada no era lo que la pasmaba, pues ya sabía que su padre tenía un temperamento de conspirador. Lo que pasmaba a Ruth era que su padre hubiera querido quedarse él solo con ella, ¡que hubiera deseado hasta tal punto ser su padre!

A los treinta y seis años, Ruth amaba tanto como odiaba a su padre, y la atormentaba saber cuánto la había querido aquel hombre.

## Hannah a los treinta y cinco años

Ruth no podía dormir. El causante de su insomnio era el coñac, en combinación con lo que le había confesado a Eddie O'Hare, algo que ni siquiera le había dicho a Hannah Grant. En cada uno de los episodios importantes de su vida, Ruth había previsto que tendría noticias de su madre. Cuando se graduó por Exeter, por ejemplo; pero no fue así. Y luego llegó la graduación por Middlebury, y no le llegó una sola palabra de su madre.

Sin embargo, Ruth no había abandonado la esperanza de recibir noticias de Marion, sobre todo en 1980, a raíz de la publicación de su primera novela. Luego publicó otras dos, la segunda en 1985 y la última muy poco tiempo atrás, en el otoño de 1990. Por esa razón cuando la presuntuosa señora Benton intentó hacerse pasar por la madre de Ruth, ésta se enfadó tanto. Durante años se había imaginado que Marion podría presentarse de improviso, exactamente de aquella manera.

—¿Crees que aparecerá alguna vez? —le preguntó Ruth a Eddie en el taxi.

La había decepcionado. Durante la emocionante velada con él, Eddie había hecho mucho por contradecir la primera e injusta impresión que le había causado a Ruth, pero en el taxi titubeó demasiado.

—No sé..., imagino que ante todo tu madre debe hacer las paces consigo misma antes de que pueda..., bueno, entrar de nuevo en tu vida. —Hizo una pausa, como si esperase que el taxi ya hubiera llegado al hotel Stanhope—. En fin..., Marion tiene sus demonios, sus fantasmas, supongo, y de alguna manera ha de intentar habérselas con ellos antes de ponerse en contacto contigo.

—¡Pero es mi madre, por el amor de Dios! —gritó Ruth en el taxi—. ¡Yo soy el demonio con el que debería tratar de habérselas!

Eddie no parecía tener nada que decir al respecto, y cambió de tema:

—¡Casi se me olvida! Quería darte un libro..., no, dos libros en realidad.

Ella acababa de hacerle la pregunta más importante de su vida: ¿era razonable confiar en que su madre se pondría alguna vez en contacto con ella? Y Eddie había revuelto el interior de su húmeda cartera para extraer dos volúmenes dañados por la lluvia.

Uno de ellos era el ejemplar firmado sobre su letanía de felicidad sexual con Marion, *Sesenta veces*. ¿Y el otro? En el taxi no había sabido explicarle en qué consistía el otro libro. Se limitó a dejárselo sobre el regazo.

—Has dicho que te vas a Europa, ¿no? Ésta es una buena lectura para el avión.

En semejante momento, y como respuesta a la importantísima pregunta de Ruth, le había ofrecido una «lectura para el avión». Entonces el taxi se detuvo ante el Stanhope. El apretón de manos con que se despidió Eddie de ella no habría podido ser más torpe. Ruth le besó, por supuesto, y él se ruborizó... ¡como un muchacho de dieciséis años!

—¡Tenemos que vernos de nuevo cuando vuelvas de Europa! —le gritó Eddie desde el taxi en marcha.

Tal vez no se le daban bien las despedidas. Lo cierto era que llamarle «patético» y «desventurado» no le hacía justicia. Había convertido su modestia en una forma de arte. «Lucía su humildad como una insignia de honor», escribió Ruth en su diario. «Y no emplea en absoluto subterfugios.» Añadió esto último porque, en más de una ocasión, le había oído decir a su padre que Eddie era un hombre dado a los equívocos y las ambigüedades.

Por otro lado, al comienzo de la velada Ruth había comprendido algo más acerca de Eddie: que nunca se quejaba. Era bien parecido y de aspecto frágil, pero tal vez lo que había visto su madre en él iba más allá de la lealtad de Eddie hacia ella. A pesar de las apariencias en contra, Eddie O'Hare hacía gala de un valor notable. Había aceptado a Marion tal como era, y en el verano de 1958, suponía Ruth, su madre no debía de hallarse en un estado psicológico inmejorable.

Ruth fue de un lado a otro de la suite, semidesnuda, hojeando el volumen para «leer en el avión» que Eddie le había dado. Estaba demasiado bebida para sumirse en *La vida de Graham Greene*, y ya había leído *Sesenta veces* en dos ocasiones.

Cuando vio que la «lectura para el avión» parecía ser una especie de novela de suspense se sintió consternada. El título la desanimó enseguida: *Seguida hasta su casa desde el Circo de la Comida Voladora*. Desconocía tanto al autor como a la editorial. Examinó más detenidamente los datos y vio que se trataba de una editorial canadiense.

Incluso la foto de la autora era un misterio, pues la mujer había sido fotografiada de perfil y lo poco que podía verse estaba iluminado desde atrás. Además usaba sombrero, que sumía en la oscuridad el único ojo captado por la cámara. Todo cuanto podía verse de la cara era una nariz armoniosa, un mentón fuerte, un pómulo anguloso. El cabello, el poco que quedaba fuera del sombrero, podría ser rubio o gris, o casi blanco. Su edad era indeterminada.

La fotografía resultaba exasperante, y a Ruth no le sorprendió saber que el nombre de la autora desconocida era un seudónimo. Una mujer que ocultaba la cara se inclinaría sin duda por un seudónimo. De modo que aquélla era la «lectura para el avión» ofrecida por Eddie. Incluso antes de abrir el libro, Ruth no estaba en absoluto impresionada. Y el comienzo de la novela no era mucho mejor que el juicio inicial de Ruth a partir de la cubierta. Leyó: «Una dependienta, que también trabajaba de camarera, fue hallada muerta en su piso de Jarvis, al sur de Gerrard. Era una vivienda al alcance de sus medios, pero gracias a que la compartía con otras dos dependientas. Las tres vendían sostenes en Eaton's».

¡Una novela policíaca! Ruth cerró el libro bruscamente. ¿Dónde estaba la calle Jarvis o ese Gerrard? ¿Qué era Eaton's? ¿Qué interés podía tener Ruth por unas chicas que vendían sostenes?

Por fin se quedó dormida, y, pasadas las dos de la madrugada, la despertó el timbre del teléfono.

—¿Estás sola? —le preguntó Hannah—. ¿Podemos hablar?

—Completamente sola —respondió Ruth—. ¿Por qué habría de hablar contigo? Traidora.

—Sabía que te enfadarías. He estado a punto de no llamarte.

—¿Es eso una disculpa? —preguntó Ruth a su mejor amiga. Nunca había oído disculparse a Hannah.

—Se presentó algo —susurró Hannah.

—¿Algo o alguien?

—Es lo mismo —replicó Hannah—. Me llamaron de repente y tuve que irme de la ciudad.

—¿Por qué hablas tan bajo?

—Prefiero no despertarle —dijo Hannah.

—¿Quieres decir que estás con alguien? —inquirió Ruth—. ¿Está ahí?

—Bueno, no —susurró Hannah—. He tenido que cambiar de habitación porque ronca. Jamás habría imaginado que roncara.

Ruth no hizo ningún comentario. Hannah nunca dejaba de mencionar alguna intimidad relativa a sus compañeros de cama.

—Me decepcionó no verte allí –le confesó Ruth finalmente, pero mientras hablaba pensó que si Hannah hubiera asistido a la lectura, no le habría permitido quedarse a solas con Eddie. Éste le habría causado demasiada curiosidad..., ¡habría querido acapararlo!–. Pensándolo bien, me alegro de que no asistieras. Así he podido estar a solas con Eddie O'Hare.

—Entonces todavía no lo has hecho con Allan –susurró Hannah.

—Lo más importante de esta noche era Eddie –afirmó Ruth–. Nunca había visto a mi madre tan claramente como puedo verla ahora.

—¿Pero cuándo vas a hacerlo con Allan? –quiso saber Hannah.

—Probablemente cuando regrese de Europa –dijo Ruth–. ¿No quieres que te hable de mi madre?

—¡Cuando regreses de Europa! –susurró Hannah–. ¿Cuándo será eso? ¿Dentro de dos o tres semanas? Dios mío, ¡puede que encuentre a otra antes de que vuelvas! Y tú también. ¡También tú podrías conocer a otro!

—Tanto si Allan como si yo conocemos a otra persona, siempre será mejor que no nos hayamos acostado –razonó Ruth, y tras plantearse esto, se dijo que temía más perder a Allan como editor que como marido.

—Bueno, cuéntamelo todo de Eddie O'Hare –susurró Hannah.

—Es amable, muy raro, pero ante todo amable.

—¿Pero es atractivo? –quiso saber Hannah–. Quiero decir si has podido imaginarle con tu madre. Era tan guapa...

—Eddie O'Hare es guapo, una monada –replicó Ruth.

—¿Quieres decir que es afeminado? Cielo santo, no será gay, ¿verdad?

—No, no es gay, ni tampoco afeminado. Es muy amable y sorprende la delicadeza de su aspecto.

—Tenía entendido que es alto –comentó Hannah.

—Alto y delicado.

—No acabo de imaginármelo..., parece raro.

—Ya te he dicho que es raro –dijo Ruth–. Raro, amable y delicado. Y quiere a mi madre con verdadera devoción. ¡Vamos, se casaría con ella mañana mismo!

—¿De veras? Pero ¿qué edad tiene tu madre? ¿Setenta y tantos?

—Setenta y uno –dijo Ruth–. Y Eddie sólo tiene cuarenta y ocho.

—Eso sí que es raro –susurró Hannah.

—¿No quieres que te hable de mi madre? –repitió Ruth.

—Espera un momento —le dijo Hannah. Dejó el teléfono y al cabo de un rato se puso de nuevo al aparato—. Creía que había dicho algo, pero sólo eran sus ronquidos.

—Si no estás interesada, puedo decírtelo en otra ocasión —le dijo Ruth fríamente, casi en el tono de voz que empleaba al leer en público.

—¡Pues claro que estoy interesada! —susurró Hannah—. Supongo que has hablado con Eddie de tus hermanos muertos.

—Hemos hablado de las fotografías de mis hermanos muertos —le dijo Ruth.

—¡Claro, era de esperar!

—Resultó extraño, porque cada uno de nosotros recordaba algunas fotos que el otro desconocía, y llegamos a la conclusión de que debíamos de haber inventado esas fotos concretas. También había otras que los dos recordábamos, y pensamos que ésas debían de ser las verdaderas. Creo que cada uno tenía más fotos inventadas que reales.

—Tú, lo «real» y lo «inventado» —comentó Hannah—. Es tu tema favorito...

A Ruth le molestó la evidente falta de interés de Hannah, pero siguió diciendo:

—La foto en la que Thomas jugaba a ser médico y examinaba la rodilla de Timothy..., ésa, desde luego, era real. Y aquella en la que Thomas era más alto que mi madre y sostenía un disco de hockey entre los dientes..., ésa también la recordábamos los dos.

—Recuerdo la de tu madre en la cama, con los pies de tus hermanos —dijo Hannah.

No era de extrañar que Hannah recordara esa foto, pues Ruth se la había llevado a Exeter y Middlebury. Ahora estaba en el dormitorio de su casa en Vermont. (Eddie no le había contado a Ruth que se había masturbado utilizando esa foto de Marion, tras haber ocultado los pies. Cuando Ruth evocó el recuerdo de aquellos pies cubiertos con «algo que parecía trocitos de papel», Eddie le dijo que no recordaba que nada cubriera los pies. «Entonces también debo de haber inventado eso», comentó Ruth.)

—Y recuerdo la de tus hermanos en Exeter, bajo aquella vieja inscripción: «Venid acá, chicos, y sed esa chorrada masculina» —dijo Hannah—. Dios mío, qué muchachos tan bien parecidos.

Ruth había mostrado a su amiga esa foto de sus hermanos la primera vez que Hannah fue con ella a la casa de Sagaponack. Por entonces estudiaban en Middlebury. La foto siempre estaba en el dormitorio de su padre, y Ruth entró allí con Hannah mientras Ted jugaba al squash en su granero amañado. Entonces Hannah dijo lo mismo que ahora: eran unos chicos bien parecidos.

—Eddie y yo hemos recordado la fotografía hecha en la cocina, aquella en que los dos están comiendo langosta —siguió diciendo Ruth—. Thomas despedaza su langosta con la destreza y la imparcialidad de un científico, no hay el menor rastro de tensión en su cara. Timothy, en cambio, parece como si se estuviera peleando con la langosta, ¡y ésta le ganara! Creo que es la foto que recuerdo mejor. Y durante todos estos años me he preguntado si la inventé o si era real. Eddie me ha dicho que es la que él recuerda mejor, así que debe de ser real.

—¿No le has pedido a tu padre que te hable de las fotografías? —le preguntó Hannah—. Sin duda las recordará mejor que tú y que Eddie.

—Estaba tan enojado con mi madre por habérselas llevado que se negaba a hablar de ellas —respondió Ruth.

—Eres demasiado dura con él. A mí me parece encantador.

—Le he visto ser «encantador» demasiadas veces. Además, así se muestra siempre, encantador..., sobre todo cuando está contigo.

Hannah no replicó a esa observación de su amiga, algo que no era habitual en ella.

Hannah sostenía la teoría de que muchas mujeres que habían conocido a Marion, aunque sólo fuese en fotografía, debían de haberse sentido halagadas por las atenciones de Ted Cole hacia ellas, simplemente por lo hermosa que había sido Marion. Ruth respondió a la teoría de Hannah diciendo: «Estoy segura de que eso le hacía sentirse muy bien a mi madre».

Ahora Ruth estaba francamente cansada de explicarle a Hannah la importancia de la velada con Eddie. Su amiga no la comprendía.

—¿Pero qué ha dicho Eddie de la relación sexual? —inquirió Hannah—. ¿O no ha dicho nada al respecto?

Ruth pensó que eso era lo único que le interesaba. Se le hacía muy cuesta arriba hablar de sexo, pues ese tema no tardaría en provocar de nuevo a Hannah y volvería a preguntarle cuándo «iba a hacerlo» con Allan.

—Esa fotografía que recuerdas tan bien —empezó a decir Ruth—. Mis guapos hermanos en el umbral del edificio principal de la escuela...

—Sí, ¿qué tiene de particular? —inquirió Hannah.

—Eddie me ha dicho que mi madre le hacía el amor bajo esa fotografía —le informó Ruth—. Fue la primera vez que lo hicieron. Mi madre dejó la foto para Eddie, pero mi padre se la quitó.

—¡Y la colgó en su dormitorio! —susurró Hannah ásperamente—. ¡Eso es interesante!

—Desde luego, Hannah, tienes buena memoria —le dijo Ruth—. ¡Incluso recuerdas que la fotografía de mis hermanos está en el dormitorio de mi padre!

Pero Hannah no respondió a este comentario, y Ruth pensó de nuevo que estaba cansada de la conversación. (Sobre todo estaba cansada de que Hannah nunca dijera que lo sentía.)

A veces Ruth se preguntaba si, en el caso de que no se hubiera hecho famosa, Hannah seguiría siendo su amiga. A su manera, en el mundillo de las revistas, Hannah también era famosa. Primero se hizo un nombre escribiendo ensayos de carácter personal. Había llevado un diario más bien cómico, que en su mayor parte trataba de sus hazañas sexuales, pero no tardó en cansarse de la autobiografía y entonces se «graduó» y pasó a interesarse por la muerte y la devastación.

En su fase mórbida, Hannah entrevistó a pacientes desahuciados, y se dedicó a los casos terminales. Durante año y medio, más o menos, los niños con enfermedades incurables absorbieron su atención. Luego escribió un reportaje sobre un pabellón de quemados y otro sobre una colonia de leprosos. Viajó a zonas en guerra y a países donde imperaba la hambruna.

Entonces volvió a «graduarse». Abandonó la muerte y la devastación para dedicarse al mundo de lo perverso y lo estrafalario. En cierta ocasión escribió sobre un actor de cine porno con la reputación de estar siempre empalmado y cuyo nombre, en el sector, era «Mister Metal». También entrevistó a una septuagenaria que había intervenido en más de tres mil funciones de sexo en directo. Su única pareja en el escenario era su marido, que murió tras una de tales funciones de sexo. Desde entonces, la apenada viuda no volvió a tener relaciones sexuales. No sólo había sido fiel a su marido durante cuarenta años, sino que durante los últimos veinte de su matrimonio habían hecho el amor únicamente delante del público.

Ahora Hannah se había transformado de nuevo. Su interés actual se centraba en los famosos, lo cual en Estados Unidos significaba sobre todo estrellas de la pantalla, héroes deportivos y algún que otro excéntrico con una fortuna inmensa. Hannah nunca había entrevistado a un escritor, aunque había planteado la posibilidad de hacerle a Ruth una «extensa» entrevista... ¿o había dicho «exhaustiva»?

Ruth creía desde hacía mucho tiempo que de ella sólo interesaban sus obras literarias. La idea de que Hannah la entrevistara le provocaba un profundo recelo, porque su amiga estaba más interesada en su vida personal que en sus novelas. Y lo que le interesaba a Hannah de la escritura de Ruth era lo que había de personal en ella, lo que la periodista llamaba «real».

De repente Ruth pensó que, probablemente, Hannah odiaba a Allan, el cual ya había admitido que la fama de Ruth, si no una carga, era una molestia para él. Había editado a una serie de autores famosos, pero sólo se sometía a una entrevista a condición de que no se le atribuyeran sus observaciones. Era tan reservado que ni siquiera permitía que los autores le dedicaran sus libros. Cuando un escritor insistió, Allan le dijo: «Sólo si pones mis iniciales, únicamente mis iniciales», y así el libro estaba dedicado «a A.F.A.». A Ruth le parecía una deslealtad que ahora ella no pudiera recordar qué nombre representaba la F.

—Debo dejarte —le susurró Hannah—. Creo que le oigo.

—No pensarás dejarme plantada en Sagaponack, ¿eh? —le dijo Ruth—. Cuento contigo para que me salves de mi padre.

—Allí estaré, de alguna manera me las arreglaré para ir. Creo que es tu padre quien necesita que le salven de ti, pobre hombre.

¿Desde cuándo su padre se había convertido en un «pobre hombre»? Pero Ruth estaba cansada y dejó de lado la observación de su amiga.

Tras colgar el teléfono, Ruth pensó de nuevo en sus planes. Puesto que la noche siguiente no iría a cenar con Allan, podría emprender el viaje a Sagaponack después de su última entrevista, un día antes de lo que había planeado. Entonces dispondría de toda una noche para estar en compañía de su padre. Una sola noche con él podría ser tolerable. Hannah llegaría al día siguiente y los tres pasarían juntos la otra noche.

Ruth ardía en deseos de decirle a su padre cuánto le había gustado Eddie O'Hare, por no mencionar algunas de las cosas que Eddie le había dicho sobre su madre. Sería mejor que Hannah no estuviera presente cuando Ruth revelara a Ted que Marion había pensado en abandonarle antes de que muriesen los chicos. No quería que Hannah escuchara esa conversación, porque su amiga siempre salía en defensa de su padre, una actitud que tal vez obedecía tan sólo al deseo de provocarla a ella.

Estaba todavía tan irritada con Hannah que le resultaba difícil volver a conciliar el sueño. Permaneció despierta, recordando la ocasión en que perdió la virginidad. Le era imposible recordar el acontecimiento sin pensar en la intervención de Hannah en el pequeño desastre.

Aunque tenía un año menos que Ruth, Hannah siempre había parecido mayor que ella, no sólo porque tuvo tres abortos antes de que Ruth se las arreglara para perder la virginidad, sino también porque la mayor experiencia sexual de Hannah le prestaba un aire de madurez y sofisticación.

Ruth tenía dieciséis años y Hannah quince cuando se conocieron, pero Hannah hacía siempre gala de una mayor confianza sexual. (¡Y esto sucedía antes de que la muchacha hubiera tenido relaciones sexuales!) Cierta vez Ruth escribió acerca de Hannah en su diario: «Proyectaba un aura de mundanería mucho antes de haber estado en el mundo».

Los padres de Hannah, felizmente casados (decía de ellos que eran «aburridos» y «serios»), habían criado a su única hija en una casa antigua y sólida que se alzaba en la calle Brattle de Cambridge, estado de Massachusetts. El padre, profesor de la facultad de derecho de Harvard, tenía un aire aristocrático, y su porte revelaba una firme inclinación a mantenerse al margen que, según Hannah, era adecuada para un hombre casado con una mujer rica y nada ambiciosa.

A Ruth siempre le había gustado la madre de Hannah, que era afable y condescendiente hasta el extremo de ser la encarnación de la bondad. También leía mucho, siempre estaba con un libro en las manos. En cierta ocasión, la señora Grant le dijo a Ruth que sólo había tenido una hija porque, tras el nacimiento de Hannah, añoraba el tiempo de que antes disponía para leer. Hannah le dijo a Ruth que su madre había ansiado que creciera hasta ser capaz de divertirse sola, de modo que ella pudiera volver a sus libros. Y Hannah se «divirtió sola», desde luego. (Tal vez fue su madre quien hizo de Hannah la lectora superficial e impaciente que era.)

Mientras que Ruth consideraba afortunada a su amiga por tener un padre que era fiel a su esposa, Hannah decía que, de haber sido un poco conquistador, tal vez habría resultado menos predecible. Para ella «menos predecible» equivalía a «más interesante». Afirmaba que la reserva de su padre era el resultado de los años pasados en la facultad de derecho, donde sus meditaciones abstractas sobre los niveles teóricos en el campo jurídico parecían haberle distanciado de cualquier apreciación de la práctica de la abogacía. Sentía un gran desdén hacia los abogados.

El profesor Grant había recomendado a su hija que estudiara idiomas, y su mayor esperanza era que Hannah hiciese carrera en el sistema bancario internacional, donde habían terminado los mejores y más brillantes de sus alumnos en la facultad de derecho de Harvard.

También su padre era muy desdeñoso con los periodistas. Hannah estudiaba en Middlebury, donde se había especializado en francés y alemán, cuando decidió que la carrera de periodismo sería la más apropiada para ella. Lo supo con la misma certeza con que Ruth había sabido a edad temprana que quería ser novelista. Con la naturalidad nacida de una certeza absoluta, Hannah anunció que iría a Nueva York y se abriría camino en el mundo de las revistas. A tal fin, tras graduarse en la universidad, pidió a sus padres que le permitieran pasar un año en Europa. Allí practicaría francés y alemán y llevaría un diario. De este modo se afinaría su «capacidad de observación», como decía ella.

Cuando Hannah sugirió a Ruth, cuya solicitud para cursar el programa de escritura creativa de la Universidad de Iowa había sido aceptado, que viajara a Europa con ella, tomó por sorpresa a su amiga.

—Si vas a ser escritora, necesitas algo sobre lo que escribir —razonó.

Pero Ruth ya sabía que las cosas no eran así, o por lo menos no lo eran en su caso. Para escribir sólo necesitaba tiempo, y aquello sobre lo que iba a escribir aguardaba en su imaginación. No obstante, pospuso la matrícula en la Universidad de Iowa. Al fin y al cabo, su padre podía permitírselo, y sin duda un año en Europa con Hannah sería divertido.

—Además —le dijo Hannah—, ya es hora de que te follen. Y si estás conmigo, eso es algo que sucederá con toda seguridad.

No sucedió en Londres, la primera ciudad de su gira, aunque allí un chico la toqueteó en el bar del hotel Royal Court. Lo había conocido en la National Portrait Gallery, adonde Ruth acudió para ver los retratos de varios de sus pintores predilectos. El joven la llevó al teatro y a un caro restaurante italiano cerca de Sloane Square. Era un norteamericano que vivía en Londres cuyo padre tenía cierto cargo diplomático, y el primero, entre todos los chicos con los que había salido, que tenía tarjetas de crédito, si bien ella sospechaba que pertenecían a su padre. En vez de follar, se emborracharon en el bar del Royal Court, porque Hannah ya estaba «usando» la habitación que ambas compartían cuando Ruth hizo acopio del valor suficiente para llevar al joven a su hotel. Hannah estaba haciendo el amor ruidosamente con un libanés al que había conocido en una oficina bancaria mientras hacía efectivo un cheque de viaje. («Mi primera experiencia en el campo de la banca internacional», escribió en su diario. «Por fin mi padre podría sentirse orgulloso de mí.»)

La segunda ciudad en su gira europea fue Estocolmo. Contrariamente a lo que había predicho Hannah, no todos los suecos eran rubios. Los dos jóvenes que se ligaron a las amigas eran morenos y bien parecidos. Aún estudiaban en la universidad, pero estaban muy seguros de sí mismos, y uno de ellos (el que acabó con Ruth) hablaba un inglés excelente. El otro, algo más guapo y que apenas hablaba una palabra de inglés, se pegó enseguida a Hannah.

El joven que le tocó en suerte a Ruth condujo a los cuatro a casa de sus padres, que estaba a tres cuartos de hora de Estocolmo por carretera. Los padres pasaban fuera el fin de semana.

Era una casa moderna, con mucha madera de tono claro. El acompañante de Ruth, que se llamaba Per, hirvió salmón con eneldo y lo comieron con patatas y una ensalada de berros, huevo duro y cebollinos. Hannah y Ruth se tomaron dos botellas de vino blanco mientras los chicos bebían cerveza, y entonces el que era algo más guapo llevó a Hannah a uno de los dormitorios para invitados.

No era la primera vez que Ruth acertaba a oír los ruidos de Hannah al hacer el amor, pero de alguna manera era diferente, pues sabía que su pareja no hablaba inglés... y mientras Hannah gruñía, Ruth y Per se dedicaron a lavar los platos.

—No sabes cómo me alegro de que tu amiga se lo esté pasando tan bien —le dijo Per más de una vez.

—Hannah siempre se lo pasa bien —respondió Ruth.

Ruth deseaba que hubiera más platos que lavar, pero era consciente de que ya había retrasado en exceso el momento de la verdad.

—Soy virgen —dijo finalmente.

—¿Quieres seguir siéndolo? —le preguntó Per.

—No, pero estoy muy nerviosa —le advirtió ella.

También le dio al muchacho un preservativo antes de que él hubiera empezado a desvestirse. Los tres embarazos de Hannah le habían enseñado a Ruth una o dos cosas y, aunque tardíamente, también se las habían enseñado a Hannah.

Pero cuando Ruth le dio el preservativo, el joven sueco pareció sorprendido.

—¿De veras eres virgen? Nunca he estado con una virgen.

Ruth se dio cuenta de que Per estaba casi tan nervioso como ella. También había ingerido demasiada cerveza, cosa que él comentó en pleno coito.

—*Öl* —le dijo al oído, y Ruth lo tomó por el anuncio de que se estaba corriendo.

Por el contrario, el muchacho le pedía disculpas porque tardaba tanto en eyacular. *(Öl* significa cerveza en sueco.)

Pero Ruth no había tenido ninguna experiencia que le permitiera hacer una comparación. El acto no le pareció ni muy largo ni muy corto. Su principal motivación era superar la experiencia, «haberlo hecho» por fin. No sentía nada.

Así pues, Ruth supuso que en Suecia eso era propio de la etiqueta sexual y dijo también *«Öl»,* aunque no se estaba corriendo.

Cuando Per se retiró de ella, pareció decepcionado al ver la escasa cantidad de sangre. Esperaba que una virgen sangrara mucho. Ruth supuso que eso significaba que la experiencia había sido inferior a sus expectativas.

Desde luego, fue inferior a las de Ruth. Menos diversión, menos pasión, incluso menos dolor de lo que había esperado. Todo había sido menos. Resultaba difícil imaginar el motivo de los vehementes grititos de Hannah Grant que ella había oído durante años.

Pero lo que Ruth Cole aprendió de su primera experiencia sexual en Suecia fue que las consecuencias del sexo suelen ser más memorables que el mismo acto. Para Hannah no había ninguna consecuencia que considerase digna de recordar. Ni siquiera sus tres abortos le habían disuadido de repetir el acto una y otra vez, el cual parecía tener mucha más importancia para ella que sus posibles consecuencias.

Por la mañana, cuando los padres de Per regresaron a casa, mucho antes de lo previsto, Ruth se hallaba sola y desnuda en la cama del matrimonio. Per se estaba duchando cuando la madre entró en la habitación y se puso a hablar en sueco con Ruth.

Aparte de que no entendía a la mujer, Ruth no encontraba sus ropas, y tampoco Per podía oír el tono cada vez más alto de su madre por encima del sonido de la ducha.

Entonces el padre del muchacho entró en el dormitorio. A pesar de la decepción de Per por lo poco que Ruth había sangrado, ella vio que había manchado la toalla extendida sobre la cama. (Previamente había tomado todas las precauciones posibles para no manchar las sábanas.) Ahora, mientras procuraba cubrirse a toda prisa con la toalla manchada de sangre, era consciente de que los padres de Per habían visto no sólo su desnudez sino también su sangre.

El padre del joven, un hombre de semblante severo, no chistó, pero miraba a Ruth con una fijeza tan implacable como la creciente histeria de su esposa.

Fue Hannah quien ayudó a Ruth a encontrar sus prendas de vestir, y también tuvo la presencia de ánimo necesaria para abrir la puerta del baño y gritarle a Per que saliera de la ducha.

—¡Dile a tu madre que deje de gritar a mi amiga! —le dijo a voz en cuello, y entonces gritó también a la madre de Per—: ¡Grítale a tu hijo, no a ella, pendejo de mierda!

Pero la madre de Per no podía dejar de gritarle a Ruth, y Per era demasiado cobarde, o estaba demasiado fácilmente convencido de que Ruth y él habían hecho algo reprobable, para oponerse a su madre.

En cuanto a Ruth, era tan incapaz de efectuar un movimiento decisivo como de decir algo coherente. Permaneció muda mientras dejaba que Hannah la vistiera, como si fuese una niña.

—Pobrecilla —le dijo Hannah—. Qué desgracia de polvo para ser el primero. Normalmente acaba mejor.

—El sexo ha estado bien —musitó Ruth.

—¿Solamente «bien»? —replicó Hannah—. ¿Has oído eso, picha floja? —le gritó a Per—. Dice que sólo has estado «bien».

Entonces Hannah observó que el padre de Per seguía mirando fijamente a su amiga, y le gritó:

—¡Eh, tú, capullo! ¿Te gusta mirar como un bobo o qué?

—¿Quieren que les pida un taxi para usted y su compañera? —le preguntó el padre de Per en un inglés mejor que el de su hijo.

—Si me comprendes —replicó Hannah—, dile a la zorra insultante de tu mujer que deje de gritar a mi amiga, ¡que abronque al pajillero de tu hijo!

—Mire, señorita —le dijo el padre de Per—, desde hace años mis palabras no surten ningún efecto discernible en mi esposa.

Ruth recordaría siempre la majestuosa tristeza del caballero sueco mejor de lo que recordaría al cobarde Per. Y mientras la contemplaba desnuda, no fue lujuria lo que Ruth vio en sus ojos, sino la paralizante envidia que le tenía a su afortunado hijo.

En el taxi, de regreso a Estocolmo, Hannah le preguntó a Ruth:

—¿No era sueco el padre de Hamlet? Y también la zorra de su madre... y el tío malvado, supongo, por no mencionar a la chica idiota que se ahoga. ¿No eran todos ellos suecos?

—No, eran daneses —replicó Ruth. Experimentaba una sombría satisfacción porque seguía sangrando, aunque sólo fuese un poco.

—Suecos, daneses..., ¿qué más da? —dijo Hannah—. Todos son unos gilipollas.

Siguieron hablando en esta vena, y al cabo de un rato Hannah dijo a su amiga:

—Siento que tu revolcón sólo haya estado «bien»... El mío ha sido estupendo. Tenía la minga más grande que he visto hasta ahora —añadió.

—¿Por qué cuanto más grande mejor? —le preguntó Ruth—. No he mirado la de Per —admitió—. ¿Tenía que haberlo hecho?

—Pobre criatura, pero no te preocupes. La próxima vez no te olvides de mirarla. En fin, lo importante es lo que te hace sentir.

—Supongo que me ha hecho sentir bien —dijo Ruth—. Sólo que no es lo que había esperado.

—¿Esperabas que fuese mejor o peor?

—Creo que esperaba las dos cosas.

—Eso ya te ocurrirá —replicó Hannah—. No te quepa la menor duda. Será peor y mejor.

Al menos en ese aspecto, Hannah había tenido razón. Por fin Ruth logró dormirse de nuevo.


## Ted a los setenta y siete años

Desde luego, no parecía tener más de cincuenta y siete. No era tan sólo porque la práctica del squash le mantenía en forma, aunque a Ruth le preocupaba que el cuerpo musculoso y macizo de su padre, que era el prototipo de su propio cuerpo, hubiera llegado a ser inevitablemente para ella el modelo de la figura masculina. Ted había conservado unas proporciones más bien pequeñas. (Allan, además del hábito de meter la mano en los platos ajenos, tenía el problema de su talla y su volumen: era mucho más alto y algo más pesado que los hombres a los que Ruth prefería en general.)

Pero la teoría de Ruth sobre el éxito con que su padre mantenía a raya a la vejez no tenía nada que ver con su buena forma física y su talla. La frente de Ted carecía de arrugas y no tenía bolsas bajo los ojos. Las patas de gallo de Ruth eran casi tan marcadas como las de él. La piel de la cara de su padre era tan suave y estaba tan limpia que podría ser la cara de un muchacho que hubiera empezado a afeitarse o que sólo necesitara hacerlo un par de veces a la semana.

Desde que Marion le abandonara y, mientras vomitaba tinta de calamar en el váter, se jurase a sí mismo que no tomaría más licores fuertes (sólo bebía cerveza y vino), Ted dormía tan profundamente como un niño. Y a pesar de lo mucho que había sufrido por la pérdida de sus hijos y, más adelante, por la de sus fotografías, el sufrimiento parecía haberse mitigado. ¡Tal vez el don más irritante de aquel hombre era su capacidad de dormir bien y durante largo tiempo!

En opinión de Ruth, su padre era una persona sin conciencia y sin las inquietudes habituales; un ser humano que desconocía la tensión. Como Marion había observado, Ted no hacía casi nada; en calidad de autor e ilustrador de libros infantiles, había triunfado mucho tiempo atrás, nada menos que en 1942, superando sus pequeñas ambiciones. Llevaba años sin escribir nada, pero no tenía necesidad de hacerlo. Ruth se preguntaba si alguna vez había querido realmente hacerlo.

*El ratón que se arrastra entre las paredes, La puerta del suelo, Un ruido como el de alguien que no quiere hacer ruido...*, no había ninguna librería del mundo (con una sección infantil aceptable) que no tuviera en existencia los libros de Ted Cole. Había también vídeos, que consistían en la animación de los dibujos de Ted. Lo único que hacía ahora era dibujar.

Y si su celebridad había disminuido en los Hamptons, lo cierto era que le solicitaban en otras partes. Cada verano seducía por lo menos a una madre durante una conferencia de escritores celebrada en California, a otra en una conferencia en Colorado y a una tercera en Vermont. También era popular en los campus universitarios, sobre todo en universidades estatales de estados lejanos. Con pocas excepciones, las estudiantes actuales eran demasiado jóvenes para que las sedujera incluso un hombre tan atemporal como Ted, pero la soledad de las desatendidas esposas de profesores cuyos hijos, ya adultos, habían emprendido el vuelo, seguía intacta. Aquellas mujeres todavía eran jóvenes para Ted.

Entre las conferencias de escritores y los campus universitarios, resultaba sorprendente que, en treinta y dos años, Ted Cole nunca hubiera coincidido con Eddie O'Hare, pero lo cierto era que Eddie había hecho todo lo posible por evitar el encuentro. No era difícil, a decir verdad. Sólo tenía que preguntar quiénes formaban el cuerpo de profesores y quiénes eran los conferenciantes invitados. Cada vez que Eddie oía el nombre de Ted Cole, rechazaba la invitación.

Y si las patas de gallo eran una indicación, Ruth temía que se le notara la edad más de lo que se le notaba a su padre. Peor todavía, le preocupaba en grado sumo que la mala opinión que su padre tenía del matrimonio pudiera haber ejercido una impresión perdurable en ella.

Cuando cumplió los treinta años, acontecimiento que celebró con su padre y Hannah en Nueva York, Ruth hizo una observación desenfadada, muy rara en ella, sobre el tema de sus escasas y siempre fracasadas relaciones con los hombres.

—Bueno, papá —le dijo—, probablemente pensabas que a estas alturas ya estaría casada y podrías dejar de preocuparte por mí.

—No, Ruthie —replicó él—. Cuando te cases es cuando empezaré a preocuparme por ti.

—Claro, ¿por qué has de casarte? —terció Hannah—. Puedes tener a todos los hombres que quieras sin casarte.

—Todos los hombres son básicamente infieles, Ruthie —le dijo su padre.

Ya le había dicho eso otras veces, incluso antes de que ingresara en Exeter, ¡cuando sólo tenía quince años!, pero siempre encontraba un modo de repetirlo, por lo menos un par de veces al año.

—Sin embargo, si quiero tener un hijo... —objetó Ruth.

Conocía la opinión de Hannah sobre el hijo. Su amiga no quería tenerlo, y Ruth era muy consciente del punto de vista de su padre, según el cual si tienes un hijo has de vivir con el temor constante de que le ocurra algo..., por no mencionar la evidencia de que la madre de Ruth, según él, «no había aprobado el examen de madre».

—¿Quieres tener un hijo, Ruthie? —le preguntó su padre.

—No lo sé.

—Entonces puedes seguir soltera durante mucho tiempo —dijo Hannah.

Pero ahora Ruth tenía treinta y seis años y, si quería un hijo, no le quedaba demasiado tiempo por delante. Cuando le habló a su padre sobre Allan Albright, Ted puso reparos.

—¿Qué edad tiene? Es doce o quince años mayor que tú, ¿verdad?

(Ted Cole conocía a todo el mundo en el mundillo editorial. Aunque hubiera colgado la pluma, se mantenía informado sobre los aspectos comerciales de la literatura.)

—Allan me lleva dieciocho años, papá —reconoció Ruth—. Pero es como tú, está muy sano.

—Me tiene sin cuidado lo sano que esté —replicó Ted—. Si tiene dieciocho años más que tú, se morirá mucho antes, Ruthie. ¿Y si te deja con un niño al que criar? Completamente sola...

La espectral posibilidad de tener que criar ella sola a un hijo la obsesionaba. Sabía lo afortunados que habían sido ella y su padre. Conchita Gómez había criado prácticamente a Ruth, pero Eduardo y Conchita tenían la edad de su padre, con la única diferencia de que aquéllos la aparentaban. Si Ruth no tenía pronto un hijo, Conchita sería demasiado mayor para ayudarle a criarlo. Y en cualquier caso, ¿cómo le ayudaría Conchita a criar un bebé? El matrimonio Gómez todavía trabajaba para su padre.

Como de costumbre, cuando abordaba el tema del matrimonio y de los hijos, Ruth había empezado la casa por el tejado. Había abordado la cuestión del hijo antes de resolver la de si iba a casarse o con quién lo haría. Y Ruth no tenía a nadie con quien poder hablar de ello, excepto a Allan. Su mejor amiga no quería tener hijos. Hannah era Hannah; y su padre era..., en fin, su padre. Ahora, incluso más que en su infancia, Ruth deseaba hablar con su madre.

¡Que se vaya a hacer puñetas!, pensó. Mucho tiempo atrás había decidido que no buscaría a su madre. Era Marion quien la había abandonado, y a ella le correspondía volver o quedarse para siempre donde estuviera.

«¿Qué clase de hombre no tiene amigos?», se preguntó Ruth. En una ocasión acusó de ello directamente a su padre.

—¡Claro que tengo amigos! —protestó Ted.

—¡Dime los nombres de dos, dime aunque sólo sea el de uno! —le desafió Ruth.

Él le sorprendió nombrando a cuatro, nombres desconocidos para ella. Le había mencionado audazmente la lista de sus adversarios actuales en el squash. Los nombres cambiaban cada año, porque los adversarios de Ted invariablemente se hacían demasiado viejos para seguir su ritmo. Sus adversarios del momento tenían la edad de Eddie o eran más jóvenes. Ruth conocía al más joven de todos.

Su padre tenía la piscina que siempre había querido y la ducha al aire libre, muy similares a las que describió a Eduardo y a Eddie en el verano de 1958, la mañana siguiente a la partida de Marion. Había dos duchas en una sola casilla de madera, una al lado de la otra, «al estilo de un vestuario», decía Ted.

Ruth había crecido viendo hombres desnudos, entre ellos su padre, que salían corriendo de la ducha y se lanzaban a la piscina. A pesar de su inexperiencia sexual, Ruth había visto una gran cantidad de penes. Era tal vez esa imagen, la de hombres desconocidos que se duchaban y bañaban desnudos con su padre, lo que le había impulsado a preguntarle a Hannah si «más grande» era necesariamente «mejor».

El verano anterior Ruth conoció al jugador de squash más joven entre los que contendían con su padre por aquel entonces, un abogado cercano a la cuarentena, llamado Scott. Ella había salido para colgar la toalla de baño y el bañador en el tendedero cerca de la piscina, y allí estaban su padre y su joven contrincante, desnudos después de haber jugado al squash y de ducharse.

—Éste es Scott, Ruthie. Mi hija, Ruth...

Nada más verla, Scott se arrojó a la piscina.

—Es abogado —añadió su padre, mientras Scott seguía bajo el agua.

Entonces, aquel Scott de apellido desconocido emergió en el extremo más alejado de la piscina y se quedó allí, donde el agua no cubría. Era pelirrojo y tenía un físico parecido al de su padre. Ruth pensó que tenía la minga de tamaño mediano.

—Encantado de conocerte, Ruth —le dijo el joven abogado. Su cabello era corto y rizado, y tenía pecas.

—El gusto es mío, Scott —replicó Ruth, y volvió al interior de la casa.

Su padre, todavía de pie al borde de la piscina, le dijo a Scott:

—No me decido a meterme. ¿Está fría? Ayer estaba muy fría.

—Está bastante fría —oyó Ruth que respondía Scott—, pero una vez dentro, te acostumbras enseguida.

¡Y aquellos adversarios de su padre en el juego del squash pasaban por los únicos amigos de Ted! Ni siquiera eran buenos jugadores, pues a su padre no le gustaba perder. Normalmente, sus contrarios eran buenos atletas que sólo recientemente se habían iniciado en el juego. En los meses de invierno Ted encontraba a muchos tenistas que deseaban hacer ejercicio. Les gustaban los deportes de raqueta, pero los golpes de squash no son como los de tenis, el squash se juega con la muñeca. En verano, cuando los tenistas volvían a sus pistas, descubrían que su juego se había deteriorado: no se puede jugar al tenis con la muñeca. Entonces Ted podría tener un converso al squash en sus manos.

El padre de Ruth elegía a sus adversarios de squash tan egoístamente y con tantos cálculos como elegía a sus amantes. Tal vez fuese cierto que aquellos jugadores eran sus únicos amigos masculinos. ¿Le invitaban a comer en sus casas? ¿Intentaba conquistar a sus mujeres? ¿Seguía alguna norma? A Ruth le habría gustado saberlo.

Ruth se encontraba en el lado sur de la Calle 41, entre Lexington y la Tercera Avenida, esperando el pequeño autobús que la llevaría a los Hamptons. Cuando llegara a Bridgehampton, telefonearía a su padre para que fuese a recogerla.

Ya había intentado comunicarse con él, pero o su padre estaba ausente, o no respondía al teléfono y había desconectado el contestador automático. Ruth tenía mucho equipaje, todas las prendas de vestir que necesitaría en Europa, y se decía que debería haber llamado a Eduardo o a Conchita Gómez, los cuales, si no estaban haciendo algún trabajo en el domicilio de su padre o un recado para él, siempre se hallaban en su casa. Así pues, las nimiedades del viaje decidido a última hora asediaban a Ruth cuando el adversario más joven de su padre en el juego de squash se le acercó por la acera de la Calle 41.

—Es usted Ruth Cole, ¿verdad? —le preguntó Scott Comosellamara—. ¿Se dirige a casa?

Ruth estaba acostumbrada a que la reconocieran. Al principio le tomó por uno de sus lectores, pero entonces reparó en las pecas juveniles y el cabello corto y rizado. No conocía a muchos pelirrojos. Además, el hombre llevaba un delgado portafolio y una bolsa de deporte, y por la abertura que dejaba la cremallera abierta a medias sobresalían los mangos de dos raquetas de squash.

—Ah, es el nadador —dijo Ruth, y curiosamente le agradó ver que el hombre se ruborizaba.

Era un cálido y soleado día del veranillo de San Martín. Scott Comosellamara se había quitado la chaqueta, asegurándola a la correa en bandolera de la bolsa deportiva. También se había aflojado el nudo de la corbata y arremangado la camisa blanca por encima de los codos. Ruth reparó en el mayor tamaño y musculatura del brazo izquierdo, mientras le tendía la mano derecha.

—Soy Scott, Scott Saunders —le recordó, estrechándole la mano.

—Es usted zurdo, ¿verdad? —inquirió Ruth.

Su padre era zurdo, y a Ruth no le gustaba jugar con oponentes que usaban la mano izquierda. Su mejor servicio era hacia la parte izquierda de la pista, y un zurdo podía devolver ese servicio directamente.

—¿Ha traído su raqueta? —le preguntó Scott Saunders, tras admitir que, en efecto, era zurdo. Había reparado en el equipaje de Ruth.

—Traigo tres raquetas —replicó Ruth—. Están ahí metidas.

—¿Va a quedarse algún tiempo con su padre? —le preguntó el abogado.

—Sólo un par de noches. Luego viajaré a Europa.

—Ah —dijo Scott—. ¿Negocios?

—Sí..., traducciones.

Ya sabía que iban a sentarse juntos en el autobús. Tal vez él tuviera un coche aparcado en Bridgehampton, y podría llevarla a ella, junto con su equipaje, a Sagaponack. Quizá su esposa iría a recibirle y no les importaría llevarla con ellos. Recordó que en la piscina su alianza matrimonial reflejaba el sol del atardecer mientras movía los pies en el agua. Pero cuando estuvieron sentados el uno al lado del otro en el autobús, observó que él no llevaba el anillo. Entre las reglas de Ruth sobre las relaciones con hombres, una de las inviolables era ésta: nada de hombres casados.

Se oía el estrépito de un avión, pues el autobús pasaba ante el aeropuerto de La Guardia, cuando Ruth dijo a su acompañante:

—A ver si lo adivino. Mi padre le ha convertido. Usted jugaba al tenis y se ha pasado al squash. Y con su cutis..., es muy blanco, la piel se le debe quemar con facilidad..., en fin, el squash es mejor para su piel. Le mantiene fuera del sol.

El hombre tenía una sonrisa maliciosa, taimada, que indicaba su sospecha de que casi todo podía conducir a un litigio. Scott Saunders no era un hombre simpático. Ruth estaba bastante segura de ello.

—La verdad es que me pasé del tenis al squash cuando me divorcié —le explicó—. Como parte del acuerdo, mi ex mujer se quedó con el carné de socios del club deportivo. Eso significaba mucho para ella —añadió generosamente—. Y además mis hijos aprendían allí a nadar.

—¿Qué edades tienen sus hijos? —le preguntó ella, cortésmente.

Hannah le dijo mucho tiempo atrás que ésa era la primera pregunta que una debía hacerle a un divorciado. «Hablar de sus hijos hace que los divorciados se sientan buenos padres», le dijo Hannah. «Y si vas a relacionarte con él, necesitas saber si vas a habértelas con un crío de tres años o con un adolescente..., es muy distinto».

Mientras el autobús avanzaba hacia el este, Ruth ya se había olvidado de las edades que tenían los hijos de Scott Saunders. Le interesaba más comparar el juego de squash de éste con el de su padre.

—Bueno, él suele ganar —admitió el abogado—. Después de ganar los tres o cuatro primeros juegos, normalmente me deja ganar uno o dos.

—¿Juegan tanto? —inquirió Ruth—. ¿Cinco o seis juegos?

—Jugamos durante una hora por lo menos, a menudo hora y media —respondió Scott—. La verdad es que no contamos el número de juegos.

Ruth llegó a la conclusión de que Scott no duraría hora y media con ella. Sin duda el viejo iba a menos.

—Supongo que le gusta correr —se limitó a decirle.

—Estoy en bastante buena forma —respondió Scott Saunders.

Sí, parecía en muy buena forma, pero Ruth dejó pasar su observación. Miró a través de la ventanilla, sabiendo que él aprovechaba aquel momento para evaluarle los pechos. (Veía su reflejo en el cristal de la ventanilla.)

—Según su padre, es usted muy buena jugadora, más que la mayoría de los hombres —añadió el abogado—, pero dice que él seguirá siendo mejor que usted durante unos pocos años más.

—Está equivocado —replicó Ruth—. No es mejor que yo, sólo lo bastante listo para no jugar en una pista de tamaño reglamentario. Y conoce bien su granero..., nunca juega conmigo en otra parte.

—Probablemente hay algo psicológico en su ventaja —dijo el abogado.

—Le ganaré —afirmó Ruth—. Entonces quizá deje de jugar.

—Podríamos jugar usted y yo alguna vez —le sugirió Scott Saunders—. Mis hijos sólo están conmigo los fines de semana. Hoy es martes...

—¿No trabaja los martes? —le preguntó ella.

Volvió a ver aquella expresión taimada en su sonrisa, como un secreto de cuya existencia le creía enterada, pero que quizá nunca le revelaría.

—Estoy disfrutando de un permiso por divorcio. Me tomo todo el tiempo libre que puedo fuera del bufete.

—¿De veras lo llaman «permiso por divorcio»? —inquirió Ruth.

—Por lo menos yo lo llamo así —respondió el abogado—. Pero la verdad es que, por lo que respecta al bufete, soy bastante independiente.

Dijo esto último a la manera en que había dicho que estaba en bastante buena forma. Podría significar que acababan de despedirle, o que era un abogado criminalista con innumerables éxitos.

Ruth supo que volvía a estar embarcada en una aventura. Se dijo que siempre le atraían los hombres que no le convenían porque estaba claro que la relación duraría poco.

—Quizá podríamos enfrentarnos los tres en un torneo —le sugirió Scott—. Usted juega contra su padre, después su padre juega contra mí, luego yo contra usted...

—No me gusta esa clase de torneos —replicó Ruth—. Sólo juego con un contrincante, durante largo tiempo. Unas dos horas —añadió, mirando por la ventanilla a propósito, dejándole que le contemplara los senos cuanto quisiera.

—Dos horas... —repitió él.

—Sólo bromeaba —le dijo Ruth. Se volvió a mirarle, sonriente.

—Bueno... Tal vez podríamos jugar mañana, solos los dos.

—Primero quiero derrotar a mi padre.

Sabía que Allan Albright era la siguiente persona con la que debería acostarse, pero le irritaba la necesidad de recordar a Allan y lo que debería hacer. En cualquier caso, Scott Saunders era un hombre más de su gusto.

El abogado pelirrojo había aparcado su coche cerca del campo de la Pequeña Liga en Bridgehampton. Los dos cargaron con el equipaje de Ruth y recorrieron doscientos metros hasta el vehículo. Scott conducía con las ventanillas abiertas. Viraron para entrar en el Parsonage Lane de Sagaponack, avanzando hacia el este; la sombra alargada del coche iba delante de ellos. Hacia el sur, la luz sesgada prestaba un color de jade a los patatales. El océano, que resaltaba contra el azul desvaído del cielo, era tan brillante y de un azul tan profundo como el del zafiro.

La tan valorada zona de los Hamptons estaba llena de corrupción, pero no le faltaban elementos positivos: allí, el final de un día a comienzos del otoño podía ser deslumbrante. Ruth se permitió pensar que aquel lugar estaba redimido, aunque sólo fuese en aquella época del año y aquella hora del atardecer en que todo se perdonaba. Su padre habría terminado de jugar al squash y, con su adversario derrotado, quizá se estaría duchando o nadaría desnudo en la piscina.

La alta barrera de aligustres en forma de herradura que Eduardo plantara en el otoño de 1958 impedía por completo que llegara a la piscina la luz del atardecer. Los setos eran tan densos que sólo podían penetrar a su través los rayos de sol más tenues. Aquellos pequeños diamantes de luz moteaban el agua oscura de la piscina como una fosforescencia, o como monedas de oro que flotaran en la superficie en vez de hundirse. El borde de la plataforma de madera que rodeaba la piscina sobresalía por encima del agua. Para quien se bañaba, el chapoteo del agua era como el de un lago al golpear el embarcadero.

Cuando llegaron a la casa, Scott ayudó a Ruth a llevar las maletas hasta el vestíbulo. El Volvo azul marino, que era el único coche de su padre, estaba en el sendero de acceso, pero Ted no respondió a la llamada de Ruth.

—¿Papá?

—Probablemente esté en la piscina —le dijo Scott, cuando ya se iba—. Suele bañarse a estas horas.

—¡Muchas gracias! —le gritó, y se dijo: «¡Oh, Allan, sálvame!». Confiaba en que nunca volvería a ver a Scott Saunders ni a ningún otro hombre como él.

El equipaje constaba de una maleta grande, una bolsa para trajes, y una maleta más pequeña que era su equipaje de mano cuando viajaba en avión. Empezó por llevar arriba la bolsa para trajes y la maleta más pequeña. Mucho tiempo atrás, cuando tenía nueve o diez años, dejó el dormitorio cuyo baño compartía con su padre para ocupar la más grande y alejada de las habitaciones para invitados. Era la habitación que Eddie O'Hare ocupó en el verano de 1958. A Ruth le gustaba debido a la distancia que la separaba del dormitorio de su padre, y también porque tenía su propio baño.

La puerta del dormitorio principal estaba entreabierta, pero su padre no se encontraba allí. Ruth le llamó de nuevo al pasar ante la puerta ligeramente abierta. Como siempre, las fotografías en el largo corredor del piso de arriba atrajeron su atención.

Todos los ganchos para cuadros, que ella recordaba mejor que las fotos de sus hermanos muertos, estaban ahora cubiertos: sostenían centenares de insulsas fotografías de Ruth, en cada fase de su infancia y a lo largo de su juventud. A veces su padre salía en la foto, pero normalmente él era el fotógrafo. Con frecuencia Conchita Gómez aparecía en la foto con Ruth. Y luego estaban las innumerables fotos del seto, que servían para medir cuánto crecía un verano tras otro: Ruth y Eduardo, colocados en actitud solemne ante el aligustre cada vez más alto. Por mucho que Ruth creciera, el imparable seto creció más rápidamente, hasta que un día duplicó la altura de Eduardo. (En varias de las fotografías, éste parecía temer un poco al seto.) Y, por supuesto, también había algunas fotografías recientes de Ruth con Hannah.

Ruth bajaba descalza la escalera enmoquetada cuando oyó el chapoteo procedente de la piscina, que estaba detrás de la casa. No podía ver la piscina desde la escalera ni desde ninguno de los dormitorios del piso superior. Todos los dormitorios daban al sur y estaban diseñados para que desde ellos se viera el océano.

No había visto en el sendero más que el Volvo azul marino de su padre, pero suponía que el contrincante de squash de ese día vivía lo bastante cerca para haber venido en bicicleta, que le había pasado desapercibida.

El grado en que Scott Saunders la había tentado la dejó con la familiar sensación de inseguridad de sí misma. No quería ver a otro hombre aquel día, aunque mucho dudaba de que cualquier otro de los contrincantes de squash de su padre pudiera atraerla con la intensidad con que le había atraído el abogado pelirrojo.

En el vestíbulo agarró el asa de la maleta grande y empezó a subir la escalera, evitando ex profeso mirar la piscina, cosa que podía haber» hecho al pasar por el comedor. El sonido del chapoteo la siguió sólo hasta la mitad de la escalera. Cuando hubiera deshecho el equipaje, el individuo, quienquiera que fuese, se habría ido. Pero Ruth era una viajera veterana y tardó muy poco tiempo en deshacer las maletas. Cuando terminó se puso el bañador, pensando que se daría un chapuzón después de que el adversario de su padre se marchara. Le gustaba nadar un rato cuando venía de la ciudad. Luego se ocuparía de la cena. Iba a prepararle una buena cena a su padre. Y luego hablarían.

Aún iba descalza, y recorría el pasillo del piso superior cuando, al pasar ante el dormitorio de su padre, cuya puerta estaba parcialmente abierta, una ráfaga de brisa marina cerró la puerta de golpe. Ruth pensó en buscar un libro o un zapato para mantener la puerta entreabierta y entró en el dormitorio. Lo primero que vio fue un zapato femenino de tacón alto, de un bonito color rosa asalmonado, que estaba en el suelo, y lo recogió. Era de piel de buena calidad, fabricado en Milán. Vio que la cama estaba sin hacer, y había un pequeño sujetador negro sobre las sábanas revueltas.

Así pues... su padre no estaba en la piscina con uno de sus contrincantes de squash. Examinó la prenda íntima con más atención, de una manera más crítica. Era un sujetador con cierre a presión, muy caro. Habría sido totalmente gratuito que Ruth usara uno de esos sostenes, pero la mujer que estaba en la piscina con su padre debía de haberlo considerado necesario. La mujer en cuestión tenía los senos pequeños, pues la talla de la prenda era una 32B.

Fue entonces cuando Ruth reconoció la maleta abierta en el suelo del dormitorio de su padre. Era una maleta de cuero marrón, muy desgastado, que se distinguía por su aspecto de haber viajado mucho, sus prácticos compartimientos y sus correas útiles y eficaces. Era la maleta que Hannah había utilizado desde que la conocía. («La maleta le daba a Hannah un aspecto de periodista mucho antes de que lo fuese», había escrito Ruth en su diario... no recordaba cuántos años atrás.)

Ruth se quedó tan paralizada en el dormitorio de su padre como se habría quedado si Hannah y Ted hubieran estado desnudos en la cama delante de ella. La brisa marina penetró de nuevo por la ventana del dormitorio y cerró la puerta a sus espaldas. Ruth se sintió como si se hubiera quedado encerrada en el interior de un armario. Si algo la hubiera rozado, un vestido en un colgador, por ejemplo, habría perdido el sentido o se habría puesto a gritar.

Hizo un esfuerzo por alcanzar el estado de serenidad en el que escribía sus novelas. Para ella una novela era como una casa grande y descuidada, una mansión desordenada. Su tarea consistía en hacer que la casa estuviera en condiciones de habitabilidad, en darle por lo menos una apariencia de orden. Sólo cuando escribía no tenía miedo.

Cuando Ruth tenía miedo, le costaba respirar, el miedo la paralizaba. De niña, la presencia repentina de una araña la dejaba inmóvil donde estaba. En una ocasión, detrás de una puerta cerrada, un perro al que no podía ver le ladró, y ella fue incapaz de quitar la mano del pomo.

Ahora el pensamiento de que Hannah estaba con su padre la dejó sin aliento. Tuvo que hacer un esfuerzo enorme simplemente para moverse. Al principio lo hizo con mucha lentitud. Dobló el pequeño sujetador y lo depositó en la maleta abierta de Hannah. Encontró el otro zapato, que estaba debajo de la cama, y colocó el par de zapatos rosa asalmonado al lado de la maleta, donde no podrían pasar desapercibidos. Ruth sabía que dentro de poco las cosas iban a precipitarse, y no quería que, con las prisas, Hannah dejara allí cualquiera de sus pequeños objetos sexuales.

Antes de abandonar el dormitorio de su padre, miró la fotografía de sus hermanos muertos en la entrada del edificio principal de la escuela, y pensó que la memoria de Hannah no era tan notable como ella suponía cuando hablaron por teléfono.

«Así que Hannah me dejó plantada en la lectura porque estaba jodiendo con mi padre», se dijo. Subió al pasillo del piso superior, y se quitó el bañador por el camino. Echó un vistazo a las dos habitaciones para invitados más pequeñas. Las dos camas estaban hechas, pero en una de ellas se percibía la depresión dejada por un cuerpo esbelto, y las almohadas estaban apretujadas en la cabecera. Desde aquella habitación Hannah le había telefoneado, susurrando para no despertar a su padre... después de habérselo tirado.

Ahora Ruth estaba desnuda y, con el bañador en la mano, recorrió el pasillo hasta llegar a su habitación. Allí se vistió con unas prendas más de su gusto: tejanos, uno de los buenos sujetadores que le había regalado Hannah y una camiseta negra de media manga. Para lo que se disponía a hacer, quería vestir su uniforme.

Entonces Ruth bajó a la cocina. Hannah, que era una cocinera perezosa pero práctica, se había propuesto freír rápidamente unas verduras, había cortado un pimiento rojo y amarillo, echándolo a un cuenco con unos trozos de brécol. Las verduras estaban ligeramente húmedas. Ruth probó una tira de pimiento y comprobó que les había echado sal y azúcar para que exudaran un poco. Recordó que ella le había enseñado a Hannah a hacer eso durante uno de los fines de semana que habían pasado juntas en la casa que Ruth tenía en Vermont, mientras se quejaban de los novios granujas.

Hannah también había pelado y reducido a pasta una raíz de genjibre. Había dejado sobre el mármol el *wok* y el aceite de cacahuete. Ruth echó un vistazo al frigorífico y vio un cuenco de gambas marinadas. Estaba familiarizada con la cena que Hannah iba a preparar, pues ella había servido la misma cena para Hannah y varios de sus amigos en numerosas ocasiones. Lo único que no estaba preparado para cocinarlo era el arroz.

Había dos botellas de vino blanco en el frigorífico. Ruth sacó una, la descorchó y se sirvió una copa. Fue al comedor y salió a la terraza. Cuando Hannah y su padre oyeron que la puerta se cerraba, se apresuraron a separarse y nadaron hasta el extremo profundo de la piscina. Habían estado agachados donde no cubría... o bien el padre de Ruth había estado agachado mientras Hannah se mecía en el agua, en su regazo.

Allá, en el extremo profundo, rodeadas de azul, sus cabezas eran pequeñas. Hannah parecía menos rubia que de ordinario, su cabello mojado era oscuro, como el de Ted. La espesa y ondulante cabellera del escritor había adquirido una tonalidad gris metálica, generosamente entreverada de blanco; pero en la piscina azul oscuro, su cabello mojado era casi negro.

La cabeza de Hannah estaba tan lustrosa como su cuerpo, y Ruth pensó que parecía una rata. Sus pequeños senos oscilaban mientras pedaleaba en el agua. Por la mente de Ruth cruzó una imagen: las tetas de Hannah podrían ser peces de un solo ojo de y movimientos rápidos.

—He llegado pronto —empezó a decir Hannah, pero Ruth la interrumpió.

—Anoche estabas aquí. Me llamaste después de haber jodido con mi padre. Yo podría haberte dicho que roncaba.

—Ruthie, no... —intervino su padre.

—Eres tú la que tiene un problema de jodienda, chica —replicó Hannah.

—Hannah, no... —dijo Ted.

—La mayoría de los países civilizados tienen leyes —siguió diciendo Ruth—. La mayoría de las sociedades se rigen por normas...

290

—¡Eso ya lo sé! —le gritó Hannah. Su rostro pequeño tenía una expresión menos confiada que de costumbre, pero tal vez sólo se debía a que no era una buena nadadora y no movía los pies en el agua con naturalidad.

—La mayoría de las familias siguen reglas, papá —le dijo Ruth a su padre—. Y la mayoría de los amigos también —añadió, dirigiéndose a Hannah.

—Muy bien, muy bien —replicó Hannah—. Soy la anarquía personificada.

—Nunca te disculpas, ¿eh?

—De acuerdo, perdona —dijo Hannah—. ¿Te sientes mejor así?

—Ha sido una casualidad..., no se trata de nada planeado —le explicó Ted a su hija.

—Eso debe de ser una novedad para ti, papá —comentó Ruth.

—Nos encontramos por casualidad en la ciudad —corroboró Hannah—. Le vi en la esquina de la Quinta y la Calle 59, junto al Sherry-Netherland. Estaba esperando que el semáforo se pusiera en verde.

—No tengo ninguna necesidad de saber los detalles —replicó Ruth.

—¡Siempre eres tan superior! —exclamó Hannah. Entonces empezó a toser—. ¡He de salir de esta jodida piscina antes de que me ahogue!

—También puedes salir de mi casa —le dijo Ruth—. Recoge tus cosas y lárgate.

La piscina carecía de escala, porque a Ted no le parecían estéticamente agradables. Hannah tuvo que ir a nado hasta el extremo menos hondo y subir los escalones, pasando por el lado de Ruth.

—¿Desde cuándo es tu casa? —inquirió—. Creía que era de tu padre.

—Hannah, no... —repitió Ted.

—Quiero que también te marches, papá, quiero estar a solas. He venido a casa para estar contigo y con mi mejor amiga, pero ahora quiero que os marchéis los dos.

—Sigo siendo tu mejor amiga, por el amor de Dios —le dijo Hannah mientras se ceñía una toalla. «La ratita escuálida», pensó Ruth.

—Y yo todavía soy tu padre, Ruthie —añadió Ted—. No ha cambiado nada.

—Lo que ha cambiado es que no quiero veros —replicó Ruth—. No quiero dormir en la misma casa con ninguno de los dos.

—Ruthie, Ruthie...

—Ya te lo había dicho, Ted. Es una puñetera princesa, una *prima donna*. Tú fuiste el primero en consentirla, y ahora la consiente todo el mundo.

Así pues, también habían hablado de ella.

—Hannah, no... —volvió a decir el padre de Ruth, pero ella entró en la casa y dejó que se cerrara bruscamente la puerta mosquitera. Ted siguió pedaleando en el agua, en el extremo profundo de la piscina. Podía pasarse así el día entero.

—Tenía mucho de qué hablar contigo, papá —le dijo su hija.

—Todavía podemos hablar, Ruthie. No ha cambiado nada —dijo.

Ruth había apurado el vino. Miró la copa vacía y, entonces la arrojó a la cabeza oscilante de su padre. No le alcanzó, ni mucho menos, y la copa se hundió en el agua, intacta y danzando, como una zapatilla de ballet, hacia el fondo de la piscina.

—Quiero estar sola —volvió a decirle a su padre—. Querías joder con Hannah, ¿no?... Pues ahora puedes marcharte con ella. Vamos..., ¡vete con Hannah!

—Lo siento, Ruthie —dijo su padre, pero Ruth entró en la casa y le dejó allí, pedaleando en el agua.

Ruth estaba en la cocina. Las rodillas le temblaban un poco mientras lavaba el arroz y lo dejaba escurrirse en un colador, y pensaba que probablemente había perdido el apetito. Fue un alivio para ella que su padre y Hannah no intentaran hablarle de nuevo.

Oyó el sonido de los zapatos de tacón alto de su amiga en el vestíbulo. Imaginó lo bien que le sentaban aquellos zapatos rosa asalmonado a una rubia seductora. Entonces oyó el ruido del Volvo azul marino, los anchos neumáticos que aplastaban la grava del sendero. (En el verano de 1958, el sendero de acceso a la casa de los Cole en Sagaponack era de tierra, pero Eduardo Gómez convenció a Ted para que pusiera grava. Había sacado esa idea del infame sendero que había en la casa de la señora Vaughn.)

Desde la cocina, Ruth oyó que el Volvo se dirigía al oeste por Parsonage Lane. Tal vez su padre llevaría a Hannah de regreso a Nueva York. Tal vez se alojarían en el piso de Hannah. Ruth pensó que estarían demasiado azorados para pasar otra noche juntos. Pero aunque su padre podía ser tímido, nunca se mostraba azorado... ¡Y Hannah ni siquiera lo sentía! Probablemente irían al American Hotel de Sag Harbor, y la llamarían más tarde, lo harían los dos, aunque en distintos momentos. Ruth recordó que el contestador automático de su padre estaba desconectado. Decidió no responder al teléfono.

Pero cuando el aparato sonó, sólo una hora más tarde, Ruth pensó que podría tratarse de Allan y respondió.

–¿Qué? ¿Jugamos ese partido de squash? –le dijo Scott Saunders.

–No estoy de humor para jugar al squash –mintió Ruth. Recordaba que la piel de aquel hombre tenía una tonalidad dorada, y sus pecas eran del color de la playa.

–Si puedo alejarte unas horas de tu padre... –dijo Scott–, ¿qué te parece si cenamos juntos mañana?

Ruth no había podido cocinar la cena que Hannah había dejado casi del todo preparada. Sabía que no podría comer.

–Lo siento, no estoy de humor para cenar –le dijo al abogado.

–Puede que mañana estés de mejor ánimo.

Ruth imaginaba la sonrisa de su interlocutor, aquella sonrisa de engreimiento.

–Es posible... –le confesó Ruth, y de alguna manera encontró la fuerza necesaria para colgar el teléfono.

No volvió a responder, aunque el teléfono se pasó la mitad de la noche sonando. Cada vez que lo hacía, confiaba en que no fuese Allan, y combatía el deseo de conectar el contestador de su padre. Pero estaba segura de que la mayoría de las llamadas eran de Hannah o de su padre.

Aunque no había tenido energía para comer, se había bebido las dos botellas de vino blanco. Cubrió las verduras cortadas con una envoltura de plástico, cubrió también el arroz lavado y lo guardó en el frigorífico. Las gambas marinadas, que seguían en el frío reducto, se mantendrían bien durante la noche, pero, para mayor seguridad, Ruth les añadió el zumo de un limón. Tal vez la noche siguiente le apetecería comer algo. (Quizá con Scott Saunders.)

Estaba segura de que su padre volvería. Había esperado a medias ver su coche en el sendero por la mañana. A Ted le gustaba el papel de mártir, y le encantaría darle a Ruth la impresión de que se había pasado toda la noche en el Volvo.

Pero por la mañana no había ni rastro del coche. El teléfono empezó a sonar a las siete de la mañana, y Ruth siguió sin responder. Buscó el contestador automático, pero no lo encontró en el cuarto de trabajo de su padre, donde solía estar. Tal vez estaba averiado y Ted lo había llevado a reparar.

Ruth se arrepintió de haber entrado en el cuarto de trabajo de su padre. Por encima del escritorio, donde ahora Ted sólo escribía cartas, y clavada con una chincheta en la pared, estaba la lista de nombres y números telefónicos de sus actuales adversarios en el squash. Scott Saunders figuraba en lo alto de la lista. A Ruth le bastó ver ese dato para decirse: «Bueno, ya estoy liada otra vez». Junto al apellido Saunders había dos números telefónicos: el de su domicilio en Nueva York y otro de Bridgehampton. Ruth marcó este último, por supuesto. Aún no eran las siete y media, y, a juzgar por el tono de voz al otro lado de la línea, le había despertado.

—¿Todavía te interesa jugar a squash conmigo? —le preguntó Ruth.

—Es temprano —respondió Scott—. ¿No has vencido ya a tu padre?

—Quiero vencerte a ti primero —le dijo Ruth.

—Por intentarlo que no quede —comentó el abogado—. ¿Qué te parece si vamos a cenar después del partido?

—Veamos qué tal va el juego —replicó Ruth.

—¿A qué hora?

—La habitual..., la misma hora a la que juegas con mi padre.

—Entonces nos veremos a las cinco.

Ruth dispondría del día entero para prepararse. Había ciertos lanzamientos y servicios que quería practicar antes de jugar con un zurdo. Su padre era el más zurdo de todos, y en el pasado ella nunca había podido prepararse adecuadamente para enfrentarse a él. Ahora creía que jugar contra Scott Saunders sería el calentamiento perfecto para hacerlo con su padre.

Primero telefoneó a Eduardo y Conchita, pues no quería que estuvieran en la casa. Le dijo a la mujer que lo sentía, pero que no podría verla durante aquella visita, y Conchita hizo lo que siempre hacía cuando hablaba con Ruth, se echó a llorar. Ruth le prometió que iría a verla cuando regresara de Europa, aunque dudaba que entonces visitara a su padre en Sagaponack.

A Eduardo le dijo que iba a pasarse el día escribiendo, por lo que no quería que él segara el césped ni podara los setos ni hiciera ninguna de las cosas que solía hacer en la piscina. Aquel día necesitaba una tranquilidad absoluta. En el caso poco probable de que al día siguiente su padre no se presentara a tiempo para llevarla al aeropuerto, ella llamaría a Eduardo. El avión con destino a Munich despegaba a primera hora de la noche del jueves, por lo que tendría que salir de Sagaponack antes de las dos o las tres de la tarde del día siguiente.

Tratar de organizarlo todo, de dar a su vida la estructura de sus novelas, era muy propio de Ruth Cole. («Siempre crees que puedes resolver cualquier contingencia», le dijo Hannah cierta vez. Ruth pensaba que podía, o que debía hacerlo.)

Lo único que debió hacer, pero no hizo, fue llamar a Allan. Dejó que el teléfono siguiera sonando y no respondió.

Las dos botellas de vino blanco no le habían provocado resaca, pero le dejaron un sabor agrio en la boca, y su estómago no se alegraba ante la idea de ingerir ningún alimento sólido para desayunar. Ruth tomó unas fresas, un melocotón y un plátano, metió la fruta en la batidora junto con zumo de naranja y tres cucharadas del polvo proteínico predilecto de su padre. La bebida resultante tenía el sabor de unas gachas de avena frías y líquidas, pero le hizo sentirse como si rebotara en las paredes, que era como ella deseaba sentirse.

Ruth creía dogmáticamente que en el juego de squash sólo había cuatro buenas jugadas.

Por la mañana practicaría el *drive* paralelo y cruzado, situándose a la distancia correcta, detrás del cuadro de saque. Además, en la pared frontal del granero había un punto muerto. Estaba más o menos a la altura del muslo, algo desplazado a la izquierda desde el centro, muy por debajo de la línea de saque. El padre de Ruth había marcado furtivamente el punto con un borrón de tiza de color. Ella practicaría la puntería tomando ese punto como blanco. Podía golpear la pelota con tanta fuerza como quisiera, pero si alcanzaba ese punto, la pelota quedaba muerta y se desprendía de la pared como un golpe caído. Por la mañana practicaría también el servicio fuerte. Quería dar todos los golpes duros por la mañana. Luego se pondría hielo en el hombro, tal vez sentada en el extremo poco profundo de la piscina, tanto antes como después de prepararse una comida ligera.

Por la tarde practicaría las dejadas. También tenía dos buenos golpes de esquina, uno desde la mitad de la pista y el otro cuando estaba cerca de una de las paredes laterales. No solía jugar el golpe de devolución de esquina, un golpe que consideraba un bajo porcentaje o engañoso, y no le gustaban los golpes engañosos.

Era todavía temprano cuando Ruth subió la escala que llevaba al altillo que había en el granero, donde su padre aparcaba el coche en los meses invernales, y abrió la trampilla por encima de su cabeza. (Normalmente la trampilla estaba cerrada para evitar que avispas y otros insectos volaran a lo alto del establo y acabaran en la pista de squash.) En el exterior de la pista, en el altillo del granero, que en el pasado fue un henil, había una colección de raquetas, pelotas, muñequeras y protectores de los ojos. En la puerta de acceso a la pista había una fotocopia, clavada con chinchetas, del equipo de Ruth en Exeter. Procedía de las páginas de su anuario escolar de 1973. Ruth aparecía en primera fila, en el extremo derecho, con el equipo masculino. Tras fotocopiar la página, su padre la había clavado orgullosamente en la puerta.

Ruth arrancó el papel y lo redujo a una bola arrugada. Entró en la pista y dedicó unos momentos a estirarse, primero los tendones de las corvas, luego las pantorrillas y, por último, el hombro derecho. Siempre empezaba colocándose ante la pared lateral izquierda de la pista. Le gustaba empezar con los reveses. Practicó las voleas y los golpes cruzados antes de dedicarse a los servicios fuertes. No hizo más que lanzar servicios fuertes durante media hora, hasta que la pelota caía cada vez donde ella quería que lo hiciera.

«¡Que te jodan, Hannah!», se decía. La pelota rebotaba en la pared como si estuviera viva. «¡Vete a hacer puñetas, papá!...» La pelota volaba como una avispa, o como una abeja, sólo que mucho más veloz. Su contrincante imaginario jamás podría haber devuelto aquella pelota. Ya habría tenido bastante con apartarse de su trayectoria.

Sólo se detuvo porque pensó que se le iba a caer el brazo derecho. Entonces se desvistió por completo y se sentó en el escalón más bajo de la piscina, gozando de la agradable sensación que le producía la bolsa de hielo, que se le adaptaba perfectamente al hombro derecho. La temperatura en el veranillo de San Martín era deliciosa, y el sol incidía cálidamente en su rostro. El agua fría de la piscina le cubría el cuerpo con excepción de los hombros; notaba el derecho muy frío a causa del hielo, pero al cabo de unos minutos estaría entumecido y eso sería estupendo.

Lo extraordinario de golpear la pelota con tanta fuerza y durante tanto tiempo era que, cuando terminaba, nada ocupaba su mente, no pensaba en Scott Saunders o lo que ella iba a hacer después de que hubieran jugado al squash, ni en su padre y lo que era o no era posible hacer con respecto a él. Ruth ni siquiera pensaba en Allan Albright, a quien debería haber llamado. Tampoco pensó en Hannah ni una sola vez.

En la piscina, bajo el sol, al principio con la gélida sensación en el hombro que acababa por adormecerse, la vida de Ruth se desvanecía a su alrededor, a la manera en que anochece o en que la noche cede el paso al amanecer. Cuando sonó el teléfono una y otra vez, tampoco se preguntó quién podría ser y no respondió.

Si Scott Saunders hubiera visto el entrenamiento matinal de Ruth, le habría propuesto jugar al tenis o, tal vez, que se limitaran a cenar juntos. Si el padre de Ruth hubiera visto sus últimos veinte servicios, habría decidido que era mejor no volver a casa. Si Allan Albright hubiera podido imaginar hasta qué punto Ruth había prescindido del pensamiento, se habría sentido muy preocupado. Y si Hannah Grant, que seguía siendo la mejor amiga de Ruth Cole y que, por lo menos, la conocía mejor que nadie, hubiera presenciado los preparativos físicos y mentales de su amiga, habría sabido que Scott Saunders, el abogado pelirrojo, se enfrentaba a un día (y una noche) en el que debería rendir mucho más de lo previsible en un partido de squash.

## Ruth se acuerda de cuando empezó a conducir

Por la tarde, tras haber practicado los golpes suaves, se sentó en el extremo poco profundo de la piscina, con la compresa de hielo en el hombro, y se puso a leer *La vida de Graham Greene*.

Le gustaba la anécdota de las primeras palabras que pronunció Graham en su infancia, que al parecer eran «pobre perro», refiriéndose al perro de su hermana, al que habían atropellado en la calle. La niñera de Greene puso al animal muerto en el cochecito con el niño.

Su biógrafo escribía acerca de ese incidente: «Por muy pequeño que fuese, Greene debía de tener una percepción instintiva de la muerte, por la presencia del cadáver, el olor, tal vez la sangre o los dientes al descubierto, como si se hubiera quedado paralizado mientras gruñía. ¿No experimentaría una creciente sensación de pánico, incluso de náusea, al verse encerrado, irrevocablemente obligado a compartir el estrecho espacio del cochecito infantil con un perro muerto?».

Ruth Cole pensó que existían cosas peores. El mismo Greene había escrito en *El ministerio del miedo*: «En la infancia vivimos bajo el lustre de la inmortalidad, el cielo es real y está tan cerca como la orilla del mar. Al lado de los detalles complicados del mundo están las cosas sencillas: Dios es bueno, el hombre y la mujer adultos conocen la respuesta a todas las preguntas, la verdad existe y la justicia es tan mesurada e impecable como un reloj».

La infancia de Ruth no fue así. Su madre la abandonó cuando ella tenía cuatro años, Dios no existía, su padre no le decía la verdad o no respondía a sus preguntas o ambas cosas a la vez. Y en cuanto a la justicia, su padre se había acostado con tantas mujeres que ella había perdido la cuenta.

Sobre el tema de la infancia, Ruth prefería lo que Greene escribió en *El poder y la gloria*: «En la infancia siempre hay un momento en el que la puerta se abre y deja entrar el futuro». Ella estaba de acuerdo, pero habría hecho la salvedad de que a veces hay más de un momento, porque hay más de un futuro. Por ejemplo, estaba el verano de 1958, el momento en que con mayor evidencia la supuesta «puerta» se había abierto y el supuesto «futuro» había penetrado. Pero estaba también la primavera de 1969, cuando Ruth cumplió quince años y su padre le enseñó a conducir.

Llevaba más de diez años preguntando a su padre por el accidente que mató a Thomas y Timothy, y él se negaba a contárselo. «Cuando seas lo bastante mayor, Ruthie, cuando sepas conducir», le había dicho siempre.

Salían diariamente a pasear en coche, en general a primera hora de la mañana, incluso en los fines de semana veraniegos, cuando los Hamptons estaban atestados. El padre de Ruth quería que se acostumbrara a los malos conductores. Aquel verano, los domingos por la noche, cuando el tráfico se demoraba en el carril de la carretera de Montauk en dirección al oeste y los veraneantes que habían ido a pasar el fin de semana se mostraban impacientes —algunos de ellos se morían literalmente por regresar a Nueva York—, Ted salía con Ruth en el viejo Volvo blanco, y daban vueltas hasta que encontraban lo que él llamaba «un buen follón». El tráfico estaba detenido y algunos idiotas ya habían empezado a avanzar por el arcén mientras otros trataban de salir de la hilera de coches para dar la vuelta y regresar a sus segundas residencias, a fin de esperar una o dos horas o echar un buen trago antes de reanudar la marcha.

—Parece que aquí hay un buen follón, Ruthie —le decía su padre.

Y Ruth se apresuraba a cambiar de asiento... en ocasiones mientras el enfurecido conductor del coche que estaba detrás de ellos protestaba haciendo sonar el claxon una y otra vez. Por supuesto, conocían todas las carreteras secundarias. A lo mejor Ruth avanzaba centímetro a centímetro por la carretera de Montauk y entonces se separaba del tráfico y corría en paralelo a la carretera por las vías de enlace, y siempre encontraba la manera de volver de nuevo a la hilera de coches. Su padre miraba atrás y decía: «Parece que has adelantado a unos siete coches, si ése de ahí es el mismo estúpido Buick que creo que es».

A veces Ruth conducía hasta la autopista de Long Island antes de que su padre le dijera:

—Ya está bien por hoy, Ruthie, ¡o acabaremos en Manhattan sin darnos cuenta!

Ciertos domingos por la noche, el tráfico estaba tan congestionado que al padre le bastaba con que Ruth diese media vuelta y regresaran a casa como demostración suficiente de sus habilidades.

Ted recalcaba constantemente lo importante que era mirar por el retrovisor y, por supuesto, Ruth sabía que cuando estaba parada y en espera de girar a la izquierda, cruzando un carril de sentido contrario, jamás debía girar las ruedas a la izquierda en previsión del giro que iba a dar. «¡No se te ocurra nunca hacer eso!», le dijo su padre desde la primera lección, pero aún no le había contado lo que les ocurrió a Thomas y Timothy. Ella sólo sabía que Thomas iba al volante cuando ocurrió el accidente.

—Paciencia, Ruthie, paciencia —le decía su padre una y otra vez.

—Tengo paciencia, papá —replicaba Ruth—. Todavía espero que me cuentes lo que pasó, ¿no es cierto?

—Quiero decir que tienes que ser una conductora paciente, Ruthie... No pierdas nunca la paciencia al volante.

El Volvo, como todos los de Ted, que empezó a comprar modelos de esa marca en los años sesenta, tenía cambio de marchas manual. (Le había dicho a su hija que desconfiara siempre de un chico que condujera un automóvil con cambio de marchas automático.)

—Y si vas en el asiento del pasajero y yo soy el conductor, nunca te miraré —le dijo Ted—. No me importa lo que digas ni si tienes una rabieta o si te estás sofocando. Fíjate: si yo estoy al volante, hablaré contigo pero no te miraré, eso jamás. Y cuando conduzcas tú, no mires a quien esté a tu lado, tanto si soy yo como cualquier otro. No vuelvas la cara hasta que salgas de la carretera y pares el coche. ¿Está claro?

—Entendido —respondió Ruth.

—Y si sales con un chico y es él quien conduce, si te mira, por la razón que sea, le dices que no lo haga o te bajarás del coche y te irás a pie. O le dices que te deje conducir. ¿Has entendido eso también?

—Sí —dijo Ruth, y se apresuró a pedirle—: Dime lo que les pasó a Thomas y a Timothy.

Pero su padre hizo oídos sordos.

—Y si estás preocupada, si algo en lo que estás pensando te altera de repente, si te echas a llorar y las lágrimas te impiden ver con claridad la carretera..., supón que estás llorando a mares, por la razón que sea...

—¡Vale, vale, lo he entendido! —le interrumpió Ruth.

—Bueno, si alguna vez te ocurre eso, si lloras tanto que no puedes ver la carretera, desvíate al arcén y para el coche. ¿De acuerdo?

—¿Cómo fue el accidente? —le preguntó Ruth—. ¿Estabas allí? ¿Ibais mamá y tú en el coche?

En el extremo menos hondo de la piscina, Ruth notaba que el hielo se le fundía sobre el hombro. Las frías gotas formaban un hilillo líquido que avanzaba por la clavícula, recorría el pecho y caía en el agua, más cálida, de la piscina. El sol se había puesto por detrás del alto seto.

Pensó en el padre de Graham Greene, el maestro de escuela, cuyo consejo a sus ex alumnos (que le adoraban) era extraño pero encantador a su manera. «No te olvides de ser fiel a tu futura esposa», le dijo Charles Greene, en 1918, a un muchacho que dejaba la escuela para incorporarse al ejército. Y a otro muchacho, poco antes de su confirmación, le había dicho: «Un ejército de mujeres viven de la lujuria de los hombres».

¿Adónde había ido a parar aquel «ejército de mujeres»? Ruth suponía que Hannah era uno de esos presuntos soldados perdidos de Charles Greene.

Hasta donde se remontaba su memoria, y no sólo desde que aprendiera a leer, sino desde la primera vez que su padre le contó un cuento, los libros y sus personajes habían penetrado en su vida y quedado «arraigados» en ella. Los libros, y los personajes que aparecen en ellos, estaban más «arraigados» en la vida de Ruth de lo que estaban su padre y su mejor amiga, por no mencionar a los hombres que había conocido, la mayoría de los cuales se habían revelado casi tan indignos de confianza como Ted y Hannah.

Graham Greene había escrito en su autobiografía, *Una especie de vida*: «Durante toda mi vida he abandonado por instinto cualquier cosa para la que no tuviera talento». Era un buen instinto, pero si Ruth lo pusiera en práctica, se vería obligada a dejar de relacionarse con los hombres. Entre los que conocía, sólo Allan parecía admirable y constante; sin embargo, mientras permanecía sentada en la piscina, preparándose para la prueba con Scott Saunders, lo que veía ante todo en su mente eran los dientes lobunos de Allan y el excesivo vello en el dorso de sus manos.

Cuando jugó al squash con Allan no lo pasó bien. Allan era un buen atleta y un jugador de squash bien entrenado, pero demasiado corpulento para la pista, y sus embestidas y giros eran demasiado peligrosos para el adversario. No obstante, Allan nunca intentaba hacerle daño o intimidarla. Y aunque Ruth había perdido en dos ocasiones al jugar con él, no dudaba de que acabaría por vencerle. Tan sólo tenía que aprender a mantenerse fuera de su alcance y, al mismo tiempo, no temer su dejada de revés. Las dos veces que perdió, Ruth había salido de la T. La próxima vez, si la había, estaba decidida a no cederle la posición idónea en la pista.

Mientras el hielo fundido hacía su efecto, pensaba que, en el peor de los casos, el encuentro podría significar unos puntos en una ceja o la nariz rota. Además, si Allan la golpeaba con la raqueta, lo sentiría muchísimo y luego le cedería la posición preferida en la pista. Ella le vencería con facilidad en un abrir y cerrar de ojos, tanto si la golpeaba como si no. Entonces se preguntó que para qué iba a molestarse en vencerle.

¿Cómo podía pensar en la posibilidad de renunciar a los hombres? De quienes desconfiaba era de las mujeres, y en un grado mucho mayor.

Había permanecido sentada durante demasiado tiempo en la piscina, a la fría sombra del atardecer, por no mencionar el frío de la pegajosa compresa de hielo que se le había fundido en el hombro. La frialdad ponía un toque de noviembre en el veranillo de San Martín y le recordaba a Ruth aquella noche de noviembre de 1969 en que su padre le dio la que él llamaba «última lección de conducir» y «penúltimo examen de conducción».

Iba a cumplir los dieciséis antes de la primavera, y entonces obtendría el permiso de principiante, tras lo cual aprobaría el examen de conducción sin la menor dificultad, pero aquella noche de noviembre, su padre, a quien le tenían sin cuidado los permisos de principiante, le advirtió:

—Espero por tu bien, Ruthie, que nunca tengas que pasar un examen más duro que éste. Vamos.

—¿Adónde vamos? —le preguntó ella. Era el domingo por la noche del fin de semana de Acción de Gracias.

La piscina ya estaba cubierta en previsión del invierno, los árboles frutales desprovistos de fruto y hojas, incluso el seto estaba desnudo y sus ramas esqueléticas se movían impulsadas por la brisa. En el horizonte septentrional había un resplandor: los faros de los coches que ya estaban parados en el carril en dirección oeste de la carretera de Montauk, los domingueros de regreso a Nueva York. (Normalmente el recorrido era de dos horas, tres a lo sumo.)

—Esta noche me apetece ver las luces de Manhattan —dijo Ted a su hija—. Quiero ver si ya han colocado los adornos navideños en Park Avenue. Quiero tomar una copa en el bar del Stanhope. Una vez tomé allí un armagnac de 1910. Ya no tomo armagnac, claro, pero me gustaría volver a beber algo tan bueno. Tal vez un buen vaso de oporto. Vamos.

–¿Quieres conducir hasta Nueva York, papá? –le preguntó Ruth.

Si se exceptuaban el fin de semana correspondiente al Día del Trabajo o el final de la jornada del Cuatro de Julio (y tal vez el fin de semana en que se celebraba el Día del Recuerdo), aquélla era probablemente la peor noche del año para ir a Nueva York por carretera.

–No, no quiero conducir hasta Nueva York, Ruthie. No puedo conducir hasta allí, porque he bebido. Me he tomado tres cervezas y una botella entera de vino tinto. Lo único que le prometí a tu madre es que no conduciría nunca bebido, por lo menos cuando viajara contigo. Eres tú quien va a conducir, Ruthie.

–Nunca he conducido tanto –le dijo Ruth, pero no se le ocultaba que, de haberlo hecho, la prueba no habría sido tan importante.

Por fin entraron en la autopista de Long Island por Manorville.

–Colócate en el carril rápido, Ruthie, y mantén el límite de velocidad –le dijo Ted–. No te olvides de mirar por el retrovisor. Si alguien viene por detrás y tienes tiempo suficiente de pasar al carril central, y además dispones de bastante espacio para hacerlo, cambia de carril. Pero si uno se te echa encima, frenético por pasar, deja que te adelante por la derecha.

–¿No es esto ilegal, papá? –inquirió ella, pensando que aprender a conducir tenía ciertas limitaciones, como la de no hacerlo de noche ni más allá de un radio de veinticinco kilómetros desde tu lugar de residencia. Ignoraba que ya había conducido ilegalmente porque carecía de permiso de principiante.

–Por medios legales no puedes aprender todo cuanto necesitas saber –replicó su padre.

Ruth tuvo que concentrarse por completo en la tarea de conducir, y aquélla fue una de las pocas ocasiones, durante las salidas en el viejo Volvo blanco, en que no le pidió a su padre que le contara lo sucedido a Thomas y Timothy. Ted aguardó hasta que se aproximaron a Flushing Meadows, y entonces, sin previo aviso, empezó a contárselo exactamente de la misma manera que se lo contara en su día a Eddie O'Hare, refiriéndose a sí mismo en tercera persona, como si él fuese un personaje más del relato y, por cierto, un personaje secundario.

Ted se interrumpió antes de revelar lo mucho que él y Marion habían bebido y por qué Thomas fue el más indicado, el único conductor sobrio, para decirle a Ruth que saliera del carril rápido y se colocara en el que estaba más a la derecha.

–Por aquí conectas con la Gran Carretera Central, Ruthie –le dijo tranquilamente. Ella tuvo que cambiar de carril con demasiada rapidez, pero lo consiguió sin dificultad. Pronto distinguió el estadio Shea a su derecha.

Al llegar al punto del relato en que él y Marion discutían sobre el mejor sitio para girar a la izquierda, Ted volvió a interrumpirse, esta vez para decirle a Ruth que siguiera el bulevar Northern, a través de Queens.

Ruth sabía que el motor del viejo Volvo blanco tendía a recalentarse si avanzaba en primera o segunda, se detenía y arrancaba de nuevo en medio de un tráfico muy lento, pero cuando se lo mencionó a su padre, éste respondió:

—No pises el embrague, Ruthie. Si estás un rato detenida, ponlo en punto muerto y pisa el freno. Mantén el pie fuera del embrague tanto como puedas, y no te olvides de mirar por el retrovisor.

Por entonces Ruth estaba llorando. Ted le había contado la escena de la máquina quitanieves, cuando su madre supo que Thomas había muerto pero aún desconocía la suerte de Timothy. Marion preguntaba una y otra vez si Timmy estaba bien, y Ted no le decía nada..., acababa de presenciar la muerte de Timmy, pero no podía articular palabra.

Cruzaron el puente de Queensboro, y entraron en Manhattan cuando Ted hablaba a su hija de la pierna izquierda de Timothy: la máquina quitanieves le había seccionado el muslo por la mitad y, cuando intentaron retirar el cuerpo, tuvieron que dejar allí la pierna.

—No veo la calzada, papá —le dijo Ruth.

—Pero aquí no podemos parar, ¿verdad? —replicó su padre—. Tendrás que seguir adelante, no hay más remedio. —Entonces le refirió el momento en que la madre reparó en el zapato de su hermano («Oh, Ted, mira, necesitará el zapato», dijo Marion, sin darse cuenta de que el zapato estaba todavía unido a la pierna del muchacho. Y etcétera, etcétera...)

Ruth avanzó hacia el centro de la ciudad por la Tercera Avenida.

—Ya te diré cuándo debes girar para seguir por Park Avenue. Hay ahí un sitio concreto donde merece la pena ver los adornos navideños.

—Estoy llorando demasiado, no veo por dónde voy, papá —insistió Ruth.

—Pero ésa es la prueba, Ruthie. La prueba consiste en que a veces no hay sitio donde parar, a veces no puedes detenerte y has de encontrar la manera de seguir adelante. ¿Lo has comprendido?

—Sí.

—Pues entonces ya lo sabes todo —dijo su padre.

Más adelante Ruth comprendió también que había pasado la parte de la prueba no mencionada: no había mirado a su padre ni una sola vez, y Ted había permanecido como invisible en el asiento del pasajero. Mientras su padre le contaba el accidente, Ruth no había apartado la vista de la carretera ni del retrovisor, y eso también había formado parte de la prueba.

Aquella noche de noviembre de 1969 su padre le hizo avanzar por Park Avenue mientras comentaba los adornos navideños. En algún lugar, pasada la Calle 80, le pidió que virase a la Quinta Avenida. Entonces bajaron por la Quinta Avenida hasta el hotel Stanhope, enfrente del Metropolitan. Era la primera vez que Ruth oía restallar las banderas del museo sacudidas por el viento. Su padre le había dicho que diera al portero del Stanhope las llaves del Volvo. El hombre se llamaba Manny, y a Ruth le impresionó que conociera a su padre.

Pero en el Stanhope le conocía todo el mundo. Debía de haber sido un cliente habitual. Entonces Ruth lo comprendió: ¡era allí adonde llevaba a sus mujeres! «Alójate siempre aquí, Ruthie..., cuando te lo puedas permitir», le había dicho su padre. «Es un buen hotel.» (Desde 1980, ella pudo permitírselo.)

Aquella noche fueron al bar y su padre cambió de idea acerca del oporto y pidió en su lugar una botella de excelente Pommard. Dio cuenta del vino y Ruth se tomó un café doble, en previsión del viaje de vuelta a Sagaponack. Mientras estuvo sentada en el bar, Ruth tuvo la sensación de que seguía aferrada al volante, y aunque había tenido la oportunidad de mirar a su padre en el bar, antes de regresar al viejo Volvo blanco, no podía hacerlo. Era como si él aún estuviera contándole el terrible accidente.

Pasada la medianoche, su padre le indicó el camino para ir a la avenida Madison, y en algún lugar, más allá de la Calle 90, le dijo que girase hacia el este. Avanzaron por la avenida Franklin Delano Roosevelt hasta el Triborough, y después por la Gran Carretera Central hasta la carretera de Long Island, donde Ted se quedó dormido. Ruth recordó que Manorville era la salida que debía tomar, y no tuvo que despertar a su padre para preguntarle el camino de regreso.

Conducía en sentido contrario al de los automóviles que regresaban a la ciudad al final de la jornada festiva, y las luces del denso tráfico incidían continuamente en sus ojos, pero casi nadie iba en su dirección. En un par de ocasiones pisó el acelerador a fondo, sólo para ver la velocidad máxima que podía alcanzar el viejo coche. Alcanzó los ciento treinta y cinco en un par de ocasiones y ciento cuarenta y cinco otra vez, pero a esas velocidades se producía una vibración extraña en el morro del coche que la asustaba. Durante la mayor parte del trayecto respetó el límite de velocidad y pensó en el relato de la muerte de sus hermanos, sobre todo el momento en que su madre trataba de recuperar el zapato de Timmy.

Su padre no se despertó hasta que pasaban por Bridgehampton.

—¿Cómo es que no has tomado las carreteras secundarias? —le preguntó.

—Me apetecía estar rodeada por las luces de la ciudad y por los demás coches.

—Ah —dijo su padre, y pareció que iba a dormirse de nuevo.

—¿Qué clase de zapato era? —inquirió Ruth.

—Era una zapatilla de baloncesto, el calzado favorito de Timmy.

—¿Esas altas, más arriba del tobillo?

—Así es.

—Comprendo —dijo Ruth al tiempo que viraba por Sagg Main.

A pesar de que en aquellos momentos no había otros vehículos a la vista, Ruth había puesto el intermitente cincuenta metros antes de efectuar el giro.

—Has conducido bien, Ruthie —le dijo su padre—. Si alguna vez tienes que hacer un recorrido más difícil que éste, espero que recuerdes lo que has aprendido.

Ruth estaba temblando cuando por fin salió de la piscina, y sabía que debía calentarse antes de empezar a jugar al squash con Scott Saunders, pero tanto sus recuerdos de cuando aprendió a conducir como la biografía de Graham Greene la habían deprimido. Norman Sherry no tenía la culpa, pero la biografía de Greene había tomado un giro al que ella se oponía. El señor Sherry estaba convencido de que cada personaje importante en una novela de Graham Greene tenía un homólogo en la vida real. En una entrevista concedida a *The Times,* el mismo Greene le había dicho a V.S. Pritchett que era incapaz de inventar. No obstante, en la misma entrevista, si bien admitía que sus personajes eran «una amalgama de fragmentos de personas reales», Greene también negaba que tomara sus personajes de la vida real. «Los personajes inventados desplazan a las personas reales, que son demasiado limitadas», decía el escritor. Pero a lo largo de demasiadas páginas de su biografía, el señor Sherry hablaba una y otra vez de las «personas reales».

A Ruth le entristecía sobre todo la vida amorosa del joven Greene. Lo que su biógrafo llamaba «su amor obsesivo» por la «católica fervorosa» que llegaría a ser la esposa de Greene era precisamente una de las cosas que Ruth no quería saber acerca de un autor cuya obra amaba. «Hay una pizca de hielo en el corazón del escritor», había escrito Greene en *Una especie de vida*. Pero en las cartas cotidianas que el joven Graham escribía a Vivien, su futura esposa, Ruth sólo veía el patetismo de un hombre prendado de una mujer.

Ruth nunca se había sentido prendada, y era posible que su renuencia a aceptar la proposición matrimonial de Allan fuese su conocimiento de lo prendado que Allan estaba de ella.

Había interrumpido la lectura de *La vida de Graham Greene* en la página 338, el inicio del capítulo veinticuatro, titulado «Por fin el matrimonio». Era una lástima que hubiera dejado de leer ahí, porque cerca del final de ese capítulo habría encontrado algo que la habría congraciado un poco con Graham Greene y su novia. Cuando la pareja por fin contrajo matrimonio y partieron de luna de miel, Vivien entregó a Graham una carta cerrada que le había dado la entremetida madre de ella, «una carta con instrucciones sobre el sexo», pero Vivien se la dio a su marido sin abrirla. Él la leyó y la rompió de inmediato, sin que Vivien hubiera podido echarle un vistazo. A Ruth le hubiese gustado saber que la flamante señora Greene había llegado a la conclusión de que podía arreglárselas muy bien sin los consejos de su madre.

En cuanto a «Por fin el matrimonio», ¿por qué el título del capítulo, la frase en sí, la deprimía? ¿Acaso también podría decir eso cuando ella misma se casara? Parecía el título de una novela que Ruth Cole nunca escribiría y que ni siquiera querría leer.

Ruth pensó que debería limitarse a releer las obras de Graham Greene, pues estaba segura de que no quería saber nada más de su vida. Allí estaba ella, reflexionando sobre lo que Hannah llamaba su «tema favorito», que era su escrutinio infatigable de la relación entre lo «real» y lo «inventado». Pero le bastó pensar en Hannah para volver al presente.

No quería que Scott Saunders la viese desnuda en la piscina, todavía no.

Entró en la casa y se puso unas prendas limpias y secas para jugar al squash. Introdujo polvos de talco en el bolsillo derecho de los pantalones cortos. Le mantendría seca y suave la mano que sujetaba la raqueta, y así evitaría el riesgo de que le salieran ampollas. Ya había enfriado el vino blanco, y ahora preparó el arroz, lo lavó y, con la cantidad adecuada de agua, lo depositó en el recipiente del vaporizador eléctrico. Todo lo que tendría que hacer más tarde era apretar el botón que pondría el aparato en marcha. Ya había puesto la mesa con dos servicios.

Finalmente trepó por la escala hasta el piso superior del granero y, tras hacer unos ejercicios de estiramiento, empezó a practicar con la pelota.

No le costó adquirir el ritmo: cuatro golpes directos a lo largo de la pared y alcanzaba la chapa reveladora; cuatro reveses y alcanzaba de nuevo la chapa. Cada vez que golpeaba la chapa, apuntando bajo ex profeso, le daba a la pelota con fuerza suficiente para que el golpe contra la chapa resonara estrepitosamente. En el juego real, Ruth casi nunca golpeaba la chapa. En un partido difícil, tal vez la tocaba dos veces, pero quería asegurarse de que, cuando llegara, Scott Saunders le oyera golpear la chapa. Así, cuando subiera por la escala para jugar con ella, pensaría: «Para ser una presunta buena jugadora, toca mucho la chapa». Después, cuando empezaran a jugar, le sorprendería ver que la pelota de Ruth casi nunca alcanzaba la chapa.

Cada vez que alguien trepaba por la escala hasta el piso del granero, se percibía un ligero temblor en la pista de squash. Cuando Ruth notó ese temblor, contó cinco golpes más, y al quinto alcanzó la chapa. Podría haberla tocado fácilmente con los cinco golpes en el tiempo que tardaba en decir: «¡Papá con Hannah Grant!».

Scott golpeó un par de veces la puerta de la pista de squash con la raqueta, y después la abrió cautamente:

—Hola, espero que no estés practicando por mí —le dijo.

—Bueno, sólo un poco —respondió Ruth.

## Dos cajones

Estuvo observando a Scott durante los cinco primeros puntos, pues quería ver cómo se movía. Era razonablemente rápido, pero manejaba la raqueta como un tenista y no movía la muñeca. Además tenía un solo servicio, duro, directo hacia ella. Solía ser demasiado alto, y ella se apartaba de la trayectoria y devolvía la pelota a la pared del fondo. El servicio de revés de Scott era débil y la pelota caía al suelo a mitad de la pista. Normalmente Ruth podía rematarla dirigiéndola hacia una esquina. Obligaba a correr a su oponente ya desde la pared del fondo a la frontal, ya desde una esquina a la otra.

El resultado del primer juego fue de 15 a 8, antes de que Scott se percatara de lo buena jugadora que Ruth era en realidad. Scott era uno de esos jugadores que sobrestiman su capacidad. Cuando perdía, pensaba que no acababa de jugar bien, pero, hasta el tercer o cuarto juego, no se le ocurrió pensar que su contrincante era superior. Ruth intentó mantener la puntuación bastante igualada en los dos siguientes juegos, porque disfrutaba viendo correr a Scott.

Ganó el segundo juego por 15 a 6 y el tercero por 15 a 9. Scott Saunders estaba en muy buena forma, pero después del tercer juego necesitó la botella de agua. Ruth no bebió ni una gota. Scott era el único que corría.

Aún no había recobrado el aliento cuando falló el primer servicio del cuarto juego. Ruth percibió su frustración, como un olor repentino.

—Es increíble que tu padre todavía te gane —le dijo con la respiración entrecortada.

—Algún día le ganaré —replicó Ruth—. Quizá la próxima vez.

Ella venció por 15 a 5. Mientras perseguía una pelota baja en una esquina, Scott resbaló en un charco de su propio sudor, se deslizó sobre la cadera y su cabeza golpeó contra la chapa.

—¿Estás bien? —le preguntó Ruth—. ¿Quieres que lo dejemos?

—Juguemos otro juego —respondió él con brusquedad.

A Ruth le desagradó esa actitud. Le venció por 15-1, y Scott obtuvo su único punto cuando ella (en contra de lo que le aconsejaba su buen juicio) intentó un revés en la esquina que alcanzó la chapa. Fue la única vez que tocó la chapa en cinco juegos. Se enfadó consigo misma por intentar aquel golpe de revés, que confirmaba su opinión sobre los golpes de bajo porcentaje. De haber mantenido la pelota en juego, estaba segura de que en el último juego hubieran quedado 15 a 0.

Pero perder por 15 a 1 ya había sido bastante desgracia para Scott Saunders. Ruth no estaba segura de si él hacía pucheros o si tenía la cara desencajada porque intentaba recobrar el aliento. Estaban a punto de abandonar la pista cuando una avispa entró por la puerta abierta y Scott la atacó con un torpe raquetazo. Falló y el insecto zigzagueó, como era natural, cerca del techo, donde estaría supuestamente a salvo. A pesar de su vuelo rápido y errático, Ruth la alcanzó con su golpe de revés. Hay quien afirma que la volea alta de revés es el golpe más difícil en el squash. El cordaje de su raqueta partió por la mitad el cuerpo de la avispa.

—Bien cazada —dijo Scott, quien por su tono parecía a punto de vomitar.

Ruth se sentó en el borde de la plataforma junto a la piscina, se quitó zapatos y los calcetines y se refrescó los pies en el agua. Scott parecía inseguro de lo que debía hacer. Estaba acostumbrado a desvestirse por completo y ducharse al aire libre con Ted. Ruth tendría que hacerlo primero.

La joven se puso en pie y se quitó los pantalones cortos y la camiseta de media manga, temerosa de la posible torpeza, la acrobacia habitual e involuntaria, de librarse del sudado sujetador deportivo, pero lo consiguió sin un forcejeo embarazoso. Finalmente se quitó las bragas y se puso bajo la ducha sin mirar a Scott. Ya se había enjabonado y estaba bajo el agua, cuando él subió al plato de la ducha y abrió el grifo de su cabezal. Ruth se lavó la cabeza, eliminó la espuma del champú y entonces le preguntó si era alérgico a las gambas.

—No, me gustan —respondió Scott. Con los ojos cerrados, mientras se aclaraba la cabeza, ella supuso que él tenía necesariamente que estar mirándole los pechos.

—Me alegro, porque eso es lo que vamos a cenar.

Cerró la ducha, salió a la plataforma y se lanzó a la piscina en el extremo profundo. Cuando salió a la superficie, Scott estaba inmóvil en la plataforma y miraba algo más allá de ella.

—¿No es una copa de vino eso que está en el fondo de la piscina? —le preguntó—. ¿Has dado hace poco una fiesta?

—No, fue mi padre quien la dio —dijo Ruth, mientras pedaleaba en el agua. Scott Saunders tenía el pene más grande de lo que ella había imaginado. El abogado se zambulló hasta el fondo de la piscina y recogió la copa.

—Debió de ser una fiesta moderadamente alocada —comentó Scott.

—Mi padre es algo más que moderadamente alocado —replicó Ruth. Flotaba boca arriba; cuando Hannah lo intentaba, apenas conseguía mantener los pezones por encima de la superficie.

—Tienes unos senos muy bonitos —le dijo, zalamero, Scott, quien pedaleaba en el agua a su lado. Llenó la copa de agua y la vertió sobre sus pechos.

—Probablemente mi madre los tenía mejores —dijo Ruth—. ¿Qué sabes de mi madre?

—Nada..., sólo he oído rumores —admitió Scott.

—Lo más probable es que sean ciertos. Quizá sepas casi tanto como yo.

Nadó hasta la zona que no cubría y él la siguió, sosteniendo todavía la copa. De no ser por la dichosa copa, ya habría tocado a Ruth. Ella salió de la piscina y se envolvió en una toalla. Antes de encaminarse a la casa, con la toalla alrededor de la cintura y los pechos al descubierto, vio que Scott se secaba minuciosamente.

—Si metes la ropa en la secadora, estará seca después de cenar —le dijo. Él la siguió al interior, también con la toalla alrededor de la cintura—. Si tienes frío, dímelo. Puedes ponerte algo de mi padre.

—Estoy bien con la toalla.

Ruth puso en marcha el vaporizador de arroz, abrió una botella de vino blanco y llenó dos copas. Tenía muy buen aspecto con tan sólo la toalla alrededor de la cintura y los senos al aire.

—También yo estoy bien con la toalla —le dijo ella, y entonces le permitió que se los besara. Él le rodeó un seno con la mano.

—No esperaba esto —admitió Scott.

Ruth se preguntó si lo decía en serio. Cuando tomaba una decisión acerca de un hombre, esperar a que la sedujera era algo que la hastiaba sobremanera. No se había relacionado con ninguno desde hacía cuatro, casi cinco meses, y no tenía ganas de esperar.

—Voy a enseñarte una cosa —le dijo Ruth, y le condujo al cuarto de trabajo de su padre, donde abrió el cajón inferior del llamado escritorio de Ted.

El cajón estaba lleno de fotografías Polaroid en blanco y negro, centenares de ellas, así como una docena de recipientes tubulares que contenían líquido para revestimiento de positivos. Esa sustancia hacía que las fotos y todo el cajón olieran mal.

Ruth le tendió a Scott un rimero de Polaroids sin hacer ningún comentario. Eran las fotos que Ted había hecho a sus modelos, tanto antes como después de dibujarlas. Decía a las mujeres que las fotos eran necesarias a fin de poder seguir trabajando en los dibujos cuando ellas no estuvieran presentes, que las necesitaba «como referencia». Lo cierto era que nunca seguía trabajando en los dibujos y tan sólo quería hacer las fotografías.

Cuando Scott terminó de mirar un rimero de fotos, Ruth le mostró otro. Las fotografías tenían ese aire de amateurismo que suele poseer la mala pornografía, y el motivo no estribaba tan sólo en que las modelos no eran profesionales. La torpeza de sus poses indicaba que se sentían avergonzadas, pero las mismas fotografías daban una sensación de apresuramiento y descuido.

—¿Por qué me enseñas esto? —le preguntó Scott.

—¿No te ponen cachondo? —inquirió ella.

—Tú me pones cachondo.

—Supongo que estimulan a mi padre —dijo Ruth—. Son las fotos de sus modelos..., se las ha tirado a todas ellas.

310

Scott pasaba rápidamente las fotos sin detenerse a mirarlas. Era difícil hacerlo si uno no estaba a solas.

—Aquí hay muchas mujeres.

—Mi padre se ha tirado a mi mejor amiga... Sí, ayer y anteayer —le dijo Ruth.

—Tu padre se ha tirado a tu mejor amiga... —repitió Scott, pensativo.

—Somos lo que un estudiante idiota especializado en sociología llamaría una familia disfuncional —comentó ella.

—Yo me especialicé en sociología —admitió Scott Saunders.

—¿Y qué aprendiste? —le preguntó Ruth, mientras dejaba las Polaroids en el cajón inferior.

El olor del líquido para revestir positivos Polaroid era lo bastante fuerte para provocarle arcadas. En cierta manera, era un olor todavía más desagradable que el de la tinta de calamar. (Ruth descubrió las fotos en el cajón inferior del escritorio de su padre cuando tenía doce años.)

—Decidí ir a la facultad de derecho, eso es lo que aprendí de la sociología —dijo el abogado pelirrojo.

—¿También has oído rumores sobre mis hermanos? —le preguntó Ruth—. Están muertos —añadió.

—Creo haber oído algo —respondió Scott—. Eso fue hace mucho tiempo, ¿no?

—Te enseñaré una foto de ellos —le dijo Ruth, tomándole de la mano—. Eran unos chicos muy guapos.

Subieron por la escalera enmoquetada, sin que sus pies hicieran el menor ruido. La tapa del vaporizador de arroz matraqueaba y la secadora también estaba en funcionamiento. Se oía sobre todo el ruido de algo que golpeaba el tambor giratorio de la secadora.

Ruth condujo a Scott al dormitorio principal, donde la gran cama estaba sin hacer. Ella casi podía ver las depresiones dejadas en las sábanas arrugadas por los cuerpos de su padre y de Hannah.

—Aquí están —dijo Ruth a su acompañante, señalando la foto de sus hermanos.

Scott contempló la imagen con los ojos entrecerrados, tratando de leer la inscripción latina encima del portal.

—Supongo que no estudiaste latín cuando te especializaste en sociología —le dijo Ruth.

—En derecho hay muchas expresiones latinas.

—Mis hermanos eran bien parecidos, ¿no crees? —inquirió Ruth.

—Sí, es cierto. *Venite* significa «venid», ¿no?

—«Venid acá, muchachos, y sed hombres» —le tradujo Ruth.

—¡Eso sí que es un desafío! —exclamó Scott Saunders—. Me gustaba más ser un muchacho.

—Mi padre nunca ha dejado de serlo —le confesó Ruth.

—¿Es éste el dormitorio de tu padre?

—Mira lo que hay en el cajón de arriba, el que está bajo la mesilla de noche —le pidió Ruth—. Vamos, ábrelo.

Scott titubeó, probablemente pensando que allí había más fotos Polaroid.

—No te preocupes, no contiene fotos —le aseguró Ruth.

Scott abrió el cajón. Estaba lleno de preservativos en envoltorios de brillantes colores, y había además un tubo de gelatina lubricante.

—Bueno... Supongo que éste es, en efecto, el dormitorio de tu padre —dijo Scott, mirando a su alrededor con nerviosismo.

—Este cajón está tan lleno de cosas juveniles como no he visto nunca otro igual —dijo Ruth. (Descubrió los preservativos y la gelatina lubricante en el cajón de la mesilla de noche de su padre cuando tenía nueve o diez años.)

—¿Dónde está tu padre? —le preguntó Scott.

—No lo sé —contestó Ruth.

—¿No esperas que venga?

—Supongo que vendrá mañana hacia las once —respondió Ruth.

Scott Saunders contempló los preservativos en el cajón abierto.

—Dios mío, no me he puesto un condón desde que iba a la universidad.

—Pues ahora vas a tener que ponértelo —replicó Ruth. Se quitó la toalla anudada a la cintura y se sentó desnuda en la cama deshecha—. Si te has olvidado de cómo funciona un condón, puedo recordártelo —añadió.

Scott eligió un preservativo con envoltorio azul. Besó a Ruth durante largo tiempo y se puso a lamerla durante más tiempo todavía. Ella no necesitaba en absoluto la gelatina que su padre guardaba en el cajón de la mesilla de noche. Tuvo un orgasmo poco después de que Scott la penetrara, y notó que él eyaculaba sólo un instante después. Durante casi todo el tiempo, y sobre todo mientras Scott la lamía, Ruth contempló la puerta abierta del dormitorio de su padre, aguzando el oído por si percibía las pisadas de Ted en la escalera o en el pasillo del piso superior, pero lo único que llegaba a sus oídos era el chasquido o golpeteo de la secadora. (La tapa del vaporizador de arroz ya no matraqueaba; el arroz estaba cocido.) Y cuando Scott la penetró y ella supo que iba a correrse, casi instantáneamente (el resto también terminaría con mucha rapidez), Ruth pensó: «¡Ven ahora a casa, papá! ¡Sube aquí y mírame ahora!»

Pero Ted no llegó a casa a tiempo de ver a su hija como a ella le hubiera gustado que la viera.

## Dolor en un lugar desacostumbrado

Hannah había puesto demasiada salsa para marinar las gambas, las cuales, además, habían permanecido en la marinada durante más de veinticuatro horas y ya no sabían a gambas. Pero esto no impidió que Ruth y Scott dieran cuenta de todas ellas, así como del arroz y las verduras fritas, junto con una especie de chutney de pepino que había conocido mejores tiempos. También tomaron una segunda botella de vino blanco y Ruth abrió otra de tinto para acompañar con el queso y la fruta. De esta última botella tampoco quedó ni una gota.

Comieron y bebieron sin más prenda que las toallas alrededor de la cintura, Ruth con los senos desafiantemente desnudos. Aún tenía la esperanza de que su padre entrara en el comedor, pero no lo hizo, y a pesar del compañerismo que se estableció durante la cena, tan bien provista de vino, con Scott Saunders, por no mencionar el aparente éxito de su intenso encuentro sexual, su conversación en la mesa era tensa. Scott le informó de que su divorcio había sido «amistoso» y que tenía una relación «afable» con su ex esposa. Los hombres recientemente divorciados solían hablar demasiado de sus ex mujeres. Si el divorcio había sido realmente amistoso, ¿para qué hablar de él?

Ruth le preguntó a qué clase de derecho se dedicaba, pero él respondió que no era interesante, algo relacionado con la propiedad inmobiliaria. También le confesó que no había leído sus novelas. Había intentado leer la segunda, *Antes de la caída de Saigón*, creyendo que se trataba de un relato bélico. De joven había hecho grandes esfuerzos para evitar que le llamaran al servicio militar durante la guerra de Vietnam, pero el libro le había parecido una «novela femenina», expresión que a Ruth siempre le hacía pensar en un surtido de productos para la higiene femenina.

—Trata de la amistad entre mujeres, ¿no? —le preguntó Scott, y le comentó que su ex mujer había leído todas las novelas de Ruth Cole—. Es una gran admiradora tuya —(¡Otra vez la ex mujer!)

Entonces le preguntó a Ruth si «salía con alguien». Ella intentó hablarle de Allan, sin mencionar su nombre. Para ella, el tema del matrimonio era independiente de Allan. Le dijo a Scott que el matrimonio le atraía intensamente, pero al mismo tiempo temía que le resultara opresivo.

—¿Quieres decir que te produce más atracción que temor? —inquirió el abogado.

—¿Cómo dice ese pasaje de George Eliot? —replicó Ruth—. Cuando lo leí, me gustó tanto que lo anoté. «¿Existe algo más admirable para dos almas que la sensación de unirse para siempre...?» Pero...

—¿Estaba casado? —le preguntó Scott.

—¿Quién?

—George Eliot. ¿Estaba casado?

Ruth pensó que si se levantaba e iba a fregar los platos, tal vez él, aburrido, se marcharía.

Pero cuando estaba cargando el lavavajillas, Scott se puso detrás de ella y le acarició los pechos. Ella notó la presión del pene erecto a través de las dos toallas.

—Quiero hacértelo así, desde atrás —le dijo.

—No me gusta de esa manera —replicó ella.

—No me refiero al agujero inapropiado —le explicó Scott rudamente—. Hablo del sitio correcto, pero por detrás.

—Sé a qué te refieres —dijo Ruth. Scott le acariciaba los senos con tal insistencia que a ella le resultaba un poco difícil colocar las copas de vino en la bandeja superior del lavavajillas—. No me gusta por detrás... y punto —añadió.

—Entonces, ¿cómo te gusta?

Era evidente que él esperaba hacerlo de nuevo.

—Te lo enseñaré en cuanto termine de cargar el lavavajillas.

Ruth no había dejado abierta por casualidad la puerta principal, como tampoco encendidas las luces de la planta baja y del pasillo superior. También había dejado abierta la puerta del dormitorio de su padre, con la esperanza, cada vez menor, de que él regresara y la encontrara haciendo el amor con Scott. Pero eso no iba a ocurrir.

Se puso a horcajadas encima de Scott, y permaneció sentada sobre él durante largo tiempo. Mientras se movía en esta posición, Ruth estuvo a punto de adormilarse. (Ambos habían bebido demasiado.) Cuando percibió, por la rapidez de su respiración, que él estaba a punto de correrse, Ruth se desplomó sobre su pecho y, sujetándole de los hombros, le hizo dar la vuelta, de modo que quedara encima de ella, porque no soportaba ver la expresión que transformaba el rostro de la mayoría de los hombres cuando se corrían. (Ruth no sabía, claro, nunca lo sabría, que esa manera de hacer el amor fue la que su madre prefería con Eddie O'Hare.)

Permaneció en la cama, oyendo el ruido del lavabo cuando Scott arrojó el condón a la taza y tiró de la cadena. Después él regresó a la cama y se quedó dormido casi al instante. Ruth permaneció despierta, escuchando el sonsonete del lavavajillas. Estaba en el ciclo final de enjuague, y parecía como si dos copas de vino se restregaran una contra otra.

Scott Saunders se había dormido con la mano izquierda sobre el seno derecho de Ruth. No era precisamente cómodo, pero ahora que el hombre estaba profundamente dormido y roncaba, su mano ya no le sujetaba el seno, sino que más bien era un peso muerto encima de ella, como la pata de un perro dormido.

Ruth intentó recordar el resto del pasaje de George Eliot acerca del matrimonio. Ni siquiera sabía a qué novela de la autora pertenecía la cita, aunque recordaba claramente que mucho tiempo atrás la había copiado en uno de sus diarios.

Ahora, mientras cedía al sueño, se le ocurrió que seguramente Eddie O'Hare sabía a qué novela pertenecía aquel pasaje. Por lo menos eso le daría una excusa para telefonearle. (En realidad, de haber llamado a Eddie, éste le habría dicho que no conocía el pasaje. No era un admirador de George Eliot. Eddie habría llamado a su padre. Minty O'Hare, aunque ya estaba jubilado, sabría a qué novela de George Eliot correspondía el fragmento.)

«... de fortalecerse mutuamente en toda dura tarea...», susurró Ruth, recitando el pasaje de memoria. No temía despertar a Scott, que roncaba ruidosamente. Y las copas de vino seguían tintineando en el lavavajillas. Había pasado tanto tiempo desde que sonara el teléfono que Ruth tenía la sensación de que el mundo entero se había dormido. Quienquiera que hubiera llamado de una manera tan insistente, se había dado por vencido. «... apoyarse el uno en el otro en los momentos de aflicción...», había escrito George Eliot acerca del matrimonio. «Auxiliarse en el sufrimiento», recitó Ruth, «de entregarse como un solo ser a los silenciosos e inefables recuerdos en el momento de la última partida...» Eso le parecía a Ruth Cole una idea bastante buena, y finalmente se quedó dormida al lado de un hombre desconocido, cuya respiración era tan ruidosa como una banda de música.

El teléfono sonó una docena de veces antes de que Ruth lo oyera. Scott Saunders se despertó cuando ella respondió a la llamada. Ruth notó que la pata sobre su seno revivía.

—¿Sí? —dijo Ruth, y al abrir los ojos tardó un instante en reconocer el reloj digital de su padre. También transcurrió un instante antes de que la pata que tenía sobre el pecho le recordara dónde estaba y en qué circunstancias... y por qué no había querido responder al teléfono.

—Estaba muy preocupado —le dijo Allan Albright—. Te he llamado una y otra vez.

—Ah, eres tú, Allan... —Eran las dos de la madrugada pasadas. El lavavajillas se había detenido, y la secadora mucho antes. La pata sobre su pecho se había convertido de nuevo en una mano y le sujetaba el seno con firmeza—. Estaba dormida —dijo Ruth.

—¡He llegado a temer que estuvieras muerta! —exclamó Allan.

—Me he peleado con mi padre y por eso no respondía al teléfono —le explicó Ruth.

La mano le había soltado el pecho, y ella vio que esa misma mano pasaba por encima de ella y abría el cajón superior de la mesilla de noche. La mano eligió un preservativo, otro de color azul, y también sacó el tubo de gelatina.

—He intentado llamar a tu amiga Hannah. ¿No iba a acompañarte? —le preguntó Allan—. Pero no salía más que la grabación del contestador automático... Ni siquiera sé si ha recibido mi mensaje.

—No hables con Hannah —le dijo Ruth—. También me he peleado con ella.

—Entonces, ¿estás ahí sola? —inquirió Allan.

—Sí, estoy sola —respondió Ruth.

Intentó tenderse de costado con las piernas bien apretadas, pero Scott Saunders era fuerte y consiguió ponerla de rodillas. Había aplicado suficiente gelatina lubricante al preservativo, de modo que penetró en ella con una facilidad pasmosa. Por un momento la dejó sin respiración.

—¿Qué? —dijo Allan.

—Me siento fatal —le dijo Ruth—. Ya te llamaré por la mañana.

—Podría reunirme contigo —le sugirió Allan.

—¡No! —exclamó Ruth, dirigiéndose tanto a Allan como a Scott.

Apoyó su peso en los codos y la frente. Persistió en el intento de tenderse boca abajo, pero Scott le tiraba de las caderas con tanta fuerza que a ella le resultaba más cómodo permanecer de rodillas. Su cabeza golpeaba una y otra vez contra la cabecera de la cama. Quería despedirse de Allan, pero tenía la respiración entrecortada. Además,

Scott la había desplazado tan adelante que no llegaba a la mesilla de noche para colgar el teléfono.

—Te quiero —le dijo Allan—. Lo siento.

—No, soy yo quien lo siente —logró decir Ruth antes de que Scott Saunders le quitara el teléfono y colgara.

Entonces Scott le rodeó ambos senos con las manos, apretándoselos hasta hacerle daño, y copuló por detrás, como un perro, a la manera en que Eddie O'Hare había copulado con su madre.

Afortunadamente, Ruth no se acordaba del episodio de la lámpara inadecuada con mucho detalle, pero su recuerdo bastaba para que no quisiera encontrarse nunca en la misma posición. Ahora lo estaba. Tenía que empujar hacia atrás contra Scott con todas sus fuerzas para evitar que su cabeza siguiera golpeando contra la cabecera de la cama.

Había dormido sobre el costado derecho y tenía el hombro de ese lado dolorido tras el partido de squash, pero el hombro derecho no le dolía tanto como las embestidas de Scott Saunders. Había algo en esa postura que le hacía daño, no se trataba tan sólo del recuerdo de su madre. Y Scott le apretaba los senos con mucha más brusquedad de la que a ella le hubiera gustado.

—Para, por favor —le pidió, pero él notaba la presión de las caderas de Ruth contra su cuerpo y arremetía con más intensidad.

Cuando él hubo terminado, Ruth se tendió sobre el costado izquierdo, frente al lado de la cama que Scott acababa de abandonar. Oyó el ruido del agua cuando el pelirrojo echó el otro preservativo a la taza y tiró de la cadena. Al principio ella tuvo la sensación de que sangraba, pero sólo era el exceso de gelatina lubricante. Cuando Scott volvió a la cama, trató de tocarle de nuevo los senos, pero Ruth le apartó la mano.

—Te dije que no me gusta de esa manera —le dijo.

—La he metido en el sitio correcto, ¿no? —replicó él.

—Te dije que no me gustaba por detrás, y no hay más que hablar.

—Vamos, mujer, bien que meneabas las caderas —arguyó Scott—. Te gustaba.

Ella sabía que se había visto obligada a mover las caderas contra él a fin de no seguir aporreando con la cabeza la cabecera de la cama. Tal vez él también lo sabía. Pero Ruth se había limitado a decirle: «Me haces daño».

—Vamos... —dijo Scott. Trató una vez más de tocarle los pechos, y ella le apartó la mano.

—Cuando una mujer dice que no, cuando dice «para, por favor»..., si entonces el hombre no se detiene, ¿qué significa? ¿No es en cierto modo como una violación?

Él se volvió en la cama, dándole la espalda.

—Vamos, vamos. Estás hablando con un abogado.

—No, estoy hablando con un gilipollas —dijo ella.

—En fin..., ¿quién te ha llamado por teléfono? —inquirió Scott—. ¿Era alguien importante?

—Más importante que tú.

—Dadas las circunstancias, supongo que no es tan importante —dijo el abogado.

—Vete de aquí, por favor —le pidió Ruth—. Te ruego que te vayas.

—Muy bien, muy bien —replicó él.

Pero cuando Ruth regresó del baño, Scott había vuelto a dormirse. Estaba tendido de lado, con los brazos extendidos hacia el lado de la cama que le correspondía a Ruth. Ocupaba toda la cama.

—¡Levántate! —le gritó ella—. ¡Fuera de aquí!

Pero él, o se había vuelto a dormir profundamente, o fingía estarlo.

Más adelante, cuando pensara en lo sucedido, Ruth se diría que debía haber reflexionado un poco más en la decisión que tomó entonces. Abrió el cajón de los preservativos y sacó el tubo de gelatina lubricante, y la vertió en la oreja de Scott. La sustancia salió del tubo mucho más rápidamente de lo que ella esperaba. Era más líquida que la gelatina normal, y despertó a Scott Saunders en el acto.

—Es hora de que te vayas —le recordó Ruth.

No había previsto en absoluto la posibilidad de que él le pegara. Con los zurdos, siempre hay algo que no ves venir.

Scott la golpeó una sola vez, pero lo hizo con violencia. Primero se llevó la mano izquierda al oído, y al cabo de un instante estaba fuera de la cama, de pie ante ella. Alcanzó el pómulo derecho de Ruth con un directo propinado con el puño izquierdo, un movimiento que ella ni siquiera vio. Mientras yacía sobre la alfombra, aproximadamente donde había visto la maleta abierta de Hannah, Ruth comprendió que su amiga había acertado de nuevo: su supuesto instinto para detectar la capacidad de un hombre para mostrarse violento con las mujeres, incluso la primera vez que estaban juntos, no era el instinto que ella había creído poseer. Según Hannah, hasta entonces tan sólo había tenido suerte. «Lo que pasa es que aún no has salido con esa clase de hombres», le había advertido Hannah. Por fin se había relacionado con esa clase de hombres.

Ruth esperó a que la habitación dejara de dar vueltas antes de intentar moverse. Una vez más, pensó que estaba sangrando, pero era sólo la gelatina con que se había embadurnado la mano de Scott cuando se la llevó a la oreja.

Yació en una posición fetal, con las rodillas alzadas hasta el pecho. Tenía la sensación de que la piel del pómulo derecho estaba demasiado tensa, y notaba un calor antinatural en la cara. Al parpadear veía estrellas, pero cuando mantenía los ojos abiertos, las estrellas desaparecían en pocos segundos.

Volvía a estar encerrada en un armario. No había experimentado tanto miedo desde su infancia. No podía ver a Scott Saunders, pero le dijo:

—Iré a buscarte la ropa. Aún está en la secadora.

—Sé dónde está la secadora —replicó él de mal humor.

Como si estuviera separada de su cuerpo, le vio pasar por encima del lugar donde ella yacía sobre la alfombra. Entonces oyó el crujido de los escalones a medida que él bajaba.

Al levantarse, se sintió momentáneamente mareada. La sensación de vómito se prolongó más tiempo. Bajó la escalera con aquellos conatos de náuseas, cruzó el comedor y se encaminó a la terraza a oscuras. El aire nocturno la reanimó al instante. Pensó que el veranillo de San Martín había terminado, y sumergió los dedos de un pie en la piscina. El agua, suave como la seda, estaba más cálida que el aire.

Más tarde se daría un chapuzón, pero de momento no quería estar desnuda. Encontró su viejo equipo de squash en la plataforma, cerca de la ducha al aire libre. Las prendas estaban húmedas de sudor frío y rocío, y el contacto de la camiseta le hizo estremecerse. No se tomó la molestia de ponerse las bragas, el sostén ni los calcetines. Bastaría con la camiseta, el pantalón corto y las zapatillas. Estiró el dolorido hombro derecho. También el hombro, aunque le doliera, bastaría.

La raqueta de Scott Saunders estaba apoyada, con el mango hacia arriba y la cabeza abajo, en el plato de la ducha. Era una raqueta demasiado pesada para ella, el mango más grueso de lo conveniente para abarcarlo con su mano. Pero de todos modos no se proponía jugar a squash con ella. Mientras regresaba al interior de la casa, se dijo que aquella raqueta le serviría.

Encontró a Scott en el lavadero. No se había molestado en ponerse el suspensorio. Se había puesto el pantalón corto, guardándose el suspensorio en el bolsillo derecho, mientras metía los calcetines en el izquierdo. Se había calzado, pero sin atarse los cordones. Se estaba poniendo la camiseta cuando Ruth le alcanzó con un golpe de revés bajo que le aplastó la rodilla derecha. Scott logró sacar la cabeza por

319

el cuello de la camiseta, tal vez medio segundo antes de que Ruth le golpeara en plena cara con un *drive* ascendente. Él se cubrió la cara con las manos, pero Ruth, con la raqueta ladeada, le golpeó en los codos... un revés, un *drive*, en ambos codos. El hombre tenía los brazos insensibles y no podía alzarlos para protegerse la cara. Le sangraba una ceja. Ella golpeó con un *smatch* en cada clavícula. Rompió varias cuerdas de la raqueta con el primer golpe, y con el segundo separó por completo la cabeza del mango.

El mango seguía siendo un arma bastante eficaz. Siguió atizando a Scott, golpeándole en todas sus partes descubiertas. Él intentó salir a gatas del lavadero, pero la rodilla derecha no aguantaba su peso y tenía rota la clavícula izquierda, por lo que no podía arrastrarse. Mientras le golpeaba, Ruth repetía las puntuaciones de sus juegos de squash, una letanía bastante humillante. «¡Quince a ocho, quince a seis, quince a nueve, quince a cinco, quince a uno!»

Cuando Scott yacía en una postura orante ladeada, ocultándose el rostro con las manos, Ruth dejó de golpearle. Aunque no le ayudó, dejó que se pusiera en pie. A causa de la rodilla derecha lesionada, cojeaba a saltitos, lo cual sin duda le producía un dolor considerable en la clavícula izquierda rota. El corte en la ceja sangraba mucho. Ruth le siguió hasta su coche a una distancia prudencial, todavía con el mango de la raqueta en la mano. Ahora que había desaparecido la cabeza, el peso del mango parecía el apropiado para ella.

Le preocupaba un poco el estado de la rodilla derecha de Scott, pero sólo por si eso le impedía conducir. Entonces reparó en que el cambio de marchas de su coche era automático; de ser necesario, podría accionar el acelerador y el freno con el pie izquierdo. Le resultaba deprimente que sintiera casi tanto desprecio por un hombre que conducía un coche con cambio de marchas automático que por uno que golpeaba a las mujeres.

«¡Mírame, Dios!», se dijo Ruth. «¡Soy hija de mi padre!»

Después de que Scott se marchara, Ruth encontró la cabeza de la raqueta en el lavadero y la tiró a la basura junto con lo que quedaba del mango. Entonces se dispuso a lavar algo de ropa: sólo su equipo de squash, unas prendas interiores y las toallas que ella y Scott habían usado. Lo hizo más que nada para oír el zumbido de la lavadora, porque la tranquilizaba. La gran casa, sin nadie más que ella, estaba demasiado silenciosa.

Se bebió casi un litro de agua y, desnuda de nuevo, se dirigió con una toalla limpia y dos compresas de hielo a la piscina. Se dio una prolongada ducha caliente, enjabonándose dos veces, y entonces se sentó en el último escalón de la piscina. No había querido mirarse en el espejo pero, a juzgar por lo que notaba, tenía hinchados el pómulo y el ojo derechos. Tan sólo podía entreabrir el ojo. Por la mañana estaría totalmente cerrado.

Después de la ducha caliente, al principio notó fría el agua de la piscina, pero era suave como la seda y mucho más cálida que el aire nocturno. La noche era clara y en el cielo debía de haber un millón de estrellas. Ruth confió en que la noche siguiente, cuando volara a Europa, fuese también clara, pero estaba demasiado fatigada para pensar más en su viaje. Dejó que el hielo la insensibilizara.

Estaba tan inmóvil que una ranita saltó hacia ella, y Ruth la sostuvo en el hueco de la mano. Tendió la mano y dejó la rana en la plataforma; desde allí, el animalito se escabulló dando saltos. Al final el cloro hubiera acabado con ella. Entonces Ruth se restregó la mano bajo el agua hasta que desapareció la sensación viscosa dejada por la rana. La baba le había recordado sus experiencias recientes con la gelatina lubricante.

Cuando oyó que la lavadora se detenía, salió de la piscina e introdujo la ropa húmeda en la secadora. Se acostó en su habitación y permaneció entre las sábanas limpias, escuchando el agradable y familiar golpeteo de algo que giraba en la secadora.

Pero más tarde, cuando tuvo que bajar de la cama para ir al lavabo, sintió dolor al orinar, y pensó en el lugar desacostumbrado, tan profundo, en el que había hurgado Scott Saunders. Allí también le dolía, pero este último dolor no era agudo, sino una molestia, como el inicio de un calambre, sólo que no era el momento de tener calambres ni aquél un lugar donde antes hubiera sentido dolor.

Por la mañana llamó a Allan antes de que él partiera hacia el trabajo.

—¿Me querrías menos si abandonara el squash? —le preguntó Ruth—. No creo que tenga muchas ganas de volver a jugar..., es decir, después de que derrote a mi padre.

—Pues claro que no te querría menos por eso —le dijo Allan.

—Eres demasiado bueno para mí —le advirtió ella.

—Te he dicho que te quiero.

«¡Dios mío, debe de amarme de veras!», pensó Ruth, pero se limitó a decirle:

—Volveré a llamarte desde el aeropuerto.

Ruth se había examinado las marcas dejadas por los dedos de Scott en los senos. También tenía en las caderas y en las nalgas, pero no podía vérselas todas sólo con el ojo izquierdo. Aún no quería mirarse la cara en el espejo; no tenía necesidad de verse para saber que debía seguir poniéndose hielo en el ojo derecho, y así lo hizo. Se notaba rígido y dolorido el hombro derecho, pero estaba cansada de aplicarse hielo. Además, tenía cosas que hacer. Acababa de cerrar el equipaje cuando llegó su padre a casa.

–Dios mío, Ruthie... ¿Quién te ha pegado?

–Ha sido jugando a squash –mintió ella.

–¿Con quién jugabas?

–Básicamente, yo sola –respondió Ruth.

–Ruthie, Ruthie... –le dijo su padre.

Se le veía fatigado. No aparentaba setenta y siete años, pero su hija llegó a la conclusión de que parecía tener sesenta y tantos. Le gustaban los dorsos suaves de sus manos pequeñas y cuadradas. Ruth se concentró en las manos porque no podía mirarle a los ojos, por lo menos no podía hacerlo con el ojo derecho hinchado y cerrado.

–Lo siento, Ruthie –siguió diciéndole–. Lo de Hannah...

–No quiero saber nada de eso, papá –le interrumpió Ruth–. Eres un pichabrava, no puedes tenerla quieta. En fin, la vieja historia de siempre.

–Pero es que Hannah... –intentó decirle su padre.

–No quiero ni oír su nombre –replicó Ruth.

–De acuerdo, Ruthie.

No soportaba ver su timidez, y ya sabía que él la amaba más que a nadie. Lo peor era que también ella le quería, más que a Allan y, desde luego, más que a Hannah. No había nadie a quien Ruth Cole amara o detestara tanto como a su padre.

–Ve a buscar tu raqueta –se limitó a decirle.

–¿Puedes ver con ese ojo? –le preguntó él.

–Puedo ver con el otro.

## Ruth da a su padre una lección de conducir

Aún sentía dolor cuando orinaba, pero procuró no pensar en ello. Se apresuró a ponerse el equipo de squash, ansiosa de estar en la pista, calentando la pelota, antes de que su padre estuviera preparado para jugar. También quería borrar el tiznón azul que señalaba el punto muerto en la pared frontal. No necesitaba la señal hecha con tiza para saber dónde estaba el punto muerto.

La pelota ya estaba caliente, y muy viva, cuando Ruth notó un temblor en el suelo casi imperceptible: su padre trepaba por la escala del granero. Ruth corrió una vez a la pared frontal, y entonces dio media vuelta y corrió a la pared posterior, todo ello antes de oír que su padre golpeaba dos veces con la raqueta en la puerta de la pista. Ruth sólo sentía una punzada de dolor en aquel lugar tan profundo donde Scott Saunders la había embestido contra su voluntad. Si no se veía forzada a correr demasiado, estaría bien.

La falta de visión del ojo derecho era un problema más considerable, pues habría momentos en los que no vería dónde estaba su padre. Ted no invadía la pista, sino que se movía lo imprescindible, pero era como si se deslizase, y si no podías verle, no sabías dónde estaba.

A Ruth no se le ocultaba que era esencial ganar el primer juego. Ted era más resistente en la mitad de un partido. Ruth pensó que, si tenía suerte, su padre necesitaría un juego para localizar el punto muerto. Cuando estaban todavía en la fase de precalentamiento, ella observó que su padre miraba la pared frontal de la pista con los ojos entornados, buscando aquella tiznada azul que había desaparecido.

Ganó ella el primer juego por 18 a 16, pero por entonces su padre había localizado el punto muerto y Ruth contestaba tarde el potente servicio de Ted, sobre todo cuando lo recibía en el lado izquierdo de la pista. Como no veía con el ojo derecho, prácticamente tenía que volver la cara cuando él servía. Perdió los dos juegos siguientes por 12 a 15 y 16 a 18, pero, aunque él la ganaba por 2 juegos a 1, fue Ted quien necesitó la botella de agua después del tercer juego.

Ruth ganó el cuarto juego por 15 a 9. Su padre perdió el último punto al golpear la chapa. Era la primera vez que uno de los dos tocaba la chapa. En juegos, estaban empatados 2 a 2. No era la primera vez que empataba con su padre... y ella siempre había acabado por perder. Muchas veces, poco antes del quinto juego, su padre le decía: «Creo que vas a ganarme, Ruthie», y entonces él ganaba. Esta vez no dijo nada. Ruth tomó un trago de agua y le miró durante largo rato con el ojo sano.

—Creo que voy a ganarte, papá —le dijo.

Ganó el quinto juego por 15 a 4. Una vez más, su padre golpeó con la pelota en la chapa al perder el último punto. El sonido revelador de la chapa reverberaría en los oídos de Ruth durante los siguientes cuatro o cinco años.

—Buen trabajo, Ruthie —le dijo Ted.

Su padre abandonó la pista para ir en busca de la botella de agua. Ruth tenía que darse prisa. Pudo darle unos golpecitos con la raqueta en el trasero cuando él cruzaba la puerta. Lo que deseaba era abrazarle, pero él ni siquiera la miraba. «¡Qué hombre tan raro!», se dijo Ruth. Entonces recordó la extravagancia de Eddie O'Hare cuando trató de hacer desaparecer la calderilla por la taza del váter. Tal vez todos los hombres eran raros.

Siempre le había parecido extraño que su padre considerase natural estar desnudo delante de ella. Desde que sus pechos empezaron a desarrollarse, y su desarrollo fue notable, no se sentía cómoda cuando estaba desnuda delante de él. Sin embargo, ducharse juntos en la ducha al aire libre y nadar juntos en la piscina..., en fin, ¿acaso esas actividades no eran meros ritos familiares? Sea como fuere, en verano parecían ser los rituales esperados, inseparables de los partidos de squash.

Pero después de su derrota, Ted parecía viejo y cansado, y Ruth no soportaba la idea de verle desnudo. Tampoco quería que él viese los moratones dejados por los dedos del abogado en sus pechos, caderas y nalgas. Tal vez su padre se había creído que el ojo a la funerala era una lesión sufrida mientras jugaba a squash, pero sabía más que suficiente acerca del sexo para percibir que los demás moratones no podía habérselos hecho practicando el deporte. Pensó que le ahorraría la visión de aquellos cardenales.

Por supuesto, él no supo que lo hacía por su bien. Cuando Ruth le dijo que quería darse un baño caliente en lugar de una ducha y un chapuzón en la piscina, su padre se sintió desairado.

—Escucha, Ruthie, ¿cómo vamos a dejar de lado el episodio de Hannah si no hablamos de él?

—Hablaremos de Hannah más adelante, papá. Tal vez cuando vuelva de Europa.

Durante veinte años había intentado vencer a su padre en la pista de squash. Ahora que por fin le había derrotado, Ruth se echó a llorar en la bañera. Deseaba sentir aunque sólo fuese un asomo de júbilo por su victoria, pero lloraba porque su padre había reducido a su mejor amiga a la condición de «episodio». ¿O era Hannah quien había reducido su amistad a algo menos que una aventurilla con su padre?

«¡No le des más vueltas, supéralo!», se dijo Ruth. Los dos la habían traicionado, ¿y qué?

Al salir del baño se obligó a mirarse en el espejo. El ojo derecho tenía un aspecto espantoso... ¡Menuda manera de iniciar una gira de promoción literaria! El ojo estaba hinchado y cerrado, el pómulo también se había hinchado, pero lo más sorprendente era la decoloración de la piel. En una zona aproximadamente del tamaño de un puño, la piel tenía un color violáceo rojizo, como una puesta de sol antes de una tormenta, los vívidos colores mezclados con una tonalidad negra. Era un moratón tan cárdeno que hasta parecía un tanto cómico. E iba a exhibirlo durante los diez días de gira por Alemania. La hinchazón se reduciría y el cardenal acabaría por tomar un color amarillo cetrino, pero la lesión de su cara también sería visible durante la semana siguiente en Amsterdam.

Con toda intención no incluyó en el equipaje sus prendas de squash, ni siquiera las zapatillas, y había dejado a propósito las raquetas en el granero. Era un buen momento para abandonar el squash. Sus editores alemán y holandés le habían organizado partidos, pero tendrían que cancelarlos. Tenía una excusa lógica, incluso visible. Les diría que se había roto el pómulo y que los médicos le habían aconsejado que fuese prudente mientras se curaba. (Scott Saunders muy bien podría habérselo roto.)

El ojo a la funerala no parecía una lesión sufrida durante un partido de squash. De haber recibido un golpe tan fuerte propinado por la raqueta de su contrario, el moratón estaría acompañado por un corte que habría requerido varios puntos de sutura. Ruth iba a decir que le había alcanzado el codo de su contrincante. Para que eso sucediera, ella tendría que haber estado demasiado cerca del otro, casi encima de él, a sus espaldas. En semejante circunstancia, el oponente imaginario de Ruth habría tenido que ser zurdo, para golpearla en el ojo derecho. (La novelista sabía que, para contar una historia creíble, sólo es preciso aportar los detalles correctos.)

Se imaginaba dando respuestas divertidas en las entrevistas que le harían: «Siempre lo he pasado mal con los zurdos, es como una tradición», o «Los zurdos siempre tienen algo que no ves venir». (Por ejemplo, te joden por detrás, después de que les hayas dicho que así no te gusta, y te pegan cuando les dices que es hora de que se larguen..., o se tiran a tu mejor amiga.)

Ruth se sentía lo bastante familiarizada con el comportamiento de los zurdos para inventar un relato bastante bueno.

Avanzaban entre un tráfico denso por la Autopista Estatal del Sur, no lejos del desvío hacia el aeropuerto, cuando Ruth pensó que la derrota de su padre no le satisfacía del todo. Desde hacía quince años, quizá más, siempre que iban juntos a alguna parte solía conducir Ruth. Pero aquel día no era así. Antes de salir de Sagaponack, cuando colocaba sus tres maletas en el maletero del coche, su padre le había dicho:

—Será mejor que conduzca yo, Ruthie, porque veo con los dos ojos.

Ruth no discutió con él. Si su padre conducía, podría decirle cualquier cosa y él no podría mirarla, no lo haría mientras condujera.

Ruth empezó por decirle cuánto le había gustado Eddie O'Hare. A continuación le reveló que su madre ya había pensado en abandonarle antes de que los chicos murieran, y que no fue Eddie quien le dio la idea a Marion. Añadió que estaba enterada de que él, Ted, había planeado la aventura amorosa de su madre con Eddie; él los había puesto en contacto, al darse cuenta de lo vulnerable que podría ser Marion a un muchacho que se parecía a Thomas o a Timothy. Y, por supuesto, a Ted le había resultado incluso más fácil suponer que Eddie se enamoraría irremediablemente de Marion.

—Ruthie, Ruthie... —empezó a decir su padre.

—No apartes los ojos de la calzada ni del retrovisor —le dijo ella—. Si tienes intención de mirarme, será mejor que pares y me dejes conducir.

—Tu madre sufría una depresión incurable, y ella lo sabía —siguió diciendo Ted—. Sabía que tendría un efecto terrible sobre ti. Para un niño, es terrible que uno de sus padres esté siempre deprimido.

Hablar con Eddie había significado muchísimo para Ruth, pero todo lo que Eddie le había contado no significaba nada para su padre. Ted tenía una idea fija sobre Marion y sobre los motivos por los que le abandonó. Lo cierto era que el encuentro de Ruth con Eddie no había causado ninguna impresión en su padre. De ahí que, probablemente, cuando empezó a hablarle de Scott Saunders, Ruth sintiera un deseo tan intenso de conmocionar a su padre.

Como era una novelista inteligente, Ruth empezó por despistar a su padre antes de contarle la verdad de lo ocurrido. Comenzó por el encuentro con Scott en el autobús y luego el partido de squash.

—¡De modo que ése es quien te ha dejado el ojo a la funerala! —exclamó su padre—. No me sorprende. Ataca en toda la pista y el *swing* hacia atrás es demasiado amplio..., lo típico de un tenista.

Ruth le contó lo sucedido paso a paso. Cuando mencionó que le había enseñado a Scott las fotos Polaroid que estaban en el cajón inferior de la mesilla de noche de su padre, empezó a referirse a sí misma en tercera persona. Ted no sabía que Ruth estaba enterada de la existencia de aquellas fotografías, así como del cajón lleno de preservativos y el gel lubricante.

Cuando abordó su primera experiencia sexual con Scott y le dijo cuánto había deseado que su padre llegara a casa y, desde el umbral de la puerta, hubiera visto que aquel hombre la estaba lamiendo, Ted desvió los ojos de la carretera, aunque sólo un instante, y la miró.

—Será mejor que pares y me dejes conducir, papá —le dijo Ruth—. Un ojo en la carretera es mejor que ningún ojo.

El anciano miró la calzada y el espejo retrovisor mientras ella reanudaba su relato. Las gambas apenas sabían a gambas y ella no había querido hacer el amor por segunda vez. Su primer gran error fue el de sentarse a horcajadas sobre Scott durante tanto tiempo. «Se lo estuvo follando hasta ablandarle los sesos», comentó.

Cuando se refirió a la llamada telefónica y le dijo que Scott Saunders la montó por detrás mientras ella hablaba, a pesar de haberle advertido que esa posición le desagradaba, su padre volvió a apartar la vista de la carretera. Ruth se mostró irritada con él.

—Mira, papá, si no puedes concentrarte en lo que haces, no estás en condiciones de conducir. Para en el arcén y yo me pondré al volante.

—Ruthie, Ruthie...

No podía decirle nada más. Estaba llorando.

—Si estás alterado y no ves bien la calzada, ése es otro motivo para que conduzca yo, papá.

Le contó que se golpeaba la cabeza contra la cabecera de la cama y no había tenido más remedio que mover las caderas contra él. Y que, más tarde, la había pegado... y no con una raqueta de squash. («Ruth pensó que había sido un directo de izquierda, no lo vio venir.») Se acurrucó, confiando en que él no volviera a pegarla. Entonces, cuando se le despejó la cabeza, bajó las escaleras y encontró la raqueta de squash de Scott, cuya rodilla alcanzó al primer golpe.

—Fue un revés bajo —le explicó—. Con la raqueta ladeada, por supuesto.

—¿Le diste primero en la rodilla? —la interrumpió su padre.

—En la rodilla, la cara, los dos codos y las dos clavículas..., por ese orden —respondió Ruth.

—¿No podía andar? —le preguntó su padre.

—No podía andar a gatas, pero erguido sí, cojeando, claro.

—Dios mío, Ruthie...

—¿Has visto la indicación del aeropuerto? —le preguntó ella.

—Sí, la he visto.

—No parecía que la hubieras visto.

Entonces le contó que aún le dolía cuando orinaba y que sentía cierta molestia en un lugar desacostumbrado, en lo más profundo de sus entrañas.

—Estoy segura de que desaparecerá —añadió, prescindiendo de la tercera persona—. Sólo debo acordarme de que esa postura me perjudica.

—¡Mataré a ese cabrón! —exclamó su padre.

—¿Por qué has de molestarte? —replicó Ruth—. Puedes seguir jugando a squash con él, cuando pueda correr de nuevo. No es muy bueno, pero bastante útil para practicar... No es un mal ejercicio.

—¡Prácticamente te violó! —gritó su padre—. ¡Te ha pegado!

—Pero nada ha cambiado —insistió Ruth—. Hannah sigue siendo mi mejor amiga y tú mi padre.

—Muy bien, muy bien, lo entiendo —dijo Ted.

Intentó enjugarse las lágrimas que le humedecían las mejillas con el dorso de la camisa de franela. A Ruth le encantaba aquella camisa porque su padre la llevaba cuando ella era pequeña. De todos modos, sintió la tentación de decirle que no quitara las manos del volante, pero no se lo dijo y le recordó cuál era su línea aérea y la terminal que debía buscar.

—Ves bien, ¿verdad? —le preguntó—. Es la Delta.

—Sí, veo bien, ya sé que es la Delta —replicó él—. Y te comprendo, sí, entiendo tu postura.

—No creo que la entiendas jamás. No me mires..., ¡aún no hemos parado! —tuvo que decirle.

—Ruthie, Ruthie, lo siento, lo siento mucho...

—¿Ves dónde dice «Salidas»?

—Sí, lo veo —replicó él, en el mismo tono en que le había dicho «Buen trabajo, Ruthie» cuando le derrotó en su condenado granero.

Finalmente, Ted detuvo el vehículo.

—Bueno, papá, conduce bien al regreso —le dijo su hija.

De haber sabido que aquélla era su última conversación, podría haber intentado arreglar las cosas entre ellos. Pero se daba cuenta de que, por una vez, le había vencido de veras. Su padre estaba demasiado derrotado para que le animara un simple giro en la conversación. Y, además, el dolor en aquel lugar desacostumbrado aún le molestaba.

Visto en retrospectiva, habría bastado con que Ruth le hubiera dado a su padre un beso de despedida.

328

En la sala VIP de la compañía Delta, antes de subir al avión, Ruth telefoneó a Allan. Éste parecía preocupado, o como si no fuese del todo sincero con ella. Ruth sintió una punzada de dolor al imaginar lo que él podría pensar de ella si alguna vez se enteraba de su relación con Scott Saunders. (Allan nunca lo sabría.)

Hannah había recibido el mensaje de Allan y le devolvió la llamada, pero él había sido muy parco en palabras. Le dijo a Hannah que no ocurría nada preocupante, que había hablado con Ruth y que ésta se encontraba bien. Hannah le propuso ir juntos a comer o tomar una copa, «sólo para hablar de Ruth», pero Allan respondió que, cuando Ruth regresara de Europa, se reunirían los tres. «Nunca hablo de Ruth», le había dicho.

Lo que Ruth le dijo desde el aeropuerto fue lo que más se aproximaba a decirle que le quería, pero aún notaba en la voz de Allan un deje de preocupación que le turbaba. Era su editor, y éste nunca le ocultaba nada.

—¿Qué ocurre, Allan? —le preguntó Ruth.

—Pues... —Con aquella actitud reacia se parecía a su padre—. Nada, en realidad. Puede esperar.

—Dímelo.

—Había algo en el correo de tus lectores —dijo Allan—. Normalmente nadie lo lee y nos limitamos a enviarlo a Vermont. Pero esa carta iba dirigida a mí, es decir, a tu editor, así que la leí. En realidad es una carta para ti.

—¿Uno de esos que me odian? —inquirió Ruth—. No me faltan, desde luego. ¿Sólo se trata de eso?

—Supongo que sí, pero es inquietante. Creo que deberías ver esa carta.

—La veré cuando vuelva —dijo Ruth.

—Podría enviártela por fax al hotel —le sugirió Allan.

—¿Es amenazante? ¿Alguien que me sigue los pasos?

Esa frase, «alguien que me sigue los pasos», siempre le producía un escalofrío.

—No, es una viuda..., una viuda enfadada —le informó Allan.

—Ah, bueno.

Era algo que ya esperaba. Cuando escribió acerca del aborto, ella que no había abortado, recibió cartas airadas de mujeres que sí lo habían hecho. Cuando escribió acerca del parto, sin haber sido madre, o sobre el divorcio, sin estar divorciada (ni casada)... en fin, siempre le enviaban esa clase de cartas. Personas que negaban la realidad de la imaginación, o que insistían en que la imaginación no era tan real como la experiencia personal. Era una vieja cuestión que se planteaba una y otra vez.

—Por el amor de Dios, Allan —le dijo Ruth—, no te preocupará que otro lector me conmine a escribir de lo que conozco, ¿verdad?

—Esta carta es diferente.

—Muy bien, envíamela por fax.

—No quiero preocuparte —replicó él.

—¡Entonces no me la envíes! —repuso ella, irritada. Un pensamiento acudió de improviso a su mente y añadió—: ¿Es una viuda que me sigue los pasos o sólo una que está enfadada?

—Mira, voy a enviarte la carta por fax.

—¿Es algo que deberías mostrar al FBI? —le preguntó Ruth—. ¿Se trata de eso?

—No, no hay para tanto. En fin, no lo creo.

—Entonces envíame el fax.

—Estará allí cuando llegues —le prometió Allan—. *Bon voyage!*

¿Por qué las mujeres eran, sin excepción, los peores lectores cuando se trataba de algo que afectaba a su vida personal?, se preguntó Ruth. ¿Qué hacía suponer a una mujer que su violación (o su aborto, su matrimonio, su divorcio, la pérdida de un hijo o del marido) era la única experiencia que existía en el mundo? ¿O se trataba tan sólo de que la mayoría de los lectores de Ruth eran mujeres, y las mujeres que escribían a los novelistas y les contaban sus desastres personales eran las más desgraciadas de todas?

Ruth se sentó en la sala VIP de las líneas aéreas Delta y se aplicó un vaso de agua helada en el ojo amoratado. Su expresión preocupada, además de su lesión evidente, debió de ser lo que impulsó a otra pasajera, que estaba claramente bebida, a hablarle. La mujer, más o menos de la edad de Ruth, con el rostro tenso y pálido, tenía una expresión dura. Era demasiado delgada, una fumadora empedernida de voz rasposa y acento sureño, incrementado por el alcohol.

—Fuera quien fuese, chica, estás mejor sin él —le dijo la mujer.

—Es una lesión de squash.

La mujer entendió que se refería al fruto cucurbitáceo de corteza dura conocido por el nombre de *squash*.

—¿Te arreó un calabazazo? —le preguntó, arrastrando las palabras—. ¡Joder, debió de ser una calabaza bien dura!

—Sí, bastante dura —admitió Ruth, sonriendo.

Una vez a bordo del avión, Ruth se tomó dos cervezas, una tras otra. Cuando tuvo que orinar, se sintió aliviada al comprobar que el dolor había disminuido. Sólo viajaban otros tres pasajeros en primera clase, y el asiento contiguo al suyo estaba libre. Le dijo a la azafata que no le sirvieran la cena, pero que la despertaran para desayunar.

Se recostó en el asiento, se cubrió con la delgada manta y procuró acomodar la cabeza en la minúscula almohada. Tendría que dormir boca arriba o sobre el lado izquierdo, pues el lado derecho de la cara le dolía demasiado para dormir en esa postura. Lo último que pensó, antes de dormirse, fue que Hannah había vuelto a acertar: era demasiado dura con su padre. (Al fin y al cabo, como dice la canción, Ted era sólo un hombre.)

Por fin se durmió. Lo hizo sin interrupción hasta llegar a Alemania, y sus intentos por no soñar fueron vanos.

## Una viuda para el resto de su vida

Allan tuvo la culpa. Ruth no se habría pasado la noche soñando con todas las demás cartas de lectores que la odiaban, o de quienes le seguían los pasos, si Allan no le hubiera hablado de la viuda enfadada.

Tiempo atrás, Ruth contestaba a todas las cartas de sus admiradores. El correo era muy copioso, sobre todo tras el éxito de su primera novela, pero ella hacía aquel esfuerzo. Nunca le habían molestado las cartas malintencionadas, y si el tono de una de ellas era incluso parcialmente burlón, la tiraba sin contestarla. («En general, a pesar de sus frases incompletas, iba leyendo su novela con mediana satisfacción, pero las repetidas incongruencias con las comas y el uso incorrecto de la palabra "esperanzadamente" acabaron por resultarme intolerables. Interrumpí la lectura en la página 385, donde el ejemplo más notorio de su estilo, similar a una lista de la compra, me detuvo y fui en busca de una prosa mejor que la suya.») ¿Quién se molestaría en contestar a semejante carta?

Pero las objeciones a la obra de Ruth eran más a menudo quejas sobre el contenido de sus novelas. («Lo que detesto de sus libros es que lo convierte todo en sensacional. En particular, exagera lo indecoroso.»)

En cuanto a lo que llamaban «indecoroso», Ruth sabía que a algunos lectores les bastaba con que escribiera sobre ello, y no digamos que lo exagerase. Por su parte, Ruth Cole no estaba del todo segura de que exagerase lo indecoroso. Lo que más temía era que lo indecoroso se hubiera convertido hasta tal punto en un lugar común que no fuese posible exagerarlo.

Lo que a Ruth le creaba dificultades era que solía responder a las cartas amables, pero eran precisamente estas últimas las que la escritora debía poner más empeño en no contestar. Las más peligrosas eran las cartas en las que el lector afirmaba no sólo que le había encantado un libro suyo, sino también que esa obra le había cambiado la vida.

Existía una pauta. El remitente siempre expresaba un cariño imperecedero por uno o más libros de Ruth, y normalmente le decía que se había identificado con uno o más personajes de Ruth. Ella contestaba, agradeciendo su carta al lector. Éste escribía a su vez, y en la segunda carta se mostraba mucho más necesitado. Con frecuencia, un manuscrito acompañaba a la segunda carta. («Como me encantó su libro, sé que le gustará el mío»..., esa clase de cosas.) Era habitual que el remitente sugiriese un encuentro. La tercera carta expresaba lo dolido que se sentía el remitente porque Ruth no había respondido a la segunda carta. Tanto si la escritora respondía a la tercera como si no, la cuarta carta sería la colérica... o la primera de muchas coléricas. Ésa era la pauta.

Ruth pensaba que, en cierto modo, sus ex admiradores (los que se sentían decepcionados porque no podían llegar a conocerla personalmente) eran más temibles que los chinchosos que la odiaban desde el principio. La escritura de una novela exigía intimidad, requería una existencia prácticamente aislada. Por el contrario, la publicación de un libro era una experiencia alarmantemente pública. Ruth nunca se había desenvuelto bien en la parte pública de la actividad literaria.

—*Guten Morgen* —le susurró al oído la azafata—. *Frühstück*...

Ruth se había despertado extenuada tras sus sueños, pero tenía apetito y el café olía bien.

Al otro lado del pasillo, un caballero se estaba afeitando. Sentado, se inclinaba por encima del desayuno para mirarse en un espejito de mano. El zumbido de la maquinilla eléctrica sonaba como un insecto contra una pantalla. Debajo de los pasajeros que desayunaban se extendía Baviera, cada vez más verde a medida que la nubosidad disminuía. Los primeros rayos del sol matinal disiparon la niebla. Había llovido durante toda la noche, y la pista estaría mojada cuando el aparato aterrizara en Munich.

A Ruth le gustaba Alemania tanto como sus editores alemanes. Aquél era su tercer viaje y, como de costumbre, le habían explicado de antemano los pormenores de su itinerario. Los entrevistadores habrían leído su libro.

En la recepción del hotel esperaban su pronta llegada, y su habitación estaba preparada. La editorial había enviado flores y fotocopias de las primeras críticas, que eran buenas. Ruth no tenía un gran dominio del alemán, pero por lo menos podía comprender las críticas. En Exeter y Middlebury había sido su única lengua extranjera. Los alemanes parecían apreciar que intentara hablar su lengua, aunque lo hiciera mal.

El primer día se obligaría a estar despierta hasta mediodía. Después se echaría una siesta. Dos o tres horas bastarían para superar el desfase horario después del vuelo trasatlántico. La primera lectura, aquella noche, tendría lugar en Freising. El fin de semana, después de las entrevistas, la llevarían por carretera desde Munich a Stuttgart. Todo estaba claro.

¡Más claro de lo que siempre estaba en casa!, pensaba Ruth, cuando la empleada de la recepción le dijo: «Ah, y tenemos un fax para usted». La carta de la viuda enojada... Por un momento, Ruth la había olvidado del todo.

—*Willkommen in Deutschland!* —le dijo la recepcionista mientras Ruth se volvía para seguir al botones hacia el ascensor. («¡Bienvenida a Alemania!»)

La carta de la viuda decía así:

«Querida: esta vez ha ido demasiado lejos. Es posible que sea cierto, como he leído en una de sus críticas, que tiene "un don satírico para coreografiar una serie poco común de males de la sociedad y debilidades humanas en un solo libro" o "para reunir las innumerables calamidades morales de nuestra época en la vida de un solo personaje". Pero no todo en nuestra vida es material cómico, existen ciertas tragedias que se resisten a una interpretación humorística. Ha ido usted demasiado lejos.

»Estuve casada durante cincuenta y cinco años», proseguía la viuda (Ruth llegó a la conclusión de que su difunto esposo había sido empresario de pompas fúnebres). «Al morir mi marido, mi vida se detuvo, pues él lo significaba todo para mí. Al perderle, lo perdí todo. ¿Y qué decir de su propia madre, la señora Cole? ¿Cree usted que encontró la manera de tomarse cómicamente la muerte de sus dos hijos? ¿Cree que les dejó a usted y a su padre para llevar una vida divertida? (¿Cómo se atrevía a decir semejante cosa?, pensó Ruth Cole.)

»Escribe usted acerca del aborto, el parto y la adopción, pero nunca ha estado embarazada. Escribe sobre divorciadas y viudas, pero está soltera. Escribe sobre el momento apropiado para que una viuda reanude su contacto con el mundo, pero eso de ser viuda sólo durante un año es un camelo. ¡Yo seré viuda durante el resto de mi vida!

»Horace Walpole escribió cierta vez: "El mundo es una comedia para quienes piensan y una tragedia para quienes sienten". Pero el mundo real es trágico para quienes piensan y sienten. Sólo es cómico para quienes han tenido suerte.»

Ruth pasó las páginas hasta el final de la carta y luego volvió al comienzo, pero no figuraba la dirección de la remitente. La viuda enojada ni siquiera había estampado su firma.

La carta terminaba así:

«Todo lo que me queda es la oración, y la incluiré a usted en mis plegarias. ¿No le parece un hecho revelador que, a su edad, nunca se haya casado? No se ha casado ni una sola vez. Rezaré para que se case. Tal vez tenga un hijo, tal vez no. Mi marido y yo nos queríamos tanto que no quisimos tener hijos, pues podrían haber estropeado nuestra relación. Más importante todavía, rezaré para que ame realmente a su marido... y para que lo pierda. Rezaré para que se convierta en viuda para el resto de su vida. Entonces sabrá hasta qué punto ha escrito falsamente sobre el mundo real».

En lugar de firma, la mujer había escrito: *Una viuda para el resto de su vida*. Había una posdata que hizo estremecer a Ruth: «Tengo mucho tiempo para rezar».

Ruth envió un fax a Nueva York, preguntando a Allan si en el sobre de la carta figuraba el nombre o la dirección de la remitente, o por lo menos desde qué ciudad o pueblo la habían enviado. Pero la respuesta fue tan turbadora como la carta. La carta había sido entregada en mano en el edificio de Random House, sito en la Calle 50 Este. La recepcionista no recordaba a la mujer que entregó la carta en la editorial, ni siquiera sabía si se trataba de una mujer.

Si la viuda orante había estado casada durante cincuenta y cinco años, debía de tener setenta y tantos... ¡si no más de ochenta o noventa! Tal vez la enojada anciana disponía, en efecto, de mucho tiempo para rezar, pero no le quedaba mucho tiempo por vivir.

Ruth durmió durante la mayor parte de la tarde. La carta de la viuda despotricadora no era tan inquietante como había creído. Y tal vez era razonable, pues si un libro tiene algún valor, ha de ser una bofetada en la cara de alguien. Decidió que la carta de una vieja airada no iba a estropearle el viaje.

Pasearía, enviaría postales, escribiría en su diario. Salvo en la Feria del Libro de Frankfurt, donde le sería imposible relajarse, Ruth estaba dispuesta a recuperarse en Alemania. Las anotaciones en su diario y sus postales sugieren que lo logró hasta cierto punto. ¡Incluso en la Feria de Frankfurt!

## El diario de Ruth y unas postales seleccionadas

La lectura en Freising no ha estado mal, pero no sé si yo misma o el público hemos sido más sosos de lo que esperaba. Luego cena en un antiguo monasterio con techos abovedados. Bebí demasiado.

Cada vez que estoy en Alemania recuerdo el contraste, en un lugar como el vestíbulo del Vier Jahreszeiten, entre los clientes del hotel bien vestidos (los hombres de negocios, siempre tan formales) y ese aspecto desgarbado de los periodistas, que parecen deleitarse en su desaliño como adolescentes empeñados en ofender a sus padres. Una sociedad desagradablemente enfrentada a sí misma, de una manera muy similar a la nuestra, pero al mismo tiempo por delante de nosotros e incluso más deteriorada.

O no he superado el desfase horario o una nueva novela empieza a fraguarse en el fondo de mi mente. Lo cierto es que no puedo leer nada sin saltarme muchas cosas. El menú del servicio de habitaciones, la lista de atractivos del hotel, el primer tomo de *La vida de Graham Greene*, de Norman Sherry, que no me había propuesto traerme aquí..., sin duda lo metí en la bolsa sin pensar. Lo único que puedo leer son las últimas líneas de párrafos que parecen importantes, esas frases finales antes de que la escritura dé paso al blanco de la página. Sólo de vez en cuando me llama la atención una frase en medio de un párrafo. Y soy incapaz de leer de una manera ordenada, pues mi mente sigue saltando hacia delante.

Sherry escribe acerca de Greene: «Su búsqueda de lo escandaloso, lo sórdido, lo sexual y lo desviado le llevó en muchas direcciones, como muestra su diario». Me pregunto si mi diario también lo muestra. Espero que sí. Me mortifica que la búsqueda de lo escandaloso, lo sórdido, lo sexual y lo desviado sea la conducta esperada (aunque no del todo aceptable) de los escritores varones. Sin duda me habría beneficiado, como escritora, haber tenido el valor de buscar más lo escandaloso, lo sórdido, lo sexual y lo desviado. Pero, a las mujeres que buscan tales cosas, o la gente las hacen sentirse avergonzadas, o parecen estrepitosamente ridículas cuando se defienden, y entonces es como si se jactaran.

Supongamos que pagara a una prostituta para que me dejara verla con un cliente, a fin de captar cada detalle de los encuentros más furtivos... ¿No es eso, en cierto modo, lo que debería hacer un escritor? Sin embargo, hay temas que siguen estando vedados a las escritoras. Es algo parecido a esa dicotomía que existe con respecto al pasado sexual: es permisible, incluso atractivo, que el hombre lo haya tenido, pero si una mujer ha tenido un pasado sexual, lo mejor que puede hacer es mantenerlo en secreto.

Sí, debo de estar empezando una nueva novela. Mi aturdimiento está demasiado concentrado para que se deba al desfase horario. Estoy pensando en una escritora, una mujer más extremada que yo..., más extremada como escritora y como mujer. Se esfuerza al máximo por observarlo todo, por captar el menor detalle. No quiere necesariamente quedarse soltera, pero cree que el matrimonio le impondrá ciertas restricciones. No es que necesite experimentarlo todo (no es una aventurera sexual), sino que quiere verlo todo.

Supongamos que paga a una prostituta para que le deje observar mientras ella está con un cliente. Supongamos que no se atreve a hacerlo ella sola y que, por ejemplo, lo hace con su novio (un novio granuja, por supuesto). Y lo que ocurre con el novio, como resultado de observar a la prostituta, es tan degradante, tan vergonzoso, que basta para que la escritora cambie de vida.

Sucede algo que es más que escandaloso, demasiado sórdido, demasiado desviado. Esa novela es una demostración de una clase de desigualdad sexual: la escritora, impulsada por su necesidad de observar, va demasiado lejos. En cuanto a lo que sucede exactamente, esa experiencia concreta con la prostituta, si la escritora fuese hombre, no existiría culpa ni degradación.

Norman Sherry, el biógrafo de Greene, escribe acerca del «derecho y la necesidad del novelista a utilizar su experiencia y la ajena». El señor Sherry cree que hay un algo despiadado en este «derecho» del novelista, esta terrible «necesidad», pero la relación que existe entre la observación y la imaginación es más complicada que ese algo despiadado. Hay que imaginar un buen relato y luego procurar que los detalles parezcan reales. A la hora de lograr que los detalles parezcan reales, sirve de ayuda que algunos de ellos lo sean. La experiencia personal se sobrestima, pero la observación es esencial.

Está claro que no se trata del desfase horario, sino que es una novela. Empieza con el pago a una prostituta, un acto tradicionalmente contaminado de vergüenza. No, estúpida..., ¡empieza con el novio granuja! Sin duda haré que sea zurdo. Un amigo pelirrojo...

Estoy harta de que Hannah me diga que debería parar mi reloj biológico y casarme (o no) por las razones «correctas», no «meramente» porque mi cuerpo cree que quiere tener un hijo. Puede que Hannah haya nacido sin reloj biológico, pero desde luego responde a todas las demás cosas que su cuerpo cree desear... aunque entre ellas no esté tener un hijo.

[En una postal en la que aparece una exposición de salchichas en el Viktualienmarkt de Munich, dirigida a Hannah.]
TE PERDONO, PERO TÚ MISMA TE PERDONAS CON DEMASIADA FACILIDAD. SIEMPRE LO HAS HECHO. BESOS, RUTH.

El trayecto desde Munich a Stuttgart. La pronunciación de *Schwäbische Alb,* la tierra de labor con las coles rojas, azules y verdes. En Stuttgart, el hotel está en la Schillerstrasse, un hotel moderno con mucho cristal. La pronunciación de *Schlossgarten.*

Las preguntas que formulan los jóvenes del público, después de mi lectura, giran todas alrededor de los problemas sociales en Estados Unidos. Puesto que consideran que mis libros son críticos con la sociedad norteamericana, me invitan a que exprese el antiamericanismo que perciben en mí. (Los entrevistadores me hacen la misma invitación.) Y ahora, en vista de su reunificación inminente, los alemanes también quieren saber lo que pienso de ellos. ¿Qué piensan los norteamericanos, en general, de los alemanes? ¿Nos alegra la reunificación alemana?

Les digo que prefiero hablar de literatura. Ellos no quieren. Todo lo que puedo decir es que mi falta de interés por lo que a ellos les interesa es auténtica. No les gusta mi respuesta.

La prostituta de la nueva novela debería ser una mujer mayor, a quien la escritora no intimidase demasiado. Su novio granuja desea una furcia más joven y agraciada que la elegida finalmente por la novelista. El lector debería prever que el amigo es una bestia, pero la escritora no lo ve venir. Está concentrada en observar de la prostituta, no sólo en el cliente de ésta y mucho menos en el acto mecánico y familiar, sino en los detalles que rodean la habitación de la prostituta.

Debería figurar algo relativo a lo que a la escritora le gusta y le desagrada de los hombres. Posiblemente pregunta a la prostituta cómo consigue superar el aborrecimiento que siente hacia cierta clase de hombres. ¿Se niega a acostarse con alguno de ellos? ¡Sin duda! Las prostitutas no pueden ser totalmente indiferentes a..., bueno, las «peculiaridades» de los hombres.

Debería suceder en Amsterdam. A) porque allí las prostitutas están muy disponibles; B) porque voy a ir a esa ciudad, y C) porque mi editor holandés es un hombre simpático y puedo persuadirle para que me acompañe a ver a una prostituta y hablar con ella.

No, estúpida, deberías ver a la prostituta tú sola.

Lo que me gusta: casi siempre la agresividad de Allan. (También me gustan los límites de su agresividad.) Y su crítica, por lo menos sobre mi narrativa. A su lado puedo ser yo misma. Me tolera, me perdona (tal vez demasiado). Me siento segura con él. Haría más cosas, leería más, saldría más con él. No me impondría su presencia (nunca lo ha hecho). Sería un buen padre.

Lo que no me gusta: me interrumpe, pero lo cierto es que interrumpe a todo el mundo. No es que sus hábitos al comer, quiero decir sus modales en la mesa, me avergüencen, sino más bien que su manera de comer me resulta repugnante. Y temo encontrarle también sexualmente repelente. Luego está la cuestión del espeso vello en el dorso de sus manos... ¡Bueno, supéralo ya!

[En una postal dirigida a Allan, con una imagen de un Daimler de 1885 en el Museo Mercedes-Benz de Stuttgart.]
¿NECESITAS UN COCHE NUEVO? ME GUSTARÍA HACER UN LARGO VIAJE EN COCHE CONTIGO. TE QUIERO, RUTH.

El vuelo de Stuttgart a Hamburgo, y luego el viaje por carretera desde Hamburgo hasta Kiel. Hay muchas vacas. Nos hallamos en el estado de Schleswig-Holstein, de donde procede el nombre de las vacas. Quien conduce es un representante de ventas de mi editorial. Siempre aprendo algo de esos profesionales. Éste me explica que mis lectores alemanes esperan que sea más «política» de lo que soy. Me dice que mis novelas son políticas en el sentido de que todo comentario social es político, y concluye: «¡Sus libros son políticos, pero usted no lo es!».

No estoy segura de si me dice eso como una crítica o si se limita a constatar un hecho, pero le creo. Y el tema sale a relucir durante el coloquio con el público, tras la lectura en la Kunsthalle de Kiel, un nutrido público.

Pero, una vez más, intento hablarles de la creación literaria.

—Me gustan los artesanos que hacen muebles —les digo—, así que hablemos de cosas relacionadas con las sillas o las mesas. —Veo por sus expresiones que quieren que sea más complicada, más simbólica—. Estoy pensando en una nueva novela —les explico—, centrada en ese momento de la vida de una mujer en que decide casarse, no porque haya un hombre con quien realmente quiera compartir su vida, sino porque está harta y cansada de los novios granujas.

Las risas son esporádicas y desalentadoras. Intento decirlo en alemán. Las risas aumentan, pero sospecho que se debe a la comicidad de mi alemán.

—Podría ser mi primer libro con una narradora en primera persona —les digo. Ahora veo que han perdido todo interés, tanto en inglés como en alemán—. Y se titularía *Mi último novio granuja*.

El título es terrible en alemán, y lo reciben con más consternación que regocijo: *Mein letzer schlimmer Freund*. Parece una novela sobre una enfermedad de adolescentes.

Hago una pausa para beber agua y veo que el público se escabulle, sobre todo el de las filas del fondo. Y los que permanecen en sus asientos aguardan penosamente a que finalice. No me atrevo a decirles que la mujer sobre la que voy a escribir es escritora, pues eso sería como el tiro de gracia a su interés agonizante. ¡Ya está bien de ocuparme del oficio literario y las preocupaciones concretas del narrador! Incluso a mí me aburre el intento de entretener a los lectores hablando sobre el tema de lo que hago realmente.

Desde mi habitación de hotel en Kiel, veo la bahía con los transbordadores que cubren la línea de Suecia y Dinamarca. Tal vez algún día iré allí con Allan. Tal vez algún día podré viajar con un marido y un hijo, y con una niñera para el pequeño.

La escritora en la que estoy pensando: ¿cree de veras que el matrimonio significará el final de su libertad de observar el mundo? ¡Si ya estuviera casada, podría haber ido con su marido al encuentro con la prostituta! A una escritora, el marido puede proporcionarle más libertad de observación. Tal vez la mujer sobre la que escribo no lo sabe.

Me pregunto si Allan se opondría, si se lo pidiera, a observar conmigo a una prostituta y a su cliente. ¡Claro que no!

Pero la persona a la que debería pedirle ese favor es mi padre.

[En una postal a su padre, de las prostitutas en sus escaparates en la Herberstrasse, San Pauli, el barrio chino de Hamburgo.]
PIENSO EN TI, PAPÁ. LAMENTO LO QUE TE DIJE. HE SIDO MEZQUINA. ¡TE QUIERO! RUTHIE.

El vuelo de Hamburgo a Colonia, el viaje por carretera de Colonia a Bonn, la magnificencia de la universidad.

Por primera vez alguien del público se interesó por mi ojo. (En las entrevistas, todos los periodistas me han interrogado al respecto.) Era una mujer joven que parecía estudiante y hablaba un inglés casi perfecto.

—¿Quién la golpeó?

—Mi padre —respondí. El público quedó repentinamente en completo silencio—. Me dio con el codo. Estábamos jugando a squash.

—¿Su padre es lo bastante joven para jugar a squash con usted? —quiso saber la joven.

—No, no es lo bastante joven, pero está en muy buena forma para su edad.

—Entonces supongo que usted le derrotó —dijo la estudiante.

—Sí, le derroté.

Pero, después de la lectura, la misma joven me entregó una nota que decía: «No la creo. Alguien le ha pegado».

Ésa es otra cosa que también me gusta de los alemanes, que llegan a sus propias conclusiones.

Por supuesto, si escribo una novela en primera persona sobre una escritora, invito a los críticos a que me apliquen la etiqueta autobiográfica, a concluir que escribo sobre mí misma. Pero una nunca debe dejar de escribir cierta clase de novela por temor a la reacción que suscitará.

Y es como si oyera a Allan enjuiciando el hecho de haber escrito dos novelas consecutivas cuyos personajes principales son escritoras. Sin embargo, también le he oído decir que el asesoramiento editorial no debería incluir recomendaciones o advertencias al autor sobre los asuntos de sus obras. Sin duda tendré que recordárselo.

Pero hay algo más importante con respecto a esta nueva novela: ¿qué hace el novio granuja, como consecuencia de observar a la prostituta con su cliente, que resulta tan degradante para la novelista? ¿Qué sucede que le hace sentirse tan avergonzada como para que cambie de vida?

Tras observar a la prostituta con su cliente, el amigo podría excitarse tanto que, por la manera en que le hace el amor a la escritora, ésta sospecha que está pensando en otra. Pero ésa no es más que una posible versión de unas relaciones sexuales incorrectas. Debe ser algo más atroz, más humillante que eso.

En cierta manera, esta fase de una novela me gusta más que el período de la redacción. Al comienzo hay muchas posibilidades. Con cada detalle que eliges, con cada palabra por la que te inclinas, tus opciones se reducen.

La cuestión de buscar o no a mi madre, la confianza en que algún día ella me buscará. ¿Cuáles son los restantes grandes acontecimientos de mi vida? Me refiero a los acontecimientos capaces de hacer que mi madre viniera a mi encuentro. La muerte de mi padre, mi boda, si llego a casarme, el nacimiento de un hijo, si lo tengo. (Si alguna vez me atrevo a tener hijos, sólo querré uno.) Tal vez debería anunciar mi próximo matrimonio con Eddie O'Hare. Eso sí que llamaría la atención de mi madre. ¿Estaría Eddie de acuerdo? ¡Al fin y al cabo, él también quiere verla!

[En una postal dirigida a Eddie O'Hare, en la que se ve la gran catedral de Colonia, la espléndida *Dom,* la mayor catedral gótica de Alemania.]
ESTAR CONTIGO, HABLAR CONTIGO... FUE LA VELADA MÁS IMPORTANTE DE MI VIDA HASTA AHORA. CONFÍO EN VERTE PRONTO DE NUEVO. SINCERAMENTE, RUTH COLE.

[En una postal dirigida a Allan, de un magnífico castillo a orillas del Rin.]
ACTÚA COMO EDITOR Y ELIGE ENTRE ESTOS DOS TÍTULOS: *SU ÚLTIMO NOVIO GRANUJA* O *MI ÚLTIMO NOVIO GRANUJA.* EN CUALQUIER CASO, ME GUSTA LA IDEA. TE QUIERO, RUTH.
P.D. CÓMPRAME ESTA CASA Y ME CASARÉ CONTIGO. ¡DE TODOS MODOS CREO QUE PODRÍA CASARME CONTIGO!

En el tren, durante el trayecto desde Bonn a Frankfurt, se me ocurre otro título para la nueva novela, tal vez más atractivo que *Mi último novio granuja*, pero sólo porque me permitiría escribir otro libro en tercera persona. *Lo que ella vio, lo que no sabía.* Supongo que es demasiado largo y literal. Incluso sería más exacto con un punto y coma: *Lo que ella vio; lo que no sabía.* Imagino la opinión de Allan acerca de un punto y coma en el título. En cualquier caso, ve con malos ojos ese signo de puntuación. «Ya nadie sabe para qué sirven», argumenta. «Si no tienes la costumbre de leer novelas del siglo XIX, crees que el autor ha matado una mosca de la fruta directamente encima de una coma. El punto y coma se ha convertido en una mera distracción.» ¡No obstante, creo que quiero casarme con él!

El viaje de Bonn a Frankfurt dura dos horas. Mi programa en Frankfurt es el más largo y ajetreado. Sólo dos lecturas, pero una entrevista tras otra, y en la misma Feria del Libro hay una mesa redonda que me da mala espina, pues el tema es la reunificación de Alemania.

«Soy novelista», diré sin duda en algún momento. «No soy más que una narradora.»

Al examinar la lista de mis compañeros en la mesa redonda (otros autores, todos ellos promocionando sus libros en la feria), veo que hay un atroz autor norteamericano de la especie Intelectual Insoportable. Y hay otra escritora también americana, no tan conocida pero no menos atroz, perteneciente a la escuela La Pornografía Viola Mis Derechos Civiles. (Si no ha escrito todavía un artículo sobre *No apto para menores*, lo hará... y no será precisamente amable.)

Interviene también un joven novelista alemán cuya obra ha sido prohibida en Canadá. Hubo una acusación de obscenidad, y lo más probable es que no fuese inmerecida. Resulta difícil olvidar en qué consistía la acusación concreta de obscenidad. Un personaje de la novela escrita por el joven alemán lleva a cabo el acto sexual con gallinas, y le sorprenden haciéndolo en un hotel elegante. Un cacareo terrible lleva al personal del hotel a descubrirlo..., eso y el hecho de que la camarera del hotel se quejara de que había plumas en la habitación.

Pero el novelista alemán es interesante en comparación con los demás participantes en la mesa redonda.

«Soy una novelista cómica», diré sin duda en algún momento, como siempre hago. La mitad del público (y más de la mitad de mis colegas) interpretarán esto en el sentido de que no soy una novelista seria. Pero llevo la comedia en la masa de la sangre. Un escritor no elige ser cómico. Puedes elegir uno u otro argumento, puedes elegir a los personajes, pero la comedia no es una elección. Te sale así.

Otra participante es una inglesa que ha escrito un libro sobre la llamada memoria recuperada, en este caso la suya. Una mañana, al despertar, «recordó» que su padre la había violado, lo mismo que sus hermanos y todos sus tíos. ¡El abuelo también! Cada mañana, al despertar, «recuerda» a alguien que la ha violado. ¡Debe de estar exhausta!

Al margen de lo acalorado que sea el debate, el joven novelista alemán tendrá una expresión distraída, como si algo sereno y romántico acabara de cruzar por su mente. Probablemente una gallina.

«No soy más que una narradora», diré una y otra vez. «No se me dan bien las generalizaciones.»

Sólo el amante de las gallinas me comprenderá. Me mirará benévolamente, tal vez con cierto deseo. Sus ojos me dirán: «Tendrías mucho mejor aspecto con algunas plumas de color marrón rojizo».

En Frankfurt, en mi pequeña habitación del Hessischer Hof, tomando una cerveza que no está muy fría. Llega la medianoche, ya es el 3 de octubre: Alemania se ha reunificado. Contemplo en la pantalla del televisor las celebraciones en Bonn y Berlín. Un momento histórico, a solas en una habitación de hotel. ¿Qué puede una decir acerca de la reunificación alemana? Ya ha sucedido.

Me he pasado la noche tosiendo. Por la mañana llamé al editor y al encargado de la publicidad. Es una lástima que cancele mi intervención en la mesa redonda, pero debo conservar la voz para las lecturas. El editor me ha enviado más flores. El jefe del departamento de prensa me ha traído una caja de pastillas para la tos, «con hierbas alpinas suizas cultivadas orgánicamente». Ahora puedo toser mientras me entrevistan y mi aliento tendrá una fragancia a limón y tomillo silvestre. Nunca había estado tan contenta por tener tos.

En el ascensor he coincidido con la inglesa tragicómica. A juzgar por su aspecto, sin duda se ha despertado con el recuerdo recobrado de una violación más.

Durante la comida, en el Hessischer Hof, he visto en otra mesa al novelista alemán que lo hace con las gallinas. Le estaba entrevistando una mujer que esta misma mañana me había sometido a sus preguntas. El que me ha entrevistado durante la comida era un hombre que tosía más que yo. Y cuando me quedé sola, sentada a la mesa y tomando café, el novelista alemán me miraba cada vez que podía... como si se me hubiera metido una plumita en la garganta.

Me encanta mi tos, de veras. Puedo darme un largo baño y pensar en la nueva novela.

En el ascensor, como un hombrecillo inflado hasta adquirir un aspecto grotesco, está el atroz escritor norteamericano, el Intelectual Insoportable. Parece ofendido cuando entro en el ascensor con él.

—No ha participado en la mesa redonda —me dice—. Han dicho que estaba indispuesta.

—Así es.

—Aquí todo el mundo enferma, es un sitio terrible.

—Sí.

—Espero que no me contagie su resfriado.

—Espero que no.

—Probablemente ya estoy algo enfermo..., llevo aquí mucho tiempo —añade.

Al igual que sucede en su obra, no está claro lo que quiere decir. ¿Se refiere a que lleva en Frankfurt suficiente tiempo para haber atrapado alguna dolencia o que lleva bastante tiempo en el ascensor para que le contagie lo mío?

—¿Todavía no se ha casado? —me pregunta.

No es que me eche un tiento, sino que es una de esas incongruencias por las que el Intelectual Insoportable se ha hecho famoso.

—Todavía no, pero quizás estoy a punto de hacerlo —le respondo.

—¡Ah, cuánto me alegro! —exclama, y me sorprende con esa auténtica efusión ante mi respuesta—. Bueno, éste es mi piso. Siento que no pudiera asistir a la mesa redonda.

—Yo también.

Ah, el poco difundido encuentro casual entre autores mundialmente famosos... ¿Acaso existe algo comparable?

La escritora debería conocer al novio pelirrojo en la Feria del Libro de Frankfurt. El novio granuja es un narrador muy minimalista. Sólo ha publicado dos volúmenes de relatos; unos relatos frágiles, tan parcos que la mayor parte de la historia no se cuenta. Sus libros se venden poco, pero le ha compensado esa adoración incondicional de la crítica que acompaña con frecuencia a la vaguedad.

La novelista debería ser una escritora de novelas «gruesas». Serán una parodia de ese principio según el cual los opuestos se atraen. En este caso, ninguno de los dos soporta la manera de escribir del otro, y su atracción es estrictamente sexual.

Él debería ser más joven que ella.

Inician una aventura en Frankfurt y él la acompaña a Holanda, adonde ella viaja tras la Feria del Libro para promocionar una traducción holandesa. Él carece de editorial holandesa, y en Frankfurt ha estado muchísimo menos solicitado que ella. Eso es algo que a ella le ha pasado desapercibido, al contrario que a su pareja. Él no ha estado en Amsterdam desde sus tiempos de estudiante, cuando pasó un verano en el extranjero. Se acuerda de las prostitutas y quiere llevarle a verlas. Tal vez también a un espectáculo con actos sexuales auténticos.

—No creo que quiera ver uno de esos espectáculos —objeta la novelista.

Él podría tener la idea de pagar a una prostituta para que les permita mirar.

—Podríamos montar nuestro espectáculo particular —le comenta el escritor de relatos breves. Lo dice como si fuera casi indiferente a la idea, y dando a entender que a ella podría interesarle más que a él—. Como escritores —añade—, a modo de investigación.

Y cuando están en Amsterdam y él la acompaña al barrio chino, bromea de una manera desenfadada y alegre. «No querría ver a ésa haciéndolo, parece inclinada al sadomasoquismo.» (Esa clase de cosas.) El minimalista le hace creer que contemplar a una prostituta no será más que una travesura jocosa. Le da la impresión de que lo más difícil será el intento de reprimir la risa, porque, naturalmente, no pueden revelar su presencia oculta al cliente.

Pero ¿cómo los ocultaría la prostituta de modo que pudieran ver sin ser vistos?

Ésa será mi investigación. Pediré a mi editor holandés que me acompañe a recorrer el barrio chino, pues, a fin de cuentas, eso es lo que hacen los turistas. Probablemente se lo piden todas sus autoras. Todas queremos que nos acompañen a través de lo escandaloso, sórdido, sexual y desviado. (La última vez que estuve en Amsterdam, un periodista me acompañó en el recorrido por el barrio chino. Fue idea suya.)

Así pues, echaré un vistazo a las mujeres. Recuerdo que no les gusta que otras mujeres las miren, pero estoy segura de que encontraré una o dos que no me darán miedo alguno y con las que podré reunirme de nuevo más tarde yo sola. Tendrá que ser alguna que hable inglés, o por lo menos un poco de alemán.

Una prostituta podría bastar, si no le incomoda hablar conmigo. Por supuesto, puedo imaginar el acto sin verlo y, por otro lado, lo que más me preocupa es lo que le sucede a la mujer escondida. Supongamos que el novio granuja se excita, incluso que se masturba mientras están ocultos. Y ella no puede protestar, ni siquiera puede hacer el más ligero movimiento para apartarse de él, pues de lo contrario el cliente de la prostituta sabría que le están observando. (Entonces, ¿cómo puede masturbarse? Eso es un problema que habrá que resolver.)

Tal vez la ironía estribe en que por lo menos a la prostituta le han pagado para utilizarla de esa manera, pero también la escritora es utilizada. Ésta ha pagado para que la utilicen. En fin, los escritores deben tener la piel curtida. En esto no hay ninguna ironía.

Allan me telefoneó y tosí para que se hiciera una idea de mi estado. Ahora que no existe ninguna posibilidad inmediata de hacer el amor, ya que el océano se interpone entre nosotros, naturalmente tengo ganas de hacerlo con él. ¡Qué perversas somos las mujeres!

No le he hablado del nuevo libro, no le he dicho una sola palabra. Habría echado a perder las postales.

[En otra postal, dirigida a Allan, con una vista aérea del edificio donde se celebra la Feria del Libro de Frankfurt, que se jacta de cobijar a 5.500 editores procedentes de cien países.]
NUNCA MÁS SIN TI. TE QUIERO, RUTH

En el vuelo de la KLM de Frankfurt a Amsterdam: pocos vestigios de la tos y del moratón del ojo. De la tos, sólo queda como un cosquilleo en el fondo de la garganta. El ojo y el pómulo derechos aún no han recuperado su color natural y tienen un tono verde pálido. No hay hinchazón, pero ese color revela que la enfermedad, lo mismo que la tos, es persistente.

Es el aspecto apropiado para una persona que se propone abordar a una prostituta. Parezco tener una vieja enfermedad para compartirla.

En mi guía de Amsterdam leo que el barrio chino de la ciudad, conocido como *de Walletjes* («los pequeños muros»), fue autorizado oficialmente en el siglo XIV. Hay disimuladas referencias a las «muchachas parcamente vestidas en sus escaparates».

¿Por qué será que la mayor parte de lo que se ha escrito acerca de lo escandaloso, sórdido, sexual y desviado siempre tiene un tono tan superior y poco convincente? (El regocijo es una expresión de superioridad tan fuerte como la indiferencia.) Creo que cualquier expresión de regocijo o indiferencia hacia lo indecoroso suele ser falsa. O bien la gente se siente atraída por lo indecoroso o bien lo desaprueba, o ambas cosas a la vez. No obstante, intentamos parecer superiores a lo indecoroso fingiendo que nos regocija o que somos indiferentes.

«Todo el mundo tiene una obsesión sexual, por lo menos una», me dijo Hannah un día. (Pero si ella la tiene, nunca me ha dicho cuál es.)

En Amsterdam me esperan las obligaciones habituales, pero dispongo de tiempo suficiente para lo que necesito hacer. Amsterdam no es Frankfurt, nada es tan malo como Frankfurt. ¡Y, a fuer de sincera, ardo en deseos de conocer a mi prostituta! Esta «investigación» conlleva la emoción de algo parecido a la vergüenza. Pero, por supuesto, yo soy la clienta. Estoy dispuesta a pagarla, incluso lo espero con ansiedad.

[En otra postal dirigida a Allan, que le envió desde el aeropuerto de Schiphol y que, de manera parecida a la postal anterior que había enviado a su padre, con las prostitutas alemanas en sus escaparates de la Herbertrasse, era de De Walletjes, el barrio chino de Amsterdam: los neones de bares y *sex shops* reflejados en el canal; los transeúntes, todos ellos hombres con impermeable; el escaparate en primer término de la fotografía, enmarcado por luces de un rojo violáceo, y la mujer en ropa interior al otro lado del cristal... parecida a un maniquí fuera de lugar, como algo tomado en préstamo en una tienda de lencería, como alguien contratado para una fiesta particular.]

OLVIDA MI PREGUNTA ANTERIOR. EL TÍTULO ES *MI ÚLTIMO NOVIO GRANUJA*. LA PRIMERA NOVELA QUE ESCRIBO CON EL NARRADOR EN PRIMERA PERSONA. SÍ, ES OTRA ESCRITORA, ¡PERO CONFÍA EN MÍ! TE QUIERO, RUTH.

## El primer encuentro

La publicación de *Niet voor kinderen*, la traducción holandesa de *No apto para menores*, era el motivo principal de la tercera visita de Ruth Cole a Amsterdam, pero ahora Ruth consideraba la investigación para su relato sobre la prostituta como la única justificación de su estancia allí. Aún no había encontrado el momento adecuado para hablar de su nuevo entusiasmo creativo con su editor holandés, Maarten Schouten, a quien ella se refería cariñosamente como «Maarten con dos aes y una e».

Para promocionar la traducción de *El mismo orfelinato*, que en holandés se titulaba *Hetzelfde weeshuis*, unas palabras que Ruth se había esforzado en vano por pronunciar, se alojó en un hotel encantador pero destartalado del Prinsengracht, donde descubrió un considerable alijo de marihuana en el cajón de la mesilla de noche que había elegido para guardar la ropa interior. Probablemente la droga pertenecía a un cliente anterior, pero era tal el nerviosismo de Ruth durante su primera gira de promoción por Europa que estaba segura de que algún periodista malicioso había colocado allí la marihuana con la intención de ponerla en un aprieto embarazoso.

El mencionado Maarten, con dos aes y una e, le había asegurado que, en Amsterdam, la posesión de marihuana no se consideraba algo delictivo y mucho menos embarazoso. Y a Ruth la ciudad le había encantado desde el principio: los canales, los puentes, tantas bicicletas, los cafés y los restaurantes.

Durante su segunda visita, cuando se tradujo al holandés *Antes de la caída de Saigón* (le complacía ser capaz, por lo menos, de decir *Voor de val van Saigon)*, Ruth se alojó en otro barrio de la ciudad, en la plaza Dam; su hotel estaba tan cercano al barrio chino que un entrevistador se ofreció para acompañarla a recorrer la calle de las prostitutas que posan detrás de los escaparates. No se había olvidado de la sensación de descaro que producían las mujeres en bragas y sostén a mediodía, o los artículos «Especiales SM» en el escaparate de una *sex shop*.

Ruth había visto una vagina de caucho suspendida del techo de la tienda por medio de un liguero rojo. La vagina parecía una tortilla colgante, con excepción de la mata de falso vello púbico. Y allí estaban los látigos, el cencerro unido a un consolador por medio de una tira de cuero, las peras para enemas, de varios tamaños, y el puño de caucho.

Pero eso sucedió cinco años atrás, y Ruth aún no había tenido ocasión de ver si el distrito había cambiado. Se alojaba en otro hotel, el Kattengat, que no era muy elegante y se resentía de una serie de esfuerzos poco afortunados para que funcionase con eficacia. Por ejemplo, había un comedor para desayunar limitado estrictamente a los huéspedes de la planta de Ruth. El café estaba frío, el zumo de naranja caliente y los cruasanes, que yacían sobre un montón de migas, sólo servirían de alimento a los patos del canal más próximo.

En la planta baja y en el sótano del hotel habían instalado un gimnasio. La música elegida para las clases de aeróbic percutía en las tuberías del baño de varios pisos por encima de la sala de ejercicios, que vibraban sin cesar. Le parecía a Ruth que los holandeses, por lo menos en el gimnasio, preferían una clase de rock implacable y monótono, que ella habría clasificado como una especie de rap sin rima. Un ritmo discordante se repetía mientras el cantante, un europeo para quien el inglés era claramente un idioma extranjero, reiteraba una sola frase. En una de tales canciones la frase inglesa con acento holandés decía: «*I want to have sex vit you*». En otra: «*I vant to fook you*». En una palabra, dicho de una manera u otra, todo se resumía siempre a copular.

Ruth había ido a inspeccionar el gimnasio y había perdido cualquier interés inicial que pudiera tener. Un bar de solteros disfrazado de instalación deportiva no le hacía ninguna gracia. También le desagradaba la disposición de la sala de pesas. Las bicicletas estáticas, las cintas rodantes y los demás aparatos estaban todos en hilera, ante la sala destinada al aeróbic. Desde cualquier lugar en que te situaras no podías librarte de ver los saltos y giros de los bailarines aeróbicos en la plétora de espejos que les rodeaban. Lo mejor que podías esperar era ser testigo de una dislocación de tobillo o un infarto.

Decidió dar un paseo. El barrio donde se encontraba su hotel era nuevo para ella. En realidad, estaba más cerca de lo que creía del barrio chino, pero echó a andar en la dirección contraria. Cruzó el primer canal que apareció ante ella y entró en un callejón corto y atractivo, el Korsjespoortsteeg, donde le sorprendió ver a varias prostitutas.

Aquélla parecía ser una zona residencial bien cuidada, pero eso no impedía la existencia de media docena de escaparates en los que había señoras en ropa interior que practicaban allí su oficio. Eran blancas y, aunque tenían buen aspecto, no todas ellas eran bonitas. La mayoría eran más jóvenes que Ruth, y había una o dos que aparentaban su edad. Ruth estaba tan asombrada que dio un traspiés, y una de las prostitutas se echó a reír.

Era la última hora de la mañana, y Ruth, la única mujer que andaba por la corta calle. Tres hombres, todos ellos solos, contemplaban en silencio los escaparates. Ruth no había imaginado la posibilidad de encontrar una prostituta con la que poder hablar en un lugar que fuese menos mísero y llamativo que el barrio chino. Su descubrimiento le dio ánimos.

Cuando desembocó en la Bergstraat, lo que vio allí volvió a sorprenderle: había más prostitutas. Era una calle silenciosa y limpia. Las primeras cuatro chicas, que eran jóvenes y bellas, no le prestaron atención. Ruth reparó en un coche que circulaba lentamente y cuyo conductor miraba a las prostitutas, pero por entonces ya no era la única mujer en la calle. Delante de ella había una mujer vestida de una manera parecida a la suya, con tejanos negros y zapatos de ante negro y medio tacón. Al igual que Ruth, la mujer también llevaba una chaqueta de cuero de corte más bien masculino, pero de color marrón oscuro, y un pañuelo de seda de vistosos colores.

Ruth caminaba con tal rapidez que estuvo a punto de rebasar a la mujer, la cual sostenía una bolsa de la compra de lona, de la que sobresalían una botella de agua mineral y una barra de pan. La mujer miró por encima del hombro a Ruth. Lo hizo con naturalidad, y sus ojos se posaron suavemente en los de ella. La mujer, que rondaba la cincuentena, no usaba maquillaje, ni siquiera rojo de labios. Al pasar ante cada escaparate, sonreía a las prostitutas que estaban detrás de los cristales. Pero cerca del final de la Bergstraat, en un escaparate de planta baja con las cortinas corridas, la mujer se detuvo de repente y abrió una puerta. Antes de entrar miró atrás instintivamente, como si estuviera acostumbrada a que la siguieran. Y, de nuevo, su mirada se posó en Ruth, esta vez con una curiosidad más inquisitiva y, en su sonrisa, primero irónica y luego seductora, había algo más, algo que a Ruth le pareció coquetamente lascivo. ¡Aquella mujer era una prostituta y se dirigía al trabajo!

Si bien le resultaría más fácil entrevistarse a solas con una prostituta en una calle agradable y en modo alguno peligrosa como aquélla, Ruth consideraba que sería mejor que el personaje de su novela, la otra escritora, la que va con su mal amigo, tuviera su encuentro en una de las peores habitaciones del barrio chino. Al fin y al cabo, si la espantosa experiencia la degradaba y humillaba, ¿no sería más apropiado, por la mayor aportación de detalles ambientales, que sucediera en el entorno más sórdido imaginable?

Esta vez las prostitutas del Korsjespoortsteeg miraron a Ruth con cautela y le hicieron uno o dos movimientos de cabeza apenas detectables. La mujer que se había reído de Ruth cuando ésta dio un traspiés la contempló de una manera fría y hostil. Sólo una de las mujeres, una rubia teñida, hizo un gesto que tanto podía ser una seña para que se acercara como una advertencia. Tenía la edad de Ruth, pero era mucho más corpulenta. La mujer señaló a Ruth con el dedo índice y bajó los ojos, un gesto exagerado de desaprobación. Era un gesto de institutriz, aunque no era poca la malicia de su sonrisa afectada. Tal vez pensaba que Ruth era lesbiana.

Cuando volvió a la Bergstraat, Ruth caminó lentamente, con la esperanza de que la prostituta de más edad hubiera tenido tiempo de vestirse (o desvestirse) y situarse en el escaparate. Una de las prostitutas más jóvenes y guapas le guiñó un ojo, y Ruth se sintió extrañamente estimulada por una proposición tan burlona como salaz. El guiño de la joven guapa era tan turbador que Ruth pasó ante la prostituta mayor casi sin reconocerla. En realidad, la transformación de aquella mujer era tan completa que parecía una persona totalmente distinta de la que sólo unos minutos antes Ruth había visto andando por la calle con una bolsa de la compra.

En el vano de la puerta había ahora una puta pelirroja que parecía llena de energías. El carmín de los labios armonizaba con las bragas y el sostén de color burdeos, las únicas prendas que llevaba, además de un reloj de oro y unos zapatos con tacones de diez centímetros. Ahora la prostituta era más alta que Ruth.

Las cortinas del escaparate estaban descorridas y dejaban ver un taburete de bar anticuado con el pie de latón pulimentado, pero la actitud de la prostituta era la de un ama de casa: se hallaba en el umbral con una escoba en la mano, y acababa de barrer una sola hoja amarilla. Tenía la escoba a punto, desafiando a otras hojas, y miró detenidamente a Ruth de los pies a la cabeza, como si la recién llegada estuviera en la Bergstraat en ropa interior y con zapatos de tacón alto y la prostituta fuese un ama de casa vestida de un modo tradicional y entregada a sus tareas domésticas. Fue entonces cuando Ruth se dio cuenta de que se había detenido y de que la prostituta pelirroja le dirigía una sonrisa invitadora que, como Ruth aún no había hecho acopio de valor para hablar, era cada vez más inquisitiva.

—¿Habla usted inglés? —balbució Ruth.

La prostituta pareció más divertida que desconcertada.

—No tengo ningún problema con el inglés —respondió—, ni tampoco con las lesbianas.

—No soy lesbiana —le dijo Ruth.

—Bueno, no importa. ¿Es la primera vez que lo hace con una mujer? Sé cómo actuar en estos casos.

—No quiero hacer nada —se apresuró a replicar Ruth—. Sólo quiero hablar con usted.

Tuvo la impresión de que la prostituta se molestaba, como si «hablar» fuera un tipo de conducta aberrante, cercana al límite de lo inaceptable.

—Para eso tendrá que pagar más —dijo la pelirroja—. Una puede hablar durante mucho tiempo.

Esa actitud dejó perpleja a Ruth: no era fácil asimilar que cualquier actividad sexual fuese preferible a la conversación.

—Sí, claro, le pagaré por el tiempo que dedique a hablar conmigo —le dijo a la pelirroja, quien la estaba examinando minuciosamente. Pero no era el cuerpo de Ruth lo que la prostituta evaluaba, sino su atuendo. Le interesaba saber cuánto habría pagado por aquella ropa.

—Son setenta y cinco guilders cada cinco minutos —le dijo la pelirroja. Había deducido correctamente que las prendas de Ruth eran poco imaginativas pero caras.

Ruth abrió la cremallera del bolso y buscó en su cartera los billetes holandeses, con los que no estaba familiarizada. ¿Equivalían setenta y cinco guilders a unos cincuenta dólares? Le pareció demasiado dinero por cinco minutos de conversación. (Comparado con lo que la prostituta proporcionaba habitualmente por ese dinero, durante el mismo tiempo o incluso menos, parecía una compensación insuficiente.)

—Me llamo Ruth —le dijo con nerviosismo, y le tendió la mano, pero la pelirroja se echó a reír y, en vez de estrecharle la mano, le tomó la manga de la chaqueta de cuero y tiró de ella para que entrara en la habitación.

Una vez dentro, la prostituta echó el cerrojo a la puerta y corrió las cortinas del escaparate. Su intenso perfume en aquel espacio tan cerrado era casi tan abrumador como su desnudez casi total.

En la habitación se imponía el color rojo. Las pesadas cortinas eran de una tonalidad granate. La alfombra, ancha y roja como la sangre, emitía el olor desvaído de un producto de limpieza. La colcha que cubría la cama tenía un anticuado diseño floral. La funda de la única almohada era rosa; y había una toalla, del tamaño de una toalla de baño y una tonalidad rosa distinta de la almohada, bien doblada por la mitad y que cubría el centro de la cama, sin duda para proteger la colcha. En una silla, al lado de la pulcra y práctica cama, se amontonaba un rimero de toallas rosa. Parecían limpias, aunque un poco raídas, acordes con el aspecto deslucido de la habitación.

La pequeña estancia roja estaba rodeada de espejos. Había casi tantos espejos, en otros tantos ángulos inoportunos, como en el gimnasio del hotel. Y la luz de la habitación era tan tenue que, cada vez que Ruth daba un paso, veía una sombra de sí misma que retrocedía, avanzaba o ambas cosas a la vez. (Los espejos, naturalmente, también reflejaban una multitud de prostitutas.)

La mujer se sentó exactamente en el centro de la toalla, sobre la cama, sin necesidad de mirar dónde lo hacía. Cruzó los tobillos, apoyó los pies en los finos tacones de sus zapatos y se inclinó hacia delante con las manos en los muslos. La pose reflejaba una larga experiencia, le alzaba los pechos garbosos y bien formados, exageraba la hendidura entre los dos y permitía a Ruth verle los pezones, pequeños y violáceos, a través del tejido color vino tinto del sostén. Las braguitas le alargaban la estrecha V de la entrepierna y revelaban las marcas dejadas por la tensión de la piel del abdomen, un tanto sobresaliente. Era evidente que había tenido hijos, por lo menos uno.

La pelirroja señaló a Ruth una butaca llena de protuberancias, invitándole a sentarse. El asiento era tan blando que las rodillas de Ruth le tocaron los pechos cuando se inclinó hacia delante. Tenía que sujetarse a los brazos de la silla con ambas manos a fin de no dar la impresión de que se repantigaba.

—Esa butaca es mejor para hacer mamadas que para hablar —le dijo la prostituta—. Me llamo Dolores —añadió—, pero los amigos me llaman Rooie.

—¿Rooie? —repitió Ruth, procurando no pensar en el número de felaciones practicadas en la butaca tapizada de cuero agrietado.

—Significa «roja» —dijo Rooie.

—Entiendo. —Ruth avanzó poco a poco hasta el borde de la butaca para felaciones—. Resulta que estoy escribiendo un libro —empezó a explicar, pero la prostituta se apresuró a levantarse de la cama.

—No me habías dicho que eres periodista —dijo Rooie Dolores—. No hablo con esa clase de gente.

—¡No soy periodista! —exclamó Ruth. ¡Cómo le escocía esa acusación!—. Soy novelista, escribo libros, obras de ficción. Tan sólo necesito asegurarme de que los detalles sean correctos.

—¿Qué detalles? —inquirió Rooie.

En vez de sentarse, la prostituta se puso a pasear por la estancia, y sus movimientos permitieron a la novelista ver ciertos aspectos adicionales de aquel lugar de trabajo cuidadosamente dispuesto. Había un pequeño lavabo adosado a una pared y, a su lado, el bidé. (Por supuesto, los espejos mostraban varios bidés más.) Sobre una mesa situada entre el bidé y la cama había una caja de kleenex y un rollo de toallas de papel. Una bandeja esmaltada en blanco, con un aire de utensilio de hospital, contenía lubricantes y tubos de gel, unos conocidos y otros no, así como un consolador de tamaño aparentemente excesivo. Al igual que la bandeja, de una blancura similar, que evocaba un hospital o el consultorio de un médico, había un cubo de esos cuya tapa se levanta pisando un pedal. A través de una puerta, Ruth vio el váter a oscuras; el inodoro, con asiento de madera, funcionaba con cadena. También reparó en la lámpara de pie con pantalla de vidrio rojo escarlata y, junto a la silla de las felaciones, una mesa sobre la que había un cenicero vacío, limpio, y un cestillo de mimbre lleno de condones.

Estos últimos figuraban entre los detalles que Ruth necesitaba, junto con la escasa profundidad del ropero. Los pocos vestidos, camisones y un top de cuero no podían colgar formando ángulo recto con la pared del fondo. Las prendas pendían en diagonal, como prostitutas que trataran de mostrarse en un ángulo más halagador.

Los vestidos y camisones, por no mencionar el top de cuero, eran demasiado juveniles para una mujer de la edad de Rooie, pero ¿qué sabía Ruth de esas cosas? No solía llevar vestidos y prefería dormir con bragas y una camiseta holgada. Por otro lado, nunca se le habría ocurrido ponerse un top de cuero.

—Supongamos que un hombre y una mujer te ofrecieran pagarte por permitirles que te miren cuando estás con un cliente —empezó a explicarle Ruth—. ¿Harías eso? ¿Lo has hecho alguna vez?

—De modo que es eso lo que quieres, ¿eh? —dijo Rooie—. ¿Por qué no me lo has dicho de entrada? Pues claro que puedo... Lo he hecho, desde luego. ¿Por qué no has traído a tu compañero?

—No, no. No he venido con un compañero —replicó Ruth—. En realidad no quiero mirarte mientras estás con un cliente. Eso puedo imaginarlo. Sólo deseo saber cómo lo organizas y hasta qué punto es algo corriente o no. Es decir, ¿con qué frecuencia te lo piden ciertas parejas? Supongo que los hombres solos te lo piden más a menudo que las parejas, y que las mujeres solas lo hacen..., bueno, casi nunca.

—Eso es cierto —respondió Rooie—. En general se trata de hombres solos. En cuanto a parejas, tal vez una o dos veces al año.

—¿Y mujeres solas?

—Puedo hacer eso si lo deseas —le aseguró Rooie—. Lo hago de vez en cuando, pero no a menudo. A la mayoría de los hombres no les importa que otra mujer mire. Las mujeres que están mirando son las que no quieren ser vistas.

Hacía tanto calor en la habitación y estaba tan poco aireada que Ruth ansiaba quitarse la chaqueta de cuero. Pero en presencia de aquella mujer habría sido demasiado atrevimiento quedarse tan sólo con la camiseta de seda negra. Así pues, abrió la cremallera de la chaqueta, pero no se la quitó.

Rooie se acercó al ropero, que no era un armario, sino un hueco rectangular practicado en la pared, desprovisto de puerta: una cortina de cretona, con un dibujo de hojas otoñales caídas, rojas en su mayor parte, colgaba de un listón de madera. Cuando Rooie corrió la cortina, el contenido del ropero quedó oculto, con excepción de los zapatos, a los que dio la vuelta, de modo que las puntas miraban hacia fuera. Había media docena de zapatos de tacón alto.

—Estarías detrás de la cortina con las puntas de los zapatos hacia fuera —le explicó Rooie.

La prostituta entró en el ropero por la separación de la cortina y se ocultó. Cuando Ruth le miró los pies, apenas pudo diferenciar los zapatos que Rooie llevaba de los demás zapatos. Tuvo que buscarle los tobillos a fin de distinguirlos.

—Comprendo —dijo Ruth.

Quería entrar en el ropero y comprobar cómo se veía la cama desde allí. Por la estrecha abertura en la cortina, la visibilidad podría ser escasa. La pelirroja pareció leerle la mente y salió del ropero.

—Vamos, pruébalo tú misma —le dijo a la norteamericana.

Ruth no pudo evitar rozarla cuando penetró por la abertura de la cortina. El hueco era tan estrecho que resultaba casi imposible que dos personas se movieran allí dentro sin tocarse.

Ruth se colocó entre dos pares de zapatos. A través de la estrecha abertura de la cortina veía claramente la toalla rosa en el centro de la cama. En un espejo opuesto, veía también el ropero. Tuvo que mirar atentamente para reconocer sus zapatos entre los que estaban alineados bajo el borde de la cortina. No podía verse a través de la cortina, tampoco veía sus propios ojos que miraban por la abertura, ni siquiera una parte de su rostro, a menos que se moviera, e incluso entonces sólo detectaba algún movimiento indefinido.

Sin mover la cabeza, tan sólo los ojos, Ruth veía el lavabo y el bidé. El consolador en la bandeja de hospital (junto con los lubricantes y geles) era claramente visible. En cambio, no veía bien la butaca de las felaciones, pues se lo impedía un brazo y el respaldo de la misma butaca.

—Si el tío quiere que se la chupe y alguien está mirando, puedo hacérselo en la cama —dijo Rooie—. Si es eso lo que estás pensando...

Ruth llevaba menos de un minuto en el ropero. Aún no se había percatado de que su respiración era irregular ni de que su contacto con el vestido dorado que pendía de la percha más próxima le provocaba picor en el cuello. Notaba una ligera aspereza en la garganta cuando tragaba saliva, como los últimos vestigios de la tos o el inicio de un resfriado. Un salto de cama de color gris perla cayó del colgador, y Ruth sintió como si se le hubiera detenido el corazón y hubiera muerto donde siempre imaginó que lo haría: en un armario.

—Si estás cómoda ahí dentro, abriré las cortinas del escaparate y me sentaré, pero a esta hora del día es posible que pase bastante rato antes de que entre un tío..., media hora, quizá tres cuartos. Por supuesto, tendrás que pagarme otros setenta y cinco guilders. Este asunto tuyo ya me ha ocupado bastante tiempo.

Ruth tropezó con los zapatos al salir apresuradamente del ropero.

—¡No! ¡No quiero mirar! —exclamó la novelista—. ¡Sólo estoy escribiendo un libro! Trata de una pareja. La mujer es de mi edad, y su novio la convence para que haga esto... Su novio es un granuja.

Se sintió azorada cuando vio que el movimiento de sus pies había enviado uno de los zapatos de Rooie al centro de la habitación. La mujer lo recogió, se arrodilló ante el ropero y ordenó los demás zapatos. Volvió a colocarlos en la posición habitual, con las puntas hacia dentro, incluido el zapato que Ruth había desplazado.

—Eres rara —le dijo la prostituta. La situación era un poco molesta: permanecían al lado del ropero, como si estuvieran admirando los zapatos recién ordenados—. Y tus cinco minutos se han terminado —añadió Rooie al tiempo que indicaba su bonito reloj de oro.

Ruth abrió de nuevo su bolso y sacó de la cartera tres billetes de veinticinco guilders, pero Rooie, que estaba lo bastante cerca de ella para ver el interior de la cartera, sacó ágilmente un billete de cincuenta.

—Basta con cincuenta por otros cinco minutos —dijo la pelirroja—. Guárdate tus billetitos. Tal vez quieras volver... cuando hayas pensado en ello.

Ruth no pudo prever el rápido movimiento de la prostituta, quien se acercó a ella y le deslizó los labios y la nariz por el cuello. Antes de que Ruth pudiera reaccionar, Rooie le tocó suavemente un seno mientras se volvía para sentarse en la toalla protectora situada en el centro de la cama.

—Un perfume agradable, pero apenas lo huelo —observó Rooie—. Bonitos pechos, y grandes.

Ruth, ruborizada, trató de sentarse en la butaca de las felaciones sin que ésta la engullera.

—En mi relato... —empezó a decir.

—Lo malo de tu relato es que no pasa nada —la interrumpió Rooie—. La pareja paga para verme mientras lo hago. ¿Y qué? No sería la primera vez. ¿Qué ocurre luego? ¿No consiste en eso el relato?

—No estoy segura de lo que sucede después, pero eso es lo que cuento en la novela —respondió Ruth—. Esa mujer que tiene un novio granuja se siente humillada, degradada por la experiencia, no a causa de lo que ve, sino de su acompañante. Lo que la humilla es la manera en que él la hace sentirse.

—Tampoco sería la primera vez —le dijo la prostituta.

—A lo mejor el hombre se masturba mientras está mirando —sugirió Ruth.

Rooie supo que era una pregunta.

—No sería la primera vez —repitió la prostituta—. ¿Por qué habría de sorprender eso a la mujer?

Rooie estaba en lo cierto, y había otro problema: Ruth ignoraba todo lo que podía suceder en el relato porque no tenía un conocimiento suficiente de los personajes y no sabía cuál era la relación que los unía. No era la primera vez que descubría eso sobre una novela que estaba empezando, pero sí la primera vez que lo hacía delante de otra persona, que además era desconocida y prostituta.

—¿Sabes lo que suele ocurrir? —le preguntó Rooie.

—No, no lo sé —admitió Ruth.

—Mirar es sólo el principio —dijo la prostituta—. En el caso de las parejas, sobre todo..., mirar conduce a alguna otra cosa.

—¿Qué quieres decir?

—La siguiente vez que vienen, no quieren mirar, sino hacer algo —respondió Rooie.

—No creo que mi personaje quiera volver —comentó Ruth, aunque consideró esa posibilidad.

—A veces, después de mirar, la pareja quiere hacer cosas enseguida, sin pérdida de tiempo.

—¿Qué clase de cosas?

—De todas clases —dijo Rooie—. A veces el tío quiere mirarnos a la mujer y a mí, quiere ver cómo pongo cachonda a la mujer, pero normalmente empiezo con el tío y ella mira.

—Empiezas con el tío...

—Luego la mujer.

—¿Eso ha ocurrido de veras? —inquirió Ruth.

—Todo ha ocurrido de veras —dijo la prostituta.

Ruth estaba sentada junto a la lámpara de pantalla escarlata, que sumía a la pequeña habitación en una luminosidad rojiza cada vez más intensa. La toalla rosa sobre la cama, donde Rooie estaba sentada, era sin duda de un rosa más fuerte debido al color escarlata de la lámpara. Por lo demás, a través de las cortinas del escaparate se filtraba una suave claridad que se unía a la mortecina luz piloto situada sobre la puerta principal.

La prostituta se inclinó hacia delante bajo aquella luz favorecedora, y ese movimiento hizo que sus senos parecieran a punto de salirse del sostén. Mientras Ruth se sujetaba con fuerza a los brazos de la butaca, Rooie le cubrió suavemente las manos con las suyas.

—¿Quieres pensar en lo que ocurre y venir a verme otra vez? —le preguntó la pelirroja.

—Sí —dijo Ruth.

No se había propuesto susurrar, y tampoco podía liberar sus manos, sujetas por las de la otra mujer, sin caer hacia atrás en la espantosa butaca.

—Recuerda tan sólo que puede suceder cualquier cosa —le dijo Rooie—. Cualquier cosa que desees.

—Sí —susurró Ruth de nuevo, y se quedó mirando los senos de la prostituta. Parecía más seguro que mirarle a los ojos, llenos de inteligencia.

—Tal vez si me mirases mientras estoy con alguien..., quiero decir, tú sola..., se te ocurrirían algunas ideas —dijo Rooie con voz queda.

Ruth sacudió la cabeza, consciente de que el gesto transmitía mucha menos convicción que si hubiera dicho: «No, no lo creo», de un modo rotundo.

—La mayoría de las mujeres solas que me miran son chicas muy jóvenes —le informó Rooie en un tono más alto y como si no lo tomara en serio.

Esta revelación sorprendió tanto a Ruth que miró a Rooie sin darse cuenta.

—¿Por qué lo hacen? —le preguntó—. ¿Crees que quieren saber lo que es hacer el amor? ¿Son vírgenes?

Rooie soltó las manos de Ruth y, recostándose en la cama, se echó a reír.

—¡No son precisamente vírgenes! Son muchachas que piensan en la posibilidad de hacerse putas... ¡Quieren ver cómo es el oficio!

Ruth nunca se había sentido tan sorprendida. Ni siquiera enterarse de que Hannah tenía relaciones sexuales con su padre le había causado tanto asombro.

Rooie señaló su reloj y se levantó de la cama exactamente en el mismo momento en que Ruth se levantaba de la incómoda butaca. La novelista tuvo que hurtar el cuerpo para no rozar a la prostituta.

La mujer abrió la puerta y la luz del mediodía penetró a raudales, tan intensa que Ruth comprendió que había subestimado la penumbra reinante en la habitación de la prostituta. Rooie se dio media vuelta y bloqueó teatralmente el paso a Ruth, mientras le daba tres besos en las mejillas, primero en la derecha, luego en la izquierda y finalmente en la derecha de nuevo.

—Tres veces, al estilo holandés —le dijo alegremente, en un tono cariñoso más apropiado para los viejos amigos.

Desde luego, no era la primera vez que besaban así a Ruth, pues lo hacían Maarten y su esposa, Sylvia, cada vez que le daban la bienvenida y la despedían, pero los besos de Rooie habían sido un poco más largos y, además, le había aplicado su cálida palma al vientre, haciendo que se le tensaran instintivamente los músculos abdominales.

—Qué barriga más lisa tienes —comentó la pelirroja—. ¿No has tenido hijos?

—No, todavía no —respondió Ruth.

La otra seguía bloqueando la puerta.

—Yo he tenido uno —dijo Rooie. Metió los pulgares bajo la cintura de las braguitas y se las bajó un instante—. No fue nada fácil —añadió, refiriéndose a la cicatriz, muy visible, de una cesárea.

La cicatriz no sorprendió tanto a Ruth, quien ya se había fijado en las marcas del embarazo en el vientre de Rooie, como el hecho de que ésta se había rasurado el vello púbico.

Rooie soltó la cintura de las braguitas, y la cinta elástica produjo un chasquido. Ruth se dijo: «Si yo preferiría escribir en vez de lo que estoy haciendo, me imagino cómo se siente ella. Al fin y al cabo, es una prostituta, y probablemente preferiría dedicarse a su oficio que a coquetear conmigo. Pero también disfruta haciendo que me sienta incómoda». Ahora estaba irritada con Rooie y sólo quería marcharse. Intentó rodearla para salir.

—Volverás —le dijo Rooie, pero dejó que saliera a la calle sin más contacto físico. Entonces alzó la voz, de modo que quien pasara por la Bergstraat, o una prostituta vecina, pudiera oírla—: Será mejor que cierres bien el bolso en esta ciudad.

Ruth se había dejado el bolso abierto, un descuido en el que caía con frecuencia, pero le bastó una mirada para cerciorarse de que allí estaban la cartera, el pasaporte y los demás objetos, un lápiz de labios y un tubo más grueso de abrillantador de labios incoloro, un tubo de crema para el sol y otro con hidratante para los labios.

Ruth también llevaba consigo una polvera de bolsillo que había pertenecido a su madre. Los polvos de maquillaje le hacían estornudar y la almohadilla para aplicarlos había desaparecido mucho tiempo atrás. No obstante, en ocasiones, cuando Ruth se miraba en el espejito, esperaba ver allí a su madre. Cerró la cremallera del bolso mientras Rooie le sonreía irónicamente.

Se esforzó por devolver la sonrisa a la prostituta, y la luz del sol le obligó a entrecerrar los ojos. Rooie tendió la mano y le tocó la cara mientras le miraba el ojo derecho con vivo interés, pero Ruth malinterpretó el motivo. Al fin y al cabo, estaba más acostumbrada a que le gente percibiera la mancha hexagonal que tenía en el ojo derecho que a recibir puñetazos.

–Nací con ella... –empezó a explicarle.

–¿Quién te golpeó? –inquirió Rooie, y Ruth se sorprendió, pues creía haber perdido todo vestigio del moratón–. Hace una o dos semanas, a juzgar por su aspecto...

–Un novio granuja –confesó Ruth.

–Así que hay un novio... –dijo Rooie.

–No está aquí. He venido sola.

–No lo estarás la próxima vez que me veas –replicó la prostituta.

Rooie tenía únicamente dos maneras de sonreír, una irónica y la otra seductora. A Ruth sólo se le ocurrió decirle:

–Hablas muy bien el inglés, es asombroso.

Pero este mordaz cumplido, por cierto que fuese, ejerció en Rooie un efecto mucho más profundo del que Ruth había previsto. Sus palabras hicieron desaparecer toda manifestación externa de engreimiento en aquella mujer. Parecía como si se le hubiera despertado una antigua pena con una fuerza casi violenta.

Ruth estuvo a punto de decirle que lo lamentaba, pero antes de que pudiera hablar la pelirroja le respondió con amargura:

–Conocí a un inglés... durante cierto tiempo.

Entonces Rooie Dolores entró de nuevo en la habitación y cerró la puerta. Ruth aguardó, pero las cortinas del escaparate no se abrieron.

Una de las prostitutas más jóvenes y bonitas, que estaba al otro lado de la calle, la miró irritada, con el ceño fruncido, como si se sintiera decepcionada porque Ruth hubiera gastado su dinero con una puta mayor y menos atractiva.

Sólo había otro transeúnte en la minúscula calle Bergstraat, un hombre maduro que mantenía la vista baja. No miraba a ninguna prostituta, pero cambió de actitud y alzó de pronto los ojos y la miró con dureza cuando Ruth pasó por su lado. Ella le devolvió la mirada, y el hombre siguió andando, de nuevo con la vista en los adoquines.

También Ruth reanudó su camino; su confianza en sí misma como persona se había debilitado, pero no como profesional. Al margen de cuál fuese el posible relato (el relato más probable sería el mejor), no dudaba de que pensaría en ello. Lo único que sucedía era que no había pensado lo suficiente en sus personajes. No, la confianza que había perdido era algo moral, algo que estaba en el centro de sí misma como mujer, y fuera lo que fuese ese «algo», le maravillaba la sensación de su ausencia.

Volvería allí, vería a Rooie de nuevo, pero no era eso lo que le preocupaba. No sentía el menor deseo de tener una experiencia sexual con la prostituta, la cual ciertamente había estimulado su imaginación, pero no podía decir que la hubiera excitado. Y seguía creyendo que no tenía necesidad, ni como escritora ni como mujer, de mirar a la prostituta mientras trabajaba con un cliente.

Lo que a Ruth le preocupaba era que necesitaba estar con Rooie de nuevo sólo para ver, como en un relato, lo que sucedería a continuación. Eso significaba que Rooie tenía la sartén por el mango.

La novelista volvió enseguida a su hotel, donde, antes de la primera entrevista, escribió unas pocas líneas en su diario: «Se ha impuesto la idea convencional de que la prostitución es una especie de violación a cambio de dinero, pero lo cierto es que en la prostitución, y tal vez sólo en ella, la mujer es, al parecer, la que tiene la sartén por el mango».

Durante el almuerzo le hicieron una segunda entrevista, y otras dos después de comer. Entonces debería haber tratado de relajarse, porque a última hora de la tarde tenía que dar una lectura, a la que seguiría una firma de ejemplares y luego la cena, pero en vez de descansar se sentó en la habitación del hotel y escribió febrilmente. Desarrolló un posible relato tras otro, hasta que tuvo la sensación de que la credibilidad de todos ellos era forzada. Si la escritora que contemplaba la actuación de la prostituta iba a sentirse humillada por la experiencia, el contenido sexual de ésta tenía que sucederle a la escritora: de alguna manera tenía que ser «su» experiencia sexual. De lo contrario, ¿por qué iba a sentirse humillada?

Cuanto más se esforzaba Ruth por involucrarse en la historia que estaba escribiendo, tanto más retrasaba o evitaba la historia que vivía. Por primera vez sabía lo que era ser un personaje de novela en vez de un novelista (el único que tiene la sartén por el mango)... pues, en calidad de personaje, Ruth se veía a sí misma regresando a la Bergstraat, un personaje de un relato que no estaba escribiendo.

Lo que experimentaba era la emoción de un lector que necesita saber lo que sucede a continuación. Sus pasos, indefectiblemente, la llevarían de nuevo a aquella calle; no podría resistirse a los deseos de saber lo que sucedería. ¿Qué le sugeriría Rooie? ¿Qué le permitiría Ruth hacer a la pelirroja?

Cuando el novelista prescinde del papel de creador, aunque sólo sea por un momento, ¿qué papeles puede adoptar? No hay más que creadores de relatos y personajes de esos relatos. No existen otros papeles. Nunca hasta entonces había sentido Ruth semejante expectación. Estaba segura de que no deseaba en absoluto controlar lo que sucedería a continuación, y en realidad le estimulaba carecer de ese control. Le alegraba no ser la novelista. No era la autora de aquel relato, pero de todos modos era un relato que le emocionaba.

## Ruth cambia su historia

Después de la lectura, Ruth se quedó para firmar ejemplares y, a continuación, cenó con los patrocinadores del acto. La noche siguiente, en Utrecht, tras la lectura en la universidad, también firmó ejemplares. Maarten y Sylvia le echaron una mano, deletreándole los nombres holandeses.

Los muchachos querían que les dedicara el libro: «A Wouter», o a Hein, Hans, Henk, Gerard o Jeroen. Los nombres de las chicas no eran menos extraños al oído de Ruth. «A Els», o a Loes, Mies, Marijke o Nel. Otros lectores deseaban que su apellido también figurase en la dedicatoria. (Los Overbeek, los Van der Meulen y los Van Meur, los Blokhui y los Veldhuizen, los Dijkstra, los De Groot y los Smit.) Las firmas de ejemplares constituían un ejercicio de ortografía tan arduo que Ruth terminó ambas sesiones de lectura con dolor de cabeza.

Pero Utrecht y su antigua universidad eran hermosas. Antes de la lectura, la escritora había cenado temprano con Maarten, Sylvia y sus hijos, ya adultos. Ruth los recordaba de cuando eran unos chiquillos, y ahora la superaban en altura y uno de ellos lucía barba. Para ella, todavía sin hijos a los treinta y seis años, uno de los aspectos chocantes que tenía la relación con matrimonios era el inquietante fenómeno de ver crecer a los niños.

En el tren, durante el viaje de regreso a Amsterdam, Ruth les contó a Maarten y Sylvia el poco éxito que había tenido con los chicos de la edad de sus hijos, es decir, cuando ella era de su edad. (El verano en que viajó a Europa con Hannah, los chicos más atractivos siempre preferían a su amiga.)

—Pero ahora resulta embarazoso, ahora les gusto a los chicos que tienen la edad de los vuestros.

—Eres muy popular entre los lectores jóvenes —comentó Maarten.

—Ruth no se refiere a eso, Maarten —terció Sylvia.

Ruth admiraba a aquella mujer inteligente y atractiva, que tenía un buen marido y una familia feliz.

—Ah —dijo el marido, un hombre muy decoroso, tanto que se había ruborizado.

—No quiero decir que atraiga a vuestros hijos de esa manera —se apresuró a decirle Ruth—. Me refiero a algunos chicos de su edad.

—¡Creo que a nuestros hijos también los atraes de esa manera! —exclamó Sylvia, riéndose de lo pasmado que se había quedado su marido.

Maarten no había reparado en la cantidad de jóvenes que rodearon a Ruth durante sus dos sesiones de firma de libros.

También había muchas chicas, pero Ruth les atraía como un modelo que podían imitar, no sólo porque era una autora de éxito, sino también una mujer soltera que había tenido varias relaciones y que, no obstante, seguía viviendo sola. (Ruth no sabía por qué razón esta circunstancia era atractiva. ¡Si supieran lo poco que a ella le gustaba su presunta vida personal!)

Siempre había un joven, por lo menos diez años y a veces hasta quince menor que ella, que trataba de seducirla torpemente. («Con tan poca maña que casi te parten el corazón», les dijo Ruth a Maarten y Sylvia.) Como tenía hijos de esa edad, Sylvia sabía exactamente qué quería decir Ruth. Maarten, como padre, había prestado más atención a sus hijos que a los jóvenes desconocidos que se afanaban demasiado en torno a la escritora.

En esta ocasión no faltó uno de tales jóvenes. Hizo cola para que ella le firmara su ejemplar, después de las dos lecturas, en Amsterdam y en Utrecht. Ruth leía el mismo pasaje cada noche, pero al joven no pareció importarle. En el acto de Amsterdam le presentó un ejemplar muy manoseado de una edición de bolsillo, y en Utrecht le tendió la edición en tapa dura de *No apto para menores*. En ambos casos se trataba de la edición en inglés.

—Es Wim, con W —le dijo la segunda vez, porque el nombre se pronunciaba Vim. En la ocasión anterior ella había escrito su nombre con V.

—¡Ah, eres tú otra vez! —le dijo al muchacho. Era demasiado guapo, y se veía con demasiada claridad que estaba chalado por ella para que lo hubiera olvidado—. De haber sabido que venías, habría leído otro pasaje.

El joven bajó los ojos, como si le doliera mirarla cuando ella le devolvía la mirada.

—Estudio en Utrecht, pero mis padres viven en Amsterdam y crecí allí —le dijo. (¡Como si eso diera cumplida explicación a su asistencia a las dos lecturas!)

–¿No hablaré de nuevo mañana en Amsterdam? –preguntó Ruth a Sylvia.

–Sí, en la Vrije Universiteit –le dijo Sylvia al joven.

–Sí, lo sé, estaré allí –replicó el chico–. Llevaré un tercer libro para que me lo firme.

Mientras Ruth firmaba más ejemplares, el joven cautivado permanecía junto a la cola, contemplándola con anhelo. En Estados Unidos, donde Ruth Cole casi siempre se negaba a firmar libros, aquella mirada de adoración la habría asustado. Pero en Europa, donde normalmente accedía a firmar ejemplares, nunca se sentía amenazada por las miradas amorosas de sus jóvenes admiradores.

La lógica de que se sintiera nerviosa en su país y cómoda en el extranjero era cuestionable. Sin duda consideraba romántica la servil lealtad de sus jóvenes lectores europeos, aquellos chicos chalados por ella que formaban una categoría irreprochable: hablaban inglés con acento extranjero, habían leído todas sus novelas y, además, en sus torturadas mentes juveniles, ella encarnaba la figura de la mujer mayor en la que centraban sus fantasías. Ahora también ellos se habían convertido en la fantasía de Ruth, y a propósito de esa fantasía, durante el trayecto en tren hacia Amsterdam, bromeaba con Maarten y Sylvia.

El viaje en tren era demasiado corto para que Ruth les hablara por extenso de la nueva novela que estaba gestando, pero al reírse juntos sobre los jóvenes disponibles, la escritora se dio cuenta de que quería cambiar su relato. La protagonista no debería conocer a otro escritor en la Feria del Libro de Frankfurt, al que luego llevaría con ella a Amsterdam. No, tenía que ser uno de sus admiradores, un aspirante a escritor y a joven amante. En la nueva novela, la escritora reflexionaría en que ya era hora de casarse, e incluso, como le sucedía a Ruth, sopesaría la proposición matrimonial de un hombre impresionante y mayor que ella al que tendría mucho cariño.

La insufrible guapura del muchacho llamado Wim no le permitía quitárselo fácilmente de la cabeza. De no estar todavía muy reciente su desdichado encuentro con Scott Saunders, a buen seguro se habría sentido tentada a disfrutar (o a ponerse en un aprieto) con Wim. Al fin y al cabo, estaba sola en Europa, y lo más probable era que al regresar a Estados Unidos se casara. Una aventurilla sin consecuencias con un hombre joven, con un hombre mucho más joven..., ¿no era eso lo que hacían las mujeres mayores que iban a casarse con hombres aún mayores que ellas?

Lo que Ruth les dijo a Maarten y a Sylvia fue que le gustaría visitar el barrio chino de la ciudad, y les contó esa parte de su relato, o por lo menos todo lo que sabía hasta entonces: un joven convence a una mujer mayor que él para pagar a una prostituta y contemplarla cuando está con un cliente. Después sucede algo y la mujer se siente muy humillada, hasta el extremo de que eso cambia su vida.

—La mujer mayor se le entrega en parte porque cree que es ella quien domina la situación y porque ese joven es precisamente la clase de chico guapo que le resultaba inalcanzable cuando ella tenía su edad. Pero no sabe que el joven puede causarle dolor y angustia..., por lo menos creo que eso es lo que sucede —añadió Ruth—. Todo depende de lo que le ocurra con la prostituta.

—¿Cuándo quieres ir al barrio chino? —le preguntó Maarten.

Ruth respondió como si la idea fuese tan reciente para ella que no hubiera pensado todavía en los detalles.

—Pues... cuando os vaya bien a vosotros.

—¿Cuándo visitarían a la prostituta la mujer mayor y el chico? —inquirió Maarten.

—Probablemente de noche —respondió Ruth—. Es muy posible que estén un poco bebidos. Creo que ella debería estarlo, para tener el valor de hacer una cosa así.

—Podríamos ir allí ahora mismo —sugirió Sylvia—. Tendremos que dar un rodeo para volver a tu hotel, pero sólo es un paseo de cinco o diez minutos desde la estación.

A Ruth le sorprendió que a Sylvia le apeteciera acompañarles. Debían de ser pasadas las once, cerca de medianoche, cuando su tren llegó a Amsterdam.

—¿No es peligroso salir a estas horas de la noche? —les preguntó Ruth.

—Hay tantos turistas que los rateros son el único peligro —dijo Sylvia con desagrado.

—También te pueden robar el bolso durante el día —terció Maarten.

De Walletjes, o De Wallen, como lo llamaban los habitantes de Amsterdam, estaba mucho más concurrido de lo que Ruth suponía. Había drogadictos y jóvenes borrachos, pero por las callejuelas pululaba otra clase de gente, muchas parejas, en su mayoría turistas, algunas de las cuales entraban en los espectáculos sexuales, e incluso uno o dos grupos. De no ser tan tarde, Ruth se habría sentido segura a solas en aquellos parajes. El espectáculo, muy sórdido, atraía a una masa de personas que, como ella, lo contemplaban embobadas. En cuanto a los hombres que se dedicaban a la tarea, por lo general prolongada, de elegir a una prostituta, su búsqueda furtiva destacaba en medio de aquel turismo sexual sin inhibiciones.

Ruth decidió que la escritora y el joven no encontrarían el tiempo y el lugar adecuados para abordar a una prostituta, aunque desde la habitación de Rooie le había parecido evidente que, cuando te hallabas en el aposento de una de aquellas mujeres, el mundo exterior se desvanecía rápidamente. O la pareja acudiría al distrito antes de que amaneciera, cuando todo el mundo excepto los drogadictos empedernidos (y los adictos al sexo) se había ido a dormir, o irían a primera hora de la noche, o durante el día.

Lo que había cambiado en el barrio chino desde la visita anterior de Ruth a Amsterdam era la proporción de prostitutas de razas distintas a la blanca. En una de las calles, la mayoría de las mujeres eran asiáticas, probablemente tailandesas, debido al número de salones de masaje tailandeses que había en los alrededores. Maarten le dijo que, en efecto, eran tailandesas, y también que algunas de ellas habían sido hombres. Al parecer, se sometieron a operaciones de cambio de sexo en Camboya.

En el Molensteeg y en los alrededores de la antigua iglesia en la Oudekerksplein, todas las chicas eran de piel morena, dominicanas y colombianas, según Maarten. Las procedentes de Surinam, que acudieron a Amsterdam a fines de los años sesenta, habían desaparecido por completo.

Y en la Bloedstraat había chicas que parecían hombres, mujeres altas de manos grandes y con nuez de Adán. Maarten le comentó a Ruth que en su mayoría eran hombres, travestidos ecuatorianos, de los que se decía que azotaban a sus clientes.

Por supuesto, había algunas mujeres blancas, no todas ellas holandesas, en la Sint Annenstraat y el Dollebegijnensteeg, así como en la calle a la que Ruth habría preferido que Maarten y Sylvia no la llevaran. El Trompetterssteeg era un callejón demasiado estrecho que no permitía la ventilación de las casas. En el salón al que subieron el aire estaba estancado y en aquella atmósfera quieta se libraba una constante batalla de olores: orina y perfume, tan densamente mezclados que el resultado final era un olor que recordaba el de la carne en mal estado. Flotaba también un olor seco, a quemado, debido a los secadores de pelo de las putas, un olor que parecía incongruente porque el callejón, incluso en una noche sin lluvia, estaba mojado. Nunca hacía el suficiente aire para que se secaran los charcos sobre el pavimento siempre húmedo.

Las paredes, sucias y húmedas, dejaban marcas en las espaldas, pechos y hombros de las chaquetas masculinas, pues los hombres tenían que pegarse a las paredes para ceder el paso. Las prostitutas, en sus escaparates o en los vanos de sus puertas abiertas, estaban lo bastante cerca para poder olerlas y tocarlas, y no había ninguna parte donde mirar, salvo la cara de la siguiente o de la que estaba apostada más allá, o a los hombres que las examinaban y cuyas caras eran las peores de todas, atentos a los gestos de las prostitutas que los llamaban y con las que entraban en contacto una y otra vez. El Trompettersteeg era un mercado. La mercancía estaba casi al alcance de la mano, y el comprador establecía con ella un contacto muy directo.

Ruth se percató de que, en De Wallen, no hacía falta pagar a una prostituta para ver a alguien realizando el acto sexual. Por tanto, la motivación para hacer eso debía proceder del mismo joven y del carácter de la escritora madura, o sólo de ésta. En su relación debería haber un elemento especial o una carencia. Al fin y al cabo, en el Centro de Espectáculos Eróticos uno podía pagar por entrar en una cabina de vídeo. SENCILLAMENTE LOS MEJORES, decía el anuncio. El Show de Porno en Vivo prometía ACTOS SEXUALES AUTÉNTICOS, y el anuncio de otro local decía SEXO REAL SOBRE EL ESCENARIO. Allí no era necesario hacer ningún esfuerzo especial para practicar el voyeurismo.

Una novela siempre es más complicada de lo que parece al principio. La verdad es que ha de ser más complicada de lo que parece al principio.

Por lo menos Ruth se consoló un poco al comprobar que los artículos «especiales para SM» de la *sex shop* no habían cambiado. La vagina de goma que la vez anterior le pareció una tortilla seguía suspendida del techo de la tienda, aunque la liga de la que ahora pendía era negra, no roja. Y nadie había comprado el cómico consolador con un cencerro sujeto a aquél con una correa de cuero. Los látigos aún estaban expuestos, y las peras para enemas se presentaban en el mismo orden de tamaños (u otro similar). Incluso el puño de goma había resistido el paso del tiempo sin que nadie lo tocara, tan desafiante y tan rechazado como siempre, pensó Ruth..., es decir, confió en que así fuera.

Pasada la medianoche, Maarten y Sylvia acompañaron a Ruth a su hotel. La escritora se había fijado atentamente en la ruta seguida. Una vez en el vestíbulo, se despidió de ellos al estilo holandés, besándolos tres veces, pero de una manera más rápida y prosaica que cuando Rooie la besó a ella. Entonces subió a su habitación y se cambió de ropa. Se puso unos tejanos más viejos y descoloridos y una sudadera azul marino que le iba demasiado grande. No le sentaba bien, pero casi le disimulaba los senos. También se puso los zapatos más cómodos que tenía, unos mocasines de ante negro.

Aguardó durante quince minutos en su habitación antes de abandonar el hotel. Era la una menos cuarto de la madrugada, pero no tardaría ni cinco minutos en llegar hasta la calle de las prostitutas más prósperas. No se había propuesto visitar a Rooie a aquellas horas, pero quería tener un atisbo de ella en su escaparate, y se decía que tal vez podría ver cómo atraía a un cliente a su habitación. Al día siguiente, o al otro, le haría una visita.

La experiencia que hasta entonces había tenido Ruth con las prostitutas debería haberle aleccionado. Era evidente que su capacidad de prever lo que podía suceder en el mundo de la prostitución no estaba tan desarrollada como sus habilidades de novelista. Cabría esperar de ella cierta cautela, que fuese consciente de su poca preparación para relacionarse con esa clase de mujeres... pues allí, en la Bergstraat, en el que creía que era el escaparate de Rooie, estaba sentada una mujer mucho más vulgar y joven que Rooie. Ruth reconoció el top que había visto colgado en el estrecho ropero de la prostituta. Era negro y el escote se abrochaba con unos cierres a presión de plata, pero la muchacha tenía un pecho demasiado abundante para que pudiera abrocharse del todo la prenda. Por debajo de la profunda hendidura entre los senos, por debajo del top, el fofo vientre de la muchacha pendía sobre una braguita negra, que estaba rota y tenía la cintura desgarrada. La cinta elástica blanca contrastaba con la negrura de la braga y con el michelín de carne cetrina que formaba el amplio vientre de la gorda muchacha. Tal vez estuviera embarazada, pero de las bolsas grisáceas bajo los ojos de la joven prostituta se deducía que estaba tan dañada interiormente que su capacidad reproductiva era mínima.

—¿Dónde está Rooie? —le preguntó Ruth. La chica gorda bajó del taburete y entreabrió la puerta.

—Con su hija —respondió en un tono de fatiga.

Ruth se había ya alejado unos pasos cuando oyó un ruido sordo contra el vidrio de la ventana. No era el familiar tamborileo con una uña, una llave o una moneda, que Ruth había oído en las ventanas de otras prostitutas. La chica gorda golpeaba la ventana con el grueso consolador rosado que Ruth vio la ocasión anterior en la bandeja de aspecto quirúrgico, sobre la mesa al lado de la cama. Cuando la joven prostituta captó la atención de Ruth, se metió el consolador en la boca y le dio un brusco tirón con los dientes. Entonces, mirando a Ruth, hizo un gesto con la cabeza, una desganada invitación, y finalmente se encogió de hombros, como si la energía que le quedaba sólo le permitiera esa promesa limitada: que trataría de satisfacerla tanto como Rooie.

Ruth rechazó la invitación sacudiendo la cabeza, pero sonrió amablemente a la prostituta. La patética muchacha se golpeó varias veces la palma de la mano con el consolador, como si marcara el ritmo de una música que sólo ella podía oír.

Aquella noche Ruth soñó con el guapo chico holandés llamado Wim, un sueño tremendamente excitante. Se despertó azorada, convencida de que el ligue detestable de la novela que estaba concibiendo no debía ser pelirrojo, e incluso dudaba de que debiera ser del todo «malo». Si la escritora madura iba a sufrir una humillación que le haría cambiar de vida, la mala sería ella. Uno no cambia de vida porque otra persona haya sido mala.

A Ruth no se le podía convencer fácilmente de que las mujeres eran víctimas; al contrario, estaba convencida de que las mujeres eran tan a menudo víctimas de sí mismas como lo eran de los hombres. A juzgar por el comportamiento de las mujeres a las que mejor conocía, ella misma y Hannah, eso era del todo cierto. (No conocía a su madre, pero sospechaba que probablemente Marion sí era una víctima, una de las muchas víctimas de su padre.)

Además, Ruth se había vengado de Scott Saunders. ¿Por qué arrastrarle a él, o a un pelirrojo similar, a su novela? En *No apto para menores*, la novelista viuda, Jane Dash, tomaba la decisión correcta, la de no escribir sobre su adversaria Eleanor Holt. ¡Ruth ya había escrito sobre ese particular! («Como novelista, la señora Dash despreciaba escribir acerca de personas reales, le parecía un fracaso de la imaginación, pues todo novelista digno de ese nombre debería ser capaz de inventar un personaje más interesante que cualquier persona de carne y hueso. Convertir a Eleanor Holt en personaje literario, aun cuando fuese con el propósito de burlarse de ella, sería una especie de halago.»)

Ruth se dijo a sí misma que debería practicar lo que predicaba.

Dada la insatisfactoria selección de alimentos en el comedor de los desayunos, y tras recordar que su única entrevista del día tendría lugar durante la comida, Ruth se tomó media taza de café tibio y un zumo de naranja cuya temperatura era no menos desagradable y salió en dirección al barrio chino. A las nueve de la mañana no era aconsejable pasear por el distrito con el estómago lleno.

Cruzó la Warmoesstraat, donde había una comisaría de policía que a ella le pasó desapercibida. En lo primero que se fijó fue en una prostituta callejera joven y drogadicta que estaba en cuclillas en la esquina del Enge Kerksteeg. La joven tenía dificultades para mantener el equilibrio y, a fin de no caerse, sólo podía aplicar las palmas de ambas manos en el bordillo de la acera mientras orinaba en la calle.

—Por cincuenta guilders puedo hacerte cualquier cosa que te haga un hombre —propuso la joven a Ruth, pero ésta no le hizo caso.

A las nueve en punto sólo estaba abierto uno de los escaparates de prostitutas en la Oudekerksplein, al lado de la vieja iglesia. A primera vista, la prostituta podría ser una de las mujeres dominicanas o colombianas a las que Ruth había visto la noche anterior, pero aquella mujer tenía la piel mucho más oscura. Era muy negra y muy gorda, y permanecía de pie, con una confianza campechana, en el umbral de su habitación, como si por las calles de De Wallen avanzaran oleadas de hombres. Lo cierto era que las calles estaban prácticamente desiertas, con excepción de los barrenderos, que recogían los desperdicios acumulados durante el día anterior.

En los cubículos desocupados de las prostitutas se afanaban numerosas mujeres de la limpieza, y el ruido de los aspiradores se imponía a las charlas que entablaban de vez en cuando. Incluso en el estrecho Trompetterssteeg, donde Ruth no pensaba a aventurarse, el carrito de una mujer de la limpieza, que contenía el cubo, la fregona y las botellas de productos de limpieza, sobresalía de una estancia que daba al callejón. También había un saco de colada lleno de toallas sucias y una abultada bolsa de plástico, de esas que encajan en una papelera, sin duda llena de condones, toallitas y pañuelos de papel. Ruth pensó que sólo la nieve recién caída podría dar al distrito un aspecto de auténtica limpieza a la luz matinal, tal vez el día de Navidad por la mañana, cuando ni una sola prostituta estaría trabajando allí. ¿O sí estaría?

En el Stoofsteeg, donde predominaban las prostitutas tailandesas, sólo dos mujeres ofrecían sus servicios desde las puertas abiertas. Al igual que la mujer en cuclillas junto a la vieja iglesia, eran muy negras y muy gordas. Charlaban entre ellas en una lengua que no se parecía a ninguna de las que Ruth había oído jamás, y como se interrumpieron para saludarla cortésmente con una inclinación de cabeza, ella se atrevió a detenerse y preguntarles de dónde eran.

—De Ghana —dijo una de ellas.

—¿Y tú de dónde eres? —le preguntó la otra a Ruth.

—De Estados Unidos —replicó Ruth.

Las mujeres africanas murmuraron apreciativamente y, restregándose los dedos, hicieron el gesto universal que significa dinero.

—¿Quieres algo que podamos darte? —preguntó una de ellas a Ruth.

—¿Quieres entrar? —inquirió la otra.

Las dos se echaron a reír ruidosamente. No se hacían la ilusión de que Ruth tuviera verdadero interés en acostarse con ellas. Lo que sucedía, ni más ni menos, era que la famosa riqueza de Estados Unidos las llevaba a intentar atraer a Ruth con sus muchos ardides.

—No, gracias —les dijo Ruth y, sin dejar de sonreír cortésmente, se alejó.

Allí donde, la noche anterior, los hombres ecuatorianos exhibían el atractivo de su equívoco sexual, sólo había ahora mujeres de la limpieza. Y en el Molensteeg, donde antes había más dominicanos y colombianos, otra prostituta de aspecto africano, ésta muy esbelta, permanecía en un escaparate mientras una mujer de la limpieza trajinaba en otro cubículo.

La escasez de gente en el distrito reforzaba el ambiente en el que Ruth siempre pensaba: el aspecto de abandono, que era el aspecto del sexo indeseado, era mejor que el incesante turismo sexual que invadía el distrito por la noche.

Impulsada por su irresistible curiosidad, Ruth entró en una *sex shop*. Como en una tienda de vídeo convencional, cada categoría tenía su propio pasillo. Estaba el pasillo de los azotes y los pasillos para el sexo oral y anal. Ruth no exploró el pasillo de la coprofilia, y la luz roja sobre la puerta de una «cabina de vídeo» le hizo abandonar la tienda antes de que saliera el cliente del recinto privado donde veía las películas. Le bastaba con imaginar la expresión del hombre.

Durante algún tiempo creyó que la seguían. Un hombre fornido, con tejanos azules y sucias zapatillas deportivas, caminaba siempre detrás de ella o en la acera de enfrente, a su altura, incluso después de que diera dos veces la vuelta a la misma manzana. Sus facciones eran toscas, tenía barba de dos o tres días y sus ojos traslucían irritación. Llevaba una cazadora holgada que tenía la forma de esas chaquetas que usan los jugadores de béisbol para calentarse. No daba la impresión de que pudiera permitirse ir con una prostituta, pero seguía a Ruth como si creyera que ella lo era. Finalmente lo perdió de vista, y ella dejó de preocuparse por él.

Estuvo dos horas paseando por el distrito. Hacia las once, varias tailandesas regresaron al Stoofsteeg. Las africanas ya se habían ido y, alrededor de la Oudekerksplein, la media docena de negras gordas, posiblemente también procedentes de Ghana, fueron sustituidas por una docena o más de mujeres de piel morena: de nuevo las colombianas y dominicanas.

Ruth se metió por error en un callejón sin salida frente al Oudezijds Voorburgwal. El Slapersteeg se estrechaba enseguida y al final había tres o cuatro escaparates de prostitutas con una sola puerta de acceso. En el vano de la puerta abierta, una puta corpulenta con un acento que parecía jamaicano tomó a Ruth del brazo. Una mujer de la limpieza todavía trabajaba en las habitaciones, y otras dos prostitutas se estaban arreglando ante un largo espejo de maquillaje.

—¿A quién buscas? —le preguntó la corpulenta mujer morena.

—A nadie —respondió Ruth—. Me he perdido.

La mujer de la limpieza seguía trabajando con expresión malhumorada, pero las prostitutas que estaban ante el espejo, y la corpulenta que había tomado a Ruth del brazo y no se lo soltaba, se echaron a reír.

—Sí, se nota que te has perdido —le dijo la mujerona, y la condujo fuera del callejón.

Cada vez le apretaba más el brazo, como si le hiciera un masaje que ella no le había pedido o como si amasara pasta de una manera cariñosa, sensual.

—Gracias —le dijo Ruth, fingiendo que realmente se había perdido y la habían rescatado de veras.

—No hay ningún problema, encanto.

Esta vez, cuando Ruth cruzó de nuevo la Warmoesstraat, reparó en la comisaría. Dos policías uniformados conversaban con el hombre fornido de la cazadora que la había seguido. ¡Vaya, le habían detenido!, se dijo Ruth. Entonces conjeturó que aquel hombre con cierto aspecto de matón era un policía de paisano, pues parecía dar órdenes a dos agentes uniformados. ¡Ruth se sintió avergonzada y apretó el paso como si fuese una delincuente! De Wallen era un distrito pequeño. Se había pasado la mañana allí y, al final, había llamado la atención; la consideraban sospechosa.

Y a pesar de que prefería De Wallen por la mañana a lo que se convertía de noche, dudaba que fuese el lugar o la hora del día adecuados para que sus personajes abordaran a una prostituta y le pagaran a fin de que les permitieran mirarla mientras estaba con un cliente. ¡Podían pasarse toda la mañana esperando al primer cliente!

Pero ahora, poco antes del mediodía, apenas tenía tiempo para seguir andando más allá de la zona de su hotel, y se dirigió a la Bergstraat, donde esperaba encontrar a Rooie en su escaparate. Esta vez la prostituta había sufrido una transformación más ligera. El cabello pelirrojo tenía un tono menos anaranjado, menos cobrizo, y era más oscuro, más castaño rojizo, casi rojo oscuro, mientras que el sostén y las bragas eran blancuzcos, marfileños, y acentuaban la blancura de la piel de Rooie.

A la mujer le bastó con inclinarse para abrir la puerta sin bajar del taburete. Así pudo permanecer sentada en el escaparate mientras Ruth, que no estaba dispuesta a cruzar el umbral, asomaba la cabeza.

—Ahora no tengo tiempo de quedarme, pero quiero volver —le dijo a la prostituta.

—Muy bien —replicó Rooie, encogiéndose de hombros.

Su indiferencia sorprendió a Ruth.

—Anoche te busqué, pero había otra mujer en tu ventana —siguió diciendo Ruth—. Me dijo que estabas con tu hija.

—Todas las noches estoy con mi hija, y también los fines de semana. Sólo vengo aquí cuando ella está en la escuela.

—¿Qué edad tiene tu hija? —inquirió Ruth, esforzándose por ser amistosa.

La prostituta suspiró.

—Oye, no voy a hacerme rica hablando contigo.

—Perdona.

Ruth se retiró del umbral como si la otra la hubiera empujado.

—Ven a verme cuando tengas tiempo —le dijo Rooie antes de inclinarse y cerrar la puerta.

Sintiéndose estúpida, Ruth se reprendió a sí misma por esperar tanto de una prostituta. Por supuesto, el dinero era lo que ocupaba el lugar principal en la mente de Rooie, si no era lo único que le importaba. Ella intentaba tratarla como a una amiga, cuando todo lo que realmente había sucedido era que le había pagado por su primera conversación.


Ruth había caminado demasiado, sin haber desayunado siquiera, y a mediodía tenía un hambre voraz. Estaba segura de que en la entrevista había dado una imagen desorganizada. No pudo responder a una sola pregunta referente a *No apto para menores* ni a sus dos novelas anteriores sin abordar algún elemento de la novela que tenía entre manos: la ilusión de comenzar su primera novela en primera persona, la irresistible idea de una mujer que, al cometer un error de juicio, se humilla hasta tal extremo que emprende una vida del todo nueva. Pero mientras Ruth hablaba, se decía: «¿A quién pretendo engañar? ¡Todo esto trata de mí! ¿No he tomado ciertas decisiones erróneas? (Por lo menos una, hace poco...) ¿No voy a emprender una vida del todo nueva? ¿O acaso Allan no es más que la alternativa "segura" a una clase de vida que me atemoriza?».

Durante su conferencia, que impartió al atardecer en la Vrije Universiteit (en realidad, fue su única conferencia; la revisaba una y otra vez, pero en esencia seguía siendo la misma), sus palabras le parecieron poco sinceras. Allí estaba ella, mostrándose partidaria de la pureza de la imaginación opuesta a la memoria, ensalzando la superioridad del detalle inventado en contraposición a lo meramente autobiográfico. Allí estaba ella, entonando un canto a las virtudes de crear unos personajes totalmente imaginados en vez de poblar la novela de amigos personales y miembros de la familia («ex amantes y esas otras personas, limitadas y decepcionantes, de la vida real»), y, sin embargo, de nuevo la conferencia le salió bien. Al público siempre le gustaba. Lo que había comenzado como una discusión entre Ruth y Hannah le había prestado un gran servicio como novelista. La conferencia se había convertido en su credo.

Ruth afirmaba que su mejor detalle en la narración era un detalle seleccionado, no uno recordado, pues la verdad de la ficción no era tan sólo la verdad de la observación, que es tan sólo la del periodismo. El mejor detalle de la ficción era el que debería definir al personaje, el episodio o el ambiente. La verdad de la ficción era lo que debería haber sucedido en un relato, no necesariamente lo que sucedía en realidad o lo que había sucedido.

El credo de Ruth Cole era una declaración de guerra contra el *roman à clef*, e implicaba el rechazo de la novela autobiográfica, cosa que ahora la avergonzaba, porque sabía que se estaba preparando para escribir su novela más autobiográfica hasta la fecha. Si Hannah siempre la había acusado de escribir sobre dos personajes, que correspondían a ellas dos, ¿sobre qué escribía ahora? ¡Estrictamente sobre un personaje correspondiente a Ruth que toma una decisión errónea, al estilo de Hannah!

Por ello le resultaba doloroso sentarse en un restaurante y escuchar los cumplidos de los que habían organizado la conferencia en la Vrije Universiteit, todos bienintencionados, pero unos tipos de lo más académico, que preferían las teorías y los comentarios teóricos a los aspectos prácticos de la narración. Ruth se reprendía a sí misma por proporcionarles una teoría de la ficción sobre la que ella albergaba ahora considerables dudas.

Las novelas no eran razonamientos. Una historia funcionaba o no por sus propios méritos. ¿Qué importaba que un detalle fuese real o imaginado? Lo que importaba era que el detalle pareciese real y que fuese sin discusión el mejor detalle para las circunstancias relatadas. Eso tenía poco de teoría, pero era todo a lo que Ruth podía comprometerse en aquellos momentos. Era hora de retirar su vieja conferencia, y su penitencia consistía en soportar los cumplidos que le dirigían por un credo superado.

Cuando, en vez de postre, pidió otro vaso de vino tinto, Ruth supo que había bebido más de la cuenta. En aquel mismo instante recordó también que no había visto al guapo muchacho holandés en la cola de personas que le pedían su autógrafo tras la disertación, lograda pero humillante. El chico le había dicho que estaría allí.

Ruth tenía que admitir que había esperado ver de nuevo al joven Wim... y tal vez hacerle hablar un poco. Desde luego, no se había propuesto coquetear con él, por lo menos en serio, y ya había decidido no acostarse con él. Tan sólo quería disponer de un poco de tiempo para charlar con él a solas, tal vez mientras tomaban un café por la mañana, a fin de descubrir qué le interesaba de ella, imaginarle como su admirador y, tal vez, su amante, fijarse en más detalles con respecto al guapo muchacho holandés. Pero él no se había presentado.

Supuso que al final se había cansado de ella, en cuyo caso lo comprendería, pues nunca se había sentido tan cansada de sí misma.

Ruth rechazó el ofrecimiento que le hicieron Maarten y Sylvia de acompañarla a su hotel. Por culpa de la novelista habían trasnochado el día anterior, y todos necesitaban acostarse temprano. Le pidieron un taxi y dieron instrucciones al taxista. Al otro lado de la calle, frente al hotel, en la parada de taxis del Kattengat, Ruth vio a Wim de pie bajo una farola, como un chico perdido que se hubiera separado de su madre en medio de una muchedumbre que luego se había dispersado.

«¡Piedad!», se dijo Ruth, mientras cruzaba la calle en busca del muchacho.

## Ni una madre ni su hijo

Por lo menos no se acostó con él... en el sentido habitual de esa expresión. Es cierto que pasaron la noche en la misma cama, pero Ruth no tuvo una verdadera relación sexual con él. También es cierto que se besaron y arrullaron, que ella permitió que le tocara los pechos, pero le paró los pies cuando el muchacho se excitó demasiado. Ruth se acostó con bragas y camiseta, no estuvo desnuda con él. No tenía la culpa de que el chico se hubiera desnudado por completo. Ella había ido al baño a cepillarse los dientes y ponerse las bragas y la camiseta, y cuando volvió a la habitación, él ya se había desvestido y metido en la cama.

Hablaron mucho. El joven se llamaba Wim Jongbloed y había leído varias veces todas las obras de Ruth. Quería ser escritor, como ella, pero no se había acercado a Ruth después de la conferencia en la Vrije Universiteit porque las opiniones de la novelista le habían anonadado. El chico escribía sin cesar una logorrea autobiográfica, y jamás había «imaginado» un relato o un personaje. Lo único que hacía era consignar sus tristes anhelos, su desdichada y vulgar experiencia. Cuando finalizó la conferencia deseaba suicidarse, pero lo que hizo fue ir a casa y destruir todos sus escritos. Arrojó a un canal sus diarios, pues eso era cuanto había escrito: diarios. Entonces telefoneó a todos los hoteles de primera clase de Amsterdam, hasta que descubrió dónde se alojaba Ruth.

Se sentaron a charlar en el bar del hotel, hasta que resultó evidente que iban a cerrarlo. Entonces ella lo llevó a su habitación.

—No soy mejor que un periodista —dijo Wim Jongbloed, con el corazón partido.

Ruth se estremeció al oír su propia frase en labios del muchacho. Durante la conferencia había dicho: «Si eres incapaz de inventar algo, no eres mejor que un periodista».

—¡No sé inventar un relato! —exclamó Wim, compungido.

Lo más probable era que tampoco supiera escribir una frase aceptable, pero Ruth se sentía totalmente responsable de él. Y era muy guapo, con el espeso cabello castaño oscuro, los ojos también castaños y unas pestañas larguísimas. Tenía la piel muy suave, la nariz recta, el mentón fuerte, la boca en forma de corazón. Y aunque de cuerpo demasiado liviano para el gusto de Ruth, era ancho de hombros y pecho. Aún no había terminado de crecer.

Ruth empezó por hablarle de la novela que tenía entre manos, de los cambios constantes que introducía y de que eso era precisamente lo que una hacía para inventar una historia. Narrar no era más que una especie de sentido común intensificado. (Se preguntó de dónde había sacado esta idea, que sin duda no era suya.) Incluso confesó que había «imaginado» a Wim como el joven de su novela. Eso no significaba que fuera a hacer el amor con él. De hecho, quería que comprendiera que no iban a hacer el amor. Le bastaba con haber fantaseado al respecto.

Él le dijo que también había fantaseado... ¡durante años! En una ocasión se masturbó mientras contemplaba su foto en la sobrecubierta de un libro. Al oír esto, Ruth fue al baño, se cepilló los dientes y se puso unas bragas limpias y una camiseta. Y al salir del baño allí estaba él, desnudo en su cama.

No le tocó el pene ni una sola vez, aunque lo notó contra su cuerpo cuando se abrazaron. Era agradable tener al chico entre sus brazos. Y él fue muy cortés cuando abordó el tema de la masturbación, por lo menos la primera vez.

—Tengo que hacerlo —le dijo—. ¿Me permites?

—De acuerdo —respondió ella, y le dio la espalda.

—No, mirándote —le rogó el muchacho—. Por favor...

Ella se volvió en la cama para mirarle. Y le besó una vez en los ojos y en la punta de la nariz, pero no en los labios. Él la miraba con tal intensidad que Ruth casi podía creer que tenía de nuevo la edad del chico, y le resultaba fácil imaginar que así fue la relación de su madre con Eddie O'Hare. Éste no le había contado tales pormenores, pero ella había leído todas las novelas de Eddie y sabía bien que no se había inventado las escenas de masturbación. La capacidad de invención del pobre Eddie era prácticamente nula.

Wim Jongbloed movió rápidamente los párpados al correrse. Ella le besó entonces en los labios, pero no fue un beso largo, pues el azorado muchacho corrió al baño para lavarse la mano. Cuando regresó a la cama, se durmió con tal rapidez, la cabeza sobre los senos de Ruth, que ella se dijo: «¡Quizá me habría gustado probar también qué tal se me da eso!».

Llegó a la conclusión de que se alegraba de no haberse masturbado. De haberlo hecho, la relación con el chico habría sido más sexual, más cercana al acto. Le pareció irónico que necesitara establecer sus propias reglas y definiciones. Se preguntó si su madre habría necesitado un comedimiento similar con Eddie. Si Ruth hubiera tenido madre en los momentos en que más falta le hacía, ¿se habría encontrado en una situación como aquélla?

Una sola vez retiró la sábana y contempló al muchacho dormido. Habría podido mirarle durante toda la noche, pero incluso restringió el tiempo en que estuvo mirándole. Era una mirada de despedida, y bastante casta, por cierto, dadas las circunstancias. Decidió que no admitiría de nuevo a Wim en su cama, y a primera hora de la mañana el muchacho le afianzó en su resolución. Creyendo que ella aún dormía, volvió a masturbarse a su lado, y esta vez deslizó la mano bajo la camiseta y le apretó un seno. Cuando Wim fue al baño para lavarse la mano, ella fingió que seguía durmiendo. ¡Vaya con el pequeño sátiro!

Ruth le llevó a desayunar a un café, y luego fueron a un local al que él llamó «café literario» en el Kloveniersburgwal, para tomar más café. De Engelbewaarder era un establecimiento oscuro, con un perro pedorreante y dormido bajo una mesa y, en las únicas mesas a las que llegaba luz de las ventanas, media docena de hinchas de fútbol ingleses que bebían cerveza. Sus camisetas de futbolista, de un color azul brillante, promocionaban una marca de cerveza inglesa, y cuando otros dos o tres compañeros entraban y se unían a ellos, los saludaban con un fragmento de una canción llena de vigor. Pero ni siquiera esos esporádicos arranques melódicos podían despertar al perro o impedir su pedorreo. (Si De Engelbewaarder respondía a la idea que tenía Wim de un café «literario», Ruth no quería ver por nada del mundo lo que consideraba un bar de mala muerte.)

Por la mañana Wim parecía que le deprimieran menos sus problemas literarios. Ruth creía que le había hecho lo bastante feliz para esperar de él más ayuda en la investigación.

—¿Qué clase de «ayuda en la investigación»? —preguntó el joven a la escritora.

—Bueno...

Ruth recordaba su fuerte impresión al leer que Graham Greene, cuando estudiaba en Oxford, había experimentado con la ruleta rusa, ese juego suicida con un revólver. Esa información desmentía la imagen que ella se había formado de Greene como un autor con un dominio absoluto de sí mismo. En la época en que se entregaba a ese peligroso juego, Greene estaba enamorado de la institutriz de su hermana menor. La mujer tenía doce años más que el joven Graham y ya estaba prometida en matrimonio.

Si bien Ruth Cole era capaz de imaginar a un joven idólatra como Wim Jongbloed jugando a la ruleta rusa por ella, ¿qué creía estar haciendo cuando fue con él al barrio chino y, casi al azar, abordó primero a una prostituta y luego a otra proponiéndoles que le permitieran observarlas cuando estaban con un cliente? Aunque Ruth le había explicado a Wim que planteaba la pregunta «hipotéticamente», pues en realidad no quería ver a una prostituta mientras realizaba uno o más actos, las mujeres con las que Ruth y Wim hablaron malentendieron o interpretaron mal a sabiendas la proposición.

Las mujeres dominicanas y colombianas que estaban en los escaparates y umbrales aledaños a la Oudekerksplein no atraían a Ruth, pues temía, acertadamente, que su conocimiento del inglés fuese deficiente. Wim le confirmó que entendían todavía peor el holandés. En el vano de una puerta, frente al Oudekennigssteeg, había una rubia alta e impresionante, pero no hablaba inglés ni holandés. Wim le dijo a Ruth que era rusa.

Finalmente encontraron una prostituta tailandesa en un sótano del Barndesteeg. Era una joven corpulenta, de pechos caídos y abdomen prominente, pero tenía un rostro sorprendente, en forma de luna, la boca sensual y los ojos anchos y hermosos. Al principio su inglés parecía pasable, mientras les conducía a través de un laberinto de habitaciones subterráneas donde todo un pueblo de mujeres tailandesas les miraban con gran curiosidad.

—Sólo hemos venido para hablar con ella —dijo Wim en un tono poco convincente.

La robusta prostituta los acompañó a una habitación mal iluminada, con una cama doble en cuya colcha naranja y negra destacaba la figura de un tigre rugiente. El centro de la colcha, que era la boca del tigre, estaba parcialmente cubierto por una toalla verde con manchas de lejía en algunos lugares y un tanto arrugada, como si la pesada mujer hubiera estado tendida allí hacía un momento.

Todas las habitaciones del sótano estaban divididas por tabiques que no llegaban al techo. La luz procedente de otras habitaciones mejor iluminadas se filtraba por encima de los delgados tabiques. Las paredes circundantes temblaron cuando la prostituta bajó una cortina de bambú que cubría el vano de la puerta. Ruth atisbó, por debajo de la cortina, los pies descalzos de otras prostitutas que deambulaban sin hacer ruido.

—¿Cuál de los dos mirará? —les preguntó la tailandesa.

—No, no es eso lo que queremos —respondió Ruth—. Deseamos preguntarte por las experiencias que has tenido con parejas que te han pagado por verte con un cliente. —No había ningún lugar en la habitación donde alguien pudiera esconderse, por lo que Ruth añadió—: ¿Y cómo lo harías? ¿Dónde se ocultaría alguien que quisiera mirar?

La maciza tailandesa se desnudó. Llevaba un vestido sin mangas de una tela delgada y seductora, de color naranja. Se quitó los tirantes y el vestido se deslizó a lo largo de su cuerpo hasta quedar arrugado en el suelo. Estuvo desnuda antes de que Ruth pudiera decir otra palabra.

—Te sientas en este lado de la cama —le dijo la prostituta a Ruth—, y yo me acuesto con él en el otro lado.

—No... —repitió Ruth.

—O puedes quedarte de pie donde quieras —concluyó la tailandesa.

—¿Y si los dos queremos mirar? —inquirió Wim, pero sólo logró confundir más a la puta.

—¿Queréis mirar los dos?

—No es exactamente eso —dijo Ruth—. En caso de que los dos quisiéramos mirar, ¿cómo lo arreglarías?

La mujer desnuda suspiró. Se tendió boca arriba sobre la toalla, ocupándola en su totalidad.

—¿Quién quiere mirar primero? —les preguntó—. Creo que os costará un poco más... —Ruth ya le había pagado cincuenta guilders.

La oronda tailandesa abrió los brazos, en actitud suplicante.

—¿Los dos queréis hacerlo y mirar?

—¡No, no! —exclamó Ruth, irritada—. Sólo quiero saber si alguien te ha mirado antes y cómo lo ha hecho.

La perpleja prostituta señaló la parte superior de la pared.

—Alguien nos está mirando ahora. ¿Es así como quieres hacerlo?

Ruth y Wim miraron el tabique que servía de pared en el lado más próximo a la cama y vieron, cerca del techo, el rostro de una tailandesa más delgada y mayor que les sonreía.

—¡Dios mío! —exclamó Wim.

—Esto no marcha —dijo Ruth—. Hay un problema de lenguaje.

Le dijo a la prostituta que podía quedarse con el dinero. Ya habían visto todo lo que tenían que ver.

—¿Sin mirar ni hacer nada? —replicó la prostituta—. ¿Qué pasa?

Ruth y Wim avanzaban por el estrecho pasillo con la mujer desnuda a sus espaldas, preguntándoles si era demasiado gorda, si era eso lo malo, cuando la prostituta más delgada y mayor, la mujer que les había sonreído desde lo alto de la pared, les cerró el paso.

—¿Quieres algo diferente? —le preguntó a Wim. Le tocó los labios y el muchacho retrocedió. La mujer guiñó un ojo a Ruth—. Seguro que sabes lo que quiere este chico —le dijo mientras acariciaba la entrepierna de Wim—. ¡Vaya! —exclamó la menuda tailandesa—. ¡Qué grande la tiene! ¡Pues claro que quiere algo especial!

Wim, asustado y deseoso de protegerse, se llevó una mano a la entrepierna y la otra a la boca.

—Nos vamos —dijo Ruth con firmeza—. Ya he pagado.

La mano pequeña y como una garra de la puta estaba a punto de cerrarse sobre un pecho de Ruth, cuando la gruesa tailandesa desnuda que les seguía se interpuso entre ella y la agresiva y madura prostituta.

—Es nuestra mejor sádica —le explicó a Ruth la mujer maciza—. No es eso lo que queréis, ¿verdad?

—No —respondió Ruth.

Wim, a su lado, parecía un niño agarrado a las faldas de su madre.

La prostituta robusta dijo algo en tailandés a la otra, la cual entró de espaldas en una habitación en penumbra. Ruth y Wim aún podían verla. La mujer les sacó la lengua mientras ellos avanzaban rápidamente por el pasillo hacia la tranquilizadora luz del día.

—¿La tenías empalmada? —le preguntó Ruth a Wim una vez estuvieron a salvo en la calle.

—Sí —confesó el muchacho.

Ruth se preguntó qué podía haber estimulado al chico para que tuviera una erección. ¡Y el pequeño sátiro se había corrido dos veces la noche anterior! ¿Acaso todos los hombres eran insaciables? Pero entonces pensó que a su madre debía de haberle gustado la atención amorosa de Eddie O'Hare. El concepto de «sesenta veces» cobraba un nuevo significado.

—Mitad de precio por ti y por tu madre —le dijo a Wim una de las prostitutas sudamericanas que estaban en el Gordijnensteeg.

Por lo menos hablaba bien el inglés, mejor que el holandés, por lo que fue Ruth quien le respondió.

—No soy su madre, y sólo queremos hablar contigo, nada más que hablar.

—No importa lo que hagáis, cuesta lo mismo —replicó la prostituta.

Llevaba un sarong con un sujetador a juego, cuyo estampado de flores pretendía representar la vegetación del trópico. Era alta y esbelta, la piel de color café con leche, y aunque la alta frente y los pómulos muy marcados daban a su rostro un aspecto exótico, había algo demasiado prominente en su osamenta facial.

Condujo a Wim y Ruth escaleras arriba, a una habitación que formaba ángulo. Las cortinas eran diáfanas y la luz del exterior prestaba a la estancia escasamente amueblada una atmósfera campesina. Incluso la cama, con cabecera de pino y un edredón, tenía todo el aire de la habitación para invitados en una casa de campo. No obstante, en el centro de la cama de matrimonio estaba la ya familiar toalla. No había bidé ni lavabo, ni tampoco lugar alguno donde uno pudiera ocultarse.

A un lado de la cama había dos sillas de madera de respaldo recto, el único lugar donde dejar la ropa. La exótica prostituta se quitó el sujetador, dejándolo en el respaldo de una silla, y luego el sarong. Al sentarse en la toalla no llevaba más que unas bragas negras. Dio unas palmadas a la cama, invitándoles a sentarse a su lado.

—No es necesario que te desnudes —le dijo Ruth—. Sólo queremos hablar contigo.

—Lo que tú digas —replicó la mujer exótica.

Ruth tomó asiento en el borde de la cama, a su lado. Wim, que era menos cauto, se dejó caer más cerca de la prostituta de lo que Ruth hubiera deseado. ¡Probablemente ya la tenía empalmada!, se dijo. En ese instante vio con claridad lo que debía ocurrir en su relato.

¿Y si la escritora tuviera la sensación de que no atraía en grado suficiente al hombre, mucho más joven que ella? ¿Y si la perspectiva de hacer el amor con ella parecía dejarle casi indiferente? Lo hacía con ella, por supuesto. Y ella tenía claro que el chico sería capaz de pasarse el día y la noche haciéndolo. No obstante, siempre la dejaba con la sensación de que no se excitaba demasiado. ¿Y si esa actitud del joven le provocaba tal inseguridad acerca de su atractivo sexual que nunca se atrevía del todo a mostrar su propia excitación (a fin de no parecer una necia)? El joven personaje de la novela sería muy distinto a Wim en ese aspecto, un muchacho totalmente superior. No sería tanto un esclavo del sexo, como le habría gustado a la escritora madura...

Pero cuando contemplan juntos a la prostituta, el joven, de una manera muy lenta e intencionada, hace saber a su acompañante que está excitado de veras. Y consigue que ella, a su vez, se excite tanto que apenas pueda mantenerse quieta en el reducido espacio del ropero, donde se ocultan; ella apenas puede esperar a que el cliente de la prostituta se haya ido, y cuando éste por fin se marcha, la mujer tiene que acostarse con el joven allí mismo, sobre la cama de la puta, mientras ésta la contempla con una especie de desdén y de hastío. La prostituta podría tocar la cara de la escritora, o los pies..., o incluso los pechos. Y la escritora está tan absorta en la pasión del momento que ha de limitarse a dejar que todo suceda.

—Ya lo tengo —dijo Ruth en voz alta.

Ni Wim ni la prostituta sabían de qué estaba hablando.

—¿Qué es lo que tienes? —inquirió la prostituta. La desvergonzada mujer tenía la mano en el regazo de Wim—. Tócame las tetas. Anda, tócamelas —le dijo al muchacho.

Wim miró a Ruth, inseguro, como un niño que busca el permiso materno. Entonces aplicó una mano titubeante a los senos pequeños y firmes de la mujer, y la retiró nada más establecer el contacto, como si la piel de aquellos senos estuviera fría o caliente de una manera antinatural. La prostituta se echó a reír. Su risa era como la de un hombre, áspera y profunda.

—¿Qué te ocurre? —preguntó Ruth a Wim.

—¡Tócalos tú! —replicó el muchacho.

La prostituta se volvió hacia Ruth con una expresión incitadora.

—No, gracias —le dijo Ruth—. Los pechos no son ningún milagro para mí.

—Éstos sí que lo son —replicó la mujer—. Anda, tócalos.

Aunque la novelista ya conociera la línea argumental de su relato, la invitación de la furcia despertó por lo menos su curiosidad. Aplicó con cautela la mano al seno más próximo de la mujer. Estaba duro como un bíceps en tensión o como un puño. Daba la sensación de que la mujer tuviera una pelota de béisbol bajo la piel. (Sus senos no eran más grandes que pelotas de béisbol.)

La prostituta se dio unas palmaditas en la V de sus bragas.

—¿Queréis ver lo que tengo?

El desconcertado muchacho dirigió una mirada suplicante a Ruth, pero esta vez lo que quería no era su permiso para tocar a la prostituta.

—¿Nos vamos ya? —preguntó Wim a la escritora.

Cuando bajaban a tientas por la escalera a oscuras, Ruth preguntó a la puta (o puto) de dónde era.

—De Ecuador —les informó.

Salieron a la Bloedstraat, donde había más ecuatorianos en los escaparates y umbrales, pero aquellos travestidos eran más corpulentos y tenían una virilidad más visible que el guapo con quien habían estado.

—¿Qué tal tu erección? —preguntó Ruth a Wim.

—Sigue ahí.

Ruth tenía la sensación de que ya no necesitaba al muchacho. Ahora que sabía lo que quería que sucediera en la novela, su compañía le aburría. Además, no era el joven ideal para el relato que se proponía escribir. Sin embargo, aún tenía que resolver la cuestión del lugar donde la escritora y el joven se sentirían más cómodos para abordar a una prostituta. Tal vez no sería en el barrio chino...

La misma Ruth se había sentido más cómoda en la parte más próspera de la ciudad. No le haría ningún daño pasear con Wim por el

Korjespoortsteeg y la Bergstraat. (La idea de dejar que Rooie viese al guapo muchacho le parecía a Ruth una especie de provocación perversa.)

Tuvieron que pasar dos veces ante el escaparate de Rooie en la Bergstraat. La primera vez, la cortina de Rooie estaba corrida, lo cual significaba que debía de hallarse en plena faena con un cliente. Cuando recorrieron la calle por segunda vez, Rooie estaba en su escaparate. La prostituta no pareció reconocer a Ruth y se limitó a mirar fijamente a Wim. Ruth, por su parte, no hizo gesto alguno con la cabeza o la mano, ni siquiera sonrió. Lo único que hizo fue preguntarle a Wim con naturalidad, de pasada:

—¿Qué te parece esta mujer?

—Demasiado mayor —respondió el joven.

Entonces Ruth tuvo la certeza de que había terminado con él. Pero aunque ella tenía planes para cenar aquella noche, Wim le dijo que la esperaría después de la cena en la parada de taxis del Kattengat, frente al hotel.

—¿No te esperan tus estudios? —le preguntó—. ¿Y tus clases en Utrecht?

—Pero quiero volver a verte —dijo él en tono suplicante.

Ruth le advirtió que estaría demasiado cansada para que pasaran la noche juntos. Tenía que dormir, era una necesidad auténtica.

—Entonces sólo te veré en la parada de taxis —le dijo Wim.

Parecía un perro apaleado que quería ser azotado de nuevo. Ruth no podía saber entonces cómo se alegraría más tarde al ver que la estaba esperando. No tenía ni idea de que aún no había terminado con él.


Encontró a Maarten en un gimnasio del Rokin, cuya dirección él le había dado. Ruth quería comprobar si ése podría ser un buen lugar para el encuentro de la escritora y el joven. Era perfecto, lo cual significaba que no se trataba de un lugar demasiado elegante. Había allí varios levantadores de pesas que se entregaban con gran concentración a los ejercicios. El joven en el que Ruth pensaba, un chico mucho más frío e indiferente que Wim, podría dedicarse al culturismo.

Ruth les dijo a Maarten y a Sylvia que «había pasado casi toda la noche» con aquel joven admirador suyo, y que le había sido útil, pues le convenció para que la acompañara a «entrevistar» a un par de prostitutas en De Wallen.

—Pero ¿cómo te libraste de él? —le preguntó Sylvia.

Ruth confesó que no se había librado por completo de él. Cuando les dijo que el chico la estaría esperando después de la cena, la pareja se echó a reír. Tras estas confidencias, si la acompañaban al hotel después de cenar, no tendría que explicarles la presencia de Wim. Ruth se dijo que todo cuanto había querido realizar le había salido bien. Lo único que faltaba era visitar de nuevo a Rooie. ¿No había sido ésta quien le dijo que podía suceder cualquier cosa?

Ruth prescindió del almuerzo y, en compañía de Maarten y de Sylvia, acudió a una librería del Spui para firmar ejemplares. Comió un plátano y bebió un botellín de agua mineral. Luego dispondría de toda la tarde para sus cosas..., es decir, para visitar a Rooie. Su única preocupación era que no sabía a qué hora la prostituta abandonaba el escaparate para ir a recoger a su hija a la escuela.

Durante la firma de ejemplares tuvo lugar un episodio que Ruth podría haber tomado como un augurio de que no vería de nuevo a Rooie. Entró una mujer de la edad de Ruth con una bolsa de la compra, sin duda una lectora que había comprado toda la producción de Ruth para que se la firmara. Pero además de las versiones en holandés e inglés de las tres novelas de Ruth, la bolsa también contenía las traducciones al holandés de los libros infantiles, mundialmente famosos, de Ted Cole.

—Lo siento, pero no firmo los libros de mi padre —le dijo Ruth—. Son sus obras, no las he escrito yo y no debo firmarlas.

La mujer pareció tan pasmada que Maarten le repitió en holandés lo que Ruth había dicho.

—¡Pero son para mis hijos! —le dijo la mujer a Ruth.

Ruth se preguntó por qué no iba a hacer lo que quería aquella dama. Es más fácil ceder a lo que quiere la gente. Además, mientras firmaba los ejemplares de su padre, tuvo la sensación de que uno de ellos era su obra. Allí estaba el libro que ella había inspirado: *Un ruido como el de alguien que no quiere hacer ruido*.

—Dime este título en holandés —le pidió a Maarten.

—En holandés suena fatal.

—Dímelo de todos modos.

—*Het geluid van iemand die geen geluid probeert te maken.*

Incluso en holandés, el título hacía estremecerse a Ruth.

Debería haberlo tomado como una señal, pero lo que hizo fue consultar su reloj. ¿Qué le preocupaba? Ya sólo quedaba menos de una docena de personas en la cola ante la mesa en que firmaba los libros. Dispondría de tiempo más que suficiente para ver a Rooie.

## El hombre topo

En aquella época del año, hacia media tarde, en la Bergstraat sólo había algunos trechos iluminados por la luz del sol. La habitación de Rooie estaba sumida en la penumbra. Ruth encontró a la mujer fumando.

—Fumo cuando me aburro —le dijo, haciendo un gesto con la mano que sostenía el cigarrillo.

—Te he traído un libro... —le dijo Ruth—. Leer es algo más que puedes hacer si te aburres.

Le había llevado la edición inglesa de *No apto para menores*. El inglés de Rooie era tan bueno que una traducción holandesa habría sido insultante. Tenía la intención de dedicarle la novela, pero aún no había escrito nada en el ejemplar, ni siquiera lo había firmado, porque ignoraba cómo se escribía el nombre de Rooie.

Rooie tomó la novela, le dio la vuelta y miró atentamente la foto de Ruth que había en la contracubierta. Entonces la dejó sobre la mesa al lado de la puerta, donde estaban las llaves.

—Gracias —le dijo la prostituta—. Pero aun así, tendrás que pagarme.

Ruth abrió el bolso y echó un vistazo al billetero. Tuvo que esperar a que sus ojos se adaptaran a la penumbra, porque no podía leer los valores de los billetes.

Rooie se había sentado ya en la toalla, en el centro de la cama. Se había olvidado de correr la cortina del escaparate, posiblemente porque suponía que no iba a acostarse con Ruth. Aquel día, su actitud práctica y flemática parecía indicar que había renunciado al juego de la seducción con respecto a Ruth, resignada a que su visitante no quisiera más que hablar con ella.

—Qué guapo era ese chico que te acompañaba —comentó Rooie—. ¿Es tu novio, o tu hijo?

—Ninguna de las dos cosas —replicó Ruth—. Es demasiado mayor para ser mi hijo. Vamos, si fuese mi hijo, lo habría tenido a los catorce o los quince.

—No serías la primera que tiene un bebé a esa edad —dijo Rooie. Reparó en que la cortina estaba descorrida y se levantó de la cama—. Es lo bastante joven para ser mi hijo —añadió.

386

Estaba corriendo la cortina cuando algo o alguien que se encontraba en la Bergtraat atrajo su mirada. Sólo corrió la cortina las tres cuartas partes de la longitud de la barra.

—Espera un momento... —le dijo a Ruth, antes de acercarse a la puerta y entreabrirla.

Ruth aún no se había sentado en la butaca de las felaciones. Estaba de pie, en la habitación a oscuras, con una mano en el brazo de la butaca, cuando le llegó desde la calle la voz de un hombre que hablaba en inglés.

—¿Vuelvo más tarde? ¿Me espero? —preguntó el hombre a Rooie. Hablaba inglés con un acento que Ruth no lograba identificar.

—Enseguida estoy contigo —le dijo Rooie. Cerró la puerta y corrió la cortina hasta el final.

—¿Quieres que me marche? —susurró Ruth—. Puedo volver luego...

Pero Rooie, a su lado, se cubría la boca con la mano.

—Es la situación perfecta, ¿no? —susurró a su vez—. Ayúdame a colocar los zapatos.

Rooie se arrodilló junto al ropero y dio la vuelta a los zapatos, de modo que asomaran las puntas por debajo de la cortina. Ruth permaneció inmóvil al lado de la silla. Su vista no se había adaptado todavía a la penumbra, aún no podía ver para contar el dinero con que pagar a Rooie.

—Me pagarás luego —dijo la prostituta—. Date prisa y ayúdame. Ese hombre parece nervioso, quizá sea la primera vez que hace una cosa así. No se pasará todo el día esperando.

Ruth se arrodilló al lado de la prostituta. Le temblaban las manos, y dejó caer el primer zapato que cogió.

—Lo haré yo —dijo Rooie, malhumorada—. Métete en el ropero. ¡Y no te muevas! Los ojos sí que puedes moverlos, pero nada más que los ojos.

Rooie dispuso los zapatos a ambos lados de los pies de Ruth. Ésta podría haberla detenido, podría haber alzado la voz, pero ni siquiera movió los labios. Luego, y durante cuatro o cinco años, estuvo convencida de que no habló porque temía decepcionar a Rooie. Era como reaccionar a un desafío infantil. Un día Ruth comprendería que el temor a dar la impresión de que eres un cobarde es el peor motivo para hacer algo.

Enseguida lamentó no haberse bajado la cremallera de la chaqueta, pues el reducido espacio del ropero era sofocante, pero Rooie ya había franqueado la entrada al cliente en la pequeña habitación roja.

El hombre parecía desconcertado por todos aquellos espejos. Ruth sólo tuvo un breve atisbo de su cara antes de desviar la vista a propósito. No quería ver aquel semblante, de una inexpresividad que, por alguna razón, parecía inapropiada, y prefirió concentrarse en Rooie.

La prostituta se quitó el sostén, que era negro. Cuando estaba a punto de quitarse las medias, también negras, el hombre la detuvo.

—No es necesario —le dijo, y Rooie pareció decepcionada, probablemente, se dijo Ruth, porque pensaba en la espectadora oculta.

—Toques o mires, cuesta lo mismo —le dijo Rooie al hombre de semblante inexpresivo—. Setenta y cinco guilders.

Pero el cliente parecía saber lo que costaba, pues tenía el dinero en la mano. Había llevado los billetes en el bolsillo del abrigo, y debía de haberlo sacado de la cartera antes de entrar en la habitación.

—No voy a tocarte, sólo quiero mirar —le dijo.

Por primera vez Ruth pensó que hablaba inglés con acento alemán. Rooie intentó palparle la entrepierna, pero el hombre le apartó la mano y no permitió que le tocara.

Era calvo, de facciones suaves, con la cabeza ovoide, y en el resto de su cuerpo, más bien poco pesado, no había nada destacable, como tampoco lo había en sus ropas. Los pantalones del traje gris carbón le iban grandes, incluso tenían forma abolsada, aunque estaban bien planchados. El sobretodo negro tenía un aspecto voluminoso, como si fuese de una talla más grande que la que le correspondía. Llevaba desabrochado el botón superior de la camisa blanca y se había aflojado el nudo de la corbata.

—¿A qué te dedicas? —le preguntó Rooie.

—Sistemas de seguridad —musitó el hombre, y Ruth creyó oírle añadir «SAS», pero no estaba segura. ¿Se refería a las líneas aéreas?—. Es un buen negocio —le oyó decir Ruth—. Tiéndete de lado, por favor —pidió a Rooie.

Rooie se acurrucó sobre la cama como una chiquilla, de cara al hombre. Alzó las rodillas hasta los senos y se las rodeó con los brazos, como si tuviera frío, mirando al cliente con una sonrisa coqueta.

El hombre permanecía en pie, contemplándola. Había dejado un maletín que parecía pesado sobre la butaca de las felaciones, donde Ruth no podía verlo. Era un maletín de cuero algo deteriorado, el que podría usar un profesor o un maestro de escuela.

Como si hiciera una reverencia a la figura acurrucada de Rooie, el hombre se arrodilló al lado de la cama, arrastrando el abrigo por la ancha alfombra. Exhaló un hondo suspiro, y fue entonces cuando

Ruth percibió su jadeo. La respiración de aquel hombre se caracterizaba por un silbido, un sonido bronquial.

—Endereza las piernas, por favor —le pidió a la prostituta—, y pon las manos por encima de la cabeza, como si te estirases. Imagina que te despiertas por la mañana —añadió, casi sin aliento.

Rooie se enderezó, de una manera atractiva, a juicio de Ruth, pero el asmático no estaba satisfecho.

—Intenta bostezar —le sugirió. Rooie fingió un bostezo—. No, un bostezo auténtico, con los ojos cerrados.

—Lo siento, pero no voy a cerrar los ojos —replicó Rooie.

Ruth percibió que la mujer tenía miedo, lo supo de una manera repentina, como cuando te das cuenta de que han abierto una ventana o una puerta debido a un cambio en el aire.

—¿Podrías arrodillarte? —preguntó el hombre, todavía jadeante.

La nueva posición pareció aliviar a Rooie. Se arrodilló sobre la toalla, en la cama, apoyando los codos y la cabeza en la almohada. Miró de reojo al hombre. El cabello se había deslizado un poco hacia adelante y le cubría parcialmente el rostro, pero aún podía verle. No le quitaba los ojos de encima en ningún momento.

—¡Así! —exclamó el hombre, entusiasmado. Palmoteó dos veces y osciló de un lado a otro sobre las rodillas—. ¡Ahora sacude la cabeza! —le ordenó a Rooie—. ¡Mueve la cabellera!

En un espejo situado en el lado más alejado de la cama, Ruth tuvo, a su pesar, un segundo atisbo del rostro enrojecido del hombre. Tenía parcialmente cerrados los ojos estrábicos, como si los párpados le crecieran encima de los globos; eran como los ojos ciegos de un topo.

Ruth miró el espejo frente al ropero. Temía ver algún movimiento detrás de la cortina mínimamente entreabierta, o que hubiera un temblor perceptible en sus zapatos. Las prendas de vestir en el armario parecían amontonarse a su alrededor.

Tal como el cliente le había pedido, Rooie sacudió la cabeza y la cabellera se agitó ante su cara. Durante un segundo, o quizá dos o tres, el pelo le cubrió los ojos, pero ése fue todo el tiempo que el hombre topo necesitaba. Se abalanzó sobre ella, cubrió con su pecho la nuca y el cuello de Rooie, y apoyó el mentón en la espina dorsal. Le rodeó la garganta con el brazo derecho y, aferrándose la muñeca derecha con la mano izquierda, apretó. Fue alzándose lentamente de la postura arrodillada, hasta ponerse en pie, con la nuca y el cuello de Rooie presionados contra su pecho y el antebrazo derecho aplastándole la garganta.

Transcurrieron varios segundos antes de que Ruth comprendiera que Rooie no podía respirar. El silbido bronquial del hombre era el único sonido que llegaba a sus oídos. Rooie agitaba silenciosamente en el aire sus delgados brazos. Tenía una de las piernas doblada sobre la cama y pataleaba hacia atrás con la otra pierna, de manera que el zapato de tacón alto izquierdo salió despedido y golpeó la puerta del lavabo, parcialmente abierta. El ruido llamó la atención de su estrangulador, el cual volvió la cabeza, como si esperase ver a alguien sentado en la taza del inodoro. Al ver el zapato de Rooie que había volado hasta allí, sonrió aliviado y volvió a concentrarse en estrangular a la prostituta.

Un riachuelo de sudor fluía entre los senos de Ruth. Pensó en la posibilidad de correr hasta la puerta, pero sabía que estaba cerrada y no sabría abrirla. Imaginó que el hombre la hacía volver a la habitación y también le rodeaba la garganta con el brazo, hasta que sus brazos y piernas quedaran tan fláccidos como los de Rooie.

Ruth abrió y cerró la mano derecha sin darse cuenta. (Ojalá hubiera tenido una raqueta de squash, se diría más adelante.) Pero el temor la inmovilizó de tal manera que no hizo nada por ayudar a Rooie. Jamás olvidaría ese momento de parálisis, y jamás ni se lo perdonaría. Era como si las prendas de la prostituta la retuvieran en el estrecho ropero.

Rooie había dejado de patalear. El tobillo del pie descalzo rozaba la alfombra mientras el hombre jadeante parecía bailar con ella. Le había soltado la garganta, y la cabeza cayó hacia atrás y quedó apoyada en el brazo doblado. Con la nariz y la boca le acariciaba el cuello mientras se movía adelante y atrás con la mujer en brazos. Los brazos de Rooie le colgaban a los lados y los dedos le rozaban los muslos desnudos. Con una suavidad extrema, como si pusiera el máximo cuidado para no despertar a una niña dormida, el hombre topo volvió a tenderla en la cama y se arrodilló una vez más junto a ella.

Ruth no pudo evitar la sensación de que los ojos desmesuradamente abiertos de la prostituta miraban la estrecha fisura en la cortina del ropero, recriminándole que no hubiera hecho nada. Tampoco al asesino parecía gustarle la expresión de los ojos de Rooie, pues se los cerró con delicadeza, utilizando el pulgar y el dedo índice. Entonces tomó un pañuelo de papel de la caja que estaba sobre la mesilla de noche y, con el pañuelo como una barrera entre sí mismo y alguna enfermedad imaginaria, introdujo la lengua de la prostituta dentro de la boca.

La boca de Rooie no se cerraba, lo cual era un problema. Los labios habían permanecido abiertos y el mentón estaba caído sobre el pecho. Jadeando, el hombre movió con impaciencia la cara de Rooie a un lado, apoyándole el mentón en la almohada. Era evidente que la falta de naturalidad de la pose que había adoptado la mujer le irritaba. Exhaló un suspiro breve e irritado, seguido por un resuello agudo y desapacible, y después trató de ocuparse de los miembros desmadejados de Rooie, pero no consiguió doblarla para que quedara en la posición que él deseaba. Cuando no era un brazo que se deslizaba por un lado, era una pierna que caía por el otro. En un momento determinado, el hombre topo se exasperó tanto que clavó los dientes en el hombro desnudo de Rooie. Le desgarró la piel, pero la mujer sangró muy poco, pues su corazón ya se había detenido.

Ruth contuvo la respiración, y poco después se dio cuenta de que no debería haberlo hecho. Cuando el aire le faltaba, tuvo que aspirar a fondo, casi resollando. Por la manera en que el asesino se puso rígido, Ruth tuvo la seguridad de que la había oído. El hombre, que trataba de colocar a Rooie en la postura más deseable, se detuvo, y también dejó de jadear. Contuvo la respiración a su vez y aguzó el oído. Aunque Ruth llevaba varios días sin toser, ahora la tos amenazaba con volver. Notaba un cosquilleo revelador en el fondo de la garganta.

El hombre topo se levantó lentamente y examinó todos los espejos de la habitación roja. Ruth sabía muy bien lo que el asesino creía haber oído: el ruido de alguien que no quiere hacer ruido..., eso era lo que había oído. Y así, el asesino retuvo el aliento, dejó de jadear y miró a su alrededor. Por la manera en que arrugaba la nariz, a Ruth le pareció que el hombre topo también estaba husmeando, a fin de dar con ella gracias al olfato.

Ruth se dijo que, si no le miraba, se calmaría. Desvió los ojos del hombre y miró el espejo frente al ropero. Procuró verse en la estrecha ranura divisoria de la cortina. Distinguió sus zapatos entre los demás pares con las puntas hacia fuera bajo la cortina. Al cabo de un rato, Ruth vio el dobladillo de sus tejanos azules. Si miraba con suficiente atención, veía sus pies en un par de aquellos zapatos, y los tobillos, las canillas...

El asesino fue presa de un repentino acceso de tos, y produjo un terrible sonido de succión que le sacudía todo el cuerpo. Cuando el hombre topo dejó de toser, Ruth había recuperado el dominio de su respiración.

El secreto de la inmovilidad absoluta es una concentración absoluta. Recordaba que, cuando era niña, Eddie O'Hare le había dicho: «Durante el resto de tu vida, si alguna vez tienes que ser valiente, sólo has de mirarte la cicatriz». Pero Ruth no podía mirarse el dedo índice sin mover al mismo tiempo la cabeza o la mano. En vez de hacer eso, se concentró en *Un ruido como el de alguien que no quiere hacer ruido*. De todos los relatos de su padre, que ella se sabía sin excepción de memoria, aquél era el que conocía mejor. Y en ese cuento aparecía un hombre topo.

«Imagínate un topo cuyo tamaño es dos veces el de un niño, pero de la mitad del tamaño que tienen la mayoría de los adultos. Caminaba erguido, como un hombre, por lo que le llamaban el hombre topo. Llevaba unos pantalones abolsados que le ocultaban la cola y usaba unas viejas zapatillas de tenis que le ayudaban a ser rápido y silencioso.»

En la primera ilustración aparecen Ruth y su padre ante la puerta de la casa de Sagaponack. Están a punto de entrar en el vestíbulo, iluminado por el sol. Ruth y su madre, que se dan la mano, ni siquiera miran el perchero del rincón. Ahí, de pie y parcialmente oculto, está el gran topo.

«El hombre topo se dedicaba a cazar niñitas. Le gustaba atraparlas y llevárselas a su escondrijo bajo tierra, donde las tenía una o dos semanas. A las niñas no les gustaba estar allí. Cuando por fin el hombre topo las dejaba en libertad, tenían tierra en las orejas y los ojos, y debían lavarse el pelo a diario durante diez días antes de que dejase de oler a lombriz de tierra.»

La segunda ilustración es un primer plano intermedio del hombre topo oculto detrás de la lámpara de pie del comedor, mientras Ruth y su padre cenan. La cabeza del hombre topo es curva, sus lados se unen en un punto, como una pala, y carece de orejas. Los ojos, pequeños, meros vestigios, no son más que unas sutiles hendiduras en su cara peluda. Los cinco dedos con anchas garras de las patas delanteras les dan a éstas un aspecto de canaletes. El hocico, como el de un topo de hocico estrellado, está formado por veintidós órganos del tacto rosados en forma de tentáculos. (El rosa del hocico estrellado del hombre topo es el único color, aparte del marrón o el negro, que aparece en todos los dibujos de Ted Cole.)

«El hombre topo era ciego y tenía las orejas tan pequeñas que estaban encajadas dentro de la cabeza. No podía ver a las niñitas, y apenas las oía, pero podía olerlas con el hocico estrellado, sobre todo cuando estaban solas. Y su pelaje era aterciopelado y se podía cepillar en todas las direcciones sin que ofreciera resistencia. Si una niñita se le acercaba demasiado, no podía evitar tocarle el pelaje. Y entonces, claro, el hombre topo sabía que la pequeña estaba allí.

»Cuando Ruthie y su papá terminaron de cenar, el papá dijo:

»"Nos hemos quedado sin helado. Iré a la tienda a comprarlo, siempre que recojas los platos de la mesa".

»"Bueno, papá", respondió Ruthie.

»Pero eso significaba que se quedaría a solas con el hombre topo. Ruthie no se dio cuenta de que éste se encontraba en el comedor hasta después de que su papá se fuera.»

En la tercera ilustración Ruth lleva los platos y los cubiertos a la cocina. Mira cautelosa al hombre topo, que ha salido de su escondite detrás de la lámpara de pie, con el hocico estrellado proyectado adelante, husmeándola.

«Ruthie puso mucho cuidado para que no se le cayera un cuchillo o un tenedor, pues incluso un topo puede oír un sonido tan agudo. Y aunque la niña podía verlo, sabía que el hombre topo no la veía. Al principio Ruthie fue directamente al cubo de la basura y se puso en el pelo cáscaras de huevo y posos de café, para no oler como una niñita, pero el hombre topo oyó el crujido de las cáscaras de huevo y, además, le gustaba el olor de los posos de café. "¡Algo que huele como las lombrices de tierra!", se dijo el hombre topo, husmeando cada vez más cerca de Ruthie.»

Hay una cuarta ilustración en la que Ruth sube corriendo las escaleras enmoquetadas y los posos de café y fragmentos de cáscara de huevo le caen del pelo. Al pie de la escalera, mirándola ciegamente, con el hocico estrellado apuntando hacia arriba, está el hombre topo. Uno de sus pies, calzados con zapatillas de tenis, ya se apoya en el primer escalón.

«Ruthie corrió escaleras arriba. Tenía que librarse de los posos de café y las cáscaras de huevo. ¡Intentaría oler como su papá! Y así se vistió con la ropa de él que estaba sin lavar y se puso su crema de afeitar en el pelo. Incluso se restregó la cara con las suelas de sus zapatos, pero se dio cuenta de que ésa había sido una mala idea, porque a los topos les gusta la tierra. Se quitó los granitos de tierra adheridos a la cara y se puso más crema de afeitar, pero tenía que apresurarse... No sería muy buena idea quedarse atrapada en el piso de arriba con el hombre topo, así que intentó pasar sigilosamente por su lado en la escalera.»

La quinta ilustración: el hombre topo ha subido hasta el descansillo central de la escalera, mientras que Ruth, con la ropa sucia de su padre y cubierta de crema de afeitar, ha bajado hasta el mismo lugar. Están lo bastante cerca para poder tocarse.

«El hombre topo notó como un olor a adulto y retrocedió. Pero a Ruth le había entrado un poco de crema de afeitar por una fosa nasal y tenía necesidad de estornudar. Incluso un topo puede oír un estornudo. Ruthie intentó contenerlo tres veces, algo que no resulta nada divertido y te causa una sensación terrible en los oídos. Y cada vez que producía un ligero ruido, el hombre topo podía oírlo débilmente. Irguió la cabeza en dirección a la niña.

»"¿Qué ha sido ese ruido?", se preguntaba. ¡Cuánto deseaba tener orejas y oír bien los sonidos externos! Había sido un ruido como el de alguien que no quiere hacer ningún ruido. Siguió escuchando atentamente, y también siguió husmeando, mientras Ruthie no se atrevía a moverse. Permanecía allí inmóvil, tratando de evitar el estornudo. También tuvo que hacer un gran esfuerzo para no tocar al hombre topo. ¡Su pelaje parecía tan aterciopelado!

»"¿Qué es este olor?", seguía diciéndose el topo. "¡Vaya! ¡Alguien necesita cambiarse de ropa! Y debe de haberse afeitado tres veces al día. Y alguien ha tocado la suela de un zapato. Además, alguien ha roto un huevo... y derramado café. ¡Alguien es un desastre!", pensó el topo. Pero en alguna parte, en medio de todo ese desbarajuste, había una niñita que olía casi como si estuviera sola. El hombre topo lo sabía porque notaba el olor de los polvos de talco, y pensaba que, después de bañarse, la pequeña se ponía polvos de talco en los sobacos y entre los dedos de los pies. Era una de esas cosas maravillosas propias de las niñitas que impresionaban mucho al hombre topo.

»"Su pelaje es tan suave... Creo que voy a desmayarme o a estornudar", se decía Ruth.»

En la sexta ilustración, un primer plano de Ruth y el hombre topo en el descansillo de la escalera, la pata delantera en forma de canalete se extiende hacia ella, una larga garra está a punto de tocarle la cara. La niña también alarga una manita, dispuesta a tocar el pelaje aterciopelado que cubre el pecho del hombre topo.

«"¡Soy yo! ¡Ya estoy aquí!", gritó el padre de Ruthie. "¡Los he traído de dos sabores!"

»Ruthie estornudó y parte de la crema de afeitar roció al hombre topo. Éste detestaba la crema de afeitar, y no es nada fácil correr si uno está ciego. El hombre topo chocó con el poste al pie de la escalera. Una vez más intentó esconderse en el vestíbulo, detrás del perchero, pero el papá de Ruthie lo vio y, agarrándolo por el fondillo de los pantalones abombados, donde estaba la cola, lo arrojó fuera de casa por la puerta abierta.

»Entonces Ruthie se lo pasó en grande. Su padre le permitió comer helados de dos sabores y bañarse al mismo tiempo, porque nadie debe acostarse oliendo a ropa sucia, crema de afeitar, cáscaras de huevo y posos de café... y sólo un poquitín a polvos de talco. Las niñitas, cuando se acuestan, tienen que oler mucho a polvos de talco y a nada más.»

En la séptima ilustración («una para cada día de la semana», había dicho Ted Cole) Ruth está arropada en la cama. Su padre ha dejado abierta la puerta del baño principal, de modo que se ve la luz piloto del baño. A través de una abertura en la cortina de la ventana, se ve la noche oscura, y una luna lejana, y, en el saliente de la ventana, acurrucado, se ve al hombre topo, que duerme con tanta tranquilidad como si estuviera bajo tierra. Las patas en forma de canalete, con sus anchas garras, le ocultan el rostro, a excepción de la carnosa y rosada estrella del hocico. Por lo menos once de los veintidós órganos del tacto parecidos a tentáculos rosados presionan el cristal de la ventana de Ruth.

Durante meses, entre los demás modelos que posaban para su padre, una serie de topos de hocico estrellado muertos volvieron el cuarto de trabajo de Ted tan inaccesible como lo había vuelto la tinta de calamar. Y una vez, cuando buscaba un polo, Ruth encontró en el congelador del frigorífico, metido en una bolsa de plástico, un topo de hocico estrellado.

Sólo a Eduardo Gómez no había parecido importarle, pues el jardinero sentía un odio implacable hacia los topos de cualquier clase. La tarea de proporcionar a Ted un número suficiente de topos de morro estrellado había complacido no poco a Eduardo.

Eso sucedió mucho después de que la madre de Ruth y Eddie O'Hare se marcharan.

Ted escribió y reescribió el relato durante el verano de 1958, pero hizo las ilustraciones más adelante. Todos los editores de Ted Cole, así como sus traductores, le habían rogado que cambiara el título. Querían que el libro se titulara *El hombre topo*, pero Ted había insistido en que el título debía ser *Un ruido como el de alguien que no quiere hacer ruido*, porque su hija le había dado la idea.

Y ahora, en la pequeña habitación roja donde estaba el asesino de Rooie, Ruth Cole intentaba tranquilizarse pensando en la valiente chiquilla llamada Ruthie que cierta vez compartió el descansillo central de la escalera con un topo que doblaba su tamaño. Por fin Ruth se atrevió a mover los ojos, sólo los ojos. Quería ver qué hacía el asesino, cuyo jadeo era enloquecedor; también le oía moverse de un lado a otro, y la habitación en penumbra se había vuelto un poco más oscura.

El asesino había desenroscado la bombilla de la lámpara de pie que había junto a la butaca de las felaciones. Era una bombilla de tan pocos vatios que la disminución de la luz se notaba menos que el hecho de que la habitación era manifiestamente menos roja. (El hombre también había quitado la pantalla de cristal coloreado.)

Entonces, del voluminoso maletín que había dejado sobre la butaca de las felaciones, el hombre topo sacó una especie de proyector de alto voltaje y lo enroscó en el portalámparas de la lámpara de pie. La habitación de Rooie se inundó de luz, una nueva luz que no mejoraba ni el aspecto de la estancia ni el cuerpo de Rooie, y que además iluminaba el ropero. Ruth veía claramente sus tobillos por encima de los zapatos. Y en la estrecha ranura de la cortina también veía su cara.

Por suerte el asesino había dejado de examinar la habitación. Lo único que le interesaba era la manera en que la luz incidía en el cuerpo de la prostituta. Dirigió el potentísimo foco de modo que iluminara al máximo la cama, y con un gesto de impaciencia golpeó el brazo insensible de Rooie, pues no se había mantenido en la posición en que él lo había colocado. También parecía decepcionado porque los pechos estuvieran tan caídos, pero ¿qué podía hacer? Le gustaba más tendida de lado, con sólo uno de los senos a la vista.

Bajo aquella luz deslumbrante, la calva del asesino relucía de sudor. Su piel tenía una tonalidad grisácea, en la que Ruth no había reparado antes, pero el jadeo había disminuido.

El asesino parecía más relajado. Examinó el cuerpo de Rooie a través del visor de su cámara. Ruth reconoció la cámara, una Polaroid anticuada, de formato grande..., la misma que usaba su padre para hacer fotos de las modelos. Era necesario preservar el positivo en blanco y negro con el maloliente revestimiento Polaroid.

El asesino tardó poco tiempo en tomar una sola foto, tras lo cual la pose de Rooie no pareció importarle lo más mínimo. La desalojó de la cama, empujándola bruscamente, a fin de usar la toalla que estaba debajo del cuerpo para desenroscar el proyector, que guardó de nuevo en el maletín. (Aunque sólo había estado encendido unos minutos, sin duda el proyector estaba muy caliente.) El asesino también utilizó la toalla para limpiar las huellas dactilares que había dejado en la pequeña bombilla que antes había desenroscado de la lámpara de pie. También eliminó las huellas de la pantalla de vidrio coloreado.

El hombre sacudió la foto que se estaba revelando y que tenía más o menos el tamaño de un sobre. No esperó más de veinte o veinticinco segundos antes de abrir la película. Se acercó a la ventana y descorrió un poco la cortina a fin de juzgar la calidad del positivo con luz natural. Pareció muy satisfecho de la foto. Cuando regresó a la butaca de las felaciones, guardó la cámara en el maletín. En cuanto a la fotografía, la limpió cuidadosamente con el maloliente revestimiento de positivos y la agitó para secarla.

Además de su jadeo, ahora muy reducido, el asesino tarareaba una tonada cuyo hilo era imposible seguir, como si estuviera preparando un bocadillo que esperaba comerse a solas. Sin dejar de sacudir la foto ya seca, se acercó de nuevo a la puerta principal, manipuló la cerradura hasta encontrar la manera de abrirla y, entreabriéndola un poco, echó un rápido vistazo al exterior. Para poder tocar la cerradura y el pomo de la puerta sin dejar huellas, se metió la mano en la manga del abrigo.

Cuando el asesino cerró la puerta, vio la novela de Ruth Cole *No apto para menores* sobre la mesa donde la prostituta había dejado las llaves. Tomó el libro, le dio la vuelta y contempló la fotografía de la autora. Acto seguido, sin leer una sola palabra de la novela, abrió el libro por el centro e introdujo la fotografía entre las páginas. Metió la novela de Ruth en el maletín, pero éste se abrió al alzarlo de la butaca de las felaciones. La lámpara de pie estaba apagada y Ruth no pudo ver el contenido del maletín que había caído sobre la alfombra, pero el asesino se arrodilló. El esfuerzo de recoger los objetos y devolverlos al maletín afectó a su jadeo, que volvió a adquirir la agudeza de un silbato cuando por fin se levantó y cerró firmemente el maletín.

Entonces el asesino dio un último vistazo a la habitación. Ruth se sorprendió al ver que no miraba por última vez a Rooie. Era como si ahora la prostituta sólo existiera en la fotografía. Y casi con la misma celeridad con que la había matado, el topo de semblante grisáceo se marchó. Abrió la puerta de la calle sin detenerse a observar si pasaba alguien por la Bergstraat o si una prostituta vecina estaba en su umbral. Antes de cerrar la puerta, inclinó la cabeza como si Rooie estuviera dentro, despidiéndole. Volvió a cubrirse la mano con la manga del abrigo para tocar la puerta.

A Ruth se le había dormido el pie derecho, pero esperó un minuto o más en el ropero, por si el asesino volvía. Entonces salió cojeando del ropero y tropezó con la hilera de zapatos. Se le cayó al suelo el bolso, que como de costumbre estaba abierto, y tuvo que palpar la alfombra en la penumbra, buscando cualquier cosa que pudiera haberse caído. Comprobó que dentro del bolso estaba todo lo que era importante para ella (o que tenía su nombre inscrito). Su mano encontró en la alfombra un tubo de algo demasiado graso para ser abrillantador de labios, pero lo metió en el bolso de todos modos.

Aquello que más adelante consideraría una cobardía vergonzosa (su pusilánime inmovilidad en el ropero, donde había permanecido paralizada de miedo) se acompañaba ahora de una cobardía distinta. Ya estaba cubriendo sus huellas, deseando primero no haber estado nunca allí y luego fingiendo que así era en efecto.

No pudo dirigir una última mirada a Rooie. Se detuvo en la puerta y durante un tiempo que pareció eterno aguardó en la habitación con la puerta entreabierta, hasta que no vio a ninguna prostituta en los demás umbrales ni transeúnte alguno en la Bergstraat. Entonces salió a la calle y echó a andar con paso enérgico bajo la luz del atardecer, esa luz que tanto le gustaba en Sagaponack pero que allí no tenía más rasgos distintivos que el frío de un fin de jornada otoñal. Se preguntó quién repararía en que Rooie no había recogido a su hija en la escuela.

Durante diez, tal vez doce minutos, intentó convencerse de que no estaba huyendo. Ése fue el tiempo que tardó en caminar hasta la comisaría de la Warmoesstraat en De Wallen. Cuando volvió a encontrarse en el barrio chino, Ruth redujo considerablemente la rapidez de sus pasos. Tampoco abordó a los dos primeros policías que vio. Montaban a caballo, a una altura notable por encima de ella. Al llegar a la entrada de la comisaría, en el número 48 de la Warmoesstraat, no se decidió a entrar y dio media vuelta para regresar al hotel. Empezaba a comprender no sólo lo cobarde que era, sino también su nulidad como testigo.

Allí estaba la famosa novelista con su propensión al detalle. No obstante, en sus observaciones de una prostituta con un cliente, no se había fijado en el detalle más importante de todos. Nunca podría identificar al asesino, pues apenas era capaz de describir su aspecto. ¡Se había propuesto no mirarle! Los ojillos con su aspecto de vestigios oculares, que tan vivamente le habían recordado al hombre topo, casi no eran una característica identificadora. Lo que Ruth había retenido mejor del asesino era lo más corriente, su inexpresividad.

¿Cuántos hombres de negocios calvos con maletines grandes había por ahí? No todos ellos jadeaban ni tenían cámaras Polaroid de formato grande. Desde luego, hoy en día esa cámara anticuada es por lo menos un detalle definitorio. Ruth suponía que era un modo de fotografiar que sólo interesaba a los profesionales. Pero ¿hasta qué pundo reducía ese detalle el campo de los sospechosos?

Ruth Cole era novelista, y los novelistas no dan lo mejor de sí cuando actúan precipitadamente. Creía que debía preparar lo que diría a la policía, preferiblemente por escrito. Pero cuando llegó a su hotel, era consciente de la precariedad de su situación: una novelista renombrada, una mujer de gran éxito, pero soltera, es la atemorizada testigo del asesinato de una prostituta mientras estaba oculta en el ropero de ésta. Y pediría tanto a la policía como al público que creyeran que estaba observando a la prostituta y a su cliente con vistas a una «investigación»... ¡cuando había afirmado hasta la saciedad que la experiencia de la vida real era secundaria en comparación con lo que una podía imaginar!

No le resultaba difícil prever la respuesta a esas pretensiones. Por fin había encontrado la humillación que buscaba, pero, naturalmente, era una humillación sobre la que nunca escribiría.

Cuando se dio un baño y se preparó para la cena con Maarten, Sylvia y los directivos del club del libro, ya había tomado algunas notas sobre lo que diría a la policía. No obstante, a juzgar por su aturdimiento durante la cena celebrada en el club del libro, Ruth supo que no había logrado convencerse a sí misma de que limitarse a escribir su explicación del asesinato era tan correcto como presentarse en persona a la policía. Mucho antes de que finalizara la cena, se sentía responsable de la hija de Rooie. Y mientras Maarten y Sylvia la conducían de regreso a su hotel, su sentimiento de culpabilidad era cada vez más intenso. Por entonces ya sabía que no tenía la menor intención de ir a la policía.

Los detalles de la habitación de Rooie, desde el punto de vista íntimo del ropero, permanecerían en su memoria durante mucho más tiempo del que la novelista necesitaría para captar la atmósfera apropiada del lugar de trabajo de una prostituta. Los detalles de la habitación de Rooie se mantendrían tan cerca de Ruth como el hombre topo acurrucado en el saledizo, al otro lado de la ventana de su cuarto infantil, el hocico estrellado pegado al vidrio. El horror y el miedo que le producían los relatos infantiles de su padre habían cobrado vida en una forma adulta.

—Vaya, ahí lo tienes..., tu eterno admirador —le dijo Maarten al ver que Wim Jongbloed aguardaba en la parada de taxis del Kattengat.

—Qué pesadez —replicó Ruth con un deje de fatiga, aunque pensaba que nunca se había alegrado tanto de ver a alguien.

Sabía lo que deseaba decir a la policía, pero no podía decírselo en holandés. Wim lo haría por ella. Se trataba tan sólo de hacer que aquel joven bobo creyera que estaba haciendo otra cosa. Cuando les dio a Maarten y Sylvia sendos besos y les deseó buenas noches, no le pasó inadvertida la mirada inquisitiva de Sylvia.

—No —le susurró Ruth—, no voy a acostarme con él.

Pero el enamorado muchacho que la estaba esperando tenía sus propias expectativas. También había traído un poco de marihuana. ¿Creía Wim de veras que iba a seducirla drogándola primero? Desde luego, Ruth logró que él se drogara. Entonces no fue difícil hacerle reír.

—Hablas de una manera divertida —le dijo—. Anda, dime algo en holandés, cualquier cosa.

Cada vez que el muchacho hablaba, Ruth trataba de repetir lo que había dicho. Era así de sencillo. Wim le comentó que su pronunciación le parecía histérica.

—¿Cómo se dice «el perro se comió eso»? —le preguntó. Y le planteó una serie de frases antes de pasar a la que le interesaba—. «Es un hombre calvo, de cara tersa, el cuerpo sin rasgos destacables, no muy grueso.» Apuesto a que no puedes decirlo con tanta rapidez —le dijo. Entonces Ruth le pidió que lo escribiera, a fin de que ella pudiera pronunciarlo.

—¿Cómo se dice «no hace el amor»? —preguntó Ruth al chico—. Ya sabes, como tú —añadió.

Wim estaba tan drogado que incluso eso le hizo reír, pero le tradujo la frase y puso por escrito todo cuanto ella le pidió. Ruth le decía una y otra vez que escribiera las palabras con claridad.

Aún creía que iba a acostarse con ella más tarde. Pero Ruth había obtenido lo que necesitaba. Cuando fue al lavabo y buscó en el bolso el abrillantador de labios, encontró un tubo de revestimiento de positivos Polaroid, que al parecer había recogido, por error, del suelo en la habitación de Rooie. En la penumbra de la estancia, Ruth creyó que se le había caído del bolso, pero en realidad cayó del maletín del asesino. El objeto tenía las huellas dactilares de éste y las suyas, pero ¿qué importaban las de Ruth? El tubo de revestimiento era la única prueba auténtica procedente de la habitación de Rooie, y como tal debía entregársela a la policía. Salió del baño y engatusó a Wim para que encendiera otro porro, que ella sólo fingió fumar.

—«El asesino dejó caer esto» —le dijo entonces—. Dime esta frase y escríbemela.

Una llamada telefónica de Allan la libró de tener que hacer el amor con Wim o de soportar que volviera a masturbarse a su lado. El chico comprendió que Allan era alguien importante.

—Te añoro más que nunca —le dijo Ruth sinceramente a Allan—. Deberíamos habernos acostado antes de marcharme. Quiero hacer el amor contigo en cuanto regrese... Volveré pasado mañana, ¿sabes? Irás a recibirme al aeropuerto, ¿verdad?

Wim, incluso drogado, captó el mensaje. El muchacho miró a su alrededor como si en aquella habitación hubiera extraviado la mitad de su vida. Ruth aún estaba hablando con Allan cuando Wim se marchó. Podría haber hecho una escena, pero no era mal chico, tan sólo un joven vulgar y corriente. El único gesto de enojo que hizo al marcharse fue sacarse un condón del bolsillo y arrojarlo sobre la cama, al lado de Ruth, mientras ella seguía hablando con Allan. Era uno de esos preservativos aromatizados, en este caso con aroma a plátano. Ruth se lo regalaría a Allan, diciéndole que era un pequeño recuerdo del barrio chino de Amsterdam. (Ya sabía que no iba a hablarle de Wim ni de Rooie.)

La novelista se sentó para pasar a limpio lo que Wim había escrito, un mensaje de ideas ordenadas, escrito de su puño y letra, y en letras mayúsculas. Trazó cada letra de la lengua extranjera con el máximo cuidado, pues no quería cometer ningún error. Sin duda la policía llegaría a la conclusión de que había sido testigo del asesinato de Rooie, pero no quería que supieran que la testigo no era holandesa. Así podrían suponer que se trataba de otra prostituta, tal vez una de las vecinas de Rooie en la Bergstraat.

Ruth tenía un sobre de papel manila, tamaño folio, que Maarten le había dado, con el itinerario de su viaje en el interior. Introdujo las notas para la policía en el sobre, junto con el tubo de revestimiento Polaroid. Sólo tocó el tubo por los extremos, sujetándolo con el pulgar y el índice. Había tocado el cuerpo del tubo al recogerlo de la alfombra, pero confiaba en no haber echado a perder las huellas del asesino.

A falta del nombre de algún policía, supuso que bastaría con dirigir el sobre a la comisaría de Warmoesstraat, 48. Por la mañana, antes de escribir nada en el sobre, bajó al vestíbulo del hotel y pidió el franqueo correcto en la recepción. Entonces salió a comprar los periódicos de la mañana.

El suceso aparecía en la primera plana de por lo menos dos periódicos de Amsterdam. Ruth compró el periódico que publicaba una foto bajo el titular. Era una foto de la Bergstraat de noche, no muy nítida. La policía había acordonado la acera delante de la puerta de Rooie. Detrás de la barrera, un hombre que parecía un agente de paisano hablaba con dos mujeres con aspecto de prostitutas.

Ruth reconoció al policía. Era el hombre macizo con sucias zapatillas deportivas y una chaqueta parecida a la prenda para calentamiento que utilizan los jugadores de béisbol. En la imagen daba la sensación de estar bien afeitado, pero Ruth no tenía duda alguna de que se trataba del mismo hombre que la había seguido durante un rato en De Wallen. Estaba claro que su ronda se centraba en la Bergstraat y el barrio chino.

El titular decía: MOORD IN DE BERGSTRAAT

Ruth no necesitaba saber holandés para entenderlo. En la noticia no mencionaban a «Rooie», el apodo de la prostituta, pero decían que la víctima era Dolores de Ruiter, de cuarenta y ocho años. Sólo aparecía otro nombre, que también figuraba en el pie de foto, y era el del policía, Harry Hoekstra, al que se referían con dos títulos diferentes. En un lugar era un *wijkagent* y en otro un *hoofdagent*. Ruth decidió retrasar el envío del sobre hasta que hubiera consultado con Maarten y Sylvia sobre la noticia del periódico.

Guardó el artículo en el bolso y se fue a comer. Sería su última comida con sus editores antes de partir de Amsterdam, y había ensayado cómo abordaría con naturalidad el asunto de la prostituta asesinada: «¿Es ésta una noticia sobre lo que creo que es? He paseado por esa calle».

Pero no tuvo necesidad de sacar el tema a colación, pues Maarten ya había leído la noticia y traía consigo el recorte del periódico.

—¿Has visto esto? ¿Sabes lo que es?

Ruth fingió que lo ignoraba, y sus amigos le contaron todos los detalles.

La novelista ya había supuesto que la joven prostituta que usaba la habitación de Rooie por la noche, la muchacha con un top de cuero a quien había visto tras el escaparate, habría descubierto el cadáver. El único elemento sorprendente de la noticia era que no mencionaba a la hija de Rooie.

—¿Qué es un *wijkagent*? —preguntó Ruth a Maarten.

—El policía que hace la ronda, el oficial de distrito.

—Entonces, ¿qué es un *hoofdagent*?

—Ése es su rango —respondió Maarten—. Es un oficial de policía veterano..., no exactamente lo que vosotros llamáis un sargento.

Al día siguiente, en el vuelo de última hora de la mañana, Ruth Cole partió de Amsterdam rumbo a Nueva York. Primero pidió al taxista que la conducía al aeropuerto que la llevara a la estafeta de correos más cercana, y allí envió el sobre a Harry Hoekstra, que era casi un sargento de la policía de Amsterdam, destinado en el segundo distrito. Tal vez Ruth se hubiera llevado una sorpresa de haber conocido el lema del segundo distrito, inscrito en latín en los llaveros de los oficiales de policía.

ERRARE<br>HUMANUM<br>EST

Ruth Cole sabía que errar es humano. Su mensaje, junto con el tubo de revestimiento Polaroid, le diría a Harry Hoekstra mucho más de lo que ella había querido decir. El mensaje, en un holandés escrito con esmero, decía lo siguiente:

1. *De moordenaar liet dit vallen.*

[El asesino dejó caer esto.]

2. *Hij is kaal, met een glad gezicht, een eivormig hoofd en een onopvallend lichaam, niet erg groot.*

[Es un hombre calvo, de rostro lampiño, con la cabeza en forma de huevo y el cuerpo sin rasgos destacables, no muy corpulento.]

3. *Hij spreekt Engels met, denk ik, een Duits accent.*

[Habla inglés, creo que con acento alemán.]

4. *Hij heeft geen seks. Hij neemt één foto van het lichaam nadat hij het lichaam heeft neergelegd.*

[No realiza el acto sexual. Toma una foto del cuerpo después de haberlo colocado en cierta postura.]

5. *Hij loenst, zijn ogen bijna helemaal dichtgeknepen. Hij ziet eruit als een mol. Hij piept als hij ademhaalt. Astma misschien...*

[Es estrábico y cierra los ojos casi del todo. Parece un topo. Jadea. Tal vez asma...]

6. *Hij werkt voor S.A.S. De Scandinavische luchtvaartmaatschappij? Hij heeft iets te maken met beveiliging.*

[Trabaja para SAS. ¿La línea aérea escandinava? Tiene algo que ver con seguridad.]

Este texto, junto con el tubo de revestimiento Polaroid, fue la declaración completa que, como testigo ocular del crimen, ofreció Ruth. Tal vez le habría preocupado el comentario que, más o menos al cabo de una semana, hizo Harry Hoekstra a un colega de la comisaría de la Warmoesstraat.

Harry no era un detective. Más de media docena de detectives estaban ya buscando al asesino de Rooie. Harry Hoekstra sólo era un policía callejero, pero el barrio chino y los alrededores de la Bergstraat eran su zona de ronda desde hacía más de treinta años. Nadie en De Wallen conocía a las prostitutas y su mundo mejor que él. Además, el texto del testigo presencial iba dirigido a su nombre. Al principio había parecido plausible suponer que el testigo era alguien que conocía a Harry, con toda probabilidad una prostituta.

Sin embargo, Harry Hoekstra nunca suponía nada. Harry tenía su propia manera de hacer las cosas. El trabajo de los detectives consistía en dar con el asesino, y habían dejado a Harry la cuestión secundaria del testigo. Cuando le preguntaban si avanzaba en las investigaciones relativas al asesinato de la prostituta, si estaba más cerca de encontrar al criminal, el casi sargento Hoekstra replicaba:

—El asesino no es asunto mío. Estoy buscando al testigo.


## Seguida hasta su casa
## desde El Circo de la Comida Voladora

Si uno es escritor, se encuentra con el problema de que, cuando uno intenta dejar de pensar en la novela que tiene entre manos, la imaginación sigue en movimiento, es imposible detenerla.

Así pues, Ruth Cole se acomodó en el avión que la trasladaría desde Amsterdam a Nueva York y, sin proponérselo, empezó a esbozar las frases iniciales. «Supongo que debo por lo menos una palabra de agradecimiento al último novio que me salió rana.» O tal vez: «A pesar de lo detestable que era, le estoy agradecida a mi último novio granuja». Y así sucesivamente, mientras el piloto decía algo sobre la costa irlandesa a través del sistema de megafonía.

Le habría gustado permanecer algún tiempo más por encima de la tierra. Sólo con el Atlántico por debajo de ella, Ruth descubrió que si dejaba de pensar en su nuevo libro, incluso durante un minuto, su imaginación la sumía en un territorio más inhóspito, a saber, ¿qué le sucedería a la hija de Rooie? La huérfana podía ser tanto una pequeña de siete u ocho años como una joven de la edad de Wim, o incluso mayor... ¡pero no debía de ser tan mayor si Rooie aún iba a buscarla cuando salía de la escuela!

¿Quién cuidaría de ella ahora? La hija de la prostituta... Esa idea ocupaba la imaginación de la novelista como el título de una novela que desearía haber escrito.

A fin de no seguir obsesionándose, buscó en su bolsa de mano algo que leer. Se había olvidado de los libros que viajaron con ella desde Nueva York a Sagaponack y luego a Europa. Ya había leído bastante, por el momento, de *La vida de Graham Greene* y, dadas las circunstancias, no soportaría la relectura de la novela *Sesenta veces,* de Eddie O'Hare. (Sólo las escenas de masturbación le resultarían ya insufribles.) En lugar de esas obras, inició de nuevo la lectura de la novela policíaca canadiense que Eddie le había dado. Al fin y al cabo, ¿no le había dicho Eddie que aquel libro era una «buena lectura para el avión»?

Una vez más, la rebuscada vaguedad de la fotografía de la autora irritó a Ruth. No menos molesta era la circunstancia de que el nombre de la autora, Alice Somerset, fuese un seudónimo. Ese nombre no significaba nada para Ruth, pero si Ted Cole lo hubiera visto en la sobrecubierta de un libro, habría examinado el ejemplar, lo mismo que la foto de la autora, por poco nítida que fuese, con suma atención.

El apellido de soltera de Marion era Somerset, y la madre de Marion se llamaba Alice. La señora Somerset se opuso al matrimonio de su hija con Ted Cole. Marion siempre había lamentado la desavenencia con su madre, pero no hubo manera de ponerle fin. Y entonces, poco antes del fatal accidente de Thomas y Timothy, su madre murió. El padre falleció poco después, también antes de que murieran los queridos hijos de Marion.

Lo único que decía el texto biográfico en la solapa posterior de la sobrecubierta del libro era que la autora había emigrado a Canadá desde Estados Unidos a fines de los años cincuenta y que, durante la época de la guerra de Vietnam, trabajó como asesora de jóvenes norteamericanos que acudían a Canadá para librarse del reclutamiento. «Aunque difícilmente lo consideraría su primer libro», decía aquel texto, «se rumorea que la señora Somerset colaboró en la redacción del inapreciable *Manual para los inmigrantes en edad de quintas que se instalan en Canadá.*»

Todo aquello desanimaba a Ruth: el evasivo texto de la solapa, la furtiva foto de la autora, el amanerado seudónimo, por no mencionar el título. *Seguida a casa desde El Circo de la Comida Voladora* le parecía a Ruth el título de una canción de country-western, una canción que nunca hubiera querido escuchar.

No podía saber que El Circo de la Comida Voladora fue un popular restaurante de Toronto a finales de los años setenta, ni que su madre había trabajado allí como camarera. En realidad, para Marion, quien por entonces estaba al final de la cincuentena, ser la única camarera del restaurante entrada en años fue todo un triunfo. (La figura de Marion todavía conservaba su esbeltez, hasta el punto de que no desentonaba entre sus juveniles compañeras.)

Ruth tampoco podía haber sabido que la primera novela de su madre, que no se había publicado en Estados Unidos, había tenido un éxito modesto en Canadá. *Seguida a casa desde El Circo de la Comida Voladora* se había publicado también en Inglaterra. Además, esa novela y las dos siguientes de Alice Somerset se habían editado con gran éxito en lenguas extranjeras. (Las traducciones alemana y francesa, sobre todo, de las que se habían vendido más ejemplares que de la edición inglesa.)

Pero Ruth tendría que leer el primer capítulo de *Seguida a casa desde El Circo de la Comida Voladora* antes de darse cuenta de que Alice Somerset era el seudónimo de Marion Cole, su madre, escritora de éxito modesto.

## Capítulo primero

Una dependienta, que también trabajaba de camarera, fue hallada muerta en su piso de Jarvis, al sur de Gerrard. Era una vivienda apropiado a sus medios, pero gracias a que lo compartía con otras dos dependientas. Las tres vendían sostenes en Eaton's.

Para la muchacha muerta, su puesto en los grandes almacenes había representado un paso adelante. Anteriormente vendía ropa interior en una tienda llamada The Bra Bar. Solía decir que esa tienda estaba tan lejos, en Avenue Road, que se encontraba a medio camino del zoo, lo cual era una exageración. En cierta ocasión bromeó con sus compañeras de habitación, diciendo que las clientas de The Bra Bar procedían más a menudo del zoo que de Toronto, lo cual también era sin duda una exageración.

Sus compañeras de piso decían que la chica muerta había poseído un gran sentido del humor. Aseguraba que tenía otro empleo, el de camarera, porque, como vendedora de sostenes, no podía conocer a ningún hombre. Durante cinco años había trabajado de noche en El Circo de la Comida Voladora, donde la habían contratado, como a las demás mujeres que trabajaban allí, porque tenía buen aspecto vestida con una camiseta de media manga.

Las camisetas de las camareras de El Circo de la Comida Voladora eran ceñidas, con un escote pronunciado debajo del cual había una hamburguesa estampada. La hamburguesa tenía unas alas que se extendían por los pechos de la camarera. Cuando sus amigas encontraron el cadáver, eso era lo único que llevaba puesto: la prieta y escotada camiseta con la hamburguesa voladora que le cubría los senos. Por otro lado, se la habían puesto después de asesinarla. Le habían asestado catorce puñaladas en el pecho, pero ni una sola había atravesado la camiseta con la hamburguesa voladora.

Ninguna de las compañeras de habitación de la víctima creía que la dependienta asesinada «saliera con alguien» últimamente. Pero la puerta del piso no había sido forzada, de lo que se deducía que la joven había franqueado la entrada a alguien. Y además había ofrecido a quienquiera que fuese una copa de vino. Había dos copas llenas en la mesa de la cocina, sin marcas de labios en ninguna de ellas, y las únicas huellas dactilares en ambas copas eran sólo las de la joven. No había el menor rastro de tejido en las heridas de arma blanca.., en otras palabras, estaba desnuda cuando la apuñalaron, en cuyo caso debía de tratarse de alguien que la conocía bastante bien, o que había logrado que se desnudara sin forcejeo, tal vez amenazándola con un cuchillo. Si la habían violado, había sido sin que ella ofreciera al parecer resistencia, probablemente también bajo la amenaza de un arma blanca, o bien había consentido en hacer el amor, lo cual parecía menos probable. En cualquier caso, había realizado el acto sexual poco antes de que la mataran.

El asesino, fuera quien fuese, no había usado preservativo. Las compañeras de la muchacha asesinada revelaron a la mujer policía que habló primero con ellas que su amiga muerta siempre llevaba diafragma. En aquella ocasión no lo había utilizado, lo cual era otra indicación de que la habían violado. Y la camiseta con la hamburguesa voladora indicaba que había sido alguien que la conocía del restaurante y no de Eaton's o de The Bra Bar. Después de todo, el asesino no había acuchillado a la dependienta y luego le había puesto un sujetador.

Los detectives de homicidios encargados de la investigación trabajaban juntos desde hacía poco tiempo. El sargento de plantilla Michael Cahill se había incorporado a homicidios procedente del equipo de incidentes graves. Aunque a Cahill le gustaba el departamento de homicidios, en el fondo seguía siendo un miembro de su equipo anterior. Organizaba las cosas como la pintura de un paisaje, y tendía naturalmente a investigar los objetos, no a las personas. Prefería buscar pelos en una alfombra, o manchas de semen en una funda de almohada, que hablar con alguien.

La mujer formaba con él una buena pareja profesional. Había empezado como agente uniformada, con la cabellera castaño rojiza, que le llegaba a los hombros y que desde entonces se había vuelto gris, recogida bajo la gorra. La sargento detective Margaret McDermid tenía habilidad para hablar con la gente y sonsacarles lo que sabían. Era una especie de aspirador que succionaba información.

Fue el sargento Cahill quien encontró el hilo de sangre coagulada en un pliegue de la cortina de la ducha. Dedujo que el asesino se había tomado tranquilamente el tiempo necesario para ducharse después de haber matado a la dependienta y la había vestido con la camiseta de la hamburguesa voladora. El detective Cahill también encontró una mancha de sangre en el estante para el jabón de la ducha que el asesino había dejado allí al apoyar la mano derecha.

La sargento detective Margaret McDermid habló con las compañeras de habitación e hizo algo que nadie había hecho hasta entonces, concentrarse en El Circo de la Comida Voladora. La detective estaba bastante segura de que el sospechoso principal sería un hombre a quien atraían especialmente las camareras vestidas con aquellas camisetas aladas, o por lo menos sería alguien que tenía un interés especial por una de ellas. Tal vez fuera un compañero de trabajo de la joven muerta, o un cliente habitual, a lo mejor un nuevo novio. Sin embargo, era evidente que la dependienta asesinada no conocía al asesino tan bien como creía.

La distancia entre el restaurante y el piso de la camarera era excesiva para recorrerla a pie. Si el asesino la hubiera seguido a casa desde su lugar de trabajo para saber dónde vivía, habría seguido a su taxi en coche o en otro taxi. (Las compañeras de habitación confirmaron que la camarera asesinada siempre tomaba un taxi al salir de El Circo de la Comida Voladora.)

—Debió de haberse puesto perdido al vestir el cadáver con esa camiseta —comentó Cahill a su compañera.

—De ahí que se duchara —dijo Margaret.

Cada vez le gustaba menos el departamento de homicidios, pero no se debía a las observaciones innecesarias de Cahill, con quien simpatizaba bastante. Se decía que ojalá hubiera tenido una oportunidad de hablar con la dependienta asesinada.

La sargento McDermid siempre se interesaba más por la víctima que por el asesino, lo cual no significaba que dar con el asesino no fuese gratificante para ella. Simplemente, le habría gustado tener la ocasión de decirle a la dependienta que no franqueara la entrada a cualquiera que llamase a su puerta. Margaret sabía que tales sentimientos eran inapropiados o por lo menos poco prácticos en un detective de homicidios. Tal vez estaría más a sus anchas en la sección de desaparecidos, donde existía alguna esperanza de encontrar a la persona antes de que se convirtiera en víctima.

Margaret llegó a la conclusión de que prefería buscar víctimas en potencia en vez de asesinos. Cuando le confió a Cahill sus pensamientos, el sargento se mostró flemático: «Tal vez deberías solicitar el traslado a la sección de desaparecidos, Margaret», le dijo.

Más tarde, ya en el coche, Cahill dijo que la visión de la hamburguesa cubierta de sangre había bastado para convertirle en vegetariano, pero Margaret no permitió que esa observación la distrajera. Ya se imaginaba en la sección de desaparecidos, buscando a alguien a quien salvar en vez de alguien a quien atrapar. Especulaba con que muchas de las personas desaparecidas serían mujeres jóvenes y que no pocos de los casos acabarían siendo homicidios.

En Toronto, no solían encontrar a las mujeres secuestradas en la ciudad. Los cuerpos aparecían en algún lugar alrededor de la Autopista 401, o bien, después de que el hielo se hubiera resquebrajado en la bahía Georgian y la nieve se hubiera fundido en los bosques, se descubrían los restos humanos cerca de la Carretera 66, entre Parry Sound y Pointe au Baril, o más cerca de Sudbury. Tal vez un campesino encontrara algo en un campo, a lo largo de la Línea 11, en Brock. En Estados Unidos, en cambio, con frecuencia se encontraba a un secuestrado en la misma ciudad donde se había producido el secuestro, en un vertedero, por ejemplo, o en el interior de un coche robado. Pero en Canadá había enormes extensiones despobladas más atractivas para los autores de tales delitos.

Algunas de las jóvenes desaparecidas se habían escapado de casa. Partían de la Ontario rural y con frecuencia acababan en Toronto, donde a muchas de ellas se las encontraba con facilidad. (A menudo caían en los ambientes de la prostitución.) Pero las personas desaparecidas que más interesaban a Margaret eran los niños. La sargento detective

McDermid no había previsto que gran parte de su tarea en la sección de desaparecidos consistiría en examinar fotografías de niños. Tampoco había previsto hasta qué punto llegarían a obsesionarle esas fotos de niños desaparecidos.

Las fotografías de cada caso se archivaban, los niños desaparecidos y pendientes de encontrar crecían, en el caso hipotético de que siguieran vivos; así pues, sus últimas fotografías disponibles dejaban de ser fidedignas y Margaret tenía que revisar mentalmente su aspecto. De este modo aprendió que, para tener éxito en la sección de personas desaparecidas, se necesitaba una buena imaginación. Las fotografías de los niños desaparecidos eran importantes, pero se trataba tan sólo de los primeros borradores, eran imágenes de unos niños sometidos a cambios constantes. La capacidad que el sargento compartía con los padres de los niños desaparecidos era un don realmente especial pero torturante: el de ver imaginariamente el aspecto que tendría un niño de seis años a los diez o doce, o cómo sería el adolescente cuando fuese veinteañero. Era «torturante» porque imaginar más crecido o incluso adulto del todo a tu hijo desaparecido es una de las cosas más dolorosas que suelen hacer los padres de esos niños. Los padres no pueden evitar hacer eso, pero la sargento McDermid descubrió que ella también tenía que hacerlo.

Si por un lado ese don le era de gran utilidad en su tarea, por otro resultaba una carga en su vida. Los niños a los que no podía encontrar se convertían en sus hijos. Cuando la sección de personas desaparecidas archivaba el caso, se llevaba las fotos a casa.

Dos chicos, en particular, la obsesionaban, dos estadounidenses que habían desaparecido durante la guerra de Vietnam. Sus padres creían que habían huido a Canadá en 1968, probablemente cuando era más intenso el flujo de «resistentes a la guerra de Vietnam», como les llamaban, que cruzaban la frontera. Por entonces los muchachos tendrían quince y diecisiete años. Al segundo le faltaba sólo un año para que le llamaran a quintas, pero una prórroga por estudios le habría mantenido a salvo por lo menos durante otros cuatro años. Su hermano menor había huido con él, pues los dos siempre habían sido inseparables.

Lo más probable era que la huida del muchacho mayor enmascarase una profunda desilusión a causa del divorcio de sus padres. Para la sargento McDermid, ambos chicos eran más víctima del odio que existía entre sus padres que de la guerra de Vietnam.

Fuera como fuese, el caso de los dos chicos ya no era objeto de investigación activa en la sección de personas desaparecidas. ¡Si los dos siguieran con vida, a aquellas alturas habrían llegado a la treintena! No obstante, ni sus padres ni Margaret habían «retirado» el caso.

El padre, que se consideraba «bastante realista», había proporcionado al departamento los registros dentales de los chicos. La madre había enviado las fotografías que la sargento McDermid se llevó a casa.

Margaret era soltera y había rebasado la edad fértil, lo cual sin duda contribuía a su obsesión por los guapos chicos que veía en aquellas fotos y por lo que podría haber sido de ellos. Si estaban vivos, ¿dónde se encontraban? ¿Qué aspecto tenían? ¿Qué mujeres les habrían amado? ¿Qué hijos podrían haber engendrado? ¿Cómo serían sus vidas? Si aún vivían...

Al principio Margaret tenía en el cuarto de estar de su piso, que hacía las veces de comedor, el tablero de anuncios en el que clavó con chinchetas las fotos de los muchachos, pero de vez en cuando provocaba los comentarios de las personas a las que invitaba a cenar, y optó por llevarse el tablero de anuncios a su dormitorio, donde nadie, excepto ella, vería las fotos.

La sargento McDermid tenía casi sesenta años, aunque aún podía mentir con éxito acerca de su edad. Dentro de pocos años estaría tan retirada como el caso de los jóvenes norteamericanos desaparecidos. Entretanto, había rebasado con creces la edad en que podría invitar a alguien a su dormitorio, donde el tablero de anuncios con las fotos de los chicos desaparecidos era el objeto más visible desde la cama.

Había ocasiones, sobre todo en las noches de insomnio, en que lamentaba cambiar las numerosas imágenes de aquellos jóvenes con los que estaba tan encariñada. Y la madre, alternativamente ansiosa y afligida, seguía enviándole fotografías, con comentarios de este estilo: «Sé bien que ya no tienen este aspecto, pero hay algo en la personalidad de William que se refleja en esta foto». (William era el mayor de los dos chicos.) O bien escribía: «En esta foto no se les ve las caras con claridad... Bueno, ya sé que no se les ve en absoluto, pero la evidente picardía de Henry podría serle útil en su investigación».

En la foto a que se refería esa nota aparecía ella misma, la madre de los dos desaparecidos, cuando era una mujer joven y atractiva. Está acostada, en una habitación de hotel. La joven madre sonríe, tal vez se ríe, y sus dos hijos están en la cama con ella, pero ocultos bajo las mantas. Lo único que se ve de ellos son los pies descalzos. «¡Cree que puedo identificarlos por los pies!», se dijo Margaret, desalentada. Sin embargo, no podía dejar de mirar la fotografía.

Había otra de William cuando era pequeño, jugando a médicos con su hermano, cuya rodilla examinaba. Y otra donde los muchachos, cuando tenían unos cinco y siete años, respectivamente, trataban de sacar el caparazón de unas langostas, William con cierta destreza y ahínco, mientras que a Henry la tarea le parecía horrenda y más allá de sus capacidades. (Para su madre, esto también demostraba las diferentes personalidades de los chicos.)

Pero la mejor fotografía, tomada cerca de la época de su desaparición, era tras un partido de hockey, al parecer en la escuela de los chicos. William es más alto que su madre y sujeta entre los dientes un disco de hockey, mientras que la estatura de Henry todavía es inferior a la de su madre. Los dos muchachos visten el equipo de deporte, pero han cambiado los patines por zapatillas de baloncesto.

Esa foto se había hecho popular entre los colegas de Margaret en la sección de personas desaparecidas (cuando el caso estaba todavía abierto), no sólo porque la madre era guapa sino también porque los chicos, enfundados en los uniformes de hockey, parecían muy canadienses. No obstante, para Margaret había algo claramente estadounidense en los chicos desaparecidos, una especie de presuntuosa combinación de picardía y optimismo a toda prueba, como si cada uno de ellos pensara que su opinión sería siempre inalterable, que su coche nunca se encontraría en el carril erróneo.

Pero sólo cuando no podía conciliar el sueño, o cuando contemplaba esas fotografías con excesiva frecuencia y durante demasiado tiempo, la sargento McDermid lamentaba abandonar la sección de personas desaparecidas. En la época en que buscaba al asesino de la joven camarera vestida con la camiseta de la hamburguesa voladora, nada alteraba el sueño de Margaret. Sin embargo, no habían encontrado a ese asesino ni a los muchachos norteamericanos desaparecidos.

Cuando Margaret se encontraba con Michael Cahill, que seguía en homicidios, era natural que, como colegas, se preguntaran mutuamente en qué estaban trabajando. Si tenían entre manos casos en los que no iban a ninguna parte, casos que, desde el principio, estaban marcados con un sello invisible que decía «sin resolver», expresaban su frustración de la misma manera:

—Estoy trabajando en uno de esos casos de seguimiento a casa desde El Circo de la Comida Voladora.

## Personas desaparecidas

Ruth podía haber abandonado la lectura en ese punto, al final del primer capítulo. No tenía ninguna duda de que Alice Somerset y Marion eran la misma persona. Las fotografías que describía la escritora canadiense no podían ser una coincidencia, por no mencionar el efecto de las imágenes en la obsesionada detective de la sección de personas desaparecidas.

Que su madre se ocupara todavía de las fotos de sus hijos desaparecidos no sorprendía en absoluto a Ruth, como tampoco que a Marion le obsesionara esa otra cuestión, la del aspecto que habrían tenido Thomas y Timothy si hubieran llegado a adultos y cómo habrían sido sus vidas. Lo que sorprendió a Ruth, tras la conmoción inicial que le produjo haber corroborado la existencia de su madre, era que ésta hubiera sido capaz de escribir indirectamente sobre lo que más le obsesionaba. Es decir, saber que su madre escribía, aunque no fuese una buena escritora, constituyó la mayor sorpresa para Ruth.

Tenía que seguir leyendo. A lo largo de la obra aparecerían sin duda más fotografías, y Ruth podría recordar cada una de ellas. La novela sólo era fiel al género policiaco en el hecho de que finalmente exponía un solo caso de personas desaparecidas hasta su solución: el rescate, sanas y salvas, de dos hermanas de corta edad, cuyo secuestrador no es un monstruo sexual ni un pederasta, como el lector teme al principio, sino algo menos terrible: un padre enajenado y marido divorciado.

En cuanto a la camarera hallada muerta, y vestida con la camiseta de la hamburguesa voladora, es una metáfora del delito no resuelto o irresoluble, lo mismo que los muchachos estadounidenses desaparecidos, cuyas imágenes, tanto reales como imaginadas, siguen obsesionando a la sargento detective McDermid al final de la novela. En este sentido, *Seguida a casa desde El Circo de la Comida Voladora* rebasa con éxito el género de la novela policiaca y dota a las personas desaparecidas de cierta condición psicológica. Las personas desaparecidas se convierten en el estado mental permanente del melancólico personaje principal.

Incluso antes de haber terminado de leer la primera novela de su madre, Ruth deseaba desesperadamente hablar con Eddie O'Hare, pues suponía (y no se equivocaba) que Eddie sabía algo sobre la carrera de Marion como escritora. Sin duda Alice Somerset había escrito otros libros. *Seguida a casa desde El Circo de la Comida Voladora* se había publicado en 1984 y no era una novela larga. Ruth conjeturó que, hacia 1990, su madre podría haber escrito y publicado un par de novelas más.

Eddie no tardaría en confirmarle que, en efecto, Marion había publicado otras dos novelas, en cada una de las cuales se desarrollaban más investigaciones en el campo de las personas desaparecidas. Los títulos no eran el punto fuerte de su madre. *La detective McDermid de Desaparecidos* tenía cierto encanto aliterativo, pero la aliteración parecía forzada en *Margaret McDermid marca un hito*.

En la primera de esas dos novelas se detallan los esfuerzos de la detective McDermid por encontrar a una esposa y madre que se ha fugado. En este caso, una mujer de Estados Unidos abandona a su marido y a su hija. El marido la está buscando, convencido de que su mujer ha huido a Canadá. Durante sus investigaciones para encontrar el paradero de la mujer, Margaret descubre ciertos incidentes indecorosos relativos a las numerosas infidelidades de su esposo. Peor todavía, la detective se da cuenta de que el amor de madre destrozada por la pérdida de un hijo anterior, que murió en un accidente aéreo, le ha impulsado a huir de la temible responsabilidad de amar a otro hijo, es decir, el hijo al que ha abandonado. Cuando la sargento McDermid encuentra a la mujer, que había sido camarera en El Circo de la Comida Voladora, la agente de policía se muestra tan comprensiva con ella que la deja marchar, y el mal marido nunca la encuentra.

—Tenemos motivos para sospechar que se encuentra en Vancouver —le dice Margaret al marido, aunque sabe perfectamente que la mujer fugada está en Toronto. (En esta novela, las fotografías de los muchachos estadounidenses desaparecidos conservan su lugar destacado en el dormitorio monacal de la detective.)

En *Margaret McDermid marca un hito*, la detective, que a lo largo de dos novelas ha tenido «casi sesenta años aunque todavía podría mentir sobre su edad», llega por fin a sexagenaria. Ruth comprendería enseguida el motivo de que a Eddie le impresionara en especial la tercera de las novelas de Alice Somerset, cuyo argumento es el retorno de un ex amante de la detective, que ya tiene sesenta años.

Cuando Margaret McDermid tenía cuarenta y tantos, se entregó con ahínco a la tarea voluntaria de asesorar a jóvenes estadounidenses que acudían a Canadá huyendo de la guerra de Vietnam. Uno de los jóvenes se enamora de ella... ¡Un chico que aún no tiene veinte años con una mujer ya cuarentona! La relación, descrita de un modo abiertamente erótico, termina pronto.

Entonces, cuando Margaret cumple sesenta, su «joven» amante vuelve a ella necesitado de ayuda, esta vez porque su esposa y su hijo han desaparecido y es de presumir que los han secuestrado. Ahora es un hombre de treinta y tantos años, y la detective McDermid está loca de inquietud, preguntándose si él todavía la encuentra atractiva. («Pero no es posible», se dice, «no podría gustarle una vieja bruja como yo.»)

—¡Yo aún la encontraría atractiva! —le diría Eddie a Ruth.

—Pues díselo a ella, no a mí —respondería Ruth.

Al fin, el antiguo amante se reúne felizmente con su esposa e hijo, y Margaret se consuela imaginando una vez más las vidas de aquellos chicos estadounidenses desaparecidos cuyas fotos le devuelven la mirada en su dormitorio solitario.

A Ruth le encantaría una frase publicitaria que aparecía en la contraportada de *Margaret McDermid marca un hito*: «¡la mejor autora viva de novelas policiacas!» (Unas palabras pronunciadas por el presidente de la Asociación Británica de Autores de Género Policiaco, aunque no era una opinión ampliamente extendida.) Y *La detective MacDermid de Desaparecidos* recibió el premio Arthur a la mejor novela. (Los Escritores Policiacos de Canadá pusieron al premio ese nombre en honor a Arthur Ellis, el nombre que adoptó Arthur English, el verdugo canadiense desde 1913 hasta 1935. Su tío, John Ellis, fue el verdugo de Inglaterra durante el mismo periodo de tiempo. Los verdugos canadienses posteriores adoptaron el nombre de «Arthur Ellis» en su trabajo.)

Sin embargo, el éxito en Canadá (e incluso éxitos más considerables en sus traducciones francesa y alemana) no significaba que Alice Somerset fuese igualmente conocida o que su obra alcanzara una buena difusión en Estados Unidos. En realidad, allí apenas la habían publicado. Un distribuidor estadounidense de la editorial canadiense había tratado sin éxito de promocionar *Margaret McDermid marca un hito* de una manera modesta. (La tercera de las tres novelas era la única con un interés suficiente para que la publicaran en Estados Unidos.)

Eddie O'Hare envidiaba las ventas que Alice Somerset lograba en el extranjero, pero no estaba menos orgulloso de Marion por sus esfuerzos para convertir en material literario su tragedia personal y su desdicha.

—Hay que felicitar a tu madre —le diría Eddie a Ruth—. ¡Ha vertido todo cuanto le ha hecho daño en una serie policiaca!

Pero Eddie no estaba seguro de ser el modelo del joven amante que entra de nuevo en la vida de Margaret McDermid cuando ésta tiene sesenta años, y pensaba en la posibilidad de que Marion hubiera tenido como amante a otro joven norteamericano durante la guerra de Vietnam.

–No seas tonto, Eddie –le diría Ruth–. Escribe sobre ti y nadie más.

Con respecto a Marion, Eddie y Ruth coincidirían en lo más importante: dejarían que la madre de Ruth siguiera siendo una persona desaparecida durante tanto tiempo como fuese posible.

–Sabe dónde encontrarnos, Eddie –diría Ruth al amigo recuperado; pero, para él, la improbabilidad de que Marion quisiera volver a verle era un motivo de aflicción permanente.

Al llegar al aeropuerto Kennedy, Ruth esperaba que Allan estuviera esperándola tras pasar por la aduana, pero se llevó una sorpresa al verle acompañado de Hannah. Que Ruth supiera, no se conocían, y verlos juntos le causó una aguda inquietud. Sabía que debería haberse acostado con Allan antes de viajar a Europa... ¡Al final se había acostado con Hannah! Pero ¿cómo era posible tal cosa? No se conocían y allí estaban, como si fuesen una pareja.

En opinión de Ruth, eran «como una pareja» porque parecían poseer algún secreto terrible y compartido que, al verla, les causaba remordimiento. Sólo una novelista podría haber imaginado semejante tontería. (Debido en parte a su perversa habilidad para imaginar cualquier cosa, esta vez Ruth no había podido imaginar lo evidente.)

–¡Ah, cariño, cariño mío...! –le decía Hannah–. ¡Todo ha sido culpa mía!

Hannah le tendió un ejemplar muy deteriorado del *New York Times,* un rollo de papel deforme, como si lo hubiera estrujado con todas sus fuerzas.

Ruth esperaba que Allan la besara, pero él se dirigió a Hannah:

–No lo sabe.

–¿Saber qué? –preguntó Ruth, alarmada.

–Tu padre ha muerto, Ruth –le dijo Allan.

–Se ha suicidado, cariño –añadió Hannah.

Ruth se quedó paralizada. No había considerado a su padre capaz de suicidarse, porque nunca había pensado que fuese capaz de culparse de nada.

Hannah le ofrecía el *New York Times,* o más bien sus restos arrugados.

—Es una porquería de necrológica —le dijo—. Sólo habla de sus malas críticas. No sabía que había tenido tantas.

Aturdida, Ruth leyó la necrológica. Era más fácil que hablar con Hannah.

—Nos hemos encontrado aquí, en el aeropuerto —le explicó Allan—. Ella se ha presentado.

—Leí esa estúpida necrológica —dijo Hannah—. Sabía que regresabas hoy, por lo que llamé a la casa de Sagaponack y hablé con Eduardo... Él le encontró muerto. Así he conseguido el número de tu vuelo, gracias a Eduardo.

—Pobre Eduardo —replicó Ruth.

—Sí, está deshecho. Al llegar aquí, claro, busqué a Allan. Supuse que habría venido. Le reconocí por su foto...

—Sé lo que está haciendo mi madre —les dijo Ruth—. Es escritora. Escribe novelas policiacas, pero hace algo más que limitarse a los requisitos del género.

—No puedo creerlo —le explicó Hannah a Allan—. Pobrecilla mía —dijo entonces, dirigiéndose a Ruth—. Yo he sido la causante... ¡Échame la culpa!

—No has tenido la culpa, Hananh. Mi padre no pensó dos veces en ti. La culpa ha sido mía, yo le he matado. Primero le di una paliza al squash y luego lo maté. Tú no has tenido nada que ver con esto.

—Está enfadada —le dijo Hannah a Allan—. Es bueno que esté enfadada. Exteriorizar la ira te hará bien. Lo malo es estallar por dentro.

—¡Vete a hacer puñetas! —le dijo Ruth a su mejor amiga.

—Esto te hace bien, cariño. Lo digo en serio, la ira te hace bien.

—He traído el coche —le dijo Allan a Ruth—. Puedo llevarte a la ciudad, o si lo deseas te llevaré a Sagaponack.

—Quiero ir a Sagaponack —replicó Ruth—. Quiero ver a Eddie O'Hare. Primero veré a Eduardo y luego a Eddie.

—Escucha, te llamaré esta noche —le dijo Hannah—. Puede que más tarde necesites descargarte. Te llamaré.

—Deja que te llame yo primero, Hannah.

—De acuerdo, lo haremos así —convino Ruth—. Me llamas o te llamo.

Hannah necesitaba un taxi para regresar a la ciudad. Los taxis estaban en un lugar y el coche de Allan en otro. Bajo el viento, durante la embarazosa despedida, el *New York Times* se estropeó todavía más. Ruth no quería el periódico, pero Hannah insistió en que se lo llevara.

—Lee la necrológica más tarde —le dijo.

—Ya la he leído —replicó Ruth.

—Deberías leerla de nuevo, cuando estés más calmada —le aconsejó su amiga—. Así te enfadarás de veras.

—Ya estoy tranquila y enfadada —le dijo Ruth.

—Se calmará —susurró Hannah a Allan—. Y entonces se enfadará en serio. Cuida de ella.

Ruth y Allan miraron a Hannah mientras cruzaba por delante de la cola que esperaba para tomar un taxi. Una vez sentados en el coche de Allan, él la besó por fin.

—¿Estás bien? —le preguntó.

—Pues sí, por extraño que parezca.

Era curioso, pero constataba una falta de sentimiento hacia su padre. Lo que sentía era que no sentía nada por él. Había estado absorta en personas desaparecidas, sin esperar contarle entre ellas.

—En cuanto a tu madre... —empezó a decirle pacientemente Allan.

Permitió que Ruth ordenara sus pensamientos durante casi una hora, mientras viajaban en silencio. Ruth se dijo que, sin ninguna duda, Allan era el hombre adecuado para ella.

Finalizaba la mañana cuando a Allan le llegó la noticia de que el padre de Ruth había muerto. Podría haberla llamado a Amsterdam, donde estaría a punto de anochecer. Entonces Ruth habría tenido toda la noche y las horas de vuelo para pensar en ello. Pero Allan confió en que Ruth no hubiera visto el *New York Times* antes de aterrizar en Nueva York al día siguiente. En cuanto a la posibilidad de que la noticia llegara a Amsterdam, Allan confiaba en que Ted Cole no fuese tan famoso.

—Eddie O'Hare me dio un libro que escribió mi madre, una novela —le explicó Ruth a Allan—. Por supuesto, Eddie sabía quién había escrito la novela, pero no se atrevió a decírmelo. Lo único que me dijo fue que ese libro era «una buena lectura para el avión». ¡Ya lo creo!

—Eso es admirable —dijo Allan.

—Ya nada me parece admirable —replicó Ruth. Tras una pausa, le dijo—: Quiero casarme contigo, Allan. —Hizo otra pausa y añadió—: Nada es tan importante como hacer el amor contigo.

—Me satisface muchísimo oírte decir eso —admitió Allan.

Era la primera vez que sonreía desde que la vio en el aeropuerto. Ruth no tuvo que hacer ningún esfuezo para sonreírle a su vez. Pero se mantenía la ausencia de sentimiento hacia su padre que había constatado una hora antes... ¡Qué extraña e inesperada era! Sentía más simpatía por Eduardo, quien había encontrado el cadáver de Ted.

Nada se interponía entre Ruth y su nueva vida con Allan. Habría que organizar alguna clase de funeral por Ted, nada complicado. Además, se dijo Ruth, la asistencia no sería numerosa. Entre ella y su nueva vida con Allan, sólo existía la necesidad de escuchar a Eduardo Gómez, quien le diría exactamente lo sucedido a su padre. Esta perspectiva le hizo percatarse de lo mucho que su padre la había amado. ¿Era ella la única mujer que había hecho sentir remordimientos a Ted Cole?

## Punto muerto

Eduardo Gómez era un buen católico. No había superado la superstición, pero siempre había mantenido su tendencia a creer en el destino dentro de los estrictos límites de su fe. Por suerte para él, nadie le había hablado del calvinismo, pues se habría convertido fervorosamente a ese credo. Hasta entonces, el catolicismo del jardinero había mantenido a raya los aspectos más pintorescos de lo que imaginaba con respecto a su propia predestinación.

Cuando se quedó colgando boca abajo dentro del seto de la señora Vaughn, esperando morir intoxicado por el monóxido de carbono, aquella tortura le pareció interminable. Entonces cruzó por la mente de Eduardo que Ted Cole merecía morir de esa manera, pero no un jardinero inocente. En aquellos momentos de impotencia, Eduardo se sintió la víctima de la lujuria ajena y de la proverbial «mujer desdeñada» por otro hombre.

Nadie, ni siquiera el sacerdote en el confesonario, hubiera culpado a Eduardo por albergar tales sentimientos. El desdichado jardinero, suspendido y abandonado a su suerte en el seto de la señora Vaughn, tenía todos los motivos para sentirse injustamente condenado. No obstante, en el transcurso de los años, Eduardo pudo constatar que Ted era un patrono justo y generoso, y nunca se había perdonado a sí mismo por pensar que aquel hombre merecía morir envenenado con monóxido de carbono.

Así pues, que el infortunado jardinero fuese quien descubrió el cadáver de Ted Cole, muerto a causa de las inhalaciones de monóxido de carbono, causó estragos en la naturaleza supersticiosa de Eduardo, por no decir que reforzó su fatalismo potencialmente desenfrenado.

Conchita, la esposa de Eduardo, fue la primera en notar que ocurría algo malo. Cuando se dirigía a casa de Ted, hizo un alto en la estafeta de Sagaponack para recoger el correo. Como era el día de la semana en que cambiaba las ropas de la cama, hacía la colada y la limpieza general de la casa, Conchita llegó antes que Eduardo a la casa de Ted. Dejó el correo sobre la mesa de la cocina, donde vio una botella de whisky de malta escocés. Estaba abierta, pero no habían vertido una sola gota. A su lado había un vaso limpio y vacío de cristal de Tiffany.

Conchita también reparó en la postal de Ruth entre las cartas que había traído. La foto de las prostitutas en sus escaparates de la Herberstrasse, en Sant Pauli, el barrio chino de Hamburgo, la turbó. Encontraba indecoroso que una hija enviara semejante postal a su padre. No obstante, era una lástima que el correo de Europa tardara tanto en llegar, pues el mensaje de la postal hubiera alegrado a Ted, de haberlo leído. (PIENSO EN TI, PAPÁ. LAMENTO LO QUE TE DIJE. HE SIDO MEZQUINA. ¡TE QUIERO! RUTHIE.)

Aunque estaba preocupada, Conchita se puso a limpiar el cuarto de trabajo de Ted, diciéndose que éste quizás estaba todavía durmiendo en su habitación, aunque solía levantarse temprano. El cajón inferior del escritorio estaba abierto y vacío. Al lado del cajón había una bolsa de basura verde oscuro de gran tamaño, que Ted había llenado con los cientos de fotos Polaroid en blanco y negro de sus modelos desnudas. Aunque la bolsa estaba bien cerrada, emitió el desagradable olor del revestimiento de positivos cuando Conchita la apartó para pasar la aspiradora. Una nota fijada con cinta adhesiva a la bolsa decía: CONCHITA, POR FAVOR, TIRA ESTA BASURA ANTES DE QUE LLEGUE RUTH A CASA.

Esto alarmó tanto a Conchita que detuvo la aspiradora y, acercándose a la escalera, gritó hacia arriba: «¿Señor Cole?». No obtuvo respuesta. Se dirigió al piso superior. La puerta del dormitorio principal estaba abierta, la cama hecha, tal como Conchita la dejara la mañana anterior. La mujer recorrió el pasillo hasta llegar a la habitación que ahora usaba Ruth. Ted o alguna otra persona había pasado allí la noche, o por lo menos se había tendido un rato en la cama. El armario y la cómoda de Ruth estaban abiertos. (El padre había sentido la necesidad de echar un último vistazo a las ropas de su hija.)

Por entonces, Conchita estaba lo bastante preocupada para llamar a Eduardo, incluso antes de bajar la escalera, y, mientras esperaba la llegada de su marido, sacó la voluminosa bolsa verde oscuro del cuarto de trabajo de Ted y la trasladó al granero. Había un panel electrónico de códigos que abría una puerta del garaje que daba al granero, y Conchita tecleó el código. Cuando la puerta se abrió, la mujer vio que Ted había amontonado varias mantas a lo largo del suelo del granero, cerrando así la ranura bajo la puerta del garaje. También observó que el coche estaba en marcha, aunque no se veía a Ted en su interior. El Volvo resoplaba en el granero, que hedía a gases de escape. Conchita dejó caer la bolsa de basura en la puerta del garaje abierta y aguardó a Eduardo en el sendero de acceso.

Eduardo detuvo el motor del Volvo antes de ponerse a buscar a Ted. El depósito de combustible contenía menos de la cuarta parte de su capacidad, pues el motor probablemente había funcionado durante la mayor parte de la noche, y Ted había apretado un poco el acelerador por medio del mango de una raqueta de squash que había colocado a modo de cuña bajo el asiento. Esa presión había hecho que el motor se mantuviera con suficiente intensidad para no calarse.

La trampilla que daba paso a la pista de squash en el piso superior del granero estaba abierta, y Eduardo subió por la escala. Apenas podía respirar a causa de los gases de escape que habían subido a lo alto del granero. Ted estaba muerto en el suelo de la pista de squash, vestido para jugar. Tal vez había golpeado la pelota durante un rato y corrido un poco alrededor de la pista. Cuando se sintió fatigado, se tendió en el suelo, perfectamente colocado en la T, el lugar de la pista cuya posesión siempre le había dicho a Ruth que tomara, que lo ocupara como si su vida dependiera de ello, porque era la posición en la pista desde la cual podías controlar mejor el juego de tu adversario.

Más adelante Eduardo lamentó haber abierto la gran bolsa de basura verde oscuro y haber examinado el contenido antes de arrojarla al contenedor. Nunca se le había borrado el recuerdo de los numerosos dibujos de las partes íntimas de la señora Vaughn, si bien había visto tales partes íntimas en fragmentos y tiras. Las fotos en blanco y negro eran un sombrío recordatorio para el jardinero de la fascinación que sentía Ted Cole por las mujeres degradadas y corrompidas. Presa de náuseas, Eduardo depositó las fotografías en el contenedor de basura.

Ted no había dejado ninguna nota que explicara su suicidio. No había más que la nota fijada a la bolsa de basura (CONCHITA, POR FAVOR, TIRA ESTA BASURA ANTES DE QUE LLEGUE RUTH A CASA). Ted, además, había previsto que Eduardo usaría el teléfono de la cocina, pues allí, en el bloc de notas, al lado del teléfono, había otro mensaje: EDUARDO, LLAMA AL EDITOR DE RUTH, ALLAN ALBRIGHT. Y debajo de estas palabras había anotado el número de la editorial Random House. Eduardo llamó sin vacilar.

A pesar de lo agradecida que Ruth se sentía con Allan por haberse ocupado de todo, era inevitable que registrara la casa de Sagaponack en busca de la nota que confiaba que su padre le hubiera dejado. Al cerciorarse de que no existía tal nota se sintió confusa, pues su padre siempre había sabido decir algo para justificarse, había sido incansable en la defensa de sí mismo.

Incluso Hannah se sintió dolida porque no había ningún mensaje para ella, aunque más adelante se convencería de que el sonido de una llamada cancelada en su contestador automático significaba que Ted había intentado hablar con ella.

—¡Ojalá hubiera estado en casa cuando llamó! —le dijo Hannah a Ruth.

—Ojalá... —replicó Ruth.

El funeral de Ted Cole se celebró, de manera improvisada, en la escuela pública elemental de Sagaponack. La junta escolar y los maestros de la escuela, tanto los ya jubilados como los que seguían ejerciendo, llamaron a Ruth y le ofrecieron sus locales. Ruth no sabía hasta qué punto su padre fue un benefactor de la escuela. En dos ocasiones costeó nuevos equipamientos para el patio de recreo, cada año donaba material artístico para los niños y era el principal proveedor de libros infantiles de la biblioteca de Bridgehampton, que era la que frecuentaban los escolares de Sagaponack. Además, sin que Ruth lo supiera, con frecuencia Ted había impartido lecturas a los niños durante la Hora de los Cuentos y, por lo menos media docena de veces a lo largo del año escolar, acudía a la escuela para dar lecciones de dibujo a los niños.

Así pues, en aquel ambiente de pequeños pupitres y sillitas, con las paredes cubiertas de dibujos realizados por los niños sobre los temas y personajes más notables de los libros de Ted Cole, se recordó al famoso autor e ilustrador. Una maestra jubilada, muy querida en la escuela, habló emocionada de la dedicación de Ted al entretenimiento de los niños, aunque confundió sus libros. Creía que el hombre topo era una criatura que acechaba bajo una aterradora puerta en el suelo y que ese ruido indescriptible parecido al de alguien que procura no hacer ruido era, equivocadamente, el del ratón que se arrastraba entre las paredes. En los dibujos de los niños expuestos en las paredes, Ruth vio un número suficiente de ratones y hombres topo para alimentar su imaginación durante toda la vida.

Con excepción de Allan y Hannah, el único asistente al acto que no era vecino del pueblo era el propietario de la galería de Nueva York que había hecho una pequeña fortuna vendiendo los dibujos originales de Ted Cole. El editor de Ted no pudo asistir, pues aún se estaba recuperando de un resfriado que había pillado en la Feria del Libro de Frankfurt. (Ruth creía conocer al «resfriado» en cuestión.) Incluso Hannah se mostraba discreta... Todos estaban sorprendidos ante la nutrida asistencia de niños.

Eddie O'Hare estaba presente. Como residente en Bridgehampton, Eddie no era un forastero, pero Ruth no esperaba verle allí. Más adelante comprendió por qué había asistido. Eddie, al igual que Ruth, había imaginado que Marion podría presentarse. Al fin y al cabo, era una de esas ocasiones en las que Ruth había soñado que su madre podría hacer acto de presencia. Y Marion era escritora. ¿No se sienten atraídos todos los escritores por los finales? Aquello era un final. Pero Marion no estaba allí.

El día era desapacible y un viento húmedo y racheado soplaba desde el océano. En vez de quedarse en el exterior de la escuela, la gente corrió a sus coches en cuanto terminó el funeral improvisado, todos menos una mujer, de quien Ruth supuso que tendría la misma edad de su madre, y que vestía de negro, con un velo del mismo color. Permanecía cerca de su reluciente Lincoln negro como si no pudiera tomar la decisión de marcharse. Cuando el viento le alzó el velo, su piel parecía estirada, demasiado tensa sobre el cráneo. La mujer, cuyo esqueleto amenazaba con atravesarle la piel, miraba a Ruth con tal intensidad que la novelista se apresuró a concluir que debía de ser la viuda airada que le había escrito aquella carta llena de odio, la llamada viuda durante el resto de su vida. Ruth tomó a Allan de la mano y le alertó sobre la presencia de la mujer.

—¡Aún no he perdido a mi marido, por lo que viene a regocijarse de que he perdido a mi padre! —le dijo Ruth a Allan, pero Eddie O'Hare acertó a oírla.

—Yo me ocuparé de esto —le dijo Eddie a Ruth. Él sabía quién era la mujer.

No se trataba de la viuda airada, sino de la señora Vaughn. Por supuesto, Eduardo la había visto primero, e interpretó la presencia de la señora Vaughn como otro recordatorio del destino al que estaba condenado. (El jardinero se mantuvo oculto en el edificio de la escuela, confiando en que su antigua patrona desapareciera milagrosamente.)

No era que el esqueleto aflorase a través de la piel, sino más bien que la pensión alimenticia de su divorcio había incluido una asignación considerable para cirugía estética, a la que la señora Vaughn había recurrido en exceso. Cuando Eddie la tomó del brazo y la encaminó hacia el Lincoln negro y reluciente, la señora Vaughn no opuso resistencia.

—¿Le conozco? —preguntó a Eddie.

—Sí, nos conocimos cuando yo era un muchacho.

Los dedos de la mujer le aferraban la muñeca como garras de ave de rapiña. Sus ojos velados le examinaron ansiosamente el rostro.

—¡Usted vio los dibujos! —susurró la señora Vaughn—. ¡Me llevó a mi casa!

—Así es —admitió Eddie.

—Tiene el mismo aspecto que su madre, ¿verdad? —le preguntó la señora Vaughn.

Se refería a Ruth, por supuesto, y él no estaba de acuerdo, pero sabía tratar con las mujeres mayores.

—En ciertos aspectos sí que se parece —replicó Eddie—. Se parece un poco a ella.

La ayudó a sentarse al volante. (Eduardo Gómez no saldría del edificio de la escuela hasta ver alejarse al Lincoln negro y reluciente.)

—¡Creo que se parece mucho a su madre! —concluyó la señora Vaughn.

—A mi modo de ver, se parece a los dos —replicó Eddie con tacto.

—¡No, no! —exclamó la señora Vaughn—. ¡Nadie se parece a su padre! ¡Ese hombre no tenía igual!

—Sí, eso también es cierto —admitió Eddie.

Cerró la portezuela del coche y retuvo el aliento hasta que oyó arrancar al Lincoln. Entonces se reunió con Allan y Ruth.

—¿Quién era? —le preguntó Ruth.

—Una de las antiguas novias de tu padre —respondió Eddie.

Hannah, que le había oído, miró el Lincoln que se alejaba con una momentánea curiosidad de periodista.

—¿Sabes? —le dijo Ruth—. He soñado que todas estarían aquí, todas sus antiguas amantes.

En realidad, otra de aquellas amantes había asistido al acto, pero Ruth no sabía quién era. La mujer, rolliza, con exceso de peso, cincuentona, se presentó a Ruth antes del funeral en la escuela. Su expresión era contrita.

—Usted no me conoce, pero yo conocí a su padre. En realidad, mi madre y yo le conocíamos. Mi madre también se suicidó, y puede imaginarse cuánto lo siento... Sé cómo debe usted sentirse.

—Y usted se llama... —le dijo Ruth mientras le estrechaba la mano.

—De soltera me apellidaba Mountsier —respondió la mujer en un tono humilde—. Pero usted no puede conocerme...

La mujer se marchó sin decirle nada más.

—Gloria..., creo que ha dicho que se llamaba así —le dijo luego Ruth a Eddie, pero éste no sabía quién era.

(Se llamaba *Glorie*, desde luego, y era la angustiada hija de la difunta señora Mountsier. Pero se había escabullido.)


Después del funeral, Allan insistió en que Eddie y Hannah se reunieran con él y con Ruth en la casa de Sagaponack para tomar una copa. Había empezado a llover, y por fin Conchita, tras liberar a Eduardo del edificio escolar, lo había llevado a su casa en Sag Harbor. Por una vez (o quizá de nuevo) en la casa de Sagaponack había algo para beber más fuerte que la cerveza y el vino. Ted había comprado un excelente whisky escocés de malta.

—A lo mejor papá compró la botella pensando en esta ocasión —comentó Ruth.

Se sentaron ante la mesa del comedor, donde cierta vez, en un relato, una pequeña llamada Ruthie se había sentado con su papá, mientras el hombre topo aguardaba oculto detrás de una lámpara de pie.

Eddie O'Hare no había estado en la casa desde el verano de 1958, y Hannah desde que se acostó con el padre de Ruth. La escritora pensó en ello, pero se abstuvo de hacer comentario alguno y, aunque le ardía la garganta, no lloró.

Allan quería mostrarle a Eddie lo que pensaba hacer en la pista de squash del granero. Puesto que Ruth había abandonado el deporte, Allan planeaba convertir la pista en un despacho, que tanto podía ser para él como para Ruth. Así uno de ellos podría trabajar en la casa, en el antiguo cuarto de trabajo de Ted, y el otro en el granero.

Ruth se sentía decepcionada por la imposibilidad de estar a solas con Eddie, pues notaba que podía pasarse el día entero hablando con él acerca de su madre. (Eddie le había traído las otras dos novelas de Alice Somerset.) Pero Eddie y Allan fueron al granero y Ruth se quedó con Hannah.

—Ya sabes lo que voy a preguntarte, cariño —dijo Hannah a su amiga. Ruth lo sabía, desde luego.

—Pregúntame lo que quieras, Hannah.

—¿Aún no has hecho el amor? Quiero decir con Allan.

—Sí, lo he hecho —replicó Ruth.

Dejó que el buen whisky le calentara la boca, la garganta, el estómago. Se preguntaba cuándo dejaría de añorar a su padre, o si alguna vez dejaría de añorarle.

—¿Y qué? —insistió Hannah.

—Allan tiene la polla más grande que he visto jamás —dijo Ruth.

—No creía que te gustaran las vergas grandes, ¿o me dijo eso otra persona?

—No es excesivamente grande. Tiene el tamaño adecuado para mí, eso es todo.

—¿Así que todo va bien? ¿Y vais a casaros y tratar de tener un hijo? ¿De hacer las cosas como Dios manda?

—Sí, todo va bien —respondió Ruth—. Y haremos las cosas como Dios manda.

—¿Pero qué ha ocurrido?

—¿Qué quieres decir, Hannah?

—Quiero decir que estás tan tranquila... Tiene que haber ocurrido algo.

—Pues ya ves. Mi mejor amiga se ha tirado a mi padre, luego mi padre se ha suicidado y he descubierto que mi madre es una especie de oficial de la literatura, como un obrero después de haber terminado el aprendizaje. ¿A eso te referías?

—Bueno, mujer, bueno, me tengo merecida esa respuesta —dijo Hannah—. Pero dime qué te ha ocurrido, porque te veo diferente. Tiene que haberte pasado algo.

—Tuve el último novio que me salió rana, si te refieres a eso —replicó Ruth.

—Muy bien, no me lo digas si no quieres. Algo te ha ocurrido, pero no me importa. Puedes mantenerlo en secreto.

Ruth sirvió a su amiga un poco más del whisky escocés de malta.

—Un licor estupendo, ¿no te parece? —preguntó a su amiga.

—Qué rara eres —le dijo Hannah.

Estas palabras evocaron en Ruth otra escena. Era lo mismo que Rooie le dijo a Ruth la primera vez que ésta se negó a permanecer en el ropero, entre los zapatos.

—No ha ocurrido nada, Hannah —mintió Ruth—. La gente llega a un punto en que desea un cambio, una nueva vida. De eso se trata, sencillamente.

–No sé qué decirte... –respondió Hannah–. Tal vez sea así, pero si una desea un cambio en su vida es porque le ha ocurrido algo.

## El primer matrimonio de Ruth

Allan Albright y Ruth Cole se casaron el fin de semana de Acción de Gracias, que pasaron en la casa que Ruth tenía en Vermont. Hannah, junto con uno de sus novios detestables, pasó allí todo el fin de semana, lo mismo que Eddie O'Hare, quien fue el encargado de entregar la novia al novio. (Hannah fue la dama de honor de Ruth.) Con la ayuda de Minty, Eddie había localizado aquel pasaje de George Eliot sobre el matrimonio, pues Ruth quería que Hannah lo leyera durante la ceremonia. Por supuesto, Minty no se resistió a pronunciar un discursito sobre su éxito en la localización del pasaje.

–Mira, Edward –informó Minty a su hijo–, un pasaje de esta clase, que es una recapitulación, tanto en su contenido como en su tono, ha de ser el párrafo inicial de un capítulo o, más probablemente, un pasaje final. Y como sugiere una finalidad más profunda, es más lógico que se encuentre hacia el final de un libro que cerca del principio.

–Comprendo –dijo Eddie–. ¿De qué libro es la cita?

–El deje de ironía lo revela –respondió Minty–. Eso y su carácter agridulce. Es como una pastoral, pero no sólo eso.

–¿De qué novela se trata, papá? –preguntó Eddie a su padre.

–Hombre, Edward, es *Adam Bede* –informó a su hijo el viejo profesor de inglés–. Y es muy apropiado para la boda de tu amiga, que se celebra en noviembre, el mismo mes en que Adam Bede se casó con Dinah... «una mañana en que el suelo estaba cubierto de escarcha, cuando noviembre se despedía» –citó Minty de memoria–. Eso es de la primera frase del último capítulo, sin contar el epílogo –añadió el profesor.

Eddie se sentía exhausto, pero había identificado el pasaje, como le pidió Ruth que hiciera.

En la boda de Ruth, Hannah leyó el texto de George Eliot sin demasiada convicción, pero esas palabras estaban llenas de vida para Ruth.

–«¿Existe algo más admirable para dos almas que la sensación de unirse para siempre, de fortalecerse mutuamente en toda dura tarea, de apoyarse la una en la otra en los momentos de aflicción, de auxiliarse en el sufrimiento, de entregarse como un solo ser a los silenciosos e inefables recuerdos en el momento de la última partida?»

Ruth se preguntó si, en efecto, existía algo más admirable. Pensó que tan sólo empezaba a amar a Allan, pero creía que ya le amaba más de lo que nunca había amado a nadie, excepto a su padre.

La ceremonia civil, presidida por un juez de paz de la localidad, tuvo lugar en la librería predilecta de Ruth en Manchester, estado de Vermont. Los libreros, un matrimonio con el que Ruth tenía una antigua amistad, fueron tan amables de cerrar su establecimiento durante un par de horas en uno de los fines de semana más comerciales del año. Después de la boda, la tienda abrió sus puertas como de costumbre, pero el número de compradores de libros que esperaban a que les atendiesen era inferior al esperado y entre ellos había algunos curiosos. Cuando la nueva señora Albright (un apellido por el que nunca llamarían a Ruth Cole) salió de la tienda cogida del brazo de Allan, desvió la mirada de los espectadores.

–Si hay periodistas, me encargaré de ellos –le susurró Hannah a Ruth.

Eddie miraba a su alrededor, en busca de Marion.

–¿Está aquí? ¿La has visto? –le preguntó Ruth, pero Eddie se limitó a sacudir la cabeza.

Ruth también buscaba a otra persona. Esperaba a medias que la ex esposa de Allan se presentara, aunque él se había burlado de sus temores. Las discusiones por la custodia de los hijos entre Allan y su ex mujer habían sido muy ásperas, pero el divorcio fue el resultado de una decisión conjunta. Según él, su ex esposa no tendía por naturaleza al hostigamiento.

Aquel fin de semana, tan ajetreado por la celebración del día de Acción de Gracias, tuvieron que estacionar el coche a cierta distancia de la librería. Al pasar ante una pizzería y una tienda de velas decorativas, Ruth se percató de que los seguían. A pesar de que el novio granja de Hannah tenía pinta de guardaespaldas, alguien seguía a los novios y su pequeño séquito. Allan tomó a Ruth del brazo y apretaron el paso por la acera. Ya estaban cerca del aparcamiento. Hannah volvía la cabeza una y otra vez para mirar a la anciana que los seguía, pero la mujer no era una persona que se dejara amedrentar con la mirada.

—No es periodista —dijo Hannah.

—A la mierda con ella, sólo es una vieja —comentó el novio granuja de Hannah.

—Yo me ocuparé de esto —se ofreció Eddie O'Hare. Pero la mujer era inmune a los encantos de Eddie.

—No quiero hablar con usted, sino con ella —le dijo la anciana, señalando a Ruth.

—Oiga, señora, hoy es el día más importante de su vida —intervino Hannah—. Lárguese de una vez.

Allan y Ruth se detuvieron y miraron a la mujer, la cual estaba sin aliento por haberse apresurado tras ellos.

—No es mi ex mujer —susurró Allan, pero Ruth sabía eso con tanta certeza como sabía que la anciana no era su madre.

—Quería verle la cara —le dijo la mujer a Ruth.

A su manera, la vieja dama tenía un aspecto tan anodino como el asesino de Rooie. No era más que otra anciana que había dejado de cuidar su aspecto. Y al pensar tal cosa, incluso antes de que la mujer hablara de nuevo, Ruth supo de repente quién era. ¿Quién sino una viuda por el resto de su vida tendería a abandonarse de aquel modo?

—Bueno, ahora ya me ha visto la cara —le dijo Ruth—. ¿Qué más quiere?

—Quiero volver a verle la cara cuando también usted se quede viuda —dijo la anciana, enojada—. No deseo otra cosa.

—Oiga, señora, cuando ella se quede viuda usted habrá muerto —le espetó Hannah—. Por su aspecto se diría que ya está agonizando.

Hannah tomó el brazo de Ruth que le sujetaba Allan y, separándola de él, la encaminó hacia el coche.

—Vamos, cariño... ¡Es el día de tu boda!

Allan dirigió una mirada breve y furibunda a la mujer, y después siguió a Ruth y Hannah. El novio granuja de Hannah, aunque parecía un hombre duro, en realidad era temeroso e ineficaz. Caminaba arrastrando los pies y miraba a Eddie.

Y Eddie O'Hare, quien nunca había conocido a una mujer mayor que se resistiera a su encanto, pensó que podía utilizarlo de nuevo con la viuda airada, la cual miraba fijamente a Ruth como si quisiera grabar la escena en su memoria.

—¿No le parece que las bodas son sagradas, o que deberían serlo? —le preguntó Eddie—. ¿No figuran entre esos días que recordaremos durante toda la vida?

—¡Sí, ya lo creo! —replicó la anciana viuda con vehemencia—. Sin duda recordará este día. Cuando su marido muera, lo recordará más de lo que quisiera. ¡No pasa una sola hora sin que recuerde el día de mi boda!

—Comprendo —dijo Eddie—. ¿Me permite que la acompañe a su coche?

—No, gracias, joven —replicó la viuda.

Derrotado por la intransigencia de la mujer, Eddie dio media vuelta y se apresuró a reunirse con el grupo. Todos ellos apretaban el paso, tal vez debido al desapacible tiempo de noviembre.

Celebraron el acontecimiento con una cena. Asistieron los libreros y Kevin Merton, el administrador de Ruth, con su esposa. Allan y Ruth no habían previsto irse de luna de miel. En cuanto a los nuevos planes de la pareja, Ruth le había dicho a Hannah que probablemente pasarían más tiempo en la casa de Sagaponack que en Vermont. Finalmente tendrían que elegir entre Long Island y Nueva Inglaterra, y Ruth opinaba que este último estado sería el mejor lugar para vivir cuando tuvieran un hijo. (Cuando el niño alcanzara la edad escolar, ella querría que estuvieran en Vermont.)

—¿Y cuándo sabrás si vais a tener un hijo? —le preguntó Hannah a Ruth.

—Lo sabré si me quedo embarazada o no —replicó Ruth.

—¿Pero lo estáis intentando?

—Empezaremos a intentarlo después de Año Nuevo.

—¡Tan pronto! —exclamó Hannah—. Desde luego, no perdéis el tiempo.

—Tengo treinta y seis años, Hannah. Ya he perdido suficiente tiempo.

El fax de la casa de Vermont estuvo en funcionamiento durante todo el día de la boda, y Ruth abandonaba la mesa una y otra vez para echar un vistazo a los mensajes, que en general eran felicitaciones de sus editores extranjeros. Uno de los mensajes, muy cariñoso, era de Maarten y Sylvia, desde Amsterdam. (¡WIM ESTARÁ DESOLADO!, había escrito Sylvia.)

Ruth había pedido a Maarten que la mantuviera informada de cualquier novedad en el caso de la prostituta asesinada. La policía no hablaba del caso.

En un fax anterior que Ruth había enviado a Maarten le preguntaba si aquella pobre prostituta tenía hijos. Pero en los diarios tampoco se decía nada acerca de una hija de la mujer asesinada.

Ruth había tomado un avión y sobrevolado el océano, y ahora lo sucedido en Amsterdam prácticamente se había esfumado. Sólo en la oscuridad, cuando yacía despierta, Ruth notaba el roce de un vestido colgado o el olor a cuero del top guardado en el ropero de Rooie.

—Cuando estés embarazada me lo dirás, ¿de acuerdo? —le pidió Hannah a Ruth mientras fregaban los platos—. No mantendrás eso en secreto, ¿eh?

—Yo no tengo secretos, Hannah —mintió Ruth.

—Eres el mayor secreto que conozco —le dijo Hannah—. Me entero de lo que te ocurre de la misma manera que el resto del mundo. Tendré que esperar hasta que lea tu próximo libro.

—Pero no escribo sobre mí, Hannah —le recordó Ruth.

—Eso es lo que tú dices.

—Cuando esté embarazada, te lo diré, naturalmente —dijo Ruth, cambiando de tema—. Serás la primera en saberlo, después de Allan.

Aquella noche, al acostarse, Ruth no se sintió del todo en paz consigo misma. Y, además, estaba rendida de cansancio.

—¿Estás bien? —le preguntó Allan.

—Muy bien.

—Pareces cansada.

—La verdad es que lo estoy —admitió ella.

—No sé, de alguna manera pareces diferente —comentó Allan.

—Bueno, me he casado contigo, Allan. Eso cambia un poco las cosas, ¿no?

A principios de 1991 Ruth quedaría embarazada, y eso también cambiaría un poco las cosas.

—¡Vaya, menuda rapidez! —observaría Hannah—. Dile a Allan, de mi parte, que no todos los hombres de su edad disparan todavía con munición real.

Graham Cole Albright nació en Rutland, Vermont, el 3 de octubre de 1991, con un peso de tres kilos y medio. El nacimiento del niño coincidió con el primer aniversario de la reunificación alemana. Aunque no le gustaba nada conducir, Hannah llevó a Ruth al hospital. Había pasado con ella la última semana de su embarazo, porque Allan trabajaba en Nueva York y sólo regresaba a Vermont los fines de semana.

Eran las dos de la madrugada cuando Hannah salió de la casa de Ruth en dirección al hospital de Rutland, un trayecto de unos cuarenta y cinco minutos. Hannah había telefoneado a Allan antes de salir. El bebé nació pasadas las diez de la mañana, y Allan llegó con tiempo más que suficiente para estar presente en el momento del parto.

En cuanto al tocayo del bebé, Graham Greene, Allan comentó que confiaba en que su pequeño Graham nunca tuviera el conocido hábito del novelista de frecuentar burdeles. Ruth, que más de una vez se había quedado atascada cerca del final del primer volumen de *La vida de Graham Greene*, se sentía mucho más inquieta por otro de los hábitos de Greene, su inclinación a viajar a los lugares conflictivos del planeta en busca de experiencias de primera mano. Ruth no le deseaba semejante cosa a su pequeño Graham y ella, por su parte, tampoco volvería a buscar esa clase de experiencias. Al fin y al cabo, había sido testigo del asesinato de una prostituta a manos de su cliente, y al parecer el crimen había quedado impune.

La novela que Ruth tenía entre manos se interrumpiría durante todo un año. Se trasladó con el niño a Sagaponack, lo cual significaba que Conchita Gómez sería la niñera de Graham. El traslado suponía también una mayor comodidad para Allan, quien ahora no tenía que hacer un viaje tan largo cada fin de semana. Podía tomar el autobús o el tren desde Nueva York a Bridgehampton y emplear la mitad del tiempo que requería ir en coche desde la ciudad a Vermont. Además, en el tren también podía trabajar.

En Sagaponack, Allan usaba como despacho el que había sido cuarto de trabajo de Ted. Ruth decía que la habitación aún olía a tinta de calamar, o a topo de hocico estrellado en descomposición, o al revestimiento de positivos Polaroid. Aunque las fotografías habían desaparecido, Ruth afirmaba que también notaba su olor.

Pero ¿qué podía oler, o percibir de cualquier otra manera, en su propio estudio, que estaba en el primer piso del granero, la pista de squash remodelada que Ruth había elegido como su lugar de trabajo? La escala y la trampilla habían sido sustituidas por un tramo de escaleras y una puerta normales. La calefacción de la pieza estaba instalada a lo largo del zócalo, y donde estuvo el punto muerto en la pared frontal de la pista de squash había ahora una ventana. Cuando la novelista tecleaba en su anticuada máquina de escribir o, como hacía más a menudo, escribía a mano en blocs de largas hojas amarillas y pautadas, nunca oía la reverberación que la pelota de squash solía producir al dar en la chapa reveladora. Y la T en la antigua pista, de la que aprendió a tomar posesión como si su vida dependiera de ello, estaba ahora cubierta por la moqueta y no podía verla.

De vez en cuando le llegaba el olor de los gases de escape emitidos por los coches todavía aparcados en la planta del viejo granero, pero ese olor no le molestaba.

—¡Mira que llegas a ser rara! —le decía a veces Hannah—. ¡A mí me daría miedo trabajar aquí!

Pero, por lo menos hasta que Graham fuese lo bastante mayor para acudir al jardín de infancia, la casa de Sagaponack sería adecuada tanto para Ruth como para Allan y Graham. Pasarían los veranos en Vermont, época en que los veraneantes invadían los Hamptons y en que a Allan no le importaba tanto el largo recorrido desde la ciudad y el regreso. (Había cuatro horas de viaje en coche desde Nueva York a la casa de Ruth en Vermont.) Entonces a Ruth le preocuparía que Allan recorriera una distancia tan larga de noche, pues había ciervos que cruzaban la calzada y conductores bebidos, pero estaba felizmente casada y, por primera vez, amaba el tipo de vida que llevaba.

Como cualquier madre, sobre todo como cualquier madre de cierta edad, Ruth se preocupaba también por el bebé. La intensidad del amor que sentía hacia él la había tomado por sorpresa. Pero Graham era un niño sano y las inquietudes de Ruth no pasaban de ser un producto de su imaginación.

De noche, por ejemplo, cuando creía que la respiración de Graham era extraña o diferente, o peor aún, cuando no le oía respirar, salía corriendo de su dormitorio e iba al cuarto del niño, el mismo que ella ocupó en su infancia. A menudo se acurrucaba en la alfombra al lado de la cuna. Guardaba en el armario de Graham una almohada y un edredón para tales ocasiones. Con frecuencia, por la mañana, Allan la encontraba tendida en el suelo de la habitación, profundamente dormida al lado del pequeño, que también dormía.

Y cuando Graham dejó de dormir en la cuna y había crecido lo bastante para acostarse él solo, Ruth yacía en su dormitorio y oía las pisadas del niño que iba a su encuentro, exactamente igual que ella cruzaba el baño de niña, en dirección a la cama de su madre..., no, de su padre, con más frecuencia, excepto aquella noche memorable en que sorprendió a su madre con Eddie.

La novelista pensaba que se había cerrado una etapa de su vida; todo un periodo había trazado un círculo completo, había un final y un comienzo. (Eddie O'Hare era el padrino de Graham, y Hannah la madrina..., una madrina más responsable y digna de confianza de lo que habría cabido esperar.)

Y aquellas noches en las que yacía acurrucada en el suelo del cuarto infantil, escuchando la respiración de su hijo, Ruth Cole se sentía agradecida por su buena suerte. El asesino de Rooie, quien oyó claramente el ruido de alguien que no quería hacer ruido, no la descubrió. Ruth pensaba a menudo en él y en la posibilidad de que tuviera el hábito de matar prostitutas. Se preguntaba si habría leído su novela, pues le vio coger el ejemplar de *No apto para menores* que ella había regalado a Rooie. Tal vez sólo había querido el libro para proteger entre sus páginas la foto Polaroid de Rooie.

Durante aquellas noches, acurrucada en la alfombra junto a la cuna de Graham (más adelante al lado de su cama), Ruth examinaba el cuarto infantil débilmente iluminado por la luz piloto. Veía la familiar separación en la cortina de la ventana y, a través de la estrecha abertura, una franja de negrura nocturna, unas veces estrellada y otras veces, no.

Normalmente, un impedimento en la respiración de Graham hacía que Ruth se levantara de la cama y examinara atentamente a su hijo dormido. Entonces miraba por la abertura de la cortina para ver si el hombre topo estaba donde en parte había esperado que estuviera: acurrucado en el saledizo, con varios de los téntaculos rosados del hocico en forma de estrella pegados al vidrio.

El hombre topo nunca se encontraba allí, por supuesto, pero a veces Ruth se despertaba sobresaltada porque estaba segura de que le había oído jadear. (Sólo era Graham, que exhalaba un curioso suspiro al dormir.)

Entonces Ruth volvía a conciliar el sueño, a menudo preguntándose por qué no se presentaba su madre, ahora que su padre había muerto. ¿No quería ver al niño? ¡Por no mencionarla a ella!

Estos pensamientos la enojaban tanto que hacía un esfuerzo para dejar de interrogarse con respecto a su madre.

Y como a menudo estaba a solas con Graham en la casa de Sagaponack, por lo menos las noches en que Allan se quedaba en la ciudad, había momentos en que la casa producía unos ruidos peculiares. Estaba el ruido del ratón que se arrastraba entre las paredes, el ruido como el de alguien que no quería hacer ruido y toda la gama de sonidos entre esos dos, el de la puerta que se abre en el suelo y la ausencia de ruido propia del hombre topo cuando contenía el aliento.

Ruth sabía que el hombre topo estaba allá afuera, en alguna parte, y que todavía la esperaba. Para él, Ruth aún era una chiquilla. Mientras trataba de conciliar el sueño, Ruth veía los ojuelos vestigiales del hombre topo, aquellas muescas peludas en su peluda cara.

En cuanto a la nueva novela de Ruth, también estaba a la espera.

Un día la novelista dejaría de ser la madre de un niño pequeño y volvería a escribir. Hasta entonces sólo había escrito unas cien páginas de *Mi último novio granuja*. Aún no había llegado a la escena en que el novio persuade a la escritora de que paguen a una prostituta para que les permita mirarla mientras está con un cliente. Ruth todavía se estaba preparando para escribirla. Esa escena también la esperaba.

# III
## Otoño de 1995

# El funcionario

El sargento Harry Hoekstra, antes *hoofdagent* o casi sargento Hoekstra, evitaba la tarea de ordenar su escritorio. Nunca había ordenado la mesa y no iba a hacerlo ahora, y en aquellos momentos de inacción se distraía contemplando los cambios que tenían lugar en la calle. La Varmoesstraat, así como el resto de las calles del barrio chino, había sufrido algunos cambios. El sargento Hoekstra era un agente callejero que esperaba ilusionado su jubilación anticipada, y sabía que muy pocas cosas escapaban a su atención.

En otro tiempo, desde aquella ventana se veía la floristería Jemi, pero la habían trasladado a la esquina del Enge Kerksteeg. La Paella y un restaurante argentino llamado Tango seguían allí, pero la floristería Jemi había sido sustituida por el bar de Sanny. Si Harry hubiera sido tan presciente como muchos de sus colegas creían que era, podría haber adivinado el futuro lo suficiente para saber que, un año después de su jubilación, el bar de Sanny sería sustituido por un café que respondería al desdichado nombre de Pimpelmée. Pero ni siquiera los poderes de un buen policía se extendían hacia el futuro con semejante detallismo. Como tantos hombres que deciden retirarse pronto, Harry Hoekstra creía que la mayoría de los cambios producidos en el entorno de su trabajo no eran cambios a mejor.

El año 1966 señala el comienzo de la llegada a Amsterdam de cantidades considerables de hachís. En los años setenta llegó la heroína. Los primeros introductores fueron los chinos, pero cuando finalizó la guerra de Vietnam los chinos perdieron el mercado de la heroína, que ahora estaba en manos del Triángulo de Oro, en el sudeste asiático. Muchas prostitutas drogadictas eran mensajeras que transportaban la heroína.

Ahora, el Ministerio de Sanidad holandés tenía fichados a más del sesenta por ciento de los drogadictos, y había oficiales de policía holandeses destinados en Bangkok. Pero más del setenta por ciento de las prostitutas que trabajaban en el barrio chino eran emigrantes ilegales, un colectivo del que las autoridades carecían de datos.

En cuanto a la cocaína, procedía de Colombia, vía Surinam, adonde llegaba en avionetas. A fines de los años sesenta y comienzos de los setenta, los surinamitas la llevaron a Holanda. Las prostitutas de Surinam no habían planteado muchos problemas, y sus chulos sólo crearon algunas dificultades. El problema estribaba en la cocaína. Ahora los propios colombianos introducían la droga, pero las prostitutas colombianas tampoco eran problemáticas, y sus chulos planteaban incluso menos dificultades que los chulos de Surinam.

En sus más de treinta y nueve años de servicio en el cuerpo policial de Amsterdam, treinta y cinco de ellos pasados en De Wallen, Harry Hoekstra sólo se había visto encañonado por un arma de fuego una vez. Max Perk, un macarra surinamita, le apuntó con su pistola, y Harry se apresuró a enseñarle a Max la suya. De haber habido un tiroteo al estilo del Oeste, Harry habría perdido, porque Max había desenfundado primero. Pero en este caso se trató de una mera exhibición de fuerza y Harry salió victorioso. El arma de Harry era una Walther de nueve milímetros.

—Está hecha en Austria —explicó Harry al chulo de Surinam—. Los austriacos conocen de veras sus armas. Ésta te hará un agujero más grande que el que pueda hacerme la tuya, y no sólo eso, sino que es capaz de hacerte más agujeros en un abrir y cerrar de ojos.

Tanto si esto era cierto como si no, Max Perk bajó su arma.

Sin embargo, a pesar de las experiencias del sargento Hoekstra con los surinamitas, creía que el futuro inmediato iba a ser ciertamente peor. Las organizaciones criminales traían mujeres jóvenes del ex bloque soviético a Europa occidental. Millares de mujeres procedentes de Europa oriental trabajaban ahora contra su voluntad en los barrios chinos de Amsterdam, Bruselas, Frankfurt, Zurich, París y otras ciudades del occidente europeo. Los propietarios de clubes nocturnos, garitos de *striptease,* espectáculos de voyeurismo y burdeles solían comerciar con esas mujeres jóvenes.

En cuanto a las dominicanas, colombianas, brasileñas y tailandesas, la mayoría de esas jóvenes sabían para qué iban a Amsterdam, entendían a qué iban a dedicarse. En cambio, las jóvenes de Europa oriental a menudo tenían la impresión de que trabajarían como camareras en restaurantes respetables. En sus países, antes de aceptar esas engañosas ofertas de empleo en Occidente, habían sido estudiantes, dependientas y amas de casa.

Entre las recién llegadas a Amsterdan, las prostitutas de los escaparates eran las que se encontraban en mejor posición. Pero ahora las chicas que hacían la calle competían duramente con ellas. Todas estaban más desesperadas por trabajar. Las prostitutas a las que Harry conocía desde hacía mucho tiempo, o se retiraban o amenazaban con retirarse. Cierto que esa amenaza era frecuente en todas ellas. Era el suyo un negocio en el que, como decía Harry, «se pensaba a corto plazo». Las furcias siempre le decían que iban a dejarlo «el mes que viene» o «el año próximo», o, a veces, como una de ellas le dijo: «En fin, estoy pensando en tomarme libre el invierno».

Y ahora, más que nunca, muchas prostitutas le decían que habían tenido lo que ellas llamaban un momento de duda, lo cual significaba que habían franqueado la entrada a un hombre sospechoso.

Ahora andaban por ahí muchos más hombres sospechosos que antes.

El sargento Hoekstra recordaba a una muchacha rusa que aceptó lo que, con no poco eufemismo, llamaban un empleo de camarera en el Cabaret Antoine. En realidad se trataba de un burdel, cuyo propietario se apoderó enseguida del pasaporte de la chica rusa. Le dijeron que incluso si un cliente no quería usar preservativo, no podía negarse a hacer el amor con él, pues de lo contrario perdería el empleo. De todos modos, el pasaporte era falso, y la joven pronto encontró un cliente que pareció solidarizarse con ella, un hombre entrado en años, el cual le procuró un nuevo pasaporte falso. Pero por entonces tenía otro nombre (en el burdel la llamaban sencillamente Vratna, porque el nombre verdadero era demasiado difícil de pronunciar) y le retuvieron los dos primeros meses de «salario», dado que sus «deudas» con el burdel debían deducirse de sus ganancias. Tales deudas, según le dijeron, consistían en tarifas de agencia, impuestos, alimentación y alquiler.

Poco antes de que el burdel fuese allanado por la policía, Vratna aceptó un préstamo de su cliente solidario. El hombre le pagó su parte del alquiler de una habitación con escaparate, que ella utilizó con otras dos chicas de Europa oriental, y así se convirtió en prostituta de escaparate. En cuanto al «préstamo», que Vratna nunca podría devolverle, su aparente protector se convirtió en su cliente más privilegiado, y la visitaba con frecuencia. Naturalmente, ella no le cobraba. De hecho, el hombre se convirtió en su chulo sin que la chica se diese cuenta, y no tardó en darle la mitad de lo que sacaba de sus demás clientes. Como el sargento Hoekstra lo consideró más adelante, no era un cliente tan solidario.

Se trataba de un ejecutivo jubilado que respondía al nombre de Paul de Vries y se había dedicado al proxenetismo con aquellas inmigrantes ilegales de Europa oriental como una especie de deporte y pasatiempo: tirarse a mujeres jóvenes, primero pagando pero luego gratis. Y al final, claro, ellas le pagarían... ¡y él se las seguiría tirando!

Un día de Navidad por la mañana (una de las escasas y recientes Navidades que Harry no se había tomado libres), el policía recorrió en bicicleta las calles cubiertas de nieve de De Wallen. Quería ver si alguna de las prostitutas estaba trabajando. Tenía la idea, similar a la de Ruth Cole, de que con la nieve recién caída en una mañana navideña incluso el barrio chino parecería inmaculado. Pero Harry había hecho algo impropio de él y todavía más sentimental: había comprado unos sencillos regalos para las chicas que estuvieran trabajando en sus escaparates el día de Navidad. No era nada lujoso ni caro, sólo unos bombones, un pastel de frutas y no más de media docena de adornos para el árbol navideño.

Harry sabía que Vratna era religiosa, o por lo menos la chica rusa le había dicho que lo era, y para ella, por si estaba trabajando, le había comprado un regalo algo más valioso. De todos modos sólo había pagado diez guilders por él en una joyería que vendía artículos de segunda mano. Se trataba de una cruz de Lorena que, según le había dicho la vendedora, tenía mucho éxito, sobre todo entre los jóvenes de gustos poco convencionales. (La cruz tenía dos travesaños, el superior más corto que el inferior.)

Había nevado con intensidad y en De Wallen apenas se veían huellas de pisadas. Algunas huellas rodeaban el urinario —que sólo podía ser usado por un hombre a la vez—, junto a la vieja iglesia, pero en la nieve del corto callejón donde trabajaba Vratna, el Oudekennissteeg, no había ninguna huella. Harry se sintió aliviado al ver que Vratna no estaba trabajando. Su escaparate estaba a oscuras, la cortina corrida, la luz roja apagada. Se disponía a seguir adelante, con la mochila de humildes regalos navideños a la espalda, cuando observó que la puerta de acceso a la habitación de Vratna no estaba bien cerrada. Algo de nieve había penetrado en el interior y le dificultaba a Harry el cierre de la puerta.

No se había propuesto mirar dentro de la habitación, pero tenía que abrir más la puerta antes de poder cerrarla. Estaba apartando con el pie la nieve acumulada en el umbral (no era el mejor tiempo para llevar zapatillas deportivas), cuando vio que la joven pendía del cable de la lámpara fijada al techo. Como la puerta de la calle estaba abierta, el viento penetraba y hacía oscilar el cadáver. Harry entró y cerró la puerta para impedir que siguiera entrando el viento cargado de nieve.

Se había ahorcado aquella mañana, probablemente poco después del amanecer. Tenía veintitrés años. Llevaba puestas sus viejas ropas, las que había llevado a Occidente para su nuevo trabajo de camarera. Puesto que no estaba vestida (es decir, casi desnuda) de prostituta, al principio Harry no la reconoció. Vratna también se había puesto todas sus joyas. Habría sido superfluo que Harry le hubiera regalado otra cruz, porque llevaba media docena de cruces y casi otros tantos crucifijos colgados del cuello.

Harry no tocó a la joven, ni tampoco nada de lo que había en la habitación. Se limitó a observar que, a juzgar por las marcas en la piel de la garganta, por no mencionar los desperfectos causados en el yeso del techo, no debía de haberse asfixiado enseguida, sino que se había debatido durante un rato. En el piso de encima de la habitación de Vratna vivía un músico. En otras fechas, habría oído a la chica colgada (por lo menos la caída del yeso y el supuesto chirrido de la lámpara del techo), pero el músico se marchaba cada Navidad, al igual que solía hacer Harry.

Camino de la comisaría para informar del suicidio, pues ya sabía que no se trataba de un asesinato, miró atrás una sola vez. En la nieve recién caída que cubría el Oudekennissteeg, las marcas de los neumáticos de su bicicleta era la única prueba de vida en la callejuela.

Frente a la vieja iglesia sólo había una mujer en activo detrás de su escaparate, una de las negras gordas de Ghana, y Harry hizo un alto y le dio todos los regalos. La mujer se puso muy contenta al recibir los bombones y el pastel de frutas, pero le dijo que los adornos navideños no le servían para nada.

Durante cierto tiempo Harry conservó la cruz de Lorena. Incluso compró una cadena para colgarla, aunque la cadena le costó más que la cruz. Entonces se la dio a una mujer con la que salía por entonces, pero cometió el error de contarle toda la historia. En ese aspecto de su trato con las mujeres, siempre metía la pata. Harry había creído que la mujer aceptaría la cruz y la historia como un cumplido. Al fin y al cabo, había estado realmente encariñado de la joven rusa. Aquella cruz de Lorena tenía cierto valor sentimental para él, pero a ninguna mujer le gusta llevar un adorno de bisutería barata o que ha sido comprado para otra, y no digamos para una inmigrante ilegal, una puta rusa que se había ahorcado en su lugar de trabajo.

Aquella amiga de Harry le devolvió aquel regalo que carecía por completo de valor sentimental para ella. Harry no salía con ella ni con nadie, y no imaginaba que alguna vez se sentiría inclinado a regalar su cruz de Lorena a otra mujer, si es que llegaba a haberla.

Harry Hoekstra nunca había tenido escasez de novias. El problema, si así podía considerarse, era que siempre tenía una u otra novia provisional. No era un libertino, nunca engañaba a las chicas y siempre se relacionaba con una a la vez. Pero tanto si le dejaban como si era él quien lo hacía, lo cierto era que no le duraban.

Ahora, remoloneando ante la mesa que debía limpiar, el sargento Hoekstra, de cincuenta y siete años y decidido a retirarse en otoño (tendría entonces cincuenta y ocho), se preguntó si siempre estaría «sin compromiso». Sin duda su actitud hacia las mujeres, y de éstas hacia él, se relacionaba, por lo menos en parte, con su trabajo. Y la razón, también por lo menos parcialmente, de que hubiera optado por adelantar la jubilación estribaba en su deseo de comprobar si esa suposición era cierta.

Cuando empezó a trabajar como policía callejero tenía dieciocho años. A los cincuenta y ocho tendría a sus espaldas cuarenta años de servicio. Por supuesto, al sargento Hoekstra le correspondería una pensión algo menor que si esperaba hasta los sesenta y uno, la edad normal de jubilación, pero como era un hombre soltero y sin hijos no necesitaba una pensión más sustanciosa. Además, en la familia de Harry todos los hombres habían muerto bastante jóvenes.

Aunque Harry gozaba de excelente salud, le preocupaba su predisposición genética. Quería viajar, quería intentar vivir en el campo. Había leído muchos libros de viajes, pero sus viajes habían sido escasos. Y si a Harry le gustaban los libros de viajes, las novelas le gustaban todavía más.

Mientras miraba su escritorio, sin el menor deseo de abrir los cajones, el sargento Hoekstra pensaba que ya era hora de leer una novela de Ruth Cole. Debían de haber transcurrido cinco años desde que leyó *No apto para menores*. ¿Cuánto tiempo tardaba la autora en escribir una novela?

Harry había leído todas las novelas de Ruth en inglés, una lengua que conocía muy bien. En las calles de De Walletjes, «los pequeños muros», el inglés se estaba convirtiendo cada vez más en la lengua de las prostitutas y sus clientes, un inglés incorrecto era el nuevo lenguaje de De Wallen. (Un inglés incorrecto, pensaba Harry, sería la lengua del próximo mundo.) Y como un hombre cuya próxima vida comenzaría a los cincuenta y ocho años, el sargento Hoekstra, funcionario al que le faltaba poco para jubilarse, quería que su inglés fuese correcto.

## El lector

Las mujeres del sargento Hoekstra solían quejarse de la inconstancia con que se afeitaba. Al principio, el que no fuera en absoluto presumido podría resultarles atractivo a las mujeres, pero éstas, al final, tomaban el descuido de sus mejillas como un signo de su indiferencia hacia ellas. Cuando el pelo que le cubría la cara empezaba a tener aspecto de barba, se afeitaba. A Harry no le gustaban las barbas. Había temporadas en que se afeitaba en días alternos, mientras que en otras sólo lo hacía una vez a la semana. En otras ocasiones se levantaba en plena noche para afeitarse, de manera que la mujer con la que estaba viera a un hombre de aspecto diferente cuando se despertara por la mañana.

Harry mostraba una indiferencia similar hacia la indumentaria. Su tarea consistía en andar, y por ello calzaba unas recias y cómodas zapatillas deportivas. En cuanto a pantalones, sólo necesitaba unos vaqueros. Tenía las piernas cortas y estevadas, el vientre liso y el inexistente trasero de un muchacho. De cintura para abajo su físico era muy parecido al de Ted Cole (compacto, totalmente funcional), pero la parte superior de su cuerpo estaba más desarrollada. Iba a un gimnasio todos los días y tenía el pecho redondeado de un levantador de pesas, pero como solía llevar camisas de manga larga y holgadas, un observador fortuito nunca sabría lo musculoso que era.

Aquellas camisas eran las únicas prendas de color de su guardarropa. La mayoría de sus mujeres comentaban que eran demasiado llamativas, o por lo menos demasiado abigarradas. Él solía decir que le gustaban las camisas «con mucha historia estampada en ellas». Eran la clase de camisas que no se llevan con corbata, pero de todos modos Harry casi nunca se ponía corbata.

Tampoco solía ponerse su uniforme de policía. En De Wallen todo el mundo le conocía tanto como a las prostitutas de escaparate más veteranas y llamativas. Recorría el barrio por lo menos durante dos o tres horas cada día o cada noche en que estaba de servicio.

Encima de las camisas prefería ponerse cazadoras o alguna prenda que repeliera el agua, siempre de colores sólidos y oscuros. Para el tiempo frío, tenía una vieja chaqueta de cuero forrada de franela, pero todas sus chaquetas, lo mismo que las camisas, eran holgadas. No quería que la Walther de nueve milímetros, que llevaba en una pistolera, formara un bulto visible. Sólo si llovía mucho se ponía una gorra de béisbol. No le gustaban los sombreros y nunca usaba guantes. Una de las ex novias de Harry había calificado su manera de vestir como «básicamente de matón».

Tenía el cabello castaño oscuro, pero se le estaba volviendo gris, y a Harry le preocupaba tan poco como el afeitado. Primero lo había llevado demasiado corto, y después se lo dejó crecer demasiado.

En cuanto al uniforme policial, Harry lo había llevado con mucha más frecuencia en los primeros cuatro años de servicio, cuando estaba destinado en la zona oeste de Amsterdan. Todavía tenía allí su piso, no porque fuese demasiado perezoso para mudarse, sino porque le gustaba el lujo de tener dos chimeneas en funcionamiento, una de ellas en el dormitorio. Sus lujos principales eran la leña y los libros. A Harry le encantaba leer al lado del fuego, y poseía tantos libros que mudarse a cualquier otra parte le habría supuesto una tarea ímproba. Además, iba al trabajo y volvía a casa en bicicleta, pues le gustaba que hubiera cierta distancia entre su residencia y De Wallen. Por muy familiarizado que estuviera con el barrio chino y por muy reconocible que fuese su figura en las calles atestadas (De Wallen constituía su verdadero despacho, «los pequeños muros» eran los bien conocidos cajones de su auténtico escritorio), Harry Hoekstra era un solitario.

Las mujeres de Harry también se quejaban de su considerable tendencia a aislarse. Prefería leer un libro a escucharlas. Y en cuanto a hablar, Harry prefería encender el fuego, acostarse y contemplar la oscilación de la luz en las paredes y el techo. También le gustaba leer en la cama.

Harry se preguntaba si sólo las mujeres que salían con él estaban celosas de los libros. Creía que ésa era su principal ridiculez. ¿Cómo podían estar celosas de los libros? Esto se le antojaba aún más ridículo en los casos de las mujeres a las que había conocido en librerías, y no eran pocas. A otras, aunque últimamente con menos frecuencia, las había conocido en el gimnasio.

El gimnasio de Harry era el mismo local del Rokin adonde llevó a Ruth Cole su editor, Maarten Schouten. A los cincuenta y siete años, el sargento Hoekstra era un poco viejo para la mayoría de las mujeres que acudían allí. (Que las jóvenes veinteañeras le dijeran que estaba en una forma estupenda «para un hombre de su edad» nunca le alegraba la jornada.) Pero recientemente había salido con una de las mujeres que trabajaban en el gimnasio, una monitora de aeróbic. Harry detestaba el aeróbic. Él era estrictamente un levantador de pesas. El sargento Hoekstra caminaba en un día más de lo que la mayoría de la gente caminaba en una semana e incluso en un mes, e iba en bicicleta a todas partes. ¿Para qué necesitaba el aeróbic?

La monitora había sido una mujer atractiva, al final de la treintena, pero tendía al celo misionero. Su incapacidad de convertir a Harry para que practicara el aeróbic había herido sus sentimientos, y, que Harry recordara, a ninguna de sus mujeres le había molestado tanto como a ella su afición a la lectura. La monitora de aeróbic no era lectora y, al igual que les sucedía a todas las demás mujeres con las que salía Harry, se negaba a creer que nunca hubiera hecho el amor con una prostituta. Sin duda había sentido por lo menos la tentación de hacerlo.

«Tentado» lo estaba siempre, aunque cada año que pasaba la tentación disminuía. En sus casi cuarenta años de servicio también se había sentido «tentado» a matar un par de veces. Pero el sargento Hoekstra ni había matado a nadie ni se había acostado con ninguna prostituta.

No obstante, era innegable que todas las novias de Harry se mostraban preocupadas por sus relaciones con aquellas mujeres de los escaparates y, en número creciente, de las calles. Harry era un hombre de las calles, lo cual había contribuido en gran medida a su afición a los libros y las chimeneas. Haber sido un hombre de las calles durante casi cuarenta años contribuyó de una manera definitiva a su deseo de vivir en el campo. Harry Hoekstra estaba harto de las ciudades, de cualquier ciudad.

A una de las novias que había tenido Harry le gustaba leer tanto como a él, pero leía libros inadecuados. Entre las mujeres con las que Harry se acostaba, era también la más relacionada con el mundo de la prostitución. Era una abogada que trabajaba voluntariamente para una organización de prostitutas, una feminista liberal que confesó a Harry que se «identificaba» con las putas.

La organización en pro de los derechos de las prostitutas se llamaba De Rode Draad (El Hilo Rojo). En la época en que Harry conoció a la abogada, El Hilo Rojo tenía una incómoda alianza con la policía. Al fin y al cabo, tanto a la policía como al Hilo Rojo les preocupaba la seguridad de las prostitutas. Harry siempre pensó que esa alianza debería haber tenido más éxito del que tuvo.

Pero, desde el comienzo, los miembros de la junta de El Hilo Rojo le irritaron: además de las prostitutas y ex prostitutas más militantes, estaban las mujeres (como su amiga abogada) que le parecían unas feministas nada prácticas y sólo se interesaban por convertir la organización en un movimiento emancipador de las prostitutas. Desde el principio Harry creyó que El Hilo Rojo debería interesarse menos por los manifiestos y más por proteger a las prostitutas de los peligros de su profesión. No obstante, él prefería las prostitutas y las feministas a los demás miembros de la junta, los sindicalistas y los «cazasubsidios», como los llamaba Harry.

La abogada se llamaba Natasja Frederiks. Dos tercios de las mujeres que trabajaban para El Hilo Rojo eran prostitutas o lo habían sido, y, en sus reuniones, las que no lo eran, como Natasja, no estaban autorizadas a hablar. El Hilo Rojo pagaba sólo dos salarios y medio a cuatro personas, mientras que el resto de los miembros eran voluntarios. Harry también lo había sido.

A finales de los años ochenta hubo más interacción entre la policía y El Hilo Rojo de la que había ahora. En primer lugar, la organización no había conseguido atraer a las prostitutas extranjeras, por no mencionar a las «ilegales», y apenas quedaban prostitutas holandesas en los escaparates o en las calles.

Natasja Frederiks ya no trabajaba como voluntaria en El Hilo Rojo, pues también ella se había desilusionado. (Ahora Natasja se consideraba una «ex idealista».) Ella y Harry se conocieron en una de las reuniones que tenían lugar los jueves por la tarde para tratar de las prostitutas novatas. Harry creía que esas reuniones eran una buena idea.

El policía se sentaba al fondo de la sala y nunca hablaba a menos que le interpelaran directamente. Lo presentaron a las prostitutas novatas como «uno de los miembros más solidarios de la fuerza policial» y, una vez abordados los temas habituales de la reunión, las veteranas alentaron a las chicas nuevas a que hablaran con él. En cuanto a los «temas habituales», con frecuencia una veterana explicaba a las bisoñas las situaciones en las que deberían tener cuidado. Una de las veteranas era Dolores de Ruiter, o Dolores «la Roja», como Harry y todo el mundo en el barrio chino la conocía. Rooie Dolores era furcia en De Wallen y posteriormente en la Bergstraat desde mucho antes que Natasja Frederiks practicara la abogacía.

Lo que Rooie siempre les decía a las chicas nuevas era que se asegurasen de que el cliente la tenía empalmada. No era ninguna broma.

«Si el tipo está en la habitación contigo, quiero decir, en el instante en que pone el pie en la entrada, debe tenerla tiesa. De lo contrario», advertía Rooie a las jóvenes, «lo más seguro es que no vaya allí en busca de sexo. Y nunca cerréis los ojos», les prevenía siempre. «A algunos hombres les gusta que cerréis los ojos. No se os ocurra hacerlo.»

En su relación con Natasja no hubo nada desagradable, ni siquiera decepcionante, pero lo que Harry recordaba con más viveza eran sus discusiones acerca de los libros. Natasja había nacido para discutir, algo que a Harry no le hacía ninguna gracia, pero disfrutaba con una novia que leía tanto como él, aunque no fuesen los libros adecuados. Natasja leía ensayos de gentes empeñadas en cambiar el mundo, soñadores de tendencia izquierdista, obras que en su mayor parte eran auténticos panfletos. Harry no creía en la posibilidad de cambiar el mundo y la naturaleza humana. Su trabajo consistía en comprender y aceptar el mundo existente. Le gustaba pensar que tal vez contribuía a dar al mundo un poco más de seguridad.

Harry leía novelas porque encontraba en ellas las mejores descripciones de la naturaleza humana. Los novelistas de su gusto nunca insinuaban que la peor conducta humana fuese alterable. Tal vez desaprobaban moralmente a tal o cual personaje, pero como novelistas no se proponían cambiar el mundo. No eran más que narradores, la calidad de cuyos relatos superaba al término medio, y los buenos contaban historias acerca de personajes creíbles. Las novelas que a Harry le encantaban eran relatos sobre personas reales, entrelazados de una forma compleja.

No le gustaban las novelas policiacas ni las llamadas de suspense. (O deducía el argumento demasiado pronto, o los personajes eran poco plausibles.) Nunca habría entrado en una librería para pedir que le mostraran los autores clásicos o la producción literaria más reciente, pero acabó leyendo novelas más «clásicas» y más «literarias» que de cualquier otra clase, aunque todas ellas eran novelas con una estructura narrativa bastante convencional.

Le parecía bien que un libro fuese divertido, pero si el autor era sólo cómico, o meramente satírico, se sentía defraudado. Le gustaba el realismo social, pero no si el autor carecía por completo de imaginación, o si el relato no era lo bastante complejo para tenerle en vilo acerca de lo que iba a suceder a continuación. (Una novela acerca de una mujer divorciada que pasa un fin de semana en un hotel playero, donde ve al hombre con el que imagina que tiene una aventura pero no llega a tenerla y regresa a su casa sin que le haya sucedido nada..., este tipo de argumento no bastaba para satisfacer al sargento Hoekstra.)

Natasja Frederiks calificaba el gusto literario de Harry como «escapista», ¡pero él creía obstinadamente que era Natasja quien huía del mundo al enfrascarse en aquellos estúpidos ensayos, llenos de ociosos anhelos de cambiarlo!

Entre los novelistas contemporáneos, el preferido del sargento Hoekstra era Ruth Cole. Natasja y Harry habían discutido sobre Ruth Cole más que sobre cualquier otro autor. La abogada que había ofrecido voluntariamente sus servicios a El Hilo Rojo porque, según decía, se «identificaba» con las prostitutas, afirmaba que los relatos de Ruth Cole eran «demasiado extravagantes». La abogada que defendía los derechos de las prostitutas, pero a quien no le permitían hablar en las reuniones de la organización, decía que los argumentos de las novelas de Ruth Cole eran «demasiado inverosímiles». Más aún, a Natasja no le gustaban las tramas literarias. Según ella, el mundo real, ese mundo que con tanto empeño se proponía cambiar, carecía de una trama discernible.

–Ruth Cole es más realista que tú –le dijo Harry.

Rompieron la relación porque Natasja consideraba a Harry carente de ambición. Ni siquiera quería ser detective, y se conformaba con ser «tan sólo» un agente que hacía la ronda. Era cierto que Harry necesitaba estar en las calles. Cuando no deambulaba por su verdadero despacho al aire libre, no se sentía como un policía.

En la misma planta donde Harry tenía su despacho oficial estaba la oficina de los detectives, una sala llena de ordenadores en la que los agentes pasaban mucho tiempo. El mejor amigo de Harry entre los detectives era Nico Jansen. Nico, a quien le gustaba bromear con Harry, solía decirle que el último asesinato de una prostituta en Amsterdam, el de Dolores de Ruiter en su habitación con escaparate de la Bergstraat, lo había resuelto su ordenador de la sala de informática de los detectives, pero Harry sabía que eso no era cierto.

Harry sabía que el testigo misterioso era quien realmente había resuelto el asesinato de la prostituta. El análisis que Harry había efectuado del relato de ese testigo presencial y que, a fin de cuentas, había sido dirigido a Harry, fue lo que en última instancia indicó a Nico Jansen qué debía buscar en su tan valorado ordenador.

Pero la discusión de los dos hombres fue amigable. El caso se resolvió y, como decía Nico, eso era lo principal. Sin embargo, aquel testigo seguía interesando a Harry, y no le hacía ninguna gracia que se hubiera escabullido. Lo más irritante de todo era que estaba absolutamente seguro de que la había visto, porque el testigo en cuestión era una mujer... ¡La había visto y sin embargo se le había escapado!

El cajón central de la mesa del sargento Hoekstra le animó a hacer algo, pues no contenía nada que éste debiera tirar. Había en él media docena de bolígrafos viejos y algunas llaves que ya no sabía de dónde eran, pero su sustituto podría satisfacer su curiosidad especulando con su posible uso. También había un utensilio que combinaba un abridor de botellas, un sacacorchos (incluso en una comisaría nunca había tales utensilios en número suficiente) y una cucharilla (no demasiado limpia, pero uno siempre podía limpiarla si era necesario). Harry se decía que uno nunca sabe cuándo puede caer enfermo y necesitar la cucharilla para tomar la medicina.

Estaba a punto de cerrar el cajón sin tocar su contenido, cuando reparó en un objeto cuya utilidad era incluso más notable: el tirador roto del cajón inferior de la mesa, y sólo Harry sabía hasta qué punto se trataba de una herramienta útil. Encajaba perfectamente en las hendiduras que tenían las suelas de las zapatillas deportivas, y Harry la usaba para raspar caca de perro en caso de que la pisara. Sin embargo, era posible que el sustituto no se percatara del valor que tenía el tirador roto.

Harry tomó uno de los bolígrafos, escribió una nota y la dejó en el cajón central antes de cerrarlo. NO ARREGLES EL CAJÓN INFERIOR, CONSERVA EL TIRADOR ROTO. EXCELENTE PARA QUITAR LA MIERDA DE PERRO DE LOS ZAPATOS. HARRY HOEKSTRA.

Esta actividad le proporcionó el estímulo necesario para ordenar los tres cajones laterales, empezando por el de arriba. El primero contenía un discurso que escribió pero no llegó a pronunciar ante los miembros de la organización El Hilo Rojo, y se refería a la cuestión de las prostitutas menores de edad. Harry había aceptado a regañadientes la posición tomada por la organización de las prostitutas con respecto a la edad legal para ejercer el oficio. Querían rebajarla de los dieciocho años a los dieciséis.

El discurso de Harry empezaba así: «A nadie le gusta la idea de que las menores se dediquen a la prostitución, pero a mí todavía me gusta menos la idea de que trabajen en lugares peligrosos. De todos modos, hay menores que acabarán siendo prostitutas. A muchos propietarios de burdeles no les importa que sus chicas sólo tengan dieciséis años. Lo importante es que esas jóvenes puedan beneficiarse de los mismos servicios sociales y sanitarios que las prostitutas mayores sin temor a que las entreguen a la policía».

No fue cobardía lo que impidió a Harry pronunciar su discurso, pues no hubiera sido la primera vez que contradecía la postura «oficial» de la policía. En realidad detestaba la idea de permitir que chicas de dieciséis años se dedicaran a la prostitución sólo porque no era posible evitarlo. En cuanto a aceptar el mundo real y a determinar con conocimiento de causa la manera de proporcionarle un poco más de seguridad, incluso un realista social como Harry Hoekstra habría admitido que ciertos temas le deprimían.

No había pronunciado el discurso porque, a la larga, no habría representado ninguna ayuda práctica para las prostitutas menores de edad, de la misma manera que las reuniones de los jueves por la tarde destinadas a las prostitutas novatas no suponían ninguna ayuda práctica a la mayoría de ellas. Unas asistían a las reuniones y otras no. Estas últimas, con toda probabilidad, desconocían la existencia de tales reuniones, y de haberla conocida no les habría importado lo más mínimo.

Harry pensó que tal vez el discurso tendría alguna utilidad práctica para el próximo policía que se sentara a su mesa, por lo que dejó el manuscrito donde estaba.

Abrió el segundo cajón lateral y al principio le alarmó ver que estaba vacío. Se quedó mirándolo con la consternación de alguien a quien han robado en la comisaría, pero entonces recordó que el cajón siempre había estado vacío, por lo menos hasta donde alcanzaba su memoria. ¡La misma mesa era un testimonio de lo poco que el sargento Hoekstra la había usado! En realidad, la pretendida «tarea» de vaciarla se centraba por completo en el asunto sin concluir cuyo expediente, desde hacía ya cinco años, el sargento Hoekstra había conservado fielmente en el cajón inferior. En su opinión, era el único asunto policial que se interponía entre él y su jubilación.

Puesto que el tirador del cajón inferior estaba roto y se había convertido en la herramienta elegida por Harry para extraer la caca de perro de sus zapatos, tuvo que usar un cortaplumas a modo de palanca para abrirlo. El expediente sobre la testigo del asesinato de Rooie Dolores era decepcionantemente delgado, lo cual contradecía la frecuencia y la atención con que el sargento Hoekstra lo había leído y releído.

Harry sabía apreciar una trama complicada, pero tenía una preferencia arraigada por los relatos cronológicos. Descubrir al asesino antes de encontrar al testigo era una manera de narrar al revés. En un relato como Dios manda, encuentras primero al testigo.

Quien buscaba a Ruth no era sólo un policía. Un lector anticuado se ocupaba de su caso.

## La hija de la prostituta

Rooie había empezado a trabajar como prostituta de escaparate en De Wallen durante el primer año de servicio policial de Harry en el barrio chino. La mujer tenía cinco años menos que él, aunque Harry sospechaba que le mentía acerca de su edad. En la primera habitación con escaparate que ocupó en el Oudekennissteeg (el mismo callejón donde años después se colgaría Vratna), Dolores de Ruiter aparentaba menos de dieciocho años. Pero ésa era su edad. Había dicho la verdad. Harry Hoekstra tenía veintitrés.

Harry opinaba que Dolores «la Roja» no solía decir la verdad, o que decía sobre todo medias verdades.

En sus días más atareados, Rooie había trabajado detrás del escaparate durante diez o doce horas seguidas. En ese lapso de tiempo podía atender hasta a quince clientes. Ganó suficiente dinero para comprarse una habitación de planta baja en la Bergstraat, que alquilaba durante unas horas a otra prostituta. Por entonces había aligerado su carga de trabajo, reduciéndola a tres días semanales y cinco horas por día. A pesar de esa reducción, podía tomarse unas vacaciones dos veces al año. Normalmente pasaba la Navidad en alguna estación de esquí, en los Alpes, y en abril o mayo viajaba a algún lugar cálido. Cierta vez pasó la Semana Santa en Roma. De Italia conocía también Florencia, y había estado en España, Portugal y el sur de Francia.

Rooie tenía la costumbre de preguntarle a Harry Hoekstra adónde podría ir. Al fin y al cabo, él había leído innumerables libros de viajes. Aunque Harry nunca había estado en los lugares a los que ella quería ir, estaba informado acerca de todos los hoteles. Sabía que Rooie prefería alojarse en un entorno «moderadamente caro». También sabía que, si bien las vacaciones veraniegas eran importantes para ella, disfrutaba más en las estaciones de esquí, adonde iba por Navidad, y aunque cada invierno tomaba lecciones particulares de esquí, nunca pasaba del nivel de principiante. Cuando terminaba las lecciones, sólo practicaba el esquí a solas unas horas al día... y sólo hasta que conocía a alguien. Rooie siempre conocía a alguien.

Le decía a Harry que era divertido conocer a hombres que ignoraban su condición de prostituta. En ocasiones se trataba de jóvenes acomodados que esquiaban con brío y organizaban fiestas todavía más briosas. Más a menudo eran hombres callados, incluso sombríos, cuya habilidad como esquiadores era mediana. A Rooie le gustaban en especial los padres divorciados que, un año sí y otro no, tenían que pasar las Navidades con sus hijos. (En general, los padres con hijos varones eran más fáciles de seducir que los padres con hijas.)

Siempre le había apenado ver a un padre y un hijo juntos en un restaurante. Con frecuencia no hablaban, o su conversación era forzada, normalmente acerca del esquí o la comida. Ella detectaba en los semblantes paternos una clase de soledad que era distinta pero, en cierto modo, similar a la soledad que reflejaban los rostros de sus compañeras de la Bergstraat.

Y una aventura amorosa con un padre que viajaba en compañía de su hijo era siempre delicada y secreta. A pesar de que había tenido pocas aventuras realmente amorosas en su vida, Rooie creía que la delicadeza y el secreto estimulaban la tensión sexual. Además, no había nada equiparable al cuidado requerido cuando era preciso tomar en consideración los sentimientos de un niño.

—¿No temes que esos tipos quieran verte en Amsterdam? —le preguntó Harry. (Aquel año ella había estado en Zermatt.)

Sin embargo, solamente una vez alguien insistió en ir a Amsterdam. En general, Rooie lograba disuadirles.

—¿A qué actividad les haces creer que te dedicas? —le preguntó Harry en otra ocasión. (Rooie acababa de volver de Pontresina, donde había conocido a un hombre que se alojaba con su hijo en el Badrutt's Palace de Saint Moritz.)

Dolores «la Roja» siempre decía a los padres una media verdad consoladora.

—Me gano modestamente la vida gracias a la prostitución —respondía Rooie, y observaba el semblante sorprendido del hombre—. ¡Bueno, no quiero decir que soy una puta! Sólo soy una casera poco práctica que alquila su piso a unas prostitutas...

Si él la presionaba, Rooie ampliaba los detalles de la mentira. Su padre, que era urólogo, había muerto, y ella había convertido el consultorio en una de aquellas habitaciones con escaparate. Alquilar el local a las putas, aunque menos provechoso, era «más pintoresco» que alquilarlo a los médicos.

Le encantaba contarle a Harry Hoekstra sus invenciones. Si, en el mejor de los casos, Harry había sido un viajero indirecto, también había disfrutado indirectamente de las pequeñas aventuras de Rooie. Y sabía por qué razón aparecía un urólogo en su relato.

Un urólogo de carne y hueso había sido su admirador constante, además de su cliente más regular, un hombre ya muy adentrado en la octava década de su vida cuando, un domingo por la tarde, falleció en la habitación que la prostituta tenía en la Bergstraat. Era un hombre encantador que a veces se olvidaba de llevar a cabo el acto sexual por el que había pagado. Rooie le tuvo mucho cariño al viejo, el doctor Bosman, quien le juraba que quería a su mujer, a sus hijos y a sus innumerables nietos, cuyas fotos le mostraba con un orgullo inagotable.

El día de su muerte estaba sentado, totalmente vestido, en la butaca de las felaciones, quejándose de que la comida había sido demasiado copiosa, incluso para un domingo. Le pidió a Rooie que le preparase un vaso de agua con bicarbonato y le confesó que en aquellos momentos lo necesitaba más que su «inestimable afecto físico».

Rooie se alegraría siempre de haberse encontrado de espaldas a su visitante cuando expiró en la butaca. Tras prepararle el agua con bicarbonato, se volvió hacia él, pero el viejo doctor Bosman ya había muerto.

Entonces la tendencia de Rooie a las medias verdades la traicionó. Telefoneó a Harry Hoekstra y le dijo que el viejo estaba muerto en su habitación, pero que ella por lo menos le había evitado morirse en plena calle. Le había encontrado en la Bergstraat con mal aspecto y tambaleante, por lo que le hizo entrar en su habitación y sentarse en una cómoda butaca. Él le pidió bicarbonato.

Rooie informó a Harry que las últimas palabras del fallecido fueron: «¡Dile a mi mujer que la quiero!». No le contó al policía que el urólogo muerto había sido su cliente más antiguo y regular. Quería de veras evitar a la familia del doctor Bosman el conocimiento de que su amado patriarca había muerto al lado de una puta con la que se relacionaba desde hacía muchos años. Pero Harry había comprendido la verdadera situación.

Que el doctor Bosman tuviera un aspecto tan apacible en la butaca de las felaciones de Dolores «la Roja» era revelador..., eso y lo muy afectada que estaba Rooie. A su manera, quería al viejo urólogo.

—¿Desde cuándo te visitaba? —le preguntó Harry inmediatamente.

Rooie se echó a llorar.

–¡Siempre ha sido tan amable conmigo! –exclamó–. Nadie había sido jamás tan amable conmigo, ni siquiera tú, Harry.

Harry le ayudó a fraguar una historia plausible. Básicamente, era la mentira que le había dicho primero, pero Harry le echó una mano en los detalles. ¿En qué parte de la Bergstraat Rooie había observado que el viejo doctor se tambaleaba? ¿De qué manera exactamente le había hecho entrar en su habitación? ¿No tuvo que ayudarle para que se acomodara en la butaca? Y cuando el urólogo agonizante pidió a la prostituta que le dijera a su esposa que la quería, ¿lo hizo en voz forzada? ¿Respiraba con dificultad? ¿Era evidente que sufría? Sin duda la esposa del doctor Bosman querría saberlo.

La viuda de Bosman se mostró tan agradecida hacia Rooie Dolores que invitó a la caritativa prostituta al funeral del anciano urólogo. Todos los familiares del doctor Bosman expresaron su profunda gratitud a Rooie. Andando el tiempo, los Bosman hicieron de la prostituta prácticamente otro miembro de la familia. La invitaban a las cenas de Nochebuena y Pascua, así como a otras reuniones familiares, bodas y aniversarios.

Harry Hoekstra había reflexionado a menudo en que la verdad a medias de Rooie acerca del doctor Bosman era probablemente la mejor mentira en la que él había participado. «¿Qué tal te ha ido el viaje?», le preguntaba Harry a la prostituta cada vez que ésta regresaba de sus vacaciones. Pero el resto del tiempo le preguntaba: «¿Cómo están los Bosman?».

Cuando Dolores de Ruiter fue asesinada en la habitación en que trabajaba, Harry dio enseguida la noticia a los Bosman. No tuvo necesidad de informar a nadie más. Harry también confió en que los Bosman se ocuparan de su entierro. De hecho, la señora Bosman organizó el funeral de la prostituta y lo costeó. Estuvo presente una considerable representación de la familia Bosman, junto con unos pocos policías (Harry entre ellos) y un número también reducido de mujeres de El Hilo Rojo. Asistió la ex novia de Harry, Natasja Fredericks, pero lo más impresionante fue la presencia de la otra familia de Rooie, la de las prostitutas, que acudieron en gran número. Rooie había sido popular entre sus colegas.

Dolores de Ruiter había vivido de las medias verdades. Y la que no era la mejor de sus mentiras, la que Harry consideraba una de las mentiras más dolorosas en las que se había visto implicado, se evidenció en el funeral. Una tras otra, las prostitutas que conocían a Rooie hicieron un aparte con él para formularle la misma pregunta:

–¿Dónde está la hija?

O, mirando por encima del nutrido grupo de nietos del doctor Bosman, le preguntaban:

—¿Cuál de ellas es? ¿No está aquí su hija?

—La hija de Rooie ha muerto —tuvo que decirles Harry—. La verdad es que murió hace ya muchos años.

En realidad, sólo Harry sabía que la hija de la prostituta murió antes de nacer, pero ése había sido el secreto más celosamente guardado de Rooie.

Harry oyó hablar por primera vez del inglés de Rooie cuando la prostituta regresó de unas vacaciones invernales en Klosters. Siguiendo el consejo de Harry, se alojó en el Chesa Grischuna, donde conoció a un inglés llamado Richard Smalley. Éste, que estaba divorciado, pasaba la Navidad con su hijo de seis años, un chiquillo neurasténico aquejado de nerviosismo y fatiga perpetuos, de los que Smalley culpaba a la madre, demasiado protectora, del muchacho. A Rooie le conmovieron los dos. El chiquillo se aferraba a su padre, y dormía de una manera tan irregular que a Richard Smalley y a Rooie les fue imposible hacer el amor. Tuvieron que conformarse con algunos «besos robados», como le dijo Rooie a Harry, «y un magreo bastante intenso».

Hizo cuanto pudo por evitar que Smalley fuese a verla a Amsterdam el año siguiente. Aquella Navidad, a la madre del niño neurasténico le tocaba el turno de tenerlo consigo. Richard Smalley regresó solo a Klosters. En el transcurso del año, por medio de cartas y llamadas telefónicas, había persuadido a Rooie para que se reuniera con él en el Chesa... Harry advirtió a Dolores de que ése sería un precedente peligroso. (Era la primera vez que pasaba dos veces las vacaciones navideñas en el mismo lugar.)

Al regresar a Amsterdam, la prostituta informó a Harry que ella y Smalley se habían enamorado. Richard Smalley quería casarse, quería que Rooie tuviera un hijo suyo.

—¿Pero sabe el inglés cómo te ganas la vida? —le preguntó Harry.

Resultó que Rooie le había dicho a Richard Smalley que era una ex prostituta, confiando en que una verdad a medias fuese suficiente.

Aquel invierno alquiló a otras dos chicas su habitación con escaparate en la Bergstraat. Ahora tres personas pagaban el alquiler de la habitación y casi podía igualar lo que había ganado ella como prostituta. Por lo menos le bastaría para vivir hasta que se casara con Smalley, y sería más que suficiente como «ingresos complementarios» después de casada.

Pero cuando se casó y fue a vivir con Smalley a Londres, Rooie se convirtió en la casera ausente de tres prostitutas de escaparate en Amsterdam. Rooie había evitado alquilar su lugar de trabajo a drogadictas, pero no podía ver cómo utilizaban las nuevas inquilinas su habitación en la Bergstraat. Harry procuraba vigilar lo que hacían en la medida de lo posible, pero las inquilinas de Rooie se tomaban libertades. Pronto una de ellas subcontrató la habitación a una cuarta prostituta y no tardó en haber una quinta, y una de ellas era drogadicta. Luego una de las inquilinas más antiguas de Rooie se marchó sin pagar dos meses de alquiler, algo de lo que Rooie no se enteró hasta que fue un hecho consumado.

Rooie estaba embarazada cuando regresó a Amsterdam para averiguar el estado de su habitación en la Bergstraat. Obedeció a su instinto de conservar el lugar, que apenas cubría gastos; al contrario, tras las reparaciones necesarias y el pago de varias facturas elevadas, probablemente le costaba dinero. El inglés quería que lo vendiera, pero Rooie encontró dos ex prostitutas, ambas holandesas, que querían volver al trabajo. Rooie les alquiló la habitación en exclusiva y pensó que se había asegurado los costes de mantenimiento. «No intentaré sacar beneficios, qué diablos», le dijo a Harry. «Sólo quiero conservar el local, por si las cosas se me tuercen en Inglaterra.»

Estaba en el séptimo mes del embarazo, y debía de saber que las cosas se «torcerían» con Smalley. El parto tuvo lugar en Londres y salió mal desde el comienzo. A pesar de una cesárea de emergencia, el feto nació sin vida. Rooie no llegó a ver a su hija muerta. Fue entonces cuando Smalley empezó con las recriminaciones que ya había previsto Rooie. Ella tenía algún problema físico que era el causante de que el niño naciera muerto, y ese problema se relacionaba con su pasado de prostituta..., debía de haber practicado el sexo en exceso.

Un día, sin previo aviso, Rooie apareció de nuevo tras su escaparate de la Bergstraat. Fue entonces cuando Harry se enteró de que su matrimonio se había roto y que ella había dado a luz una hija muerta. (A aquellas alturas, por supuesto, el inglés de Rooie era muy bueno.)

Al año siguiente, por Navidad, Rooie viajó de nuevo a Klosters y se alojó en el Chesa Grischuna, pero aquéllas serían sus últimas vacaciones en una estación de esquí. Aunque ni Richard Smalley ni su hijo neurasténico estaban presentes, de alguna manera había corrido la voz sobre su pasado. En situaciones impredecibles, que ella no podía barruntar, era consciente de que la trataban como una ex prostituta, no como una ex esposa.

Le juró a Harry que había oído susurrar a alguien, en la cabina de un teleférico, «la puta de Smalley». Y en el Chesa, donde cenaba cada noche a solas, un hombre menudo y calvo, vestido de esmoquin aterciopelado y corbata ascot de color naranja vivo, le hizo proposiciones. Un camarero le llevó a Rooie una copa de champaña de parte del calvo, junto con una nota escrita en mayúsculas. «¿CUÁNTO?», decía la nota. Ella devolvió el champaña.

Poco después de su estancia en Klosters, Rooie dejó de trabajar los fines de semana en su escaparate. Más adelante dejó de trabajar por las noches, y el paso siguiente consistió en abandonar la habitación a media tarde..., a tiempo para recoger a su hija en la escuela. Eso fue lo que dijo a todo el mundo.

En ocasiones, las demás prostitutas de la Bergstraat le pedían que les enseñara fotografías. Desde luego, comprendían que la supuesta hija no se acercara nunca a la Bergstraat, pues la mayoría de las prostitutas ocultaban a sus hijos menores la naturaleza de su trabajo.

La prostituta con quien Rooie compartía su habitación era la más curiosa, y a Rooie le gustaba mostrarle una fotografía. La pequeña de la foto tenía cinco o seis años y estaba sentada, con expresión satisfecha, en el regazo de Rooie, al parecer durante una fiesta familiar. Por supuesto, era una de las nietas del doctor Bosman, y sólo Harry Hoekstra sabía que la foto correspondía a una cena de Pascua de los Bosman.

Así pues, aquélla era la hija de la prostituta, cuya ausencia se notó especialmente en el funeral de Rooie. En la confusa reunión, algunas de las mujeres le pidieron a Harry que les recordara el nombre de la hija ausente, pues no era un nombre habitual. ¿Se acordaba Harry de la extraña palabra?

Claro que se acordaba. Era Chesa.

Después de las exequias tuvo lugar el velatorio acompañado de un refrigerio, pues la anciana señora Bosman, que era quien pagaba, creía en la necesidad de los velatorios, y durante aquellas horas las prostitutas repitieron el nombre de la hija muerta lo suficiente para que la viuda se acercara a Harry, quien trataba torpemente de librarse de un huevo duro que no quería comer, un huevo con una especie de caviar encima.

—¿Quién es Chesa? —le preguntó la anciana señora Bosman.

Entonces Harry le contó toda la verdad. El relato conmovió a la señora Bosman hasta hacerla llorar, pero la mujer no era tonta ni mucho menos.

—Como es natural, sabía que mi querido marido visitaba a la prostituta —le confesó a Harry—. Pero, tal como lo veo, ella me hacía un favor... ¡y evitó que se muriese en la calle!

Sólo unos pocos años antes de su asesinato, Rooie Dolores había reducido las vacaciones anuales a unos pocos días en abril o mayo. Pasó las últimas Navidades con los Bosman, cuyos nietos eran tan numerosos que Rooie tuvo que comprar muchos regalos. «Aun así sale más barato que ir a esquiar», le dijo a Harry. Y un oscuro invierno, el último de su vida, le pidió a Harry que fuese con ella de vacaciones y que dividieran los gastos.

—Tú has leído los libros de viajes —le dijo en broma—. Elige el lugar e iré contigo.

El encanto que pudieran haber tenido para Rooie aquellos padres divorciados, siempre de vacaciones con sus hijos alicaídos, había terminado por esfumarse.

Harry había imaginado no pocas veces que emprendía un viaje con Rooie, pero su invitación le sorprendió al tiempo que le dejaba desconcertado. El primer lugar al que pensó llevarla fue París. (¡Ahí era nada, visitar París con una prostituta!)

Aquel gran lector de libros de viajes había empezado a hacer anotaciones en los márgenes de las páginas y a subrayar frases esenciales sobre los hoteles apropiados. Uno de los primeros hoteles en que pensó fue el Hôtel du Quai Voltaire, el mismo en el que Ted hizo la fotografía de Marion con los pies de Thomas y Timothy. Pero ese hotel no estaba tan recomendado como el Hôtel de L'Abbaye o el Duc de Saint-Simon. Harry había decidido buscar alojamiento en algún lugar de Saint-Germain-des-Prés, pero creía que Rooie era quien debería elegir el hotel.

Provisto de sus guías de París, repletas de subrayados y anotaciones marginales, Harry visitó a Rooie en su habitación de la Bergstraat. Tuvo que esperar en la calle hasta que ella terminó con un cliente.

—¡Vaya, Harry! —exclamó—. ¿Quieres llevar a una vieja puta a París? ¡París en abril!

Ninguno de los dos había visitado París. No habría salido bien. Harry imaginaba que a Rooie le gustaría Notre-Dame, las Tullerías y las tiendas de antigüedades sobre las que él había leído, y la veía contenta, de su brazo, paseando por los jardines del Luxemburgo, pero no podía imaginársela en el Louvre. ¡Al fin y al cabo, vivía en Amsterdam y no había ido una sola vez al Rijksmuseum! ¿Cómo podría Harry llevarla a París?

—La verdad es que no creo que pueda marcharme —replicó él, evasivamente—. Hay mucho trabajo en De Wallen durante el mes de abril.

—Entonces iremos en marzo —le dijo Rooie—. ¡O en mayo! ¿Qué te ocurre?

—No creo que me sea posible hacer ese viaje, Rooie, en serio —tuvo que admitir Harry.

Las prostitutas están familiarizadas con el rechazo y lo encajan bastante bien.

Después de recibir el aviso de que Rooie había sido asesinada, Harry buscó en la habitación de la Bergstraat las guías que ella no le había devuelto. Las encontró sobre la mesa estrecha que había en el lavabo.

También observó que el asesino había mordido a Rooie y que, a juzgar por la manera en que el cadáver había sido empujado para que cayera de la cama, parecía que el crimen no obedecía a ningún ritual. Lo más probable era que la hubieran estrangulado, pero no había moratones causados por la presión de los dedos en la garganta de la víctima. Esto indicaba, en opinión del *hoofdagent,* que la habían asfixiado con el antebrazo.

Entonces se fijó en el ropero, con las puntas de los zapatos hacia afuera. Un par de zapatos no estaba alineado con los demás, sino apartados de un puntapié, y en medio de la hilera había un espacio donde habría encajado otro par de zapatos.

Harry no tuvo ninguna duda: ¡había un testigo! Sabía que Rooie era una de las pocas prostitutas que se desvivían por ser complacientes con las novatas. También conocía el procedimiento. Dejaba a las novatas que la observaran cuando estaba con un cliente, sólo para ver cómo se hacía. Había escondido a muchas chicas en su ropero. Sobre el método de Rooie hablaron cierta vez en una de las reuniones de El Hilo Rojo, y Harry estuvo presente. Pero Rooie llevaba bastante tiempo sin asistir a esas reuniones, y Harry ni siquiera estaba seguro de que El Hilo Rojo siguiera celebrando reuniones para las prostitutas novatas.

En el umbral de la puerta que daba acceso a la habitación de Rooie estaba sentada lloriqueando la joven que había descubierto el cadáver de Rooie. Se llamaba Anneke Smeets. Había sido adicta a la heroína y se estaba recuperando, o por lo menos así se lo había hecho creer a Rooie. Anneke Smeet no iba vestida para trabajar detrás del escaparate. Normalmente llevaba un top de cuero, que Harry había visto colgado en el ropero.

Pero aquel día, en el quicio de la puerta, Anneke estaba desgreñada y resultaba poco atractiva. Vestía un suéter negro holgado, con los codos deformados, y unos tejanos desgarrados en ambas rodillas. No llevaba maquillaje, ni siquiera rojo de labios, y tenía el cabello sucio e hirsuto. El único rasgo de extravagancia en su aspecto tan corriente era el tatuaje de un rayo, aunque pequeño, en la parte interior de la muñeca derecha.

—Parece ser que alguien podría haber estado mirando desde el ropero —comentó Harry.

La muchacha, que no cesaba de sollozar, movió afirmativamente la cabeza.

—Eso parece —convino.

—¿Ayudaba a una novata? —inquirió Harry.

—¡Nadie que yo conozca! —respondió la chica llorosa.

Y así, incluso antes de que el testimonio que envió Ruth Cole llegara a la comisaría de la Warmoesstraat, Harry Hoekstra sospechó que debía de haber un testigo.

—¡Dios mío! —exclamó de repente Anneke—. ¡Nadie ha recogido a su hija en la escuela! ¿Quién se lo dirá a la niña?

—Ya la ha recogido alguien —mintió Harry—. Y ya se lo han dicho.

Pero unos días después dijo la verdad; fue cuando su mejor amigo entre los detectives, Nico Jansen, quiso hablar en privado con él. Harry sabía de qué quería hablarle.

Sobre la mesa de trabajo de Jansen estaban las guías turísticas de París. Harry Hoekstra anotaba su nombre en todos sus libros. Nico Jansen abrió una de las guías por la página donde estaba la reseña del Hôtel Duc de Saint-Simon. Harry había escrito en el margen: «En pleno Faubourg Saint-Germain, una zona magnífica».

—¿No es ésta tu letra, Harry? —le preguntó Jansen.

—Mi nombre está en la primera página, Nico. ¿Se te ha pasado por alto?

—¿Adónde planeabas ir de viaje con ella? —inquirió el detective Jansen.

Harry trabajaba desde hacía más de tres décadas como policía. Por fin sabía lo que era sentirse sospechoso.

Explicó a su amigo que Rooie viajaba mucho, mientras que él se limitaba a leer libros de viajes. Desde hacía largo tiempo tenía la costumbre de prestarle sus guías. Ella se había acostumbrado a preguntarle cuál era el hotel más apropiado y qué lugares debería visitar.

—Pero no mantenías relaciones con Rooie, ¿verdad, Harry? —le preguntó Nico—. Nunca llegaste a viajar con ella, ¿no es cierto?

—No, nunca viajé con ella —replicó Harry.

En general, decirles la verdad a los policías era una buena idea. Harry no había mantenido relaciones con Rooie ni tampoco había viajado con ella. Eso era del todo cierto. Pero los policías no tenían que saberlo todo. No era necesario que Nico Hansen supiera que Harry se había sentido tentado. ¡Y de qué manera!

## El sargento Hoekstra encuentra a su testigo

Por entonces, el sargento Hoekstra sólo vestía de uniforme cuando el barrio chino sufría la invasión de turistas y gentes que no eran de la ciudad. (También se lo puso para asistir al funeral de Rooie.) Y cuando se trataba de enseñar la zona, Harry era el policía más solicitado del segundo distrito, no sólo porque hablaba el inglés y el alemán mejor que ningún otro agente de la comisaría de la Warmoesstraat, sino también porque era el experto reconocido en el distrito y le encantaba llevar allí a la gente.

Una vez mostró De Wallen a un grupo de monjas. No era raro que mostrara «los pequeños muros» a escolares. Las prostitutas, tras el escaparate, no perdían la calma y desviaban la vista cuando veían llegar a los niños, pero en una ocasión una mujer corrió bruscamente la cortina de su escaparate. Más adelante le dijo a Harry que había reconocido a su propio hijo entre los miembros del grupo.

El sargento Hoekstra era también el agente preferido del segundo distrito cuando había que hablar con los medios de comunicación. Puesto que las falsas confesiones eran corrientes, Harry había aprendido enseguida a no facilitar nunca a la prensa todos los detalles de un delito. Por el contrario, a menudo aportaba a los periodistas detalles falsos, lo cual solía provocar las confesiones de ciertos enajenados. En el caso de Dolores «la Roja», logró un par de confesiones falsas diciendo a los periodistas que habían estrangulado a Rooie tras un «violento forcejeo».

Las dos confesiones falsas eran de hombres que afirmaban haber matado a Rooie, asfixiándola con sus propias manos. Uno de ellos había persuadido a su esposa para que le arañase la cara y el dorso de las manos; el otro había convencido a su novia para que le diera puntapiés en las espinillas una y otra vez. En ambos casos, daba la impresión de que los hombres habían sostenido un «violento forcejeo».

En cuanto al método empleado para asesinar a Rooie, los detectives no perdieron tiempo manejando los ordenadores. Dieron la información necesaria a la Interpol, con sede en la ciudad alemana de Wiesbaden, y así descubrieron que unos cinco años atrás, en Zurich, habían matado a una prostituta de una manera similar.

Lo único que Rooie había podido hacer era desprenderse de un zapato al sacudir la pierna. La prostituta que trabajaba en la Langstrasse de Zurich había opuesto un poco más de resistencia y se había roto una uña, lo cual demostraba que debía de haberse producido una breve lucha. Unos trocitos de tela, presumiblemente procedente de los pantalones del asesino, habían quedado bajo la uña rota de la prostituta. Era una tela de calidad, ¿pero qué revelaba eso?

La relación más convincente entre el asesinato de Zurich y el de Rooie, en Amsterdam, era que, en el primer caso, también hubo una lámpara de pie a la que quitaron la pantalla y la bombilla sin dañarlas. La policía de Zurich desconocía el hecho de que el asesino había fotografiado a la víctima. Allí no hubo ningún testigo y nadie envió a la policía un tubo de revestimiento Polaroid con una huella perfecta del pulgar derecho del presunto asesino.

Sin embargo, ninguna de las huellas tomadas en la habitación de la prostituta cerca de la Langstrasse de Zurich coincidía con la huella del pulgar obtenida en Amsterdam; y la Interpol tampoco tenía registrada en sus archivos de Wiesbaden ninguna huella que coincidiera. La segunda huella que había en el tubo era una huella pequeña y nítida de un índice derecho, lo cual indicaba que la testigo debía de haber tomado el tubo con el pulgar y el índice en los extremos. (Se había llegado a la conclusión de que debía de ser una testigo, porque la huella dactilar era mucho más pequeña que la huella del pulgar del probable asesino.)

Otra huella pequeña y clara del dedo índice derecho de la testigo procedía de uno de los zapatos con la punta hacia fuera que estaban en el suelo del ropero de Rooie. El mismo dedo índice había tocado el pomo interior de la puerta, sin duda cuando la testigo salió a la calle, después de que el asesino se hubiera ido. Fuera quien fuese, era una mujer diestra y tenía una cicatriz producida por un corte con un cristal, perfectamente centrada en el dedo índice derecho.

Pero la Interpol tampoco tenía una huella que coincidiera con el dedo índice derecho de la testigo. Desde luego, Harry no había esperado que la hubiese. Estaba seguro de que su testigo no era una delincuente, y tras pasarse una semana hablando con las prostitutas de la zona, también tenía la seguridad de que su testigo no era una prostituta. ¡Probablemente se trataba de una puñetera turista sexual!

¡En un breve periodo de tiempo, menos de una semana, cada prostituta de la Bergstraat había visto a la probable testigo hasta media docena de veces! Y Anneke Smeets incluso había hablado con ella. Una noche la mujer misteriosa había preguntado por Rooie, y Anneke, con su top de cuero y blandiendo un consolador, le había comunicado a la turista la supuesta razón por la que Rooie no trabajaba de noche. Le había dicho que la veterana prostituta estaba con su hija.

Las prostitutas de la Korsjespoortsteeg también habían visto a la mujer misteriosa. Una de las putas más jóvenes le dijo a Harry que su testigo era una lesbiana, pero sus compañeras se mostraron en desacuerdo. Habían sido cautelosas con la mujer porque no sabían qué era lo que quería.

A los hombres que pasaban una y otra vez ante los escaparates de las mujeres, siempre mirando, siempre cachondos, pero sin que nunca acabaran de decidirse, los llamaban *hengsten* («sementales»), y las prostitutas que habían visto a Ruth Cole pasar ante sus escaparates la llamaban *hengst* hembra. Sin embargo, desde luego, no existe un semental hembra, y por ello la mujer misteriosa inquietaba a las prostitutas.

Una de ellas le dijo a Harry que parecía una periodista. (Los periodistas inquietaban mucho a las prostitutas.)

¿Una periodista extranjera? El sargento Hoekstra había rechazado esa posibilidad. A la mayoría de los periodistas extranjeros que iban a Amsterdam con un interés profesional por la prostitución les decían que hablaran con él.

Gracias a las prostitutas de De Wallen, Harry descubrió que la mujer misteriosa no siempre estuvo sola. La había acompañado un joven, tal vez estudiante universitario. Si bien la testigo a la que Harry buscaba era treintañera y sólo hablaba inglés, el muchacho era sin duda holandés.

Esto respondía a un interrogante que se había planteado el sargento Hoekstra: si la testigo desaparecida era una extranjera de habla inglesa, ¿quién había escrito el informe en holandés? Ciertos datos adicionales vertían algo de luz sobre el documento cuidadosamente redactado en letras mayúsculas que la testigo había remitido a Harry. Un tatuador a quien Harry consideraba un experto en caligrafía, examinó la minuciosa escritura y llegó a la conclusión de que el texto había sido copiado.

El tatuador se llamaba Henk y era quien había realizado la mayor parte de los letreros en el museo del tatuaje radicado en el barrio chino, la llamada Casa del Dolor. (Su especialidad era un poema, cualquier poema que uno quisiera, tatuado en forma de cuerpo femenino.) Según él, el bolígrafo de la testigo se había detenido demasiado tiempo en cada letra. Sólo alguien que copiara frases de una lengua extranjera habría escrito cada palabra con tal lentitud.

—¿Y quién ha de esforzarse tanto para no cometer un error al escribir una palabra? —preguntó Henk a Harry—. Alguien que desconoce el idioma, por supuesto.

Las prostitutas de De Wallen no creían que la testigo de Harry y el muchacho holandés tuvieran relaciones sexuales.

—No era sólo por la diferencia de edad —comentó la prostituta tailandesa a la que Ruth y Wim habían visitado en el Barndesteeg—. Se notaba que nunca habían hecho el amor.

—Puede que tuvieran ese propósito —sugirió Harry—. Tal vez iban a hacerlo.

—No me lo pareció —insistió la prostituta tailandesa—. Incluso eran incapaces de decirme lo que deseaban. ¡Sólo querían mirar, pero ni siquiera sabían qué era lo que querían mirar!

La otra prostituta tailandesa que recordaba a la pareja fuera de lo corriente era la vieja sádica, la que tenía fama de aterrorizar a los clientes.

—El chico holandés la tenía grande —declaró—. Quería hacerlo de veras, pero su mami no le dejaba.

—Ese chico estaba dispuesto a tirarse cualquier cosa, excepto a mí —le dijo a Harry el travestido ecuatoriano—. La mujer sólo tenía curiosidad. No quería hacer nada, sólo informarse.

Harry estaba seguro de que si el chico holandés hubiera estado escondido en el ropero de Rooie con la mujer misteriosa, ambos habrían tratado de impedir el crimen. Y casi desde el principio Harry dudó de que la testigo fuese una prostituta novata. A menos que se tratase de una «ilegal», incluso una novata habría ido a la policía. Y de haber sido una «ilegal», ¿quién le habría escrito su testimonio en un holandés tan perfecto?

Una prostituta jamaicana del Slapersteeg también recordaba a Ruth Cole.

—Era menuda, dijo que se había perdido —informó a Harry—. La tomé del brazo y salimos del callejón. Me sorprendió que tuviera el brazo derecho tan fuerte.

¡Fue entonces cuando el sargento Hoekstra se dio cuenta de que también él había visto a la mujer misteriosa! De repente recordó a aquella mujer a la que había seguido por De Wallen una mañana, muy temprano, y que caminaba con un estilo atlético. Era menuda, desde luego, pero parecía fuerte y no le dio la impresión, ni mucho menos, de que estaba «perdida». Se la veía muy resuelta, y Harry la siguió no sólo porque parecía fuera de lugar en aquellos parajes, sino también por su extraordinario atractivo (¡por no mencionar que le resultaba vagamente familiar! Era increíble que Harry no la reconociera por las fotos en las sobrecubiertas de sus libros). Cuando Harry se dio cuenta de que ella reparó en que la seguía, regresó a la comisaría en la Warmoesstraat.

Por último, el policía habló con las dos prostitutas gordas de Ghana. La turista desconocida se había detenido en el Stoofsteeg el tiempo suficiente para preguntarles de dónde eran. Las mujeres, a su vez, preguntaron a Ruth Cole por su procedencia, y ella les dijo que de Estados Unidos. (Lo que Harry supo gracias a las prostitutas de Ghana, a saber, que su testigo era estadounidense, resultaría ser una información más importante de lo que al principio había sospechado.)

Nico Jansen estaba sentado ante el ordenador. Se encontraba en un callejón sin salida. El tubo de revestimiento Polaroid con el tapón de rosca azul marino podía haber sido adquirido tanto en Amsterdam como en Zurich. El hecho de que, según la testigo misteriosa, el asesino pareciera un topo, que jadeara, que fuese estrábico y tuviera los ojos «casi totalmente cerrados»... ¿de qué servirían todos esos datos si en Zurich no había una huella dactilar que coincidiese con la del tubo de revestimiento Polaroid que tenían en Amsterdam?

La testigo había pensado en la posibilidad de que el asesino trabajara para la SAS, la línea aérea escandinava, pero esto resultó ser una pista falsa. A pesar del examen de las huellas dactilares de todos los empleados varones que trabajaban en el departamento de seguridad de la SAS, no se encontró ninguna huella coincidente.

El asesino fue capturado gracias a que Harry Hoekstra sabía bien el inglés y, además, entendía el alemán. Resultó que la información más importante en el relato de la testigo era la observación de que el asesino hablaba un inglés que parecía tener acento alemán.

Nico Jansen le comunicó a Harry que los detectives estaban en un callejón sin salida con respecto al asesinato. Al día siguiente, Harry revisó de nuevo el informe de la testigo y, de repente, vio algo que se le había pasado por alto. Si la lengua nativa del asesino era el alemán, existía la posibilidad de que SAS no fuese la tal SAS, pues tanto en alemán como en holandés las vocales *a* y *e* se pronuncian de una manera distinta a la inglesa. A un oyente norteamericano, SES le habría sonado como SAS. El asesino no tenía nada que ver con la línea aérea escandinava. ¡Se ocupaba de algo relacionado con la seguridad para una empresa llamada SES!

Harry no tuvo necesidad de utilizar el ordenador de Nico Jansen para averiguar qué significaba SES. La Cámara de Comercio Internacional le ayudó de buen grado a encontrar una empresa que respondiera a esas siglas en una ciudad de habla alemana, y en menos de diez minutos Harry había identificado al patrono del asesino. La venerable Schweizer Elektronik und Sicherheitssysteme (SES) estaba ubicada en Zurich y se dedicaba a diseñar e instalar alarmas de seguridad para bancos y museos en toda Europa.

Harry experimentó cierto placer al encontrar a Nico Jansen en la sala de detectives, donde las pantallas de los ordenadores siempre daban a sus caras un resplandor antinatural y los bombardeaban con sonidos no menos antinaturales.

–Tengo algo para que lo metas en tu ordenador, Nico –le dijo Harry–. Si quieres, hablaré yo con tu colega en Zurich; mi alemán es mejor que el tuyo.

El detective de Zurich se llamaba Ernst Hecht y le faltaba poco para la jubilación. Suponía que nunca llegaría a descubrir quién había matado, casi seis años atrás, a la prostituta brasileña en la zona de la Langstrasse. Pero la Schweizer Elektronik und Sicherheitssysteme era una empresa pequeña, aunque importante, que fabricaba alarmas de seguridad. Como medida de protección, a cada empleado de la empresa que hubiera diseñado o instalado un sistema de seguridad para un banco o un museo se le tomaban las huellas dactilares.

El pulgar cuya huella coincidía con la huella encontrada en el tubo de revestimiento Polaroid pertenecía a un ex empleado, un ingeniero especializado en alarmas de seguridad llamado Urs Messerli. Este hombre estuvo en Amsterdam en el otoño de 1990 para hacer el presupuesto de la instalación de un sistema de detección de fuego y movimiento en un museo de arte. Entre sus elementos de trabajo, se contaba una vieja cámara Polaroid que utilizaba película Land 4×5, del tipo 55, cuyos positivos en blanco y negro preferían todos los ingenieros de SES. Eran unas fotografías de gran formato, y Messerli había tomado más de seis docenas de ellas en el interior del museo de arte amsterdamés, con objeto de saber cuántos dispositivos de detección de fuego y movimiento serían necesarios y dónde habría que instalarlos con exactitud.

Urs Messerli ya no trabajaba en SES porque estaba muy enfermo. Se encontraba en un hospital, al parecer muriéndose de una infección pulmonar relacionada con un enfisema que empezó a padecer quince años atrás. (Harry Hoekstra pensó que un enfermo de enfisema probablemente producía al respirar los mismos sonidos que un asmático.)

El Universitätsspital de Zurich era famoso por los cuidados que prodigaba a los pacientes de enfisema. Ernst Hecht y Harry no tenían que preocuparse por si Urs Messerli se escabullía antes de que pudieran hablar con él, a menos que se escabullera al otro barrio. El paciente recibía oxígeno casi constantemente.

Y Messerli padecía otra desgracia más reciente. Su esposa, con la que llevaba casado treinta años, iba a divorciarse de él. Mientras yacía allí, agonizante, luchando por respirar, la mujer de Messerli insistía también en que no la dejara fuera de su testamento. Ella había descubierto varias fotos de mujeres desnudas en el despacho que él tenía en su casa. Poco antes de que lo hospitalizaran, pidió a su mujer que le buscara unos documentos importantes, a saber, un codicilo de su testamento. Frau Messerli había encontrado las fotografías de la manera más inocente.

Cuando Harry viajó a Zurich, Frau Messerli aún desconocía lo más importante con respecto a aquellas fotografías que había entregado al abogado que tramitaba su divorcio. Ni ella ni el abogado se dieron cuenta de que eran fotos de mujeres muertas. Lo único que les importaba era que las mujeres estaban desnudas.

Harry no tuvo dificultad en identificar la fotografía de Rooie en el despacho de Hetch, y éste reconoció fácilmente a la prostituta brasileña asesinada en la zona de la Langstrasse. Lo que sorprendió a los dos policías fue que había fotografías de otras seis mujeres.

La Schweizer Elektronik und Sicherheitssysteme había enviado a Urs Messerli a toda Europa, y el ingeniero había asesinado prostitutas en Frankfurt, Bruselas, Hamburgo, La Haya, Viena y Amberes. No siempre las había matado de manera tan eficiente ni había iluminado a sus víctimas con el mismo proyector que llevaba en el voluminoso maletín de cuero, pero siempre había dispuesto los cadáveres de sus chicas de la misma manera: tendidas de costado con los ojos cerrados, las rodillas alzadas hasta el pecho, en una postura recatada, de niña pequeña, razón por la que la esposa de Messerli y el abogado nunca sospecharon que las mujeres desnudas estaban muertas.

—Tiene usted que felicitar a su testigo —le dijo Ernst Hecht a Harry. Ambos se dirigían al Universitätsspital para ver a Urs Messerli antes de que falleciera. El hombre ya había confesado.

–Sí, claro, le daré las gracias –replicó Harry–. Cuando la encuentre.

El inglés de Urs Messerli era exactamente tal como lo había descrito la testigo misteriosa. El hombre hablaba un buen inglés, pero con acento alemán. Harry decidió hablarle en inglés, sobre todo porque Ernst Hecht también lo hablaba muy bien.

–En la Bergstraat de Amsterdam... –empezó a decirle Harry–. Tenía el pelo castaño rojizo y buena figura para una mujer de su edad, pero los senos bastante pequeños...

–¡Sí, sí, lo sé! –le interrumpió Urs Messerli.

Una enfermera tuvo que quitarle la mascarilla de oxígeno para que pudiera hablar. Entonces el enfermo jadeó e hizo un sonido de succión, de modo que la enfermera volvió a cubrirle la boca y la nariz con la mascarilla.

Su piel tenía una tonalidad mucho más gris que cuando Ruth Cole le vio y la imagen de un topo cruzó por su mente. Ahora la piel era cenicienta, las bolsas de aire agrandadas en los pulmones producían un sonido propio, independiente de la respiración irregular. Era como si se pudiera oír la rotura del tejido dañado que forraba las paredes de aquellas bolsas de aire.

–En Amsterdam había una testigo –dijo Harry al asesino–. Supongo que la vio.

Por una vez los ojillos vestigiales se abrieron del todo, como los de un topo que descubriera la visión. La enfermera volvió a retirarle la mascarilla de oxígeno.

–Sí, sí..., ¡la oí! ¡Allí había alguien! –Se interrumpió para recuperar el aliento–. Hizo un pequeño ruido. Casi la oí.

Entonces le sobrevino un ataque de tos. La enfermera volvió a cubrirle la boca y la nariz con la mascarilla.

–Estaba en el ropero –informó Harry a Messerli–. Todos los zapatos habían sido colocados con las puntas hacia fuera. Es probable que, de haber mirado con más atención, hubiera visto los tobillos.

Esta noticia entristeció indeciblemente a Urs Messerli, como si le hubiera gustado mucho conocer por lo menos a la testigo..., si no matarla.

Todo esto sucedía en abril de 1991, seis meses después del asesinato de Rooie y un año después de que Harry Hoekstra hubiera estado a punto de viajar con ella a París. Aquella noche, en Zurich, Harry se dijo que ojalá hubiera ido a París con Rooie. No era necesario pasar la noche en Zurich y podría regresar en avión a Amsterdam al final de ese mismo día, mas por una vez quería hacer algo que había leído en un libro de viajes.

Rechazó la invitación a cenar que le hizo Ernst Hecht, pues quería estar a solas. Cuando pensaba en Rooie, no estaba totalmente solo. Incluso eligió un hotel que a ella podría haberle gustado. Aunque no era el hotel más lujoso de Zurich, era demasiado caro para un policía, pero Harry había viajado tan poco que tenía ahorrada una buena cantidad de dinero. No esperaba que el Segundo Distrito le pagara la estancia en el hotel Zum Storchen, ni siquiera una sola noche, pero fue allí donde quiso alojarse. El hotel, a orillas del Limmat, tenía un encanto romántico. Thomas Mann había comido allí... y también James Joyce. De las paredes de sus dos comedores colgaban pinturas de Klee, Chagall, Matisse, Miró y Picasso. Eso a Rooie no le interesaría en absoluto, pero le habría gustado la *Bündnerfleisch* y el hígado de ternera picado con *Rösti*.

Normalmente Harry no bebía nada más fuerte que cerveza, pero esa noche fue a la Kronenhalle y se tomó cuatro cervezas y una botella de vino tinto. Cuando regresó a la habitación del hotel estaba borracho. Se quedó dormido antes de haberse descalzado, y sólo la llamada telefónica de Nico Jansen le obligó a despertar y desvestirse para meterse en la cama.

—Cuéntamelo —le dijo Jansen—. El asunto ha terminado, ¿no?

—Estoy bebido, Nico —replicó Harry—. Estaba dormido.

—Cuéntamelo de todos modos —insistió Nico Jansen—. El cabrón mató a ocho furcias, cada una en una ciudad distinta, ¿no es cierto?

—Así es. Dentro de un par de semanas habrá muerto. Me lo ha dicho su médico. Tiene una infección en los pulmones, padece enfisema desde hace quince años. Supongo que produce un sonido como el asma.

—Pareces alegre —comentó Jansen.

—Estoy bebido —repitió Harry.

—Deberías ser un borracho feliz, Harry —le dijo Nico—. Todo se ha resuelto, ¿no?

—Todo excepto dar con la testigo —dijo Harry Hoekstra.

—Tú y tu testigo. Déjala en paz. Ya no la necesitamos para nada.

—Pero la vi —replicó Harry. No se percató hasta que lo hubo dicho, pero precisamente porque la había visto no podía quitársela de la cabeza. ¿Qué había estado haciendo allí aquella mujer? Harry pensó que había sido una testigo mejor de lo que con toda probabilidad ella creía, pero se limitó a decir—: Sólo quiero felicitarla.

–¡Dios mío, estás borracho de veras! –exclamó Jansen.

Harry intentó leer en la cama, pero estaba demasiado bebido para entender lo que leía. La novela, que no había estado del todo mal como lectura en el avión, era un desafío demasiado grande bajo los vapores del alcohol. Se trataba de la nueva novela de Alice Somerset, la cuarta y última en la que aparecía la detective Margaret McDermid. Se titulaba *McDermid, jubilada*.

A pesar de su desdén habitual por las novelas policiacas, Harry Hoekstra era un gran aficionado a la anciana autora canadiense. (Aunque Eddie O'Hare nunca habría considerado a una mujer de setenta y dos años una «anciana», ésa era la edad que Alice Somerset, también llamada Marion Cole, tenía en abril de 1991.)

A Harry le gustaban las novelas de misterio protagonizadas por Margaret McDermid porque creía que la detective del departamento de desaparecidos tenía un grado de melancolía que resultaba convincente en un agente policial. Además, las obras de Alice Somerset no eran verdaderas novelas de «misterio», sino investigaciones psicológicas que profundizaban en la mente de una policía solitaria. En opinión de Harry, las novelas demostraban de una manera creíble el efecto que las personas desaparecidas ejercían sobre la sargento McDermid..., es decir, aquellas personas desaparecidas cuya suerte la detective jamás llegaba a descubrir.

Aunque por entonces a Harry le quedaban por lo menos cuatro años y medio para su jubilación, no le servía de gran cosa leer acerca de una policía que se había jubilado, sobre todo porque lo esencial de la novela era que, incluso después de retirarse, la sargento McDermid seguía pensando como una policía.

Llega a convertirse en una prisionera de las fotografías de aquellos muchachos norteamericanos desaparecidos para siempre. No puede decidirse a destruir las fotos, aun cuando sabe que nunca encontrarán a los jóvenes. La novela finaliza con la frase: «Cifraba su esperanza en que un día tendría el valor suficiente para destruirlas».

¿Cifraba su esperanza?, se preguntó Harry. ¿Eso era todo? ¿Sólo tenía esperanza? ¡Mierda! ¿Qué clase de final era ése? Profundamente deprimido y todavía despierto, Harry miró la foto de la autora. Le irritaba no poder hacerse nunca una idea cabal del aspecto que tenía Alice Somerset. Siempre volvía la cara y se cubría la cabeza con un sombrero. El sombrero era lo que realmente fastidiaba a Harry. Está bien usar seudónimo, pero ¿qué era aquella mujer? ¿Una criminal?

Y como Harry no podía ver con claridad el semblante de Alice Somerset, su cara oculta le recordaba a la testigo desaparecida, cuya cara tampoco había visto bien. Cierto que había reparado en sus pechos y en la actitud precavida de todo su cuerpo, pero también le había impresionado la manera en que parecía estudiarlo todo. Ésta había sido en parte la motivación de su propio deseo de estudiarla. Se daba cuenta de que si quería volver a verla, no era sólo por su condición de testigo. Quienquiera que fuese, era una mujer a la que quería conocer.

En abril de 1991, cuando apareció en los periódicos de Amsterdam la noticia de que habían capturado al asesino de la prostituta, el hecho de que el asesino resultara ser un enfermo incurable no dejó de causar cierto desengaño. Urs Messerli no saldría nunca del hospital y moriría en el transcurso de aquel mismo mes. Un asesino en serie de ocho prostitutas debería haber provocado más sensación, pero la noticia ocupó un lugar destacado en la prensa durante menos de una semana, y hacia fines de mayo ya no había ninguna mención del asunto.

Maarten Schouten, el editor holandés de Ruth Cole, se hallaba en la Feria del Libro Infantil de Bolonia cuando se difundió la noticia, la cual no llegó a Italia porque ninguna de las prostitutas asesinadas era italiana. Y todos los años, tras la Feria de Bolonia, Maarten viajaba a Nueva York. Ahora que sus hijos eran mayores, Sylvia le acompañaba a ambas ciudades. Como Maarten y Sylvia no se enteraron de que la policía había encontrado al asesino de Rooie, Ruth tampoco se enteró. Seguía creyendo que el hombre topo se había salido con la suya y que andaba por ahí totalmente libre.

Cuatro años y medio después, en el otoño de 1995, Harry Hoekstra, de cincuenta y ocho años y a punto de jubilarse, vio la nueva novela de Ruth Cole en el escaparate de aquella librería en el Spui, la Athenaeum, y se apresuró a comprarla.

—Ya era hora de que esta autora escribiera otra novela —le dijo el sargento Hoekstra a la dependienta.

Todos los empleados de la Athenaeum conocían a Harry. Su aprecio por las novelas de Ruth Cole les era casi tan familiar como el chismorreo de que el sargento Hoekstra había conocido allí a más mujeres, mientras ojeaba libros, que en ninguna otra parte. A los empleados de la librería les gustaba bromear con él. No dudaban de su afición a leer libros de viaje y novelas, pero se divertían diciéndole lo que sospechaban, que iba allí no sólo a leer.

*Mi último novio granuja*, que Harry compró en inglés, tenía un título atroz en holandés, *Mijn laatse slechte vriend*. La empleada que atendió en esa ocasión a Harry, y que era una profesional muy experta, le explicó las posibles razones por las que Ruth Cole había necesitado cinco años para escribir un libro que no parecía muy largo.

—Es su primera novela en primera persona —empezó a decir la joven—. Y parece ser que tuvo un hijo hace unos años.

—No sabía que estuviera casada —dijo Harry, mientras contemplaba con más atención la foto de Ruth en la sobrecubierta. Se dijo que no parecía casada.

—Su marido murió hace cosa de un año —le informó la empleada.

Así pues, Ruth Cole debía de estar viuda. El sargento Hoekstra examinó la foto de la autora. Sí, tenía más aspecto de viuda que de casada. Había en sus ojos un aire de tristeza, o tal vez tenían algún defecto. La mujer miraba a la cámara con recelo, como si su inquietud fuese incluso más permanente que su aflicción.

La novela anterior de Ruth Cole trataba de una viuda, ¡y ahora ella también lo era!

Harry pensó que un problema de las fotos de los autores es que éstos siempre afectan una pose y no saben qué hacer con las manos. Unos las tienen entrelazadas, otros se cruzan de brazos, algunos meten las manos en los bolsillos. En esas fotos no faltan las manos en el mentón y en el aire. Harry pensaba que deberían tener las manos a los costados o en el regazo.

El otro problema que presentaban las fotos de autores era que a menudo no constaban más que de la cabeza y los hombros. Harry quería verlos de cuerpo entero. En el caso de Ruth, uno ni siquiera podía verle los pechos.

En sus días de asueto, al salir de la Athenaeum, Harry solía sentarse a leer en un café del Spui, pero se sentía inclinado a leer en casa la novela de Ruth Cole.

¿Qué más podía desear? ¡Una nueva novela de Ruth Cole y dos días de fiesta!

Cuando llegó a la parte del relato en que aparecen la mujer mayor y el hombre joven, se sintió decepcionado. Harry tenía casi cincuenta y ocho años, y no le apetecía leer sobre la relación entre una treintañera y un hombre más joven que ella. No obstante, le intrigaba que la historia transcurriera en Amsterdam. Y cuando llegó a la parte en que el joven convence a la mujer para pagar a una prostituta a fin de que les permita mirarla mientras está con un cliente... la sorpresa del sargento Hoekstra es imaginable. «En la habitación predominaba el color rojo, y la pantalla de vidrio coloreado de rojo de la lámpara la enrojecía aún más», había escrito Ruth Cole. Harry sabía en qué habitación pensaba.

«Estaba tan nerviosa que no servía para nada», escribía Ruth Cole. «Ni siquiera pude ayudar a la prostituta a colocar los zapatos con las puntas hacia fuera. Tomé sólo uno de los zapatos y lo dejé caer enseguida. Ella me reconvino por ser semejante incordio para ella, y me pidió que me escondiera detrás de la cortina. Entonces alineó los zapatos restantes a cada lado de los míos. Supongo que mis zapatos se movían un poco, porque estaba temblando.»

A Harry no le resultó difícil imaginarla temblando. Puso un punto entre las páginas donde había interrumpido la lectura. Terminaría la novela al día siguiente. Ya eran altas horas de la noche, pero ¿qué importaba? Tenía libre el día siguiente.

El sagento Hoekstra montó en su bicicleta y recorrió la distancia desde el oeste de Amsterdam hasta De Wallen en muy poco tiempo. Había recortado la foto de la sobrecubierta del libro, pues no había ningún motivo para que nadie más supiera quién era su testigo.

Encontró primero a las dos mujeres gordas de Ghana, y al mostrarles la foto tuvo que recordarles a la misteriosa mujer de Estados Unidos que se detuvo en el Stoofsteeg y les preguntó de dónde eran.

—Eso pasó hace mucho tiempo, Harry —dijo una de las mujeres.

—Cinco años —precisó el sargento—. ¿Es ella?

Las prostitutas de Ghana miraron con detenimiento la fotografía.

—No se le ven los pechos —comentó una de ellas.

—Sí, tenía unos pechos bonitos —dijo la otra.

—Bueno, ¿es ella? —insistió Harry.

—¡Han pasado cinco años, Harry! —exclamó la primera.

—Sí, es demasiado tiempo —dijo la otra.

Entonces Harry encontró a la prostituta tailandesa joven y fornida del Barndesteeg. La mayor, la sádica, dormía, pero de todos modos Harry confiaba más en el juicio de la prostituta joven.

—¿Es ella? —preguntó de nuevo.

—Podría ser —dijo lentamente la tailandesa—. Recuerdo mejor al chico.

En el Gordijnensteeg, dos policías más jóvenes y uniformados disolvían a un grupo de personas que estaban discutiendo ante los escaparates de los ecuatorianos. Siempre había riñas en la zona de los travestidos ecuatorianos. Al año siguiente los deportarían a todos, como había sucedido en Francia unos años atrás.

Cuando vieron al sargento Hoekstra, los policías jóvenes parecieron sorprendidos, pues sabían que tenía la noche libre. Pero Harry les dijo que había ido a resolver cierto asunto con el hombre que tenía unos pechos del tamaño de pelotas de béisbol y duros como piedras. El travestido ecuatoriano exhaló un hondo suspiro cuando vio la foto de Ruth Cole.

—Es una lástima que no se le vean los pechos —comentó—. Los tenía bonitos.

—¿Estás seguro de que es ella? —le preguntó Harry.

—Parece mayor —dijo el travestido, decepcionado.

Harry sabía que era mayor, que había tenido un hijo y su marido estaba muerto. Varios motivos explicaban que Ruth Cole pareciera mayor.

No pudo encontrar a la prostituta jamaicana que había tomado a Ruth del brazo para llevarla fuera del Slapersteeg, la que dijo que la testigo de Harry tenía el brazo derecho fuerte para ser una mujer tan menuda. Harry se preguntaba si sería algo así como una atleta.

A veces la prostituta jamaicana estaba ausente durante una semana o más tiempo. Debía de tener una segunda vida que le creaba dificultades, tal vez en Jamaica. Pero no importaba, de todos modos Harry no necesitaba verla.

Finalmente fue pedaleando a la Bergstraat. Allí tuvo que esperar a que Anneke Smeet terminara con un cliente. Rooie había legado en su testamento a Anneke la habitación con escaparate de la que era propietaria. Eso hubiera podido ayudar a la joven con sobrepeso a prescindir de la heroína, pero el lujo de poseer la habitación de Rooie había perjudicado en gran manera el equilibrio dietético de Anneke, y estaba tan gorda que ya no podía ponerse el top de cuero.

—Quiero entrar —le dijo Harry a Anneke, aunque generalmente prefería hablarle en la calle, pues nunca le había gustado el olor de la joven. La noche estaba ya muy avanzada, y el olor de Anneke era espantoso cuando se disponía a cerrar la habitación y volver a casa.

—Vaya, Harry, ¿es una visita profesional? —le preguntó la joven obesa—. ¿Se trata de tu profesión o de la mía?

El sargento Hoekstra le mostró la foto de la autora.

—Sí, es ella —dijo Anneke—. ¿Quién es?

—¿Estás segura?

—Claro que estoy segura. No hay duda de que es ella. Pero ¿por qué la buscas? Ya has descubierto al asesino.

—Buenas noches, Anneke —le dijo Harry.

Pero cuando salió a la Bergstraat, se encontró con que alguien le había robado la bicicleta. Esta pequeña decepción era similar a la que se llevó al ver que la prostituta jamaicana volvía a estar ausente. ¿Qué importaba, en realidad? Harry tenía libre todo el día siguiente, un tiempo suficiente para terminar la nueva novela de Ruth Cole y comprarse una bicicleta nueva.

En Amsterdam no se producían más de veinte o treinta asesinatos al año, la mayoría de los cuales no ocurrían en el entorno doméstico, pero cada vez que la policía dragaba uno de los canales en busca de un cadáver, encontraban centenares de bicicletas. A Harry no habría podido importarle menos la bicicleta robada.

Cerca del hotel Brian, en el Singel, había chicas en unos escaparates que no deberían estar allí. Eran más «ilegales», pero Harry no estaba de servicio. Las dejó en paz y entró en el Brian para pedir al recepcionista que le llamara un taxi.

En el curso de un año, la policía tomaría medidas enérgicas contra las «ilegales», y pronto habría habitaciones con escaparate vacías en todo el barrio chino. Tal vez mujeres holandesas trabajarían de nuevo en aquellos locales, pero para entonces Harry estaría jubilado... Ya le daba lo mismo.

Cuando estuvo de regreso en su piso, Harry encendió la chimenea de su dormitorio. Estaba deseando leer el resto de la novela de Ruth Cole. Con cinta adhesiva, fijó la foto de Ruth en la pared, al lado de la cama. La luz de las llamas oscilaba mientras el sargento Hoekstra dedicaba la noche a leer. Una o dos veces se levantó de la cama para avivar el fuego. A la luz oscilante, el rostro inquieto de Ruth parecía más vivo de lo que le había parecido en la sobrecubierta del libro. Veía sus andares resueltos y atléticos, la atención con que observaba el ambiente del barrio chino, donde él la había seguido primero con un interés pasajero y luego renovado. Recordó que tenía unos pechos bonitos.

Por fin, cinco años después del asesinato de su amiga, el sargento Hoekstra había encontrado a la testigo.


## Donde Eddie O'Hare se enamora de nuevo

En cuanto a la cuarta y, al parecer, última novela de misterio protagonizada por la detective Margaret McDermid (*McDermid, jubilada, de Alice Somerset*), si el final había decepcionado a Harry Hoekstra, a Eddie O'Hare le había dejado consternado. No se trataba solamente de lo que Marion había escrito sobre las fotografías de sus hijos perdidos: «Confiaba en que un día tendría el valor de destruirlas». Más deprimente era el fatalismo que solía caracterizar a la detective jubilada. La sargento McDermid se había resignado a que los muchachos siguieran irremisiblemente perdidos. Incluso el esfuerzo final de Marion por proporcionar una vida de ficción a sus hijos muertos la había abandonado. Daba la impresión de que Alice Somerset no volvería a escribir. *McDermid, jubilada* le parecía a Eddie un anuncio de que la Marion escritora también se había retirado.

En su momento, Ruth se había limitado a decirle a Eddie: «Mucha gente se retira antes de llegar a los setenta y dos años».

Pero ahora, cuatro años y medio después, en el otoño de 1995, no tenía ninguna noticia de Marion (Alice Somerset no había escrito, o por lo menos no había publicado, otro libro) y ni Eddie ni Ruth pensaban tanto en Marion como antes. A veces Eddie tenía la sensación de que Ruth había dado por perdida a su madre. ¿Y quién podía culparla de ello?

Ruth estaba incuestionable y justamente enojada con su madre porque ni el nacimiento de Graham ni los sucesivos aniversarios del niño motivaron la aparición de Marion. Y la muerte de Allan, un año atrás, que podría haber motivado la aparición de Marion a fin de darle su pésame, tampoco bastó para conmover a la anciana.

Aunque Allan nunca había sido religioso, dejó unas instrucciones muy minuciosas sobre lo que deseaba que hicieran si moría. Quería que lo incinerasen y dispersaran sus cenizas en el maizal de Kevin Merton. Éste, que era su vecino en Vermont y cuidaba de la casa en ausencia de Ruth, poseía un hermoso y ondulante maizal, el elemento del paisaje más visible desde el dormitorio de Ruth.

Allan no había pensado en la posibilidad de que a Kevin y su esposa no les gustara la idea. Al fin y al cabo, el maizal no era propiedad de Ruth. Pero los Merton no pusieron objeciones. Kevin dijo en tono filosófico que las cenizas de Allan serían beneficiosas para el maizal, e informó a Ruth que si alguna vez tenía que vender su granja, primero le vendería a ella o a Graham el maizal. (Era propio de Allan abusar de la amabilidad de Kevin.)

En cuanto a la casa de Sagaponack, durante todo un año, tras la muerte de Allan, Ruth pensó a menudo en venderla.

El funeral de Allan se celebró en la Sociedad de Cultura Ética de Nueva York, radicada en la Calle 64. Sus colegas de Random House se ocuparon de los preparativos. Un colega editor fue el primero en hablar y recordó cariñosamente la presencia a menudo intimidante de Allan en la venerable editorial. Entonces tomaron la palabra cuatro de los autores de Allan. Ruth, como era su viuda, no figuró entre los oradores.

Se había puesto un sombrero y un velo que le daban un aspecto extraño. El velo asustó a Graham, que tenía tres años, y su madre tuvo que rogarle que le permitiera llevarlo. Era esencial para ella, no por reverencia o tradición, sino para ocultar las lágrimas.

La mayoría de los deudos y amigos que habían acudido para dar su último adiós a Allan opinaron que el niño se había aferrado a su madre durante todo el acto, pero habría sido más exacto decir que era la madre quien se había aferrado al pequeño, sentado en su regazo. Probablemente las lágrimas de Ruth le turbaban más que la realidad de la muerte de su padre, pues con sólo tres años su percepción de la muerte era imprecisa. Tras varias pausas en el funeral, Graham susurró a su madre: «¿Dónde está papá ahora?», como si creyera que su padre estaba de viaje.

—No te preocupes, cariño, todo irá bien —le susurraba una y otra vez Hannah, sentada al lado de Ruth.

Esta letanía tan poco religiosa era un motivo de irritación para Ruth, pero, a la vez, comportaba un beneficio sorprendente, porque la distraía de su aflicción. La indiferencia con que Hannah repetía la frase hacía que Ruth se preguntara si su amiga creía estar consolando al niño que había perdido a su padre o a la mujer que había perdido a su marido.

Eddie O'Hare fue el último en hablar. No lo habían elegido ni los colegas de Allan ni Ruth.

Dada la poca estima en que Allan tenía a Eddie como escritor y, desde luego, como orador, Ruth estaba asombrada de que su marido hubiera asignado un papel a Eddie en el funeral. Del mismo modo que había elegido la música y el lugar (este útimo por su atmósfera nada religiosa) y del mismo modo en que había insistido con firmeza en que no hubiera flores, cuyo aroma siempre le pareció detestable, Allan había dejado instrucciones de que Eddie hablara en último lugar, e incluso le había indicado lo que debía decir.

Como de costumbre, Eddie titubeó un poco. Buscó torpemente alguna clase de introducción, la cual dejó claro que Allan no le había indicado todo lo que tenía que decir, por la sencilla razón de que no había previsto que moriría tan joven.

Eddie explicó que él, con cincuenta y dos años, sólo tenía seis menos que Allan. Se esforzó por decir que el factor de la edad era importante, porque Allan había querido que él leyera cierto poema, «Cuando seas vieja», de Yeats. Lo embarazoso del caso era que Allan había imaginado que Ruth sería ya una anciana cuando él muriese. Había supuesto muy correctamente que, dada la diferencia de edad entre los dos, nada menos que dieciocho años, él moriría antes. Pero, algo muy propio de Allan, no se le había pasado por la imaginación que él moriría y su viuda aún sería joven.

—Dios mío, qué penoso es esto —le susurró Hannah a Ruth—. ¡Eddie debería limitarse a leer el puñetero poema!

Ruth, que ya conocía el poema, habría preferido no oírlo, porque siempre le hacía llorar; se hubiera echado a llorar aunque no hubiera muerto Allan ni ella estuviera viuda. Estaba segura de que ahora también iba a provocarle el llanto.

—No te preocupes, cariño, toda irá bien —volvió a susurrar Hannah, mientras Eddie por fin leía el poema de Yeats.

> *When you are old and grey and full of sleep,*
> *And nodding by the fire, take down this book,*
> *And slowly read, and dream of the soft look*
> *Your eyes had once, and of their shadows deep;*
>
> *How many loved your moments of glad grace,*
> *And loved your beauty with love false or true,*
> *But one man loved the pilgrim soul in you,*
> *And loved the sorrows of your changing face;*
>
> *And bending down beside the glowing bars,*
> *Murmur, a little sadly, how Love fled*
> *And paced upon the mountains overhead*
> *And hid his face amid a crowd of stars.* *

Es comprensible que todos los asistentes supusieran que Ruth lloraba con tanto desconsuelo debido a lo mucho que había amado a su

---

* «Cuando seas vieja, tu cabello blanquee y estés soñolienta, / y junto al fuego des cabezadas, toma este libro, / léelo despacio y sueña en la tierna mirada / que tuvieron tus ojos y en sus profundas sombras; / muchos amaron tus muestras de alegre donaire, / y amaron tu belleza con amor falso o verdadero, / pero uno solo amó tu alma peregrina, / y amó la pesadumbre en tu semblante mudable; / e inclinándote ante el metal brillante del hogar, / cuenta, entristecida, en un susurro, cómo el Amor huyó / y anduvo por las cimas de las altas montañas / y ocultó su rostro entre una multitud de estrellas.» *(N. del T.)*

marido. Era cierto que había amado a Allan, o por lo menos había aprendido a amarle, pero, más todavía, había amado la vida que llevaba con él. Y si bien le dolía que Graham hubiera perdido a su padre, era una suerte para él, pues al ser tan pequeño, no le quedarían traumas indelebles. Con el tiempo, Graham apenas se acordaría de Allan.

Pero Ruth se había enojado mucho con Allan por morirse, y cuando Eddie leyó el poema de Yeats se enfadó todavía más al oír que Allan había supuesto que ella sería vieja cuando él muriese. Ruth, desde luego, siempre había confiado en que sería vieja cuando sucediera tal cosa. Y allí estaba ella ahora, recién cumplidos los cuarenta y con un hijo de tres años.

A decir verdad, las lágrimas de Ruth tenían también otro motivo, más mezquino, más egoísta. Precisamente la lectura de Yeats le había disuadido de probar suerte como poeta. Sus lágrimas eran las que vierte un escritor cada vez que oye recitar algo mejor de lo que él habría podido escribir jamás.

—¿Por qué llora mamá? —preguntó Graham a Hannah por centésima vez, porque Ruth se mostraba inconsolable a intervalos desde la muerte de Allan.

—Mamá llora porque echa de menos a papá —susurró Hannah al niño.

—Pero ¿dónde está papá ahora? —quiso saber Graham. Aún no había obtenido una respuesta satisfactoria por parte de su madre.

Una vez finalizado el funeral, los asistentes se apiñaron alrededor de Ruth, y ésta perdió la cuenta de las veces que le apretaban los brazos. Mantenía las manos entrelazadas en la cintura. La mayoría de la gente no intentaba tocarle las manos, sino sólo las muñecas y los brazos.

Hannah llevaba a Graham en brazos, y Eddie salió furtivamente junto a ellos. Parecía un tanto avergonzado, como si lamentara haber leído el poema, o tal vez se reprendía a sí mismo en silencio porque creía que su introducción debería haber sido más larga y más clara.

—Quítate esa cosa, mami —pidió el pequeño.

—Esa cosa se llama velo, cariño —le dijo Hannah—, y mamá quiere llevarlo puesto.

—No, me lo quitaré —accedió Ruth.

Por fin había dejado de llorar. Tenía una expresión de aturdimiento y se había quedado insensibilizada; no podía llorar ni expresar el dolor de ninguna otra manera. Entonces recordó a la espantosa anciana que había dicho que sería una viuda durante el resto de su vida. ¿Dónde estaba ahora? ¡El funeral de Allan habría sido el lugar perfecto para que volviera a presentarse!

—¿Os acordáis de aquella anciana y terrible viuda? —preguntó Ruth a Hannah y Eddie.

—Estoy a la mira, cariño, por si la localizo —replicó Hannah—, pero lo más probable es que haya muerto.

Eddie estaba todavía emocionado por el poema de Yeats, pero no había dejado en ningún momento de observar a la gente. También Ruth buscaba a Marion, y creyó verla.

La mujer no era lo bastante mayor para ser Marion, pero al principio Ruth no reparó en ello. Se fijó en la elegancia de la mujer y en que parecía compadecida y afectada de veras. No miraba a Ruth de una manera amenazante y hostil, sino con una expresión compasiva, inquieta y curiosa. Era una mujer atractiva, más o menos de la edad de Allan; ni siquiera tenía sesenta años. Además, no miraba a Ruth con tanto interés como parecía mirar a Hannah. Entonces Ruth se dio cuenta de que la mujer tampoco miraba a Hannah, sino que Graham era quien atraía su atención.

Ruth le tocó el brazo al tiempo que le preguntaba:

—Disculpe..., ¿nos conocemos?

La mujer, azorada, desvió los ojos, pero superó enseguida su vergüenza, hizo acopio de valor y apretó el antebrazo de Ruth.

—Lo siento, ya sé que estaba mirando fijamente a su hijo —dijo la mujer con nerviosismo—. Es que no se parece en nada a Allan.

—¿Quién es usted, señora? —le preguntó Hannah.

—¡Ah, perdone! —replicó la mujer, dirigiéndose a Ruth—. Soy la otra señora Albright, quiero decir su primera mujer.

Ruth no quería que Hannah se mostrara ofensiva con la ex mujer de Allan, y Hannah parecía a punto de preguntarle quién la había invitado. Eddie O'Hare salvó la situación.

—Cuánto me alegro de conocerla —le dijo Eddie, apretando el brazo de la ex esposa—. Allan siempre hablaba muy bien de usted.

La ex señora Albright se quedó pasmada. Debía de estar tan emocionada como Eddie por el poema de Yeats. Ruth nunca había oído a Allan hablar «muy bien» de su ex mujer, incluso a veces se había referido a ella en tono de lástima, sobre todo porque estaba seguro de que ella lamentaría su decisión de no tener hijos. ¡Y ahora estaba allí, contemplando a Graham! Ruth tuvo la seguridad de que la ex señora Albright había asistido al funeral no para dar su último adiós a Allan, sino para ver al hijo que éste había tenido.

—Gracias por venir —se limitó a decirle Ruth. Habría seguido diciéndole cosas insinceras, pero Hannah la detuvo.

—Estás mejor con el velo puesto, cariño –le susurró, y entonces se dirigió al pequeño–: Esta señora es una amiga de tu papá, Graham. Anda, dile «hola».

—Hola –dijo Graham a la ex mujer de Allan–. Pero ¿dónde está papá? ¿Dónde está ahora?

Ruth volvió a ponerse el velo. Tenía el rostro tan insensible que no se dio cuenta de que estaba llorando de nuevo.

Ruth se dijo que le gustaría creer en el cielo sólo por los niños, para poder decir: «Papá está en el cielo, Graham». Y eso fue lo que dijo entonces.

—Y el cielo es bonito, ¿verdad? –replicó el niño.

Habían hablado muchas veces del cielo y de cómo era desde la muerte de Allan. Posiblemente el cielo atraía más al niño porque se trataba de un tema muy nuevo para él. Puesto que ni Ruth ni Allan eran religiosos, Graham no había oído mencionar el cielo durante sus tres primeros años de vida.

—Te diré cómo es el cielo –le dijo la ex señora Albright al pequeño–. Es como tus mejores sueños.

Pero Graham, a su edad, tenía más a menudo pesadillas. Los sueños no eran necesariamente un regalo del cielo. No obstante, si el chiquillo daba crédito al poema de Yeats, ¡se vería obligado a imaginar a su padre *andando por las cimas de las altas montañas y ocultando el rostro entre la multitud de las estrellas!* (Ruth se preguntó si eso sería el cielo o una pesadilla.)

—Ella no ha venido, ¿verdad? –preguntó Ruth de repente a Eddie, a través del velo.

—No la veo –admitió Eddie.

—Sé que no está aquí –dijo Ruth.

—¿Quién no está aquí? –preguntó Hannah a Eddie.

—Su madre –replicó Eddie.

—Todo irá bien, cariño –susurró Hannah a su mejor amiga–. Que jodan a tu madre.

En opinión de Hannah Grant, *Que jodan a tu madre* habría sido un título más apropiado para la quinta novela de Eddie O'Hare que *Una mujer difícil*, publicada aquel mismo otoño de 1994 en que murió Allan. Pero Hannah había dado por perdida a la madre de Ruth mucho tiempo atrás, y como ella no era una mujer mayor, o por lo menos no se consideraba así, estaba harta de aquel tema que tanto le gustaba a Eddie, el de la mujer mayor y el hombre joven. Hannah tenía treinta y nueve años y, como había señalado Eddie, era la edad que tenía Marion cuando se enamoró de ella.

–Sí, pero tú tenías dieciséis, Eddie –le recordó Hannah–. Y ésa es una categoría que he eliminado de mi vocabulario. Me refiero a hacerlo con adolescentes.

A pesar de que había aceptado a Eddie como el nuevo amigo de Ruth, lo que turbaba a Hannah era algo más que los celos naturales que los amigos sienten a veces hacia otros amigos de sus amigos. Había tenido novios de la edad de Eddie e incluso mayores (Eddie tenía cincuenta y dos años en el otoño de 1994), y aunque Eddie no era precisamente su tipo, de todos modos se trataba de un atractivo hombre maduro que no era homosexual. Sin embargo, nunca le había hecho una proposición, algo que le parecía a Hannah más que inquietante.

–Mira, Eddie me gusta –le decía a Ruth–, pero he de admitir que ese hombre tiene algo raro.

Lo que a Hannah le parecía «raro» era que Eddie, por su parte, había eliminado a las mujeres jóvenes de su vocabulario sexual.

Para Ruth, el «vocabulario sexual» de Hannah era todavía más inquietante que el de Eddie. Si la atracción que éste sentía hacia las mujeres mayores resultaba extraña, por lo menos lo era de un modo selectivo.

–Supongo que soy muy rígida en cuestiones sexuales... ¿Es eso lo que quieres decir? –le preguntó Hannah.

–Cada uno es como es –replicó Ruth con tacto.

–Mira, querida, vi a Eddie en el cruce de Park Avenue con la Calle 89... Empujaba la silla de ruedas de una anciana –dijo Hannah–. Y una noche también le vi en el Russian Tea Room. ¡Estaba con una vieja que llevaba un collarín para mantener el cuello rígido!

–Podría tratarse de accidentes –respondió Ruth–. No es que se estuvieran muriendo de viejas. Hay jóvenes que se rompen una pierna. La de la silla de ruedas tal vez se hubiese caído esquiando. Y hay accidentes de tráfico. A veces se producen desnucamientos...

–Por favor, Ruth –le suplicó Hannah–. Esa vieja no podía moverse de la silla de ruedas, y la del collarín era un esqueleto ambulante: ¡tenía el cuello tan delgado que no le sostenía la cabeza!

–Creo que Eddie es un encanto –se limitó a decir Ruth–. También tú envejecerás, Hannah. ¿No te gustaría que entonces hubiera alguien como Eddie en tu vida?

Pero incluso Ruth tenía que confesar que *Una mujer difícil* exigía una considerable ampliación de la llamada suspensión voluntaria de su incredulidad. Un hombre de cincuenta y pocos años, que tiene notables similitudes con Eddie, es el amante de una mujer de setenta y muchos, de la que está profundamente enamorado. Hacen el amor en medio de una intimidante cantidad de precauciones sanitarias e incertidumbres. No es sorprendente que se conozcan en el consultorio de un médico, donde el hombre aguarda con inquietud su primera sigmoidoscopia.

—¿Y qué le ocurre a usted? —le pregunta la anciana al hombre maduro—. Parece muy sano.

El hombre admite que está nervioso por el examen que van a hacerle.

—Vamos, no sea tonto —le dice la anciana—. Los heterosexuales siempre son unos cobardes cuando van a penetrarlos. No es nada del otro mundo. A mí me han hecho por lo menos media docena de sigmoidoscopias. Eso sí, esté preparado: le provocarán algunos gases.

Al cabo de unos días los dos se encuentran en un cóctel. La anciana viste tan bien que el hombre más joven no la reconoce. Además, ella se le acerca de una manera tan coqueta que resulta alarmante.

—Le vi cuando estaba a punto de ser penetrado —le susurra—. ¿Cómo le fue?

—¡Ah!, muy bien, gracias —responde él, farfullando—. Y tenía usted razón. ¡No era tan terrible!

—Yo le enseñaré algo que sí es terrible —le susurra la anciana, y así empieza una historia de amor turbadoramente apasionada, que sólo termina cuando la anciana muere.

—Por el amor de Dios... —le dijo Allan a Ruth, al hablarle de la quinta novela de Eddie—. Una cosa hay que reconocerle a O'Hare... ¡No se siente avergonzado por nada!

A pesar de que no había abandonado el hábito de llamar a Eddie por su apellido, algo que desagradaba profundamente a Eddie, Allan sentía un verdadero aprecio por él, aunque no por su obra, mientras que Eddie, aunque Allan Albright era la antítesis de cuanto él apreciaba en un hombre, le tenía más afecto de lo que habría creído posible. Cuando Allan murió eran buenos amigos, y Eddie no se había tomado a la ligera las responsabilidades de su funeral.

La relación de Eddie con Ruth, sobre todo el grado limitado en que él comprendía los sentimientos de la hija hacia la madre, eran otra cosa. Aunque Eddie había observado los enormes cambios que Ruth había experimentado al convertirse en madre, no se daba cuenta de que precisamente la maternidad la había vuelto aún más implacable hacia Marion.

En pocas palabras, Ruth era una buena madre. Cuando murió Allan, Graham sólo tenía un año menos de los que tenía Ruth cuando la abandonó su madre. Ruth preferiría morir antes que abandonar a Graham. La idea de hacer semejante cosa no le cabía en la cabeza.

Y si a Eddie le obsesionaba el estado mental de Marion, o lo que del mismo le revelaba la novela *McDermid, jubilada*, Ruth había leído la cuarta novela de su madre con impaciencia y desdén. (Pensaba que llega un momento en que la pesadumbre se convierte en autocomplacencia.)

En su calidad de editor, Allan había hecho provechosas gestiones acerca de Marion, había averiguado todo lo posible sobre la autora de novelas policiacas canadiense llamada Alice Somerset. Según su editor canadiense, la autora no tenía suficiente éxito en Canadá para vivir de las ventas de sus obras en su propio país. No obstante, las traducciones francesa y alemana eran mucho más populares, y gracias a ellas se ganaba la vida con holgura. Tenía un piso modesto en Toronto, y además pasaba los peores meses del invierno canadiense en Europa. Sus editores alemán y francés le buscaban de buen grado pisos de alquiler.

—Una mujer amena, pero un tanto fría —le dijo a Allan el editor alemán de Marion.

—Encantadora pero con aires de superioridad —comentó el editor francés.

—No sé por qué utiliza seudónimo, pero me parece una persona muy reservada —le dijo a Allan el editor canadiense de Marion, el mismo que le había proporcionado la dirección de la escritora en Toronto.

—Por el amor de Dios —le decía una y otra vez Allan a Ruth. Incluso habían hablado de ellos pocos días antes de su muerte—. Aquí tienes la dirección de tu madre. Eres escritora, ¿no?, ¡pues escríbele una carta! Incluso podrías ir a verla, si quisieras. Te acompañaría con mucho gusto, o podrías ir sola. También podrías ir con Graham... ¡Seguro que le interesará Graham!

—¡A mí no me interesa ella! —exclamó Ruth.

Ruth y Allan viajaron a Nueva York para asistir a la fiesta organizada con motivo de la publicación de la novela de Eddie; era una noche de octubre, poco después de que Graham cumpliera tres años. Había sido uno de esos días cálidos y soleados que parecen de verano, y cuando oscureció, el aire nocturno trajo el contraste de una frescura que parecía la quintaesencia del otoño. Ruth recordaría que Allan comentó: «¡Un día insuperable!».

Ocupaban una suite de dos habitaciones en el hotel Stanhope. Habían hecho el amor en su dormitorio, mientras Conchita Gómez llevaba a Graham al restaurante del hotel, donde trataron al pequeño como a un principito. Los cuatro habían ido en automóvil desde Sagaponack hasta Nueva York, aunque Conchita protestó, diciendo que ella y Eduardo eran demasiado mayores para pasar una sola noche separados. Uno de ellos podría morir, y era terrible que una persona felizmente casada se muriese sola.

El tiempo espectacular, por no mencionar el sexo, había causado una impresión tan favorable a Allan que insistió en recorrer a pie las quince manzanas hasta el lugar donde se celebraba la fiesta de Eddie. Más adelante Ruth pensaría que, cuando llegaron, Allan tenía el rostro un poco enrojecido, pero entonces lo consideró una señal de buena salud o el efecto del fresco aire otoñal.

Como de costumbre, Eddie había adoptado una actitud de modestia durante la fiesta: pronunció un discurso ridículo en el que dio las gracias a sus viejos amigos por haber abandonado los planes más divertidos que tuvieran para aquella noche, hizo el consabido resumen del argumento de su nueva novela y después aseguró al público que no era necesario que se molestara en leer el libro, puesto que ya conocían la trama.

—Y los personajes principales son bastante reconocibles... porque aparecen en mis novelas anteriores —musitó Eddie—. Sólo han envejecido un poco.

Hannah acudió en compañía de un hombre francamente detestable, un ex guardameta profesional de hockey que acababa de escribir unas memorias sobre sus hazañas sexuales y que hacía gala de un desagradable orgullo por el hecho de no haberse casado nunca. Su espantoso libro se titulaba *No en mi red*, y su principal rasgo de humor, más que discutible, era que llamaba *pucks* a las mujeres con las que se acostaba. Así pues, el disco de goma utilizado en el hockey sobre hielo le permitía hacer un juego de palabras de mal gusto.*

Hannah lo conoció cuando le entrevistó para un artículo periodístico que estaba escribiendo, acerca de lo que hacen los atletas cuando se retiran. Por lo que Ruth sabía, siempre trataban de ser actores o escritores, y le comentó a Hannah que ella prefería que se decantaran por ser actores.

---

* El juego de palabras consiste en decir «*She was a great puck*» («Ella estuvo sensacional en la cama»), empleando *puck* (disco de hockey) en vez de *fuck*, «joder, hacer el amor». (*N. del T.*)

Pero Hannah se ponía cada vez más a la defensiva con respecto a sus novios granujas.

—¿Qué sabe una señora mayor y casada? —preguntaba a su amiga.

Ruth habría sido la primera en admitir que no sabía nada. Tan sólo sabía que era feliz, y lo afortunada que era por serlo.

Incluso Hannah habría reconocido que el matrimonio de Ruth con Allan había salido bien. Si Ruth nunca hubiera confesado que al principio su vida sexual sólo había sido tolerable, más adelante incluso habría descrito ese aspecto de su vida con Allan como algo de lo que había aprendido a gozar. Ruth había encontrado un compañero con quien podía conversar, y al que le gustaba escuchar. Además, era un buen padre del único hijo que ella tendría. Y el niño... ¡Ah!, su vida entera había cambiado gracias a Graham, y también por eso amaría siempre a Allan.

Era una madre madura, había tenido a Graham a los treinta y siete años, y la seguridad de su hijo le preocupaba más que a las madres jóvenes. Mimaba a Graham, pero había decidido tener un solo hijo. ¿Y para qué son los hijos únicos sino para mimarlos? Idolatrar a Graham había llegado a ser lo que más sustentaba la vida de Ruth. El niño cumplió dos años antes de que su madre volviera a escribir.

Ahora Graham tenía tres años y Ruth por fin había terminado su cuarta novela, aunque seguía considerándola inacabada, por la razón categórica de que aún no consideraba el libro lo bastante terminado para mostrárselo a Allan. Ruth era poco sincera, incluso consigo misma, pero no podía evitarlo. Le preocupaba la reacción de Allan a la novela, y por motivos que no tenían nada que ver con lo acabada o inacabada que estuviera la obra.

Tiempo atrás había convenido con Allan que no le mostraría nada de lo que escribiera hasta tener la certeza de que el relato estaba tan acabado como fuera capaz de dejarlo. Allan siempre había instado a sus autores a que lo hicieran así, y les decía que su tarea de editor era mucho más provechosa cuando ellos creían haber hecho todo lo posible. ¿Cómo podía pedirle a un autor que diera un paso más si el autor todavía estaba avanzando?

Ruth había logrado que Allan aceptara su negativa a mostrarle enseguida la novela porque, según ella, no estaba terminada del todo, pero no se engañaba a sí misma. Ya la había reescrito tanto como le era posible. Si a veces dudaba de que pudiera releer el libro, mucho menos podía fingir que lo estaba escribiendo de nuevo. Tampoco dudaba de que fuese una buena novela, incluso creía que era la mejor que había escrito.

En realidad, lo único que preocupaba a Ruth acerca de su novela más reciente, *Mi último novio granuja,* era el temor a que su marido se sintiera insultado por la obra. El personaje central se aproximaba demasiado a un aspecto de Ruth antes de casarse: tendía a relacionarse con el hombre que no le convenía. Por otro lado, el novio granuja del título era una combinación improbable y desagradable de Scott Saunders y Wim Jongbloed. Que ese libertino de baja estofa persuada al personaje Ruth (como sin duda lo llamaría Hannah) para mirar a una prostituta mientras está con un cliente, tal vez no turbaría tanto a Allan como el hecho de que el llamado personaje Ruth experimente un acceso incontrolable de deseo sexual. Y la vergüenza que siente entonces, por haber perdido el dominio de sus deseos, es lo que la convence de que debe aceptar una proposición de matrimonio por parte de un hombre que no la excita sexualmente.

¿Cómo no iba Allan a sentirse insultado por lo que daba a entender la nueva novela de Ruth acerca de las razones de la autora para casarse con él? Que su matrimonio con Allan le hubiera proporcionado los cuatro años más felices de su vida, cosa que Allan seguramente sabía, no mitigaba lo que, en opinión de Ruth, era el mensaje más cínico de su novela.

Ruth había imaginado con bastante exactitud qué conclusiones sacaría Hannah de *Mi último novio granuja,* a saber, que su amiga menos aventurera había tenido un devaneo con un muchacho holandés, ¡el cual se la había tirado mientras la prostituta miraba! Era una escena brutalmente humillante para cualquier mujer, incluso para Hannah. Pero Ruth no estaba preocupada por la reacción de Hannah, pues siempre había hecho caso omiso o rechazado las interpretaciones que Hannah hacía de sus novelas.

No obstante, Ruth había escrito una novela que sin duda ofendería a muchos lectores y críticos, sobre todo a las mujeres, pero ¿qué importaba? ¡La única persona a la que ella no quería ofender de ningún modo, Allan, sería la misma persona a quien *Mi último novio granuja* ofendería más!

Ruth se dijo que la fiesta por la publicación del libro de Eddie era la mejor ocasión para confesarle sus temores a Allan. Incluso había llegado a convencerse de que tendría el valor de contarle lo que le había sucedido en Amsterdam. Tan inexpugnable creía que era su matrimonio.

—No quiero cenar con Hannah —le susurró a su marido en la fiesta de Eddie.

—¿Es que no cenamos con Eddie O'Hare? —inquirió Allan.

—No, ni siquiera con Eddie, aunque nos lo pida —replicó Ruth—. Quiero cenar contigo, Allan, sólo contigo.

Desde el local donde se celebraba la fiesta, tomaron un taxi que les llevó al norte de la ciudad, al restaurante donde Allan, siempre tan considerado, la había dejado a ella a solas con Eddie O'Hare, aquella noche que parecía tan lejana, tras su lectura en la YMHA de la Calle 92 y la interminable presentación de Eddie.

No había ningún motivo para que Allan no bebiera copiosamente. Ya habían hecho el amor y ninguno de ellos tenía que conducir. Pero Ruth rogó en silencio para que su marido no se emborrachara. No quería que estuviera bebido cuando le hablara de Amsterdam.

—Me muero de ganas de que leas mi libro —empezó por decirle.

—Y yo estoy deseando leerlo... cuando estés dispuesta —replicó Allan. Estaba muy relajado. Era realmente el momento perfecto para contárselo todo.

—No es sólo porque os quiero a ti y a Graham, sino que te estaré siempre agradecida por la clase de vida que me has ahorrado, la vida que tuve...

—Lo sé, ya me lo has contado.

Ahora parecía menos paciente con ella, como si no quisiera oírle decir de nuevo que, de soltera, se metía una y otra vez en líos, que hasta conocer a Allan su juicio acerca de los hombres no era de fiar.

—En Amsterdam... —intentó decirle, pero entonces pensó que, para ser sincera, debería empezar por aquel partido de squash con Scott Saunders y lo que ocurrió después del juego. Sin embargo, se había interrumpido, y lo intentó de nuevo—: Mira, me resulta más difícil enseñarte esta novela porque tu opinión significa para mí mucho más que nunca, y tu opinión siempre ha sido muy importante para mí.

¡Ya habían empezado los subterfugios! Se sentía tan paralizada por la cobardía como lo había estado en el ropero de Rooie.

—Tranquilízate, Ruth —le dijo Allan, tomándole la mano—. Si crees que cambiar de editor será más conveniente para ti, quiero decir, para nuestra relación...

—¡No! —exclamó Ruth—. ¡No me refiero a eso! —No se había propuesto apartar la mano, pero lo hizo. Entonces intentó tomársela de nuevo, pero él la tenía en el regazo—. Quiero decir que si tuve un último novio granuja, fue gracias a ti. No es sólo un título, ¿sabes?

—Lo sé, ya me lo dijiste.

Terminaron hablando de la temible cuestión, a menudo comentada, de quién sería el tutor de Graham en caso de que les sucediera algo a ambos. Era muy improbable que a los dos les ocurriera algo y

Graham se quedara huérfano, pues el niño iba con ellos a todas partes. Si su avión se estrellaba, el pequeño también moriría.

No obstante, ese asunto no daba a Ruth descanso. Los padrinos de Graham habían sido Eddie y Hannah. Ni Ruth ni Allan podían imaginar a Hannah como madre. A pesar de lo mucho que quería al niño, Hannah llevaba una clase de vida que era incompatible con las responsabilidades de una madre. Si bien sus amigos estaban impresionados por las atenciones que tenía con Graham, con esa entrega que las mujeres decididas a no tener hijos pueden mostrar a veces hacia los hijos ajenos, Hannah no era la persona más apropiada como tutora de Graham.

Y si Eddie había prescindido de las mujeres más jóvenes, no parecía tener la menor idea de cómo debe tratarse a los niños. Cuando estaba con Graham se comportaba de una manera torpe, incluso ridícula. Al lado del niño estaba tan nervioso que transmitía su nerviosismo a Graham, quien no era en absoluto un niño nervioso.

Cuando regresaron al Stanhope, tanto Allan como Ruth estaban bebidos. Dieron un beso al pequeño, que dormía en su habitación, en una camita plegable, y también dieron las buenas noches a Conchita Gómez. Antes de que Ruth hubiera terminado de cepillarse los dientes y se hubiera preparado para acostarse, Allan ya dormía profundamente.

Ruth observó que había dejado la ventana abierta. Aunque aquella noche el aire tuviera una suavidad especial, nunca era una buena idea dejar abierta una ventana en Nueva York, pues el ruido del tráfico a primera hora de la mañana podría despertar a un muerto. (Pero no despertaría a Allan.)

En todo matrimonio hay un reparto de tareas. Uno de los dos suele ser el responsable de sacar la basura, y el otro se encarga principalmente de evitar que falte el café, la leche, el dentífrico o el papel higiénico. Allan se encargaba de la temperatura: abría y cerraba las ventanas, manipulaba el termostato, encendía el fuego o dejaba que se extinguiera. Y por ello Ruth dejó abierta la ventana de su dormitorio en el Stanhope. Cuando el tráfico temprano la despertó a las cinco de la mañana, y cuando Graham se metió en la cama entre sus padres, porque tenía frío, Ruth dijo:

—Allan, si cierras la ventana, creo que todos podremos volver a dormirnos.

—Tengo frío, papá —dijo Graham, y añadió—: Papá está muy frío.

—Todos estamos muy fríos, Graham —replicó Ruth.

—Papá está más frío —insistió el pequeño.

—¿Allan? —empezó a decir Ruth.

Y lo supo. Tendió con cautela la mano alrededor de Graham, que estaba acurrucado contra ella, y tocó el rostro de Allan sin mirarlo. Deslizó la mano bajo la ropa de la cama; notó que bajo su cuerpo y el de Graham estaba caliente, pero, incluso allí, bajo la ropa, Allan estaba frío al tacto, tan frío como el suelo del baño de la casa de Vermont una mañana de invierno.

—Cariño —dijo Ruth al niño—, vamos a la otra habitación. Dejemos que papá duerma un poco más.

—Yo también quiero dormir un poco más —replicó Graham.

—Vamos a la otra habitación —repitió Ruth—. A lo mejor podrás dormir con Conchita.

Cruzaron la sala de estar de la suite, Graham arrastrando la manta y su osito de peluche, Ruth con una camiseta de media manga y bragas, pues ni siquiera el matrimonio había alterado su manera de vestir cuando dormía. Llamó a la puerta del dormitorio de Conchita y despertó a la anciana.

—Perdona, Conchita, pero a Graham le gustaría dormir contigo —le dijo Ruth.

—Pues claro, cariño, ven conmigo —le dijo Conchita a Graham, el cual pasó por su lado en dirección a la cama.

—Aquí no hace tanto frío —observó el niño—. En nuestro cuarto hace mucho frío. Papá está congelado.

—Allan ha muerto —le susurró Ruth a Conchita.

Entonces, a solas en la sala de la suite, hizo acopio de valor para volver al dormitorio. Cerró la ventana antes de ir al baño, donde se apresuró a lavarse la cara y las manos, se cepilló los dientes y no se molestó en peinarse. Acto seguido se vistió sin mirar una sola vez a Allan ni volver a tocarlo. No quería verle la cara. Durante el resto de su vida, preferiría imaginarlo con el aspecto que tenía en vida. Ya era bastante penoso el hecho de que le acompañara hasta la tumba el recuerdo de la frialdad desmesurada de su cuerpo.

Aún no eran las seis de la mañana cuando telefoneó a Hannah.

—Será mejor que seas uno de mis amigos —dijo Hannah nada más descolgar el aparato.

—¿Quién coño es? —oyó Ruth que le preguntaba el ex guardameta famoso.

—Soy yo —dijo Ruth—. Allan ha muerto, no sé qué hacer.

—Dios mío, cariño... ¡Voy ahora mismo!

—Pero ¿quién coño es? —preguntó de nuevo la antigua estrella del hockey.

—¡Mira, ve a buscarte otra *puck!* —Ruth oyó que decía su amiga—. Sea quien sea, no es puñetero asunto tuyo...

Cuando Hannah llegó al Stanhope, Ruth ya había telefoneado a Eddie, pues sabía que estaba en el Club Atlético de Nueva York. Eddie y Hannah se ocuparon de todo. Ruth no tuvo que hablar con Graham, quien por suerte había vuelto a dormirse en la cama de Conchita. El niño no se despertó hasta pasadas las ocho, y por entonces ya se habían llevado del hotel el cadáver de Allan. Hannah llevó al niño a desayunar, y mostró unos recursos asombrosos al responder a las preguntas de Graham sobre el paradero de su padre. Ruth había llegado a la conclusión de que era demasiado pronto para que Allan estuviera en el cielo, es decir, era demasiado pronto para hablar del cielo, un tema de conversación sobre el que más adelante se prodigaría tanto. Hannah se ciñó a las mentiras prácticas: «Papá ha ido a la oficina, Graham» y «Es posible que papá tenga que hacer un viaje».

—Un viaje, ¿adónde? —preguntó Graham.

Conchita Gómez estaba desolada. Ruth se hallaba en un estado de aturdimiento. Eddie se ofreció para conducirles a todos a Sagaponack, pero no en balde Ted Cole había enseñado a conducir a su hija. Ruth sabía que era capaz de conducir dentro o fuera de Manhattan, adondequiera que hubiese que ir. Bastaba con que Eddie y Hannah se ocuparan del cadáver de Allan.

—Puedo conducir —les dijo Ruth—. Pase lo que pase, puedo conducir.

Pero no se sintió capaz de registrar la americana de Allan en busca de las llaves del coche. Eddie las encontró, mientras Hannah hacía un paquete con las prendas del difunto.

Hannah se acomodó en el asiento trasero del coche con Graham y Conchita. Se encargó de charlar con el pequeño..., ése era su papel. Eddie tomó asiento al lado de Ruth. No estaba claro para nadie, ni siquiera para sí mismo, cuál era su papel, pero se dedicó a mirar el perfil de Ruth. Ésta no apartó en ningún momento la vista de la carretera, excepto para mirar por los espejos laterales o los retrovisores.

Pobre Allan, pensaba Eddie. Debía de haber sufrido un paro cardiaco. Así era, había acertado. Pero lo que Eddie no acertó era más interesante. No acertó al creer que se había enamorado de Ruth, tan sólo contemplando el perfil de su rostro lleno de tristeza: no acertó a comprender hasta qué punto, en aquel momento, Ruth le recordaba intensamente a su desdichada madre.

¡Pobre Eddie O'Hare! Le había acontecido algo muy ingrato: ¡la sorprendente ilusión de que ahora estaba enamorado de la hija de la única mujer a la que había amado! ¿Pero quién puede distinguir entre enamorarse e imaginar que se enamora? Incluso enamorarse de veras es un acto de la imaginación.

—¿Dónde está papá ahora? —preguntó Graham—. ¿Todavía está en la oficina?

—Creo que tiene una cita con el médico —respondió Hannah—. Me parece que ha ido al médico porque no se encontraba muy bien.

—¿Aún está frío? —inquirió el niño.

—Tal vez —replicó Hannah—. El médico sabrá lo que le pasa.

Ruth no se había cepillado el cabello, estaba desgreñada y no se había maquillado el pálido semblante. Tenía los labios resecos, y las patas de gallo en las comisuras de los ojos destacaban de una manera que Eddie no había visto hasta entonces. Marion también tenía patas de gallo, pero Eddie la había perdido momentáneamente de vista. Estaba paralizado por el semblante de Ruth, por la tristeza que emanaba de él.

A sus cuarenta años, Ruth estaba sumida en el primer aturdimiento del duelo. Marion, a los treinta y nueve, cuando Eddie la vio por última vez, lloraba a sus hijos desde hacía cinco años. Su cara, a la que ahora la cara de su hija se parecía tanto, reflejaba por entonces una pesadumbre casi eterna.

Cuando tenía dieciséis años, Eddie se había enamorado de la tristeza de Marion, una tristeza que parecía más duradera que su belleza. No obstante, la belleza se recuerda después de que desaparezca. Lo que Eddie veía reflejado en el rostro de Ruth era una belleza desaparecida, que era otro aspecto del amor que realmente sentía por Marion.

Pero Eddie no sabía que aún amaba a Marion. Creía realmente que se había enamorado de Ruth.

«¿Qué diablos le pasa a Eddie?», pensaba Ruth. «¡Si no deja de mirarme así, voy a salirme de la carretera!»

También Hannah observó que Eddie miraba fijamente a Ruth, y se preguntó, como su amiga, qué diablos le ocurría. ¿Desde cuándo aquel gilipollas se interesaba por una mujer más joven que él?

## La señora Cole

«Llevaba un solo año de viuda», había escrito Ruth Cole en su novela. (¡Y lo había escrito tan poco tiempo antes, apenas cuatro años, de que ella misma se quedase viuda!) Un año después de la muerte de Allan, tal como ella había escrito acerca de su viuda de ficción, Ruth seguía debatiéndose «por dominar los recuerdos del pasado, como debe hacer toda viuda».

Ahora se preguntaba cómo lo había sabido casi todo sobre la viudez; aunque siempre había afirmado que un buen escritor puede imaginar cualquier cosa, e imaginarlo fielmente, y aunque con frecuencia había argumentado que tendía a valorarse en exceso la experiencia de la vida real, incluso a ella le sorprendía la precisión con que había imaginado la viudez.

Un año después de la muerte de Allan, exactamente como le ocurría a su personaje de novela, Ruth aún «tendía a sumirse en el flujo de los recuerdos, como le sucedió aquella mañana en que se despertó con su marido muerto a su lado».

¿Y dónde estaba la anciana y airada viuda que había atacado a Ruth por haber escrito sobre la viudez sin ceñirse a la verdad? ¿Dónde estaba la arpía que se había llamado a sí misma viuda durante el resto de su vida? Al rememorar lo sucedido, a Ruth le decepcionaba que la vieja bruja no se hubiera presentado en el funeral de Allan. Ahora que era viuda, quería ver a la mezquina mujer, aunque sólo fuera para gritarle a la cara que cuanto había escrito sobre el hecho de quedarse viuda era fiel a la verdad.

¿Dónde estaba ahora la maldita vieja que había tratado de estropearle la boda con sus amenazas llenas de odio? ¿Dónde estaba el diabólico vejestorio que tan descaradamente se había permitido insultarla? Probablemente había muerto, como suponía Hannah. De ser así, Ruth se sentiría engañada. Ahora que el juicio convencional del mundo le concedía autoridad para hablar, a Ruth le habría gustado decirle cuatro cosas a aquella zorra.

¿No se había jactado ante ella la muy puñetera de que el amor que sintió por su marido fue superior? La mera idea de que alguien te diga: «No sabes qué es la aflicción», o «No sabes qué es el amor», le parecía a Ruth atroz.

Esa cólera imprevista hacia la anciana viuda sin nombre había proporcionado a Ruth un combustible inagotable durante el primer año de viudez. En el mismo año, y de un modo también imprevisto, había notado que los sentimientos hacia su madre se habían suavizado. Había perdido a Allan, pero tenía a Graham. Era más consciente que antes de lo mucho que amaba a su único hijo, y por ello comprendía los esfuerzos que hiciera Marion para no amar a otro hijo, puesto que ya había perdido dos.

Que su madre no hubiera optado por suicidarse sorprendía a Ruth, tanto como el hecho de que hubiera podido tener otro hijo. De repente comprendía el motivo que tuvo su madre para abandonarla. Marion no había querido amar a Ruth porque no soportaba la idea de perder a un tercer hijo. (Eddie le había dicho todo esto, cinco años atrás, pero hasta que ella tuvo un hijo y perdió a su marido, careció de la experiencia o la imaginación necesarias para darle crédito.)

No obstante, la dirección de Marion en Toronto había ocupado durante un año un lugar preeminente de su mesa de trabajo. El orgullo y la cobardía (¡ése sí que era un título digno de una novela larga!) le habían impedido escribirle. Ruth aún creía que era Marion quien debía presentarse ante su hija, puesto que era ella quien la había abandonado. Como madre relativamente reciente y viuda más reciente todavía, Ruth acababa de experimentar la pesadumbre y el temor de una pérdida incluso mayor.

Hannah le sugirió que le diese a Eddie la dirección de su madre en Toronto.

—Deja que Eddie se encargue del problema —le dijo Hannah—. Que se atormente preguntándose si debe escribirle o no.

Por supuesto, ese dilema atormentaría a Eddie. Peor aún, en varias ocasiones había tratado de escribirle, pero nunca había echado sus cartas al correo.

«Querida Alice Somerset», empezaba una carta. «Tengo razones para creer que es usted Marion Cole, la mujer más importante de mi vida.» Pero ese tono le parecía demasiado desenvuelto, sobre todo al cabo de cuarenta años, por lo que lo intentaba de nuevo, abordándola de una manera más directa. «Querida Marion, pues Alice Somerset sólo podrías ser tú: He leído tus novelas de Margaret McDermid con...» ¿Con qué? ¿Fascinación? ¿Frustración? ¿Admiración? ¿Desesperación? ¿Con la amalgama de todo ello? No lo sabía con exactitud.

Además, después de mantener su amor por Marion durante treinta y seis años, ahora Eddie creía haberse enamorado de Ruth. Y tras imaginar durante un año que estaba enamorado de la hija de Marion, Eddie aún no se daba cuenta de que nunca había dejado de amar a Marion y de que seguía creyendo que amaba a Ruth. Así pues, los esfuerzos de Eddie por escribir a Marion le torturaban en extremo. «Querida Marion: Te he amado durante treinta y seis años antes de enamorarme de tu hija.» ¡Pero Eddie ni siquiera podía decirle tal cosa a Ruth!

En cuanto a Ruth, con frecuencia, durante el año de duelo, se había preguntado qué le sucedía a Eddie O'Hare. No obstante, su pesadumbre y sus preocupaciones constantes por el pequeño Graham la distraían de los evidentes pero incomprensibles sufrimientos de Eddie, quien siempre le había parecido un hombre amable y raro. ¿Era ahora un hombre amable que se había vuelto más raro? Podía asistir con ella a una cena y no decir más que monosílabos durante toda la velada. No obstante, cada vez que sus miradas se encontraban y él se apresuraba a desviar los ojos, Ruth concluía que la había estado contemplando.

—¿Qué ocurre, Eddie? —le preguntó una vez.

—No, nada —replicó él—. Me estaba preguntando cómo te va.

—Bien, me va muy bien, gracias.

Hannah tenía sus propias teorías, que Ruth rechazaba por absurdas.

—Parece ser que se ha enamorado de ti, pero no sabe seducir a mujeres más jóvenes que él.

Durante un año, la idea de que alguien tratara de seducirla le había parecido a Ruth grotesca.

Pero en el otoño de 1995 Hannah le dijo:

—Ya ha pasado un año, cariño, es hora de que vuelvas a ponerte en circulación.

La simple idea de «volver a ponerse en circulación» repugnaba a Ruth. No sólo seguía enamorada de Allan y del recuerdo de su vida en común, sino que se estremecía ante la perspectiva de enfrentarse una vez más a su manera defectuosa de juzgar a los hombres.

Como escribiera en el primer capítulo de *No apto para menores*, ¿quién sabía cuándo era hora de que una viuda volviera a la vida normal? Era imposible que lo hiciera «sin riesgos».

La publicación de la cuarta novela de Ruth Cole, *Mi último novio granuja,* se retrasó hasta el otoño de 1995, porque Ruth consideró que ésa sería la fecha más temprana posible para reaparecer en público desde la muerte de su marido. Cierto que Ruth no estaba tan disponible como a sus editores les hubiera gustado. Accedió a dar una lectura en la YMHA de la Calle 92, donde no lo había hecho desde aquella maratoniana presentación de Eddie O'Hare en 1990, pero se negó a conceder entrevistas en Estados Unidos, con la excusa de que iba a pasar una sola noche en Nueva York, camino de Europa, y que nunca quería someterse a entrevistas en su casa de Vermont. (Desde primeros de septiembre, la casa de Sagaponack se hallaba en venta.)

Hannah sostenía que Ruth estaba loca al aislarse en Vermont, y que debería vender la casa de Vermont. Pero Allan y Ruth habían convenido en que Graham debía crecer en Vermont.

Además, Conchita Gómez era demasiado mayor para ocuparse ella sola de Graham, y Eduardo también estaba demasiado entrado en años para cuidar de la finca. En Vermont, Ruth dispondría de canguros cerca de casa. Kevin Merton tenía tres hijas que podrían realizar esa tarea. Una de ellas, Amanda, era una alumna de secundaria a la que sus padres permitían viajar hasta cierto punto. (La escuela había dado permiso a Amanda, pues se avino a considerar que el viaje de promoción literaria con Ruth pertenecía a la categoría de viaje educativo; de ahí que Ruth viajara con Graham y Amanda Merton a Nueva York y a Europa.)

No todos los editores europeos de la escritora estaban satisfechos con los planes que tenía Ruth para promocionar *Mi último novio granuja*, pero ella lo había advertido claramente a todo el mundo: aún estaba de luto y no iría a ninguna parte sin su hijo de cuatro años. Además, ni su hijo ni la canguro podían ausentarse de la escuela durante más de dos semanas.

El viaje que Ruth planeaba sería lo más cómodo posible para ella y Graham. Volaría a Londres en el Concorde y regresaría a Nueva York vía París, de nuevo en el Concorde. Entre Londres y París, iría con su hijo y la canguro a Amsterdam, pues había llegado a la conclusión de que debía visitar esa ciudad. La novela estaba en parte ambientada en ella (aquella escena humillante en el barrio chino), lo que la volvía especialmente interesante para los holandeses, y Maarten era su editor europeo predilecto.

Amsterdam no tenía la culpa de que ahora Ruth temiera viajar allí. Sin duda podría promocionar su nueva novela sin visitar el barrio chino. Los periodistas poco originales que la habían entrevistado, por no mencionar cada fotógrafo encargado de fotografiarla, insistían en que Ruth regresara a De Wallen, el lugar donde sucedía la escena más escandalosa de la novela, pero Ruth ya se había enfrentado en ocasiones anteriores a la falta de originalidad de periodistas y fotógrafos.

Y tal vez, pensó la novelista, tener que regresar a Amsterdam suponía una especie de penitencia, pues ¿acaso su miedo no era una forma de penitencia? ¿Y cómo no habría de tener miedo en cada momento de su estancia en Amsterdam, si la ciudad le recordaría inevitablemente el tiempo, al parecer eterno, que permaneció escondida en el ropero de Rooie? Una vez en Amsterdam, ¿no sería el jadeo del hombre topo el fondo musical de su sueño? Eso si podía dormir...

Aparte de Amsterdam, la única parte de la gira de promoción que atemorizaba a Ruth era la noche que debía pasar en Nueva York, y la temía porque, una vez más, Eddie O'Hare iba a encargarse de la presentación de su lectura en la YMHA de la Calle 92.

Había cometido la imprudencia de alojarse en el Stanhope. No había estado allí con Graham desde la muerte de Allan, y el pequeño recordaba el último lugar donde había visto a su padre mejor de lo que Ruth había supuesto. No se alojaban en la misma suite de dos dormitorios, pero la configuración de las habitaciones y la decoración eran muy similares.

—Papá dormía en este lado de la cama, mamá en aquel lado —le explicaba el niño a la canguro, Amanda Merton—. La ventana estaba abierta —siguió diciendo Graham—. Papá la había dejado abierta, y yo tenía frío. Bajé de la cama...

Entonces el pequeño se interrumpió. ¿Dónde estaba su cama? Puesto que Allan no estaba, Ruth no había pedido a los empleados del hotel que colocaran una cama plegable para Graham, ya que en la gran cama había espacio más que suficiente para su hijo.

—¿Dónde está mi cama? —preguntó el niño.

—Puedes dormir conmigo, cariño —le dijo Ruth.

—O puedes dormir en mi habitación, conmigo —le ofreció Amanda, servicial, deseosa de evitar a Graham el recuerdo de la muerte de su padre.

—Sí, bueno —dijo Graham, en el tono de voz que empleaba cuando algo no iba bien—. Pero ¿dónde está papá ahora?

Las lágrimas le afloraban a los ojos. Hacía seis meses, tal vez más, que no había formulado esa pregunta.

«¡Qué estúpida he sido al traerle aquí!», se dijo Ruth, y abrazó al niño que lloraba.

Ruth estaba todavía en la bañera cuando Hannah entró en la suite con un montón de regalos para Graham, unos objetos inadecuados para llevarlos en avión a Europa. Un pueblo entero de bloques de construcción y no un solo peluche, sino toda una familia de monos. Tendrían que pedir a los empleados del Stanhope que les guardaran el pueblo y los monos, lo cual sería un gran inconveniente si decidían cambiar de hotel.

Pero Graham parecía haber superado por completo el momento en que el hotel le había evocado el recuerdo de la muerte de Allan. Los niños eran así, de repente se mostraban desconsolados y con la misma rapidez se recuperaban, mientras que Ruth estaba ahora resignada a los recuerdos que el Stanhope evocaba en ella. Dio las buenas noches a su hijo con un beso. El niño ya hablaba con Amanda sobre el menú del servicio de habitaciones cuando Ruth y Hannah salieron hacia el local donde tendría lugar la lectura.

—Espero que leas la parte buena —le dijo Hannah.

Para Hannah la «parte buena» era la escena sexual, profundamente turbadora, con el novio holandés en la habitación de la prostituta. Ruth no tenía intención de leer jamás esa escena.

—¿Crees que volverás a verle? —le preguntó Hannah, camino de la YMHA—. Quiero decir que él leerá el libro y...

—¿Si volveré a ver a quién? —inquirió Ruth, aunque sabía muy bien a quién se refería Hannah.

—Al muchacho holandés, quienquiera que sea —replicó Hannah—. ¡Y no me digas que no hubo un muchacho holandés!

—Jamás he hecho el amor con un muchacho holandés, Hannah, créeme.

—Apuesto a que leerá el libro —siguió diciendo Hannah.

Cuando llegaron al cruce de la Calle 92 con la Avenida Lexington, Ruth casi ansiaba que comenzara la presentación de Eddie O'Hare; así no tendría que seguir escuchando a Hannah.

Por supuesto, Ruth había considerado la posibilidad de que Wim Jongbloed leyera *Mi último novio granuja,* y estaba dispuesta a mostrarse tan fría con él como fuese necesario. Si la abordaba... Pero lo que sorprendió a Ruth —y, aunque no dejaba de ser decepcionante, suponía un alivio para ella— era lo que Maarten le contó de la captura del asesino de Rooie en Zurich. ¡Resultó que, poco después de su detención, el criminal murió!

Maarten y Sylvia lo mencionaron de una manera bastante fortuita.

—Por cierto, no encontraron al asesino de la prostituta, ¿verdad? —les preguntó con fingida indiferencia.

Se lo había planteado, junto con las preguntas habituales referentes al itinerario de su próximo viaje, en el transcurso de una reciente conversación telefónica que sostuvieron un fin de semana. Maarten y Sylvia le explicaron que se habían perdido la noticia porque, cuando capturaron al asesino, ellos estaban ausentes de Amsterdam. Se enteraron de oídas, y cuando conocieron los detalles, no recordaron que Ruth se había interesado por el caso.

—¿En Zurich? —les preguntó Ruth. De modo que por eso el hombre topo tenía acento alemán. ¡Era suizo!

—Creo que fue en Zurich, sí —replicó Maarten—. Y el tipo había matado a otras prostitutas en toda Europa.

—Pero sólo una en Amsterdam —terció Sylvia.

«¡Sólo una!», se dijo Ruth. Se había esforzado para lograr que su interés por el caso pareciera espontáneo.

—Me gustaría saber cómo dieron con él —dijo en tono meditativo. Pero ni Sylvia ni Maarten recordaban con precisión los detalles. Habían detenido al asesino, y éste había muerto, varios años atrás.

—¡Varios años atrás! —repitió Ruth.

—Creo que hubo una testigo —dijo Sylvia.

—Me parece que también había huellas dactilares —añadió Maarten—. Y el tipo estaba muy enfermo.

—¿Era asma? —inquirió Ruth. De repente, no le importaba delatarse.

—Creo que tenía un enfisema —dijo Sylvia.

«¡Claro, eso podía haber sido!», pensó Ruth, pero lo único que realmente importaba era que habían capturado al hombre topo. ¡Éste había muerto! Y su muerte hacía soportable para Ruth una nueva visita a Amsterdam, el escenario del crimen. Porque era su crimen, tal como ella lo recordaba.

Eddie O'Hare no sólo llegó a tiempo para la lectura de Ruth, sino que se presentó tan temprano que pasó más de una hora sentado a solas en el camerino. Estaba muy preocupado por los acontecimientos de las últimas semanas. Sus padres habían fallecido, ella a consecuencia de un cáncer que, por suerte, tuvo un desarrollo y un desenlace rápidos, mientras que la muerte del padre, tras sufrir el cuarto ataque de apoplejía en los últimos tres años, no fue tan repentina.

El tercer ataque del pobre Minty le dejó casi ciego, y al leer, según decía, veía la página reducida «al mundo visto por un telescopio cuando uno mira por el extremo equivocado». Dot O'Hare le había leído en voz alta antes de que el cáncer se la llevara. Luego fue Eddie quien leía a su padre, quien se quejaba de que la dicción de su hijo era peor que la de su difunta esposa.

No había tenido necesidad de seleccionar personalmente los textos que leía en voz alta a Minty, porque los libros de éste estaban debidamente señalados, los pasajes pertinentes subrayados en rojo, y el viejo profesor estaba tan familiarizado con aquellas obras que no era preciso resumirle los argumentos. Eddie se limitaba a pasar las páginas y sólo leía los pasajes subrayados. (Al final, el hijo no había podido librarse del soporífero método que su padre empleaba en clase.)

Eddie siempre había pensado que el largo párrafo inicial de *Re-*

*trato de una dama*, en el que Henry James describe «la ceremonia conocida como té de la tarde», era demasiado ceremoniosa para su propio bien. No obstante, Minty afirmaba que el pasaje merecía innumerables relecturas, y Eddie las realizaba con la misma actitud de aislamiento, como recluyéndose en una zona especial del cerebro, que había utilizado para evadirse mientras le hacían la primera sigmoidoscopia.

Y Minty adoraba a Trollope, a quien Eddie consideraba un pelmazo ampuloso. Al profesor le gustaba sobre todo este pasaje de la autobiografía de Trollope: «Creo que ninguna muchacha ha salido tras la lectura de mis páginas menos recatada que antes, y que tal vez algunas han aprendido de ellas que el recato es un encanto que bien merece la pena conservar».

Eddie creía que ninguna muchacha había salido jamás ni recatada ni de ninguna otra manera tras leer a Trollope: estaba seguro de que toda joven que leía a Trollope ni salía ni hacía ningún otro movimiento. Un ejército de muchachas habían perecido leyéndole, ¡y todas ellas habían muerto mientras dormían!

Recordaría siempre que, cuando su padre perdió la vista casi por completo, él le acompañaba al baño. Después del tercer ataque, su padre llevaba las zapatillas sujetas a los pies insensibles con gomas elásticas, y crujían en el suelo bajo los empeines aplanados. Las zapatillas, de color rosa, habían pertenecido a la madre de Eddie, y Minty las llevaba porque los pies se le habían encogido hasta tal punto que sus propias zapatillas le iban demasiado grandes y no podía sujetarlas ni siquiera con gomas elásticas.

Llegó entonces la última frase del capítulo 44 de *Middlemarch*, que el viejo profesor había subrayado en rojo y que su hijo le leyó en un tono melancólico: «Desconfiaba de su afecto, ¿y qué soledad es más solitaria que la desconfianza?».

¿Qué importaba que su padre hubiese sido un maestro aburrido? Por lo menos había señalado todos los pasajes pertinentes. Un alumno podría haber hecho cosas mucho peores que asistir a un curso de Minty O'Hare.

Al funeral por el padre de Eddie, celebrado en la capilla del recinto escolar, que no pertenecía a ningún credo determinado, asistió más gente de la que Eddie hubiera esperado. No sólo acudieron los colegas de Minty, los seniles profesores eméritos del centro, aquellos viejos campechanos que habían sobrevivido al padre de Eddie, sino también dos generaciones de alumnos de Exeter. Puede que Minty les hubiera aburrido a todos, en una u otra época, pero su respetuosa presencia en el acto le sugería a Eddie que su padre había constituido un pasaje pertinente en sus vidas.

Se alegraba de haber encontrado un pasaje, entre los innumerables que había subrayado su padre, que parecía complacer a los antiguos alumnos de Minty. Eddie eligió el último párrafo de *Vanity Fair*, pues Minty siempre había sido un gran admirador de Thackeray. «¡Ah!, *vanitas vanitatum*, ¿quién de nosotros es feliz en este mundo? ¿Quién de nosotros alcanza su deseo o, habiéndolo alcanzado, queda satisfecho? Venid, niños, cerremos la caja y las marionetas, pues nuestra función ha terminado.»

Entonces Eddie volvió al tema de la pequeña casa de sus padres, que compraron después de que Minty se retirara como docente, cuando él y Dot, por primera vez, se vieron obligados a dejar la vivienda propiedad de la escuela. La humilde casa estaba situada en una parte de la ciudad que Eddie no conocía, una calle estrecha, claustrofóbica, que podría ser cualquier calle de una pequeña población. Allí sus padres debían de sentirse muy solos, lejos de la impresionante arquitectura y los amplios terrenos de la escuela. La casa de los vecinos más próximos tenía una extensión de césped sin segar, sembrada de juguetes infantiles abandonados. Un gigantesco y oxidado sacacorchos, al que cierta vez encadenaron a un perro, estaba atornillado en el suelo. Eddie nunca había visto al perro.

Eddie consideraba una crueldad que sus padres hubieran pasado el crepúsculo de sus vidas en semejante entorno, pues sus vecinos más próximos no parecían exonianos. (En realidad, la dejadez del césped ofensivo había hecho pensar con frecuencia a Minty O'Hare que sus vecinos eran la consecuencia personificada de lo que el viejo profesor de inglés aborrecía por encima de todo: una deficiente educación media.)

Al empaquetar los libros de su padre, pues ya había puesto la casa en venta, Eddie descubrió sus propias novelas, que no estaban firmadas. ¡No había tenido el detalle de dedicárselas a sus padres! Le dolió comprobar que su padre no había subrayado un solo pasaje. Y al lado de sus obras, en el mismo estante, vio el ejemplar que la familia O'Hare poseía de *El ratón que se arrastra entre las paredes*, de Ted Cole, y que el conductor del camión de almejas había autografiado casi a la perfección.

No era de extrañar que Eddie se sintiera abatido cuando llegó a Nueva York para asistir a la lectura de Ruth. También había sido una carga para él que Ruth le hubiera dado la dirección de Marion. Era inevitable que finalmente intentara entrar en contacto con ella. Le había enviado sus cinco novelas, las mismas que no dedicó a sus padres, y había escrito en ellas: «Para Marion. Con amor, Eddie». Y añadió una nota al paquete, junto con el pequeño formulario verde que rellenó para la aduana canadiense.

«Querida Marion», escribió, como si le hubiera estado escribiendo durante toda su vida. «No sé si has leído mis libros, pero, como puedes ver, nunca has estado lejos de mis pensamientos.» Dadas las circunstancias, es decir, su creencia de que estaba enamorado de Ruth, sólo tuvo valor para decirle eso, pero era más de lo que le había dicho en treinta y siete años.

Cuando Eddie llegó a la YMHA de la Calle 92 y se sentó en el camerino, la pérdida de sus padres, por no mencionar su patético esfuerzo por establecer contacto con Marion, le había dejado prácticamente sin habla. Ya lamentaba haber enviado sus libros a Marion, y se decía que indicarle los títulos habría sido más que suficiente. (Ahora los mismos títulos le parecían un desdichado exceso.) *Trabajo de verano, Café y bollos, Adiós a Long Island, Sesenta veces, Una mujer difícil.*

Cuando Eddie O'Hare subió por fin al escenario del atestado salón de conciertos Kaufman y se colocó ante el micrófono, interpretó astutamente el silencio reverencial del público. Adoraban a Ruth Cole y todos coincidían en que su última novela era la mejor que había escrito. El público también sabía que aquélla era la primera aparición pública de Ruth desde la muerte de su marido. Por último, Eddie interpretó que en el silencio del público había cierta inquietud, pues no eran pocos los que sabían que Eddie podía hablar y hablar indefinidamente.

Así pues, se limitó a decir: «Ruth Cole no necesita presentación».

Pues sí, sin duda lo había dicho en serio. Bajó del escenario y se acomodó en el asiento que le habían reservado, al lado de Hannah. Durante la lectura de Ruth, Eddie miró hacia delante con estoicismo, desviando la mirada unos tres o cuatro metros a la izquierda del estrado, como si la única manera soportable de mirar a Ruth fuese tenerla constantemente en la periferia de su visión.

Hannah diría más adelante que Eddie lloraba sin poder contenerse. Su rodilla derecha se había humedecido debido a que le sostenía la mano. Eddie había llorado en silencio, como si cada palabra que Ruth pronunciaba fuese un golpe asestado en su corazón, un golpe que él aceptaba como merecido.

Luego no le vieron en el camerino. Ruth y Hannah fueron a comer solas.

—Eddie tenía un aspecto de suicida —comentó Ruth.

—Está colado por ti, eso le está volviendo loco —replicó Hannah.

—No seas tonta, está enamorado de mi madre.

—¡Por Dios! —exclamó Hannah—. ¿Qué edad tiene tu madre?

—Setenta y seis.

—¡Sería obsceno que estuviera enamorado de una mujer de setenta y seis años! —dijo Hannah—. Eres tú, cariño. Eddie está chalado por ti, ¡de veras!

—Eso sí que sería obsceno —dijo Ruth.


Un hombre, que cenaba con una mujer que parecía su esposa, las miraba una y otra vez. Cada una creía que la mirada del desconocido se dirigía a la otra. En cualquier caso, convinieron en que no era un comportamiento correcto por parte de un hombre que estaba cenando con su mujer.

Cuando estaban pagando la cuenta, el hombre, no sin cierto titubeo, se aproximó a su mesa. Era treintañero, más joven que Ruth y Hannah, y bastante guapo, a pesar de su expresión avergonzada. Su profunda timidez parecía afectar incluso a su postura, pues cuanto más se aproximaba a ellas, tanto más se encorvaba. Su mujer seguía sentada a la mesa, con la cabeza entre las manos.

—¡Cielos! ¡Va a pegarte delante de su puñetera mujer! —le susurró Hannah a su amiga.

—Perdonen... —dijo el hombre, muy apurado.

—¿Qué se le ofrece? —le preguntó Hannah, y con la punta del zapato tocó la pierna de Ruth por debajo de la mesa, un gesto que significaba: «¿Qué te decía yo?».

—¿No es usted Ruth Cole? —inquirió el hombre.

—Tengamos la fiesta en paz —dijo Hannah.

—Sí, soy yo —respondió Ruth.

—Siento mucho molestarlas —musitó el hombre—, pero hoy es nuestro aniversario de boda y usted es la autora favorita de mi mujer. Ya sé que tiene por norma no firmar ejemplares, pero le he regalado a mi mujer su novela y la tenemos ahí. Discúlpeme por el atrevimiento, pero ¿sería tan amable de firmársela?

La esposa, abandonada en su mesa, estaba al borde de la humillación.

—Por el amor de Dios... —empezó a decir Hannah, pero Ruth se apresuró a levantarse.

Sentía deseos de estrechar la mano del hombre y la de su mujer.

Incluso sonrió mientras firmaba el ejemplar. Era un gesto totalmente desacostumbrado en ella. Pero en el taxi, cuando regresaban al hotel, Hannah le dijo algo... Nadie como Hannah para darle a Ruth la sensación de que no estaba en condiciones de regresar al mundo tras su aislamiento.

—Puede que fuera su aniversario de boda, pero te miraba los pechos.

—¡No es verdad! —protestó Ruth.

—Todo el mundo lo hace, cariño. Será mejor que empieces a acostumbrarte.


Más tarde, en su suite del Stanhope, Ruth se resistió al deseo de telefonear a Eddie. Además, en el Club Atlético de Nueva York probablemente no responderían al teléfono a partir de cierta hora, o quizá querrían saber si llevaba chaqueta y corbata incluso para llamar.

Prefirió escribir una carta a su madre, cuya dirección en Toronto había memorizado.

«Querida mami», escribió. «Eddie O'Hare aún te quiere. Tu hija, Ruth.»

El papel con membrete del hotel Stanhope prestaba a la carta cierta formalidad, o por lo menos cierto distanciamiento, que ella no se había propuesto. Una carta así debería empezar con las palabras «Querida madre», pero ella había llamado a su madre «mami», lo mismo que Graham la llamaba a ella y que significaba para Ruth más que cualquier otra cosa. Supo que había entrado de nuevo en el mundo cuando entregó la carta al recepcionista del hotel, poco antes de emprender el viaje a Europa.

—Es para Canadá —señaló Ruth—. Por favor, asegúrese de que el franqueo sea correcto.

—Desde luego, señora —dijo el recepcionista.

Estaban en el vestíbulo del Stanhope, cuyo principal elemento decorativo era un reloj de péndulo muy vistoso, lo primero que Graham reconoció cuando entraron en el hotel de la Quinta Avenida. Ahora el botones empujaba un carrito con su equipaje ante la imponente esfera del reloj. El botones se llamaba Mel y siempre había tenido muchas atenciones con Graham. Fue el botones que estaba de servicio cuando se llevaron del hotel el cadáver de Allan. Probablemente Mel había echado una mano en aquella ocasión, pero Ruth no quería recordar nada de eso.

Graham, cogido de la mano de Amanda, siguió al equipaje que

cruzaba la puerta del Stanhope y salía a la Quinta Avenida, donde esperaba la limusina.

—¡Adiós, reloj! —exclamó el niño.

Mientras el vehículo arrancaba, Ruth se despidió de Mel.

—Adiós, señora Cole —dijo el botones.

«¡De modo que eso es lo que soy!», pensó Ruth Cole. No se había cambiado el apellido, por supuesto, pues era demasiado famosa para ello y nunca se habría convertido en la señora Albright. Pero era una viuda que aún se sentía casada, era la señora Cole. Y se dijo que sería la señora Cole para siempre.

—¡Adiós, hotel de Mel! —gritó Graham.

Se alejaron de las fuentes delante del Metropolitan, las banderas ondeantes y la marquesina verde oscuro del Stanhope, bajo la que un camarero se apresuraba a atender a la única pareja que no encontraba el día demasiado frío para sentarse a una de las mesas en la acera. Desde el punto de vista de Graham, hundido en el asiento trasero de la limusina oscura, el Stanhope se alzaba hacia el cielo, tal vez incluso llegaba al mismo cielo.

—¡Adiós, papá! —gritó el chiquillo.

## Mejor que estar en París con una prostituta

Los viajes internacionales con un niño de cuatro años requieren una atención constante a nimiedades básicas que en casa se dan por sentadas. El sabor y hasta el color del zumo de naranja exigen una explicación. Un cruasán no siempre es un buen cruasán. Y el dispositivo para verter agua en el inodoro, por no mencionar exactamente cómo se limpia la taza o la clase de ruido que hace, llega a ser objeto de seria preocupación. Ruth tenía la suerte de que su hijo se había adiestrado para usar el lavabo, pero de todos modos le exasperaba la existencia de ciertas tazas en las que el niño no se atrevía a sentarse. Graham tampoco podía comprender el desfase debido al largo vuelo, pero lo sufría. Estaba estreñido y no entendía que eso era el resultado directo de su negativa a comer y beber.

En Londres, como los coches estaban en el lado de la calle contrario al que era habitual para ellos, Ruth no permitía a Amanda y Graham cruzar la calle, excepto para ir al pequeño parque cercano. Aparte de esta expedición tan poco aventurera, el niño y la canguro se pasaban el día confinados en el hotel. Y Graham descubrió que las sábanas del Connaught estaban almidonadas. Quiso saber si el almidón estaba vivo, pues a él, a juzgar por el tacto, así se lo parecía.

Cuando partieron de Londres rumbo a Amsterdam, Ruth deseó haber tenido en Londres la mitad de la valentía de Amanda Merton. El éxito de la enérgica muchacha había sido notable: Graham había superado el desfase horario, no estaba estreñido y ya no le asustaban los inodoros extraños, mientras que Ruth tenía motivos para dudar de que hubiera entrado de nuevo en el mundo siquiera con un vestigio de su autoridad de antaño.

En el pasado había reprendido a sus entrevistadores por no molestarse en leer sus libros antes de hablar con ella, pero esta vez sufrió la indignidad en silencio. Pasarte tres o cuatro años escribiendo una novela para después perder una hora o más hablando con un periodista que no se ha molestado en leerla... ¿Había algo que revelara mayor falta de dignidad? Y *Mi último novio granuja* no era precisamente una novela larga.

Con una docilidad totalmente impropia de ella, Ruth también había tolerado una pregunta repetida con frecuencia y muy predecible que no tenía nada que ver con su nueva novela, a saber, cómo se enfrentaba a su condición de viuda y si había algo en su experiencia real de la viudez que contradijera lo que había escrito sobre ese tema en su obra anterior.

—No —respondía la señora Cole, pensando en sí misma—. Todo es tan malo como lo había imaginado.

No le sorprendió a Ruth que, en Amsterdam, una pregunta «repetida con frecuencia y muy predecible» fuese la preferida entre los periodistas holandeses. Querían saber cómo había realizado la novelista su investigación en el barrio chino. ¿Se había escondido de veras en el ropero de la habitación de una prostituta y observado a ésta mientras hacía el amor con un cliente? («No, nada de eso», respondió Ruth.) ¿Había sido holandés su «último novio granuja»? («En absoluto», afirmó la autora. Pero incluso mientras hablaba, su mirada recorría la sala en busca de Wim, pues estaba segura de que acudiría.) ¿Y por qué, en primer lugar, una novelista considerada literaria se interesaba por las prostitutas? (Ruth respondió que personalmente no se interesaba por ellas.)

La mayoría de sus entrevistadores le dijeron que era una lástima que hubiera elegido De Wallen y no otros lugares de Amsterdam. ¿Acaso no le había llamado la atención ningún otro aspecto de la ciudad?

—No sean provincianos —respondía Ruth a quienes la interrogaban—. *Mi último novio granuja* no trata de Amsterdam. El personaje principal no es holandés. Tan sólo un episodio sucede aquí. Lo que le ocurre al personaje principal en Amsterdam le obliga a cambiar de vida. Lo que me interesa es la historia de su vida, sobre todo su deseo de cambiarla. Mucha gente tiene experiencias que les convencen de que deben cambiar.

Como era de prever, los periodistas le preguntaban entonces: ¿qué experiencias de esa clase ha tenido usted? y ¿qué cambios ha efectuado en su vida?

—Soy novelista —les decía entonces la señora Cole—. No he escrito unas memorias, sino una novela. Por favor, háganme preguntas sobre la novela.

Cuando Harry Hoekstra leía las entrevistas en los periódicos, se preguntaba por qué Ruth Cole soportaba aquella tediosa serie de trivialidades. ¿Por qué se sometía a las entrevistas? Sin duda sus libros no necesitaban tal publicidad. ¿Por qué no se quedaba en casa y empezaba otra novela? Pero Harry suponía que a la autora le gustaba viajar.

Ya había asistido a una lectura de su nueva novela. También la había visto en un programa de televisión y la había observado durante una firma de libros, en la Athenaeum, donde se colocó hábilmente detrás de una estantería. Le bastó desplazar media docena de libros para observar atentamente cómo atendía Ruth Cole a sus admiradores. Sus lectores más ávidos habían formado cola y, mientras Ruth permanecía sentada ante la mesa, firmando sin cesar, Harry gozaba de una visión casi sin obstrucciones de su perfil. A través de la ventana recién creada en la estantería, Harry vio que Ruth tenía un defecto en el ojo derecho, como había supuesto al ver la foto de la contracubierta. Y, desde luego, el tamaño de sus pechos era considerable.

Aunque Ruth firmó ejemplares durante más de una hora sin quejarse, tuvo lugar un solo incidente algo chocante, y Harry supuso que la novelista era mucho menos amistosa de lo que le había parecido al principio. Incluso, a cierto nivel, Ruth le pareció a Harry una de las personas más enojadizas que había visto jamás.

Siempre le habían atraído las personas que contenían su ira. Como oficial de policía, había descubierto que la cólera incontenida había dejado de ser una amenaza para él. En cambio, la cólera contenida le atraía mucho, y creía que las personas que no se enojaban eran básicamente distraídas.

La mujer que había causado el incidente en la cola era mayor y, al principio, no parecía haber hecho nada malo, lo cual sólo significa que no había hecho nada malo que Harry pudiera ver. Cuando le tocó el turno, puso sobre la mesa un ejemplar de la versión inglesa de *Mi último novio granuja*. La acompañaba un hombre tímido e igualmente entrado en años, y ambos sonreían a la autora. El problema parecía estribar en que Ruth no la reconocía.

—¿Quiere que se lo dedique a usted o a alguien de su familia? —preguntó Ruth a la anciana, cuya sonrisa se contrajo perceptiblemente.

—A mí, por favor —respondió la anciana.

Tenía un acento norteamericano inofensivo, pero la dulzura con que dijo «por favor» era falsa. Ruth aguardó cortésmente..., no, quizá con cierta impaciencia..., a que la mujer le dijera por fin su nombre. Siguieron mirándose, pero Ruth Cole no la reconocía.

—Me llamo Muriel Reardon —dijo finalmente la anciana—. No me recuerda, ¿verdad?

—No, lo siento, no sé quién es usted.

—La última vez que hablamos fue el día de su boda —le reveló Muriel Reardon—. Lamento lo que le dije en aquella ocasión. Me temo que perdí los estribos.

Ruth siguió mirando a la señora Reardon, y el color de su ojo derecho pasó del castaño al ámbar. No había reconocido a la vieja y terrible viuda que tan segura estaba de sí misma cuando la atacó, cinco año atrás, y eso por dos motivos comprensibles: no esperaba tropezarse con la arpía en Amsterdam y la vieja bruja había mejorado su aspecto. La airada viuda no estaba muerta, como Hannah dijo en su día, sino que se había recuperado de una manera notable.

—Es una de esas coincidencias que no pueden ser simples coincidencias —siguió diciendo la señora Reardon, en un tono que parecía indicar una conversión religiosa.

Y así era, en efecto. En los cinco años transcurridos desde que atacó a Ruth, Muriel había conocido al señor Reardon, quien seguía sonriendo a su lado, se habían casado y los dos se habían convertido en devotos cristianos.

—Curiosamente, rogarle que me perdonara usted era lo que más ocupaba mi mente cuando mi marido y yo llegamos a Europa... ¡y precisamente la encuentro aquí! ¡Es un milagro!

El señor Reardon superó su timidez para decir:

—Era viudo cuando conocí a Muriel. Hemos viajado a Europa para ver las grandes iglesias y catedrales.

Ruth seguía mirando a la señora Reardon, y a Harry Hoekstra le pareció que lo hacía de una manera crecientemente hostil. Que Harry supiera, los cristianos siempre querían algo. ¡Lo que quería la señora Reardon era dictar las condiciones de su propio perdón!

Ruth entrecerró tanto los ojos que nadie podría haberle visto el defecto hexagonal en el derecho.

—Ha vuelto a casarse —dijo en un tono neutro. Era la voz con que leía en voz alta, curiosamente inexpresiva.

—Perdóneme, por favor —replicó la señora Reardon.

—¿Y qué ha pasado con su intención de ser viuda para el resto de su desgraciada vida? —le preguntó Ruth.

—Por favor... —dijo la señora Reardon.

El hombre, tras hurgar en un bolsillo de su chaqueta deportiva, sacó unas fichas que tenían algo escrito y pareció buscar una ficha determinada que no podía encontrar. Sin inmutarse, se puso a leer otra ficha:

—«Pues el fruto del pecado es la muerte, pero el don de Dios es la vida eterna...»

—¡No es eso! —exclamó la señora Reardon—. ¡Léele lo del perdón!

—No la perdono —le dijo Ruth—. Lo que usted me hizo fue odioso, cruel y desleal.

—«Pues el salario del pecado es la muerte, pero el don gratuito de Dios, la vida eterna...» —leyó el señor Reardon. Aunque tampoco no era la cita que buscaba, se sintió obligado a identificar la fuente—: Es una frase de la epístola de san Pablo a los romanos.

—¡Tú y tus romanos! —replicó ásperamente la señora Reardon.

—¡El siguiente! —dijo Ruth, pues la siguiente persona que estaba en la cola tenía todos los motivos para impacientarse por el retraso.

—¡No la perdono por no perdonarme! —gritó Muriel Reardon, con una malignidad nada cristiana en la voz.

—¡A la mierda usted y sus maridos! —replicó Ruth, mientras el nuevo marido de la mujer se esforzaba por llevársela de allí. Se guardó en el bolsillo las fichas con citas bíblicas, excepto una. Posiblemente era la cita que había estado buscando, pero nadie lo sabría jamás.

Harry había supuesto que el hombre sentado al lado de Ruth Cole, y que se había quedado un tanto pasmado por el incidente, era su editor holandés. Cuando Ruth sonrió a Maarten, no lo hizo con una sonrisa que Harry hubiera visto antes en su rostro, pero el policía interpretó correctamente que aquella sonrisa indicaba una renovada confianza en sí misma. En efecto, era una señal de que Ruth había entrado de nuevo en el mundo con una parte por lo menos de su agresividad intacta.

—¿Quién era esa gilipollas? —le preguntó Maarten.

—Nadie a quien merezca la pena conocer —replicó Ruth.

Entonces se detuvo en medio de una firma y miró a su alrededor, como si de repente sintiera curiosidad por ver quién podría haber acertado a oír una observación tan poco caritativa y que englobaba todas sus observaciones poco caritativas. (Se preguntó si era Brecht quien dijo que tarde o temprano empezamos a parecernos a nuestros enemigos.)

Cuando Harry se percató de que Ruth miraba en su dirección, apartó la cara de la ventana que había creado entre los libros, pero no pudo evitar que Ruth le viera.

«¡Diablos! ¡Me estoy enamorando de ella!», pensó Harry. Nunca se había enamorado hasta entonces, y al principio creyó que sufría un ataque cardiaco. Se apresuró a salir de la Athenaeum, pues prefería morir en la calle.

Cuando la cola de admiradores de Ruth Cole que deseaban su autógrafo disminuyó hasta el punto que sólo quedaban dos o tres incondicionales, uno de los empleados de la librería preguntó:

—¿Dónde está Harry? Le he visto aquí. ¿No quería que le firmara sus libros?

—¿Quién es Harry? —inquirió Ruth.

—El mayor de sus admiradores —respondió el librero—. Y además es policía. Pero supongo que se ha ido. Es la primera vez que le veo acudir a una firma de ejemplares, y detesta las lecturas públicas y esas cosas.

Ruth permanecía sentada en silencio, firmando los últimos ejemplares de su nueva novela.

—¡Hasta los policías te leen! —le dijo Maarten.

—Bueno... —replicó Ruth, y no pudo decir nada más.

Cuando miró hacia la estantería donde había visto la cara de aquel hombre, la ventana practicada entre los libros estaba cerrada. Alguien había vuelto a colocar los volúmenes en su sitio. El rostro del policía se había desvanecido, pero era un rostro que ella nunca había olvidado. ¡El policía de paisano que la había seguido en aquella ocasión por el barrio chino de Amsterdam aún la estaba siguiendo!

Lo que a Ruth le gustaba más de su nuevo hotel en Amsterdam era que podía ir muy fácilmente al gimnasio en el Rokin. Lo que le hacía menos gracia era su proximidad al barrio chino, pues estaba a menos de una manzana de De Wallen.

Se sintió un poco violenta cuando Amanda Merton le preguntó si podía llevar a Graham a ver la Oude Kerk (la iglesia más antigua de Amsterdam, construida, según se cree, alrededor de 1300, y situada en medio del barrio chino). Amanda había leído en una guía que subir a lo alto de la Oude Kerk era una visita recomendable para los niños y que desde el campanario se abarcaba una espléndida panorámica de la ciudad.

Ruth había pospuesto una entrevista a fin de acompañar a Amanda y Graham en el corto paseo desde su hotel. También quería comprobar si la ascensión al campanario no entrañaba ningún peligro, pero sobre todo deseaba guiar a Amanda y Graham a través de De Wallen de tal manera que el pequeño de cuatro años viera lo menos posible a las prostitutas tras sus escaparates.

Creía saber cómo hacerlo. Si cruzaba el canal en el Stoofsteeg y luego caminaba más cerca del agua que de los edificios, Graham apenas podría vislumbrar las estrechas calles laterales donde las mujeres de los escaparates estaban tan cerca que podían tocarse. Pero Amanda quiso comprar una camiseta, un recuerdo de la ciudad que había visto en la ventana del café Bulldog. Allí Graham pudo ver bien a una de las chicas, una prostituta que había abandonado brevemente su escaparate en el Trompetterssteeg para comprar cigarrillos en el Bulldog. (Amanda también la vio y se quedó muy sorprendida.) La prostituta, una morena menuda y bien proporcionada, llevaba un pantalón corto de color verde lima y sus zapatos de tacón alto eran de una tonalidad verde más oscura.

—Mira, mamá —dijo Graham—, una señora todavía medio vestida.

La panorámica de De Wallen desde el campanario de la Oude Kerk era espléndida de veras. Desde lo alto de la torre, las prostitutas de los escaparates estaban demasiado lejos para que Graham pudiera discernir que sólo llevaban ropa interior, pero incluso desde aquella altura Ruth veía a los hombres que remoloneaban a perpetuidad. Entonces, al salir de la antigua iglesia, Amanda giró en la dirección contraria. En la Oudekerksplein, en forma de herradura, varias prostitutas sudamericanas estaban en sus umbrales, hablando entre ellas.

—Más señoras a medio vestir —dijo Graham distraídamente.

No podría haberle importado menos la casi desnudez de las mujeres. A Ruth le sorprendió esa falta de interés, pues tenía cuatro años, una edad a la que ya no le permitía bañarse con ella.

—Graham no deja mis pechos en paz —se había quejado Ruth a Hannah.

—Como todo el mundo —le había respondido su amiga.

Durante tres mañanas consecutivas, en su gimnasio del Rokin, Harry había contemplado a Ruth mientras se ejercitaba. Tras haberla observado en la librería, en el gimnasio tenía más cuidado; se dedicaba a practicar con las pesas libres. Las pesas de disco y barra, más pesadas, estaban en un extremo de la larga sala, pero Harry podía localizar a Ruth gracias a los espejos. Conocía su programa cotidiano. Hacía una serie de ejercicios abdominales sobre una colchoneta, y también muchos estiramientos, algo que Harry detestaba. Entonces, con una toalla alrededor del cuello, pedaleaba en la bicicleta estática durante media hora, hasta quedar bien empapada en sudor. Después de la bicicleta, levantaba unas pesas, que nunca superaban los dos o tres kilos. Un día trabajaba los hombros y los brazos, y al día siguiente el pecho y la espalda.

En conjunto, Ruth se ejercitaba durante hora y media, un ejercicio moderadamente intenso y juicioso para una mujer de su edad. Incluso sin saber que había practicado el squash, Harry percibía que su brazo derecho era mucho más fuerte que el izquierdo. Pero lo que impresionaba especialmente a Harry era que nada la distraía, ni siquiera la horrible música. Cuando pedaleaba en la bicicleta estática tenía los ojos cerrados la mitad del tiempo. Cuando se ejercitaba con las pesas y en la colchoneta, no parecía pensar en nada, ni siquiera en su próximo libro. Movía los labios mientras contaba en silencio.

Durante el ejercicio, Ruth bebía un litro de agua mineral. Cuando la botella de plástico estaba vacía, nunca la tiraba a la basura sin enroscar el tapón, un pequeño rasgo que indicaba que se trataba de una persona compulsivamente pulcra. Harry obtuvo sin dificultad una huella nítida de su dedo índice derecho, extraída de una de las botellas de agua que había tirado. Y allí estaba: el corte vertical perfecto, tan pequeño y fino que casi había desaparecido. Debía de habérselo hecho cuando era mucho más joven.

A los cuarenta y un años, Ruth era por lo menos diez años mayor que cualquiera de las demás mujeres que acudían al gimnasio del Rokin, y tampoco llevaba las prendas totalmente ceñidas que preferían las mujeres más jóvenes. Vestía camiseta metida por debajo de uno de esos pantalones cortos deportivos y holgados que usan los hombres. Era consciente de que tenía más abdomen que antes de que naciera Graham y sus pechos estaban más caídos, aunque pesaba exactamente lo mismo que cuando jugaba al squash.

La mayoría de los hombres que iban al gimnasio del Rokin también tenían por lo menos diez años menos que Ruth. Sólo había uno mayor, un levantador de pesas que normalmente le daba la espalda. Ella había tenido algún breve atisbo de su cara, un rostro de aspecto duro, en los espejos. Parecía estar en forma, pero necesitaba un afeitado. La tercera mañana lo reconoció cuando salía del gimnasio. Era su policía. (Desde que lo vio en la Athenaeum, Ruth empezó a considerarle como su policía particular.)

Así pues, cuando regresó del gimnasio, Ruth no estaba preparada para encontrarse a Wim Jongbloed en el vestíbulo del hotel. Después de pasar tres noches en Amsterdam, casi había dejado de pensar en Wim, pues creía que tal vez la dejaría en paz. Pero había ido a su encuentro, con una mujer que parecía su esposa y un bebé, y estaba tan gordo que no supo quién era hasta que él le habló. Cuando intentó besarla, ella se apartó y le tendió la mano.

El bebé se llamaba Klaas, estaba en la fase indefinida de la infancia y su rostro hinchado parecía un objeto bajo el agua. La esposa, a quien él presentó a Ruth como «Harriët con diéresis», estaba también hinchada, pues acarreaba un exceso de grasa de su embarazo reciente. Las manchas en la blusa de la flamante madre indicaban que aún daba el pecho a la criatura y que los senos le goteaban. Pero Ruth percibió enseguida que aquel encuentro no hacía más que aumentar la desdicha de la mujer. Ruth se preguntó por qué a Wim se le había ocurrido traerla y presentársela.

—Es un niño precioso —mintió Ruth a la pobre mujer de Wim.

Recordó lo mal que ella se sintió durante todo el año que siguió al nacimiento de Graham. Simpatizaba mucho con toda mujer que acababa de ser madre, pero su mentira sobre la supuesta belleza de Klaas Jongbloed no tuvo ningún efecto discernible en la desdichada madre de la criatura.

—Harriët no comprende el inglés —le explicó Wim a Ruth—. Pero ha leído tu nuevo libro en holandés.

¡De modo que de eso se trataba!, se dijo Ruth. La mujer de Wim creía que el novio granuja en la novela de Ruth había sido Wim, y éste no había hecho nada por disuadirla de esa interpretación. Puesto que, en la novela, el personaje de la escritora desea con ardor a su acompañante holandés, ¿por qué Wim tendría que haber disuadido a su mujer de que creyera tal cosa? Ahora allí estaba Harriët con diéresis y exceso de peso, con sus pechos goteantes, al lado de una Ruth

Cole esbelta y en forma, una mujer mayor muy atractiva, ¡la cual, según creía la pobre esposa, era la ex amante de su marido!

—Le has dicho que fuimos amantes, ¿no es cierto? —preguntó Ruth a Wim.

—Bueno... ¿no lo fuimos de alguna manera? —replicó Wim tímidamente—. Quiero decir que dormimos juntos en la misma cama. Me dejaste hacer ciertas cosas...

—No hicimos el amor, Harriët —dijo Ruth a la esposa que no la entendía.

—Ya te he dicho que no entiende el inglés —insistió Wim.

—¡Pues díselo, coño!

—Le he contado mi propia versión —replicó Wim, sonriendo a Ruth.

Era evidente que la afirmación de que había hecho el amor con Ruth Cole le había dado a Wim cierta clase de poder sobre Härriet con diéresis. El aire alicaído de la mujer la dotaba de un aura suicida.

—Escúchame, Harriët —volvió a intentarlo Ruth—. Nunca fuimos amantes, no hice el amor con tu marido. Te está mintiendo.

—Necesitas a tu traductor holandés —le dijo Wim, ahora riéndose abiertamente de ella.

Fue entonces cuando Harry Hoekstra se dirigió a Ruth. La había seguido hasta el hotel sin que ella se diera cuenta, como hacía cada mañana.

—Puedo traducírselo —le dijo Harry—. Dígame lo que quiere decir.

—¡Ah, es usted, Harry! —exclamó Ruth, como si lo conociera de toda la vida y fuesen grandes amigos.

No conocía su nombre sólo por la mención que oyó en la librería, sino que también lo recordaba por haber leído en la prensa la noticia del asesinato de Rooie. Además, ella había escrito su nombre (poniendo mucho cuidado para no equivocarse) en el sobre que contuvo su testimonio.

—Hola, Ruth —le dijo Harry.

—Dígale que nunca he hecho el amor con el embustero de su marido —le pidió Ruth a Harry, el cual se puso a hablar en holandés con Harriët, dejándola no poco sorprendida—. Dígale que su marido se masturbó a mi lado, eso fue todo, y volvió a cascársela cuando creía que estaba dormida.

Mientras Harry seguía traduciendo, Harriët pareció animarse. Le dio el bebé a Wim, diciéndole algo en holandés al tiempo que empezaba a marcharse. Cuando Wim la siguió, Harriët le dijo algo más.

—Le ha dicho: «Sostén al crío, está mojado» —tradujo Harry a Ruth—. Y le ha preguntado: «¿Por qué querías que la conociera?».

Mientras la pareja con el bebé abandonaba el hotel, Wim dijo algo en tono quejumbroso a su airada esposa.

—El marido ha dicho: «¡Yo salía en su libro!» —le tradujo Harry.

Después de que Wim y su mujer se marcharan, Ruth quedó a solas con Harry en el vestíbulo..., con excepción de media docena de hombres de negocios japoneses que estaban ante el mostrador de recepción y se quedaron hipnotizados por el ejercicio de traducción que habían acertado a oír. No estaba claro qué era lo que habían entendido, pero miraban a Ruth y a Harry con temor reverencial, como si acabaran de presenciar un ejemplo de diferencias culturales que les resultaría difícil explicar al resto de Japón.

—De modo que... todavía me sigue —le dijo Ruth lentamente al policía—. ¿Le importaría decirme qué he hecho?

—Creo que usted lo sabe, y no está demasiado mal —replicó Harry—. Vamos a pasear un poco.

Ruth consultó su reloj.

—Tengo una entrevista aquí dentro de tres cuartos de hora —objetó.

—Estaremos de vuelta a tiempo —dijo Harry—. Será un paseo corto.

—¿Adónde vamos? —inquirió Ruth, aunque creía saberlo.

Dejaron las bolsas deportivas en recepción, y cuando doblaron para entrar en el Stoofsteeg, Ruth tomó instintivamente el brazo de Harry. Aún era bastante temprano y las dos mujeres gordas procedentes de Ghana estaban trabajando.

—Es ella, Harry —dijo una de ellas—. La has encontrado.

—Sí, es ella —convino la otra prostituta.

—¿Las recuerda? —preguntó Harry a Ruth. Seguía cogida de su brazo cuando cruzaron el canal y entraron en el Oudezijds Achterburgwal.

—Sí —respondió ella en voz baja.

En el gimnasio se había duchado y lavado la cabeza. Tenía el pelo un poco húmedo y no se le ocultaba que la camiseta de algodón no era una prenda adecuada para aquel clima. Se había limitado a vestirse para regresar al hotel desde el Rokin.

Llegaron al Barndesteeg, donde la joven prostituta tailandesa de cara en forma de luna tiritaba en el umbral de su habitación, tan sólo vestida con una combinación de color naranja. Se había engordado desde la última vez que Ruth la vio, cinco años atrás.

—¿La recuerda? —preguntó Harry a la novelista.

—Sí —volvió a decir ella.

—Ésta es la mujer —le dijo la tailandesa a Harry—. Lo único que quería era mirar.

El travestido de Ecuador había abandonado el Gordijnensteeg y ahora tenía un escaparate en la Bloedstraat. Ruth recordó al instante la sensación de sus pechos, pequeños y duros como pelotas de béisbol. Pero esta vez tenía un aire tan claramente varonil que a Ruth le parecía mentira que alguna vez lo hubiera confundido con una mujer.

—Te dije que tenía unos pechos bonitos —le recordó el travestido a Harry—. Has tardado mucho en encontrarla.

—Dejé de buscarla hace unos años —replicó Harry.

—¿Estoy detenida? —le susurró Ruth al policía.

—¡No, claro que no! Sólo estamos dando un pequeño paseo.

Caminaron con rapidez, tanto que Ruth dejó de tener frío. Harry era el primer hombre, entre todos sus conocidos, que andaba más rápido que ella, y casi tenía que trotar para mantenerse a su altura. Cuando llegaron a la Warmoesstraat, un hombre que estaba a la entrada de la comisaría llamó a Harry, y pronto los dos intercambiaron gritos en holandés. Ruth no tenía idea de si hablaban o no de ella. Supuso que no, porque Harry no disminuyó la rapidez de sus pasos durante la breve conversación.

El hombre que estaba en la entrada de la comisaría era el viejo amigo de Harry, Nico Jansen. He aquí la conversación que habían tenido:

—¡Eh, Harry! Ahora que estás jubilado, ¿piensas emplear tu tiempo paseando con tu novia por tu antiguo lugar de trabajo?

—No es mi novia, Nico. ¡Es mi testigo!

—¡Joder! ¡La has encontrado! ¿Qué vas a hacer con ella?

—Tal vez casarme.

Harry le tomó la mano cuando cruzaron el Damrak, y Ruth le cogió nuevamente del brazo, al cruzar el canal sobre el Singel. No estaban lejos de la Bergstraat cuando ella se atrevió a decirle algo.

—Se ha olvidado de una. Hablé con otra mujer..., quiero decir ahí, en el distrito.

—Sí, ya lo sé, en el Slapersteeg —replicó Harry—. Era jamaicana. Se metió en líos y ha vuelto a Jamaica.

—Ah —dijo Ruth.

En la Bergstraat, la cortina del escaparate de Rooie estaba corrida. Aunque sólo era media mañana, Anneke Smeets estaba con un cliente. Harry y Ruth esperaron en la calle.

—¿Cómo se hizo ese corte en el dedo? —quiso saber el policía—. ¿Con un trozo de cristal?

Ruth empezó a contarle cómo había sucedido, pero se interrumpió.

—¡La cicatriz es demasiado pequeña! ¿Cómo la ha visto?

Él le explicó que la cicatriz aparecía con mucha claridad en una huella dactilar, y que, aparte del tubo de revestimiento Polaroid, ella había tocado uno de los zapatos de Rooie, el pomo de la puerta y una botella de agua mineral en el gimnasio.

—Ya —dijo Ruth, y siguió explicando cómo se hizo el corte—: Fue cuando tenía cuatro años, en verano...

Le mostró el dedo índice con la minúscula cicatriz. Para poder verla, él tuvo que sujetarle la mano con las suyas. Ruth estaba temblando.

Harry Hoekstra tenía los dedos pequeños y cuadrados, y no llevaba ningún anillo. Los dorsos de sus manos lisas y musculosas casi carecían de vello.

—¿No va a detenerme? —le preguntó Ruth de nuevo.

—¡De ninguna manera! —replicó Harry—. Tan sólo quería felicitarla. Ha sido una testigo muy buena.

—Podría haberla salvado si hubiera hecho algo, pero fui incapaz de moverme —dijo Ruth—. Podría haber echado a correr, o intentado golpearle, quizá con la lámpara de pie. Pero no hice nada. Estaba paralizada, aterrada.

—Hizo bien en no moverse —le aseguró Harry—. Aquel hombre las habría matado a las dos, o por lo menos lo habría intentado. Era un asesino, mató a ocho prostitutas, y no a todas ellas con la misma facilidad con que mató a Rooie. Si la hubiera matado a usted, no habríamos tenido un testigo.

—No sé... —dijo Ruth.

—Yo sí que lo sé. Hizo lo correcto, siguió viva, fue una testigo. Además, él casi la oyó..., dijo que hubo un momento en que oyó algo. Debió de moverse un poco.

A Ruth se le erizó el vello de los brazos al recordar que el hombre topo había creído oírla, ¡que la había oído!

—¿Habló usted con él? —preguntó Ruth en voz queda.

—Sí, poco antes de que muriese. Créame, fue una suerte que tuviera miedo.

La puerta de la habitación de Rooie se abrió, y un hombre con una expresión avergonzada en el semblante les miró furtivamente antes de salir a la calle. Anneke Smeets tardó unos minutos en arreglarse. Harry y Ruth aguardaron hasta que se colocó de nuevo detrás del escaparate. En cuanto los vio, Anneke abrió la puerta.

—Mi testigo se siente culpable —le explicó Harry a Anneke en holandés—. Cree que podría haber salvado a Rooie, de no haber estado demasiado asustada para abandonar el armario.

—Tu testigo sólo podría haber salvado a Rooie siendo su cliente —replicó la mujer, también en holandés—. Quiero decir que debería haber sido su cliente en vez del hombre que Rooie aceptó.

—Sé a qué te refieres —dijo Harry, pero no vio ningún motivo para traducírselo a Ruth.

—Tenía entendido que estabas jubilado, Harry —le dijo Anneke—. ¿Cómo es que todavía trabajas?

—No estoy trabajando —respondió Harry.

Ruth ni siquiera podía conjeturar de qué estaban hablando.

Cuando regresaban al hotel, Ruth comentó:

—Esa chica se ha engordado mucho.

—La comida es más saludable que la heroína —replicó Harry.

—¿Conoció usted a Rooie? —inquirió Ruth.

—Era amiga mía. En una ocasión estuvimos a punto de hacer un viaje juntos, a París, pero la cosa quedó en nada.

—¿Hizo alguna vez el amor con ella? —se atrevió a preguntarle Ruth.

—No, ¡pero no por falta de ganas! —admitió él.

Volvieron a cruzar la Warmoesstraat y entraron de nuevo en el barrio chino por el lado de la antigua iglesia. Sólo unos días antes las prostitutas sudamericanas habían estado allí tomando el sol, pero ahora sólo había una mujer en el quicio de su puerta. Como había refrescado, tenía puesto un largo chal alrededor de los hombros, pero cualquiera podía ver que debajo no llevaba nada más que el sostén y las bragas. La prostituta era colombiana y hablaba el creativo inglés que se había convertido en el idioma principal de De Wallen.

—¡Virgen Santa, Harry! —exclamó la colombiana—. ¿Has detenido a esa mujer?

—Sólo estamos dando un paseíto —dijo Harry.

—¡Me dijiste que te habías jubilado! —gritó la prostituta cuando ya la habían dejado atrás.

—¡Estoy jubilado! —gritó Harry a su vez. Ruth le soltó el brazo.

—Está usted jubilado —le dijo Ruth, en el mismo tono de voz que empleaba para leer en voz alta.

—Sí, es cierto —replicó el ex policía—. Al cabo de cuarenta años...

—No me dijo que estaba jubilado.

—Usted no me lo preguntó —adujo el antiguo sargento Hoekstra.

—Si no me ha estado interrogando como policía, ¿en calidad de qué lo ha hecho exactamente? —inquirió Ruth—. ¿Qué autoridad tiene usted?

—Ninguna —respondió alegremente Harry—. Y no la he estado interrogando. Tan sólo hemos dado un pequeño paseo.

—Está usted jubilado —repitió Ruth—. Parece demasiado joven para eso. Dígame, ¿qué edad tiene?

—Cincuenta y ocho.

Una vez más, el vello de los brazos de Ruth volvió a erizarse, porque ésa era la misma edad que tenía Allan cuando murió. Sin embargo, Harry le parecía mucho más joven. Ni siquiera aparentaba los cincuenta, y Ruth ya sabía que estaba en muy buena forma.

—Me ha engañado —le dijo.

—En aquel ropero, cuando usted miraba por la abertura de la cortina, ¿estaba interesada como escritora, como mujer o como ambas cosas?

—Ambas cosas —respondió Ruth—. Todavía me está interrogando.

—Lo que quiero decirle es lo siguiente —dijo Harry—: Primero la seguí en calidad de policía. Más tarde me interesé por usted como policía y como hombre.

—¿Como hombre? ¿Está tratando de ligarme?

—También soy uno de sus lectores —siguió diciendo Harry, sin hacer caso de la pregunta—. He leído todo lo que usted ha escrito.

—¿Pero cómo supo que yo era la testigo?

—«Era una habitación rojiza, más roja todavía a causa de la lámpara de vidrio coloreado» —citó Harry, una frase de su nueva novela—. «Estaba tan nerviosa que no servía de gran cosa» —siguió citando—. «Ni siquiera podía ayudar a la prostituta a colocar los zapatos con las puntas hacia fuera. Cogí tan sólo uno de los zapatos, y lo dejé caer enseguida.»

—De acuerdo, de acuerdo —dijo Ruth.

—Sus huellas dactilares sólo estaban en uno de los zapatos de Rooie —añadió Harry.

Habían regresado al hotel cuando Ruth le preguntó:

—Bueno, ¿y qué va a hacer ahora conmigo?

Harry pareció sorprendido.

—No tengo ningún plan —admitió.

Al entrar en el vestíbulo, Ruth localizó fácilmente al periodista que le haría su última entrevista en Amsterdam. Luego tendría la tarde libre, y se proponía llevar a Graham al zoo. Su cita para cenar con

Maarten y Sylvia antes de partir hacia París por la mañana sólo era provisional.

—¿Le gusta el zoo? —preguntó Ruth a Harry—. ¿Ha estado alguna vez en París?

En París, Harry eligió el hotel Duc de Saint-Simon. Había leído demasiado sobre ese establecimiento para no alojarse en él, y cierta vez, le confesó a Ruth, había imaginado que estaba allí con Rooie. Harry descubrió que podía decírselo todo, incluso que compró por muy poco dinero la cruz de Lorena (que le daría a Ruth) y que inicialmente estaba destinada a una prostituta que se ahorcó. Ruth le dijo que la cruz le encantaba todavía más por la historia que la rodeaba. (Llevaría la cruz día y noche durante su estancia en París.)

Durante su última noche en Amsterdam, Harry le mostró su piso en el oeste de la ciudad. A Ruth le sorprendió la cantidad de libros que tenía, así como que le gustara cocinar, comprar los ingredientes para hacer la comida y encender fuego en su dormitorio por la noche, incluso aunque el tiempo fuera lo bastante bueno para dormir con la ventana abierta.

Yacieron juntos en la cama mientras la luz de las llamas parpadeaba en las estanterías. La brisa, suave y fresca, agitaba la cortina. Harry le preguntó por qué tenía el brazo derecho más fuerte y musculoso, y ella le contó todo lo relativo a su práctica del squash, incluida su tendencia a jugar con novios granujas, como Scott Saunders. Le contó también la clase de hombre que fue su padre y cómo había muerto.

Harry le mostró la edición holandesa de *El ratón que se arrastra entre las paredes*. *De muis achter het behang* fue su libro favorito en su infancia, antes de que tuviera un conocimiento del inglés lo bastante bueno como para leer en ese idioma a casi cualquier autor que no fuese holandés. También había leído en holandés *Un ruido como el de alguien que no quiere hacer ruido*. Allí, en la cama, Harry le leyó la traducción holandesa, y ella recitó el texto en inglés, de memoria. (Se sabía de memoria todo lo concerniente al hombre topo.)

Cuando le contó la historia de su madre y Eddie O'Hare, no le sorprendió que Harry hubiera leído todas las novelas policiacas de Margaret McDermid (había supuesto que ese género era el único que leían los policías), pero le asombró que Harry hubiera leído también todas las obras de Eddie O'Hare.

—¡Has leído a toda mi familia! —exclamó Ruth.

—¿Es que toda la gente que conoces se dedica a escribir? —le preguntó Harry.

Aquella noche, en el oeste de Amesterdam, Ruth se quedó dormida con la cabeza sobre el pecho de Harry, después de rememorar la naturalidad con que él había jugado con Graham en el zoo. Primero habían imitado las expresiones de los animales y los cantos de los pájaros. Entonces describieron las diferencias en los olores de las distintas criaturas. Pero incluso con la cabeza sobre el pecho de Harry, Ruth se despertó cuando aún era de noche. Quería regresar a su cama antes de que Graham se despertara en la habitación de Amanda.

En París sólo había un corto paseo desde el hotel de Harry, en la Rue de Saint-Simon, al lugar donde Ruth se alojaba oficialmente, el Lutetia, en el Boulevard Raspail. Cada mañana, muy temprano, alguien conectaba una manguera de jardín en el patio del Duc de Saint Simon, y el rumor del agua despertaba a Ruth y a Harry. Se vestían en silencio y Harry la acompañaba a su hotel.

Mientras Ruth se sometía a una entrevista tras otra en el vestíbulo del Lutetia, Harry llevaba a Graham al parque infantil de los jardines del Luxemburgo, lo cual le permitía a Amanda tener la mañana libre para hacer compras y explorar por su cuenta, ir al Louvre (dos veces), a las Tullerías, a Notre-Dame y a la Torre Eiffel. Al fin y al cabo, la justificación de Amanda para perder dos semanas de clase estribaba en que acompañar a Ruth Cole en una gira de promoción de un libro sería educativo. (En cuanto a lo que Amanda pensara de su ausencia todas las noches, Ruth confiaba en que también eso fuese «educativo».)

A Ruth no sólo le pareció que sus entrevistadores franceses eran muy agradables —en parte porque no había ninguno que no hubiese leído todos sus libros y, en parte, porque los periodistas franceses no consideraban extraño (o antinatural o extravagante) que el personaje principal de Ruth Cole fuese una mujer a la que habían convencido para que observase a una prostituta mientras estaba con su cliente—, sino que también le dio la sensación de que Graham estaba más seguro en compañía de Harry que de cualquier otra persona. (Graham tenía una sola queja con respecto a Harry: si era policía, ¿dónde estaba su pistola?)

Una noche cálida y húmeda, Ruth y Harry pasaron ante la marquesina roja y la fachada de piedra blanca del Hôtel du Quai Voltaire. El diminuto café y bar estaba desierto. En la placa de la fachada, al lado de la lámpara de hierro forjado, había una breve lista de huéspedes famosos que se habían alojado en el hotel, entre los que no figuraba Ted Cole.

—¿Qué quieres hacer ahora que te has jubilado? —preguntó Ruth al ex sargento Hoekstra.

—Me gustaría casarme con una mujer rica —respondió Harry.

—¿Soy lo bastante rica? —inquirió Ruth—. ¿No es esto mejor que estar en París con una prostituta?

## Donde Eddie y Hannah no logran llegar a un acuerdo

Cuando el avión de la KLM aterrizó en Boston, el ex sargento Hoekstra deseaba alejarse un poco del océano. Había pasado toda su vida en un país que estaba por debajo del nivel del mar, y pensaba que las montañas de Vermont serían un cambio agradable.

Sólo había transcurrido una semana desde que Harry y Ruth se despidieron en París. Como autora de éxito, Ruth podía permitirse las doce o más llamadas telefónicas que le había hecho a Harry. No obstante, dada la duración de sus conversaciones, la relación ya resultaba cara, incluso para Ruth. En cuanto a Harry, aunque aún no había hecho más de media docena de llamadas desde los Países Bajos a Vermont, una relación a larga distancia que requería tanto diálogo pronto le llevaría a la bancarrota. Como mínimo, temía que su jubilación durase poco. Así pues, antes incluso de que Harry llegara a Boston, ya se había declarado a Ruth, a su manera en absoluto ceremoniosa. Era su primera proposición de matrimonio.

—Creo que deberíamos casarnos —le dijo—, antes de que esté completamente arruinado.

—Bueno, si lo dices en serio... —replicó Ruth—. Pero no vendas tu piso, por si no sale bien.

Harry consideró juiciosa esta idea. Siempre podía alquilar su piso a un compañero policía. Sobre todo desde la perspectiva de un propietario ausente, el ex sargento Hoekstra creía que los policías serían más dignos de confianza que los demás inquilinos.

En Boston, Harry tenía que pasar por la aduana. No ver a Ruth en una semana, y luego aquel rito de entrada en un país extranjero, le hizo experimentar las primeras dudas. ¡Ni siquiera unos amantes jóvenes se dejan llevar por el aturdimiento y se casan tras pasarse sólo cuatro o cinco días haciendo el amor sin descanso y añorándose luego durante apenas una semana! Y si él tenía dudas, ¿qué sentiría Ruth?

Entonces le sellaron el pasaporte y se lo devolvieron. Harry vio un letrero de aviso de que la puerta automática estaba averiada, pero la puerta se abrió de todos modos, dándole acceso al Nuevo Mundo, donde Ruth le esperaba. En cuanto la vio, sus dudas se desvanecieron, y ya en el coche, ella le dijo:

—Empezaba a darle vueltas, hasta que te vi.

Llevaba una camisa entallada verde oliva, que se adhería a sus formas a la manera de un polo de manga larga, pero con el cuello más abierto. Harry vio allí la cruz de Lorena que le había dado, los dos travesaños que brillaban bajo el sol de otoño.

Viajaron hacia el oeste durante cerca de tres horas, y recorrieron la mayor parte de Massachusetts, antes de virar hacia el norte y entrar en Vermont. A mediados de octubre, la vegetación otoñal de Massachusetts estaba en su apogeo, pero los colores eran más apagados, ya declinando, mientras Ruth y Harry avanzaban hacia el norte. Harry pensó que las bajas y boscosas montañas reflejaban la melancolía de la estación cambiante. Los colores desvaídos anunciaban el dominio inminente de los árboles desnudos, de color pardo. Pronto las plantas de hoja perenne serían el único color que contrastaría con el cielo gris plomizo. Y al cabo de un mes y medio o incluso menos, el otoño cambiante volvería a cambiar: pronto llegaría la nieve. Habría días en que las tonalidades grises serían los únicos colores entre una blancura predominante, abrillantada de vez en cuando por unos cielos de pizarra violácea o azules.

—Estoy deseando ver cómo es el invierno aquí —le dijo Harry a Ruth.

—Lo verás muy pronto —replicó ella—. Aquí el invierno da la sensación de ser eterno.

—Nunca te abandonaré —le aseguró él.

—No te me mueras, Harry —le pidió Ruth.

El hecho de que Hannah Grant detestara conducir la había llevado a implicarse en más de una relación comprometedora. También detestaba quedarse sola los fines de semana, por lo que a menudo se iba a pasar el fin de semana fuera de Manhattan y visitaba a Ruth en Vermont, acompañada por uno u otro novio detestable pero que conducía.

En aquellos momentos, Hannah atravesaba un periodo de transición entre dos novios, una situación que no solía tolerar durante mucho tiempo, y preguntó a Eddie O'Hare si querría acompañarla aquel fin de semana, aun cuando él primero tuviera que ir a buscarla a Manhattan. Hannah creía que pedirle a Eddie que la llevara a Vermont estaba justificado. Siempre creía que sus actos tenían justificación. Pero Ruth los había invitado a los dos, y Hannah estaba convencida de que ningún desvío era tan largo o prolongado como para que resultara inconveniente sugerirlo.

Le había sorprendido la facilidad con que persuadió a Eddie, pero éste tenía sus razones para pensar que un viaje de cuatro horas en coche con Hannah podría ser beneficioso, incluso providencial. Naturalmente, los dos amigos, si a Hannah y Eddie se les podía considerar «amigos», estaban deseosos de hablar sobre lo que le había acontecido a su mutua amiga, pues Ruth había dejado pasmados a ambos cuando les anunció que estaba enamorada de un holandés con quien se proponía casarse, ¡por no mencionar que el holandés en cuestión era un ex policía al que había conocido apenas un mes atrás!

Cuando estaba en un periodo de transición entre dos novios, Hannah se vestía al estilo que ella llamaba «severo», es decir, casi tan sencillamente como Ruth, quien jamás habría dicho de Hannah que vestía con severidad. Pero Eddie observó que el cabello lacio de Hannah tenía un aspecto aceitoso, de poco lavado, que no era propio de ella, y que no llevaba maquillaje. Todo esto era una señal segura de que Hannah pasaba por una época de soledad entre dos novios. Eddie sabía que Hannah no le habría llamado para pedirle que la acompañara de haber tenido novio..., uno cualquiera.

A los cuarenta años, la crudeza sexual de Hannah, realzada por el aspecto fatigado de sus ojos, apenas había disminuido. El cabello rubio ambarino, ayudado por el estilo de vida de Hannah, se había vuelto rubio ceniciento, y las pálidas oquedades bajo los pómulos prominentes exageraban su aura de un apetito constante y depredador, un apetito, a juicio de Eddie, quien la miraba de soslayo en el coche, decididamente sexual. Y el hecho de que hubiera transcurrido bastante tiempo desde que se depiló por última vez la zona de epidermis entre el labio superior y la parte inferior de la nariz era sexualmente atractivo. El vello rubio encima del labio superior, que Hannah tenía el hábito de explorar con la punta de la lengua, la dotaba de un poder animal que provocó en Eddie una excitación tan imprevista como indeseada.

Ni ahora ni en ninguna otra época pasada Eddie se había sentido sexualmente atraído por Hannah Grant, pero cuando ella prestaba menos atención a su aspecto, su presencia sexual se anunciaba con una fuerza más brutal. Siempre había tenido la cintura alargada y delgada, los senos erguidos, pequeños y bien formados, y cuando cedía a la dejadez, ésta realzaba un aspecto de sí misma del que, en definitiva, estaba menos orgullosa: ante todo, Hannah parecía nacida para acostarse con alguien... y con otro y otro más, una y otra vez. (En conjunto, desde el punto de vista sexual, aterraba a Eddie, sobre todo cuando ella atravesaba un periodo entre dos novios.)

—¡Un puñetero poli holandés! —le dijo Hannah a Eddie—. ¿Te imaginas?

Lo único que Ruth les había dicho a los dos era que había visto por primera vez a Harry en una de sus firmas de ejemplares, y que más adelante él se presentó en el vestíbulo de su hotel. A Hannah le enfurecía que su amiga hubiera mostrado tanta indiferencia ante la condición de policía jubilado de Harry. (Ruth había evidenciado mucho más interés por el hecho de que a Harry le gustara leer.) Había sido policía en el barrio chino durante cuarenta años, pero Ruth se limitaba a decir que ahora era «su» policía.

—¿Qué clase de relación tiene exactamente un tipo así con esas furcias? —le preguntó Hannah a Eddie, quien seguía conduciendo lo mejor que podía, pues le resultaba imposible no mirar a Hannah de vez en cuando—. Detesto que Ruth me mienta o no me diga toda la verdad, porque es tan buena embustera... Su jodido oficio consiste en inventar mentiras, ¿no es cierto?

Eddie volvió a mirarla furtivamente, pero nunca la habría interrumpido cuando ella estaba enfadada. Le encantaba contemplarla cuando se exaltaba.

Hannah se repantigaba en el asiento, y el cinturón de seguridad le dividía visiblemente los senos al tiempo que le aplanaba el derecho casi hasta hacerlo desaparecer. Al mirarla una vez más de soslayo, Eddie se percató de que no llevaba sujetador. Vestía un pullover provocativo, bien ceñido, con ambos puños desgastados y perdida la elasticidad que tuvo el cuello cisne. La caída del cuello cisne alrededor de la garganta exageraba la delgadez de Hannah. El contorno del pezón izquierdo era claramente visible en el lugar donde el cinturón de seguridad tensaba el pullover contra el pecho.

—Nunca había notado tan feliz a Ruth —comentó Eddie en un tono de tristeza.

El recuerdo de lo entusiasmada que ella parecía cuando hablaron por teléfono le hizo cerrar los ojos, dolido, pero se dijo que estaba conduciendo. El color ocre quemado de las hojas secas era para él un mórbido recordatorio de que la estación del follaje había terminado. ¿Acaso su amor por Ruth también agonizaba?

—Está chalada por ese tipo, de eso no hay duda —dijo Hannah—. ¿Pero qué sabemos de él? ¿Qué sabe Ruth realmente de él?

—Podría ser uno de esos buscadores de oro... —sugirió Eddie.

—¡No es broma! —exclamó Hannah—. ¡Claro que podría serlo! Los polis no ganan pasta a menos que sean corruptos.

—Y es tan mayor como lo era Allan —dijo Eddie.

Cuando Ruth habló con él por teléfono, revelándose tan feliz, Eddie se convenció a medias de que no estaba enamorado de ella o que había dejado de estarlo. Era una sensación confusa. Eddie no sabría realmente lo que sentía por Ruth hasta que la viera con el holandés.

—Nunca he salido con un tipo como Harry —dijo Hannah—. No carezco por completo de criterio.

—Ruth dijo que Harry es estupendo de veras para Graham —replicó Eddie—. Interprétalo como quieras.

Eddie sabía que sus esfuerzos por relacionarse con Graham habían sido insuficientes, y que en ese aspecto le había fallado a Ruth. Sólo era el padrino nominal del niño. (Desde que pasó un día entero con Ruth cuando ella era una niña, y sin duda porque también fue el día en que la abandonó su madre, Eddie se sentía desconcertado en presencia de los niños.)

—A Ruth la seduciría cualquiera que fuese «estupendo de veras» con Graham —objetó Hannah, pero Eddie dudaba de que la táctica hubiera surtido efecto en su caso, aunque la hubiese dominado.

—Tengo entendido que Harry ha enseñado a Graham a jugar al fútbol —adujo Eddie, a modo de leve alabanza.

—Los niños norteamericanos deben aprender a lanzar pelotas de béisbol —replicó Hannah—. A esos jodidos europeos sólo les gusta dar patadas a un balón.

—Ruth dijo que Harry es un gran lector —le recordó Eddie.

—Lo sé —dijo Hannah—. ¿Qué es ese hombre? ¿Un admirador de escritores? ¡A su edad, Ruth no debería ser vulnerable a eso!

¿A su edad?, se dijo Eddie O'Hare, quien tenía cincuenta y tres años pero parecía mayor. El problema se debía en parte a su estatura, o más exactamente a su postura, que le daba un aspecto ligeramente encorvado, y a las patas de gallo que se extendían por las pálidas sienes. Aunque conservaba el cabello, éste se había vuelto totalmente gris plateado, y al cabo de pocos años sería blanco.

Hannah le miró de soslayo. A causa de las patas de gallo, Eddie parecía entornar siempre los ojos. Se había mantenido delgado, pero su delgadez se sumaba a los demás rasgos que le avejentaban. Era la delgadez de un hombre demasiado nervioso, poco saludable, como si estuviera demasiado preocupado para pensar en comer. Y el hecho de que no bebiera alcohol lo convertía para Hannah en el epítome del aburrimiento.

De todos modos, a Hannah le habría gustado que Eddie le hubiera hecho alguna proposición de vez en cuando. No lo había hecho jamás, algo que a ella le parecía indicativo de su apatía sexual. Ahora pensaba que debía de haber estado loca al imaginar que Eddie se había enamorado de Ruth. Tal vez el pobre hombre estaba enamorado de la misma vejez. ¿Durante cuánto tiempo había conservado ridículamente su amor por la madre de Ruth?

—¿Qué edad tendría Marion ahora? —preguntó de improviso a Eddie.

—Setenta y seis —respondió él sin necesidad de pensarlo.

—Podría estar muerta —sugirió Hannah, cruelmente.

—¡De ninguna manera! —exclamó Eddie, con más pasión de la que mostraba sobre cualquier otro tema.

—¡Un puñetero policía holandés! —repitió Hannah—. ¿Por qué no vive con él durante un tiempo? ¿Por qué ha de casarse con ese tipo?

—A mí que me registren —replicó Eddie—. A lo mejor quiere casarse por Graham.

Ruth había esperado casi dos semanas, desde que Harry vivía con ella en la casa de Vermont, a permitirle dormir en su cama. Le había inquietado la reacción de Graham al encontrar a Harry allí por la mañana, y quería que, en primer lugar, el niño llegara a conocerle bien. Pero cuando Graham por fin vio a Harry en la cama de su madre, subió sin inmutarse y se colocó entre ellos.

—¡Hola, mami y Harry! —exclamó. (Y a Ruth se le desgarró el corazón, porque recordaba la época en que Graham decía: «¡Hola, mami y papi!») Entonces el pequeño tocó al ex policía e informó a Ruth—: Harry no está frío, mami.

Por supuesto, Hannah estaba celosa por anticipado del supuesto éxito de Harry con Graham. Ella, a su manera, también sabía jugar con el niño. Además de la desconfianza que sentía hacia el holandés, la misma idea de que un policía se ganara la confianza y el afecto de su ahijado, por no mencionar que también se había ganado la confianza y el afecto de Ruth, había despertado la competitividad innata de Hannah.

–Dios mío, ¿cuándo va a terminar este puñetero viaje? –preguntó entonces a Eddie.

Él pensó en decirle que, como había salido de los Hamptons, el puñetero viaje era dos horas y media más largo para él, pero se limitó a decir:

–He estado pensando en algo.

¡Y en menudos pensamientos se había embarcado!

Había reflexionado en la posibilidad de comprar la casa de Ruth en Sagaponack. Durante todos los años que Ted Cole vivió allí, Eddie evitó minuciosamente Parsonage Lane. Ni una sola vez había pasado en coche por delante de la casa, una casa que era un hito del verano más emocionante de su vida. Pero a veces, después de la muerte de Ted, Eddie se había desviado de su ruta a fin de pasar por Parsonage Lane, y dado que la casa de los Cole estaba en venta y Ruth había inscrito a Graham en un centro preescolar de Vermont, Eddie aprovechaba cualquier oportunidad para enfilar en su coche el callejón y recorrerlo muy lentamente. También solía pasar en bicicleta ante la casa de Sagaponack.

Que la casa aún no se hubiera vendido sólo le daba una mínima esperanza. El precio de la finca era prohibitivo. Las propiedades situadas en el lado de la carretera de Montauk que daba al océano eran demasiado caras para Eddie, quien sólo podía permitirse vivir en los Hamptons si seguía haciéndolo en el lado «inferior» de la carretera. Para empeorar las cosas, la casa de Eddie en Maple Lane, de dos pisos y tejado de ripia, sólo estaba a doscientos metros de lo que quedaba de la estación de Bridgehampton. (Aunque los trenes seguían funcionando, de la estación sólo quedaban los cimientos.)

Desde la casa de Eddie se veían los porches de sus vecinos, los céspedes que se volvían pardos, el amplio surtido de barbacoas y las bicicletas de los niños. No era precisamente una panorámica del océano. Eddie no podía oír el rumor del oleaje desde un lugar tan alejado del mar como Maple Lane. Lo que oía era el ruido de las puertas de tela metálica al cerrarse con brusquedad, las peleas de los niños y los gritos airados que les dirigían sus padres. Lo que oía era los ladridos de los perros. (En opinión de Eddie, había demasiados perros en Bridgehampton.) Pero lo que oía, por encima de todo, era el paso de los trenes.

Los trenes pasaban tan cerca de su casa, por el lado norte de Maple Lane, que Eddie había dejado de usar el pequeño jardín trasero. Tenía la barbacoa en el porche delantero, donde el chisporroteo de la grasa había chamuscado una parte del tejado de ripia, mientras que el humo había ennegrecido la lámpara del jardín. Los trenes pasaban tan cerca que la cama de Eddie temblaba en las raras ocasiones en que él dormía profundamente, y había instalado una puerta en la estantería donde guardaba las copas de vino, porque las vibraciones causadas por los trenes derribaban las copas de los estantes. (Aunque sólo tomaba Coca-Cola Light, prefería tomarla en una copa de vino.) Los trenes pasaban tan cerca de Maple Lane que el número de bajas entre la población canina del barrio era considerable. No obstante, aquellos perros eran reemplazados por otros que parecían más escandalosos y agresivos, que se quejaban a los trenes con una vehemencia que los perros muertos nunca habían tenido.

En comparación con la casa de Ruth, Eddie poseía una perrera al lado de la vía férrea, y estaba muy dolido, no sólo porque Ruth se mudaba, sino también porque el monumento que representaba el cenit sexual de su vida estaba en venta y él no podía comprarlo. Jamás habría abusado de la amistad o la conmiseración de Ruth, y ni siquiera se le había ocurrido pedirle, como un favor personal, que rebajara el precio.

Pero a Eddie O'Hare se le había ocurrido otra cosa, algo que le había mantenido absorto durante sus horas de vigilia, y era proponerle a Hannah que compraran la casa entre los dos. Esta peligrosa mezcla de fantasía y desesperación era lamentablemente propia del carácter de Eddie. Hannah no le gustaba, y ella le pagaba con la misma moneda. ¡No obstante, tanto deseaba Eddie quedarse con la casa que estaba a punto de proponerle que la compartieran!

El pobre Eddie sabía que Hannah era una persona desaliñada. Él detestaba la suciedad hasta tal punto que pagaba a una señora de la limpieza no sólo para que limpiara su modesta vivienda una vez a la semana, sino también para que sustituyera, en vez de limitarse a limpiar, el escurreplatos cuando se oxidaba. La mujer también tenía instrucciones de lavar y planchar los paños para secar los platos. Por otro lado, Eddie detestaba a los novios de Hannah mucho antes de aquellos momentos predecibles en que ella misma empezaba a odiarlos.

Ya había imaginado la ropa de Hannah, por no mencionar sus prendas interiores, abandonadas en cualquier lugar de la casa. Hannah se bañaría desnuda en la piscina y usaría la ducha exterior con la puerta abierta; tiraría o se comería las sobras que guardara Eddie en el frigorífico, y dejaría que sus propias sobras se enmohecieran antes de que Eddie se decidiera a tirarlas. La parte de la factura telefónica correspondiente a Hannah sería pasmosa, y Eddie tendría que pagarla porque a ella la habrían enviado a Dubai o un sitio por el estilo. (Además, Hannah pagaría con cheques sin fondos.)

También discutirían por el uso del dormitorio principal, y ella se saldría con la suya al aducir que necesitaba la cama de matrimonio para acostarse con sus novios y el armario grande para sus vestidos. Pero Eddie había llegado a la conclusión de que él se contentaría con la mayor de las habitaciones para invitados, que estaba en el extremo del pasillo en el piso superior (al fin y al cabo, había dormido allí con Marion.)

Y dada la edad avanzada de la mayoría de las amigas de Eddie, éste daba por sentado que debería reformar la estancia que fue cuarto de trabajo de Ted Cole (y más adelante despacho de Allan), convirtiéndolo en un dormitorio, pues algunas de las más frágiles y endebles ancianas de Eddie no estaban en condiciones de subir escaleras.

Eddie intuía que Hannah le permitiría usar la antigua pista de squash instalada en el granero como despacho, pues le atraía el hecho de que hubiera sido el estudio de Ruth. Puesto que Ted se había suicidado en la pista de squash, Hannah no pondría los pies en el granero, no por respeto, sino porque era supersticiosa. Además, Hannah sólo usaría la casa en verano y los fines de semana, mientras que Eddie tendría en ella su residencia permanente. La esperanza de que ella estuviera mucho tiempo ausente era el motivo principal de que se engañara a sí mismo pensando que, a fin de cuentas, podría compartir la casa con ella. Pero ¡qué enorme riesgo corría!

–He dicho que he estado pensando en algo –volvió a decir Eddie. Hannah no le escuchaba.

Mientras contemplaba el paisaje que desfilaba por su lado, la expresión de Hannah se endureció, pasando de una profunda indiferencia a una abierta hostilidad. Cuando penetraron en el estado de Vermont, Hannah se entregó al recuerdo de sus años estudiantiles en Middlebury y miró iracunda el entorno, como si la universidad y Vermont le hubieran causado algún perjuicio imperdonable..., aunque Ruth hubiera dicho que la causa principal de los cuatro años de trastornos y depresión de Hannah en Middlebury se debieron a la promiscuidad de su amiga.

–¡Jodido Vermont! –exclamó Hannah.

–He estado pensando en algo –repitió Eddie.

–Yo también –le dijo Hannah–. ¿O creías que estaba haciendo la siesta?

Antes de que Eddie pudiera responder, tuvieron el primer atisbo del monumento militar de Bennington. Se alzaba como una escarpia invertida, muy por encima de los edificios de la ciudad y las colinas circundantes. El monumento a la batalla de Bennington era una aguja de lados planos, cincelada, que conmemoraba la derrota de los británicos a manos de los Green Mountains Boys. Hannah siempre lo había detestado.

—¿Quién podría vivir en esta puñetera ciudad? —le preguntó a Eddie—. ¡Cada vez que vuelves la cabeza ves ese falo gigantesco que se alza por encima de ti! Todos los tíos que viven aquí deben de tener complejo de polla grande.

«¿Complejo de polla grande?», se preguntó Eddie. Tanto la estupidez como la vulgaridad de la observación de Hannah le ofendían. ¿Cómo podía habérsele pasado por la imaginación la idea de compartir la casa con ella?

La anciana con quien Eddie se relacionaba por entonces (una relación platónica, pero ¿hasta cuándo?) era la señora de Arthur Bascom. En Manhattan todo el mundo la conocía aún por ese nombre, aunque su difunto marido, el filántropo Arthur Bascom, había fallecido mucho tiempo atrás. La esposa, «Maggie» para Eddie y su círculo de amigos más íntimos, había seguido la obra filantrópica de su marido. No obstante, nunca se la veía en una función de gala (aquellos perpetuos actos para recaudar fondos) sin la compañía de un hombre mucho más joven y soltero.

En los últimos meses, Eddie representaba el papel de acompañante de Maggie Bascom, y él suponía que la dama le había elegido por su inactividad sexual. Últimamente no estaba tan seguro de ello, y pensaba que, a fin de cuentas, tal vez su disponibilidad sexual era lo que había atraído a la señora de Arthur Bascom, porque, sobre todo en su última novela, *Una mujer difícil,* Eddie O'Hare había descrito, con amoroso detalle, las atenciones sexuales que el personaje del hombre joven tiene hacia el personaje de la mujer mayor. (Maggie Bascom contaba ochenta y un años de edad.)

Al margen del interés exacto que la señora de Arthur Bascom tuviera por Eddie, ¿cómo podía éste haber imaginado que podría invitarla a la que sería su casa y la de Hannah en Sagaponack si Hannah estaba presente? No sólo se bañaría desnuda, sino que probablemente invitaría a comentar las diferencias de color entre su cabello rubio ceniza y el vello rubio más oscuro del pubis, al que hasta entonces Hannah había dejado en paz.

«Supongo que debería teñirme también el puñetero vello púbico», imaginaba Eddie que Hannah le diría a la señora de Arthur Bascom.

¿En qué había estado él pensando? Si buscaba la compañía de amigas mayores, sin duda lo hacía en parte porque eran a todas luces más refinadas que las mujeres de la edad de Eddie, por no mencionar las de la edad de Hannah. (Según el criterio de Eddie, ni siquiera Ruth era «refinada».)

—Bueno, dime, ¿en qué has estado pensando? —le preguntó Hannah. Dentro de media hora, o incluso menos, verían a Ruth y conocerían a su policía.

Eddie se dijo que quizá debería considerar el asunto con más calma. Después de todo, cuando terminara el fin de semana, se enfrentaría al viaje de regreso a Manhattan con ella, y durante esas cuatro horas tendría tiempo suficiente para abordar el tema de la adquisición conjunta de la casa.

—Ahora no recuerdo en qué estaba pensando —respondió—. Ya te lo diré cuando me acuerde.

—Supongo que no se trataba de una de tus arrolladoras y geniales ideas —bromeó Hannah, aunque la ocurrencia de compartir una casa con Hannah le había parecido a Eddie una de las ideas más arrolladoras y geniales que había tenido jamás.

—Claro que también es posible que no me acuerde nunca —añadió Eddie.

—Tal vez estabas pensando en una nueva novela —sugirió Hannah. Con la punta de la lengua volvió a tocarse el vello rubio oscuro encima del labio superior—. Un relato sobre un hombre joven con una mujer mayor...

—Muy divertido —comentó él.

—No te pongas a la defensiva, Eddie —dijo Hannah—. Olvidemos por un momento ese interés tuyo por las mujeres mayores...

—Me parece muy bien.

—Hay otro aspecto de esa tendencia que me interesa —siguió diciendo Hannah—. Me pregunto si las mujeres con que te relacionas, me refiero a las que tienen setenta u ochenta jodidos años, son aún sexualmente activas. Es decir, ¿quieren serlo?

—Algunas de ellas lo son y otras quieren serlo —respondió Eddie con cautela.

—Me temía que dirías una cosa así... ¡Eso me fastidia de veras!

—¿Crees que estarás sexualmente activa a los setenta o los ochenta, Hannah? —le preguntó Eddie.

—Ni siquiera quiero pensar en ello —respondió ella—. Volvamos a tus intereses. Cuando estás con una de esas ancianas, la señora de Arthur Bascom, por ejemplo...

—¡No he tenido relaciones sexuales con la señora Bascom! —la interrumpió Eddie.

—Bueno, bueno, todavía no las has tenido. Pero digamos que las tendrás, si no con ella, con otra vieja dama de setenta u ochenta años. Dime, ¿en qué piensas? ¿La miras de veras y te sientes atraído? ¿O piensas en otra cuando estás con ella?

A Eddie le dolían los dedos, pues aferraba el volante con más fuerza de la necesaria. Pensaba en el piso que la señora de Arthur Bascom tenía en el cruce de la Quinta Avenida y la Calle 92. Recordaba todas las fotografías, de cuando era niña, de joven, novia, madre, novia no tan joven (se había casado tres veces) y abuela de aspecto juvenil. Eddie no podía mirar a Maggie Bascom sin representársela mentalmente tal como fue en cada fase de su larga vida.

—Procuro ver a la mujer total —le dijo a su acompañante—. Por supuesto, reconozco que es vieja, pero están las fotografías, o el equivalente de las fotos en tu imaginación de una vida ajena, quiero decir una vida completa. Puedo imaginármela cuando era mucho más joven que yo, porque siempre hay gestos y expresiones arraigados, intemporales. Una anciana no siempre se ve a sí misma como una anciana, y lo mismo me ocurre a mí. Procuro ver la totalidad de su vida. Hay algo muy conmovedor en la totalidad de la vida de una persona.

Dejó de hablar, no sólo porque se sentía azorado sino también porque Hannah estaba llorando.

—Nunca me verá nadie de esa manera —dijo ella.

Era uno de esos momentos en que Eddie debería haber mentido, pero no podía hablar. Nadie vería a Hannah de esa manera. Eddie intentó imaginarla a los sesenta, por no decir a los setenta u ochenta, cuando su vulgar sexualidad fuera sustituida por..., en fin, ¿por qué? ¡La sexualidad de Hannah siempre sería vulgar!

Eddie alzó una mano del volante y tocó las manos de Hannah, que ella se estaba retorciendo sobre el regazo.

—Mantén las manos en el puñetero volante, Eddie —le dijo ella—. Por ahora estoy entre novios...

A veces, la tendencia a apiadarse llevaba a Eddie a meterse en líos. Su corazón albergaba la peligrosa creencia de que en realidad Hannah no necesitaba otro novio, sino un buen amigo.

—He pensado en que podríamos compartir una casa —le propuso. (Era una suerte que condujera él y no Hannah, porque ella se habría salido de la carretera)—. He pensado que podríamos comprar juntos la casa de Ruth en Sagaponack. Desde luego, supongo que no..., bueno, que no nos solaparíamos a menudo.

Por supuesto, Hannah no estaba segura de lo que Eddie le proponía exactamente. En su vulnerable estado mental, la primera reacción de Hannah fue suponer que Eddie le hacía algo más que una proposición amorosa. Parecía como si quisiera casarse con ella. Pero cuanto más hablaba Eddie, más confusa se sentía ella.

—¿«Solaparnos»? —le preguntó—. ¿Qué coño significa eso de «solaparnos»?

Al ver la confusión de Hannah, Eddie no pudo contener el pánico.

—¡Podrías quedarte con el dormitorio principal! —dijo bruscamente—. Me conformaría con la habitación más grande para invitados, la que está al final del pasillo. Y la sala que fue el cuarto de trabajo de Ted y despacho de Allan podría convertirse en un dormitorio. Sí, eso sería un buen arreglo. —Hizo una breve pausa antes de añadir—: Ya sé lo que te hace sentir ese granero, la antigua pista de squash. Yo podría trabajar ahí, transformarlo en mi despacho. Pero el resto de la casa, todo lo demás, lo compartiríamos. En verano, claro, tendríamos que discutir acerca de nuestros invitados de fin de semana, ya sabes, ¡tus amigos o los míos! Pero lo importante es que, si te gusta la idea de tener una casa en los Hamptons, creo que entre los dos nos la podríamos permitir. Y Ruth sería feliz. —Lo que había empezado como una proposición se estaba convirtiendo en un parloteo—. Al fin y al cabo, vendría a visitarnos con Graham, y eso significaría para ella que no tendría que abandonar del todo la casa. Me refiero a ella, a Graham y al policía —añadió, porque la expresión agobiada de Hannah tanto podía deberse a que seguía confusa por su sugerencia como a que le había mareado el viaje en automóvil.

—¿Quieres decir que me propones que compartamos casa? —inquirió Hannah.

—¡Nos la dividiríamos al cincuenta por ciento! —exclamó él.

—Pero tú vivirías siempre allí, ¿no es cierto? —replicó Hannah, con una astucia que tomó por sorpresa a Eddie—. ¿Qué división al cincuenta por ciento es ésa, si yo sólo voy en verano y algún que otro fin de semana, y tú vives siempre ahí?

Eddie pensó que debería haberlo sabido. ¡Había tratado de considerar a Hannah una amiga, y ella ya estaba negociando con él! ¡Nunca saldría bien! ¡Ojalá hubiera mantenido la boca cerrada! Sin embargo, le dijo:

—No podría permitírmelo si tú no pagas la mitad. Es posible que ni siquiera podamos permitírnoslo entre los dos.

—¡Esa mierda de casa no puede costar tanto! —replicó Hannah—. ¿Cuánto vale?

—Mucho —respondió Eddie, pero no lo sabía. Lo único que tenía claro era que costaba más de lo que él solo podía pagar.

—¿Quieres comprarla y no sabes cuánto vale? —le preguntó Hannah.

Por fin dejó de llorar. Eddie reflexionó que probablemente Hannah ganaba mucho más dinero que él. Su éxito como periodista, aunque no su renombre, iba en aumento. Muchos de sus temas eran demasiado triviales para que le dieran renombre. Recientemente había hecho un reportaje para una importante revista (aunque Eddie no consideraba «importante» a ninguna revista) sobre el fracaso en la rehabilitación de los internos en las prisiones estatales y federales. Además de la controversia creada por el reportaje, Hannah había tenido una breve relación con un ex presidiario. De hecho, éste había sido el último novio granuja de Hannah, lo cual quizás explicaba que anímicamente estuviera hecha una pena.

—A lo mejor puedes comprar toda la casa tú sola —le dijo Eddie de mal talante.

—¿Para qué querría esa casa? —respondió ella—. ¡No es exactamente un jodido tesoro de recuerdos para mí!

Eddie pensó que nunca tendría la casa, pero que por lo menos no se vería obligado a vivir con ella.

—Dios mío, Eddie, qué raro eres —le dijo Hannah.

Pese a que aquel fin de semana era tan sólo el primero de noviembre, a lo largo del camino de tierra que llevaba cuesta arriba, por delante de la finca de Kevin Merton, a la casa de Ruth, los árboles habían perdido las hojas. Las ramas desnudas de los arces, que tenían el color de la piedra gris, y las de los abedules, blancos como huesos, parecían temblar, anticipándose a la nieve que no tardaría en caer. Ya hacía frío, y cuando bajaron del coche en el sendero de Ruth, Hannah se rodeó con los brazos mientras Eddie abría el maletero para sacar el equipaje y los abrigos que no habían sido necesarios en Nueva York.

—¡Mierda de Vermont! —dijo de nuevo Hannah. Le castañeteaban los dientes.

El ruido que hacía alguien al partir leña atrajo su atención. En el patio, junto a la entrada de la cocina, había un montón de troncos y, a su lado, otro montón más pequeño y pulcro de leña partida. Al principio Eddie pensó que el hombre que partía los troncos y amontonaba la leña era el vecino de Ruth, Kevin Merton, el que le cuidaba la casa. También Hannah había creído que era él, hasta que percibió en el leñador algo que invitaba a observarle con más detenimiento.

El hombre estaba tan absorto en su tarea que no reparó en la llegada del coche de Eddie. Vestía tejanos y camiseta de media manga, pero trabajaba de una manera tan enérgica que no notaba el frío e incluso sudaba. Cortaba los troncos y amontonaba la leña de modo muy metódico. Si el diámetro del tronco no era muy grande, lo colocaba vertical en el tajón y lo partía a lo largo de un hachazo. Si era demasiado grande, cosa que calibraba de un simple vistazo, lo ponía horizontal en el tajón y lo partía con una cuña y un mazo. Aunque el manejo de los útiles parecía su segunda naturaleza, lo cierto era que Harry Hoekstra había empezado a partir leña hacía tan sólo una o dos semanas. Hasta entonces no lo había hecho nunca.

Aquel trabajo le encantaba. Con cada potente hachazo o mazazo imaginaba los fuegos que encendería, y a los recién llegados les pareció que era lo bastante fuerte y estaba tan entregado a su tarea que podría haberse pasado el día entero partiendo leña. Hannah pensó que podría hacer cualquier cosa durante todo el día... o toda la noche. De repente deseó haberse depilado la zona sobre el labio superior, o por lo menos haberse lavado la cabeza y maquillado un poco, llevar sostén y vestir unas prendas mejores.

—¡Debe de ser el holandés, el policía de Ruth! —susurró Eddie a Hannah.

—No me digas —respondió Hannah, sin acordarse de que Eddie desconocía su juego particular con Ruth—. ¿No has oído ese ruido? —Eddie pareció desconcertado, como de costumbre—. El ruido de mis bragas cuando caen al suelo —le explicó ella—. Ese ruido.

—Ah.

¡Qué vulgar era Hannah!, se dijo Eddie. ¡Gracias a Dios, no tendría que compartir una casa con ella!

Harry Hoekstra, que había oído sus voces, dejó caer el hacha y se acercó a ellos. Estaban allí como niños, temerosos de alejarse del coche, mientras el ex policía se acercaba y tomaba la maleta de Hannah, quien temblaba de frío.

—Hola, Harry —logró decir Eddie.

—Debéis de ser Eddie y Hannah —les dijo Harry.

—No me digas —replicó Hannah, en un tono de chiquilla muy impropio de ella.

—¡Vaya, Ruth me dijo que dirías eso!

Hannah pensaba que ahora lo entendía. ¿Quién no lo habría entendido? Y se decía que ojalá le hubiera conocido ella primero. Pero cierta parte de su pensamiento, que siempre socavaba la confianza en sí misma, una confianza externa, tan sólo aparente, le decía que, aunque le hubiera conocido primero, él no se habría interesado por ella... o por lo menos su interés no se habría prolongado más allá de una noche.

—Me alegro de conocerte, Harry —fue todo lo que pudo decirle Hannah.

Eddie vio que Ruth salía a saludarles, rodeándose con los brazos porque hacía mucho frío. Se le había caído harina sobre los tejanos y también tenía un poco en la frente, por la que se pasó el dorso de la mano para apartar el cabello.

—¡Hola! —exclamó Ruth alegremente.

Hannah nunca la había visto así, tan rebosante de felicidad.

Eddie comprendió que estaba enamorada. Nunca se había sentido tan deprimido. Mientras la miraba, se preguntó por qué la había creído alguna vez parecida a Marion y cómo había llegado a imaginar que la quería.

Hannah miraba a uno y otro; primero, codiciosamente, a Harry, y luego a Ruth, con envidia. «¡Están enamorados, los muy puñeteros!», se decía, detestándose a sí misma.

—Tienes harina en la frente, cariño —le dijo a Ruth, después de besarla—. ¿Has oído ese ruido? —susurró a su vieja amiga—. ¡Mis bragas, que se deslizan al suelo, mejor dicho, que golpean el suelo!

—Las mías también —respondió Ruth, ruborizada.

Hannah se dijo que su amiga lo había conseguido. La vida que siempre había deseado ya era suya.

—Tengo que lavarme la cabeza —se limitó a decirle—, y maquillarme un poco.

Había dejado de mirar a Harry, porque no podía seguir haciéndolo.

Entonces Graham salió por la cocina y corrió hacia ellos. Rodeó con los brazos la cintura de Hannah y estuvo a punto de derribarla. Fue un grato momento de confusión.

—¡Soy yo, Graham! —gritó el pequeño.

—No puedes ser Graham, ¡eres demasiado grande! —replicó Hannah, mientras lo alzaba en brazos y lo besaba.

—¡Sí, soy yo, soy Graham!

—Anda, acompáñame a mi cuarto, Graham —le pidió Hannah—, y ayúdame a poner en marcha la ducha o la bañera, tengo que lavarme la cabeza.

–¿Has llorado, Hannah? –le preguntó el niño.

Ruth miró a Hannah, y ésta desvió la vista. Harry y Eddie estaban junto a la puerta de la cocina, admirando el montón de leña.

–¿Estás bien? –preguntó Ruth a su amiga.

–Sí. Eddie acaba de pedirme que viva con él, sólo que no me lo decía en ese sentido. Sólo quería que compartiéramos casa –añadió Hannah.

–Qué raro –observó Ruth.

–Sí, no sabes de la misa la mitad –replicó Hannah, y besó de nuevo a Graham.

El niño le pesaba en los brazos, pues no estaba acostumbrada a cargar con un pequeño de cuatro años. Se volvió hacia la casa para ir en busca de su cuarto, darse una ducha o un baño y entregarse a su recuerdo más reciente de cómo era el amor... por si algún día ella lo encontraba.

Pero Hannah sabía que jamás iba a encontrarlo.

## Una pareja feliz y sus dos amigos desdichados

Ruth Cole y Harry Hoekstra se casaron el día de Acción de Gracias por la mañana, en la sala de estar, apenas usada, de la casa de Ruth en Long Island. A Ruth no se le ocurría una manera mejor de despedirse de la casa que contraer matrimonio en ella. En los pasillos de ambas plantas se alineaban varias pilas de cajas de cartón, etiquetadas para el personal de mudanzas. Cada mueble tenía una etiqueta roja o verde: el rojo significaba que debían dejarlo donde estaba, y el verde, que habían de transportarlo a Vermont.

Si cuando llegara el verano la casa de Sagaponack aún no se había vendido, Ruth la alquilaría. La mayor parte de los muebles estaban etiquetados para quedarse, y a Ruth ni siquiera le gustaban. Nunca había sido feliz en la casa de los Hamptons, excepto cuando vivió allí con Allan. (En cambio, no solía asociar a Allan con la casa de Vermont, lo cual sería ahora un alivio.)

Eddie vio que habían descolgado de las paredes todas las fotografías y supuso que debían de estar metidas en alguna de las cajas de cartón. Y, al contrario que la ocasión anterior en que vio las paredes despojadas de las fotos, esta vez habían extraído los ganchos para colgar los cuadros. Habían rellenado los agujeros y pintado o empapelado de nuevo las paredes. Un comprador potencial jamás sabría cuántas fotografías estuvieron expuestas allí en el pasado.

Ruth les dijo a Eddie y Hananh que había «tomado en préstamo» al sacerdote de una de las iglesias de Bridgehampton para que oficiara en su boda. Era un hombre corpulento y parecía un tanto desconcertado, aunque saludó a los presentes con enérgicos apretones de manos. Su voz de barítono resonaba en toda la planta baja de la casa y hacía vibrar las copas que Conchita Gómez ya había colocado en la mesa del comedor, para la cena de Acción de Gracias.

Eduardo condujo al altar a la novia. Eddie era el padrino de Harry y Hannah la dama de honor de Ruth, un cometido que realizaba por segunda vez. En la primera boda de Ruth, fue Eddie quien condujo a la novia al altar, y ahora le aliviaba no tener que repetirlo. Prefería ser el padrino, y aunque hacía menos de un mes que conocía a Harry, le había tomado mucho cariño al holandés. Hannah también estaba encariñada con Harry, pero aún le resultaba difícil mirarle.

Harry había elegido un poema para leerlo. Sin saber que Allan había dado instrucciones a Eddie para que leyera un poema de Yeats en su funeral, Harry seleccionó unos vesos del mismo poeta para su boda con Ruth. Aunque el poema arrancó las lágrimas a Ruth, a Hannah e incluso a Eddie, Ruth amó a Harry todavía más por ello. Era un poema sobre la circunstancia de «ser pobre», algo que Harry era ciertamente en comparación con Ruth, y lo leyó con el vigor inflexible con que un policía bisoño podría leer sus derechos a un delincuente.

El poema se titulaba «Él desea las telas del cielo», y Eduardo y Conchita se tomaron de la mano mientras Harry lo recitaba, como si se casaran de nuevo.

> Had I the heavens' embroidered cloths,
> Enwrought with golden and silver light,
> The blue and the dim and the dark cloths
> Of night and light and the half-light,
> I would spread the cloths under your feet:
> But I, being poor, have only my dreams;
> I have spread my dreams under your feet;
> Tread softly because you tread on my dreams.*

---

* «Si tuviera las telas bordadas del cielo, / hechas delicadamente con luz de oro y plata, / las telas azul, mortecina y oscura / de la noche y la luz y la media luz, / las extendería a tus pies. / Pero, como soy pobre, sólo tengo mis sueños, / y he extendido mis sueños a tus pies, / pisa con cuidado porque pisas mis sueños.» *(N. del T.)*

Las alianzas estaban en poder de Graham. Al dárselas le dijeron con fingida solemnidad: «Aquí tienes, porque eres nada menos que el entregador de los anillos». El pequeño oyó mal la extraña palabra y entendió que era el «enterrador» de los anillos. Así pues, cuando llegó el momento en que debía dar las alianzas, se indignó porque habían olvidado una parte importante de la ceremonia. ¿Cuándo tenía que enterrar los anillos, y dónde? Después del acto, puesto que Graham estaba desesperado porque creía que habían estropeado el simbolismo de los anillos, Ruth le permitió enterrar las alianzas entre las raíces del seto que se alzaba al lado de la piscina. Harry examinó atentamente el lugar en que las había enterrado, a fin de que, al cabo de un tiempo prudencial, pudieran mostrar al pequeño dónde debía desenterrar los anillos.

Por lo demás, la segunda boda de Ruth salió a pedir de boca. Sólo Hannah observó que ni Ruth ni Eddie parecían estar ojo avizor por si se presentaba la madre de Ruth. Si pensaban en Marion, no lo demostraban. Hannah no había conocido a Marion, por supuesto, y apenas le había dedicado algún que otro pensamiento fugaz.

El pavo de Acción de Gracias, que Ruth y Harry habían llevado allí desde Vermont, habría podido alimentar a otra familia entera además de a todos ellos. Ruth dio a Eduardo y Conchita la mitad del sobrante antes de que regresaran a casa. Graham, a quien el pavo no le hacía ninguna gracia, exigió que le dieran un emparedado de queso a la plancha.

Durante la larga cena, Hannah preguntó con aire de indiferencia a Ruth cuánto pedía por la casa de Sagaponack. La suma era tan pasmosa que Eddie derramó sobre su regazo una generosa porción de salsa de arándano, mientras que Hannah le decía fríamente a su amiga:

–Tal vez por eso no la has vendido todavía. Quizá deberías rebajar el precio, chica.

Eddie ya había abandonado la esperanza de que la casa llegara a ser suya. Desde luego, no deseaba compartirla con Hannah, quien aún seguía «entre novios», pero que de todos modos se las arregló para estar guapa durante todo el fin de semana correspondiente a la festividad de Acción de Gracias. (Ruth había observado que Hannah hacía considerables esfuerzos para tener buen aspecto cuando estaban con Harry.)

Ahora que Hannah volvía a prestar atención a su apariencia, Eddie no le hacía ni caso, pues su belleza significaba poco para él. Por otro lado, la inequívoca felicidad de Ruth había apagado la pasión por ella, prolongada durante un año, y volvía a estar enamorado de Marion, su verdadero único y amor. Pero ¿cuáles eran sus esperanzas de ver a Marion o siquiera de tener noticias suyas? Habían pasado unos dos meses desde que le enviara sus libros y ella no le había contestado. Al contrario que Ruth, a cuya carta Marion tampoco había respondido, ya no esperaba saber nada de ella.

No obstante, al cabo de casi cuarenta años, ¿qué podía esperar? ¿Que Marion le entregara un certificado de su conducta en Toronto? ¿Que le enviara un ensayo sobre sus experiencias como expatriada? Sin duda ni Ruth ni Eddie tenían motivos para esperar que Marion asistiera a la segunda boda de Ruth. «Al fin y al cabo», como Hannah susurró a Harry mientras él le servía otra copa de vino, «no se presentó en la primera.»

Harry sabía cuándo era conveniente cambiar de tema y, a su manera improvisada, se embarcó en una especie de interminable oda a la leña. Nadie sabía cómo reaccionar, y lo único que podían hacer era escucharle. El holandés había pedido prestada a Kevin Merton su camioneta de caja descubierta y había transportado a Long Island una carga de madera de Vermont.

Eddie había observado que a Harry le obsesionaba un poco la leña. No podía decirse que le hubiera fascinado exactamente la charla sobre la leña, que Harry prosiguió incansable durante el resto de la cena. (Todavía estaba hablando sobre la leña cuando Eduardo y Conchita se fueron a casa.) Al novelista le gustaba mucho más que Harry hablara de libros, pues no había conocido a muchas personas que leyeran tantos libros como el ex policía, con excepción de Minty, su difunto padre.

Terminada la cena, mientras Harry y Eddie se ocupaban de los platos y Hannah preparaba a Graham para acostarlo y se disponía a leerle un cuento, Ruth salió al jardín y permaneció al lado de la piscina, bajo el cielo estrellado. La piscina había sido parcialmente vaciada y estaba cubierta en previsión del invierno. En la oscuridad, el seto en forma de U que la rodeaba era como un gran marco de ventana que delimitaba su visión de las estrellas.

Ruth apenas se acordaba del tiempo en que la piscina y el seto que la rodeaba no estaban allí, o de cuando el césped era el campo sin segar por el que sus padres discutían. Ahora se le ocurrió pensar que, en otras noches frías, cuando alguien fregaba los platos y su padre o una canguro la habían acostado y le contaban un cuento, su madre debía de estar en aquel jardín, bajo las mismas estrellas implacables. Marion no habría contemplado el cielo ni se habría considerado tan afortunada como lo era su hija.

Ruth sabía que era afortunada. Se dijo que su próximo libro debería tratar de la buena suerte, de cómo la buena suerte y el infortunio se distribuyen de una manera desigual, si no al nacer, por lo menos a medida que se dan las circunstancias sobre las que no tenemos control alguno, así como en la pauta al parecer fortuita de los acontecimientos que entran en colisión: la gente que conocemos, el momento en que ese conocimiento tiene lugar y si esas personas importantes podrían conocer casualmente a otras, y el momento en que podría suceder tal cosa. Ruth sólo había tenido un pequeño infortunio. ¿Por qué razón su madre había tenido tantos?

—Oh, mamá —dijo Ruth a las frías estrellas—, ven a conocer a tu nieto ahora que todavía puedes hacerlo.

En el dormitorio principal, situado en el piso superior, y en la misma cama de matrimonio donde hiciera el amor con el difunto Ted Cole, Hannah Grant aún trataba de leer un cuento al nieto que Ted nunca conoció. No había avanzado mucho, porque los rituales del cepillado de dientes y la elección de pijama habían requerido más tiempo del que esperaba. Ruth le había dicho que a Graham le encantaban los cuentos protagonizados por Madeline, pero el pequeño no estaba tan seguro.

—¿Cuál es el que me encanta? —inquirió Graham.

—Todos —respondió Hannah—. Elige el que quieras y te lo leeré.

—No me gusta *Madeline y los gitanos* —le informó Graham.

—Muy bien, entonces no leeremos ése —dijo Hannah—. A mí tampoco me gusta.

—¿Por qué? —quiso saber Graham.

—Por la misma razón que a ti no te gusta —respondió Hannah—. Elige uno que te guste. Elige un cuento, cualquier cuento.

—Estoy harto de *El rescate de Madeline* —le dijo Graham.

—Estupendo. La verdad es que a mí también me harta. ¿Cuál te gusta?

—Me gusta *Madeline y el sombrero malo* —decidió el muchacho—, pero Pepito no me gusta, de veras, no me gusta nada.

—¿No sale Pepito en *Madeline y el sombrero malo*? —le preguntó Hannah.

—Eso es lo que no me gusta del cuento —respondió Graham.

—Tienes que elegir un cuento que te guste, Graham.

—¿Te sientes frustrada? —inquirió el chico.

544

—¿Quién, yo? Jamás. Dispongo de todo el día.

—Es de noche —señaló el niño—. El día ha terminado.

—¿Qué te parece *Madeline en Londres?* —le sugirió Hannah.

—En ése también sale Pepito.

—¿Y qué me dices de *Madeline* a secas, la historia original de Madeline?

—¿Qué quiere decir «original»?

—La primera.

—Ésa ya la he oído muchísimas veces —dijo Graham.

Hannah inclinó la cabeza. Había tomado demasiado vino durante la cena. Quería de veras a Graham, su único ahijado, pero había ocasiones en que el pequeño la reafirmaba en su decisión de no tener nunca hijos.

—Quiero *La Navidad de Madeline* —dijo Graham por fin.

—Pero sólo estamos en Acción de Gracias —replicó Hannah—. ¿Quieres que te cuente una historia navideña el día de Acción de Gracias?

—Has dicho que podía elegir el que quisiera.

Sus voces llegaban a la cocina, donde Harry restregaba la bandeja del asado y Eddie secaba una espátula agitándola distraídamente. Le había estado hablando a Harry acerca de la tolerancia, pero parecía haber perdido el hilo de sus pensamientos. Su conversación se había iniciado con el tema de la intolerancia, sobre todo racial y religiosa, en Estados Unidos, pero Harry percibía que Eddie había entrado en un terreno más personal. De hecho, Eddie estaba a punto de confesarle la intolerancia que le causaba Hannah, cuando la voz de ella, mientras dialogaba con Graham, le distrajo.

Harry sabía qué era la tolerancia. No habría discutido con Eddie, ni con cualquier compatriota de éste, que los holandeses son más tolerantes que la mayoría de los estadounidenses, pero creía que así era. Percibía la intolerancia que Eddie le causaba a Hannah, no sólo porque para ella Eddie era patético y por la monotonía de su relación sentimental con ancianas, sino también porque no era un escritor famoso.

Harry pensó que en Estados Unidos no existe ninguna intolerancia comparable a la intolerancia, tan estadounidense, hacia la falta de éxito. Aunque Eddie no le interesaba gran cosa como escritor, le gustaba mucho como persona, sobre todo por su afecto constante hacia Ruth. Cierto que le asombraba la naturaleza de su adoración, cuyo origen, suponía él, debía de ser la madre desaparecida. El ex policía se daba cuenta de que lo que Ruth y Eddie tenían más en común era la ausencia de Marion. Su ausencia era una parte fundamental de sus vidas, como le ocurría a Rooie con su hija.

En cuanto a Hannah, requería aún más tolerancia de la que el holandés estaba acostumbrado a tener, y el afecto de Hannah hacia Ruth era menos seguro que el de Eddie. Además, en la manera en que Hannah le miraba, el ex sargento Hoekstra veía algo demasiado familiar. Hannah tenía el corazón de una puta, y Harry sabía que el corazón de una prostituta no era en modo alguno el proverbial corazón de oro, sino sobre todo un corazón calculador. Un afecto calculado nunca era digno de confianza.

Relacionarse con los amigos de la persona que uno ama no es nada fácil, pero Harry sabía mantener la boca cerrada y limitarse a observar cuando era necesario.

Mientras Harry ponía una olla a hervir, Eddie le preguntó cuáles eran sus planes para disfrutar de la jubilación. Tanto a él como a Hannah les intrigaba saber a qué iba a dedicar su tiempo el ex policía. ¿Le interesarían los procedimientos de aplicación de la ley en Vermont? Era un lector muy ávido pero exigente..., ¿tal vez, un día, trataría de escribir una novela? Y era evidente que le gustaba el trabajo manual. ¿Le atraería alguna clase de tarea al aire libre?

Pero Harry le dijo a Eddie que no se había retirado para buscar otro trabajo. Quería leer más, y también viajar, pero esto último sólo cuando Ruth estuviera libre para acompañarle. Y si Ruth, según decía ella misma, era «así así» como cocinera, Harry cocinaba mejor y disponía de tiempo para hacer la compra. Además, a Harry le ilusionaba hacer muchas cosas con Graham.

Era exactamente lo que Hannah le había confiado en privado a Eddie: ¡Ruth se había casado con un ama de casa! ¿Qué escritor o escritora no querría contar con su propia ama de casa? Ruth había llamado a Harry su policía particular, pero el holandés era en realidad su ama de casa particular.

Ruth entró con la cara y las manos frías y se calentó al lado de la olla, en la que el agua había empezado a burbujear.

—Tomaremos sopa de pavo toda la semana —le dijo Harry.

Una vez fregados y recogidos los platos, Eddie se sentó con Ruth y Harry en la sala de estar, donde la pareja se había casado por la mañana, pero Eddie tenía la impresión de que Ruth y Harry se conocían desde siempre... y así iba a ser sin duda. Los recién casados ocuparon el sofá, Ruth con una copa de vino en la mano y Harry con una cerveza. Desde el piso de arriba les llegaba la voz de Hannah, que leía el cuento a Graham:

Era la víspera de Navidad,
y en toda la casa no se movía nada,
ni siquiera el ratón,

pues, como todo el mundo en aquella vieja casa, el pobre ratón
estaba en cama, aquejado de un fuerte resfriado,
y sólo
nuestra pequeña y valiente Madeline estaba levantada,
iba de un lado a otro y se sentía
la mar de bien.

—Así es como me siento, la mar de bien —comentó Harry.
—Yo también —dijo Ruth.
—Por la pareja afortunada —brindó Eddie O'Hare con su Coca-Cola Light.
Los tres amigos alzaron los vasos. Proseguía la voz de Hannah, extrañamente placentera, que leía a Graham. Y Ruth volvió a pensar en lo afortunada que había sido al sufrir sólo un pequeño infortunio.

Durante aquel largo fin de semana de Acción de Gracias, la pareja feliz sólo cenó una vez más con Hannah y Eddie, sus amigos desdichados.
—Se están pasando el fin de semana follando, no es broma —le susurró Hannah a Eddie, cuando éste acudió a cenar el sábado por la noche—. ¡Te lo juro, me han invitado para que cuide de Graham mientras ellos se ponen las botas! No es de extrañar que no hayan ido de luna de miel, ¡ni falta que les hace! ¡Pedirme que fuese la dama de honor no ha sido más que una excusa!
—Puede que no sean más que imaginaciones tuyas —le dijo Eddie.
Pero lo cierto era que Hannah se había visto colocada en una posición fuera de lo corriente, por lo menos desde su punto de vista. Se encontraba en la casa de Ruth sin novio, y era muy consciente de que si Ruth y Harry no estaban haciendo el amor a cada momento, evidentemente querían hacerlo.
Además de preparar una ensalada de remolacha, Harry había hecho una sopa de pavo exquisita. También había horneado pan de maíz. Sorprendió a todos cuando persuadió a Graham de que probara la sopa, y el pequeño se la tomó junto con un emparedado de queso a la placha. Todavía estaban cenando cuando se presentó la activa agen-

te inmobiliaria de Ruth, acompañada por una mujer de aspecto severo a quien presentó como una «posible compradora».

La agente pidió disculpas a Ruth por no llamarle primero y concertar una cita, pero la posible compradora acababa de enterarse de que la casa estaba a la venta y había insistido en verla. Aquella misma noche tenía que regresar a Manhattan.

—Para no encontrar caravana —dijo la posible compradora.

Se llamaba Cándida, y su severidad procedía de la boca de labios finos y prietos, tanto que sonreír debía de resultarle doloroso, y la risa con semejante boca era ya impensable. Cándida podría haber sido en su juventud tan bonita como Hannah, pues todavía conservaba la esbeltez y vestía con elegancia, pero tenía por lo menos la edad de Harry, aunque parecía mayor. Además, daba la impresión de que le interesaba más evaluar a las personas reunidas en el comedor que visitar la casa.

—¿Por qué la venden? ¿Alguien se divorcia?

—En realidad acaban de casarse —dijo Hannah, señalando a Ruth y Harry—. Y nosotros nunca nos hemos divorciado... ni casado —añadió mientras indicaba a Eddie y a ella misma.

Cándida dirigió una mirada inquisitiva a Graham. La respuesta de Hannah no daba ninguna explicación referente a la procedencia del niño, y Hannah, que miraba fijamente a la mujer de expresión adusta, decidió que no iba a explicarle nada.

En el aparador, donde los restos de la ensalada atrajeron otra mirada desaprobadora de Cándida, había también un ejemplar de la traducción francesa de *Mi último novio granuja*, que tenía un gran valor sentimental para Ruth y Harry, pues consideraban *Mon dernier voyou* como un entrañable recuerdo de su enamoramiento en París. La mirada que Cándida dirigió a la novela implicaba también su desaprobación del francés. Ruth detestó a aquella mujer. Probablemente la agente inmobiliaria también la detestaba, y ahora se sentía un poco violenta.

La agente, una mujer bastante corpulenta y que parecía gorjear cuando hablaba, volvió a pedir disculpas por haberles interrumpido la cena. Era una de esas mujeres que se dedican al negocio inmobiliario una vez sus hijos han volado del nido. Tenía una vehemencia aguda e insegura, unos deseos de complacer más propios de la interminable preparación de bocadillos de mantequilla de cacahuete y jalea que de vender o comprar casas. No obstante, por frágil que fuese su entusiasmo, no era fingido. Deseaba realmente que a todo el mundo le gustara todo, y como eso sucedía muy raras veces, la mujer tendía a sufrir repentinos accesos de llanto.

Harry se ofreció para encender las luces del granero a fin de que la posible compradora pudiera ver el espacio dedicado a despacho en el primer piso, pero Cándida respondió que no estaba buscando una casa en los Hamptons porque deseara pasar el tiempo en un granero. Quería ver el piso superior, y lo que más le interesaba eran los dormitorios. Así pues, la agente acompañó a la señora escaleras arriba. Graham, que se aburría, fue tras ellas.

—Mi jodida ropa interior está en el suelo de la habitación de invitados —le susurró Hannah a Eddie. Éste podía imaginárselo; es más, ya se lo había imaginado.

Cuando Harry y Ruth entraron en la cocina para preparar el postre, Hannah preguntó a Eddie en voz baja:

—¿Sabes lo que hacen juntos en la cama?

—Puedo imaginármelo —respondió él—. No hace falta que me lo digas.

—Él se dedica a leerle —susurró Hannah—. Eso puede durar horas. A veces es ella la que lee en voz alta, pero a él le oigo mejor.

—Creí que habías dicho que no paraban de joder.

—Eso lo hacen de día. Por la noche, él lee en voz alta y ella le escucha..., es algo enfermizo —añadió Hannah.

Una vez más, Eddie se sintió lleno de envidia y nostalgia.

—Un «ama de casa» normal y corriente no hace eso —susurró a Hannah, y ella le respondió con una mirada furibunda.

—¿Qué estáis cuchicheando? —inquirió Ruth desde la cocina.

—A lo mejor estamos teniendo una aventura —respondió Hannah, y Eddie se estremeció.

Estaban tomando tarta de manzana cuando la agente inmobiliaria regresó con Cándida al comedor. Graham iba detrás de ellas, como si tramara algo malo.

—Es demasiado grande para mí —dijo Cándida—. Estoy divorciada.

La agente, apresurándose tras la clienta que se alejaba, dirigió a Ruth una mirada que anunciaba la inminencia de las lágrimas.

—¿Por qué ha tenido que decir que está divorciada? —preguntó Hannah—. Su cara lo pregona.

—Ha mirado uno de los libros que lee Harry —informó Graham—. Y también tus bragas y sostenes, Hannah.

—Ya ves, cariño, hay gente que hace esas cosas —replicó Hannah.

Aquella noche Eddie O'Hare se durmió en su modesta casa del lado norte de Maple Lane, donde las vías del ferrocarril de Long Island estaban tendidas a menos de sesenta metros de la cabecera de su cama. Se sentía tan fatigado (la fatiga le sobrevenía a menudo cuando estaba deprimido) que no le despertó el tren de las 3.21 en dirección este. A esa hora de la madrugada, el tren del este solía despertarle, pero aquella mañana de domingo durmió a pierna suelta... hasta que pasó el tren de las 7.17 en dirección oeste. (Los días laborables se despertaba antes, gracias al tren de las 6.12 en dirección oeste.)

Hannah le telefoneó cuando él estaba preparando el café.

—Tengo que largarme de aquí —susurró Hannah. Había intentado sacar un billete para el autobús de línea, pero ya no quedaban plazas libres. Antes había planeado marcharse aquella tarde en el tren de las 18.01 en dirección oeste, hasta la estación de Pennsylvania—. Pero tengo que marcharme antes —le dijo—. Me estoy volviendo loca..., los tórtolos me sacan de quicio. Te llamo porque supongo que conoces el horario de los trenes.

Sí, claro, Eddie estaba bien informado del horario. Los sábados, domingos y festivos por la tarde había un tren con dirección oeste a las 16.01, y casi siempre se podía conseguir asiento en Bridgehampton. «Sin embargo», le advirtió Eddie, «si el tren va muy lleno, quizá tengas que viajar de pie.»

—¿No crees que algún tío me ofrecerá su asiento, o por lo menos dejará que me siente en su regazo? —le preguntó Hannah.

Estas palabras deprimieron todavía más a Eddie, pero accedió a recoger a Hannah y llevarla en coche a la estación de Bridgehampton. Los cimientos, que eran todo lo que quedaba de la estación abandonada, estaban prácticamente al lado de la casa de Eddie. Hannah le dijo que Harry ya había prometido que se llevaría a Graham a dar un paseo por la playa, exactamente en el mismo momento en que Ruth dijo que quería darse un largo baño.

Aquel domingo, cuando terminaba el fin de semana de Acción de Gracias, caía una lluvia fría. Mientras se bañaba, Ruth recordó que era el aniversario de la noche en que su padre la obligó a conducir hasta el hotel Stanhope, adonde Ted había llevado a tantas de sus mujeres. Durante el trayecto le relató lo que les sucediera a Thomas y Timothy, y ella no desvió los ojos de la carretera. Ahora Ruth se estiró en la bañera, confiando en que Harry se hubiera vestido adecuadamente, y hubiera hecho lo propio con Graham, para pasear con el niño por la playa bajo la lluvia.

Cuando Eddie recogió a Hannah, el holandés y el pequeño, con impermeables y esos sombreros de marino, de ala ancha por detrás y llamados suestes, subían a la camioneta de Kevin Merton. Graham también llevaba unas botas de goma que le llegaban a las rodillas, pero Harry calzaba sus zapatos deportivos de siempre, pues no le importaba que se mojaran. (Lo que le había servido en De Wallen le bastaría para la playa.)

Debido al mal tiempo, sólo un reducido número de neoyorquinos regresaban a la ciudad en el tren de la tarde; la mayoría se había marchado antes. Cuando llegó a Bridgehampton, el tren de las 16.01 que iba en dirección oeste no iba tan lleno de pasajeros.

—Por lo menos no tendré que entregar mi virginidad o algo por el estilo para conseguir un jodido asiento —comentó Hannah.

—Cuídate, Hannah —le dijo Eddie, si no con un gran afecto, sí con auténtica preocupación.

—Tú sí que debes cuidarte, Eddie.

—Sé cuidarme —protestó él.

—Permíteme que te diga una cosa, mi divertido amigo —replicó Hannah—. El tiempo no se detiene.

Le tomó las manos y le dio un beso en cada mejilla. Era lo que Hannah acostumbraba a hacer, en vez de estrechar la mano. A veces, en vez de darle a alguien un apretón de manos, se lo tiraba.

—¿Qué quieres decir? —inquirió Eddie.

—Han pasado casi cuarenta años, Eddie. ¡Ya es hora de que lo superes!

Entonces el tren se puso en marcha, llevándose a Hannah. El de las 16.01 en dirección oeste dejó a Eddie de pie bajo la lluvia; las observaciones de Hannah le habían dejado petrificado. Aquellas observaciones revelaban una aflicción tan duradera que Eddie pensó en ellas mientras cocinaba sin prestar atención a lo que hacía y se tomaba la cena.

«El tiempo no se detiene» resonaba en su cabeza mucho después de que hubiera depositado un filete de atún marinado en la parrilla al aire libre. (Por lo menos, la barbacoa de gas, en el porche delantero de la humilde casa de Eddie, estaba protegida de la lluvia.) «Han pasado casi cuarenta años, Eddie.» Repitió estas palabras mientras comía el atún con una patata hervida y un puñado de guisantes hervidos. «¡Ya es hora de que lo superes!», dijo en voz alta cuando lavaba el único plato y el vaso de vino. Cuando quiso tomarse otra Coca-Cola Light, estaba tan abatido que la tomó directamente de la lata.

El paso del tren de las 18.01 con dirección oeste hizo temblar la casa.

—¡Odio los trenes! —gritó Eddie, pues ni siquiera su vecino más próximo podría haberle oído por encima del estrépito que producía el tren.

Toda la casa volvió a estremecerse cuando pasó el de las 20.04, el último de los trenes dominicales con dirección oeste.

–¡A la mierda! –gritó inútilmente.

Desde luego, era hora de que lo superase. Pero sabía que jamás podría olvidar a Marion ni lo que sintió por ella. Eso sería imposible.

## Marion a los setenta y seis años

Maple Lane es una calle tranquila flanqueada por docenas de viejos arces. Unos pocos ejemplares de otras especies de árboles, uno o dos robles, varios perales Bradford decorativos, se mezclan con los arces. El visitante que llega a la calle por el este se forma una primera impresión favorable. Maple Lane parece una calle agradablemente sombreada de una localidad pequeña.

En los senderos de acceso a las casas hay coches aparcados (algunos residentes aparcan en la calle, bajo los árboles) y de vez en cuando una bicicleta, un triciclo o un monopatín señalan la presencia de niños. Todo denota una población de clase media que tiene una posición cómoda aunque no lujosa. Los perros, desgraciadamente, hablan por sí mismos, y con gran alboroto. Lo cierto es que los perros vigilan la zona central del barrio de Eddie O'Hare con tal afán protector que el forastero o el transeúnte pensarían que esas casas de aspecto modesto contienen más riquezas de lo que aparentan.

Avanzando hacia el oeste por Maple Lane se llega a la calle Chester, la cual está orientada al sur y revela más casas agradables y sombreadas de una manera encantadora. Pero entonces, casi exactamente a medio camino, en el punto donde la avenida Corwith también se dirige al sur, hacia Main Street, el aspecto de Maple Lane cambia con brusquedad.

El lado norte de la calle se vuelve totalmente comercial. Desde el porche de Eddie se ve un establecimiento de recambios para automóviles y un concesionario John Deere, los cuales comparten un largo y feo edificio que tiene la total falta de encanto de un almacén. Está también la tienda Electricidad Gregory, en un edificio de madera que, según se mire, es menos ofensivo, y Gráficas Iron Horse, que ocupa una estructura moderna de bastante buen aspecto. El pequeño edificio de ladrillo (Hierros y Bronces Battle) es ciertamente bonito, si se exceptúa el hecho de que delante, como delante de todos esos edificios, hay una amplia, continua y descuidada zona de aparcamiento, una monótona extensión de grava. Y, finalmente, detrás de esos edificios comerciales, se encuentra el rasgo que define a Maple Lane: las vías del ferrocarril de Long Island, que corren paralelas a la calle, por el norte, a un tiro de piedra de distancia.

En un solar hay un montón de traviesas que parece sostenerse precariamente, y más allá de las vías hay montículos de arena, tierra y grava. Un voluminoso letrero indica que es la zona de almacenamiento de Hamptons Materials, Inc.

En el lado sur de Maple Lane sólo hay unas pocas casas particulares, embutidas entre unos edificios más comerciales, entre ellos las oficinas de la Compañía de Agua y Gas de Hampton. De ahí en adelante, el lado sur de la calle se cae en pedazos. Hay unos arbustos enclenques, tierra, más grava y, sobre todo en los meses de verano o los fines de semana en época de vacaciones, una hilera de coches aparcados en batería. Aunque no es frecuente, la hilera de coches aparcados puede alcanzar una longitud de cien metros o más, pero ahora, en una noche desolada al final del fin de semana en que se celebra el día de Acción de Gracias, sólo hay unos pocos coches aparcados. El lugar tiene el aspecto de un descuidado solar donde se venden coches usados. No obstante, cuando no hay automóviles, la zona de aparcamiento parece peor que abandonada, parece más allá de toda posibilidad de redención, y a ello contribuye sin duda su proximidad a la desdichada estructura que se encuentra en el lado norte, el extremo más pobre de la calle, la antes mencionada reliquia de la que fue estación de ferrocarril de Bridgehampton.

Los cimientos están agrietados. Dos pequeños refugios prefabricados sustituyen burlonamente al edificio de la estación. Hay dos bancos. (En esta fría y húmeda noche de noviembre nadie se sienta en ellos.) Han plantado un seto de aligustres mal cuidado a fin de disimular en lo posible la degeneración de esa línea de ferrocarril en otro tiempo próspera. Los restos de la estación abandonada, un teléfono público desprotegido y un andén alquitranado que se extiende cincuenta metros a lo largo de la vía..., pues bien, para la localidad, en general próspera, de Bridgehampton, eso pasa por ser una estación ferroviaria.

A lo largo de ese lastimoso tramo de Maple Lane, la superficie de la calle presenta parches de asfalto vertido sobre el cemento original. Los márgenes están cubiertos de grava y mal definidos, no hay aceras. Y en esta noche de noviembre no hay tráfico. En Maple Lane no suele haber mucho tráfico rodado, no sólo porque el número de trenes de pasajeros que paran en la población de Bridgehampton es sorprendentemente reducido, sino también porque los mismos trenes son reliquias manchadas de carbonilla. Los pasajeros deben apearse al modo antiguo, es decir, bajando por los oxidados escalones situados en el extremo de cada vagón.

Ruth Cole, como la mayoría de los viajeros de su nivel adquisitivo que iban con frecuencia a Nueva York, no tomaba el tren, sino el pequeño y cómodo autobús de línea. Y Eddie, aunque sus ingresos no podían compararse con los de Ruth, también tomaba el autobús.

En Bridgehampton, ni siquiera media docena de taxis aguardan la llegada de los trenes, de los que probablemente apenas uno o dos viajeros se apearán allí. Por ejemplo, el exprés del viernes por la noche, llamado Bala de Cañón, que llega a las 6.07 y parte a las 4.01 de la estación de Pennsylvania. Pero, en general, el extremo oeste de Maple Lane es un lugar sucio, triste y desierto. Los coches y taxis que avanzan hacia el este por la calzada o al sur por la avenida Corwith, tras la breve aparición de un tren ante el andén de la estación, parecen tener prisa por alejarse de allí.

¿Acaso es de extrañar que Eddie O'Hare también quisiera alejarse de allí?

La noche de domingo que clausura el fin de semana en que se celebra la fiesta de Acción de Gracias es probablemente la más solitaria del año en los Hamptons. Incluso Harry Hoekstra, quien tenía todos los motivos del mundo para sentirse feliz, percibía aquella soledad. A las once y cuarto de aquella noche de domingo, Harry se dedicaba a un pasatiempo recién descubierto que era ahora su preferido. El policía retirado estaba meando en el césped que había detrás de la casa de Ruth en Sagaponack. El ex sargento Hoekstra había visto a varias prostitutas callejeras y drogadictos meando en las calles del barrio chino de Amsterdam. Sin embargo, hasta que probó a hacerlo en los bosques y campos de Vermont, y en los céspedes de Long Island, no supo hasta qué punto puede ser satisfactorio orinar al aire libre.

—¿Estás meando fuera otra vez, Harry? —le preguntó Ruth.

—Estoy mirando las estrellas —mintió él.

No había estrellas que mirar. Aunque por fin había dejado de llover, el cielo estaba negro y el aire se había vuelto mucho más frío. La tormenta se había desplazado al mar, pero el viento del noroeste soplaba con fuerza. Fuera cual fuese el tiempo que traían las ráfagas de viento, el cielo seguía encapotado. Era una noche deprimente para cualquiera. El débil resplandor en el horizonte septentrional se debía a los faros de los coches del reducido número de neoyorquinos que aún no habían regresado a la ciudad. La autopista de Montauk, incluso en el carril en dirección oeste, presentaba una escasez de tráfico notable para cualquier noche de domingo. Debido al mal tiempo, todo el mundo había regresado pronto a casa. Harry recordó que la lluvia es el mejor policía.

Y entonces el silbato del tren emitió su lastimero pitido. Era el tren con dirección este de las 23.17, el último de la noche. Harry se estremeció y entró en la casa.

Ese mismo tren era el causante de que Eddie O'Hare no se hubiera acostado todavía. Esperaba levantado, porque no soportaba estar tendido en la cama y que ésta temblara cuando el tren llegaba y partía de nuevo. Eddie siempre se acostaba después de que pasara el tren con dirección este de las 23:17.

Como había dejado de llover, Eddie se abrigó bien y estaba en el porche. La llegada del tren nocturno atraía la atención de los perros del barrio, que se enzarzaban en una confusión de ladridos, pero no transitaba un solo coche. ¿Quién podía tomar un tren con dirección este, hacia los Hamptons, cuando terminaba el fin de semana de Acción de Gracias? Eddie creía que nadie, aunque oyó que un coche abandonaba la zona de aparcamiento en el extremo oeste de Maple Lane. El vehículo avanzó en la dirección de Butter Lane y no pasó ante la casa de Eddie.

Eddie seguía en el frío porche, escuchando el traqueteo del tren que partía. Después de que los perros hubieran dejado de ladrar y ya no se oyera el tren, intentaba disfrutar de la breve tranquilidad, el silencio desacostumbrado.

El viento del noroeste traía definitivamente el invierno consigo. El aire frío soplaba sobre el agua, más cálida, de los charcos que salpicaban Maple Lane. Eddie oyó unos neumáticos de coche que rodaban en medio de la niebla resultante, pero eran como las ruedas de un camión de juguete, emitían un ruido apenas audible, aunque ese ruido ya había llamado la atención de uno o dos perros.

Una mujer caminaba a través de la niebla, tirando de una de esas maletas que se ven con más frecuencia en los aeropuertos, una maleta provista de ruedecillas. Debido a las irregularidades de la calle, el pavimento agrietado, los bordes con grava, por no mencionar los charcos, la mujer tenía que esforzarse para que la maleta rodara, pues estaba mejor equipada para los aeropuertos que para el extremo en mal estado de Maple Lane.

Envuelta en la oscuridad y la niebla, la mujer no parecía tener una edad concreta. Con una altura superior a la media, era muy delgada, pero no exactamente frágil. No obstante, incluso con el impermeable sin formas, que ella se ceñía para protegerse del frío, seguía teniendo una buena figura. No parecía en absoluto el cuerpo de una anciana, aunque ahora Eddie discernía que era, en efecto, una mujer ya muy entrada en años pero hermosa.

Como no sabía si la mujer podía distinguirle en la oscuridad del porche, y haciendo lo posible por no sobresaltarla, Eddie le dijo:

—Perdone, ¿puedo ayudarla?

—Hola, Eddie —le dijo Marion—. Sí, puedes ayudarme, desde luego. Durante un tiempo que me parece larguísimo, he pensado en lo mucho que me gustaría que me ayudaras.

¿De qué hablaron, al cabo de treinta y siete años? (Si eso le hubiera sucedido a usted, ¿de qué habría hablado primero?)

—La pena puede ser contagiosa, Eddie —le dijo Marion, mientras él tomaba su impermeable y lo colgaba en el ropero del vestíbulo.

La casa sólo tenía dos dormitorios. La única habitación para invitados era pequeña y sin ventilación, y estaba en lo alto de la escalera, cerca de la habitación, no menos pequeña, que Eddie utilizaba como despacho. El dormitorio principal estaba abajo, y se veía desde la sala de estar, en cuyo sofá Marion estaba ahora sentada.

Cuando empezó a subir la escalera con la maleta, Marion le detuvo, diciéndole:

—Dormiré contigo, Eddie, si no tienes inconveniente. Me cuesta bastante subir las escaleras.

—Claro que no tengo inconveniente —replicó Eddie, y llevó la maleta a su dormitorio.

—La pena es de veras contagiosa —repitió Marion—. No quería contagiarte mi pena, Eddie. Y tampoco quería pegársela a Ruth.

¿Hubo otros hombres jóvenes en su vida? Uno no puede culpar a Eddie por preguntárselo. Los hombres jóvenes siempre se habían sentido atraídos hacia Marion. Pero ¿cuál de ellos podría haber igualado su recuerdo de los dos jóvenes a los que perdió? ¡Ni siquiera había habido un solo joven que igualara su recuerdo de Eddie! Lo que Marion empezó con Eddie había terminado con él.

No se puede culpar a Eddie por que entonces le preguntara si había conocido a hombres mayores. (Al fin y al cabo, él estaba familiarizado con esa clase de atracción.) Lo cierto es que cuando Marion aceptó la compañía de hombres mayores, sobre todo viudos, pero también divorciados y solteros intrépidos, descubrió que incluso para los hombres mayores la simple «compañía» era insuficiente y, por supuesto, también querían hacer el amor. Marion no lo deseaba, después de su relación con Eddie podía afirmar con sinceridad que no lo había deseado.

—No digo que sesenta veces fuese suficiente, pero tú sentaste un precedente —le dijo.

Al principio Eddie pensó que la feliz noticia de la segunda boda de Ruth era lo que por fin había hecho salir a Marion de Canadá, pero aunque a la anciana le satisfizo conocer la buena suerte que había tenido su hija, cuando Eddie le habló de Harry Hoekstra ella le confesó que era la primera vez que oía hablar de él.

Como era lógico, Eddie preguntó entonces a su visitante por qué había ido a los Hamptons precisamente en aquellos momentos. Cuando Eddie consideró todas las ocasiones en que él y Ruth habían esperado a medias que Marion se presentara..., bien, ¿por qué ahora?

—Me enteré de que la casa estaba en venta —le dijo Marion—. La casa nunca fue el motivo de que me marchara, y tú tampoco lo fuiste, Eddie.

Se quitó los zapatos, que estaban mojados. A través de las medias de color canela claro se transparentaban las uñas de los pies, pintadas con el rosa intenso de las rosas silvestres que crecían detrás de la finca de la temida señora Vaughn en Southampton.

—Tu antigua casa es ahora muy cara —se atrevió a decirle Eddie, aunque no osó mencionar la cantidad exacta que Ruth pedía por ella.

Como siempre, le encantaba la manera de vestir de Marion. Llevaba una falda larga, de color gris carbón oscuro, y un suéter de casimir con cuello de cisne, naranja salamandrino, un color tropical casi pastel, similar a la rebeca de casimir rosa que llevaba cuando Eddie la conoció, aquella prenda que tanto le había obsesionado hasta que su madre se la dio a la mujer de un profesor.

—¿Cuánto vale la casa? —le preguntó Marion.

Cuando Eddie se lo dijo, Marion suspiró. Había estado demasiado tiempo fuera de los Hamptons y no tenía idea de cómo había florecido el mercado inmobiliario.

—He ganado bastante dinero —comentó—. Las cosas me han salido mejor de lo que merecía, si tenemos en cuenta la clase de libros que he escrito. Pero mis posibilidades están muy por debajo de ese precio.

—Yo no he ganado gran cosa con mis obras —admitió Eddie—, pero puedo vender esta casa en cualquier momento.

Marion no había querido mirar con detenimiento el entorno más bien destartalado. Maple Lane era lo que era, y los veranos en que Eddie había alquilado la vivienda también se habían cobrado su tributo en el interior de la casa.

Marion cruzaba las piernas largas y aún torneadas. Permanecía sentada casi con recato en el sofá. Su bonito pañuelo, del color gris perlino de la ostra, separaba perfectamente sus senos, y Eddie los veía todavía bien formados, aunque eso quizá se debía al sostén.

Eddie aspiró hondo antes de decir lo que se proponía.

—¿Qué te parece si nos dividimos la casa al cincuenta por ciento? Aunque, si he de serte sincero —se apresuró a añadir—, si puedes aportar los dos tercios, creo que el tercero sería más realista para mí que la mitad.

—Sí, puedo permitirme los dos tercios —respondió Marion—. Y además voy a morirme y te quedarás solo, Eddie. ¡Al final te dejaré mis dos tercios!

—No irás a morirte ya, ¿verdad? —inquirió Eddie, pues le asustaba pensar que la muerte inminente de Marion era lo que le había impulsado a reunirse con él, y sólo para despedirse.

—¡No, por Dios! Estoy bien. Por lo menos no voy a morirme de nada que conozca, excepto de vejez...

Así tenía que haber transcurrido la conversación entre los dos, y Eddie la había previsto. Al fin y al cabo, la había recreado por escrito tantas veces que se sabía el diálogo de memoria. Y Marion, que había leído todos sus libros, sabía lo que el personaje del afectuoso hombre más joven le decía a la mujer mayor en todas las novelas de Eddie O'Hare. Él la tranquilizaba siempre.

—No eres demasiado mayor, por lo menos para mí —le dijo ahora. Durante muchos años, ¡y cinco libros!, había ensayado ese momento, pero aún estaba inquieto.

—Tendrás que cuidar de mí, tal vez antes de lo que piensas —le advirtió Marion.

Pero durante treinta y siete años Eddie había confiado en que Marion le permitiera cuidar de ella. Estaba asombrado, pero sólo porque comprobaba cuán acertado estuvo la primera vez... Había acertado al querer a Marion. Ahora tenía que confiar en que ella volvería a su lado lo antes posible. No importaba que para ello hubieran tenido que transcurrir treinta y siete años. Tal vez ella había necesitado un periodo tan largo para superar su aflicción por las muertes de Thomas y Timothy, y no digamos para hacer las paces con cualquier clase de espectro sin duda evocado por Ted tan sólo para obsesionarla.

Era una mujer cabal y, fiel a su carácter, Marion le ofrecía a Eddie toda su vida para que la compartiera con ella y la amara. ¿Existía alguien tan capacitado para la tarea? ¡A sus cincuenta y tres años, el novelista llevaba muchos amándola tanto en sentido literal como en el literario!

No se puede culpar a Marion por decirle a Eddie que había momentos del día y de la semana que evitaba. Por ejemplo, cuando los niños salían de la escuela, por no mencionar los museos, los zoológicos y los parques cuando hacía buen tiempo, cuando los niños estarían en ellos con sus padres o canguros, y los partidos de béisbol y las compras navideñas...

¿De qué había prescindido? De los lugares de vacaciones, tanto veraniegos como invernales, de los primeros días cálidos de la primavera y los últimos del otoño, de la fiesta de Halloween, naturalmente. Y en la lista de cosas que ella nunca debía hacer figuraban: salir a desayunar, tomar helados... Marion era siempre la mujer elegante que entraba sola en un restaurante y pedía una mesa poco antes de que cerrasen la cocina. Pedía una copa de vino y, mientras comía, leía una novela.

—Detesto comer solo —le dijo Eddie en tono lastimero.

—Si lees una novela mientras comes, no estás solo, Eddie —respondió ella—. La verdad es que me avergüenzo un poco de ti.

Él no pudo evitar preguntarle si alguna vez había pensado en atender al teléfono cuando sonaba.

—Demasiadas veces para contarlas —replicó Marion.

Le dijo que jamás había esperado vivir de sus libros, aunque fuese de una manera modesta.

—Sólo han sido una terapia —le dijo.

Antes de publicar los libros, había obtenido de Ted lo que su abogado había exigido, y era suficiente para vivir. Todo lo que Ted había querido a cambio era que le permitiera quedarse con Ruth.

Cuando Ted murió, la tentación de telefonear había sido muy fuerte, hasta tal punto que desconectó el aparato.

—Así que renuncié al teléfono —le dijo a Eddie—. Ese abandono no me costó mucho más que el de los fines de semana.

Mucho antes de que prescindiera del teléfono había dejado de salir los fines de semana, porque veía demasiados adolescentes. Y cada vez que viajaba, procuraba llegar a su destino después de que hubiera oscurecido. Así lo hizo incluso cuando acudió a Maple Lane.

Marion deseaba beber algo antes de acostarse, y no se refería a una Coca-Cola Light, como la lata que Eddie tenía en la mano, aunque estaba vacía. En el frigorífico había una botella de vino blanco abierta y tres botellines de cerveza (por si se presentaba alguien de improviso). En el armarito situado debajo del fregadero, Eddie guardaba también algo mejor, una botella de whisky escocés de malta, destinado a sus huéspedes preferidos y alguna compañía femenina ocasional. La primera y última vez que tomó un trago de buen licor fue en la casa de Ruth en Sagaponack, tras el funeral de Ted, y en esa ocasión le sorprendió lo mucho que gozaba del sabor. (También tenía una botella de ginebra a mano, aunque tan sólo el olor de la ginebra le provocaba arcadas.)

En cualquier caso, en una copa de vino, que era la única clase de copas que tenía, Eddie le ofreció a Marion un whisky de malta. Incluso él mismo se sirvió un poco. Entonces, mientras Marion usaba el baño primero y se preparaba para acostarse, Eddie lavó las copas con agua caliente y detergente para platos (antes de colocarlas absurdamente en el lavavajillas).

Marion, con una combinación de color marfil y el cabello suelto (le llegaba a los hombros y era de una tonalidad gris más clara que la de Eddie), le sorprendió en la cocina al rodearle la cintura y abrazarle mientras él le daba la espalda.

Durante un rato, ésa fue la casta postura que mantuvieron en la cama de Eddie, antes de que Marion permitiera que su mano se desviara para tocarle el miembro erecto.

—¡Todavía eres un muchacho! —susurró, mientras le agarraba lo que Penny Pierce llamó cierta vez su «pene intrépido». Mucho tiempo atrás, Penny también se había referido a su «polla heroica». Marion jamás habría sido tan tonta o tan burda.

Entonces se colocaron frente a frente en la oscuridad, y Eddie yació, como lo hiciera en el pasado, con la cabeza contra los senos de Marion. Durmieron así, hasta que les despertó el tren de la 1.26 con dirección oeste.

—¡Cielo santo! —exclamó Marion, porque el tren de primera hora de la madrugada con dirección oeste era probablemente el más ruidoso de todos.

A la una y veintiséis de la madrugada, uno suele estar profundamente dormido; además, el tren con dirección oeste pasaba por delante de la casa de Eddie antes de que llegara a la estación: uno no sólo notaba el temblor de la cama y oía el estrépito del tren, sino que también oía el chirrido de los frenos.

—No es más que un tren —la tranquilizó Eddie, abrazándola.

¿Qué importaba que los senos de Marion estuvieran arrugados y caídos? ¡Sólo un poco! Por lo menos aún tenía senos, y eran suaves y cálidos.

—¿Cómo esperas que te den un centavo por esta casa, Eddie? —le preguntó Marion—. ¿Estás seguro de que podrás venderla?

—Sigue estando en los Hamptons —le recordó él—. Aquí puedes vender cualquier cosa.

En la profunda oscuridad, y ahora que volvían a estar totalmente despiertos, aparecieron de nuevo los temores de Marion acerca de Ruth.

—Dime, Eddie, ¿sabes si Ruth me odia? Desde luego, no le faltan motivos para...

—No creo que te odie —la interrumpió él—. Yo diría que sólo está enfadada.

—El enfado no es ningún problema —dijo Marion—. Se supera con mucha más facilidad que otras cosas. Pero ¿y si Ruth no quiere que nos quedemos con la casa?

—Sigue estando en los Hamptons —volvió a decir Eddie—. Al margen de quién sea ella y quién seas tú, Ruth sigue buscando un comprador.

—¿Me has oído roncar, Eddie? —quiso saber Marion, sin ninguna relación aparente con el tema del que hablaban.

—Todavía no, no he oído nada.

—Si lo hago, dímelo, por favor... No, mejor dicho, sacúdeme si lo hago. No tengo a nadie que me diga si ronco o no —le recordó.

Desde luego, Marion roncaba y, naturalmente, Eddie nunca se lo habría dicho ni la habría sacudido. Durmió a pierna suelta sin que le importunaran los ronquidos, hasta que el tren de las 3.22 con dirección este le despertó de nuevo.

—Dios mío, si Ruth no nos vende la casa, te llevaré conmigo a Toronto —le dijo Marion—. Te llevaré a cualquier otra parte con tal de salir de aquí. Ni siquiera el amor podría retenerme en este sitio, Eddie. ¿Cómo puedes soportarlo?

—Siempre he tenido la cabeza en otra parte —confesó él—. Hasta ahora.

A Eddie le asombraba que su aroma, mientras yacía con la cabeza apoyada en sus senos, fuese el mismo que recordaba, el aroma que mucho tiempo atrás se evaporó de la rebeca de casimir rosa, el mismo aroma que tenían sus prendas interiores, las que él se llevó consigo a la universidad.

Volvían a estar profundamente dormidos cuando les despertó el tren de las 6.12 con dirección oeste.

—Ése va hacia el oeste, ¿no? —le preguntó Marion.

—Sí. Se nota por el ruido de los frenos.

Pasadas las 6.12 hicieron el amor con mucho cuidado. Habían vuelto a dormirse cuando el tren de las 10.21 con dirección este les dio los buenos días. La mañana era en verdad soleada, fresca, y el cielo estaba despejado.

Aquel día era lunes. Ruth y Harry habían reservado plazas en el transbordador que zarparía el martes por la mañana desde Orient Point. La agente inmobiliaria, la mujer robusta con tendencia a lloriquear cuando fracasaba, abriría a los empleados de la empresa de mudanzas y cerraría la casa de Sagaponack cuando Ruth, Harry y Graham regresaran a Vermont.

—Tiene que ser ahora o nunca —le dijo Eddie a Marion durante el desayuno—. Mañana se habrán marchado.

El largo tiempo que Marion necesitaba para vestirse era una indicación de lo nerviosa que estaba.

—¿A quién se parece? —le preguntó a Eddie.

Éste entendió mal la pregunta. Creía que ella se refería al aspecto que tenía Harry, pero le preguntaba por Graham. Eddie sabía que Marion temía el encuentro con Ruth, pero lo cierto era que también temía ver a Graham.

Por suerte, en opinión de Eddie, Graham no había heredado el aspecto lobuno de Allan. Definitivamente, el muchacho se parecía más a Ruth.

—Graham se parece a su madre —dijo Eddie, pero tampoco era eso lo que Marion había querido decir.

Se refería a cuál de sus hijos se parecía Graham, o si no tenía los rasgos de ninguno de ellos. Marion no temía ver a Graham, sino a una reencarnación de Thomas o Timothy.

La pesadumbre por los hijos perdidos no desaparece nunca; es una aflicción que sólo se suaviza un poco y eso sólo al cabo de mucho tiempo.

—Sé más concreto, Eddie, por favor. ¿Dirías que Graham se parece más a Thomas o a Timothy? Tengo que estar preparada.

A Eddie le habría gustado decirle que Graham no se parecía ni a

Thomas ni a Timothy, pero recordaba mejor que Ruth las fotografías de sus hermanos muertos. En la cara redondeada de Graham, y en sus ojos oscuros y muy espaciados, había aquella expresión infantil de curiosidad y expectación que había reflejado el semblante del hijo más joven de Marion.

—Graham se parece a Timothy —admitió Eddie.

—Supongo que se le parece un poco —dijo Marion, pero Eddie supo que era otra pregunta.

—No, mucho. Se parece mucho a Timothy.

Aquella mañana Marion había elegido la misma falda gris, pero otro cuello cisne de cachemira, de color vino tinto, y en lugar de pañuelo se había puesto un sencillo collar, una delgada cadena de platino con un solo zafiro azul brillante, a juego con el color de sus ojos.

Primero se recogió el cabello, pero luego lo dejó caer sobre los hombros, sujetándolo con un pasador de carey para mantenerlo apartado de la cara. (Era un día de viento, frío pero hermoso.) Finalmente, cuando consideró que estaba lista para el encuentro, se negó a ponerse el abrigo.

—Estoy segura de que no estaremos mucho tiempo fuera —comentó.

Eddie, para dejar de pensar en la trascendental reunión, empezó a hablar de cómo podrían remodelar la casa de Ruth.

—Puesto que no te gustan las escaleras, podríamos convertir en un dormitorio el antiguo cuarto de trabajo de Ted en la planta baja —le dijo a Marion—. Podríamos ampliar el baño en el extremo del pasillo, y si convirtiéramos la entrada de la cocina en la entrada principal de la casa, el dormitorio de la planta baja quedaría muy íntimo.

Quería seguir hablando, decir cualquier cosa que impidiera a Marion imaginar hasta qué punto Graham podía parecerse a Timothy.

—Entre subir las escaleras y dormir en el llamado cuarto de trabajo de Ted... En fin, tendré que pensar en ello —dijo Marion—. Es posible que, al final, se me antoje un triunfo personal eso de dormir en la misma habitación donde mi ex marido sedujo a tantas mujeres desgraciadas, por no mencionar que las dibujaba y fotografiaba. Eso podría ser muy placentero, ahora que pienso en ello. —De repente, la idea le había animado—. Que me amen en esa habitación... e incluso, más adelante, que cuiden de mí en esa habitación. Sí, ¿por qué no? Incluso me gustaría morir en esa habitación. Pero ¿qué hacemos con la maldita pista de squash?

Marion no sabía que Ruth ya había transformado el primer piso del granero, ni tampoco que Ted había muerto allí. Sólo sabía que se suicidó en el granero, envenenándose con monóxido de carbono, y por ello siempre había supuesto que cuando murió estaba dentro de su coche, no en la condenada pista de squash.

Éstos y otros detalles triviales tuvieron ocupados a Eddie y a Marion mientras enfilaban la Ocean Road de Bridgehampton y seguían por Sagaponack Road en dirección a Sagg Main Street. Era casi mediodía y el sol iluminaba la blanca piel de Marion, que todavía conservaba una suavidad notable. El sol la obligó a protegerse los ojos con la mano, antes de que Eddie bajara el parasol. El héxagono de incalculable luz brillaba como un faro en su ojo derecho y, bajo el sol, aquella mancha dorada hacía pasar el ojo del azul al verde. Mientras la miraba, Eddie supo que nunca volvería a separarse de ella.

—Hasta que la muerte nos separe, Marion —le dijo.

—Estaba pensando lo mismo —replicó ella.

Puso su delgada mano izquierda sobre el muslo derecho de Eddie, y la dejó allí mientras él giraba a la derecha de Sagg Main y entraba en Parsonage Lane.

—¡Dios mío! —exclamó Marion—. ¡Mira cuántas casas nuevas!

Muchas de las casas no eran en absoluto «nuevas», pero Eddie no podía imaginar cuántas de las llamadas casas nuevas habían levantado en Parsonage Lane desde 1958. Y cuando redujo la velocidad para enfilar el sendero de acceso a la casa de Ruth, el alto seto de aligustres asombró a Marion. El seto se alzaba por detrás de la casa y rodeaba la piscina, que sin duda estaba allí, aunque ella no podía verla desde el sendero.

—Aquel cabrón instaló una piscina, ¿eh? —le dijo a Eddie.

—Más bien es una especie de bonito estanque... No tiene trampolín.

—Y, claro, también hay una ducha externa —conjeturó ella. La mano le temblaba sobre el muslo de Eddie.

—Todo saldrá bien, ya lo verás —le aseguró él—. Te quiero, Marion.

Marion permaneció sentada en el coche y esperó a que Eddie le abriera la portezuela. Como había leído todos sus libros, sabía que a él le gustaba hacer esa clase de cosas.

Un hombre apuesto pero de aspecto rudo estaba partiendo leña junto a la puerta de la cocina.

—¡Vaya, desde luego parece fuerte! —dijo Marion mientras bajaba del coche y tomaba a Eddie del brazo—. ¿Es el policía de Ruth? ¿Cómo se llama?

—Harry —le recordó Eddie.

—Ah, sí, Harry. No parece muy holandés, pero procuraré recordarlo. ¿Y el nombre del pequeño? ¡Es mi nieto y ni siquiera recuerdo su nombre!

—Se llama Graham —le dijo Eddie.

—Sí, Graham, claro.

El rostro todavía exquisito de Marion, cincelado tan primorosamente como la cara de una estatua grecorromana, tenía una inefable expresión de pesadumbre. Eddie sabía en qué foto determinada debía de estar pensando Marion, la de Timothy a los cuatro años, sentado a la mesa el día de Acción de Gracias, blandiendo un muslo de pavo al que miraba con una desconfianza comparable a la sospecha con que Graham había observado la presentación que hizo Harry del pavo asado sólo cuatro días atrás.

En la expresión inocente de Timothy no había nada que ni remotamente hiciera prever cómo moriría el muchacho sólo once años después..., por no mencionar que, al morir, el cuerpo de Timothy quedaría separado de la pierna, algo que descubriría su madre sólo cuando intentara recuperar el zapato de su hijo muerto.

—Vamos, Marion —le susurró Eddie—. Aquí fuera hace frío. Entremos y veámoslos a todos.

Eddie saludó al holandés agitando la mano, y Harry le devolvió el saludo. Entonces se quedó un instante inmóvil, como si no supiera qué hacer. Por supuesto, el ex policía no reconoció a Marion, pero había oído hablar de la reputación que tenía Eddie como conquistador de ancianas... Ruth se lo había contado, y además él había leído todos los libros de Eddie. Así pues, no sin cierto titubeo, agitó la mano para saludar a la mujer que iba del brazo de Eddie.

—¡He traído una compradora de la casa! —le dijo Eddie—. ¡Una auténtica compradora!

Estas palabras llamaron enseguida la atención del ex sargento Hoekstra. Éste clavó el hacha en el tajón, a fin de que Graham no pudiera cortarse jugando con ella. Recogió la cuña de partir leña, que también era afilada y podía lesionar al niño, pero dejó el mazo en el suelo, porque era tan pesado que el pequeño de cuatro años apenas podría levantarlo.

Pero Eddie y Marion entraban ya en la casa... No habían esperado a Harry.

—¡Hola, soy yo! —gritó Eddie desde el vestíbulo.

Marion contemplaba el cuarto de trabajo de Ted con renovado entusiasmo o, más exactamente, con un entusiasmo que no había experimentado hasta entonces. Pero las paredes desnudas del vestíbulo también le llamaron la atención. Eddie sabía que Marion debía de recordar cada fotografía que había colgado de aquellas paredes. Ahora no había ninguna foto; no había nada, ni siquiera ganchos para colgar cuadros. Marion también vio las cajas de cartón colocadas unas encima de otras... El aspecto de la casa no era muy distinto al que debió de haber tenido cuando ella la vio por última vez, en compañía de los empleados de mudanzas que se llevaron sus cosas.

—¡Hola! —oyeron decir a Ruth desde la cocina.

Entonces Graham entró corriendo en el vestíbulo para saludarles. El encuentro debió de ser duro para Marion, pero Eddie pensó que hacía gala de una notable presencia de ánimo.

—Vaya, tú debes de ser Graham —le dijo al pequeño.

Éste era tímido con los desconocidos, y permanecía a un lado y un poco detrás de Eddie, al que por lo menos conocía.

—Ésta es tu abuela, Graham —dijo Eddie al muchacho.

Marion le tendió la mano y Graham se la estrechó con una formalidad exagerada. Eddie seguía mirando a la anciana: parecía dominar bien sus emociones.

Lamentablemente, Graham no había conocido nunca a ningún abuelo. Su conocimiento de las abuelas procedía de los libros, y en éstos las abuelas eran siempre muy viejas.

—¿Eres muy vieja? —preguntó el pequeño a su abuela.

—¡Oh, sí, puedes estar seguro! —respondió Marion—. ¡Tengo setenta y seis años!

—¿Sabes una cosa? —dijo Graham—. Yo sólo tengo cuatro, pero ya peso dieciséis kilos.

—¡Estupendo! —exclamó Marion—. Yo pesaba antes sesenta y seis kilos, pero eso fue hace mucho tiempo. He perdido un poco de peso...

La puerta principal se abrió a sus espaldas y entró Harry, sudoroso y con su querida cuña de partir leña en la mano. Eddie se disponía a presentárselo a Marion, pero de repente, en el extremo del pasillo donde se abría la cocina, apareció Ruth. Acababa de lavarse la cabeza.

—¡Hola! —le dijo a Eddie.

Entonces vio a su madre.

Harry se dirigió a ella desde la puerta:

—Es una compradora de la casa —le explicó—, una auténtica compradora. —Pero Ruth no le oía.

—Hola, querida —saludó Marion a Ruth.

—Mamá... —logró decir ella.

Graham corrió hacia Ruth. El pequeño aún estaba en la edad en que los niños se agarran a las caderas, cosa que hizo, y Ruth se aga-

566

chó instintivamente para alzarlo en brazos. Pero fue como si su cuerpo se hubiera paralizado: no tenía fuerzas para levantarlo. Apoyó una mano en el pequeño hombro de Graham y, con el dorso de la otra mano, hizo un débil esfuerzo por enjugarse las lágrimas. Entonces dejó de intentarlo y dejó que las lágrimas le surcaran las mejillas.

El cauto holandés permaneció inmóvil junto a la puerta. Sabía que no debía intervenir en la escena.

Eddie pensó que Hannah estaba equivocada. Hay momentos en los que el tiempo se detiene. Debemos estar lo bastante despiertos para percibirlos.

—No llores, cariño —dijo Marion a su única hija—. Sólo somos Eddie y yo.

# Últimos títulos